주자 서한집

첫째 권

주자 서한집

첫째 권

주희 지음 | 김용수·조남호 옮김 | 백준영 정리

사회평론아카데미

옮긴이의 글 1

　주희(朱熹, 주자朱子)가 쓴 고문 투의 주석과 그의 제자들의 해석을 위주로 한 유가 경전에만 매달려 온 내게 주자학을 연구하는 동학들과의 만남은 한학에 대한 새로운 안목을 갖게 해 주었다. 예전에 『주자어류(朱子語類)』를 피상적이고 단편적인 견해의 요약 기술로만 인식해서 지나치듯 몇 번 보고 유가 경전만큼 정독을 하지 못했는데, 동학들과 매주 윤독을 하면서 주희가 제자들과 대화에서 구사하는 각각의 용어에 담긴 주희의 원대한 주자학 설계를 조금씩 이해하게 되었다.

　그런데 『주자어류』가 고문과는 달리 구어인 송나라 시대의 백화체가 많이 섞여 있어 글을 제대로 읽기 위해 중국어학원을 수년간 다녔다. 생업에 매달리면서 다른 한문 서적을 공부하는 중에 다시 중국어를 배워 『주자어류』를 독파하는 일은 쉽지만은 않았다. 현대 중국어를 공부하면 할수록 한문과 중국어 간 차이가 더 크게 느껴져 오히려 기존 한문 공부에 지장을 주었기에 중국어 공부는 그만둘 수밖에 없었다.

　그 와중에도 동학들의 협조와 지지로 『주자어류』를 무사히 완독하게 되었다. 다만 『주자어류』를 공부하면서 기존 견해와 다른 주희의 견해나 주희의 탁견을 알 수 있는 곳을 수도 없이 보았음에도 이를 정리해 놓지 않아 이렇다 할 성과가 없는 게 아쉬울 뿐이었다. 이후 동학들과 『주자문집(朱子文集)』(『주자문집대전朱子文集大全』, 『주자대전朱子大全』으로도 불리는데, 이 책에서는 『주자문집』으로 통일한다) 윤독을 계획하면서 그 성과를 정리해 두었다가 학문의 자료로 삼자고 의논하였다. 윤독을 정리해 가던 중에 출판까지 하여 외부에 내놓게 되었으니 이 얼마나 다행인가!

돌이켜보면 어려서 동네 우산각에서 종조부들로부터 한문을 배웠는데, 1960년대 중반에 접어들자 조국 근대화를 외치던 새마을운동으로 탱자나무 울타리는 블록 담장으로, 초가지붕은 슬레이트 지붕으로, 낡은 기와는 시멘트 기와로 바뀌었고, 성황당과 당골네는 미신이라고 없어지고, 산림녹화와 사방사업으로 산은 출입이 억제되었다. 이에 신학문이 더욱 강조되어 선친은 "죽은 글은 일삼을 필요가 없고 신학문을 부지런히 공부해야 한다"고 하시면서 천리 밖 서울로 나를 보내셨다. 숙부도 한문은 이제 족보 수단(收單)을 작성할 때밖에는 쓸데가 없다 하시면서 나를 만나면 틈틈이 "등하불명(燈下不明)하니 사해(四海)에서 노닐어야 한다"고 하셨다. 선친은 내가 신학문으로의 전도가 막힌 해에 고종명(考終命)하시고, 숙부도 내가 싱가포르에서 주재원으로 있을 때 고종명하셨으니 두 분의 말씀을 되새기면 가슴이 메어 온다.

우리나라가 10대 경제 강국으로 도약한 오늘날 이제는 한문이 '죽은 글'이나 '등하불명의 학문'이라는 취급을 벗어나 삼국시대 이후로 2,000년간 우리 조상들의 정신과 문화를 기록해왔던 자산으로서 그 가치를 인정받는 길로 나가기를 바랄 뿐이다. 이에 원문은 주희의 문집을, 주석은 선조들의 주희 문집 연구를 바탕으로 엮은 이 책이 미흡하나마 그 길에 하나의 초석이 되기를 바란다.

2021년 10월
김용수

옮긴이의 글 2

나는 『주자어류』 전체를 읽는 데 24년이 걸렸다. 8권짜리 중화서국 본(中華書局本) 기준으로 한 권을 읽는 데 3년씩 걸린 셈이다. 후배 학자들의 권유로 함께 읽기 시작하여 매주 금요일 2시간씩 강독하였다. 그사이 강독회에는 많은 일이 있었고, 부침도 있었다. 많은 인원이 참여해 여럿이 함께 읽기도 했으나 단둘이 읽은 적도 많았다. 그렇지만 주희의 철학을 이해하기 위해서는 전체를 읽어야 한다는 생각은 굳건하였다. 개인적으로도 강독회 때문에 금요일 저녁부터 시작되는 주말을 가족과 함께하지 못하고 불금을 즐기는 문화에 참여하지 못한 아쉬움이 남았다. 주말을 희생하였으니 강독회는 나에게 유일한 놀이터였다.

『주자어류』가 끝나고 『주자문집』에 들어갈 무렵, 강독회 내부에서 이왕이면 번역도 하자는 제의가 나왔다. 그렇게 해서 2016년 4월 15일부터 쉽지 않은 번역 작업이 시작되었다. 이전에도 몇 권의 책을 번역한 적 있지만, 번역할 때마다 한계를 느껴 후회와 절망이 앞서곤 하였다.

강독회 회원을 소개하자면 먼저 김용수 님이 번역과 관련된 전반적인 일을 담당했는데, 이분이 아니었으면 결코 이루지 못할 일이었다. 김용수 님은 어려서 가정에서 한학을 수학하였고, 회계사로 일하는 동안에도 성백효 선생님의 강독회에 참여하는 등 지금까지도 한문을 계속 붙잡고 씨름하고 있다. 중국의 문학과 역사 등 다방면에 걸쳐

남다른 실력을 보여 주고 있다. 백준영 님은 성균관대를 나오고 지금은 공무원으로 일하지만, 『주자문집』 강독에 필요한 자료를 정리하고 일본의 번역 자료를 제공했다. 박성규, 박동인, 유석권 님은 강독회의 오랜 일원으로, 교정을 담당하면서 강독회를 일깨우는 역할을 하고 있다. 이러한 분들의 도움으로 지금까지 번역을 진행해 왔다. 지금은 코로나19로 인해 강독회가 어려움을 겪고 있다. 이 또한 지나가리라 생각한다. 이 책의 출판을 맡아 준 사회평론의 윤철호 사장님과 사회평론아카데미의 고하영 대표님, 최세정 편집장을 비롯한 편집팀에게도 깊은 감사를 드린다.

2021년 10월

조남호

차례

주자문집 25권 편지

원문

해제

1. 『주자문집』

『주자문집(朱子文集)』(이하 '『문집』')은 주희(朱熹, 1130-1200)가 생전에 쓴 글을 모은 문집을 말하며, 『주자대전(朱子大全)』, 『주자문집대전(朱子文集大全)』, 『회암선생주문공문집(晦庵先生朱文公文集)』이라고도 한다. 『주자어류(朱子語類)』(이하 '『어류』')는 주희가 그 제자들과 주고받은 문답을 범주별로 정리하여 편집한 책이다. 1771년(영조 47) 조선에서 간행한 판본에 따르면, 『문집』은 정집 100권, 속집 11권, 별집 10권, 부록 12권이며 모두 133권이다. 정집은 주희의 막내아들 주재(朱在)가 수집하고 그 이후에 모은 것을 남송말 때 왕야(王埜)가 편찬한 것이고, 속집은 남송말 때 왕수(王遂)가 편집했고, 별집은 원나라 휘주(徽州) 무원현(婺源縣)의 학정(學正)을 지낸 여사로(余師魯)가 편찬하였다.

『문집』의 편집 구성은 아래와 같다. 이 편집 체계는 후대 학자들의 문집 편찬에 모범이 되었다.

정집(正集)

권1　사(詞)·부(賦)·금조(琴操)·시(詩)

권2~9　시(詩)

권7 시(詩)·기(記)·축문(祝文)·제문(祭文)·제발(題跋)

권8 잡저(雜著)·진정(陳情)·계(啓)

권9~10 공이(公移)

유집(遺集)

권1 사(詞)·부(賦)·시(詩)

권2 주장(奏狀)·서(書)·잡저(雜著)·서(序)·발(跋)·묘명(墓銘)·공이(公移)

부록(附錄)

권1 도통원류(道統源流)·세계원류(世系原流)·부사유언(父師遺言)

권2 유상(遺橡)·본전(本傳)·서술(叙述)·제문(祭文)

권3 행장(行狀)

권4~6 연보(年譜)

권7 택사·서원·정방·사원기제(宅祠書院亭坊祠院記題)

권8~10 사원기제(祠院記題)

권11 제편서발(諸編序跋)

권12 서목(書目)·묵적(墨蹟)·제명록(題名錄)·당금록(黨禁錄)·삼간무어
(三姦誣語)

『문집』은 『어류』와 함께 주희 학술 연구에 중요한 자료이다. 『어류』는 주희가 40대 이후에 한 강의를 제자들이 저마다 기록한 내용을 모아 편집하였기 때문에 신뢰도에 의문이 있다. 그렇지만 『문집』은 주희가 직접 쓴 글을 모았기 때문에 『어류』보다는 신뢰할 만하다.

주희 학술에 관한 기존의 많은 연구는 대체로 철학사상에 치우쳤다. 따라서 주희 학술의 전면적인 연구에는 『문집』이 더욱 중요하다. 다시 말해 심성론이나 공부론 같은 철학사상도 중요하지만, 주희가 정

치, 경제, 사회 등 전통적 사회과학에서는 과연 어떤 생각을 가졌는지를 입체적으로 검토할 필요가 있다. 이러한 연구는 오늘날 일반 독자들이 주희 학술의 전체적인 모습을 이해하는 데 도움이 될 것이다. 이를 통해 주희가 형이상학적 이기론과 심성론에 치우친 도학자 또는 성리학자로서의 면모뿐 아니라 전 생애에 걸쳐 개혁을 추구한 전통적 사회과학자로서의 모습 또한 지니고 있음을 확인할 수 있다.

주희는 21살부터 50여 살까지 여러 관직을 거쳤지만 현직에 있었던 시기는 얼마 되지 않았다. 그나마 사록(祠祿)을 받게 되어 생활비 걱정 없이 공부할 수 있었다. 사록은 도교 사원을 관리하는 사관(祠官)에게 내리는 녹봉인데, 사관은 직함은 있으나 직무가 없기에 일하지 않고도 녹봉을 받을 수 있는 명예직이었다. 주희는 54살(1183년)에 화산(華山) 운대관(雲台觀)의 사관을 영광스럽게 여겼다. 주희는 자신의 아버지(朱松)가 이정(二程)을 따르는 도학파의 일원이었고, 자신도 내면의 수양공부를 통하여 경세(經世)를 편다는 도학파의 이념을 따랐다. 그는 도학파의 추천을 받아 사관을 계속 얻어서 공부를 할 수 있었다. 같은 도학파 그룹의 진준경(陳俊卿, 1113-1186) 같은 재상에게 편지를 보내 자신의 견해를 나타낼 수 있었다.

주희 당대의 비도학자 그룹은 다수였으나 이념이 통일되지 않은 데 비해, 도학자 그룹은 소수였으나 성리학의 이념으로 뭉친 조직이었다. 주희는 도학자 그룹의 막내로서 선배들의 배려로 정치의 전면에 나서지 않고 공부하여 성리학이라는 학술 체계를 집대성할 수 있었다. 후대에 주자학은 관학으로서 관원을 양성하는 학술이 되었다. 다시 말해 원나라 시기에 주자학은 관원의 심신을 수양하는 학술을 넘어 전통적 사회과학 곧 경세학(經世學)으로 인식되어 관학이 되었고, 명대와 청대에도 지속되었다.

2. 조선 시기 주자학 연구의 결정판, 『주자대전차의집보』

고려 때 도입된 주자학은 경세학으로 여말선초 사회개혁의 사상적 뒷받침이 되었다. 다시 말해 경세학은 오늘날 시각에서 보면 사회과학에 속한다. 경세학으로서의 주자학은 개명한 군주와 유능한 행정 능력과 청렴한 신하에 의한 이상적 통치를 제시했다. 그런데 조선 중기에 세조의 찬탈과 연산군의 독재적 폭정, 그리고 훈구파의 전횡이 계속되었기에 여러 학자는 주자학의 심성론에 관심을 두기 시작하였다. 특히 이황은 주자학의 심성론에 대한 관심이 매우 높았다. 주희의 『문집』과 『어류』에는 송나라 시기의 각종 제도를 비롯하여 일상언어 곧 백화(白話)가 많기에 직접 읽고 이해하기가 쉽지 않았다. 이황은 『어류』를 읽기 위하여 당시 역관들에게 묻기도 하였다.

1543년(중종 38) 왕명으로 『주자전서』가 간행·보급되자, 이황은 주희의 학술사상을 깊이 이해하기 위해 『주자전서』 가운데 서간문 48권을 연구하여 중요한 서간문에 주석을 달았다. 이황은 중국과 조선을 막론하고 주자학 연구가 피상적이라고 비판하고 깊이 이해하기 위해 주희의 서간문 연구를 시작하였다.

이 밖에도 이황이 주자학을 깊이 연구한 동기는 명나라 학계에서 진헌장과 왕양명 그리고 조선 학계에서는 서경덕과 남언경 등이 심학(心學)을 주장하는 것을 보고 주자학의 위기를 인식하였기에 주자학 입장에서 심학을 비판하고자 한 것이다. 이황의 주희 서간문 연구는 1561년 황중량에 의해 『주자서절요(朱子書節要)』라는 이름으로 편찬되었다. 이어서 이황의 문인들은 『주자서절요』에 실린 주석을 모아 『주서기의(朱書記疑)』를 편찬하였다. 이황의 제자 이덕홍은 『주자서절요』에서 의문나는 부분을 풀이해 『주자서절요강록(朱子書節要講錄)』을 지었으며, 뒤에 정경세는『주자서절요』에서 주요 구절을 뽑아『주문작해(朱文酌海)』를 지었다. 이황에서 비롯된 주자학 연구는 당시 동아시아 학계에서 보면 높이 평가받아야 한다.

그런데 송시열은 이황과 퇴계학파의『주자문집』서간문 연구 작업에 만족하지 않고 연구 범위를 전면적으로 확대하여 더욱 깊이 연구하였다. 송시열은 평생에 걸쳐『주자문집』전체 내용을 연구하였으나 완성을 보지 못하고 세상을 떠났다. 그 뒤 제자 권상하와 김창협이 송시열의 연구를 정리하여『주자대전차의(朱子大全箚疑)』를 출판하였다. 송시열은 이황의 철학을 일부 계승한 점도 있지만 대부분 비판한 점이 상당히 두드러진다. 송시열의 입장을 계승한 학자로는 김수항, 김창협, 한원진, 이의현, 민우수, 임성주, 김매순, 홍석주 등이 있다. 그런데 김창협은 송시열을 옹호하기보다는 비판한 측면도 있다.

퇴계학파와 율곡학파의『주자문집』연구 작업을 집대성한 학자는 조선 말기 이항로와 그의 아들 이준이다. 이항로가 규모와 강령이라는 틀을 잡고, 이준이 수집·분류·정리를 하여 1850년에『주자대전차의집보(朱子大全箚疑輯補)』(이하 '『집보』') 121권 70책을 출판하였다. 이렇게 방대한 서적은 그동안 영인조차 쉽지 않았다. 필사본이 연세대에 귀중본으로 보관되어 대출이 불가능했는데, 장기덕 선생이 허락을 얻어 한국학자료원에서 1985년에 영인본 14권을 발간해 유포하였다고 한다. 이때부터 연구가 활발하게 진행되고 있다.

『집보』는 퇴계학파(이황, 정경세, 이재, 김근순)와 율곡학파(송시열, 김수항, 김창협, 한원진, 이의현, 김매순, 민우수, 임성주, 서유구), 그리고 정조대왕의 주희 연구 성과를 집대성한 주희 학술사상에 관한 종합 연구서이다.『집보』의 내용을 보면 학파끼리 혹은 학자마다 앞선 주석을 철저하고 상세하게 비판하여 의견을 개진한 것을 알 수 있다. 이렇게 치열한 학술 태도는 단지 논쟁에서 상대방을 이기려는 욕심을 채우거나 헛된 공론을 지으려는 것이 아니었다.

『집보』는 그야말로 이황부터 이항로에 이르는 주자학 연구를 결집한 장대한 성과이며 조선 시기 350년간의 주자학 연구의 쾌거이다. 다시 말해 조선 시기 뛰어난 지식인들이 성리학을 깊이 연구하기 위하여 모든 역량을 바쳐 주희 개인의 문집을 연구한 결과이다. 이들이 일생을 바쳐 『주자문집』을 연구한 동기는 바로 동아시아의 성리학적 정치 이상을 실현하겠다는 것이었다.

『집보』는 동아시아의 학술 관점에서도 높이 평가하여야 한다. 성리학은 북송 시기에 형성되어 남송 시기에는 중국 남방 지역에서만 전파되었다. 북방 지역을 통치하는 금나라에서는 성리학을 불교의 아류라고 무시하였다. 심지어 원나라 세조가 즉위하기 전에는 금나라가 유학 때문에 멸망하였다고 성리학을 부정하였다. 그러나 원 세조는 즉위한 이후 심성론과 경세론을 결합한 주자학을 중국 전역에 보급하였다. 마침내 1315년 주자학은 원나라에서 관학의 지위를 차지하게 되었다. 명나라 성조(成祖, 영락제永樂帝)는 1415년 『성리대전』을 편찬하여 개명한 군주가 중심이 되어 신하의 청렴성을 요구하고 민생을 책임지는 행정국가를 건설하고자 하였다.

동아시아 국가 중에는 고려가 가장 먼저 주도적으로 원나라의 주자학을 수용하여 불교를 배척하고 사회를 개혁하기 위한 이념으로 삼았다. 이후 조선은 주자학에 근거하여 청렴한 사대부가 중심이 되어 군주를 바른 길로 인도하고 민생을 책임지는 행정국가를 건설하였다. 따라서 원나라 시기에 개조된 주자학의 정치적 이상을 실현한다는 관점에서 보면 고려와 명나라, 명나라와 조선은 경쟁 관계에 있었다고 할 수 있다. 명나라와 조선은 주자학을 통하여 공통된 정치 이상과 학술사상을 공유하며 동아시아 평화를 유지하는 핵심국가가 되었다. 명나라 초기에 출판된『성리대전』은 명나라 시기 주자학 연구의 결정판이 되었고, 조선 말기에 출판된『집보』는 조선 시기 주자학 연구의 완성판이라고 평가할 수 있다.

경세학과 철학이라는 양면성을 지닌 조선 주자학은 일제강점기 일본 학자들의 식민사관에 따라 철학적 측면만 강조되었고, 한편으로는 조선 망국의 주범으로 꼽혔다. 특히나 일본 학자들은 이기론과 심성론이 형이상학을 중시하고 현실사회를 부정하는 공리공론이라고 폄하하였다. 오늘날 한국 학계에서도 몇몇 학자들이나 일부 일반인들은 조선 성리학의 긍정적이고 적극적인 연구 동기와 위대한 연구 성과를 여전히 무시하고 있다. 그러나 조선 시기 퇴계학파와 율곡학파의 많은 학자가『주자문집』을 철학에 그치지 않고 전면적으로 깊이 연구하여 민본의 행정국가를 건설하고자 했던 학술 연구의 동기를 이해하고 재평가하여야 한다. 조선 성리학을 긍정적 관점에서 보면 조선 후기 실학의 경세사상은 퇴계학파와 율곡학파의 민본정치사상을 계승하였다고 평가할 수 있다.

오늘날 한국 성리학계는 조선 시기의 많은 연구 성과를 중요한 자료로 삼아 연구하고 있다. 그렇지만 대체로 철학에 치중하였고 경세학 부분은 제대로 연구되지 않고 널리 알려지지도 않았다. 연구 목적 또한 철학과 경세학의 발전을 도모한다기보다는 조선 시기 학술 변화를 밝히는 데 한정되어 있다.

한편, 조선 시기의 주자학 연구 성과는 오히려 중국이나 일본이 적극적으로 활용하고 있다. 특히『집보』는 일본 학계에서『주자문집』을 번역하는 데 참고하고 있고, 중국 학계에서는 주희의 편지를 고증하는 데 도움을 받고 있다고 한다. 『집보』에 관한 기존 번역은 『문집』과 별개로 번역되어 참조하기가 쉽지 않고, 대학도서관에 가야 볼 수 있는 비매품이기 때문에 이용하기 쉽지 않다. 따라서 조선 시기 주자학 연구 성과를 이해하기 위해 『문집』의 편지 부분을 새로 번역할 수밖에 없었음을 다시 한번 밝히는 바이다.

일러두기

1. 이 책의 번역문은 중국 상해고적출판사 간행본 『주자전서(朱子全書)』 20~25 권에 해당하는 『주자문집(朱子文集)』(2002)과 사천교육출판사 간행본 『주희집(朱熹集)』 1~10권(1996) 판본을 대조하여 사용하였다.

2. 이 책의 번역문에 실린 주석은 『주자대전차의집보(朱子大全劄疑輯補)』 24, 25 권의 주석을 우리말로 옮긴 것이며, 여기에 언급된 책명은 다음과 같다.

   『간보』는 이재(李栽, 1657-1730)의 『주서강록간보(朱書講錄刊補)』이다.

   『관보』는 김근순(金近淳, 1772-?)의 『차의관보(劄疑管補)』이다.

   『기의』는 이황(李滉, 1501-1570) 문인의 『주서기의(朱書記疑)』이다.

   『동이고』는 한원진(韓元震, 1862-1751)의 『주자언론동이고(朱子言論同異考)』이다.

   『문곡수첩』은 김수항(金壽恒, 1629-1689)의 『문곡수첩(文谷手籤)』이다.

   『문목』은 김창협(金昌協, 1651-1708)의 『차의문목(劄疑問目)』이다.

   『서씨설』은 서유구(徐有榘, 1764-1845)의 『두릉서씨설(斗陵徐氏說)』이다.

   『수첩』은 홍석주(洪奭周, 1774-1842)의 『연천수첩(淵泉手籤)』이다.

   『수초』는 윤선용(尹善用, 1762-1835)의 『윤씨수초(尹氏手抄)』이다.

   『아송주』는 정조의 『주시아송주(朱詩雅誦註)』이다.

   『여췌록』은 이의현(李宜顯, 1669-1745)의 『여췌록(餘贅錄)』이다.

   『유몽』은 이환모(李煥模, 1735-1821)의 『백선유몽(百選牖蒙)』이다.

   『익증』은 홍의영(洪儀泳, 1717-1815)의 『차의익증(劄疑翼增)』이다.

   『잡지』는 민우수(閔遇洙, 1696-1755)의 『정암잡지(貞庵雜識)』이다.

   『절보』는 임성주(任聖周, 1711-1788)의 『차의절보(劄疑節補)』이다.

『절요주』는 이황의『주자서절요(朱子書節要)』에 수록된 주석이다.

『주문작해』는 정경세(鄭經世, 1563-1633)의『주문작해(朱文酌海)』이다.

『집보』는 이항로(李恒老, 1792-1868)와 이준(李埈, 1812-1853)의『주자대전차의
집보(朱子大全箚疑輯補)』이다.

『차보』는 김민재(金敏材, 1699-1766)의『차의보(箚疑補)』이다.

『차의』는 송시열(宋時烈, 1607-1689)의『주자대전차의(朱子大全箚疑)』이다.

『표보』는 김매순(金邁淳, 1776-1840)의『차문표보(箚問標補)』이다.

3. 편지의 연도 표기는『주희문집편년평주(朱熹文集編年評注)』(복건인민출판사, 2019)를 따랐다.

4. 『주자문집』의 1권에서 23권까지 시와 상소문은 그간 국내에서 많은 부분 번역이 이루어졌으므로 이에 대한 번역 작업은 뒤로 미루고, 먼저 24권에서 64권의 편지글 중 24권과 25권을 번역하여『주자 서한집: 첫째 권』으로 출간하였다. 이후에도『주자문집』의 편지글을 두 권씩 묶어서 번역 출간할 예정이다.

5. * 표시는『주자대전차의집보』의 편지 제목에 붙은 주석을 의미한다.

   ※ 표시는 옮긴이의 주이다.

   ( ) 안의 설명글은 옮긴이가 보충한 것이다.

6. 본문의 중국 지명은 현대 중국어 발음이 아닌 한자음으로 표기하였다.

주자문집 24권 편지*(시사와 출처)

....

* 『차의』: 여기서부터 64권까지와 「속집」, 「별집」 가운데 『주자서절요』에 실린 것은 오로
  기 『기의』의 해석을 위주로 했다. 그러나 『기의』에 의심나는 것이 있으면 링곡빌도보 씰
  문했다.

경총제전의 부족분을 의논하여 종호부께 보내는
편지(1155년 2월 1일)*

2월 1일 겨우 자리나 지키고 있는¹ 저는 삼가 동쪽을 향해 두 번
절하고 시랑우사※께 편지를 올립니다. 제가 예전에 귀하를 대궐에
서² 뵌 것이 어느덧 5년이 됐습니다. 중간에 귀하께서 민 땅에 사신
으로 오셨을 때 저는 당시 막 고향으로 물러나 자식들을 돌보고 부
모를 섬기며³ 집 안팎을 오가고 있었습니다. 그래서 비록 귀하가 지

....

* 鍾戶部.『차의』: 종호부는 누군지 모르겠다.
  『관보』:『송사』(31권) 소흥 23년(1153)에 '호부낭관 종세명을 파견하여 선주와 태평주
  에 우전(圩田: 수택지에 조성한 갑문이 있는 농지)을 쌓게 했다'는 기록이 있고, 소흥 24년
  (1154)에는 '조칙을 내려 사천 지방의 주현들에 대해 세금으로 낼 재물을 경감시켜 백성
  의 재력을 펴 주라고 했는데, 그러고도 두루 미치지 못할까 염려하여 제치사와 총영사에
  게 공동으로 조치하라는 명을 내리고, 곧바로 사천에 종세명을 파견해서 이들과 함께 의
  론하게 했다'고 했다. 소흥 25년(1155)에는 '사천 지방의 견고(명주에 대한 세금), 세곡,
  소금, 술 등의 세금 160여 만민을 감해 주었고 주와 현들에 대한 체납액 290여 만민을 탕
  감해 주었다'고 했다. 여기서 종호부는 바로 이 사람임이 틀림없다.
1 具位.『차보』: 소흥 신미년(1151)에 천주 동안현 주부에 제수되었다.
※ 시랑우사: 시랑(侍郎)은 상서성의 직급이고, 우사(右司)는 직무인 듯하다. 이때 종세명이
  시랑으로 상서성 우사의 직무를 수행하였기 때문에 이렇게 호칭한 듯하다.
2 省戶下.『차의』: 대궐을 말한다.
3 俯仰出入.『차의』: '부앙(俯仰)'에서 '앙'은 부모를 섬기는 것이고 '부'는 자녀를 기르는
  것이다. '출입(出入)'은 들어와서는 부형을 섬기고 나가서는 윗사람을 섬기는 것이다. 혹
  은 일 때문에 출입했다는 뜻이다.

나가시는 곳을 찾아가 뵙는 영광을 얻진 못했지만 그래도 장소경[4] 어르신이 귀하께 편지를 보내는 편[5]에 몇 자 적어[6] 귀하께 통고[7]한 적이 있습니다. 그 뒤에 다시는 감히 아뢸 수 없었으니 몇 자 적어 올린 것을 과연 전달받아서 보셨는지 모르겠습니다. 근래 저는 동안으로 와서 먼지 쌓인 장부 속에 파묻혀 있다가 귀하께서 다시 천자를 위해 파·촉 땅의 만 리 밖에 사신으로 가셔서 관에 기록된 체납 세금을 없애 주신 액수가 수백만에 이르렀다고 들었습니다. 부절을 거두고 돌아오심[8]에 천자께서 이를 가상히 여기시고 귀하가 천자께 의견을 올린 것을 사방에 내리시고 귀하를 발탁하시어 상서성의 시랑으로 두셔서 6조 24사[9]의 치적을 집계하게 하셨으니, 천자께 총애를 받았고 또 영광이 된다고 할 만합니다. 또 천자께서 귀하가 군주와 백성 둘 다 만족[10]시키는 의리에 통달했다고 여기시

<hr />

4   章少卿.『차의』: 누군지 모르겠다.
5   所致書.『차의』: 장소경이 종호부에게 보낸 편지를 말한다.
6   數字之記.『차보』: 기는 주기(奏記)를 말한다.『주자문집』26권에 보인다.
7   關白.『차보』: 통고(通告)한다는 말과 같다.「곽광전」(『전한서』68권)에 나온다.
8   弭節.『절보』:『초사』「이소」에 '나는 희화에게 속도를 늦추게 했다'라는 구절이 있는데, 주석에 '미(弭)는 안(按)이다'라 하였다. 사마상여의 「자허부」에 '천천히 배회하다'라는 구절이 있는데, 주석에 '미(弭)는 늦춤이다'고 하였다.
9   六曹~四司.『절보』: 수나라가 처음으로 상서성에 6조 24사를 두었다.
    『표보』: 역대 관제는 6부가 각각 4조를 통솔한다. 이부는 이부, 주작, 사훈, 고공의 4조를 통솔하고, 호부는 호부, 탁지, 금부, 창부의 4조를 통솔하고, 예부는 예부, 사부, 주객, 선부의 4조를 통솔하고, 병부는 병부, 직방, 가부, 고부의 4조를 통솔하고, 형부는 형부, 도관, 비부, 사문의 4조를 통솔하고, 공부는 공부, 둔전, 우부, 수부의 4조를 통솔한다. 비록 연혁은 같지 않으나 대략 이를 본떴는데, 이른바 6조 24사이다.
10 君民兩足.『차의』:『논어』(「안연」에 유약이 말하길 "백성이 풍족하다면 임금은 누구와 더

어 귀하에게 호조시랑을 직무대리[11]하게 하여 재용을 고르게 조절함과 백성을 편안하게 함을 직무로 삼게 하셨습니다. 인사발령 명단이 알려지자 사방의 고된 백성※들 모두가 기뻐하면서 귀하께서 촉 땅에서 베풀었던 것을 반드시 이 백성들에게도 베풀어서 그들이 재력으로 세금을 내기에 부족한 액수를 탕감하셔서 천자의 인후하고 청정한 정사를 도울 수 있을 것으로 여겼습니다. 그런데 지금 귀하께서 일을 맡은 지 여러 달이 지났습니다만 사방에서 들려오는 칭송이 이렇다고 할 만한 게 없었습니다. 제가 말재주가 없지만 소회가 있어서 감히 귀하께 다음과 같이 청합니다.

제가 듣건대, 천자께서 이 백성의 빈곤함과 자기 생업을 제대로 잇지 못하는 것을 불쌍히 여기셔서 수차례 관대한 조서를 내리셨습니다. 그래서 백성들에게 상업세,[12] 인두세[13]와 세금 및 노역을 피해 도망간 사람의 몫으로 징수하는 세금을 감해 주셨습니다. 또 조서를 내리셔서 백성에게 세금을 부과하면서 자투리[14]를 가지고 정액으로 올려서 거두지 못하게 하셨고, 또 조서로써 귀하를 촉 땅에 파견해서 백성의 체납 세금을 없애 준 것은 앞에서 진술

⋯⋯
　불어 부족하겠는가?"라고 했다.
11 攝貳.『절보』: 섭(攝)은 직무대리이고, 이(貳)는 시랑이다.
　『차보』: 이(貳)는 부(副)이다. 시랑은 바로 상서성의 두 번째 지위이다.
※ 원문의 유은(幽隱)은 1. 산림처사, 2. 곤궁하고 고단하지만 실정을 드러내지 않는 백성, 3. 질병과 신체장애로 세상과 격리된 자의 세 가지 의미가 있으나, 여기서는 진휼과 연관지어 2의 고된 백성으로 보았다.
12 市征.『차의』: 상업세이다.
13 口筭.『차의』: 식구 수를 세서 세금을 계산하는 것이다.
14 踦贏.『차의』: 기(踦)는 기(奇)와 같으니, 돈의 우수리, 비단의 자투리를 말한다.

한 것과 같습니다. 제 어리석은 생각에, 이는 모두 백성이 마땅히 납부해야 하고 관에서 마땅히 받아야 하는 것으로, 제정된 법규에 따라 징수하고 징수할 명분이 있는데도 오히려 모두 탕감해 주시면서 다시 돌아보지도 않으시고, 또 내탕고의 금전을 내어 담당하는 관서에 보상하셨습니다. 이는 분명 천자께서 백성을 사랑함이 깊어서 '이익을 이로움으로 여기지 않는'※는 듯합니다. 하물며 백성이 당연히 납부해야 하는 것도 아니요 관이 마땅히 받아야 하는 것도 아니며 제정된 법규에 따라 징수하는 세금도 아니고[15] 징수할 명분이 없는 이른바 경총제전 부족분의 경우에는 탕감 안 하실 이유가 있겠습니까? 제 생각에 누군가 천자께 이에 대해 말 한마디만 할 수 있다면 천자께서 백성을 사랑하심이 이와 같으니 마땅히 아침에 상주하면 저녁에 시행될 안건입니다. 그런데 공경 이하의 모든 신하가 일을 처리함에 우물쭈물하면서[16] 누구도 기꺼이 스스로 힘을 다하여 총명한 천자의 정사를 돕고 은혜를 넓히고자 하지 않는 듯합니다. 이전에 호부를 맡은 자들은 공문서를 변조하여 급히 우편으로 보내 제형사(提刑司)를 심하게 질책하고, 제형사는 주에 내려보내고, 주는 현에서 조치하게 하여, 돌고 돌아 서로

....

※　『대학장구』「전10장」의 '國不以利爲利, 以義爲利也'에서 따온 말이다.

15　無藝. 『절보』: 예(藝)는 준칙이다.

16　娿阿. 『절보』: 아(阿)는 마땅히 아(娿)가 되어야 한다. 암아(娿娿)는 결단하지 못하고 머뭇거리는 것이다. 암(娿)은 음이 암이고 아(娿)는 음이 아이다.
　　『차보』: 아(阿)는 아(娿)로도 쓴다. 한유의 시(「석고가石鼓歌」)에서 '어찌 감격만 하고 머뭇거리기만 하는가?'라고 하였다.
　　※ 석고가를 인용한 원문의 '능(能)'자는 '긍(肯)'자의 오기이다.

이어 재촉해 나감이 별똥별보다 급합니다. 명을 받들어 시행하는 관리로서 통판을 맡은 사람[17]의 경우에는 포상[18]만을 탐내서 제멋대로 독촉하면서 못하는 짓이 없습니다. 이 세금이 전혀 정식 세금이나 통상적인 세입이 아닌데도[19] 백성들에게는 체납 대상이 되고, 관리들에게는 도둑질하는 대상이 되는데도, 우연히 많이 거둔 특정 해의 징수액을 기준[20]으로 액수를 정해 관리들에게 배상하라고 독촉합니다. [원주: 또 우수리를 모아서 정액을 삼는 것[21]이 바로 경총제전이니, 금년에 두 가지 세금을 방면하였으니, 금년 부족분이 반드시 많을 것[22]이라는 사실을 역시 아셔야 합니다.] 호부로

17 通判事.『관보』: 경총제전을 관장하는 법을 주(州)는 통판이 관리하고 노(路)는 제점형옥이 감독한다.
   『차보』: 제형사(제점형옥사)의 소속 관리인 듯하다.
18 賞典.『차보』: 주와 현에 세금납부를 독촉해서 체납분이 없으면 추천하여 상을 주는 법이 있었다.
19 既非.『차보』: 이 뜻은 침도(侵盜)까지이다.
20 偶多之數.『차의』: 매년 일정하게 정해진 액수가 없고, 혹은 군대를 동원함으로써 부족분이 생기면, 백성들에게 평상시보다 더 많이 거두어들이는 액수이다.
   『절보』: 이 일은 무신년「연화주차3」과 (『주자문집』)19권, 35~36판에 상세히 보인다.
   『표보』: '우다지수(偶多之數)'란 소흥 연간 경계를 측정하는 해에 거둔 액수인 듯하다. 바로 (『주자문집』)14권 5판의 「연화주차3」에서 말한 '1~2년 사이에 이 돈의 액수가 평년보다 배가 되었다'는 것이다. 그 설명이 해당 『표보』의 글에 자세히 나와 있다.
   『차보』: 경총제전은 당초 소흥 연간에 백성들의 농지에 대한 경계를 측정하면서, 백성들에게 세금을 더 거두어 액수를 채웠는데, 그 뒤에 끝내 정액이 되었으니, 위의 상주문을 참고하라.
21 合零就整.『차의』: 돈의 우수리를 모아서 관(貫)이 되고, 비단의 우수리를 모아서 필(匹)이 됨을 말한다.
   『절보』: 우수리 수를 채워서 정액을 만든다.
22 全是~必多.『차의』: 경총제전은 두 세(하세, 추세)의 액수를 따라 증감되기 때문에 금년에 두 세를 감해 준 액수가 많아서 경총제전의 부족분 또한 많아진다.

부터 네 단계[23]를 거쳐서 현에 이르면 천 길 벼랑에서 굴러떨어져 바닥[24]에 다다른 듯하여 그 부닥친 형세가 곤궁하니, 현에서 장차 어떻게 경총제전을 거두어들이겠습니까? 교묘하게 세목을 만들어서 백성들에게 이를 징수하는 것에 불과합니다. 그런데도 의론하는 자들은 반드시 장차 조정에서 관리들에게 보충해서 징발[25]하라고 독책하는 것이지 백성에게 부과하는 것은 아니라고 합니다만, 이 말은 또 종을 훔치면서 귀를 막는[26] 견해와 다르지 않습니다. 그 마음이 가려져서 모르는 것이 아니고 단지 보충해서 징발한다는 말을 빙자해서[27] 조정의 판단을 망치는 듯합니다. 따져 보건대, 지금 천하의 주와 현이 이 말을 구실 삼아서 백성들에게서 제멋대로 수탈하는 것이 무려 10곳 중 7, 8곳이나 됩니다. 요행히 아직 이 지경에 이르지 않는[28] 현이 있으면 주에서 날마다 달마다 부절을 가진 사람을 보내서 현리를 체포하여 매달아 치죄하고 붙잡아

....

23 四折.『자의』. 호부, 세형, 주, 현을 말한다.

24 其址.『차의』: 천 길 벼랑 아래 끝부분을 말한다.
    『차보』: 지(址)는 발꿈치인 듯하다.

25 補發.『차보』: 주와 현에서 사적으로 쓰는 재물로 그 부족분을 보충하기 위해 조정에 발송함을 말한다.

26 盜鍾掩耳.『표보』:『회남자』(「설산훈說山訓」)에 '범씨가 패하자 그 종을 훔쳐서 등에 지고 달아나는 자가 있었는데, 종소리 나는 게 싫어서 스스로 자기 귀를 막았다'고 하였다.
    『차보』:『회남자』에 '범씨가 패하자 그 종을 훔쳐서 등에 지고 달아나는 자가 있었는데, 뎅뎅 하는 소리가 나자 다른 사람이 이를 들을까 두려워 급작스럽게 자기 귀를 막았다. 다른 사람이 듣는 것을 싫어함은 옳지만, 스스로 자기 귀를 막음은 잘못된 일이다'고 하였다.

27 藉此.『차의』: 이(此)는 보충해서 징발함을 말한다.

28 未至於此.『차의』: 여기서 '차(此)'자는 가렴주구로 백성들에게 거두어들임을 가리킨다.

때림으로써 반드시 그 효과를 얻으려고 합니다. 현리들이 그 괴로움을 이기지 못하여 밤낮으로 함께 모의하여 현의 장관에게 세목을 만들어 가렴주구[29]하라고 꼬드깁니다. 불행히도 이를 시행하게 되면 관에서 하나를 얻으면 서리들은 두셋을 얻습니다. 아울러 이를 빌미로 협잡하여[30] 어떤 짓인들 하지 않겠습니까? 그렇다면 의론하는 자들이 말하는 관리들을 독책한다 함은 곧 이를 통해 현리들이 농간 부릴 여지를 폭넓게 마련해 주는 일[31]이 되어 천자께서 매우 아끼시는 백성을 더욱 곤궁하게 만듭니다. 서리들은 공무를 빙자해서 백성들을 침탈하고, 다시 겉으로는 스스로 변명하기를, "이는 조정이 얻고자 하는 것이지 우리 잘못이 아니다"라고 합니다. 어리석은 백성들이 어찌 그 까닭을 알겠습니까? 또 백성들이 서로 모여서 원망하기를, "조정에서 우리를 긍휼히 여기지 않을 뿐이다"라고 합니다. 오호라! 이것이 어찌 백성이 마땅히 바치고 관이 마땅히 받아야 되는 것이겠습니까? 그 제정된 법규에 따라 징수하는 세금도 아니고 징수할 명분이 없는 것이 심합니다.

....

29 相與~率事.『차의』: 과(科)는 세금을 독촉한다는 과이고 율(率)은 법이다. 상여(相與)의 뜻은 율사까지이다.
  『절보』: 율은 곧 위 문장의 '백성들에게 비율에 따라 거두어들이다'고 할 때의 율이니, 과율은 세목을 만들어서 백성들에게 균등하게 일률적으로 부과하는 것이다. 율은 음이 율이다.
  『차보』:『(자치통감)강목』의「당의종기」에 '주와 현이 세금 이외에 임의적으로 과세함을 금했다'고 하였는데, 주석에서 '솔(率)은 가렴주구와 같다'고 했다.
30 並緣.『차의』: 병(並)은 방(傍: 협잡)과 같으니 거성(去聲)이다.
31 深爲之地.『차의』: 관리들이 농간을 부릴 여지를 넉넉히 마련해 줌으로써 그들이 제멋대로 협잡하게 함을 말한다.

천자께서 백성을 사랑하심이 깊어서 백성들이 마땅히 내고 관에서 마땅히 받아야 하며, 법규에도 있고 명분도 있는 세금인데도 오히려 모두 없애는 데에 인색하지 않거늘, 하물며 이와 같은 것에 인색하시겠습니까? 오직 천자께서 이 사실을 모르실 뿐이니 한번[32] 말이 나오게 되면 천자께서 듣고 따르시지 않음이 없을 듯합니다. 그런데도 유독 그 말을 아낌은 어째서입니까? 이는 집정 대신과 담당 신하가 천자를 저버렸기 때문입니다. 귀하께서 참으로 깊이 살피시고 소속히 말씀하셔서 이른바 경총제전의 부족분을 하루아침에 없애도록 해 주신다면, 주와 현의 서리들이 구실 삼을 것이 없어서 세목을 만들어 수탈하려는 모의도 잠재울 듯합니다. 그런 뒤에 엄격하고 분명하게 단속하시고 통렬히 법에 따라 징계를 가하여 감히 가렴주구로써 백성들을 괴롭히는 자들을 백성들이 자진해서 상서성과 어사대에 고발함을 허용한다면, 과거에 이런 짓을 한 자들도 그 죄 또한 용서받지 못할 것입니다. 그래서 위로는 인후하고 청정의 기풍을 넓히고, 아래로는 사방의 고된 백성들의 여망에 부응해서, 유독 서남 변방 파종,[33] 공작[34]의 백성과 오

....

32 當得~耳一. 『차의』: 마땅히 붙여서 읽어야지 나누어서는 안 된다. '미지지(未之知)'는 천자가 아직 모름을 말한다.
※ '조선의 성리학자들은 오직 천자께서 이 사실을 모르실 뿐입니다'로 문장을 끊고, '한번 말이 나오면' 이후를 별도 문장으로 보았으나, 현행 중국본은 이 두 문장을 이어진 글로 보았다. 의미상 큰 차이가 없어 중국본을 따른다.

33 巴賨. 『차의』: 종(賨)은 『운회』에 '종으로 읽는다. 남만의 부세이다'라 하였으니, 파 땅과 촉 땅에서 종이라는 세목의 세금을 내는 백성을 말한다.

34 邛筰. 『차의』: 서남 이민족 나라의 이름이다.

랑캐들에게만 은혜를 내려 주게 하시지 않으신다면, 어찌 훌륭하지 않겠습니까! 어찌 훌륭하지 않겠습니까!

　저는 조정과 소원한 관계이지만 귀하께서 우리 아버지와 우호가 있으시고 한두 번 뵙고 가르침을 받은 적도 있습니다. 지금 또한 귀하께서 때마침 그 자리에 계셔서 천자께 말씀하실 만하기 때문에 실로 저의 어리석음과 미천함을 무릅쓰고 귀하의 덕에 만분의 일이라도 보탬이 될까 여겨서 감히 편지를 올려 아뢰었습니다. 오직 귀하께서 유념해 주십시오. 마침 봄이 따뜻해지고 있는 시절에, 바라옵건대 더욱 돈후하게 자중자애하셔서 직무대리 딱지를 떼시길[35] 빕니다. 이만 줄입니다.

．．．．．．．

35　以俟眞拜.『차의』: 아마도 종호부가 현재 호조시랑 직무대리이기 때문에 이렇게 말한 듯하다.
　『차보』: 관제상 대리로 직무를 보는 자는 해가 차면 대리를 떼고 정식 직함을 갖는데, 이를 '즉진(卽眞)'이라고 한다.

24-2

이교수께 보내는 편지(1155년)*

　생각건대 조정이 학관을 일으켜 세워 천하의 선비를 양성하면서, 주의 선비들은 주에서 배우게 하고 현의 선비들은 현에서 배우게 함은 어버이를 섬기고 자식들을 기르는¹ 개인적인 일에 편의를 주기 위함이지 이들을 구별하여 다르게 취급하고자 함이 아닙니다. 그리고 학관 재용의 법을 제정하면서 이른바 '학전을 풍족하게' 함은 주와 현이 함께 쓸 수 있도록 하기 위함입니다. 지금 귀하께서 제학사²와 논의하면서 말하기를, "주에서 수업을 받는 자에게는 관청³에서 식량을 대 주고, 현에서 수업을 받는 자에게는 주지 말라"고 했습니다. 그런데 제가 보기에 조정이 학교를 세워 선비를 기르는 뜻과 재용의 법을 제정한 것은 모두 귀하의 말씀과 같지 않을 듯합니다. 지금 이 문제를 차치하고 개인적 견해

....

＊　李教授. 『차의』: 이교수는 누군지 모르겠다.

　　『표보』: 송나라 제도에 모든 주와 군에 교수를 배치하여 모든 유생의 훈도를 맡겼다.

1　仰事俯育. 『차보』: 향리를 떠나는 폐단이 없게 함을 말한다.

2　提學司. 『절보』: 소흥 9년(1139)에 시종관 이상으로 군수가 된 자에 대해 제거학사(提擧學事)의 관직을 겸직하게 했다.

　　『표보』: 송나라 제도에 주나 군의 지사는 제거학사를 겸직한다.

3　縣官. 『차의』: 관청을 말하는 것과 같다.

　　『차보』: 앞의 10권 3판에 보인다.

를 말씀드리자면, 아마도 조정에서는 귀하가 다른 사람들의 스승이 되는 것이 마땅하다고 여겼기 때문에 귀하에게 천주 사람 가운데 선비들을 가르치게 한 듯하나, 귀하가 실제로 천주 선비 모두를 가르치지는 못합니다.[4] 비록 다른 사람에게 시키더라도 다 가르칠 수는 없겠지만, 앉아서 포기하기보다는 낫지 않겠습니까? 지금 귀하가 논의하면서 말하기를, "현에서 그 비용을 부담케 하자"[5]라고 하였는데, 귀하는 현에서 장차 어떻게 이를 거두어들인다고 생각하십니까? 현에서는 이를 백성들에게 거두어들일 것이 뻔합니다. 지금 이 백성의 재력이 곤궁하여 고갈되었기에 관리가 이에 대해 온종일 노심초사해도 버티기 힘든 형편입니다. 그런데도 이를 가지고 책임을 맡긴다면 그들은 교육할 방법이 없다고 그냥 내버려둘 것[6]이 매우 분명합니다. 귀하에게 보탬이 안 되는데도 귀하는 하필이면 수고롭게 꼭 시행하여서 천주에 속한 현들의 백성을 버리려 하십니까? 만약 현의 학교에서 가르치는 내용이 주보다 못하다고 한다면, 다른 현의 경우는 제가 알 수 없는 일이지만, 제가 관장하는 학교의 경우에 외우고 강론하고 시험 보는 등의 크고 작은 조목이 저 스스로도 귀하의 문하에 비해 부끄러울 정도로 못

....

4   不得盡教. 『차보』: 현의 학교의 선비 모두를 교육할 수 없다는 말이다.

5   縣之任其費. 『차의』: 한 구절이다. 지(之)자는 오자인 듯하다.

6   直棄之. 『차의』: 장차 부과하는 세금이 과중해져서 백성들이 이산할 것이기 때문에 이렇게 말했다.
     『절보』: 현에서 백성들이 가진 것을 이미 다 거두어들였는데, 다시 선비를 기르는 비용을 책임지게 하면, 그 형편상 다시는 백성에게 거둘 수 없기 때문에, 곧장 그 선비들을 내팽개쳐서 가르칠 수 없다는 말이다.

하지 않다고 여깁니다. 그런데도 스승과 학생이 마주 대하여 공부하는 근면함은 제가 속으로 생각해 보건대 비록 귀하라 하더라도 힘이 미치지 못하는 점이 있을 듯합니다. 주와 현이 마땅히 서로 부족한 것을 보충하는 입장이 되어야 한다고 말해야 할 텐데, 반대로 일률적으로 모든 현의 학전을 없애서[7] 현에서 스스로 교육을 하지 못하게 하니,[8] 이게 무슨 논리입니까? 저는 이미 공문서를 갖추어 상신했기에 이를 당신에게 개인적으로 알려 드립니다. 삼가 바라건대 조정에서 학교를 세워 선비를 기르는 의미를 고려하여 살펴보시고 재용의 법을 제정한 뜻을 고찰하시고 관리와 백성의 고난과 폐단을 통념해 주십시오. 그리고 제가 관장하는 곳이 다른 주나 현과는 차이가 있음[9]을 깊이 살펴 주셔서 줄 수 없는 가운데[10]서 나누어 주신다면, 또한 고명하신 그대의 뜻이 어디 있는지를 볼 수 있습니다. 이는 바로 남을 이기는 데[11] 전념하지 않고 잘하는 자를 권면하여 잘하지 못한 자에게 힘쓸 곳을 알 수 있도록

....

7 反以例削之. 『차의』: 관청에서 식량을 대 주지 않는다는 말이다.
   『절보』: 다른 예에 의거해서 학전을 주지 않는다는 말이다.
   『차보』: 나머지 모든 현과 같이 일률적으로 학전을 없애 버린다는 말이다.
8 不得自盡. 『차의』: 식량을 대 주지 않기 때문에 스스로 학문에 매진하지 못한다는 말이다.
   『절보』: 선생이 가르침에 매진할 수 없게 한다는 말이다.
   『차보』: 가르침을 가리켜 말했다.
9 於州縣有異. 『차의』: 선생이 관장하는 학교에서 암송하고 강설하고 시험을 보는 크고 작은 조목들이 다른 주나 현과는 다름이 있다는 말이다.
10 不可與. 『차의』: 이교수가 "현학에서 수업하는 자들은 현관의 식량을 먹어서는 안 된다"고 말했기 때문에 '불가여(不可與)'라고 했다.
11 己勝. 『차의』: 한유가 나의 도가 낫다고 말한 내용이다(4권 「중답장적서重答張籍書」).

하는 일입니다. 하물며 이치와 법령상 나누어 줄 수 있는 것에 있어서이겠습니까? 그대의 위엄을 감히 범하니 황공함을 이기지 못하겠습니다.

24-3

진재께 답하는 편지(1155년)*

    어제 저녁에 같이 앉은 자리에서 광문공(이교수)[1]의 편지를 보여 주셨습니다. 그런데 귀하가 잘 모르시는 점이 있는 듯하여[2] 한두 마디 말씀을 올립니다. 이군(李君) 형제의 현명함은 민 땅에서 명성이 자자하였습니다. 제가 어렸을 때 여러 노선생이 그들이 유명한 까닭[3]에 대해서 말하는 내용을 보고 마음 깊이 그를 흠모했습니다. 그러다가 이곳으로 부임하는 길에 삼산 지방을 지나게 되면서 비로소 그의 형인 우중(이우)[4]을 만나 보았는데, 가까이서 보니 맑고 온화해서 자만하고 다투려는 기색이 없었습니다. 당시에 동생인 이군을 아직 알지 못했지만 형과 같으리라 짐작했습니다. 이곳에 부임

....

* 陳宰.『차의』: 진재는 누군지 모르겠다.
    『절보』: 동안현의 수령인 듯하다.
1 廣文.『차의』: 앞 편지의 이교수이다.
    『절보』: 이군이 진재에게 보낸 편지이다.
    『관보』: 당 현종이 광문관을 설치하고 정건을 박사로 삼았다. 재상이 정건에게 말하길, "임금이 국학을 늘려 현명한 사람들을 머물게 했다"고 하였다(『신당서』202권 「정건전鄭虔傳」). 교수를 광문(廣文)이라고 칭함은 이를 본뜬 듯하다.
2 未見察.『절보』: 진재가 아직 살펴보지 못했음을 말한다.
3 其故.『차의』: '견(見)'자의 뜻은 여기까지이다.
4 迁仲.『관보』: 이름은 우(楀)이고 삼산 사람으로『시전집주』에 보인다.
    ※ 이우(李楀)가 편찬하고, 황문(黃櫄)이 의미를 풀이하고, 여소겸(吕祖謙)이 음을 단『모시이황집해(毛詩李黃集解)』가 있다.

한 지 오래지 않아 그가 이 고을의 가르침을 담당한다는 사실을 전해 듣고 매우 기뻐하며 제가 관장하는 현의 학교 일과 관련된 점에서 당연히 크게 조력을 받을 수 있겠다고 생각했습니다. 그래서 일의 옳고 그름을 가리지 않고 편지와 문서로써 내 뜻과 취지를 아뢰지 않은 적이 없었는데, 그가 화를 냄이 이 지경에 이를 줄은 몰랐습니다. 그래서 다음과 같이 일곱 가지 일[5]을 변론합니다.

이군은 편지에서 저에게 소년의 치기 어린 기상이 있다고 했습니다. 제 생각에 일을 의론하는 자는 마땅히 사리의 장단곡직(長短曲直)을 따져야지 나이의 많고 적음을 따져서는 안 됩니다. 만약 오직 연장자만 옳다고 한다면 나이 적은 사람은 이치가 비록 더 낫더라도 끝내 자기 의견을 펼칠 수 없습니다. 또 어찌 감사나 군수 앞에서 논쟁하지 않느냐고 하는데, 이는 이군이 능한 점이지만 저는 참으로 감히 할 수 없습니다. 그 이유는 단지 감사나 군수의 위세로 윗사람이나 아랫사람을 협박하고 싶지 않기 때문입니다. 이는 이군이 능한 점이지만 저는 참으로 감히 할 수 없습니다. 이군이 또 스스로 말하기를 본디부터 다른 사람을 이기려는 마음은 없고 단지 수레를 밀어서 앞으로 나가게 하고 싶을 뿐[6]이라고 했

....

5 　七事.『절보』: '소년의 치기'가 첫 번째이고, '감사나 군수 앞에서 논란을 펼침'이 두 번째이고, '수레를 밀어 앞으로 나가려 함'이 세 번째이고, '4등분한 학전'이 네 번째이고, '길에서 양식을 빌림'이 다섯 번째이고, '각각 자신이 있는 데서 힘을 다함'이 여섯 번째이고, '소양이 없음'이 일곱 번째이다.

6 　推車欲前.『차의』: 아마도 일이 마치 수레를 미는 일과 같다는 뜻을 취하여 논한 듯하다.
　　『절보』: 아마도 이군이 자기 수레를 밀어 앞으로 나가게 하느라 현의 학교를 염두에 둘 겨를이 없다고 하였으므로 선생께서 '군과 현의 학교가 본디 하나의 수레'라고 말한 듯하다.

습니다. 이상합니다! 이군이 수레를 앞으로 나가게 하려 함이여! 어찌 군과 현의 학교가 본디 한 수레임을 생각하지 않는단 말입니까? 비유컨대 군은 수레의 짐칸과 덮개이고 현은 끌채와 멍에입니다. 그런데 그 끌채와 멍에를 내버려두고 단지 덮개와 짐칸만을 몰면서[7] 나는 수레를 앞으로 나가게 하려 한다고 하니, 이는 제가 이해하지 못하는 점입니다. 또 이군이 말하기를, 4등분한 학전은 곧 군과 현의 학교에서 통틀어서 사용해야 하는데, 제가 그 가운데 둘을 현에 남겨 놓고 나서, 그 나머지 둘만을 군의 학교에 귀속시킨다고 했는데, 도대체 무슨 소리입니까?[8] 현으로 하여금 그 절반을 쓰지 못하게 한다면 학전을 징수하지 않을 테니, 주에서 오히려 그 절반을 받아서 쓰지 못합니다.[9] 길에서 식량을 빌리라는 말[10]은 바로 지난번에 말한 스스로 학비를 마련하라는 말과 같으니, 어찌 유독 현의 학교에서만 할 수 있고 군의 학교에서는 못한단 말입니까? 이를 미루어 말한다면, 전에 이군이 스스로 남을 이기려는 마음이 없다고 한 말을 저는 믿지 못하겠습니다. 또 이군

....

7 軫蓋衡軶.『차의』: 진(軫)은 수레 중에 물건을 싣는 부분이고, 개(蓋)는 수레 위를 덮는 물건이다. 형(衡)은 끌채 앞에 가로지른 나무로 멍에를 묶는 것이고, 액(軶)은 말의 목에 멍에를 지우는 것이다.

8 尙何言.『절보』: 여기서 구를 끊어야 한다.

9 二分也.『차의』: '상하언(尙何言)'의 뜻이 여기까지이다.

10 假粮於道.『차의』: 이군의 말이니, 현의 학생들에게 길에서 양식을 빌려서 먹게 함을 말한다.
   『절보』: 아마도 이군의 편지에서 이와 같이 말했다면 이는 '군의 학생들에게 길에서 양식을 빌리라'고 말하였으므로 선생께서 대답한 말이 이와 같다. '스스로 학비를 마련하다'는 이군의 앞 편지 중에 말인 듯하니, 현의 학교에게 스스로 학비를 마련하게 하고자 함이다.

이 말하기를, 군의 학교는 천주의 학교이고 동안의 학교는 동안현의 학교이니, 군은 군대로 현은 현대로 그 가운데서 힘쓸 뿐이라고 했는데, 이 역시 옳지 않습니다. 제가 전에 편지에서 진술하여 언급한 점[11]은 제 자랑을 하기 위함이 아니었고 마음속에서 탐구한 한두 가지를 가지고 의론을 극진히 하여 이군에게 보살펴 주기를 구했을 뿐입니다. 한 주의 교관이 되는 사람은 위로는 승상 본인이 선발하고[12] 아래로는 대부 및 자사와 분정항례[13]합니다. 저는 이조에서 한 현의 작은 관리로 임용된 사람일 뿐인데 감히 그를 이기려는 마음이 있었겠습니까? 지금 이군이 언급한 내용은 제 사적인 문제를 가지고 잘못이라고 지적함에 불과합니다. 또 이군이 말하기를, 제가 소양이 없기 때문에 현의 학교 일을 스스로 감당할 수 없다고 하였는데, 이는 저의 병통을 정확하게 지적한 듯합니다. 다만 제가 논쟁하는 내용은 바로 공적인 일이고 터럭만큼도 그사이에 사사로운 생각이 없습니다. 이는 실로 사또[14]께서 잘 아시는 점인데도 저를 나무라실 줄은[15] 감히 생각하지 못했습니다.

....

11 前疏所陳. 『절보』: 앞의 편지에서 '제가 관장하는 학교의 경우'라고 언급 내용이니, 아마도 이군은 선생의 이 말을 스스로 잘난 척한 것이라고 여겨서 끝내 "주관하는 학교가 이미 다르니 지위가 높고 낮음과 능력이 있고 없음을 막론하고 단지 마땅히 각각 그 가운데서 힘을 다해야 할 뿐이다"라고 하면서, 이군이 화를 냈으므로 선생께서 대답하심이 이와 같았다.

12 丞相~擇用. 『관보』: 희령 6년(1073)에 조칙을 내려 모든 노(路)의 학관(學官)은 모두 중서문하성에서 선발해서 차출하도록 했다(『절강통지浙江通志』 103권 「직관3」).

13 分庭抗禮. 『차보』: 『사기』 「화식전」, '뜰에 마주 서서 대등하게 예를 행한다'고 했다.

14 官長. 『차의』: 진재를 가리킨다.

15 其戒. 『차의』: 이군의 말이다.

저는 이미 학교 일을 사직했습니다.[16] 다만 이런 종류의 공금은 끝내 잃을 수 없습니다. 이는 바로 동안현의 향후 오랜 기간의 이해가 걸린 일이지 저희 현 사람들이[17] 하루아침에 개인적 판단에 따라서 사용할 수 있는 바가 아닙니다.[18] 삼가 생각건대 현의 학전을 유지하고 변경하지 않아서 이 현의 사람들이 다행으로 여기게 하십시오. 또 제가 진술한 내용으로 이군을 깨우치시면 이군이 크게 노하지는 않을 듯합니다. 이군이 저에게 쓴 편지와 지난번 제가 쓴 차자를 아울러 봉하여 올립니다. 부디 이를 직접 살펴보시고 방법을 강구하십시오.

....

16 已謝學事.『절보』: 선생께서 계유년(1153)에 동안으로 부임했고 병자년(1156)에 임기가 차서 정축년(1157)에 물러나 돌아왔다. 그렇다면 이 편지와 위 편지는 마땅히 병자년과 정축년 사이에 쓰였다.

17 吾人.『절보』: '우리 무리'라고 말함과 같다.

18 非~之私.『절보』: 선생이 생가에 진재가 혹 이교수의 체면을 꽂서 그 돈을 은권희 군의 학교로 보낼까 염려한 듯하다.

황추밀께 보내는 편지(1161년 겨울)*

제가 듣기로는 금나라 추장[1]이 죽자 그 족속들이[2] 달아났으며 회북의 유민들이 모두 우리 군대에 항복했다고 합니다. 이는 천명이 종묘사직의 영령들을 돌봐 주셔서 중원을 깨끗이 치워서 온전히 돌려주시려 함이니, 온 천하가 막대한 경사를 함께할 듯합니다. 그러나 저의 어리석은 우려가 너무 지나침을 이기지 못하여 감히 귀하께 다음과 같이 아룁니다.

무오년(1138) 강화부터[3] 지금에 이르기까지 20여 년 동안 조정은 기강이 없고 군대의 대비 태세는 해이해지고 국력은 쇠약해져

....

* 黃樞密. 『차의』: 황추밀은 황중(黃中)인 듯하다.

　『절보』: 선생께서 정해년(1167)에 편지를 가지고 가서 황단명을 만났는데, 이때가 초면인 듯하다. 또한 황단명은 추밀사가 된 적이 없었으니, 아마도 이 사람은 황중이 아닌 듯하다.

　『표의보』: 황중은 추밀의 직을 맡은 적이 없었다. 『속강목』에서 '소흥 31년(1161) 신사 8월 황조순(1100-1165, 자는 계도繼道, 호는 공계궁인鞏溪宮人)이 동지추밀원사가 되었다'고 하였으니, 마땅히 이 사람이다.

　『차보』: 소흥 신사년 9월에 완안량이 쳐들어왔고, 이 달에 황조순을 동지추밀로 삼았으니, 아마도 이 사람인 듯하다.

1　虜酋. 『차의』: 완안량을 말한다.

2　種人. 『차의』: 오랑캐 종족을 말한다.

3　戊午講和. 『차의』: 소흥 3년(1133)에 진회가 오랑캐의 조정에서 돌아와 비로소 화의를 주장했다. 소흥 8년 무오년(1138)에 화의가 이루어졌다.

서 조정 안팎이 텅 비었습니다. 근래 하늘이 임금의 마음을 깨우쳐 주시고 조금 사리를 진작해 주셔서 국사가 다시 점점 조리와 두서가 있게 되었습니다. 그러나 묵은 폐단이 이미 깊으니 마음과 덕을 같이하는 신하를 얻고 평소 온 천하에서 촉망받는 자를 보좌로 삼아서, 어진 사람은 조정으로 나아가게 하고 간특한 사람은 물리치시어 막힌 곳은 고치고 해진 곳을 보충하되 온전함을 요체[4]로 삼고 이런 태세를 오랫동안 유지해서, 그 형세가 흡족할 만큼 크게 변하게 하지 못한다면 큰일을 이룰 수는 없습니다.

전에 일의 형세를 헤아리지 않으시고, 급하게 친히 정벌하신다는 조칙을 내리신 일은[5] 이미 경솔함에 기인한 실수입니다. 그러나 친히 정벌한다는 조칙은 이치에 맞고 말이 적절해서 거의 이룰 듯도 하고 일이 쇠뇌로 화살을 쏨과 같아서 나아가기만 하지 물러날 수는 없습니다. 그런데도 세월만 허비하면서 군대를 출동하는 기일을 들을 수가 없고, 국정을 맡은 자들에게서 구충민(寇準: 忠愍은 자)과 같은 계략이 있음을 듣지 못했고, 군 사령관들에게서 고열무(高瓊: 烈武는 자)와 같은 요청이 있음을 듣지 못했습니다.[6] 그래서 여러 장수는 나태해지고 전군은 해이해져서, 금나라 기병이 제멋대로 돌진해서 양회 지역을 깊이 침입해 왔습니다. 우리 병력은 부족한데 적은 날로 강해지고 일의 형세는 급박한데 군량은 이

....
4 要之以盡. 『절보』: 막힌 곳은 고치고 해진 곳은 보충하여 온전해지기를 기약함을 말한다.
5 親征之詔. 『차보』: 당시 고종은 11월에 친히 정벌하겠다고 조칙을 내렸고, 12월에야 비로소 건강으로 갔다.
6 寇忠愍, 高烈武. 『차의』: 구준과 고경이 진종을 모시고 오랑캐를 전연 땅에서 물리쳤다.

미 바닥났습니다. 이에 계엄령을 선포한 지 두 달도 채 안 되어 모병과 과차(백성에게 군량을 차용함)[7]의 고난이 이미 백성에게 미쳤습니다. 만약 하늘이 황실을 도우셔서 저들에게 벌을 내리지 않으셨다면 승부의 결말을 아마 알 수 없었을 듯합니다. 또한 지금의 일은 여러 공들이 조정에서 계략을 짠 효과나 여러 장수가 성을 공략하고 야전에서 싸운 공[8]이라고 말할 수 없음이 이미 명백합니다. 어리석은 제 생각에 임금과 신하가 서로 경계하고 전전긍긍을 삼가고 경건하고 엄숙하여, 정권과 임무를 맡은 사람들은 생각을 일신하고 정사를 다지고 고쳐서, 이로써 하늘의 돌봐 주시는 명에 답하며 떨쳐 일어나야지, 앉아서 이웃나라인 금나라의 어려움만을 계산하고[9] 요행을 이익으로 여겨서[10] 대번에 이로써 스스로 편안함을 도모해서는 안 됩니다.

또 지금 중원의 땅은 폭과 둘레가 수만 리에 이릅니다. 금나라 사람들이 놀라서 달아난 나머지 우리와 싸울 여력이 없는데도, 조정에서는 좌시하면서 그 땅을 취하지 않음은 계책이 아니요,[11] 그 땅을 취함은 공적이 크겠지만 노력과 비용이 너무 많이 듭니다. 이는 바로 안위와 득실의 기미로서 터럭만큼의 차이가 천 리나 어긋나게 되니 자세히 살피지 않으면 안 됩니다. 제 생각은 다

....

7   科借. 『차의』: 백성들의 소출별로 등급을 매겨 양식을 백성들에게 빌리는 일이다.
8   野戰之功. 『차의』: '불가위(不可謂)'의 뜻은 여기까지이다.
9   坐虞. 『차의』: 우(虞)는 계산하고 헤아림이다.
10   以幸爲利. 『차보』: 「악의가 연혜왕에게 답한 편지」(『전국책』 「연책2」)에 나온다.
11   持計. 『차의』: 지(持)자는 다른 판본에는 비(非)자로 되어 있다.

44

음과 같습니다. 반드시 중원의 사람으로 지키게 하고 중원의 식량을[12] 먹어서 동남쪽 남송의 국력이 곤핍하지 않게 한 연후에야 근본이 확고해져서 흔들리지 않게 됩니다. 반드시 중원의 금나라 영토에 사는 사람들에게 회복된다는 희망[※]을 갖도록 크게 위로하고 함께 어려움을 극복하자는 마음으로 깊게 결속시키고, 서북쪽의 민심을 더욱 견고히 한 다음 국경 수비를 조밀하게 하여 믿을 수 있게 하여야 합니다. 이렇게 하여 금나라 오랑캐들의 애통함이 진정되고 힘이 온전해진 뒤에도 우리 노룡[13]의 요새를 다시는 엿볼 수 없게 하여야 합니다. 그런 뒤에야 조종 능묘의 배알과 옛 수도로 돌아가는 일을 비로소 말할 수 있습니다.

금일 조정의 시종관 반열에 있는 자들 중 누가 이 일을 처리할 수 있겠습니까? 다만 옛 지인 가운데[14] 현자로서 벼슬길에 나섰지만 쓰임을 받지 못했던 한두 분을 조정으로 나오게 해서 현재 군대를 맡고 있는 사람[15]보다 중한 직책을 주고 정사를 맡기면서 현 집정한 관리보다 더 존중해야 합니다. 다만 주정에서 끝내 쓰지 않으려 한다면 어쩔 도리가 없을 듯합니다. 지금의 기회를 놓치고

....

12 其人其糧.『차의』: 모두 중원을 가리킨다.

※ 『서경』「중훼지고(仲虺之誥)」에서 하나라 폭정에 시달리는 사방의 백성들은 탕임금이 자신의 나라를 정벌하여 자신을 구제해 주길 바라면서 말하길, "우리 임금님을 기다리니, 임금님이 오시면 소생하겠네!(徯予后, 后來其蘇!)"라고 하였는데, 여기서 내소지망(來蘇之望)이 나왔다.

13 盧龍.『차보』: 당대 유주와 연주 지역에 노룡 절도사를 두었다.

14 舊人.『차의』: 장위공(장준張浚의 봉호) 등과 같은 사람들을 말한다.

15 祝師 · 之土.『간보』:『송사』에 '섭이문은 간 회군미독이었고, 오요문은 횝모군이었다'고 하였고(『송사』 32권 「본기」 32), 이해에 진강백과 주탁이 좌·우복야였다.

조속히 계책을 세우지 않는다면 큰일입니다. 금나라 오랑캐 군대의 날쌔고 강함은 본래 손상된 적이 없고 지금 금나라가 잃은 건 단지 완안량[16] 한 사내일 뿐입니다. 만일 한 달 사이에 다시 그 무리를 다 모아서 자기 임금을 잃은 치욕을 갚는다는 핑계로 쳐들어와서 우리에게 보복한다면[17] 조정은 다시 어떤 계략으로 이를 방어할지 모르겠습니다. 백성들에게 군량을 거두면 백성들이 초췌해져서 감당할 수 없고 병사들을 징발하면 병사들은 취약해져 쓸모가 없을 듯합니다. 장차 중원을 근거로 그들과 싸우려 하면 형세에 익숙하지 않고, 장차 중원을 버리고 회수와 사수를 지키려 하면 중원의 회복을 기약할 수 없습니다. 당신의 의론은 어떤 입장을 택할지 모르겠습니다. 실로 어떤 입장을 택할지를 자세히 고려하지 않으시면서 당분간 다시 하늘에서 행운을 내려주기를 기다린다고 말씀하신다면, 어리석은 제가 감히 관여할 일이 아닙니다. 이 내용은 사사로운 근심과 외람된 계책이지만 종일토록 전전긍긍하며 그만둘 수 없습니다.

저는 쇠약해지는 병의 여파로 기운이 떨어지고 말은 졸렬해서 이해득실의 실상을 말씀드리지 못하겠습니다. 그러나 대략적인 요체는 여기에서 멀지 않을 듯합니다. 각하[18]※께서 도학을 실천해

....

16　元顔. 『차의』: 원(元)자는 '완(完)'자의 오자이다.

17　脩怨于我. 『차보』: 『좌전』에 '정나라에게 선군의 원수를 갚다'(「애공 원년」)라 했다.

18　閣下. 『차보』: 옛날에 삼공은 작은 전각을 개설하였으므로 합하(閤下)라 불렸고, 군수는 옛 제후와 비견되므로 합하라고도 불렸다(조린趙璘, 『인화록因話錄』 5권).

※　과거에는 황제에게 폐하, 정승에게 합하, 장관급에 각하, 장수에게 휘하 같은 존칭을 사용했으나 지금은 거의 쓰이지 않는다. 지금은 폐하, 각하, 휘하만 남아 있기 때문에 원문

서[19] 조정에서 정사를 펴고 계시고 여러 공들 가운데 가장 인망이 있기 때문에 제가 감히 이 말씀을 올립니다. 위엄과 존엄을 범하여 황공무지합니다. 망령된 죄는 귀하께서 재단하여 주십시오.

의 합하를 각하로 번역하였다.

19 道學踐履. 『차보』: 황조순이 『논어강의』를 지어서 황제께 올린 적이 있는데, 김안절이 "그 말의 뜻이 분명하고 순수하니, 아마도 이 사람은 도학을 갖춘 사람인 듯하다"라고 말했다(『송사』 23권 「열전」 145).

24-5

진조사의 염법 논의에 답하는 편지(1163년, 계미)*

제가 지난번 귀하가 염법의 장단점을 제시한 편지를 보고 며칠 동안 탐구하고 관찰해 보니, 제 생각으론 이보다 더 시의적절한 것이 없다[1]고 여겼습니다. 그러나 여러 마을 사람들에게 물어 보니, 그들의 말에 찬반이 없지 않아 감히 말씀드리지 않을 수 없습니다. 숭안현의 사람들에게 물어보면 옛날 비용보다 줄어들어서 편하게 여기지 않는 자가 없었습니다. 건양현의 사람들에게 물어보면, 천금의 소출을 내는 집안이 지금 소금을 사려면 천전밖에 안 들어가지만, 신법으로는 관청에 내는 소금 값은 이전보다 50% 늘어나고,[2] 또 반드시 돈을 내고 추가로 전매소금을 사 먹어야 하

....

* 『차보』: 염법은 『송사』 「식화지」에서 '민(閩)지방의 위 네 주(州)인 건(建), 검(劍), 정(汀), 소(邵)에서는 관매법(官賣法: 관청에서 소금을 전매함)을 시행했고, 아래 네 주인 복(福), 천(泉), 장(漳), 흥화(興化)에서는 산염법(産鹽法: 관청에 소금 값을 내고 소금을 배급받음)을 시행했다'고 하였다. 이 책 27권 「첨수에게 답하는 편지」에서도 위 네 주에서는 전매인수(상인이 인수권을 사서 관청에서 소금을 받아 파는 제도)와 관청배급 방법을 병행하였고, 아래 네 주에서는 소금 생산비를 내고 관에서 소금을 배급받았다고 말하고 있다. 진조의 새 법은 고찰해 볼 수 없지만, 아래 문장으로 추론해 보면 대체로 위 네 주에서도 산염법을 쓰고자 한 듯하다. 그러나 선생의 대답은 관청 배급을 폐지하고 오로지 전매인수만을 쓰고자 한 듯하다.

※ 원문의 객초(客鈔)에서 초는 이 편지의 인(引)같이 전매소금의 인수권이다.

1 莫便於此. 『차의』: 이는 진조사가 제시한 염법이다.

2 千金~其舊. 『차의』: 천금의 집안은 천금에 상당하는 농작물을 생산하는 민가를 말한다.

는데, 전매소금이 건계 상류까지 도달했을 때의 가격을 지금 가격과 비교해 보면 또한 그다지 싸다고는 할 수 없으니, 신법이 이익이 될지 해가 될지 알 수 없다고 합니다.[3] 두 읍[4]의 통계를 별지

....

아마도 진조사의 염법은 민가를 소출에 따라 계산하여 상, 중, 하로 나누고 관염(관에서 배급하는 소금)을 등급에 따라 차등을 두어 분배해 주고, 소금 값을 관청에 내도록 한 듯하니, 지금 천금의 집안은 바로 상호로서 이들이 받는 관염 대가로 내야 하는 소금 값이 1,000전에 불과하다. 그러나 이제 신법이 정한 소금 값은 이전 본래 소금 값에 비해 절반이나 증가하게 되니, 이전 가격이 1,000전이었다면 이제는 1,500전으로 증가한다는 말이다.

3   又須~知也.『차의』: 아마도 민가들이 받는 관염이 부족하기 때문에 다시 전매소금을 사 먹는 듯하다. 전매소금은 『속강목』에서 '상인이 먼저 전매관서에 돈을 내고 소금인수권인 초(鈔)를 받은 다음, 소금 산지인 주나 군에 가서 소금을 받아서 판매하는 것이다'라고 하였다(『속자치통감장편습보續資治通鑑長編拾補』 22권) 초는 바로 인(引: 인수권)이다. 관청에서 선박을 통해 소금을 상류에 운송하게 하여, 상인들은 인수권을 가지고 이 소금과 바꾸어 내다 팔게 하니, 관청에서 균등하게 나눠 주는 소금과 별도의 소금이다. '지금 가격과 비교'는 전매소금의 가격을 균등하게 나눠 주는 소금 값과 비교한다는 말이다. '또한 그다지 싸다고는 할 수 없다'는 아마도 해창에서 멀리 수송해서 상류에 이르기 때문에 그 값이 또한 싸지 않은 듯하다. 이익과 해로움은 옛 법과 새 법의 이익과 해로움을 말한다.
『설보』: 선매소금은 상인들이 남선을 관청에 납부하고 인수권을 받아, 소금이 상류에 도달하면 소금을 받아 판매하는 소금이다. 인수권은 공문서이다. 관청에서 상인들에게 인수권 대금을 받고 선박으로 소금을 상류로 운반하게 해서 상인들에게 공급한다. '그다지 쌀 수도 없다' 함은 신법 또한 소금을 상류로 운송해서 팔기 때문에 백성이 사 먹는 가격이 반드시 지금보다 그다지 쌀 수는 없다는 말이다. 백성들이 관청에 내는 소금 값이 비록 이전보다 50%나 높아졌지만, 전매소금을 사 먹는 가격이 지금 백성들이 상인들에게 사는 소금가격과 비교해서 아주 싸다면 신법이 지금 시행되는 법과 비교해서 이롭다고 할 수 있다. 그렇지만 사 먹는 가격이 비록 조금 줄더라도 아주 싸지 않다면 관청에 내는 소금 값이 이미 절반 정도 늘었는데, 전매소금을 사먹는 가격 역시 아주 싸지 않아, 신법이 구법보다 반드시 더 좋다고 말할 수는 없다. 구법과 신법을 막론하고 관청에 소금 값을 내고 얻는 소금이 부족하기 때문에 또 반드시 상인들이 파는 전매소금을 사 먹어야 한다.
『차부』: '지금 가격'은 다시 시가를 말한다.

4   兩邑.『차의』: 숭안과 건양을 말한다.

에 갖추어 아뢰니 그 실정을 아실 수 있을 듯합니다. 또 다른 읍에서는 어떤지 모르겠습니다. 그러나 제 생각에 염법의 본령[5]은 실제로 더 편리해진 듯합니다. 아마도 백성의 형편에 맞게 균등하게 배부해서 하층의 가난한 백성들의 부담을 많이 덜어 주어 부역에 징용되는 백성들이 몇 배씩 더 부담하던 비용을 줄일 수 있을 듯합니다.[6] 또 갖가지 폐단과 요행수가 모두 의도치 않게 일어나니 참으로 가볍게 바꿔서는 안 됩니다. 다만 여러 사람의 생각을 모으고 다방면으로 조치해서 관청에 내는 소금 값의 액수[7]가 과거에 비해 조금이라도 가벼워지고 소금을 사는 가격[8]이 과거보다 많이 줄어들게 한다면, 공적으로나 사적으로나 다 편리해서 염법이 오래도록 시행될 수 있을 듯합니다. 그렇지 않다면, 이전에는 요행히 관청에 내는 소금 값을 면제받았는데 이제는 일률적으로 관청에 소금 값을 내야 하는 관리의 집안과 지방유지 및 호족들이[9] 제멋

....
5   法之大體. 『차의』: 진조사의 염법을 말한다.
6   已寬~部費. 『절보』: 구법은 백성의 형편에 맞춰 균등하게 분배하지 않았기 때문에 하층
    민가로 부역에 징용되는 집안은 편파적으로 몇 배의 소금 값을 더 내는 고통을 부담하는
    폐단이 있었으나, 그 법과 그 폐단은 잘 모르겠다.
    『차보』: '이관하빈(已寬下貧)'에서 구를 끊어야 한다.
    ※『차보』에는 '수약(雖弱)'으로 되어 있으나, 이 편지 본문에 '강약(彊弱)'으로 되어 있
    고, 아래 '官戶~例輸'조의 『차의』에 '강약(强弱)'으로 되어 있어, '강(彊)'과 '강(强)'이 모
    두 사회적 강자를 가리키는 점을 감안할 때, 여기서 '수(雖)'자는 '강(强)'자의 오기인 듯
    하여 '강약(强弱)'으로 번역하였다.
7   輸錢之數. 『차의』: 바로 앞의 '이전보다 50% 늘어나다'라는 말이다.
8   買鹽之價. 『차의』: 바로 앞의 '전매소금 또한 그다지 싸지 않다'라는 말이다.
9   官戶~例輸. 『차의』: 아마도 구법의 관염은 단지 빈곤한 하층 민가를 대상으로 하였지만,
    지금 진조사의 염법은 백성을 가리지 않고 모두를 대상으로 하여, 일률적으로 생산비 기

대로 분분하게 의론하여 반드시 이를 평계로 문제를 일으킬 터입니다. 그렇게 되면 비록 좋은 법이나 의도라 하더라도 시행될 수 없습니다.

제가 전에 이를 고려해 봤는데,[10] 전매소금 인수권의 가격[11]이 비싼 까닭은 상인들에게 파는 전매소금 인수권의 할당량에 구애되기 때문이며,[12] 소금 본전이 비싸지는 까닭은 지출되는 액수에 따라 백성에게 징수하기 때문입니다.[13] 이 점이 소금이 비싸지는 까닭입니다.[14] 전매소금 인수권을 파는 할당량이 적어지는 까닭은

....
준으로 소금 값을 내는 듯하다.

10 竊嘗思之.『차의』: 여기서부터는 전적으로 전매소금을 논했다.

11 引價.『차의』: 전매소금의 가격을 말한다.
  『차보』: 상인이 인수권을 사는 가격을 말하니, 바로 아래 문장에서 '인수권의 가격이 23문에 다다라 그 비쌈을 걱정하다'는 말이다.

12 引額~拘之.『차의』: 인수권의 정량이 1,000만 근에 그치고 더 넘을 수 없으므로 "구애된다"라고 말하였다.
  『절보』: 인수권의 가격은 상인이 금전을 내고 인수권을 받는 수량이다. '비쌈'은 매 근마다 23문임을 말한다.

13 本錢~取之.『차의』: 본전은 전매소금의 가격이다. 해창에서 운송해 올 때 지출비용이 매우 많은데, 이제 이 지출비용을 전매소금의 총량으로 나누어 환산하므로 가격이 높게 된다.
  『절보』: 본전은 바로 아래 문장에서 말한 '매 근당 12문씩 소금 본전을 소금생산가에 준다'는 돈이다. 본전이 이처럼 비싼 이유는 인수권의 정량이 적으므로 소금생산가는 순환자본으로 반드시 이 값을 받아야 된다.
  『차보』: 본전은 바로 아래 문장에서 말한 매 근당 12문씩 소금본전을 소금생산가에 준다는 것이고, 지출한 액수는 바로 관청에서 백성에게 소금 값을 거두고 소금생산가에 소금을 납품받을 때 지출하는 비용이다.

14 此鹽~貴也.『절보』: 상인이 이미 인수권의 가격 23문을 지불하고서, 또 본전 12문을 납부하여, 소금 값이 비싸지는 이유가 이처럼 많으므로 부득이하게 비싸게 팔게 된다. 여기서 비싸다 함은 민가에서 상인에게 사 먹는 가격을 가지고 말한 것이고, 아래 '소금 값이 싸다'에서 싸다 함도 같다.

운반수량에 제한을 받기 때문이고[15] 선박운송비를 받는 까닭도 운반비용을 계산하기 때문입니다.[16] 이 점이 생산량 기준으로 관청에 내는 소금 값이 비싸지는 까닭입니다.[17] 두 가지 이익을 달성하고 두 가지 해로움을 제거하려고 한다면[18] 해창(소금생산지에 둔 소금관리관청)의 매집을 폐지하는 데 있을 뿐입니다.[19] 참으로[20] 해창

....

15 賣引~拘之.『차의』: 파는 전매소금의 정량이 많지 않은 까닭은 배로 운반해 오는 비용이 매우 많이 들기 때문에 한정된 수량만 운송한다는 말이다.

16 海船~計之.『차의』: 선박운송비는 아래 문장에서 말한 예비비 5만 관이다. 이 가운데 운송비로 충당된 금액은 운송수량에다 지출금액을 나누어 환산해서 징수한다.

17 計産~重也.『차의』: 여기서는 소금을 배분받고 내는 소금 값이 비싼 까닭을 논하였다. 인수권의 정량이 이미 적기 때문에 받아들이는 대금이 많을 수 없고, 또 그 가운데 선박운송비 5만 관을 제외하고 나면, 나머지가 또 많을 수 없기 때문에 부득이하게 생산량 기준으로 균등하게 부과되는 소금 값에서 많이 징수한다.

18 二利, 二害.『차의』: 두 가지 이득은 소금 값과 생산단가가 낮아지는 것이고, 두 가지 해로움은 소금 값이 비싸지고 생산단가가 높아지는 것이다.

19 罷海~買納.『차의』: 관청에서 정호의 소금을 해창에서 매집하여, 회안 땅으로 운송해 와 상인들에게 판매하게 하는 제도는 폐단이 많아서 혁파하려 하였다.

20 誠能~薄矣.『차의』: 관청에서 해창의 소금독점매입을 폐지하고, 또 아래 네 주도 모든 현의 소금독점매입을 폐지하여서, 상인들이 직접 정호와 소금을 매매하게 한다면 관청에서 소금인수권을 사는 가격이 낮아질 수 있고, 전매소금에 지출되는 본전 또한 그 액수가 줄어들 수 있다는 말이다. 상인들에게 인수권을 주고 나면 상인들은 스스로 배를 마련해서 운반해 오는 데 어려움이 없기 때문에 인수권의 정량도 증가할 수 있고, 상인이 많아지게 되면 반드시 선박을 써서 운송해 줄 필요도 없기 때문에 운송선박도 없앨 수 있다. 대개 인수권의 정량이 이미 증가되었고, 해상운송비도 공제하지 않는다면 관청에서 얻는 소금대금이 풍족하기 때문에 생산량을 기준으로 내는 소금 값도 그 액수를 줄일 수 있다. 인수권을 신청한다는 말은 전매소금 인수권의 매입을 신청한다는 말이다. 정호(竈戶)는 소금을 굽는 민가이다. 정(竈)의 의미는 잘 모르겠다.
『차보』: 아래 문장에서 이미 상세하게 말하고 있다. '인수권을 판 대금'에서 '도리어 이전보다 늘다'까지는 인수권의 가격을 낮출 수 있고, 인수권의 정량이 늘어날 수 있음을 의론하였다. '상인들에게 …… 하게 한'에서 '매우 차이가 난다'까지는 소금 본전을 낮출

과 아래 4개 주의 모든 현의 매집을 폐지하고[21] 상인들에게 전매 소금 인수권을 신청하게 하여,[22] 남으로는 장주와 천주부터 북으로는 장계에 이르기까지 각기 편리한 대로 곧장 정호(소금생산가)로 가서 소금을 사서 판매하게 한다면, 인수권의 가격을 낮출 수 있고[23] 관에 내는 소금 값도 줄일 수 있어서 소금 값이 저렴해질 듯합니다. 인수권의 정량을 늘릴 수 있고 선박운반을 폐지할 수 있다면, 생산량 기준으로 관청에 내는 소금 값 또한 낮아질 듯합니다.[24]

수 있음을 의론하였다. '주와 현에 …… 까닭'에서 '없앨 수 있는 돈이다'까지는 운송선박을 없앨 수 있음을 의론하였다. '이 몇 가지를 시행하여'에서 '열에 네다섯 …… 이다'까지는 생산량 기준으로 내는 소금 값도 줄일 수 있음을 의론하였다. 인수권을 신청한다는 말은 바로『속강목』에서 말한 '초를 신청하다'이다.
　　『관보』:『자전』에는 정(埕)자가 없다. 송나라 시대에 소금생산가는 정호(亭戶)라고 불렸는데, 정(埕)자는 정(亭)자의 속자인 듯하니, 당시의 문서에서 통용되었다.
21　海倉~買納.『절보』: 관청에서 상인들에게 본전을 받고, 정호들의 소금을 해창과 현에서 매집하여, 회안 땅까지 운송하여 상인에게 팔게 했다.
22　請引.『절보』: 대금을 납부하고 인수권을 신청해서, 장차 이를 가지고 소금을 받아 판다는 말이다.
23　引價~賤矣.『절보』: 운송선박을 없애고 상인들이 각자 정호에 가서 소금을 사게 한다면 인수권의 정량이 늘어나서, 인수권의 가격이 23문에 이를 정도로 높지 않을 터이고, 본전 역시 4, 5문 정도로 낮출 수 있다. 이렇게 되면 민가에서 사 먹은 가격은 싸게 하려 하지 않아도 저절로 싸진다. 정호는 소금을 굽는 민가이다.
24　引額~薄矣.『절보』: 해창과 현의 매집하는 제도를 폐지하고, 상인들이 자체적으로 사서 운반하게 한다면, 운송수량 1,000만 근에 구애를 받지 않아서 인수권의 정량이 늘어날 수 있다. 운송선박도 없애려 하지 않아도 저절로 없어진다. 인수권의 정량이 늘어나면 거둬들이는 인수권 대금의 총액도 이전보다 크게 증가하게 된다. 운송선박이 없어지면 다시 예비비 5만 꿰미도 없어진다. 이와 같다면 생산량을 기준으로 거둬들이는 소금 값도 이전에 비해 당연히 감소한다.

해창이 염법을 좀먹는 근본 원인임은 조운사인 당신[25]께서 잘 아실 듯합니다. 아래 4개 주 모든 현의 매집에 대한 폐단이 해창과 다르지 않고, 장주에서 마땅히 백성에게 분배해야 할 산지 소금을 몰래 내다팔아 백성들에게 해악을[26] 더욱 가중시킨 사실 역시 당신께서 잘 아실 듯합니다. 설령 지금 의론하는 염법에 해악이 없다고 하더라도 오히려 폐지함으로써 적폐를 없애 주어야 하는데, 하물며 관염의 값을 올리고 사염의 이익을 두텁게 해 주는 사유가 모두 여기에 있는데도,[27] 어찌 폐지하지 않고 이를 새롭게 고치기를 도모하십니까? 인수권을 판 총량은 위 4개 주로 매년 운반해 오는 것이

....

25 使臺.『차보』: 조운사이다.

26 漳州~民害.『차의』: 장주는 아래 4개 주 가운데 하나이다. '마땅히 백성에게 분배해야 할 산지 소금'이란 생산량을 기준으로 고르게 백성에게 분배하는 데 써야 하는 소금을 말한다. 정호가 이 소금을 몰래 팔면 민가에서 얻게 되는 소금이 줄어들기 때문에 백성들에게 해악을 가중시킨다. 아마도 아래 4개 주에서 매집하는 폐단이 해창과 차이가 없었고, 장주에는 따로 또 이러한 폐단이 있었던 듯하다.

『절보』: 이 단락은 잘 모르겠다.

『차보』: 아래 4개 주의 민간에서는 산지소금 값을 관청에 납부하고 주와 현에서는 본래 소금을 공급해서 이를 보상해야 합당한데, 으레 소금을 공급하지 않고 몰래 내다팔았던 듯하다. 27권의 「조수에게 보내는 편지」에서 보인다. 이것이 아마도 백성에게 분배해야 할 소금을 몰래 내다판다는 말인 듯하다. 다만 장주의 경우만 말한 점은 의심스럽다.

27 增官~乎此.『차의』: 해창과 네 주에서 모두 소금을 매집하기 때문에 남은 소금이 더욱 적어서 값이 비싸진다. 해창이 매집할 시점에 또 관리들이 조작하여 농간부리는 폐단이 있기 때문에 정호는 해창에 팔고 납품함이 불리하여, 가격을 낮춰서 사적으로 파니, 이 점이 사염의 이익을 더욱 두텁게 해 주는 까닭이다. '모두 여기에 있다'라고 할 때의 여기는 해창의 매집을 가리킨다.

『차보』: 아래 문장에서 자세하게 말했다. '인수권의 가격이 23문에 다다라 비쌈을 걱정하다'란 관염의 값이 오름을 말한다. '차라리 사적으로 싼값에 내다팔아 눈앞의 화급함을 구하다'란 사염의 이익을 두텁게 해 준다는 말이다.

대략 1,000만 근이고 해창이 매년 받아들이는 액수도 또한 이 수량에 불과한데도,[28] 여전히 선박운송이 끊기거나 지체되는 때가 있습니다.[29] 이 때문에 인수권의 가격이 23문에 다다라 상인들은 인수권이 비쌈을 병통으로 여기고, 인수권 판매대금이 23만에 불과해 관청에서는 그 적음을 병통으로 여기니, 이는 모두 운반수량에서 비롯된 것입니다.[30] 제 생각에 이 1,000만 근이란 관청에서 운반하는 정량입니다. 그러나 이외에도 소금생산가에서 흘러나와, 강이나 바다를 통해 선박으로 운반하는 과정에서 없어지고, 짊어지고 가서 4군에 분배하는 과정에서 탈루되는 소금도 전부 먹어 없어지는 것인데,[31] 이 수량이 1년에 또 어찌 수백만 근에 불과하겠습니까? 이

....

28 以上~此數. 『절보』: 당시 소금을 운송하여 상류에 도달하는 수량은 1,000만 근으로 제한했기 때문에 해창에서 매년 사 모으는 수량 또한 이 수량에 그쳤다. 선박운송이 힘들기 때문에 이 수량으로 제한하였다.

29 乏絶~之數. 『차의』: 정호가 관청에 공급하지 않고 사적으로 팔기 때문에 관청의 선박이 소금을 운송할 때 간혹 지체되어 소금을 싣지 못하기도 했다.

30 引價~由也. 『차의』: '인수권의 가격이 23문에 다다르다'란 전매소금 한 근에 대한 가격이 23문까지 오를 정도로 비싸다는 말이다. 그러므로 '비쌈을 병통으로 여기고'라고 하였다. '인수권 판매대금이 23만이다'란 전매소금 1,000만 근에 대해 한 근당 가격이 23문이므로 총계하면 23만에 그친다는 말이다. 이 때문에 '그 적음을 병통으로 여기니'라고 하였다. '개차(皆此)'라고 할 때의 '차'는 위 문장에서 '관염의 값이 오르고 사염의 이익을 두텁게 하다'고 한 말을 가리킨다.
『절보』: 운반수량이 1,000만 근에 불과하기 때문에 상인이 신청하는 인수권의 가격이 매 근당 23문에까지 이를 정도로 비싸다.
『표보』: '引塩一斤價'는 마땅히 '塩一斤引價'가 되어야 한다. 한 근에 대한 인수권의 가격은 23문이므로 1,000만 근에 대한 인수권의 가격은 총계하면 23만 관이다. 원문의 만(萬)자 아래에는 관(貫)자가 탈락된 듯하다.

31 出於~無餘. 『차의』: 이는 관청에서 운송하는 1,000만 근 이외의 별도 수량이다. 탑(搭)은

것이 바로 정호들이 굽고 민간에서 먹는 실제 수량입니다. 그런데 이전에는 이 수량을 방치함으로써 사적 판매 대상이 된 까닭은 바로 해창이 소금생산비를 가로채서 지급을 미루거나 착취하기 때문에, 정호가 관청에 내기를 원하지 않고 차라리 사적으로 싸게 팔아서[32] 눈앞의 화급함을 구하고자 함에서 연유하였습니다. 지금 만약 해창을 폐지해서 이 수백만 근을 회수해서 인수권의 정량에 함께 포함시키면, 인수권의 가격을 매 근당 몇 전씩 줄일 수 있고 인수권 판매대금의 총액은 도리어 이전보다 늘어날 듯합니다.[33] [원주: 예컨대 1,500만 근[34]으로 인수권을 늘리면, 한 근당 단지 20문에 팔더라도 관청은 30만 관을 얻을 수 있습니다. 아마도 이 금액에 그치지 않을 듯하니 다시 헤아려 보시기 바랍니다.] 게다가 정호에 팔 만한 사염이 없게 하여 관염 유통은 더 빨라질 터인데[35] 무

'싣다'는 뜻이고, 보(步)는 '선박 정박 처'를, 담(擔)은 배에서 '소금을 져서 내림'을 의미한다. 『절보』: 이는 사염 상인들이 정호들에게서 싸게 사들여 위 네 개 주에서 몰래 파는 행위이다. 어떤 사람이 말하길 "보담(步擔)이 보부상인 듯하다"고 하니, 다시 살펴보아야 한다.

32 正以~賤鬻.『차의』: 해창이 매집할 때, 관리들이 본전을 가로채서 제때에 정호들에게 지급하지 않거나 정호를 착취하기 때문에 정호가 해창에 팔기를 원하지 않고 가격을 낮춰 사염 구매자에게 판다.

33 收此~舊矣.『차의』: 수백만 근은 위 문장에서 말한 '수백만 근을 방치함으로써 사적 판매대상으로 되다'는 수량이다. '인수권의 가격이 낮아질 수 있다'란 한 근당 23문에서 3문을 줄일 수 있다는 말이다. '인수권 판매대금의 총액은 도리어 증가하다'란 23만 관의 판매대금이 30만 관으로 늘어남을 말한다.

34 一千~萬斤.『차의』: 500만 근은 위 문장에서 말한 수백만 근이다. 이를 관청에서 운반하는 1,000만 근과 합치면 1,500만 근이 된다.

35 更無~益快.『차의』: 사염을 몰래 파는 폐단이 없어지기 때문에 관염이 부족할 경우가 없다. 『절보』: '관염 유통이 더욱 빨라지다'란 정호가 사적으로 팔지 않기 때문에 사러 가는 상

엇을 꺼려서 오래도록 이를 시행하지 않는단 말입니까?

상인들에게 인수권가격 외에 매 근당 12문씩 소금 본전[36]을 납부하게 한 까닭은 그 돈을 정호에 주어 종잣돈[37]으로 삼도록 하고자 함입니다. 지금 관에서 거두어 정호에 지급하는 것은 상인들 입장에선 지나친 비용이 되고 정호 입장에서는 실리가 없으니,[38] 차라리 정호와 상인들이 자진해서 무역하게 하고 관에서 공인해 주면 어떻습니까?[39] [원주: 해안가의 현마다 현령이니, 현승 혹은

·······
인들도 공급이 끊기거나 지체되는 병통이 없음을 말한다.
『차보』: '쾌(快)'는 매매가 순조롭다는 말이다. 위 문장에서 말한 '선박운송이 끊기거나 지체되는 폐단'이 없다는 말이다.

36 鹽本錢.『절보』: '인수권의 가격 23문'이란 상인들이 인수권을 신청하는 가격이다. '본전 12문'이란 상인이 관청에 인수권의 가격을 납부하고 인수권을 받고 나서, 또 본전 12문을 관청에 납부하면 관에서 이를 정호에 지급하고 소금을 사서 해창에 들였다가, 배에 싣고 운송해 상류로 가져다가 상인들에게 공급하면 상인들은 이를 받아서 판매하니, 이는 소금 값이라서 인수권의 가격과는 조건이 다르다.

37 爲循環本.『차의』: 상인들이 소금을 살 때 관청에서 12문을 거두어 정호에 주어서, 이 돈으로 다시 소금을 굽는 종잣돈이 되게 함을 말한다.

38 在客~實利.『차의』: 상인들이 12문을 내지만 정호가 쓰는 돈이 되지 못함을 말하였다. 그래서 '지나친 비용'이라 하였다. 정호가 해창에 가로채여 지급을 보류당하기 때문에 '실리가 없다'라 하였다.
『절보』: 관청에서 거두어 관청에서 지급할 때, 중간에서 농간을 부려 없어지기 때문에 정호에 가는 돈은 열에 한둘이기 때문에, 상인 입장에서는 지나친 비용이 되고, 정호 입장에서는 실제적인 이득이 없다.

39 官封之.『차의』: 관청에서 상인과 정호가 무역하는 소금대금을 봉인한다는 말이다.
『표보』: 관봉(官封)의 뜻은 분명하지 않다. 그러나 만약 관청에서 그 돈을 봉인한다면 관청에서 거두어 관청에서 지급하는 폐단과 무슨 차이가 있겠는가?
『차보』: 소금은 비록 그들이 서로 무역함을 허락했지만, 정호가 직접 상인들에게 공급하기 못하게 하고, 관청에서 봉인하였다가, 표(인수권)를 신청한 경우에야 비로소 내준다. 만약 '소금대금의 봉인'이라고 하면 위 문장의 관청에서 거두어 관청에서 지급함과 차이

주부에게 전임함.] 그렇게 하면 상인들은 4~5문을 들이지 않고도 소금 한 근을 얻을 수 있고 경감된 돈으로 선박을 마련해서 왕래하는 자금으로 삼기에 충분합니다.[40] 정호는 소금 한 근을 팔아서 실제로 4~5문을 얻게 되지만, 이는 관청에 청하는 돈은 명목상 12문이나 관리와 하정배[41]의 손을 거치면서 열에 한둘도 얻지 못함과 비교하면 매우 차이가 납니다. 주와 현에서 선박운송비 5만여 관을 예비비로 남겨 두게 한 까닭은 본래 조운사가 해창에서 운반하여 회안 땅에 도달하여 상인들에게 판매하게 할 목적 때문입니다. 만약 해창을 폐지하고 상인들에게 임의대로 편한 길을 따라 판매하게 한다면, 이는 본래 없앨 수가 있는 돈입니다. 이 몇 가

....
가 없다.

40 不費~往來.『차의』: 종잣돈은 관청에서 받아서 정호에 주므로 12문에 이를 정도로 많지만, 지금은 곧바로 정호와 매매하기 때문에 단지 6, 7전만 지급하므로, 이로써 낭비되지 않는 돈이 4, 5문이다. 또 소금 한 근의 본래 가격은 23문인데, 지금은 20문이 되어 이로써 몇 전을 줄어든다. 이 4, 5문과 몇 전의 돈으로 배를 마련해서 왕래하는 종잣돈으로 쓸 수 있다. 어떤 사람이 말하길 "아래 문장의 '정호들이 소금 한 근을 팔면 매 근마다 4, 5문을 얻는다'는 말로 추론해 보면, '차불비(此不費)'의 '불'자는 아마도 지(只)자의 오자인 듯하다. 다시 살펴보라"라고 하였다.
『절보』: '불비(不費)'라고 말한 것은 4, 5문을 다 주지 않고도 한 근을 얻을 수 있다는 말이다. 비록 3, 4문으로도 한 근을 얻을 수 있음을 언급했을 뿐이다. 이는 극단적인 경우를 말한 것이고, 실제로는 4, 5문이 상응하는 액수이다. 그렇기 때문에 아래에서는 '실제로 4, 5문을 얻게 된다'고 하였다. 절약한 얼마의 돈은 본전 12문에서 4, 5문을 빼야 하니, 6, 7문 정도가 줄어들게 된다. 대략 말했기 때문에 몇 전이라고 하였다.
『차보』: '불비4, 5문(不費四五文)'이란 아주 저렴함을 말하니, 반드시 오자는 아니다. 상하 문장으로 추론해 보면 23문을 통틀어 말했다고는 할 수 없다.
『표보』: 어떤 사람의 설이 더 나은 듯하다.

41 攬子.『차의』: 오늘날(조선)의 사령과 같은 부류이다.

지를 시행해서[42] 인수권의 가격을 낮추고 소금 본전도 낮출 수 있다면 관염이 자연히 가격이 낮아져서 사적 판매는 없어집니다. 인수권의 총량을 늘릴 수 있고 선박운반비도 없앨 수 있다면, 이 두 항목에서 늘어나고 줄어든 대금으로 인해 감소될 생산량 기준으로 관청에 내는 소금 값이 또한 열에 네다섯에 그치지 않을 듯합니다.[43] 아래 4개 주의 민가들은 임의대로 정호에 가서 소금을 사게 하고, 전매인수법으로 제한을 가하지 않되, 다만 법을 만들어서 이들이 위 4개 주의 영내로 들어가서 파는 경우를 금지해야 됩니다.[44]

이 밖의 일은 제 식견과 생각으로 감당할 수 없는 일입니다. 다만 의론하는 자들은[45] 왕시랑이 전운사였을 때부터 3~4년간 주

....

42 行此數者. 『절보』: 몇 가지란 '해창과 현의 매집폐지'와 '상인들이 관청에다 본전을 납부하지 않고 곧장 정호에 가서 소금을 사서 팔게 함'을 말한다.

43 兩項~五矣. 『차의』: 두 항목은 인수권의 정량과 선박운송비를 말한다. 인수권의 정량 500만 근이 늘어난 데 따른 승가하는 대금액수와 선박운송 폐지로 인한 5만여 관을 합치면 통틀어 15만여 관이 된다. 이 액수를 생산량 기준으로 고르게 나눠서 받아들이는 소금 값에서 감액되는 비율로 계산해 보면 감소되는 금액이 열에 네다섯에 그치지 않는다는 말이다.

『절보』: 인수권의 정량이 증가되어 1,500만근이 되고, 한 근당 20문을 납부하게 하면 30만여 관을 얻을 수 있다. 이를 지금 단지 23만 관을 얻는 액수와 비교하면 늘어난 액수가 7만 관이다. 아울러 선박운송을 없애면서 절약된 5만여 관이 있으니, 합치면 12만여 관이 된다.

44 下四~可也. 『차의』: 이는 아마도 아래 네 개 주 사람들이 위 네 개 주에 몰래 들어가 소금을 팔게 되면, 위 항목의 상인들이 이득을 잃게 됨을 염려한 말이다. '전매인 수법으로 제한을 가하지 않다'란 관청에 인수권을 신청하지 않는다는 말이다.

45 議者~之數. 『차의』: 대납은 잘 모르겠다. 상납할 돈은 바로 소금을 돈으로 환산한 금액을 가리킨다. 3, 4년간에 환산한 소금대금이 그 액수가 적지 않았기 때문에 의론하는 자들이 1,000만 근 외에 또 소금을 얼마간 늘릴 수 있으면 그 환산액수도 아직 더 줄일 여지

나 현이 조정에 상납할 돈을 조운사가 대납한[46] 금액이 적지 않은 사실을 알고서, 혹은 여분의 소금은 아직 줄일 수 있는 수량이 있다고 하니,[47] 다시 바라건대 헤아려 보셔서 줄일 수 있는 경우에는 어느 정도 더 줄여서 세 항목에 대한 법을 만들면서 각각 얼마간의 액수를 줄인다면[48] 참으로 장기적인 이익이 될 듯합니다. 그리하여 민 땅 사람들이 서로 당신을 칭송하면서 말하기를, "염법이 우리 백성들에게 이익이 됨은 진공 때부터 비롯되었다"라고 하면서 자손 대대로 잊지 않게 한다면 어찌 훌륭하지 않겠습니까!

....

가 있다고 하였다. 이는 바로 위 문장에서 '수백만 근도 함께 인수권의 정량에 포함시키면, 매 근당 몇 전을 줄일 수 있다'고 말한 내용이다.

『차보』: 대납(代納)과 상공(上供)은 아마도 별도 항목의 세금인 듯하다. 지금 소금이 늘어난다면 이 용도를 바꿔서 줄일 만한 금액이 있다.

『표보』: 이 문단의 뜻은 분명치 않다. 억지로 해석하기는 힘들 듯하다.

46 代納上供.『절보』: 주나 현에서 조정에 납부하는 돈이 부족한 경우에는 조운사가 대신 납부한다는 말이다.

47 增鹽~之數.『절보』: 증염은 조운사가 주나 현에 나눠 비치하고 팔아서 돈으로 납부하게 하여 재정에 충당하는 소금이다. 증염은 그 세목의 명칭이다. 어떤 사람이 조운사가 상납한 돈을 대납한 액수가 적지 않음을 보고 그의 재력에 여유가 있다고 여겨서 증염의 액수도 줄일 수 있는 방법이 있겠다고 말하였다. 그러나 증염에 대한 법은 자세히 알 수 없다.

48 三項~幾錢.『차의』: 인수권의 가격을 낮출 수 있고, 본전을 줄일 수 있으며, 생산비 기준으로 내는 소금 값을 줄일 수 있는 것이 세 가지 항목이다. 균퇴(均退)는 대납하는 상납한 돈을 합쳐 다시 액수를 줄여 균등하게 낮춘다는 말이다.

『절보』: 세 가지 항목은 아마도 진조사의 염법에서 따로 정한 세 가지 항목의 법조문인 듯하다. 다시 살펴보아야 한다.

『차보』: '삼항입법(三項立法)'은 입법이란 두 글자로 살펴보면 아마도 진조사의 염법인 듯하다.

『표보』: 세 가지 항목은 아마도 진조사의 신법 가운데 조건인 듯하다. 이는 반드시 인수권가격 등은 아니다.

제 비루한 생각은 이와 같은데 타당한지 모르겠습니다. 저 같은 아랫사람에게 애써 물으셨기에 감히 대답하지 않을 수 없었습니다. 그래서 백성들의 의견을 모아 올리고, 또 제 생각을 다 말씀드려서 당신의 물음에 만분의 일이라도 부응하고자 합니다. 광망한 죄는 부디 고명한 당신께서 긍휼하게 여겨 용서해 주시기를 바랍니다. 그렇게 해 주시면 천만다행이겠습니다!

유평보께 답하는 편지 (1163년 11월)*

들기에 이미 두 사신을 파견해서 화의를 논의하게 하였는데, 금나라 사람들이 대우를 아주 두텁게 했다고¹ 하니, 혹시 금나라가 힘이 실제로 쇠약해져서 잠시 우리의 군사들의 진군을 늦추고자 하는 수작이 아닌지 의심스럽습니다. 파견된 사람들은 바로 금나라에 잡혀갔다 돌아온 사람들²입니다. 양존중※이 이미 어영사에서 파직되었는데³ 임금께서 주언특(주조)⁴의 말을 들어주셨기

....

* 劉平甫.『차의』: 유평보(이름이 유평劉玶, 호는 칠자옹七者翁, 1138-1185)는 병산 선생(주자의 스승 중 한 사람으로, 이름은 유자휘劉子翬, 자는 언충彦冲과 문평文平, 호는 병산병옹屏山病翁, 1101-1147)의 맏아들이다.

1 已遣~甚厚.『절보』: 융흥 원년(1163) 계미 8월에 금나라 흘석지녕이 문서로 네 개의 주와 세폐를 요구하였고, 이에 탕사퇴의 건의로 노중현과 이식을 파견하여 회답하였는데, 금나라가 영접함에 예를 다하자, 조정의 상하 관원이 모두 기뻐하였다.『송감』및『주자문집』97권 진량한의 「행장」(「부문각직학사진공행장敷文閣直學士陳公行狀」)에 보인다.
『차보』: 노중현과 이식이니, 앞의 13권 4판에 보인다.

2 所遣~正人.『절보』: 이식을 가리킨다.

※ 양존중(楊存中, 1102-1166, 자는 정보正甫)이다.『송사』「효종본기」에 따르면, 양존중은 융흥 원년 6월에 두 번째로 어영사(御營使)가 되었는데, 같은 해 9월 22일에 파직되었다(『주회연보장편』304쪽).

3 楊已罷.『차의』: 살피건대『송사』에 양존중은 어영사였으니, 이 사람인 듯하다.
『절보』: 진량한의 「행장」에서 또 "당시 양존중이 어영사가 되어 궁정의 군대를 모두 통솔하였는데, 공이 여러 차례 상소를 올려 간쟁하여 마침내 파면되었다"고 하였다.

4 周元特.『차의』: 누군지 모르겠다.

때문입니다. 주언특은 이미 어사대[5]로 복귀했습니다. 산중[6]에서 이미 들으셨는지요?[7] 백숭(범염덕)[8]형에게는 별도의 편지를 보내

....

『절보』: 진량한의 「행장」에서 또 "진량한과 시어사 주조(周操)가 강력하게 왕지망과 용대연이 금나라에 사신으로 가는 일이 잘못이라고 말했다"라고 했으니, 원특은 아마도 주조의 자인 듯하다. 양존중의 일에 대해서 두 공도 역시 서로 연이어 간쟁했는데, 끝내 요청을 받아들이게 된 까닭은 주조의 말을 따라서였다. 그러므로 '주언특의 말을 들어주셨기 때문이다'고 하였다.

※ 주조(周操): 귀안(歸安: 현재 절강성 호주) 사람. 이때 우정언으로 있었다.

5 南榻.『차의』: 무엇인지 모르겠다.

『절보』: 당나라 어사대의 예법에 따르면 잡단(雜端)은 남탑에 자리하고 주부(主簿)는 북탑에 자리하였으니, 이 말이 『한원신서(翰苑新書)』에 나온다. 남탑은 남상이라고도 부르니 뒤의 28권의 7판에 보인다. 잡단은 바로 시어사 중에서 잡일을 담당하는 자이다.

※ 『한원신서』는 송나라 때의 저자불명인 책이다. 『전집(前集)』 12권 79문(門), 후집(後集) 7권, 속집(續集) 8권, 별집(別集) 2권으로 되어 있다. 각 권은 관제원류(官制源流), 역대사실(歷代事實), 황조사실(皇朝事實), 군서사실(群書事實)로 구성되어 있다.

『차보』: 『인화록』에 '공당에서 회식할 때 잡단은 남탑에 자리하고, 주부는 북탑에 자리한다'고 하였으니 바로 옛 예법이다. 『석림연어』에 '어사대는 북향하는데 공당에서 회식할 때 시어사가 탑을 남쪽에 설치한다'고 했다.

※ 『인화록』은 당나라 조린(趙璘)이 지은 필기 소설집으로, 모두 6권이다. 『석림연어』는 송나라 엽몽득(葉夢得, 1077-1148)이 지은 필기 소설집이다.

『표보』: 당나라와 송나라 때 어사로서 잡일을 담당하는 자를 대단(臺端)이라 부른 사실이 가장 확실히 근거가 되고, 회식자리 남쪽에 가로로 탑을 설치해서 남탑이라 하였는데, 남상이라고도 했다.

6 山中.『차의』: 평보는 항상 병산과 무이산 두 산을 왕래했다.

7 已聞否.『절보』: 평보가 산중에 있으면서 혹시 이미 이에 대한 보고를 받았는지 여부를 말한다. 이 편지는 아마도 계미년(1163) 겨울에 선생이 소환에 응해서 수도 임안에 있을 때 쓴 듯하다.

『차보』: 이 편지는 아마도 계미년 겨울에 선생이 소환에 응해서 길을 가는 중에 쓴 것이지 반드시 두 산을 왕래함을 가지고 말한 내용이 아니다.

8 伯崇.『차의』: 범염덕으로, 태사 범여규의 아들이다.

※ 범염덕(范念德)은 유면지의 둘째딸의 남편으로 주자의 손아래 동서이다. 범여규(范如圭, 1102-1160)는 자가 백단(伯璠)이고 건주 건양(建州 建陽)사람이다. 어려서 외숙인 호안국에게 『춘추』를 배웠다. 진사에 급제하여 여러 벼슬을 역임했고 저서는 문집이 있다.

지 못합니다. 생각건대 그대들은 아직 병산에 체류하실 듯합니다. 요사이 무슨 책을 읽으십니까? 강론하고 절차탁마하여 수양하심이 비단 문자 사이에만 있지는 않으리라 생각됩니다. 상채(사량좌)[9]의 책자 가운데 유학은 선불교와 다르다는 한 구절이 길 가는 중에 기억났는데, 그 말에 경각시켜 주는 점이 있음을 자못 깨달았습니다. 시험 삼아 두 분이 함께 연구하셨다가[10] 저를 만나는 날[11]에 의론해 보시지요.

진공(진준경)에게 보낸 편지[12]를 대충 베껴서 보내니, 큰형[13]에게만 드려서 한 번 읽으시게 하고 태워 버려 남겨 두지 마십시오. 이 편지에서 말한 내용을 그가 받아들이지 못함은[14] 당연합니다. 그러나 제가 조정에 나가서[15] 대면하여 하는 말은 반드시 이보다 더 심할 것입니다.[16] 장차 어떻게 감당하실는지요?[17] 이 기상을 혜

....

9   上蔡.『차의』: 사량좌이고, 자는 현도이다.

　　 ※ 사량좌(謝良佐, 1050-1103): 자는 현도(顯道)이고 채주 상채(蔡州 上蔡: 현재 하남) 사람인데, 세상에서 상채 선생이라고 부른다. 정호와 정이를 스승으로 섬겨 유조(游酢), 여대림(呂大臨), 양시(楊時)와 더불어 정자문하의 4선생이라 한다.

　　 『절보』: 첩(帖)은 「답호강후소간」이니,『상채어록』하편(3권)에 보인다.

10   相與究之.『차의』: 범염덕(백숭)과 함께 강론하여 탐구함을 말한다.

11   見日面論.『차의』: 선생과 서로 만나는 날에 면전에서 의론함을 말한다.

12   與陳書.『차의』: 진준경에게 보낸 편지이다.

13   大兄.『차의』: 유평보의 형 유공보(유공劉玞)이다.

14   不能受.『차의』: 진준경이 허심탄회하게 받아들이지 못함을 말한다.

15   成行.『차의』: 당시 선생이 조정의 부름을 받았으니, 소환에 응해 조정에 도착함을 말한다.

16   甚於此者.『차의』: 대면해서 할 말이 이 편지에서 언급한 말보다 더 심한 점이 있을 수 있다는 말이다.

17   何以堪之.『차의』: 진준경이 반드시 격렬한 선생의 말을 참고 견디지 못한다는 말이다.

아려 보면 두문불출이 나을 듯합니다만 하책(가장 나쁜 계책)이긴 하지만 끝내 마땅히 이 계책을 제시함이 좋을 듯합니다.[18] 위원리가 말하기를, "가난을 구제하기 위해서라면 무방하다"고 했습니다. 스스로 도를 행한다고 자임하면서 가난을 핑계로 다른 사람에게 의탁함은[19] 바로 오재로(오역)[20]가 옛 음악을 논한 일[21]과 같으니, 그 말을 일소에 부칠 만합니다.

....

18 下計~出此. 出此. 『차의』: 하계는 비루한 계책을 말하니 겸사이다. 차(此)는 두문불출을 가리킨다.

『절보』: 하계는 하책이라고 말함과 같다.

『차보』: 하(下)는 상중하라 할 때의 하로 해석해야 할 듯하니, 하책을 말함과 같다.

19 元履~處人. 『절보』: 이 말과 앞 문장의 진준경에게 보내는 편지에서 말한 내용을 상고해 보면 이는 기축년에 원리(위염지)가 소환에 응해서 국자학록이 되었을 때인 듯하다. 그렇다면 세미년의 원래 편지와는 마땅히 각기 별개의 편지가 되어야 하니, 여기서 한 글자를 내려 쓴 잘못이다.

『차보』: 이는 기축년에 원리(위염지)가 소환에 응했을 때인 듯하고, 또 앞 문장의 말뜻을 상고해 보면 마땅히 원래의 편지와 각각 1편이 되어야 하니, 아마도 이는 34판의 「답유평보서」의 별지인 듯하다.

20 吳材老. 『차의』: 이름이 오역으로, 송나라 사람이다.

21 論古音. 『차의』: 아마도 재로(오역)가 스스로 자신은 옛 음을 알지만 다른 사람은 알지 못한다고 말한 듯하다.

『잡지』: 아마도 이는 재로(오역)가 거문고를 타면서, 스스로 자신은 옛날 가락을 연주하고자 하면서 다른 사람들은 마땅히 오늘날의 가락으로 거문고를 타라고 말한 듯하다.

『문목』: 말의 맥락으로 보면, 어찌 재로(오역)가 스스로 고음을 쓸 수 있는데 다른 사람은 쓸 수 없다고 말하였겠습니까? 다시 살펴보시지요.

『표보』: 재로(오역)에게 『운보』라는 책 한 권이 있으니 고음을 논한 것이다.

연평 이 선생께 드리는 편지(1163년 9월 26일)*

제가 선생님¹께 인사드리고 곁을 떠난 지 어느덧² 한 달이 지났습니다. 일전에 건령³에서 편지 두 통을 부쳤는데 이미 받아 보셨을 듯합니다. 저는 18일에 어머니를⁴ 떠났으나 오는 길이 지체되

....
* 『간보』: 당시에 선생이 동안현 주부를 그만두고, 고향으로 돌아와 어머니를 모신다는 이유로 사관직을 간청하여, 담주 낙악묘감으로 차출된(1157) 지 이미 6년이 지났다. 3월에 조정의 부름을 받았고, 10월에 수공전에서 임금을 배알하였다.
  『유몽』: 이 선생은 이름이 이통이고 자는 원중이며 남검주 검포 사람으로 주자의 스승이다. 효종 융흥 원년 계미(1163)에 선생이 담주 남악묘감으로 있다가 조정의 부름을 받았는데, 이때 연평이 때마침 건안에서 연산으로 가다가 무이와 담계로 선생을 방문하였다. 이에 마땅히 황제에게 해야 할 말을 물으니, 연평이 말하기를 "지금은 삼강이 바르지 못하고 의리가 분명하지 않다"고 말했다. 이 편지는 바로 도중의 세 번째 편지이다. ○ 이해 10월에 연평이 민 땅의 안무사 왕공(왕응진)의 관사에서 죽었는데, 향년 71세이고, 뒤에 문정의 시호를 받았다.
1 侍右.『유몽』: 존귀한 자는 오른쪽에 자리하고, 그를 모시는 자는 왼쪽에 자리하니, 우(右)는 연평을 가리킨다.
2 倏.『유몽』: 숙(儵: 빠를 숙)과 같으니, 음은 숙이다. 숙홀(倏忽)은 개가 빨리 달려감이다.
3 建寧.『유몽』: 부의 이름이니, 연평(이통)의 둘째 아들 신보가 당시에 건령부 건안현 주부였다.
4 拜違~膝下.『기의』: 담주 남악묘감으로 있다가 조정의 부름을 받았다. 배위(拜違)는 절하고 이별함과 같다. 숙(儵)과 같고 음이 숙이니 숙홀은 개가 빨리 달려감이다. 이통은 검주 사람이고 건령부가 검주에서 가깝기 때문에 주자가 건령에서 편지를 부쳐 이통에게 송달토록 하였다. 관(關)은 경유와 같다. 어머니가 살아 계시기 때문에 '슬하를 떠나다'고 하였다.

어 24일에야 연산에 도착했고[5] 육십[6]형[7]의 관사에서 머물렀습니다. 도중에 다행히 큰 병을 겪지 않았습니다. 오늘 대군이 와서 진맥을 했습니다. 그의 말이 지극히 이치에 맞아 약방문 처방을 허락했습니다. 그가 말하기를, "다른 병은 없습니다. 다만 타고난 기가 약해서 땀을 많이 흘리고 심장에 빈혈기가 있으며, 기운이 위아래로 오르내리질 못해서 상체와 하체가 각각 따로 놀고 있습니다"고 합니다. 기타 곡절도 모두 세속의 의원들이 미칠 수준이 아니었습니다. 지난번에 건양에 있을 때 단지 대호 지방의 한 친척이 한 말만이 이와 비슷할 뿐이었습니다. 마음속 은밀한 부분에 이르기까지도 역시 잘 알아차리니[8] 참으로 감출 수가 없습니다.

전에 일러 주신 두 가지 설에 대하여,[9] 제가 하나는 이미 차례

....

『간보』: 위(違)는 이별과 같다. 건령은 부의 이름으로 당나라 때는 건주로서 복건로에 속했다. '슬하를 떠나다'라 말함은 선생의 모친인 축씨가 바야흐로 집에 계셨기 때문이다.

『유몽』: 위(違)는 이별이다.

5 到鉛山.『절요주』: 연평(이통)의 아들 우직이 당시에 연산현위를 맡고 있었다.

 『간보』: 연산은 현의 이름이니 절동로 신주에 속한다.

6 六十.『유몽』: 옛 사람들은 숫자로 형제의 차례를 표시하였는데, 우직이 그 형제의 차례에서 60번째였으니 붕우들 사이의 존칭이다.

 ※ 여기서 형제는 3종형제인 8촌 이내의 형제를 말한다. 이우직이 8촌 이내의 형제항렬 가운데서 60번째인 듯하다.

7 六十兄.『절요주』: 이우직을 가리키는 듯하다.

8 至於~得之.『절보』: 대군이 비단 병의 조짐을 알 뿐만 아니라 선생 마음의 은미한 곳 또한 잘 알았음을 말한다.

9 向蒙指喩.『절요주』: 선생이 조정의 부름에 응하면서 연평(이통)에게 임금께 올리기에 적절한 말에 대해 묻자, 알려 주기를 '오늘날 삼강이 바르지 않고 의리가 불분명하다'고 하였다.

 『차의』: 살펴건대, 계미년(1163) 7월 28일에 연평(이통)이 선생에게 편지를 보내서, '오

대로 서술하여 글을 완성했으나, 유독 의리의 설만은 터득함이 아직 분명하지 못해서 설명이 명쾌하지 않습니다. 그래서 지금 우선 일반적인 시사문제 논평으로 대신하고자 합니다.[10] 대체로 이전 편지 가운데 두 번째[11] 편지의 뜻입니다. 대궐에 이르러서 만일 임금을 대면하고 나면 문답 내용을 바로 기록해서 올리겠습니다. 다만 의리의 설은 바로 유자의 제일 명분인데 제가 어찌 평소에 강론하지 않아 이 지경에 이르렀단 말입니까? 그래서 지금 말을 짓고 일을 판단하려 하면 망연하게 어떻게 말해야 할지를 모르겠으니, 이는 제가 의리에 몽매하여[12] 제대로 고찰하지 못한 때문이 아

....
늘날 삼강이 진작되지 않고 의리가 불분명하다. 삼강이 진작되지 않음으로써 인심이 삿되고 편벽됨을 감당할 수가 없으니 이는 상하 간의 기운에 간격이 생기게 해서 중국의 도가 쇠퇴하고 이적이 융성한 까닭이요, 의리의 불분명은 왕안석이 집정하면서부터 인심을 잘못된 데로 빠지게 해서 지금까지도 사람들이 스스로 깨닫지 못하고 단지 이익만 쫓고 의리는 돌아보지 않으니 임금의 형세가 고단하다. 이는 모두 오늘날 시급한 일이니 임금께서 이 점에 유의하시길 바란다. 그렇지 않으면 비록 곡식이 있더라도 내가 이를 먹을 수 있겠는가'라고 하였으니 여기에 의거하면 이 가르침은 얼굴을 맞대고 문답한 것이 아니다.
※ 원문의 "비록 곡식이 있더라도 내가 이를 먹을 수 있겠는가?(雖有粟, 吾得而食諸?)"는 『논어』「안연」편 11장에 나오는 말이니 인륜이 무너지면 살아갈 수 없음을 뜻한다.

10 泛論~代之.『간보』: 계미년 세 번째 차자에서 '오랑캐를 방어하는 도, 간쟁을 받아들이는 일, 삿되고 아첨하는 자들을 멀리 내쫓는 일, 알선 및 청탁하는 길을 두절시킴, 나라의 근본을 편안하고 견고하게 함 등의 네 가지가 급선무이다'라고 의론했다.
『차보』: '일반적인 시사문제 논평'이란 바로 다음 편지에서 '세 번째 주차에서 언로가 막혀 아첨꾼과 행신들이 활개를 친다고 의론했다'고 말한 내용이다.
『유몽』: '일반적인 시사문제 논평'이란 바로 복수하고 적을 제압하는 등의 일이니 상주문에 자세히 보인다.

11 中前.『차의』: 일찍이 부친 편지 두 통과 지금의 편지 모두 세 통의 편지로 두 번째 편지는 이전 편지 가운데 하나이다.

12 裏許.『차의』: 이(裏)는 의리가 분명하지 못한 속이고 허(許)는 어조사이다.

니겠습니까? 이는 심히 두려운 점입니다. 여기[13]에는 또한 인편이 아직 없어서 잠시 이 편지를 맡겨 두고 부쳐 주길 기다리겠습니다. 만약 가르침을 내려 주시려면 건령의 진 어르신 거처로 부치시면 됩니다. 날씨가 아직은 춥지 않지만 부디 도를 닦는 데 자중자애하셔서, 제가 우러러봄을 위로해 주십시오. 9월 26일 편지를 올립니다. 이만 줄입니다.

....

『간보』: 손책이 말하기를 "우리 선군(손건)의 병사 수천 명이 모두 공로(원술)가 있는 곳에 있다"(『자치통감』62권)고 하였으니, 허(許)는 장소와 같다.

13 此間. 『절보』: 연산이다.

24-8

위원리께 보내는 편지(1163년 11월)

　제가 6일[1]에 임금을 뵙고,[2] 처음에 첫 번째 주차를 읽으면서 치지격물의 도를 의론하니 임금의 낯빛이 온화하고 밝아지면서 메아리처럼 곧바로 응답하셨는데, 차례대로 두 번째 주차를 읽으면서 복수의 의리를 의론하고, 세 번째 주차에서는 언로가 막힘과 아첨이 활개를 치는 일[3]을 의론하였으나, 다시는 임금의 말씀을 들을 수 없었습니다.[4] 부본[5]을 이미 평보에게 보내서 베껴서[6] 드리

....

1　六日.『간보』: 계미년(1163, 34세) 10월 6일이다.

2　登對.『기의』: 계미년에 수공전에 나가 임금을 뵈었다.

3　鴟張.『차의』: 당나라 건부 4년(877) 조칙에 "호가호위하여 활개를 치면서, 스스로 용맹함을 대적할 자 없다고 말했다"고 하였다.
　　『차보』: 손견이 장온에게 말하기를 "동탁은 죄를 두려워하지 않고 활개를 치며 큰소리만 떵떵 치는구나"라고 하였다.
　　※ 치장(鴟張): 소리개나 올빼미가 날개를 펴듯이 맹위를 떨치고 위세가 대단함.

4　不復聞聖語.『차의』: 선생이 「수황비답위승상차자壽皇批答魏承相箚子」에서 '신 주희는 융흥 원년에 부름을 받아 수공전에 나가 임금을 뵙고, 강화가 그릇된 계책이라고 망령되이 의론하였는데, 마침 임금의 뜻과 합치했다'고 하였으니, 여기 내용과는 맞지 않다. 이 차자는 『주자문집』 83권에 보인다.
　　『절보』: '다시는 임금의 말씀을 들을 수 없다'라 한 말은 아마도 세 번째 주차를 가리킨 듯하다.

5　副本.『차의』: 임금께 올린 주차의 초고이다.

6　寫呈.『차의』: 원리(위염지)에게 베껴서 올림이다.

라고 부탁했으니 마땅히 이미 받아 보셨을 듯합니다. 12일에 이
관직[7]을 제수한다는 교지가 있었는데 당초에 바라지 않았던 일이
라 매우 다행스럽습니다. 그러나 전임자의 임기가 아직 많이 남아
서[8] 아마도 기다릴 수 없을 듯하여, 이미 사록관을 청하는 차자를
갖추어서 임금과 작별하는 날에 이를 바쳤습니다. 그리고 다시 능
어른신[9]께 재촉해 달라고 부탁드렸으니 반드시 사록관직은 얻을
듯합니다.

　　화의가 이미 결정되어[10] 삿된 말들이 횡행함을 미천한 힘으로
막을 수가 없습니다. 전일에 주규[11]를 만나서 면전에서 질책했더

....

7　此官.『차의』: 무학박사이다.

8　闕尙遠.『차의』: 당시에 비록 관직에 제수되었지만 전임자 임기가 아직 남아 있어서, 그
　가 체직되어 떠나기를 기다린 뒤에 교대하므로 '전임자 임기가 아직 많이 남아 있다'고
　하였다.

9　凌丈.『차의』: 누구인지 모르겠다.

10　和議已決云云.『간보』: 당시에 재상이었던 탕사퇴가 막 화의를 제창하였는데, 선생의 무
　획박사 세수를 좋아하지 않았고, 나중에는 옹쌀과 의론이 맞지 않아 돌아왔다. 이에 대
　해『연보』에서는 '벼슬을 받고 바로 돌아왔다'고 했다.
　『차보』: 화의는 13권 4판『차의』에 자세히 보인다.

11　周葵.『기의』: 주자의『(송명신)언행록』에 보이니, 본래 선류(도학파)였다.
　※ 주규(周葵, 1098-1174): 자는 입의(立義)이고 호는 형계(荊溪)로, 말년에 유심거사(惟心
　居士)라 하였다. 상주 의흥(常州 宜興) 사람이다. 진사에 급제하여 참지정사를 지냈다.
　『간보』: 주규(周葵, 1098-1174)는 자가 입의이고 선류(도학파)였다. 화의가 이미 결정되
　고 나서 조정의 부름을 받았는데, 급하게 전쟁을 벌이는 것을 옳다고 여기지 않았으며,
　시종일관 자치를 주장했다. 이때 참지정사였다.
　※ 자치내강(自治內强): 금나라 등 오랑캐를 치기보다는 먼저 내치에 힘써 국가의 부강
　을 달성해야 한다는 설.
　『차보』: 자는 입의이고 참지정사였다. 시종일관 자치선을 고수하여 장준이 군대 동인을
　강력히 저지했다.

니 도리어 말하기를, "그것은 모두 산림처사의 흰소리입니다. 지금 은 우선 목전의 계책을 행할 뿐입니다"고 했습니다. 제가 그에게 말하길 "국가의 억만년 사업이 달린 문제인데 참정께서는 어떻게 도리어 목전의 계책만을 행한단 말입니까?"라고 했습니다. 대체로 의론[12]이 모두 이와 같습니다. 한무구(한원길)[13]와 이덕원(이호)[14]은

....

12 議論.『기의』: 조정의 의론이다.

13 韓無咎.『절요주』: 이름이 원길이다.

※ 한원길(韓元吉, 1118-1187): 자는 무구(無咎)이고 호는 남간(南澗)으로, 개봉부 옹구 현(開封 雍邱: 현재 하남성 개봉시) 사람이다. 허창(許昌: 현재 하남성 허창시) 사람이라고 도 한다. 정이의 제자인 윤돈을 사사했고, 여조겸의 장인이다. 관직은 이부상서, 예부상 서, 건령부지사 등을 역임하였다.

14 李德遠.『절요주』: 이름이 호이다.

『차보』:『송사』「이호전」(388권, 열전 147)에 '효종이 즉위하자 태상승으로 부름을 받았 다. 당시에 장준이 양자강 및 회수지역의 군대를 통솔하였는데, 이호는 인종이 한기와 범중엄을 등용하고 장득상에게 조칙을 내린 고사를 인용하여, 합심협력해서 일을 완수 하라는 훈령을 내리기를 간청했다. 이호는 평소 탕사퇴가 총애하였기 때문에, 윤색은 그 를 끌어들여 함께 장준을 배척하고자 하였는데, 임금을 뵐 때에 이르러서 이호가 그들에 게 동의하지 않는다는 뜻을 분명히 드러내자, 두 사람이 모두 불쾌해했다. 다음 해에 비 로소 원외랑에 제수되었다'고 하였다. 이「이호전」를 보면 화의의 일에 부화뇌동하지 않 았는데, 선생이 이렇게 말한 것은 의문스럽다.

『관보』: 덕원(이호)은 관직이 이부시랑에 이르렀다. 장식이 묘지명(『남헌집』 37권 「이부 시랑이공묘명吏部侍郞李公墓銘」)을 지었는데, '융흥 초에 태평승으로 부름을 받아 대궐에 이르렀다'고 하였다. 선생이 그의 거처에 갔다가, 저작좌랑 유숙(劉夙, 1124-1171, 자는 빈지賓之)을 우연히 만나 화의론의 그릇됨을 논박했는데, 유숙은 선생의 말이 옳지 않다 고 한 적이 있다. 뒷날 선생이 말하기를 "바로 유숙과 이호에게서 협공을 당했다"고 하였 으니, 이 내용은『엽수심집(葉水心集)』에 보인다(16권,「이유공묘지명二劉公墓誌銘」). 또 한 당시의 의론이 사실임을 알 수 있다.

※『엽수심집』은 송나라 엽적(葉適, 1150-1223, 자는 정칙正則, 호는 수심거사水心居士)의 문 집으로 모두 29권이다.

모두 다시 『수초부』[15]를 찾지 않았습니다. 대다수 관리 가운데 오직 왕가수[16] 이하 여러 사람이 아직 정론을 유지하고 있지만, 모두 한직에 있으면서 공허하게 '이와 같이 해야 된다'라는 말만 반복할 뿐입니다. 이틀 동안 시종관과 당참(당상관) 이상이 정부에 모였는데[17] 논의한 내용이 어떠했는지 모르겠습니다. 제가 미력을 보태고 싶지만[18] 저는 그럴 자격이 없고, 그들[19]의 입장이 어떠했

....

15 邂初賦. 『기의』: 진나라 손작은 자가 홍공으로, 박학하고 글을 잘 지었고, 젊어서부터 고상한 뜻이 있어서 산천을 유람하며 「수초부」를 지어 그 뜻을 드러냈다. 이후에 산기상시로 벼슬을 옮겼는데, 환온이 도읍을 낙양으로 옮기려 하니 조정에서 환온을 두려워하여 감히 이의를 제기하지 못했는데, 손작이 상소를 올려 말했다. 환온이 불쾌해하면서 말하기를, "손작에게 내 뜻을 밝히니, 어찌 당신의 「수초부」를 찾지 않고, 남의 집 일과 국가 일에 관여하는가?" 손작의 상소문 요약본이 『통감』(『통감절요』 28권)에 보인다.

『차의』: 살피건대 『퇴계문집』에 '한원길과 이호는 본래 선류인데 지금 또한 화의론에 부화뇌동하면서 초심을 돌아보지 않으니 애석하도다!'라 했다(『퇴계선생문집退溪先生文集』 21권 「답이강이문목答李剛而問目」). 또 '선생이 힘써 중원 회복을 주장하고 한원길과 이호 등 여러 사람은 함께 화의를 주장하던 때를 당하여서는, 환온과 손작의 때와는 그 일의 실정, 향배, 사정, 득실이 크게 다르다'고 했다(23권 「답조사경答趙士敬」),

『간보』: 손작은 자가 홍공이고 젊어서부터 고상한 것을 흠모해서 일찍이 견천 땅에 집을 짓고서 안분지족을 깨달았다고 하면서, 「수초부」를 지어 자신의 뜻을 드러냈다. 이후에 환온이 제멋대로 권력을 휘두르며 낙양으로 천도하자고 상소하자, 민심이 원망하고 흉흉했다. 손작이 상소에서 불가하다는 것을 극론하니, 환온이 그가 자기에게 빌붙지 않음을 노여워했지만, 손작은 저명한 선비이기 때문에 감히 죄를 주어 배척하지 못하고 다만 말하기를, "당신에게 내 뜻을 밝히니 어찌 수초부를 찾지 않고, 남의 집 일과 국가 일에 관여하는가?"라 하였으니, 이는 아마도 한과 이가 본래 선류였으나, 지금 또한 화의에 빌붙어 다시는 초심을 돌아보지 않는다고 비유한 것이다.

16 王嘉叟. 『차보』: 『주자문집』 1권 19판에 보인다.

17 過堂詣府. 『차의』: 과당은 당참 이상이고, 예부(詣府)는 정부에 나아가 일을 논함이다. ※ 당참은 조선의 당상관과 같다.

『관보』: 당은 중서당이니 승상이 거처하는 곳이고, 부는 동서이부이니 참정과 추밀이다.

18 欲少贊之. 『차의』: 선생이 조금이라도 시종관을 돕고자 함이다.

느지 모르겠습니다. 언로는 오직 소파(간관 진량한)[20]가 논한 내용만 매우 바릅니다. 다만 아마도 그는 발언에 용감하지 못해서 여러 사람의 화의론을 이길 수 없을 듯합니다. 왕지망[21]과 용대연이 이미 정사와 부사[22]로 차출되었으니 아직도 취소할 수 있을지 모르겠습니다.[23] 도무지 글로는 다 이야기할 수가 없습니다.

공보가 외직으로 좌천됨[24]은 임금이 비답으로 명한 일이라 조

....
19 渠.『차의』: 시종관을 말한다.
20 小坡.『차의』: 파는 간관을 말한다. 산곡(황정견)의 시에, '그대는 낭관의 관청에 머무르지 말고, 도리어 간관으로 올라가야 한다'(『차운고자면십수次韵高子勉十首』)고 했다. 이종악의 『담록』에 '당나라 때 간의대부는 반열이 급사(給舍) 위에 있는데, 간의대부에서 한 번 옮기면 급사(給事)가 되고, 다시 옮기면 중서사인이 된다'고 하였다. 속담에서 '그를 상파로 올리려면 도리어 하파로 삼아야 한다'고 하였으니, 급사(給舍)의 반열이 다시 아래에 있는 것을 말한다. 소파는 간관의 2인자이나 그 사람이 누구를 가리키는지 모르겠다.
    『차보』: 당시에 여러 신하에게 조칙을 내려 금나라와 화의의 득실에 대한 의론을 모으게 하였는데 유독 장준과 선유사 우윤문과 기거랑 호전과 감찰어사 염안중만이 상소해서 옳지 않다고 하였으니 소파는 염안중을 가리키는 듯하다.
    『표보』: 이 사람은 진량한인 듯하다. 융흥 원년(1163) 11월에 탕사퇴의 말을 써서, 왕지망을 금나라의 통신사로 삼고, 용대연을 부사로 삼아서, 네 주를 할양하고 세폐를 절반으로 줄여 줄 것을 청구하기로 임금이 허락했는데, 우정언 진량한이 강력히 옳지 않다고 하자, 황제가 바로 직접 쓴 조칙으로 왕지망 등을 돌아오게 하고, 심의관 호방을 파견하여 금나라에 네 주를 할양할 수 없다는 뜻을 유시했다.
21 之望.『관보』:『송사』에 "왕지망(자는 첨숙瞻叔)은 처음에 도독부 참찬군사가 되어 싸우지 않고자 해서 조정에 들어가기를 청하고, 이어서 상주하여 말하기를, '임금이 병력을 논함은 신하와는 같지 않습니다. 제가 하늘의 뜻을 살펴건대 남북의 형세가 이미 이루어져서 쉽게 통일할 수가 없습니다'라고 하니, 탕사퇴가 그의 말을 좋아했다"고 하였다 (『송사』 372권 「열전」 131).
22 使副.『절보』: 정사와 부사이다.
23 挽回.『차의』: 소파가 왕지망과 용대연의 파견을 되돌릴 수 있을지 여부에 대해 말하였다.
24 共父之出.『차의』: 효종이 즉위하자 공보가 자주 직간하니 재상들 중에 내심으로 꺼려 하

정과 재야에서 모두 무엇에 연좌되었는지를 모르고 있습니다. 본디 적계 선생[25]께 한 통의 편지를 쓰고자 했는데 취해서 못 썼습니다. 귀하가 편지를 쓸 적에 제 사정도 언급해 주십시오.[26] 또한 평보에게 차자의 부본을 베껴서 적계 선생께 보내라고 하십시오.

....
    는 자가 있어서 융흥 원년 겨울에 집영전 수찬를 제수하고 천주지사를 맡게 하였다.

25 先生.『차의』: 적계(호헌) 선생이다.
    『차보』: 호헌은 이미 소흥 32년(1162)에 죽었다.
26 因書及之.『차의』: 원리(위염지)가 적계에게 편지를 올리는 김에 아울러 선생이 편지를 쓰지 못하는 뜻을 언급해 달라고 요청하였다. 선생과 원리는 모두 호헌의 문인이었기 때문에 이렇게 말하였다.

24-9

위원리께 보내는 편지(1164년)

　최근에 일종¹의 화의론이 바른 사람 입에서 나왔는데도 분명
치 못하고 생뚱맞아서² 듣는 사람을 심란하게³ 합니다. 이와 같은
기상과 배포로 어찌 정사를 감당⁴할 수 있겠습니까? 왕지망⁵과

....

1　一種~抵當.『기의』: '일종의론(一種議論)'은 부정한 의론이요, '함호골돌(含糊鶻突)'은 불
　분명하다는 뜻이요, '궤궤(憒憒)'는 심란한 모양이요, '저당(抵當)'은 담당과 같으니, 국사
　를 담당함을 말한다.
　『차의』: 살펴건대 당시의 정사를 담당한다는 뜻이다. 또 살펴건대 『어류』에 "고종 연간
　에 조패라는 자가 있었는데, 임금께 말하기를 '황제탄신일에 잡는 닭과 거위가 너무 많
　으니, 단지 돼지나 양과 같이 큰 희생물만을 죽이라고 명령하소서'라 하였다. 마침 소문
　에 용호대왕이라는 자가 남침해서 변방이 바야흐로 두려워한다고 하였다. 이에 호시랑
　이 말하였다. '염려할 것이 없습니다. 계아어사가 있으니 충분히 그를 당해 낼 수 있습니
　다'"(132-17)라 하였으니, 이 편지와 서로 보완이 된다.
　『차보』: '득(得)'자는 마땅히 앞에 붙여서 구두점을 끊어야 하니 어조사이다.
　『표보』: '저당'은 대적하고 항거하는 뜻이니, 아마도 바야흐로 커져 가는 삿된 의론을 감당
　할 수 없다고 말한 듯하다. 『차의』에서 인용한 『어류』는 이 편지 내용과 맞지 않는 듯하다.
2　含糊鶻突.『절보』: 안녹산이 안고경(692-756)의 혀를 자르자 말을 웅얼거리다 죽었다고
　하고(『신당서新唐書』192권), 여단은 일처리가 생뚱맞았다고 하였는데(『송사』「여단전呂
　端傳」), 이에 해당하는 함호(含糊)를 골돌(鶻突)이라고 읽는다.
　『간보』: 불분명한 모습이니, 함호(含糊)는 함호(含胡)라고도 쓴다.
3　憒憒.『간보』: 마음이 심란한 모양이다. [이항로] 궤궤(憒憒)와 관련된 나머지 모든 주석
　을 삭제하였다.
4　抵當.『간보』: 적에 대항하여 감당함이다.
5　王之望.『간보』: 왕지망은 당시에 참지정사이었는데, 탕사퇴와 더불어 표리관계가 되어,

윤색[6]의 무리는 더 이상 말할 무슨 가치가 있겠습니까?[7]

....

오로지 땅을 할양해서 적에게 줌만을 실현 가능한 계책이라 여겨 모든 장군에게 함부로 전진하지 말라고 명령했다.

『차보』: 당초 도독부 참찬군사로 있었으나 싸우기를 원하지 않았다. 조정에 들어와서 임금에게 상주문을 올려 병법을 논하면서, "오로지 하늘의 뜻을 받들어야 합니다. 제가 하늘의 뜻을 살펴긴내 남북의 형세가 이미 이루어져 쉽게 서로 간에 통일이 되지 못할 듯하니 공격하고 싸우는 병력을 옮겨 스스로를 지켜야 합니다"고 하였다. 탕사퇴가 그 말에 기뻐하여 상주하여 금나라에 통신사로 충당하고 뒤에 참지정사로 삼았다(『송사』「열전」131). 이하는 『간보』와 같다.

6 尹穡. 『간보』: 윤색은 자가 소직으로 박학하고 작문에 뛰어나며 말에 법도가 있었고, 또 세상일에 통달했기 때문에 당시의 여론이 중히 여겼는데, 뒤에 탕사퇴에게 빌붙어 장준을 강력히 배척하자, 당시의 여론이 천하게 여겼다. 뒤에 영남으로 좌천되었다가 여러 해 뒤에 사면을 받아 돌아와서는 깊이 후회하였다. 그는 30년이나 독서하였으나 사려함이 깊지 못해서 30년 공부가 물거품이 되었다. 주익공(주필대)이 매양 그를 거론하며 사대부들의 경계로 삼았다.

『표보』: 탕사퇴의 당으로 장준이 발호했다고 탄핵한 자이다.

7 何冊~牙聞 『차보』; 젓이(두학파) 계역의 사람주차두 이와 같다면, 왕지망과 윤색이 무리는 말할 것도 없다. '더 이상 말할 무슨 가치가 있겠느냐?'는 『한서』「숙손통(전)」의 말이다.

진시랑께 보내는 편지(1165년 5월)*

　지난번 손수 써 주신 편지를 받고서 마음속 깊이 위로를 받았습니다. 절을 올리고 글을 대하니 감격스러워서 무슨 말을 해야 할지 모르겠습니다. 결례를 무릅쓰고 사록관직을 청하였는데, 또 대감께서 두세 번이나 추천해 주신 덕에[1] 마침내 소망을 이뤘습니다. 보내 주신 임명장을 삼가 경건하게[2] 받으며 저를 은혜롭게 보살펴 주심을 우러러 생각하니 참으로 감히 잊을 수 없고 무엇으로 보답해야 할지 모르겠습니다. 타고난 제 성품이 질박하고 우둔하여 오직 제 몸만 지킬 줄 알아서 간간이 한번 입에서 어떤 말이 나오면[3] 시류와 어긋납니다.[4] 헤아려 보니 끝내 세상일을 맡아서 스스로 이름을 떨칠 수 없을 듯하여 고향으로 물러나 죽을 날만 기다리고 있었습니다. 그런데 지금 대감 덕택으로 나라의 녹에 힘입어[5] 어머니를 봉양할 수 있게 되었으니 개인적으로도 크나큰 행

....

* 　『차보』: 진시랑은 진준경이다. 당시 이부시랑이었다.
1 　引重. 『유몽』: 추천이라 말함과 같다.
2 　謹以. 『차보』: 이(以)는 이(已)자와 통용된다.
3 　間一發口. 『차보』: 「수공전에서 올린 주차」를 가리킨 듯하다.
4 　枘鑿. 『차보』: 송옥의 「구변」에서는 "둥근 구멍에 네모난 장부여! 참으로 서로 걸맞지 않아 끼우기 어려움을 알겠네!"라 했다.
5 　廩假. 『차의』: 봉록에 의지함이다.

78

운입니다. 다만 의리와 분수를 고려하면 여전히 분수에 맞지 않는 직책을 요행히 받았다는 혐의가 있습니다. 그런데 대감[6]께서 추천하고 끌어 주시는[7] 초심은 오히려 이에 그쳐서는 안 된다고[8] 여기시니, 이 점은 어찌 제가 감히 감당할 수 있겠습니까.

또 금일의 정사를 저에게 깨우쳐 주실 때 분개하시면서 '의견이 어긋남이여! 어렵도다!'고 한탄하신 일이 있었습니다.[9] 또 관직을 받으신 이래로 누차 천자께 건의하심이 있었으니, 의리에 맞게 벼슬을 하거나 물러나겠다는 대감 스스로의 처신이[10] 매우 분명합니다. 저는 비록 정사에 참여해서 그 상세함을 듣지는 못했지만, 현인군자가 조정에 있는 경우에는 이처럼 하루도 천하에 대한 근심을 잊은 적이 없고, 또한 하루도 그 지위에 거하면 그 직책을 소홀히 하려고 하지 않는다는 사실을 알게 되었습니다. 그러나 오히

....

『절보』: 을유년(1165) 4월에 남악묘감으로 차출되었다.

6　閤下.『차의』: 각(閣)자는 합(閤)자가 되어야 한다.

　　※ 조선 판본에는 각(閣)자로 되었던 듯하나, 현행 중국본에는 합(閤)자로 되어 있다.

7　推輓.『차보』: 추(推)자는 퇴로 읽으니, 밀어서 위로 오르게 함을 말한다. 만(輓)자는 만(挽)자와 같으니, 끌어당겨서 앞으로 가게 함을 말한다.『좌전』(양공 2년)에 "한편으로 뒤에서 밀고 한편으로 앞서서 끈다"고 하였다.

8　不止於此.『차의』: 장차 크게 등용한다는 말이다. '차(此)'는 사관의 봉록을 얻어서 부모를 봉양하는 것을 말한다.

　　※『차보』에는 차(此)자가 빠져 있으나, 문맥상 들어가야 한다.

9　夐夐.『차의』:『운회』에 '서로 어긋난 모양이다'라 하였다. '서로 어긋났으니, 어렵도다!'라는 말은 한문공(한유)의 말이다(「이익에게 답하는 편지」).

10　去處之義.『차의』: '거(去)'자는 '출(出)'자의 오자인 듯하다.

　　『절보』: 아래 문장의 '오지거취(吾之去就)'라 한 것을 보면 마땅히 취(就)자가 되어야 한다.『차보』: 'ㄱ 두가 아닌 방법으로 얻을 것이라면 버리지도 않고, 머문지도 않는다'라는 말이『논어』(「이인」)에 나온다.

려 저같이 우활하고 어리석고 비천한 사람을 비루하다 여기지 않
으시고 말씀이 여기에 이르시니, 그 뜻이 어찌 이유가 없겠습니
까? 저는 참으로 가르침을 받들기에 부족하나 저의 사모하는 마음
이 간절한지라, 말재주가 없음을 잊고서 시험 삼아 한 말씀 올리
니 귀하께서 들어 봐 주십시오.

저는 일찍이 천하의 일에는 근본과 말단이 있어서,[11] 근본을
바로잡는 일은 비록 우활하고 느린 듯하지만 실제로는 힘쓰기가
쉽고, 말단을 추구하는 일은 비록 절실하고 극진한 듯하지만 실
제로는 그 성과를 이루기가 어렵다고 생각합니다. 이 때문에 옛
날에 일을 잘 의론한 자는 반드시 그 근본과 말단의 소재를 잘 밝
혀서 먼저 그 근본을 바로잡았는데, 근본이 바로잡히면 말단이
다스려지지 않음은 염려할 일이 아닙니다. 우선 지금의 천하 일
을 의론하자면, 위로는 천심이 기꺼워하지 않아서 기근이 자주
오고, 아래로는 백성의 재력이 이미 다 탕진됐는데도[12] 세금 징수
가 바야흐로 심해져서 도적이 사방에서 일어나고 인심이 동요하
고 있습니다. 그 폐단을 다 열거하면서[13] 회복을 도모하는 술책을
구하려 한다면 어찌 이루 다 말할 수 있겠습니까. 그러나 큰 환란
의 근본을 말하자면 참으로 근본이 존재합니다. 대개 '강화'[14]의

....

11　有本有末.『절보』: 바로 아래 문장에서 말한 군주 마음이다.
12　饑饉薦臻.『간보』: 천(荐)은 거듭이고, 여러 차례이다.『좌전』희공 13년에 "진나라에 자
　　주 기근이 왔다(진천기쯤荐饑)"라 하였는데, 주에서 '보리와 벼가 모두 이삭을 영글지 못
　　함이다. 천은 전으로 읽는다'라고 했다.
13　一二.『유몽』: 수를 세는 것이다.
14　講和.『유몽』: 금나라와 화친함이다.

계책이 결정되자 삼강¹⁵이 무너지고 만사가 어그러졌으며,¹⁶ 진회의 '독단'¹⁷의 말이 진달되자 군주의 뜻이 위에서 교만해졌으며, '국시'¹⁸의 설이 시행되자 공론이 아래에서 막혔으니, 이 세 가지는 큰 환란의 근원입니다. 그러나 이 설을 낸 사람들이¹⁹ 만

....

15 三綱.『유몽』: 군위신강(君爲臣綱), 부위자강(父爲子綱), 부위처강(夫爲妻綱)이다.

16 隳.『유몽』: 음은 휴로 어그러진다는 뜻이다.
   『유몽』: 국시는 아마도 화친을 옳다고 하면서 사람들의 화친에 대한 비난을 금지한 듯하다.

17 獨斷.『절보』: 이사가 진나라 이세황제를 설득하면서 "옛날의 현명한 군주는 독책하는 술수를 시행했기에 주상이 독단하면 뭇 신하들은 자신의 허물을 덮기에도 겨를이 없는데, 어떤 변란을 감히 도모하겠습니까?"(『사기史記』「이사열전李斯列傳」)라 했다.

18 國是.『절보』: 손숙오(춘추시기 초나라 명재상, 이름이 오이고, 손숙은 자임)가 말하길 "하나라 걸왕과 은나라 주왕이 나라를 안정시키지 못하고, 자기의 취사선택에 합치하는 자를 옳다[是]라 하고, 자기의 선택에 합치되지 않는 자를 그르다[不是]라 했습니다. 그래서 국시가 나라에 있게 되었고, 이는 민중들이 미워하는 대상이 되었습니다"라 하였다(『신서新序』 2권 「잡사2雜事二」). 국시의 설이 여기서 비롯되었다.
   『간보』: 휘종 초에 진료옹(진관陳瓘, 송나라 학자이자 관료, 1060-1124)이 글을 올려서 국시를 논했는데,『신편통감』에 보인다. 진공의 '행장'(『주자문집』 96권)에 "건도 원년에 公이 이무시랑이 되었는데, 당시에 천단례가 기봉되어, 황제의 진인적으로 빨리 재상이 되었다. 공부시랑인 왕불이 은밀히 단례에게 빌붙어서 조정에 건의해 국시의 설을 만들어 내어 그 세력을 도왔다"고 했다.
   『관보』:『송사』에 "융흥 2년(1164) 3월에 장준이 양자강 및 회수 지역의 군대를 관장하고 있었는데, 탕사퇴는 장준을 몰아낼 음모를 꾸몄다. 마침내 왕지망을 시켜 장준의 병력부족 및 군량결핍, 망루와 장비의 미비에 대해 파발을 통해 상주하게 하니, 황제가 이에 속아 의혹을 가졌는데, 마침 호부시랑인 전단례가 말하길 '군대란 것은 흉기이니, 원컨대 부리에서의 괴멸을 경계로 삼아서 조속히 국시를 결단하시어 사직을 위한 계책으로 삼으십시오'라 하였다"(『송사』「열전」 144권).
   ※ 부리(符離)에서의 괴멸: 효종 융흥 원년(1163)에 북벌을 추구하여 숙주 등 4개 주를 수복하였으나 장수들 사이의 불화로 금나라에 패배하여 전군이 괴멸되었고, 이로 인해 4개 주를 반환하고 세폐를 바치면서 강화하였다.

19 爲是說.『기의』: 강화와 독단과 국시의 설을 만들어 낸 자들이다.

약 군주의 마음속 폐단에 편승하지 않았다면 받아들여질 길도 없었을 듯합니다. 이는 제가 전일의 편지에서 다른 문제는 언급할 겨를이 없이 군주 마음의 잘못을 바로잡는[20] 일을 가지고 지극히 귀하에게 바랐던 이유입니다. 이 세 가지 설이 타파되지 않으면 천하 일이 이뤄질 수 있는 이치가 없고, 군주의 마음이 바르지 않으면 이 세 가지 설이 또 어찌 타파될 수 있는 이치가 있겠습니까? 대감이 전일 논의한 가운데 이 점 또한 언급한 적이 있었는지 모르겠습니다. 아니면 이보다 더 큰 일을 말씀하셨는데, 산야에 있는 제가 듣지 못하고 알지 못하는 건가요? 대감께서 참으로 근본을 파악해서 의론하신다면, 천하 일은 단번에 바른 데로 귀결되어서 전혀 어려운 점이 없을 듯하고 제 거취 또한 쉽게 결정됩니다. 저는 개인적으로 쌓인[21] 울분을 스스로 삭힐 수 없기에 다시 상세히 말씀드리고자 합니다.

국가 회복의 대계를 저해하는 것이 강화론입니다. 변방[22]을 수비하고 방어하는 일상규범을 무너뜨리는 것도 강화론입니다. 안으로는 우리 백성의 충성스럽고 의로운 마음을 어기고,[23] 바깥으로는 고국[24]백성의 소생에 대한 바람※을 끊어 버리는 것이 강화

....

20 格.『유몽』: 바로잡음이다.

21 懣.『유몽』: 분함이 마음에 쌓임이다.

22 陲.『유몽』: 변경이다.

23 咈.『유몽』: 어긴다는 뜻이다.

24 故國.『유몽』: 중원이다.

※ 『서경』「중훼지고(仲虺之誥)」에서 하나라 폭정에 시달리는 사방의 백성들은 탕임금이 자신의 나라를 정벌하여 자신을 구제해 주길 바라며 말하길 '우리 임금님을 기다리니,

론입니다. 밤낮으로 정사에 부지런히 힘쓰는 목전의 수고를 구차
하게 회피²⁵하면서²⁶ 훗날 안락에 빠져서 해독²⁷을 양성하는 것 또
한 강화론입니다. 이런 점이 화란을 초래함은 참으로 이루 다 말
할 수가 없으니 의론²⁸하는 자들이 말한 내용이 참으로 이미 상세
합니다. 하지만 제가 말하고자 하는 내용에는 이보다 더 중대한
점이 있습니다. 금나라는 선대임금의 원수²⁹이기 때문에 만세토록
신하 된 자라면 반드시 복수하고 잊지 말아야 할 일입니다. 만약
'복수하기에 역량이 부족하다'고 한다면, 우선 스스로를 지킬 계책
을 세워서 원한의 마음을 쌓고서 복수하기를 기다림이 그나마 나
을 듯합니다. 그런데 지금 나아가서 공격하지도 못하고 물러나서
지키지도 못하면서, 다만 비굴한 말과 후한 세폐를 가지고 원수인
오랑캐에게 동정을 구걸하다가 요행히 받아들여지면, 또 군주와
신하가 서로 축하하고 뻐기듯³⁰ 천하에 명령하길 "이전의 하찮고
자질구레한 모든 일³¹은 내가 이미 털어 버렸다"고 말하며 희희낙

....
　　임금님이 오시면 소생하겠네!(後予后, 后來其蘇!)'라고 하였는데, 여기서 내소지망(來蘇
　　之望)이 나왔다.
25　道.『유몽』: 도망가다와 피한다는 뜻이다.
26　宵旰.『간보』: 새벽에 옷 입고 해가 진 뒤에 밥을 먹는 일이다.
　　『유몽』: 옷 입고 밥 먹을 겨를이 없다는 말이다.
27　宴安之毒.『절보』:『좌전』 민공 원년에 "관경중이 말하길, '안일함은 짐독(鴆毒: 치명적인
　　독약)과 같으니 품고 있어서는 안 된다'"고 하였다.
28　議者.『기의』: 강화의 설이 그르다고 논박하는 사람들이다.
29　祖宗之讎.『유몽』: 금나라의 오랑캐가 선대임금의 능묘를 욕보이고 두 황제를 북으로 데
　　려갔다.
30　肆然.『차보』:『사기』「노중연전」에 나온다.
31　薄物細故.『기의』: 이전에 금나라 사람들과 세폐증액논쟁, 토지할양, 황제호칭제거 등의

락하기만 하고 다시는 터럭만큼[32]이라도 분통함과 원한을 품거나 지금은 절박하니 때를 기다리자는 말로써 천하의 큰 제방인 인륜[33]을 보존하려 하지 않습니다.[34] 오호라! 선대임금 및 능묘의 원수보다 더 큰 일이 무엇이 있기에 차마 하찮고 자잘한 일로 치부해서 털어 버릴 수 있단 말입니까? 무릇 군주와 신하의 의리, 부모와 자식의 사랑은 천리와 인륜 가운데 가장 커서 국가를 소유한 자에게 민심을 얻게 해 주고 정사의 기강[35]을 세우게 해 주는 근본이자 핵

....

일을 하찮고 자잘하다고 여겨서 이렇게 말하였다.

『차의』: 살펴건대 하찮고 자잘한 일은 바로 선대임금의 능묘가 겪은 수치를 가리켜 말하였다. 『기의』의 설명에는 이해하기 어려운 점이 있다.

『차보』: 이 말은 본래 한나라 문제가 흉노에게 보내는 조서에 나온다(『한서』「흉노전상匈奴傳上」). 아마도 황제조칙의 작성을 담당한 신하가 이 말을 빌려서 강화가 그릇된 사실을 임시방편으로 덮고, 다만 이 말로 두리뭉실하게 말하였다. 그래서 효종의 북벌로 인해 스스로 구실을 제공한 이후에 강화를 맺으면서, 이왕의 일은 세폐논쟁, 토지할양, 능묘의 복수를 막론하고 구태여 분별하여 말하지 않았다. 그래서 선생이 그 말에 따라서 책망하길 "우리나라는 금나라와 선대임금 및 능묘의 원수관계이기 때문에 한나라가 흉노에게 소소한 원한만 있음에 불과한 경우와는 전혀 다르니, 어떻게 차마 이를 하찮고 자잘한 허물로 여겨서 털어 버릴 수 있겠는가?"라 하였다. 만일 『기의』의 설대로라면 크게 용서하자는 뜻인 듯하나, 그러면 아래 문장의 선생이 책망한 말은 임금과 재상을 불경스레 멸시하고 구박한 일로 귀결될 듯하다. 또 만약 『차의』의 설대로라면 당시 임금과 신하가 아무리 못났더라도, 어찌 바로 능묘의 원수에 이르기까지 하찮고 자질구레하다고 말했겠는가? 마땅히 다시 살펴보아야 한다.

32 豪分.『간보』: 호(豪)자는 호(毫)자와 통한다. 뒤에도 대부분 이를 따랐다.

33 天下之防.『절보』:『예기』「방기」에 '군자의 도는 비유하자면 제방[坊]이다. 크게 제방으로 막지만 백성들은 그래도 넘으려 한다'라 하였는데, 주에 '방(坊)자는 방(防)자와 같다'고 하였다.

34 防者.『차의』: 방은 곧 군신의 의리와 부자의 은혜이다. 무복(無復)의 뜻은 여기까지이다.

35 紀綱.『간보』:『상서』「오자지가」채침의 주에 '(그물의 벼리 가운데) 큰 것이 강(綱)이고 작은 것은 기(紀)이다'라고 했다.

심입니다. 지금 즉위 초에[36] 표준[37]을 세움도 이와 같고, 호령을 발하고 명령을 시행함도 이와 같은데도, 도리어 인심이 임금 자신과 군건히 결속되어 이반하지 않고 모든 일이 시종일관 조리가 있어 문란해지지 않기를 바란다면, 이 또한 유식자가 아닌 누구라도 참담하여 한심하게 여길 듯합니다.

그런데 이 설을 낸 무리가 여론이 들끓어서 군주가 혹여 깨달을까 두려워한 나머지, 또 함께 독단의 설을 만들어 내서 경전의 뜻에 견강부회[38]하고 간사한 말로 꾸며서[39] 군주가 바라는 의도[40]에 잘 맞추어서, 몰래 이를 통해 자신의 사익을 스스로 의탁합니다. 본래 이 설을 내게 된 원인[41]은 비록 강화라는 한마디 때문이지만, 그 화란은 또 강화라는 하나의 일에 그칠 뿐이 아닙니다. 이는 장차 우리 군주를 거듭 오도해서[42] 군주가 오만하게 성인으로 자처하면서, 위로는 하늘의 경고를 두려워하지 않고, 아래로는 공론이 시비를 따짐을 두려워하지 않게 하여, 우레와 같은 위엄과 만 균[43]의 권

....

36 造端.『유몽』: 당시 효종이 새로 즉위했으므로 '조단(造端)'이라 하였다. 단(端)은 시작이다.

37 極.『유몽』: 표준이다.

38 傅.『유몽』: 부화뇌동해서 의미를 곡해해서 인용함을 부(傅)라고 한다.

39 文致.『기의』: 문(文)은 상성(上聲)으로 읽으니 꾸밈이다.
  『유몽』: 문치(文致)는 꾸밈과 같다.

40 所欲.『유몽』: 독단이다.

41 本其爲說.『기의』: 독단의 설을 만들어 낸 원인이다.

42 重悞.『절요주』:『운회』에 오(悞)자는 오(誤)자와 통한다.
  『긴보』: 오(悞)자는 오(誤)자의 같다. 뒤에도 이를 띠깠다.

43 雷霆, 萬鈞.『절보』: 가산(賈山)이 지은『지언(至言)』(가산이 한나라 문제에게 진나라를 빗

세로 백성 위에서 제멋대로 군림하는데도 감히 말릴 사람[44]이 없는 지경에 빠짐은 반드시 이로부터 유래할 듯합니다. 오호라! 이 얼마나 어질지 못한 일입니까?[45] 인형[46]을 만든 자보다 심합니다. 어진 사람과 군자로서 어찌 그렇게 함을 좌시하고 편안히[47] 여기면서 이를 바로잡는 한마디 말도 하지 않는단 말입니까? 이 일이 이미 이 지경인데 열흘 사이에 또 국시의 설을 날조해 내서 이에 호응한 자가 있으니,[48] 그들이 하늘을 속이고 사람을 기망함[49]과 음험하고 사특함[50]을 포장함이 더욱 심합니다. 주상께서는 이미 그들의 상주를 받아들였는데, 여러 공들 가운데 또한 옳지 않다고 한 자가 있었다고 듣지 못했으니, 제가 이를 힐난해 보려고 합니다.

이른바 국시란 어찌 천리에 순응하고 인심에 합하여 천하 사람

....
　　대어 치란의 도리를 설명한 책)에 나오는 말이다.
44　攖. 『차의』: 『맹자(「진심하」 23장)』의 주에 '영(攖)은 붙잡음이다'라 하였다.
　　『유몽』: 영(攖)은 붙잡음이다.
45　其亦不仁. 『기의』: 독단을 행함을 말한다.
　　『차의』: 생각건대 독단 아래에 지설(之說) 두 글자가 빠졌다.
46　作俑. 『유몽』: 『맹자』에 보인다.
　　※『맹자』 「양혜왕상」에 '처음 인형을 만든 사람은 후손이 없을 것이다!(始作俑者, 其無後乎!)'라고 하였다.
47　恬. 『유몽』: 편안함이다.
48　旬日. 『기의』: 호응한 자는 그 독단의 설에 호응한 자이다.
　　『절보』: 『주자문집』 96권 「진정헌공 행장」에서 '건도 원년에 전단례가 기용되었는데, 황제의 친인척으로 정권을 잡아 빨리 재상이 되었다. 공부시랑인 왕불이 은밀히 단례에게 빌붙어서 조정에 건의해 국시의 설을 만들어 내어 그 세력을 도왔다"고 말했다. 아마도 이들이 화의를 국시로 여긴 듯하다.
49　欺天罔人. 『유몽』: 화의를 국시로 여김은 바로 하늘을 속이고 사람을 기망함이다.
50　慝. 『유몽』: 사악함이 마음에 감춰져 있음이다.

들이 함께 옳다고 하는 것이 아니겠습니까? 진정 천하 사람들이
함께 옳다고 한다면, 비록 한 뼘 땅이나 한 백성을 좌지우지할 권
력이 없더라도 천하 사람들이 그르다고 하지 못할 터이니, 하물며
천하라는 이익과 권세[51]를 가진 경우는 어떻겠습니까?

천하 사람들이 함께 옳다고 하는 기준에 부합하지 않는데 억지
로 천하 사람들이 옳다고 하길 바랍니다. 이 때문에 반드시 상을
걸어서 유인하고 엄형으로 독려하고, 그런 뒤에 겨우 자신들의 설
과 같지 않은 사대부의 입에 재갈을 채우지만, 천하의 진정한 시
비는 끝내 속일 수 없는 듯합니다. 알려 주십시오. 지금 하시는 대
로 화의에 부화뇌동하는 경우가 과연 천리에 순응하는 일입니까?
인심에 부합하는 일입니까? 진정 천리에 순응하고 인심에 부합한
다면, 본래 천하 사람들이 함께 옳다고 하는 일이니, 다른 의론이
어디에서 생겨나겠습니까? 만약 오히려 그렇지 않은 경우에, 자신
의 편견을 주장하여 자신의 삿된 마음이 이뤄지기 바라면서, 억지
로 '국시'라는 명목으로 군주의 위엄을 빌려서, 천하의 모든 사람
이 한결같게 말하는 공론과 대적하는데, 제가 보기에 옛사람들이
말한 '덕이 오직 한결같다'[52]란 말이 이와 같지 않은 듯하고, 자사
가 말한 '모두 자신이 성인이라 하지만, 누가 새의 암수를 알겠는

....

51 天下之利勢.『절보』:『순자』「왕패」에서 '군주란 천하라는 이익과 권세를 가진 사람이다'
라 하였다.

52 德惟一.『절보』:『서경』「함유일덕」에 나오는 말이다.
『차보』: 진회가 일덕격천각(一德格天閣)을 지어 스스로 군신이 덕이 합치되는 의리에다
견강부회하였다. 그런데 당시 화의를 주장하는 기들은 모두 진회의 당이었기 때문에 선
생은 그 말을 가지고 그들을 책망하였다.

가?'※라 한 말과 불행히도 가깝습니다.

예전 희령[53]초에 왕안석[54]의 무리가 이 의론[55]을 낸 적이 있었는데, 그 뒤에 장돈과 채경[56]의 무리가 다시 추종하여 이를 이어받았습니다.[57] 앞뒤로 50여 년 사이에 사대부가 조정에 나가 의론하고 집으로 물러나 말하면서, 한마디라도 이와 부합하지 않으면,[58] 방붕방무(붕당과 무고)[59]라고 지목하고, 사흉(순임금이 죽인 극악한 4인)의 죄[60]가 뒤따랐습니다. 근래 국시를 주장함이 엄중하고 냉혹하여 범할 수 없음이 이 당시[61]보다 심한 적이 없었습니다. 그 결과 끝내 공론이 행해지지 않아, 점차[62] 큰 화를[63] 불러와서 그 해

....

※　이 말은 원래 『시경』 「소아(小雅) · 정월(正月)」에 나오는 말인데, 『자치통감』 「주기(周紀)」 안왕 25년에 자사가 인용하였다.

53　熙寧. 『유몽』: 송나라 신종의 연호(해당연도 1068-1077)이다.

54　王安石. 『유몽』: 자는 개보로 신종의 재상이 되어 변법으로 나라를 망친 자이다.

55　此論. 『기의』: 국시에 대한 논의이다.

56　章惇 · 蔡京. 『유몽』: 모두 소인으로 왕안석을 본받은 자들이다.

57　紹述. 『간보』: 철종 소성 원년(1094)에 장돈이 상서좌복야가 되어 오로지 선대임금을 따름으로 국시를 삼았다. 흠종 정강 원년(1126) 국자좨주 양시가 상소를 올려 말하길 "채경이 신종을 계승한다는 명목을 내걸었지만, 실제로는 왕안석을 끼고서 자신의 이득을 도모하였으니, 오늘날의 화란은 실로 왕안석에게서 비롯되었습니다"라 했다.

58　不合乎此. 『기의』: 국시의 설에 부합하지 않음이다.

59　邦朋邦誣. 『기의』: 『주례』 「추관」에 사사(士師)는 사(士: 형벌을 담당하는 관리)의 팔성(八成: 판례)을 관장한다고 했는데, 일곱 번째가 방붕(邦朋)이고 여덟 번째가 방무(邦誣)이다. 주에 '붕(朋)은 당을 지어 서로 협력하면서 정사를 불평등하게 함이고, 무(誣)는 임금과 신하를 기망하여 일의 실정을 왜곡하게 함이다'라 하였으니, 붕은 붕당을 말한다. 소인은 군자를 방붕방무한다고 지목한다.

60　四凶之罪. 『절보』: 유(流: 유배), 방(放: 위리안치), 찬(竄: 추방하여 금고), 극(殛: 구류하여 잔혹한 형벌시행)이다.

61　斯時. 『기의』: 왕안석과 장돈 및 채경이 집권한 시기이다.

88

독의 여파가 지금까지 그치지 않고 있습니다. 어찌 국시가 정해지지 않아서 그러했겠습니까? 단지 그들이 옳다고 한 내용이 천하의 진정한 옳음이 아닌데도 고수하기를 지나치게 하여, 이로써 군주와 신하가 서로 이를 지키면서 직언을 듣지 않아서 끝내 위기와 멸망이 이르는데도 깨닫지 못한 것입니다. 전해 오는 말[64]에 '털끝만큼이라도 차이가 나면 천리가 어긋난다'[65]고 하였습니다. 하물

....

62 馴.『유몽』: 점차로 이뤄짐을 순(馴)이라고 한다.

63 大禍.『차보』: 정강의 변을 가리킨다.

※ 정강의 변(靖康之變): 북송 휘종 선화(宣和) 7년(1125)에 금나라가 동쪽과 서쪽으로 군대를 나누어 남하하여 송나라를 공략하였다. 동쪽군은 완안간리불(完顏幹離不)이 군대를 통솔하여 연경(燕京)을 공격하고, 서쪽군은 점안(粘罕)이 군대를 통솔하여 곧바로 태원(太原)을 습격하였다. 동쪽군은 연경을 격파하고 황하를 건너 송나라 수도인 변경(汴京: 현재 하남 개봉시)을 향해 남하하자, 휘종(徽宗)은 형세가 위태롭다고 보고 마침내 태자 조환(趙桓)에게 양위하니 바로 흠종(欽宗)이다. 흠종의 정강(靖康) 원년(1126) 정월에 완안종한(完顏宗翰)이 금나라 동쪽군을 이끌고 변경의 성곽 아래에 진군하여 송나라에 화의를 강요하고 철군하였는데, 강화조건은 폐백으로 500만 냥의 황금과 5,000만 냥의 은화와 중산(中山)과 하간(河間)과 태원(太原) 등 세 진의 할양이었다. 그해 8월에 금나라는 다시 두 길로 송나라를 공략하여 윤 11월에 금나라 양군이 합쳐 변경을 함락하였다. 송나라 흠종은 친히 금나라 군영에 가서 강화를 의론하다가 금나라 군대에 붙잡혔다. 다음 해(1127) 2월에 북송은 멸망하고 휘종과 흠종을 비롯한 황족 및 후궁과 대신 등 3,000여 명이 금나라로 끌려갔다. 이후 변경에 있지 않았던 휘종의 아홉 번째 아들이자 흠종의 동생인 조구가 강남의 임안(현재 항저우)으로 가서 남송을 세우고 고종으로 즉위하였다.

『유몽』: 대화는 휘종과 흠종 때 망국의 화란이다.

64 傳.『유몽』: 사마담(『사기』를 저술하기 시작하여 완성하지 못하고 아들 사마천에게 완성을 부탁함)이 지은 『역전』이다.

65 差之.『간보』:『역위서』의 말로『예기』「경해」에 보인다.『운회』에 '생사 열 가닥을 호(毫)라 하고 10호를 이(釐)라 한다'고 하였다.

※『한서』「사마천전」에『역』의 말로 나온다.『주역』에 나오지 않기 때문에 역위서라고 한 듯하다.

며 차이가 비단 털끝만큼이 아님에 있어서이겠습니까! 오호라! 이 점이 두려울 뿐입니다. 어째서 저들이 또 이것으로 우리 군주를 거듭 오도해서 곧바로 혼란과 망국의 전철을 밟게 하고, 자신들도 짊어지고 함께 뒤따르려 합니까?

오호라! 이 세 가지 설이 바로 지금의 큰 환란의 근본임이 분명합니다. 그러나 이 설을 타파할 방법을 구하고자 한다면 또 다른 데 있지 않습니다. 단지 군주 마음의 잘못을 바로잡는 데 달려 있을 뿐입니다. 귀하가 조정에 있지 않으면 그만이겠지만 하루라도 그 지위에 있으면, 천하를 다스리는 책임이 사방에 이릅니다. 그 마지막에[66] 패망에 이르러서 구제할 방도를 모르기보다는 급급하게[67] 대인의 일[68]로 매진해서 자기와 남을 이뤄 주는 공적을[69] 단번에 이룩함이 낫지 않겠습니까?

저는 두문불출하여 뜻을 구하여 감히 다시 천하 일을 논하지 않은 지 오래되었습니다. 그러나 대감의 말[70]에서 개인적으로 느낀 점이 있기에 마지못해서 다시 이처럼 미치광이와 같은 말을 내

....

66 末流.『유몽』: 혼란 및 패망하는 날이다.

67 汲汲.『간보』:『운회』에 '쉬지 않은 모양이다'라 하였다.

68 大人之事.『절보』:『맹자』「이루상」에 '오직 대인이라야 군주 마음의 잘못을 바로잡을 수 있다'고 했다.

69 成己成物.『유몽』: 성기(成己)는 자기의 수양의 책임을 이루는 일이고, 성물(成物)은 천하를 다스리는 일이다.

70 閤下之言.『기의』: 아마도 진준경이 선생에게 직언을 구한 듯하다.
『간보』: 옛날에는 삼공이 되면 작은 합(전각)을 개설했기 때문에 합하라고 불렸다. 군수는 옛날의 제후와 비견되기 때문에 합하라고도 호칭했다.
『차보』: 위 문장의 '우몽수유(又蒙垂喩)' 이하를 가리킨다.

게 되었습니다. 고명한 귀하가 어떻게 생각하실지 모르겠습니다. 헤아려 보니 상서 왕공[71]이 직위에 계신 지 이미 오래되었습니다. 바야흐로 여러 사특한 의론이 다투어 나오고[72] 정론이 소멸해 가는 즈음에 두 공이 조정에 계시니, 천하 사람들이 바라보기를 우뚝한 황하 가운데의 지주[73]와 같아서 의지하고 염려하지 않습니다.[74] 그렇지만 기회는 얻기는 어려워도 잃기는 쉽고, 일은 잘못되기는 쉬워도 이루기는 어렵습니다.[75] 다시 바라건대, 함께 계책하고 힘을 모아서 조속히 군주의 마음을 깨우쳐서 천하 일을 도모하십시오. 이는 비단 저의 소망일 뿐 아니라 실로 나라 안 모든 백성의 여망입니다.

....

71 尙書王公.『자보』: 왕응신이나.
　　『유몽』: 왕공은 이름이 응진이고 자는 성석으로 옥산 사람이다.
72 競逐.『차의』: 서로 경쟁적으로 뒤쫓음을 말한다.
　　『차보』:『한서』「유협전」의 서문에 나오는 말이다.
　　『유몽』: 경축(競逐)은 다투어 나간다고 말함과 같다.
73 底柱.『절보』:『상서』「우공」의 주에 '지주석이 황하 가운데에 있는데, 그 형상이 기둥과 같으니, 지금의 섬주의 삼문산이다'라고 말했다.
74 有所恃而不恐.『차보』:『좌전』희공 26년에 제나라 제후가 노나라 전희에게 말하길 "무엇을 믿고 두려워하지 않는가?"라 하자, 전희가 대답하길 "선왕의 명령입니다. 그 명령에 주공과 태공의 자손들을 대대로 서로 해치지 말게 하셨습니다. 이를 믿기에 두려워하지 않습니다"라 하였다.
75 時難得~難成.『간보』:『사기』「회음후전」에 괴천이 말하길 "공이란 이루기는 어려우나 잘못되기는 쉬우며, 기회란 얻기는 어려우나 잃기는 쉽습니다"라 하였다.

24-11

왕수께 보낸 편지에서 둔전의 일을 논함(1165년)*

　숭안에 범기라는 통판이 있는데, 전에 그가 정자정¹을 따라 촉 땅에 진주했기 때문에 당시 한중지역 둔전의 이익에 대해 설파했습니다. 이를 통해 변방의 군을 튼실하게 해 주고, 백성의 재력부담을 완화해 주고, 연간 지출을 줄여 주는 점에서 매우 조리가 있었습니다. 이 막부의 문서가 지금까지 여전히 존재하는지 모르겠습니다만 설사 이것이 완전하지 않더라도² 당시의 관리 중에 아직도 찾아가서 물어볼 만한 사람이 반드시 있을 듯합니다. 지금 이른바 금나라와의 화친이 어찌 길이 보장되겠습니까? 만일 보장이 가능하더라도 우리 입장에서 어찌 단지 편안히 앉아서 보장할 계책³만을 지킬 수 있겠습니까? 사람을 모으는 근본은 재용이 급선

....

* 汪帥.『절보』: 왕수는 이름이 응진이니 당시 촉 땅 안무사였다.
　※ 송나라는 안무사가 한 노(路)의 병권을 장악하였기 때문에 수사(帥使)라 불렸으니 왕수는 성이 왕인 수사이다.
　『차보』: 당시에 왕응진은 사천 제치사 겸 성도부 지사였다.
1　鄭資政.『관보』: 소흥 12년(1142) 정강중(1088-1154)이 천섬선무부사가 되었다가 소흥 16년(1146)에 이르러 파직되었으니 아마 이 사람인 듯하다.
2　不完.『차의』: 문서가 완비되지 않음을 말한다.
3　所保之計.『차의』: 화친을 보존할 계책을 말하니, 예컨대 비굴한 말과 후한 세폐 등의 일을 말한다.
　『절보』: 아마 '위(爲)'자는 '계(計)'자까지 해석해야 할 듯하고, '소보(所保)'는 화친을 말

무입니다. 도첩을 파는 것⁴은 백성들에게 재용을 받아들이고서 그 머리를 깎아 중으로 만들어 이로써 사람이 생기는 근원을 끊어 버리는 일이고, 관직의 고신⁵을 파는 것은 벼슬하는 부류를 외람되고 잘못되고 잡박하게 해서 우리 백성들의 병통이 되게 하는 일입니다. 그럴 바에야 차라리 천시를 따르고 땅의 이익을 거두되, 배불리 먹고 편히 거처하는 병사의 힘을 빌려서 힘들이지 않고 부강의 실효를 거두는 것이 낫지 않겠습니까? 하물며 앞사람⁶이 이미 효험을 본 일이 그리 오래 지나지 않았으니, 널리 찾아가 물어보고서 급히 시행하는 데 달려 있을 뿐입니다. 농사 수확은 한 해가 지나야 비로소 이루어집니다. 그러나 마땅히 농사일을 해야 될 때 하루라도 늦춘다면 한 해의 농사를 망칩니다. 이 변방의 군사 분쟁이 조금 멈추고 수확이 풍년이 든 즈음에, 병사와 백성 모두가 여력을 틈타서 지금 대감의 명철하심을 발휘하신다면 일을 이룰 수 있습니다. 더군다나 여러 부서가 모두 실정에 통달하니 한중에서 둔전한 일 또한 자세히 심의해서 함께 처리할 수 있습니다. 이

....
　　하니, '어찌 단지 편안히 앉아서 화친을 보장하는 계책을 고수하겠습니까?'라고 한 부분을 말한다.

4　賣度牒. 『차의』: 백성에게 도첩을 팔고 머리를 밀어 중으로 만든다.
　　※ 도첩: 당나라와 송나라에서 발급한 출가 승려의 증빙이다. 이 시기에 승려 명부를 관청에서 관장하여 출가자를 명부에 기재하고 도첩을 발행하였다. 도첩을 가진 승려는 각종 조세와 부역과 군역을 면제받았기 때문에 엄청난 특혜를 누렸다. 이에 관청은 도첩의 발행 대가를 받아서 군비와 정부재정 지출에 충당하였다.

5　官告. 『치의』: 관직제수문건(고신告身)이다.

6　前人. 『절보』: 정자정이다.

시기를 놓쳐서 하지 못하면 아마도 나중에는 이처럼 할 수 있는 기회를 다시 만나기 어려울 듯합니다.

제가 멀리 벽지에 있어서 이익과 병통의 상세함을 깊이 알지는 못합니다. 그러나 전해 듣고 서책에 기재된 내용을 참고해 보니 개인적으로 이것이 바로 지금 당면한 변방의 급선무라고 여겨집니다. 그리고 군율신칙과 병사조련과 무기구비는 그다음으로 할 일이니 모두가 일에 앞서 미리 도모해서 대비하지 않으면 안 됩니다. 대감의 뜻은 어떠신지 모르겠습니다.

조진숙께 보내는 편지(1167년 9월 말)*

제가 이번 달 8일[1]에 장사[2]에 도착했는데 지금 보름이 지났습니다. 경부(장식)가 저를 매우 깊이 아껴 주고 인정[3]해 줌이 매우 돈독하여 이전에 알지 못했던 점을 함께 강론하여 밝혀서 날로 학문에 발전이 있었으니 매우 다행입니다. 경부의 학문은 더욱 고상하고 소견이 탁월해서 그의 의론이 제 의표를 찌릅니다. 근래에 그의 『논어설』[4]을 읽었는데 나도 모르게 마음속이 시원해져서 진정 탄복할 만합니다. 악록[5]에는 학생들이 점점 많아졌고, 그 가운데 기질이 순수하고 목표가 확실한 학생들도 있었지만, 다만 그들이 공부할 방향을 알지 못해서 왕왕 공리공담에 치달아서 실리로부터 멀어지는 경우도 있었습니다. 그러니 그들에게 일러 주는 책무를 경부가 사양해서는 안 됩니다.[6] 장사의 사군(왕사유)[7]은 호쾌

....
* 曹晉叔.『표보』: 조진숙은 건안 사람으로 선생의 문인이다.
1 此月八日.『절보』: 정해년(1167) 9월 8일이다.
2 長沙.『간보』: 현의 이름으로 담주의 주도이고 호남로에 속한다.
3 愛予.『차의』: 여(予)는 여(與: 허여)와 통한다.
4 語說.『기의』: 장식이 저술한 『논어설』이다.
5 嶽麓.『절요주』: 악록서원은 상서(湘西)에 있다. 송나라 개보 연간(968-975)에 군수 주동이 처음 창건했다가 중간에 폐원됐는데 건도 연간(1165-1173) 처음으로 군수 유공이 수리했다.
6 敬夫不可辭.『기의』: 악록서원이 장식의 거처와 멀지 않기 때문에 이같이 말했다. 조진숙

하고 준수하고 고매하니 오늘의 빼어난 선비입니다. 다만 이론을 내세우기를 좋아해서 도덕에 들어가기를 달가워하지 않으니 애석합니다. 누차 왕사유가 당신의 근황을 물었으니 아마도 존형을 깊이 염두에 두는 듯한데 근래에 편지를 받은 적이 있습니까? 유공보가 대궐에 도착한[78] 후에 여러 번 정사에 대해 말했고 그 말이 또 모두 비분강개하고 올곧았으니, 근세에 없었던 일이었고 성상께서 총명하시니 받아들이지 않음이 없었습니다. 그러나 염려되는 점은 유공보가 한 명의 설거주※로 그침이니, 만약 세 명에서

....

은 당시에 상서(湘西)의 간현(間縣) 현위의 속관으로 있었기 때문에 선생이 그곳의 일을 이와 같이 말한 것이다.

『차보』: 선생이 당시 상(湘) 땅에 있었기 때문에 상 땅의 일을 가지고 진숙에게 알렸지 진숙이 반드시 상서의 간현 현위였다고는 볼 수 없다.

7 長沙使君. 『절요주』: 왕사유는 장사의 수령이었는데 장식과 종유했으며, 선생 또한 장사에서 왕사유와 종유했다고 말했다. 다만 왕사유가 도덕에 들어가기를 기꺼워하지 않은 사람이 아니라고 한 점은 의심스럽다.

※ 사군(使君)은 우리나라의 한 지방의 최고 행정책임자로 사또에 해당하나 정약용은 조선에서 현감조차 사군이라 호칭하나 중국은 주나 군의 최고 책임자만을 사군이라 호칭하니 조선의 호칭이 잘못이라 하였다. 송나라에서 주나 군의 지사만을 사군이라 호칭한 점을 감안할 때 왕사유가 담주지사로 장사현감을 겸임한 듯하다.

8 共父到闕. 『절보』: 정해년(1167)에 유공이 담주지사에서 조정으로 부름을 받아 돌아왔다.

『차보』: 유공이 이해 담주에서 부름을 받아 돌아와서 한림학사가 되었다.

※ 설거주(薛居州): 『맹자』「등문공하」6장에 나오는 내용으로 송나라의 대부 대불승(戴不勝)은 강왕을 도와 인정을 베풀기 위해 설거주를 추천하여 왕을 보필하게 하였다. 그러자 맹자가 대불승을 찾아가 "당신은 설거주가 훌륭한 사람이라고 해서 왕이 있는 곳에 있게 하였소. 왕의 곁에 있는 자가 어른이나 아이나, 높은 사람이나 낮은 사람이나, 모두가 설거주와 같지 않다면 왕이 누구와 더불어 선한 일을 하겠소? 한 사람의 설거주가 혼자 송나라의 임금을 어떻게 하겠소?"라고 하였다. 이 말은 아무리 현명한 사람일지라도 환경의 영향이나 주위의 방해로 인해 혼자서는 성과를 기대하기 어렵다는 뜻이다.

다섯 명 정도 그를 도와줄 사람을 얻는다면 혹여 국사를 부지할 수도 있을 듯합니다. 이를 어찌 사람의 힘으로 관여할 수 있겠습니까? 하늘이 어떻게 하실는지 지켜볼 뿐입니다.

24-13

위원리께 보내는 편지(1168년 7월)*

보내 주신 편지를 받고서 지극한 뜻을 다 알게 되었습니다. 대체로 세금 면제와 백성 구제 두 가지 일일 뿐입니다. 세금 면제는 가을과 겨울 사이의 일이니 장차 여러 공들¹과 상의해도 늦지 않습니다. 백성 구제 또한 주와 현에서 마땅히 시행할 일이니 조정이 꼭 참견할 필요는 없을 듯합니다. 조정이 매사에 이와 같이 지휘를 내린다면 체통이 말이 아닐 듯합니다. 어제 예엽에게 부칠 편지²를 썼기에 지금 베껴서 보냅니다. 이와 같이 함이 옳은지는 모르겠습니다.

백성 중 제5등급은 소출이 500문 이하³인데, 그중에 힘겹게나마 지탱해 나가는⁴ 사람이 있습니다. 만약 물건과 생업이 모두 수해를 입었다면 실로 모두 감해 주지 않을 수 없습니다. 그렇지만

....

* 『차보』: 무자년(1168)에 숭안에 큰 기근이 들자, 선생이 부에서 곡식을 빌려서 진휼했는데, 위원리도 이 일을 같이 담당했다. 그해 7월에 비가 많이 오자, 선생이 부의 격문을 받들어 수해를 시찰했으니, 이는 그때의 편지이다.
1 諸公. 『절보』: 감사와 주 및 군의 여러 공이다.
2 芮書. 『절보』: 예(芮)는 바로 뒤의 문장의 예 조운사이다.
   『차보』: 아마도 예엽(芮燁, 1115-1172, 자는 중몽仲蒙)인 듯하니, 뒤에 보인다.
3 第五~百文. 『차의』: 오백문은 하호의 가난한 사람이다. 그 소출이 단지 오백문의 금전에 상당하니 바로 제5등호이다.
4 得過. 『차의』: 소출을 얻어서 지탱해 나감을 말한다.

만약 단지 사소한 수해를 입었다면 어떻게 일률적으로 세금을 면제해 주겠습니까? 다만 10전이나 100전 이하의 소출 가구는 곧장 이와 같이 분별할 수 없으니 모두 면제해 주어도 무방할 듯합니다.[5]

서부[6]에 근무하시는 분이 보낸 편지를 조만간 보내 드리겠습니다. 저 또한 마땅히 그분께 편지를 써서 우선 노형의 말과 제 뜻을 알려 주겠지만, 선택은 오직 그분께 달려 있습니다. 단지 한두 현만의 재난 피해는 다만 감사나 주와 군의 일인 듯합니다. 그런데 만약 집정자가 절절하게 오로지 자기 향리만을 위해 일을 처리한다면[7] 편파적인 것에 해당될 듯하고 도리상으로도 이래서는 안 됩니다. 조운사 예엽이 편지로 자문하기를 그처럼 간절히 하였으니 만약 정성을 다해서 알려 준다면 어찌 시행되지 않겠습니까? 서씨와 임씨[8] 역시

....

5 不能~不妨.『차의』: 10전이나 100전 이하를 소출하는 가구들은 그 빈궁함이 극심하니, 전체적으로 수해를 입은 가구와 단지 수해를 조금 입은 가구를 분별해서는 안 되고, 모두에게 세금 감면을 허락해도 무방하다는 말이나. 여(輿)자는 위(爲)자와 같다.

6 西府.『차의』: 근무관서가 서부에 있는 자를 말하는데 누구인지 모르겠다.
『차보』: 송나라 제도에 승상과 추밀이 양부인데, 승상부는 동쪽에, 추밀원은 서쪽에 있어서, 바로 동부와 서부가 된다. 당시 유공이 추부에 있었으니, 반드시 이 사람을 가리킨 것이다.
『표보』: 서부는 추밀부이다. 뒤의 문장의 ‘집정대신이 오로지 자기 향리만을 위하다’는 말로 보면, 이 서부는 같은 향리의 사람이다. 건도 3년(1167)에 유공보(유공)가 동지추밀원사였는데, 공보는 숭안 사람이다.

7 只專~會事.『차의』: 한 구절이다.
『절보』: 아마도 집정대신이 같은 향리의 사람이기 때문에 이렇게 말한 듯하다.
『차보』: 숭안이 유공보의 향리이기 때문에 이렇게 말하였다.

8 徐任.『절보』: 성이 서씨와 임씨로 감사와 군수의 자리에 있는 사람이다.
『차보』: 당시에 서철(자는 길경吉卿)이 부의 지사였으니, 아마도 이 사람을 가리킨 듯하다.『주자문집』77권「오부사창기(五夫社倉記)」에 보인다.

지금 막 이 일[9]을 유의하고 있으니 노형이 만전을 기해 상량하십시오. 만약 상량하여 십여 일이 지나면 반드시 정해진 의론이 나올 듯합니다. 조정이 천 리 밖에 있으니 그 회신이 어찌 늦지 않겠습니까? 다만 상량한 내용이 반드시 걸맞고 시의적절하여서 사람들에게 시행하게 할 수 있다면 노형이 알려 주지 못할 이치가 없을 듯합니다. 이를 혹 들어주지 않더라도 허물은 바로 그 사람에게 있습니다.[10] 그러나 자신이 말한 내용이 너무 지나쳐서 다른 사람에게 믿음을 주지 못하고 사람들에게 시행하게 할 수도 없다면, 이는 본인이 옳지 않은데 어찌 다른 사람에게만 허물을 지울 수 있겠습니까? 하물며 우임금과 후직과 안자는 사정이 다르지만,[11] 우리는 이미 이로써 본분을 벗어난 잘못을 범했습니다.[12] 그런데 주와 부나 감사에게 알려 줌

....

9   此事.『차의』: 세금을 감면해 주는 것과 사창제의 일을 말하는 것이다.

10 其或~在彼.『차의』: 주와 부나 감사에게 알렸는데도 들어주지 않으면 그 허물이 주와 부나 감사에게 있음을 말한다.

11 禹, 稷~不同.『차의』: 우임금과 후직은 세상에서 물에 빠진 사람과 굶주린 사람이 있음을 자기의 근심으로 여겼고, 안회는 누항에 은거하면서 '일단사일표음(一簞食一瓢飮)'으로 스스로 즐겼기 때문에 사정이 같지 않다고 하였다.

12 吾人~分了.『차의』: 오인(吾人)은 선생과 위원리를 말하니, 선생과 위원리가 향리에 거처하며 벼슬하지 않으면서 사창을 세워 백성 구제를 일삼았기 때문에, 본분을 벗어나 잘못을 지었다고 하였는데 『주자문집』 79권 「장탄사창기」에 보인다.

    『절보』: 사창이 비록 이해 겨울에 시작되었지만, 당시에는 단지 수해로 인하여 세금 감면과 백성 구제의 두 가지 일만 상량했을 뿐이지, 애당초 사창을 설립하려는 뜻은 있지 않았다. 이 편지는 무자년 7월에 쓰인 것이다.

    『차보』: 사창은 바로 소흥 연간의 일이지, 이해의 일이 아니다.

    『표보』: 「장탄사창기」에 위원리의 사창 설립은 소흥 연간의 일로 나온다. 그러나 이 편지는 건도 4년(1168)에 쓰였고, 또 편지 가운데 논한 내용은 세금면제와 빈민구제의 두 가지 일인데, 빈민구제는 사창의 일과 가깝지만 세금 감면은 사창이 관여할 일이 아니고,

이 합당한 일은 이들에게 알려야 하고, 조정에 알려 줌이 합당한 일은 조정에 알리되 정성을 다해 알리고, 시행되거나 시행되지 않음은 저들에게 맡겨 두면 그래도 큰 잘못이 되지는 않을 듯합니다.[13] 그런데 지금 무조건 조정에 알리려 함은[14] 또한 바른 도리가 아닌 듯합니다. 이런 일이 한 번 벌어지면,[15] 조정은 사방을 고려하는 체통[16]을 잃게 되고, 주와 군이나 감사는 그 직분을 잃게 되고, 우리들은 그 지킬 본분을 잃게 되니, 비록 1,000명의 사람을 살리더라도 할 수 있

....

또 사창의 알곡은 단지 상평사에게 요청해서 얻는 것이니, 어찌 이 편지에서 말하듯이 위로 조정에까지 알려야 하겠는가? 생각건대 위원리가 별도로 백성을 구제할 방법을 계획하였는데, 그 일은 주와 군에서 독단적으로 처리할 내용이 아니기 때문에, 유공이 서부에 있는 것을 틈타서 조정에 주선하고자 했는데 선생이 이와 같이 답하였으니, 반드시 사창의 일을 가리키지는 않는다. 뒤의 문장에서 '이 일이 한 번 벌어지면'이라고 한 것과 두 번째 편지에서 '일의 형편이 옛날과 다르다'를 『차의』는 모두 사창으로 해석했는데 모두 맞지 않는 듯하다.

13 猶未爲大失.『절보』: 비록 본분을 벗어난 잘못이 있더라도 큰 잘못에는 이르지 않음을 말한다.

14 一向如此.『차의』: 반드시 요청한 대로 시행되기를 기약함이다.
『절보』: 반드시 이를 이루고자 해서 주와 부나 감사에게 알려 줌이 합당한 일을 반드시 조정에 알리고자 함이다. 아마도 위원리가 집정대신에게 편지를 올리려고 한 듯하다.

15 此事一發.『차의』: 사창의 일을 벌임을 말한다.
『절보』: 집정대신에게 편지를 올림을 말한다.
『차보』: 앞 문장의 차사(此事)와 같고, 뒤 편지의 두 번의 차사(此事)도 모두 같다.

16 朝廷~之體.『차의』: 조정이 사방의 백성을 염려하지 않아서 선생과 위원리가 나서서 백성을 구제하는 사업을 하게 하였으니, 이로써 조정이 백성을 염려하는 체통을 잃었다는 말이다.
『차보』:『예기』「표기」에 '대신은 사방을 염려하다'고 했으니, 앞 문장에서 '단지 고향만을 위해 일을 처리하다'는 내용을 가리켜 말하였다.
『포보』: 이미도 친두 천의 계례에 데례지민 절렬히게 처리에서 시빙을 헌걸같게 보실피는 체통에 어긋났다고 말한 듯하다.

는 일은 아닙니다. 어떻게 생각하십니까? 사리에 마땅한 점을 다시 헤아려서 여러 공들에게 강력하게 알리고 조정에서 부응하기에 합당한 것이 있으면, 그들에게 스스로 상신하게[17] 하고 그들의 요청을 돕겠다고 약속하는 편이 혹여 옳을 듯합니다.

여러 공들에게 감사를 표하는 편지는[18] 반드시 이미 정해진 의론이 있을 것입니다. 접때 이천(정이)문집에서 「한공(한강)[19]에게 감사를 표하는 계문」을 보았는데 바로 강관※으로 제수를 받은 뒤에야 비로소 감사를 표[20]하였습니다. 그러나 제점형옥사의 관리

....

17 自申明.『절보』: 주와 부나 감사로 있는 여러 공들이 스스로 조정에 상신하게 함을 말한다.

18 謝諸公.『차의』: 당시에 위원리가 왕응진과 진정동의 천거를 받았기 때문에, 마땅히 감사를 표해야 하는지에 대해 의문을 가졌기 때문에 이같이 말하였다.

『절보』: 왕응진과 진정동 두 사람이 위원리를 천거했지만, 당시의 재상이 꺼려 해서 조정으로 부를 수가 없었다. 몇 년 뒤에 부의 자사였던 예엽이 그의 소속관료들을 거느리고 안무사 여섯 명과 함께 위원리의 올바른 행실을 가지고 상소했는데, 이는 실로 무자년의 일이니, 여기서 말한 내용은 바로 이 일을 가리킨다. 아마도 앞에 천거한 때는 단지 왕응진과 진정동 두 사람만 그를 천거했기 때문에, 허다한 여러 공에게 감사를 표함이 옳지 못한 듯하다.

『표보』: 선생이 찬한 원리의 「묘지」에 (『주자문집』 91권 「국록위공묘지명國錄魏公墓誌銘」) '민 땅 안무사 왕응진과 건령 태수 진정동이 그의 현명함을 알고 함께 조정에 천거했지만, 당시의 재상이 꺼려 해서 조정으로 부를 수가 없었다. 몇 년 뒤에 유일을 천거하라는 조서가 내리자, 부의 자사였던 예엽이 그의 소속관료들을 거느리고 안무사 여섯 명과 함께 위원리의 올바른 행실을 가지고 상소했는데, 이에 특별히 그를 조칙으로 초빙하였다'고 하였다. 이에 의거하면 위원리는 전후로 두 번 천거를 받았다.『차의』에서 여러 공에게 감사를 표함을 앞에 천거한 때의 일로 여겼으나, 이 편지에서 왕 어르신 이하의 말로 살펴보면, 아마도 왕공이 민 땅 안무사였을 때가 아니고, 바로 뒤에 천거받았을 때의 일인 듯하니, 여러 공은 바로 예자사와 여러 안무사를 말한 듯하다.

19 韓康公.『차의』: 한강(韓絳, 1012-1088, 자는 자화子華)이다.

※ 강관(講官): 황제를 위해 경연(經筵)에 참여하는 관원과 태자를 위해 시강(侍講)에 참여하는 관원을 말한다.

20 方謝.『차의』: 벼슬에 제수된 뒤에 비로소 감사를 표해야 하니, 지금은 단지 천거만 받았

오씨로부터 이미 편지를 받았기에 답장하지 않을 수 없다면,[21] 우선 그 편지에 답하면서 그의 호의에 감사를 표함이 옳을 듯합니다. 다만 여러 공들 가운데 편지를 보내오지 않은 사람들에 대해서는 꼭 그렇게 할 필요는 없을 듯합니다.[22] 장차 안무사에게 감사를 표하는 말[23]은 스스로 자신의 포부를 서술하면서 천거해 준 뜻에 감사해야 할 뿐이어야 합니다. [원주: 횡거(장재)가 다른 사람의 천거에 감사를 표하는 편지 몇 편이 있는데 매우 좋습니다.] 그러니 하필이면 아첨하는 말을 쓰고 또 하필이면 우직한 글[24]을 쓸 필요가 있겠습니까? 다만 천거하는 문서 가운데 그 사람 이름이[25]

....

다면 감사를 표할 필요가 없다는 말이다.

21 吳憲~不答.『차의』: 오헌은 오씨 성을 가진 사람으로 제점형옥사(提點刑獄司: 송나라에서 지방 사법을 담당한 부서)의 관리로 있는 사람이고 이미 편지를 받았음은 위원리가 오헌의 편지를 받았다는 말이다.

『절보』: 헌(憲)은 바로 헌사(憲司: 제점형옥사)이다.

22 諸公~須爾.『차의』: 아마도 선생의 뜻은 이천(정이)이 강관에 제수된 뒤에야 한공(한강)에게 감사를 표했으니, 지금 위원리는 천거만 받았을 뿐이고 아직 관직에 제수되지 않았으니 감사를 표할 필요가 없지만, 지금 오헌이 이미 먼저 편지를 보내왔다면 마땅히 답장에 아울러 천거해 준 성의에 감사를 표함이 옳을 듯하고, 여러 공 가운데 편지를 보내오지 않은 사람에게는 먼저 편지를 써서 감사를 표할 필요는 없다고 한 듯하다.

23 謝帥.『차의』: 안무사에게 감사를 표하는 일이다.

24 蠢辭.『차의』: 준(蠢)은 『운회』에 척(尺)과 윤(尹)의 반절이니 '어지럽다'이다. 준사는 난삽한 문장이다.

『문목』: 준(蠢)은 아마도 용(意)자의 잘못인 듯하다. 일(日)이 아닌 구(日)를 따라야 하고, 공(戀)자와 음도 같고 뜻도 같다. 용사는 우직한 글로 앞에서 망령된 말과 정반대가 되니 지금 척(尺)과 윤(尹)의 반절로 읽어 난삽한 문장으로 해석함은 아마도 교감을 자세히 못한 듯하다.

25 此人.『차의』: 장차 노인을 기리거니 성명을 지각하고 싶지 않았기 때문에 이 사람이라고 하였다. 아마도 위원리와 이 사람이 한 종이에 적혀서 추천되었기 때문에 불행하다고 한

함께 들어 있다니 이 또한 인생에서 불행한 일입니다. 이런 점이 옛사람들이 작위받기를 어렵게 여긴 까닭입니다.

양원에 대한 황제의 짧은 비답이 이와 같은데도 결국 떠난 것은 어째서입니까?[26] 제가 오늘날의 일을 살피건대 단지 사대부들이 남김없이[27] 마음속의 말을 다하기를 기꺼워하지 않으니 오로지 임금에게만 허물을 돌림은 옳지 않습니다. 유종원이 말하길 "임금의 녹을 먹으면서 많지 않음만을 두려워하고 직위가 번창하지 않은 것만을 꺼리네. 묵묵히 스스로 인정하고 물러나서는 내 말이 시행되지 않는다고 하네"[28]라고 했는데, 요즘 사람들은 대부분 이 정도의 식견만을 가지고 있습니다.

왕 어르신이 6월 19일 구강에서 보낸 편지[29]에서 말하기를 "6월 말이면 옥산에 당도할 것이니 조정에서 사록관직을 청한 회신[30]을 기다리겠다"고 하시기에, 이미 편지를 써서 속히 서울로 들어가

....
듯하다. 일설에는 '위원리를 천거하는 사람 중에 소인이 있었다'고 한다.

26 養源~何耶.『차의』: 양원은 어떤 사람인지 모르겠다. 소비(小批)란 양원이 상소하자 임금에게서 짧은 비답이 있었음을 말한다. 그 짧은 비답의 글에는 떠날 만한 이치가 없었는데도 끝내 떠났기 때문에 이렇게 말하였다.
『차보』:『주자별집』「답위원리」(100권)의 '왕양원 어르신'이니, 아마도 왕응진의 혈족인 듯하다.

27 索性.『차의』: 극진이라는 말과 같다.

28 柳子~不行.『절보』:『초사』의 '굴원을 조문하는 글'에 보인다.
※『초사』의 원문에 나오지 않고, 유종원의 「굴원을 조문하는 글」(『전당문』592권)에 나온다. 아마도『초사』부록에 실린 듯하다.

29 九江書.『차의』: 구강에 있을 때 편지이다.

30 之報.『차의』: 왕의 편지의 뜻이 여기까지이다.
『차보』: 일설에는 왕의 편지의 뜻이 마땅히 무위까지 가야 한다고 했다.

라고 했습니다.³¹ 한 번 청하는 일³²은 아직 예의에 속하지만 만약 또다시 거듭 청함은 부당한 일입니다. 제가 편지를 보내 말하기를 "만약 거듭 청하면 홀연히 귀하의 평소 회포를 이룰 수 있겠지만,³³ 국가의 치란과 국운의 성쇠가 이로부터 나뉠 것이니 어찌 공께서만 종신토록 한으로 여기겠습니까? 천하 후세 사람들도 공께 책임을 돌릴 일입니다"고 했는데 그가 또 어떻게 여길지는 모르겠습니다. 하고 싶은 말은 많지만 급히 사람을 보내야 하니 이만 줄입니다. 이만 총총.

....

31 作書速其行.『차의』: 선생이 왕응진에게 편지를 써서 경사에 들어가기를 재촉한 일을 말한다.
32 一請.『차의』: 사록관직을 청한 일을 말한다.
33 忽遂雅懷.『차의』: 사록관직을 청한 소원을 이룸을 말한다.

위원리께 보내는 편지(1168년 9월)

향리에 큰 풍년[1]이 들었는데 수년 사이에 없었던 일이라 다행한 일입니다. 그러나 일반 백성들의 부채 또한 평년의 두 배가 되어 추수를 마친 소출과 비교해 보면 남는 게 없을 듯합니다.[2] 일전에 추밀원관리 조씨의 편지에서 조운사가 이미 제 차자[3]를 다 수

....

1 大稔.『절보』: 무자년(1168) 가을에 풍년이 들었다.

2 比收~餘矣.『차의』: 풍년에 비례해서 부채를 거두어들인다면, 이미 부채를 상환하는 데 다 소진돼서 남는 게 없게 된다.

　『문목』: 본문을 자세히 살펴보면, 이 구절은 마땅히 '이(巳)'자에서 구두점을 찍어야 하니,『차의』의 이 해석은 의미가 분명하지만 구절로 보면 분명함이 결여돼 있다.

　『잡지』: '이(巳)'자에서 마땅히 한 구절이 되어야 하니, '수렴이(收斂巳)'란 말은 추수하여 수확이 끝났다는 말과 같다. '이(巳)'자를 이미 부채를 상환하는 데 다 소진됐다고 해석함은 맞지 않은 듯하다.

3 箚子.『차의』: 사창을 시행하기를 청하는 차자를 말한다.

　『차보』: 사창차자는 바로 위원리가 죽은 후의「신축연화(제4)주차」이니, 이 차자는 무엇인지 알 수 없다.

　『표보』: 사창을 시행하기를 청하는 차자가 어찌「신축연화제4차」를 말하겠는가? 신축년은 바로 순희 8년(1181)이니 이 편지보다 13년 뒤이고, 위원리가 죽은 지 또한 이미 9년이 지났으므로, 이 차자가 신축년 차자가 아님을 알 수 있다. 계미(1163)부터 신축(1181)까지 선생이 등용되어 임금과 대면한 일이 없었으니, 이 차자 또한 주차가 아님을 알 수 있다. 당시에 낮은 관리가 고관과 공문을 주고받으면서 예의를 갖춘 것을 차자라고 했다는 사실을『주자대전』의 목록을 보면 알 수 있다. 아마도 당시에 선생이 건양과 숭안 등 현의 백성 관련 일을 복건 조운사에게 차자로 모두 알렸고, 조운사는 이를 모두 수록하여 건령부에 하달한 듯하다. 아래 문장의 '차사(此事)' 또한 마땅히 이 뜻으로 보아야 한다.

록해서 건령부에 하달한다고 하였는데 그 후에는 어떻게 됐는지 모르겠습니다. 왕태수(왕회),[4] 조조운사와는 모두 편지를 주고받지 못했는데 아마도 이 일[5]에 나태한 듯합니다.

　유공보(유공)가 지난달 20일[6]경에 왕기가 오로지 폐하의 밀지만을 받아서 진주성을 수축하고 삼성과 추밀원을 경유하지 않은 일을 논하다가[7] 크게 군주의 뜻을 거스르자, 비답을 내려 단전관학사 겸 사록관의 직책으로[8] 좌천시키고, 그다음 날 다시 비답을 내려서 융흥부 지사로 임명했습니다. 이에 사직과 사은숙배하고 떠나기를 간청했는데[9] 도리어 조정에 들어와서 사직하라고 명령하였습니다.[10] 간청한 때가 28일이었는데, 또 명령을 내린 때가 초4일[11]이었으니 아마도 이전 조치의 잘못을 후회하신 듯합니다.[12] 그러나 공보(유공)가 편지를 보내 말하기를 "진 어르신이 강력히 이 일을 간쟁했다"[13]고 하니, 아마 진 어르신도 오래가진 못할 듯

....

4　王守.『절보』: 건령부 지사였던 왕회이다.

5　此事.『차의』: 사창의 일을 말한다.

6　前月二十.『절보』: 지난달은 8월이다.

7　因論.『차의』: 이 뜻이 밀원(密院)까지이다. 왕기의 일은 문집 97권 「유공보행장」에 보인다.

8　端殿宮觀.『차보』: 단명전 학사로서 외직인 사록관을 봉직함이다.

9　乞放謝.『차의』: 사직과 사은숙배하고 떠나기를 간청함을 말한다.

10　却令朝辭.『차의』: 임금이 친히 대면하여 유시하고자 했기 때문에 조정에 들어와서 사직하라고 명령하였다.

11　初四日.『차의』: 아마도 8월 28일의 다음 달인 9월 초나흘인 듯하다.

12　悔前擧之失.『차의』: 임금이 공보를 쫓아낸 것을 후회함을 말한다.

13　陳丈力爭.『차보』: 「진준경본전」에 "유공이 임금의 뜻을 거스르자, 임금이 손수 쓴 조칙을 내려서 공보에게 단명전 학사를 제수하고 외직인 사록관으로 봉직하게 했는데, 진준경이 상주하기를 '전일의 주차는 사실은 신이 초고를 작성하였으니 꼭 죄가 있다고 여

합니다.[14] 두 분이 조정에 계시면서 큰일을 이루지는 못할지라도 선류(善類: 도학파)가 의지하는 점이 없지는 않았습니다. 지금 각각 사직하고 떠나 버릴까 봐 우려스럽습니다. 공보의 편지에서[15] 당신에게 자신의 뜻을 전해 달라고 하면서 말하기를 "일의 형편이 예전과 같지 않으니[16] 진 어르신도 만약에 떠나 버리면, 이 일[17]은 마땅히 스스로 잘 살펴서 조처해야 한다"라고 했습니다.

평보(유평)가 급하게 사람을 운제 땅까지 보내는데, 그 사람이 서서 편지를 재촉하니 이처럼 대충 써서 답합니다. 의론을 모은 글을 보내 드리는데[18] 장식의 다른 글은 검토할 겨를이 없습니다. 그러나 취하기만 많이 하고 그 뜻을 궁구하지 않는 점은 당신

<hr />

기신다면 마땅히 신이 먼저 파직되어야 합니다'고 하자, 임금이 후회하는 기색을 보이더니, 한참이 지나서 유공보를 강서 수령으로 임명했다"고 했다.

14 恐亦不能久. 『차의』: 진준경이 강력히 유공을 쫓아내선 안 된다고 간쟁했으니 진준경도 당연히 쫓겨날까 염려스럽다는 말이다.

15 書中. 『차의』: 편지는 유공의 편지이다.

16 事體~不同. 『차의』: 사창은 일의 형편이 옛날과 같지 않다는 말이다.
    『잡지』: 아마도 조정 일의 형세가 이전과 같지 않음을 일반적으로 논한 듯하다. '차사(此事)' 두 글자에 이르러서야 비로소 사창을 말했는데, 『차의』에서 사창 일의 형편이라고 여김은 잘못인 듯하다.
    『절보』: 사창 일은 조정과 관련이 없다. 아마도 사창이 막 부름을 받았는데 장차 대궐에 나가 상소하려고 했기 때문에, 유공이 충고하기를 잘 살펴서 조처하고 가벼이 말을 꺼내지 말라고 한 듯하다. 또 살피건대 이는 무자년(1168) 9월 당시에 쓴 편지이고, 사창의 창설은 이해 겨울에 개시되었으니, 당시에는 아직 사창이라는 이름이 있지 않았다. 또 사창은 바로 선생의 일이지 위원리가 주장한 일이 아니므로 공보(유공)가 위원리에게 자신의 뜻을 전하지는 않았을 듯하다.

17 此事. 『차의』: 사창을 가리킨다.

18 上內. 『차의』: 납(內)자는 납(納)자와 같다.

의 오랜 병통인데, 어째서 제거하지 못하십니까?[19] 예씨 노형과 주고받은 편지 가운데 나를 경계한 내용이 이 졸렬한 사람의 병통에 적중하고 그가 저를 아껴 주는 뜻에 감격하여 그것을 감히 잊지 않겠습니다.

....

19 未能去.『차의』: 거(去)는 오랜 병통을 제거함을 말한다.

24-15

진승상께 경하를 드리는 편지(1168년 11월 겨울)*

천자의 명령서를 받으시어 집정대신으로 승진하셨다고 들었는데[1] 온 나라 사람들 중에 누군들 흔연히 의지하지 않겠습니까? 귀하께서 큰 충성과 굳센 절개로 일찍부터 천하의 큰 신망을 얻었고 참지정사[2] 시절부터 빈틈없이 천자를 도우셨지요. 그 변론하고 견지하신 내용이 모두 국가 안위에 관련된 일이었습니다. 그 가운데 심한 경우에는 곧 일신의 거취를 가지고 다투셨는데,[3] 비록 천자께서 곧장 따라 주시지는 않았지만 공을 신뢰하심은 더욱 돈독해지고 천하가 공에게 거는 기대는 더욱 깊어져서, 조바심을 내며 오직 귀하가 하루아침에 반드시 떠나겠다고 하면 만류하지 못할까 두려워했습니다. 귀하께서 이처럼 윗사람과 아랫사람의 신망을 얻음이 어찌 아무런 이유가 없겠습니까? 지금 승진하셔서 천자의 재상에 자리하자 조정 안팎에서 기대에 부풀어 모두 기뻐하면서 한결같이 말하기를 "진공(진준경)께서 전에 하신 말씀은 천하를

....
* 『차보』: 이해 10월에 진준경이 상서우복야로 추밀사를 겸직했다.
1 秉國. 『절보』: 『시경』 「절남산」 '병국지균(秉國之均)'의 주석에, '균(均)은 평(平: 다스림)이다'라 하였다. 무자년(1168) 10월에 진준경이 상서우복야·동중서문하평장사가 되어 추밀사를 겸직했다.
2 知政事. 『차보』: 참지정사이다.
3 至其~爭之. 『절보』: 이는 아마도 바로 앞 편지에서 유공에 대해 간쟁한 일인 듯하다.

위한 말씀이다. 간쟁하다 받아들여지지 않아 거의 떠나실 뻔했는데[4] 지금 도리어 재상이 되셨으니, 이는 천자께서 진공의 말씀을 음미하시고 장차 끝내는 그 말을 따르실 것이다. 진공께서는 반드시 이를 기반으로 천자께 유세하셔서[5] 진퇴의 기미를 결단하실 것이다. 또 천하의 일 중에 크고도 급한 것이 반드시 이뿐만이 아니니, 진공께서 과연 물러나지 못하고 그 지위를 지킨다면, 반드시 장차 차례대로 천자께 말씀하셔서 천자를 위해 시행하시지 묵묵히 지위만 받아들여 우두커니 사리만 시키지는 않을 것이 분명하다"고 합니다. 비록 지극히 어리석지만 저 역시 그렇게 생각합니다. 그러나 지금은 귀하의 아래에서 다스림을 받은 지 이미 수개월이 지났는데 하달한 정령과 시행한 좌천이나 승진의 내용이 이전과 크게 달라진 점이 없으니, 이는 귀하께서 아마도 조정 안팎에서 공에게 거는 기대를 가지고 자임한 적 없이 구차하게 그 지위에 나갔기 때문인 듯합니다. 귀하가 저를 알아주심이 매우 깊기에 개인적으로 부끄럽고 한탄스럽습니다만 귀하께서 장차 뒷날을 어떻게 잘 마무리하실지 모르겠습니다. 저의 어리석은 생각을 조

....

4 危於去. 『차의』: 위(危)자는 잘 모르겠으나 아마도 태(殆: 거의)자나 기(幾: 거의)자의 뜻인 듯하다.
　『차보』: 준경이 유공의 일을 가지고 자신을 탄핵했는데, 임금이 손수 쓴 편지를 내려서 만류했기 때문에 이같이 말하였다.
　『표보』: 진공(진준경)이 참지정사로서 유공과 더불어 왕기의 일을 간쟁한 일로 자신을 탄핵하며 물러나기를 간청했는데, 임금이 처음에는 그가 떠남을 허락했다가 곧바로 다시 불러들여 만류를 권면하고 얼마 지나지 않아 재상으로 제수했다.
5 要說. 『차보』: 세(說)자는 음이 세이니 닭나라 요순이 열 가지 일로, 천자에게 유세한 후에 정사를 보좌했다.

금 말씀드리고자 하니 귀하께서 선택하십시오.[6]

들건대, 옛날의 군자가 대신의 지위에 있을 때 천하 일을 잘 알아서 미혹되지 않고 맡아서 할 수 있었던 까닭은 때에 맞춰 용감하게 시행했기 때문입니다. 앎에 불분명한 점이 있거나 역량에 부족한 면이 있으면 자문하고 찾아가서 묻고 강론해서 그 앎을 진작시키고 원조를 강구하고 인재를 끌어들여서 도움 구하기를 불을 끄고 도망자를 쫓듯이 하여, 감히 조금이라도 느슨히 하지 않았습니다. 위로는 감히 그 임금을 어리석다고 보아 더불어 인의를 말하기에 부족하다고 여기지 않고, 아래로는 감히 그 백성들을 비루하다고 보아 교화를 일으키기에 부족하다고 여기지 않고, 가운데로는 감히 동료인 사대부들을 천박하다고 보아 그들이 함께 일과 공적을 이루기에 부족하다고 여기지 않았습니다. 하루라도 그 자리에 있으면 그 관직의 직무에 매진하고, 그 관직의 직무를 다하지 못하면 하루라도 그 자리에 있어서는 안 됩니다. 애착이 있어서 하려 하지 않음도 사사로움이요 두려워하는 점이 있어서 감히 하지 못함 역시 사사로움입니다. 우뚝하게 중립을 지켜서 한 터럭이라도 사사로운 정에 얽매이지 않고 오직 그 직분에서 마땅히 해야 할 일을 할 줄만 압니다. 대체로 이와 같다면, 의지가 충분해 도를 행할 만하고, 도가 충분해 한 시대를 구할 만하여 대신의 책무에 부끄러움이 없을 수 있습니다. 귀하께서 유종의 미를 거두길 도모하심이 여기에 부합하신지 모르겠습니다. 여기에 근사하기라

....
6 請得~擇焉.『차의』: 중국본에 의거하면 이 행은 연문이다.

도 하십니까? 아니면 이보다 더 진일보한 내용이 있으신데 제가 어리석어서 알아차리기에 부족합니까? 바라건대 빨리 도모하신다면 그래도 아직 천하 사람들의 여망을 위로하기에 충분할 것이니, 이전에 당신의 승진을 기뻐한 사람들을 지금 울적하지 않게 해 주십시오.

또 제가 요청할 것이 있습니다. 제가 귀하께서 내려 주신 편지를 받았는데, 조정에서 말씀하시길 "앞사람들 중에 대신이 된 사람들은 겨우 법도를 지켜서 따르고 공적 도리를 주장하고 아는 것을 다 말하고 임금께 덕으로써 아뢰고[7] 신상필벌을 공정히 시행하고 어진 사람을 등용하며 불초한 사람은 물러나게 하였을 뿐이다. 그런데 요즘은 일처리에 지극히 어려운 점이 있는데, 풍속은 퇴폐하고 관리들은 구차하며 강적을 앞에 두고도 변방의 대비책은 갖춰지지 않았으니, 어떻게 큰일을 할 수 있겠는가?"라 하셨습니다. 제가 어리석고 못났지만 귀하의 이 말씀에 의문점이 많습니다. 귀하께서 쉽다고 하신 점은 모두 옛사람들이 어렵게 여긴 일이고, 귀하께서 어렵다고 하신 점은 오히려 옛사람들이 쉽다고 여긴 일입니다. 반복해서 생각해 보셔도 제 이야기를 이해하지 못하시겠거든, 장차 좌우에 질문하여 이해하실 때까지 쉬지 마십시오. 지금 감히 집정대신이 되심을 경하[8]드리면서 외람되이 요청을 드리오니, 삼가 귀하께서 시험 삼아 마음속으로 돌이켜 보시고 사리

....
7 復君.『차의』: 복(復)은 백(白: 아뢰다)과 같다.
8 修慶.『차보』: 바로 아랫사람이 경하를 드리는 일이다.

의 경중과 본말을 판단하십시오. 쉬움과 어려움이 무엇인지를 참
으로 아서서 조정에 마음을 기울이신다면 쉬워지지 않을 어려움
이란 없습니다. 『시경』에 "도끼자루를 벰이여, 도끼자루를 벰이여,
그 법칙이 멀리 있지 않다"라 하였습니다. 바라건대 귀하께서 유
의하신다면 천하를 위해 매우 다행입니다!

위원리께 답하는 편지(1169년)

일러 주신 두정남(두예)[1]의 말은 참으로 적절한 의론입니다. 그러나 오늘날의 사정은 아마도 이와는 다른 듯합니다. 그는 오나라보다 몇 배나 강한 진나라 군대로 정벌하였기 때문에 그 모의와 규모가 그러하지 않을 수가 없었습니다. 그러나 지금 약소국으로서 스스로를 지키려면, 의리상 마땅히 해야 될 일은 바로 그 의리와 일의 형편상 하지 않을 수 없을 뿐입니다. 지금은 비록 두정남과 같은 명쾌한 계략이 없을지라도 천하 일을 단지 그만두는 것이 마땅하겠습니까? 제 생각에 맹자의 "성공은 하늘에 달려 있다"[※]는 말씀과 동중서의 "도를 밝히고 의리를 바루다"[※※]는 말씀과 제갈량의 "온 몸을 바쳐 힘을 다하다가 죽은 다음에야 그치

---

1 杜征南.『차의』: 두예(222-284: 사마씨 진나라의 개국공신이자 장군으로, 오나라를 평정하고 천하통일을 이룩했다. 춘추좌전의 주석서로 유명함)이다. 살피건대, 두예가 오나라 정벌을 청하는 표문에서 말하기를 '만약 군사를 일으켜 패할 일이 있다면 일으키지 말아야 옳습니다. 그러나 지금 만방으로 고려한 거병이라 패할 염려가 없다고 신은 마음속으로 확신합니다'고 하였고, 또 말하기를 '모든 일에는 마땅히 이해를 서로 비교해야 하는데, 지금 이 거병의 이익은 열에 팔구이고 그 해악은 공적이 없는 데 그칠 뿐입니다'라 하였다.

※ 成功則天:『맹자』「양혜왕하」편 제14장에 나온다.

※※ 明道正義:『한서』「동중서전」에 '그 의리를 바루되 그 이익을 도모하지 않고, 그 도를 밝히되, 그 공은 따지지 않는다(正其義不謀其利, 明其道不計其功)'라고 나온다.

다"※는 말은 성패와 유리한지 여부를 미리 헤아리지 않은 것이니, 바로 오늘날에 힘쓸 점입니다. 만약 두정남의 말을 바름으로 삼는다면 아마도 본질을 벗어난 의론으로 전락할 듯합니다. 지난번 답신에서 제 생각이 우연히 여기까지 미치지 못했는데, 보내오신 편지를 보니 다시 언급하셨기에 문득 제 어리석은 생각을 드러내니, 노형께서는 어찌 생각하실지 모르겠습니다.

임황중(임율)²이 잠저³에 근무할 때 『사기』에서 진나라가 초나라를 정벌할 적에 왕전과 이신이 병사의 많고 적음⁴을 가지고 다툰 내용을 읽고서 논한 말을 일전에 제가 보았는데, 우연히 근래의 일을 언급하고 이로 인해 말하기를 "지금 아직도 수만의 병사로 중원을 활보하고자 하니, 어쩌면 그리도 일을 헤아림이 상세하지 못하단 말인가?"라고 했습니다.⁵ 저는 이에 대하여 이 일은 전혀 그렇지 않다고 여깁니다. 진나라가 전국시대의 여섯 나라를 멸망시켰는데 초나라가 가장 백성에게 죄를 짓지 않았기 때문에 초

....

※ 鞠躬盡力, 死而後已: 제갈량의 『후출사표』에 나온다.

2 林黄中. 『차의』: 임율(1122-1190)이다.

3 宮邸. 『차보』: 효종이 잠저(임금이 되기 전에 거처하던 곳)에 계실 때 임율이 강관이었다.

4 多少. 『차의』: 진시황이 이신에게 묻기를 "내가 형 땅을 취하고자 하는데 몇 명을 쓰면 충분하겠는가?"라 하자, 이신이 말하기를 "20만이면 됩니다"고 하고, 왕전은 말하기를 "60만이 아니면 안 됩니다"고 하자, 마침내 진시황이 이신과 몽염에게 20만 명을 이끌고 초나라를 정벌하게 했는데 크게 패하고 돌아왔다. 이에 왕전에게 60만 명을 이끌고 초나라를 정벌케 하여 멸망시켰다(『사기』「왕전·백기전」).

5 因云~不詳. 『차의』: 황중의 설이니 아마도 임율이 잠저에 근무할 때 왕전과 이신의 일을 읽음으로써 우연히 근래의 일을 언급하고, 이로 인해 태자에게 그같이 말하고, 그 뒤에 선생에게 비슷하게 거론한 듯하다.

나라가 망하자 그 나라 사람들이 슬퍼하고 그리워하며 삼호의 민요[6]가 있었습니다. 그렇다면 당시에 진나라 사람들의 공격과 초나라 사람들의 수비 형세를 알 수 있습니다. 지금의 일은 이와 정반대이니[7] 어찌 비교할 수 있겠습니까? 이 점이 귀하가 의론한 내용[8]과 역시 거의 비슷하기 때문에[9] 시험 삼아 언급해 봅니다. 대개 의론은 먼저 근본이 정당해야 하고, 그런 뒤에 기강과 조목이 이에 의지하여서 수립됩니다. 최근에 『논어설』[10]과 아이들을 위해 이야기한 『당감』을 보고서 범태사(범조우)[11]의 학문을 궁구해 볼 수 있

....

6 三戸之謠. 『차의』: 범증이 항량에게 다음과 같이 말했다. "진나라가 6국을 멸망시켰는데, 초나라가 가장 백성들에게 죄를 짓지 않았습니다. (중략) 이 때문에 남공이 예언하길 '초나라는 비록 세 가구만 남아 있더라도 진나라를 멸망시키는 것은 반드시 초나라이리라'고 하였습니다"(『사기』「항우본기」).

7 相反. 『차의』: 송나라는 금나라 오랑캐와 불공대천의 원수관계여서 금나라에 대한 정벌은 명분이 바르고 의리가 합당하기 때문에, 진나라가 죄가 없는 초나라를 정벌한 일과 상반된다는 말이다.
   『절보』: '상반'이란 비단 명분이 바른 데만 있는 것이 아니라, 휘종과 흠종의 북쪽으로 끌려감과 송나라 유민의 송나라를 그리워함이 초나라에 비해 심하였기 때문에 북벌의 형세가 진나라가 초나라를 정벌한 일과는 상반된다고 말했을 뿐이다.
   ※ 원문의 북수(北狩)는 오랑캐에게 생포되어 북으로 끌려간 일을 직접 말하기를 꺼려서 북쪽으로 순수했다고 에둘러 표현한 것이다.

8 此與所論. 『차의』: 차(此)는 임황중의 설을 말하고, 소론(所論)은 위원리의 설을 말한다.

9 亦稍相似. 『절보』: 위 단락은 의리를 가지고 논하였고, 이 단락 또한 선생이 또한 승부의 형세를 가지고 한 말이니, '차사정불이(此事正不爾)'와 '국인비사세가지의(國人悲思勢可知矣)' 등의 말로 보면 알 수 있다. 그렇다면 '차(此)'자는 바로 선생이 임율에게 답한 말을 가리키고, '상사(相似)'는 위원리가 두예의 말을 인용하면서 이길 수 있는 형세가 있다고 한 말과 비슷한 것을 말한다.

10 論語說. 『차보』: 범태사가 저술한 것으로 현행 『논어정의』에 보인다.

11 范太史. 『길보』: 이름이 조우(1041~1098)이고 『당감』을 지었다.
   ※ 범조우가 지은 문집이 『범태사집』이다.

었는데, 이 사람의 가슴속이 어떠하였기에 그 의론이 이처럼 좋단 말입니까? 한가할 때 시험 삼아 여러 번 숙독하게 되면 마땅히 옛사람들이 일을 논하는 경중과 완급의 방도를 알 수 있을 듯합니다. 매번 마음속에 와닿아서 책을 덮고 감탄하지 않은 적이 없었습니다.

24-17

진승상께 보내는 편지(1169년 5월)

승상께 아룁니다. 삼가 한여름 무더위에 복야·평장·추사 대감
께서는[1] 기거가 평안하시길 빕니다. 제가 전에 짧은 편지로[2] 경하
의 인사를[3] 올리면서 어리석은 염려로 위로 고명하신 대감을 모독
하였습니다. 제 스스로 생각하건대 망령되고 용렬하여 마땅히 견
책의 죄를 받아야 하는데도, 도리어 대감께서 곧바로 직접 쓴 편
지를 내려 주시는 자비를 베푸시어 어루만져 주시고 가상히 받아
들이시니 예우와 성의가 매우 도탑습니다. 삼가 편지를 읽고서 세
번 탄식했는데, 귀하께서 지위가 높아질수록 마음은 더욱더 겸손

....

1   相公鈞候.『산보』:『시경』의 '나라를 집정하시니(秉國之均)'의 주에 '균(鈞)은 평(均: 다스
    림)이다'고 하였고, 세주에 '본래 흙토변[均]이 아니라 쇠금변[鈞]을 따라야 하니, 질그릇
    을 만드는 물레이다'고 하였다.
2   咫尺之書.『간보』:「회음후전」에 나오는데, 여덟 뼘(촌)을 지(咫)라 하니, 편지의 길이가
    여덟 뼘이거나 혹은 한 척임을 말한다.
    『유몽』: 지척(咫尺)에서 여덟 뼘을 지라 하고 척(尺)은 주나라 척(약 30.33센티미터)으로,
    지척은 편지의 길이를 가리킨다.
3   修致慶問.『기의』: 진공(진준경)이 새로 승상이 되었기 때문에 경하의 인사를 올렸다. 경
    문[書慶問]은 편지로 하는 문안인사이다.
    『차의』: 살피건대 경문은 축하드리는 편지이다.
    『절보』: 바로 앞의 무자년 겨울 편지이다.
    『간보』: 경하의 인사이다. 살피건대 진준경이 권도 연간인 무자년(1168)에 괴복야·동평
    장사가 되었다.

하시고, 덕이 융성해질수록 예우는 더욱 공손해지시니, 과연 소인⁴의 배포로는 헤아릴 수 있는 대상이 아님을 알게 되었습니다. 대감께서는 조정에서 받는 예우가 절륜⁵하셔서 감히 다시 계를 올려 감사드릴 수는 없겠지만, 구구한 소인이 귀하⁶께 귀심하여 하루도 잊은 적이 없습니다.

홀연히 또다시 보내 주신 당첩⁷을 받아 보니 직무를 경건하게 봉행하기를 기대한다고 훈계하신 내용이었는데,⁸ 이 당첩을 봉투에 넣고 봉해 파발로 급히 보내셨으니⁹ 아마도 일상적인 제도로는 마땅히 받을 수 있는 바가 아닌 듯합니다. 제 스스로 돌아볼 때 어

....
4 小人.『기의』: 선생 자신을 가리킨다.
   『절보』:『좌전』소공 28년에 위무가 위헌자에게 말하기를, "저희의 배도 군자의 마음과 같아 만족을 알기를 바랐을 뿐입니다"고 하였다.
   『간보』: 절보의 위무는『좌전』에는 염몰과 여관으로 되어 있다.
5 禮絶.『차보』: (이조李肇의)『당국사보』에 '무릇 재상이 되면 조정의 반열 가운데 예우가 절륜해진다'고 한다.
6 黃閤之下.『절보』:『통전』20권「직관2」에 '한나라 때 삼공의 부의 세 문 가운데 마땅히 가운데 문을 열어 두어야 하니 황합이 되고, 또 문하성은 황색으로 칠하기 때문에 황합이라 한다'고 한다.
7 堂帖.『기의』: 당은 중서당이다.
   『간보』: 당나라와 송나라의 조칙은 반드시 중서성에서 선포해서 서경하게 하고 황제에게 상신해서 재가한 후에야 시행하기 때문에 당이라고 한다. 첩(帖)은 어떤 판본에는 첩(牒)으로 되어 있다.
8 袛事.『절보』: 공무를 담당한다고 말함과 같다.
   『간보』: 직무를 경건하게 수행한다는 말이다.
   『차보』: 당시에 선생이 마침 추밀원편수관의 직책을 맡고 있었는데, 진공이 부임하라고 재촉했기 때문에 이렇게 말한 것이다.
9 囊封疾置.『차의』: 당첩을 봉투에 넣어 봉해서 역참(파발)으로 급히 부쳐서 선생에게 전했다는 말이다. 질(疾)은 빠름과 같고 치(置)는 역참이다.

떤 사람이기에 이러한 호의를 감당할 수 있겠습니까? 참으로 개인적으로 두려워서 스스로 편안할 수 없습니다. 그러나 제가 이상만 높고 고루하며 질박하고 우둔하여 당세의 쓰임을 감당할 수 없음을 귀하께서 평소 알고 계실 듯합니다. 이전에 사록관[10]으로 있다가 외람되게도 이 편수관직을 제수받았는데[11] 명령을 받은 당초부터 곧 두려워서 감당하지 못하겠다는 생각이 들었습니다. 다만 받은 관직이 근래의 제도상 사양하거나 기피할 수가 없는 직책[12]이기 때문에, 다시 사록관직을 구하여 얼마간의 봉록이나마 얻어서[13] 모친을 봉양하고자 하니, 또 전임자와 교체 시기가 아직 멀리 남아서[14] 탐욕스럽고 조급하다는 혐의[15]를 받을까 두려웠습니다. 이 때문에 그대로 따르고 침묵하면서 지금에 이르렀습니다. 다행히도 관직 교체 시기가 벌써 다가왔고 조정에서 또 특별하게 문서를 내려서 불러 주시니, 제가 부득이 사록관의 직을 구하는 일은[16] 아마 입에 담지 못할 정도로 심한 말은 아닌 듯합니다. 이미

....

10 祠官.『절보』: 남악묘감이다.
11 叨被除目.『차의』: 건도 2년 병술(1156)에 추밀원 수찬에 제수되었다.
     『표보』:『차의』의 건도 2년은 3년이 되어야 하니, 병술은 마땅히 정해(1157)가 되어야 하고, 수찬은 마땅히 편수관이 되어야 한다.
12 不應~科.『차의』: 당시에 낮은 관직은 사양하거나 기피할 수 없었기 때문에 이렇게 말하였다.
     『차보』: 바로 건도 2년의 조칙이니, 「사면개관궁관장3」(『문집』 22권)에 보인다.
13 幾得斗升.『차보』: 기는 기약이니,『논어』에 '말은 그와 같이 기약할 수 없다'고 하였다.
14 待次尙遠.『차의』: 추밀원 편수관의 전임자의 교체 시기가 아직 멀었다는 말이다.
15 貪躁之嫌.『차의』: 편수관으로서 전임자와의 교체가 아직 멀었는데, 바로 사록관을 구하면 이는 탐욕스럽고 조급하다는 혐의를 받는다는 말이다.
16 有求.『차의』: 사록관직을 구함을 말한다.

차자[17] 한 통[18]을 별도로 갖춰서 원하는 점을 말씀드렸습니다. 삼가 귀하께서 애련히 여기시고 부디 들어주셔서 세상일[19]을 가벼이 범해서 모친에게 근심을 끼치지 않게 해 주신다면, 귀하께서 제게 베푸시는 은혜가 두터울 듯합니다. 혹여 대번에 긍휼히 허락을 받지 못할까 염려되어 제가 다시 속에 있는 말을 다하고자 합니다.

제가 비록 어리석고 불초하여 잘하는 게 없지만,[20] 옛사람의 학문에 힘써서 천하의 의리를 두루 열람하였으니 아마도 무지몽매한 자가 되지는 않을 듯합니다. 어찌 밖으로는 군신 간에 의리가 있고 안으로는 모자 사이에 정[21]이 있음을 모르겠습니까? 평생의 지기로 귀하 같은 분이 저를 대우해 주심이 두터우시니, 어찌 잘 다스려지는 때를 만나서 아주 작은 재주나마 바쳐서 군주와 모친께 보답하고, 나를 알아주심에 호응하기를 원하지 않고 곧바로 뒷걸음치듯 물러나서 이 동강의 언덕만을 지키기를 구하겠습니까?[22] 이 가운데

....

17 箚子. 『간보』: 당나라 사람은 일을 상주하면서 표문도 아니고 장계도 아닌 것을 차자라고 했다. 『계훈(溪訓)』(퇴계의 저서)에는 한나라 음을 따라서 차(叉)라고 읽었다.

18 一通. 『간보』: 『운회』에 '편지의 처음과 끝을 다 합쳐서 통이라 한다'라 하였다.

19 世故. 『차보』: 『열자』에 나온다(「양주楊朱」편이다).
  *『열자』「양주」: 위(衛) 단목숙(端木叔)이란 사람은 자공(子貢: 공자의 제자 단목사)의 후손이다. 그 선조가 물려준 재산에 힘입어 집안에 거만 금을 쌓아 두었다. 그래서 세상일을 일삼지 않고 마음 내키는 대로 자기가 좋아하는 것을 즐겼다.

20 無所短長. 『기의』: 재주가 없음을 장점이 없다고 하니, 이 때문에 단점 역시 없다.
  『절보』: 사마천의 「보임안서」에서 '크고 작은 효험이 없다'고 하였다.

21 之情. 『기의』: '기부지(豈不知)'의 뜻이 여기까지이다.

22 守此~之陂. 『절요주』: 후한의 주섭(周燮)이 임금의 초빙에 응하지 않자, 종족들이 말하기를, '무엇 때문에 이 동강의 언덕을 지키려 하는가?'라 하였다 (『후한서』 53권, 「주황서강신도열전周黃徐姜申屠列傳」).

에는 부득이하게 반드시 그럴 수밖에 없는 점[23]이 있습니다. 귀하께서 부디 잘 살피시어 제 바라는 바를 들어주셔서 사록관의 봉록[24]을 얻어 모친을 봉양하게 해 주신다면, 스스로 황량하고 적막한 지경에서 제멋대로 지내면서 그 포부를 더욱 추구하며 마음을 분발시켜 성질을 참게 하고,[※] 중화를 함양하여 하늘의 신령함에 힘입어 저의 이상만 높고 고루하며 질박하고 우둔한 자질[25]을 마침내 변화시킬 수 있을 듯합니다. 그리되면 훗날에 귀하께서 차마 끝내 버리지 않

....

23 甚不得已. 『간보』: 선생이 화의단절과 요행억제의 경계를 두 번 진달하였는데, 그 말이 이미 시행되지 않았고, 위원리가 증적을 논열하다가 파직돼 조정을 떠나자, 선생이 마침내 조정의 부름에 강력히 사양하였으니, 말하고자 하는 내용은 아마 이를 가리키는 듯하다.

『차보』: 바로 앞의 세상일을 가벼이 범하여 모친께 근심을 끼치는 일이다.

24 祠官之祿. 『간보』: 『송사조지』에 '사록관을 설치하여 노인을 편안하게 해 주고 현인을 우대했는데, 선대임금 때는 인원수가 매우 적었으나 희령 연간 이후에 비로소 많아졌다. 모든 인원에게 임기를 30개월로 제한하였다'고 하였고, 『어류』에 '우리나라는 원래 사록관직이 없었고 단지 특정한 재궁과 특정한 도관의 사신만 있었는데 모두 대신들이 겸직하여 해당 재궁과 해당 도관의 임금 초상화를 관장하였다. 여타는 비록 간관을 역임한 자라도 단지 감당(監當)으로 차출하였으니, 나루터와 술을 감독하는 따위와 같았다. 왕개보(왕안석)가 신법으로 바꾸고서 의론이 합치되지 않음을 염려하여 (반대자를) 일체 탄핵하여 내쫓고자 하였지만, 여론이 해괴하게 여길까 두려워서 재궁과 도관의 사록관을 창설하여 그들을 대우하였다. 그러나 이때는 감사나 군수 이상만이 사록관직을 얻을 수 있었는데, 그 후로 가면서 점점 가벼워지고 지금은 더욱 가벼워져서 아무나 그 직위를 얻을 수 있다'라 하였고, 『어류』(권128-42)에서 또 말하기를 '도강(남조 수립) 이후로 재궁과 도관을 더는 세우지 않고, 단지 지사 및 감사와 제거에게 유명한 재궁과 도관을 관장하게 하였으니, 예컨대 홍경궁이나 숭도관의 부류이다'라 하였다(『문헌통고』 60권).

※ 여기서 인용한 『어류』는 본래 문장을 요약 기재하는 과정에서 본래 문장과 차이가 있으나 일부 탈자를 제외하고 인용문대로 번역하였다.

『유몽』: 송나라에서 사록관직을 설치하여 벼슬아치로서 실직이 없는 자를 배치하였으니, 지금 조선에서의 군직과 같다.

※ 동심인성(動心忍性)은 『맹자』 「고사아」편 15상에 나온다.

25 猥. 『유몽』: 음이 선이니 '경솔하다', '빠르다'이다.

으시고 여전히 벼슬을 내려서[26] 제 기량에 맞춰 쓰고[27]자 하신다면, 명령과 가르침을 받들 수 있는 한 감히 사양하지 못할 듯합니다.

귀하께서 또한 마땅히 교화의 원천[28](임금의 마음)을 맑게 함과 적폐를 혁신함을 스스로 도모하셔서, 임금이 건의 군셈으로 거만하지 않아[※] 군주의 도가 아래에서 이뤄지게 하고 충성스런 모의가 다투어 나오도록 권면하여 신하의 도가 위로 행해지게 한다면, 천지가 교류하여 태평하고 임금과 신하가 뜻이 같아질 것이니,[29] 천하 선비들이 비록 자신의 도를 즐기면서 시골에 거처하며 요순의 도를 즐기는 자가 있더라도[30] 오히려 장차 귀하를 위하여 조정에 나올 터이니, 하물며 저 같은 자는 어찌 다시 말할 필요가 있

....

26 熏沐. 『간보』: 『국어』 「제어」에 '노나라 장공이 관중을 묶어 제나라 사신에게 주자, 제나라 사신이 그를 받고, 제나라에 이르러서 세 번 훈증하고 세 번 목욕재계했다'고 했는데, 위소(韋昭)의 주석에 '향을 몸에 바르는 것을 혼 또는 훈이라고 한다'고 했다.

27 器使. 『절보』: 『논어』 「자로」편에 '사람을 부리는 일에서는 기량에 따른다'라 했다.

28 淸化原. 『유몽』: 군주의 마음이다.

※ 『주역』 건(乾)괘 상구(上九)효사에 항룡유회(亢龍有悔)라고 하였는데 「문언(文言)전」에서 "항(亢)이란 말은 나갈 줄만 알고 물러날 줄을 모르고 보존할 줄만 알고 없앨 줄을 모르고 얻을 줄만 알고 잃을 줄을 모른다는 것이다. 오직 성인일 뿐이다! 진퇴와 존망의 이치를 알아 그 정도를 잃지 않는 자는 바로 성인뿐이다!(亢之爲言也, 知進而不知退, 知存而不知亡, 知得而不知喪. 其唯聖人乎! 知進退存亡而不失其正者, 其唯聖人乎!)"라고 하였다. 건괘는 본래 강(剛)의 의미인데 그중 상구(上九)는 최상의 위치에 있어 가장 강(剛)한 존재이니 건강(乾剛)이라 한다. 다만 본래 이 자리는 음의 자리인데 양이 자리하여 정당한 지위가 아님으로 위태한 자리이므로 자신의 강건함을 다하지 않고 겸손하여야 후회가 없다. 여기서 유추해서 윗자리에 있으면서 거만하지 않고 겸손한 것을 건강불항(乾剛不亢)이라 한다.

29 天地~志同. 『절보』: 『주역』 「태괘·단전」에 '천지가 교류하여 만물이 통하고 상하가 교류하여 그 뜻이 같아진다'라 하였다.

30 囂囂~堯舜. 『유몽』: 맹자가 이윤을 가리켜 한 말이다(『맹자』 「만장상」편 7장).

겠습니까? 삼가 귀하께서 이 점에 힘쓰신다면 천하가 매우 다행일 듯합니다. 그밖에 섭생에 유의하시어[31] 백성들의 여망을 위로해 주십시오.[32] 제가 정성을 다해 간절히 기도해 마지않습니다. 삼가 직접 쓴 계문을 바쳐 알려 드리니 살펴주시기 바랍니다.

....

31 鼎食.『기의』:『주역』「정괘·단전」에 '성인이 희생을 삶아 상제에게 제향하고, 크게 요리하여 성현을 기른다'고 하였으니, 여기서 정식(鼎食)은 진승상(진준경)을 가리킨다.

『차의』: 살피건대 아마도 '솥을 진열해 놓고 식사한다'(『공자가어』「치사」)는 뜻을 따온 듯하다.

『간보』: 대부의 다섯 솥의 식사이다(『한서』64권 상).

※ 다섯 솥의 식사는 소[牛]와 양[羊]과 돼지[豕]와 물고기[魚]와 큰 사슴[麋]의 요리를 담은 다섯 솥을 배열하고 식사함이니, 제후와 공은 다섯 솥이고, 경대부는 세 솥이다.

32 其瞻.『간보』:『시경』「절남산」에 '백성이 모두 너를 바라본다'고 했다.

왕상서께 보내는 편지(1169년 5월)

귀하가 과거시험에 합격한 이후로[1] 날마다 등용되시길 바랐는데, 아직 이처럼 승진이 더디시니 그 이유를 찾을 수가 없습니다.[2] 국내의 유식한 선비들치고 대체로 귀하가 고위직 올라가는 게 더디다[3]고 여기지 않는 자가 없습니다. 그러나 제 어리석은 생각으로는 홀로 당신을 위해 기쁘게 여기는 점이 있습니다. 아마도 귀하가 상서성 과거에서[4] 선발한 내역[5]을 보면 아직 귀하가 천하 의리에 대해 마땅히 더 공부해야 할 점이 있는 듯하니, 이 한가한 때

1 　拆號.『절요주』: 과거시험이 끝나서 성명을 공개함이다.

　　※ 탁호(拆號): 과거시험에서는 채점하기 전에 성명을 가리기 위하여 시권(試卷: 시험답안지)의 성명과 가족관계를 기재한 곳을 밀봉한 뒤 번호를 매기는데, 채점이 끝나면 이를 개봉하여 성명을 공개한다. 이를 탁호라 한다.

　　『차보』:『육일집』(구양수의 문집)에 '우리나라 조정의 제도는 예부에서 시권을 채점해서 임금에게 자호(순위)를 상주하면, 임금이 대관(어사대 관리) 한 명을 차출해서 시권의 성명을 개봉하여 합격자를 발표한다'고 하였다(『구양수집』 12권). 자호는 바로 천(天)자, 지(地)자와 같이 천자문의 순서대로 순위를 매겼다.

　　『관보』: 송나라에서 과거시험장을 주관하는 사람을 탁호관이라고 했다.

2 　不省所謂.『유몽』: 그의 승진이 더딘 단서를 궁구해 보았으나 그 이유를 찾지 못했다는 말이다.

3 　遲之.『유몽』: 왕응진의 승진이 더딤을 안타까워함이다.

4 　省闈.『간보』: 상서성의 과거시험이다.

5 　取舍.『간보』: 왕응진이 시험관이 되어 선비를 선발하는 데 소식의 문장을 인용한 내역이다.

가 온 것을 오히려 기뻐합니다.

　도학이 밝게 드러나지 못한 지 오래되어 선비란 자들은 경박하고 겉치레만 꾸미는 습속[6]에 젖어서[7] 사기 치고 교묘히 속이는 간사한 일[8]이 일어났습니다. 높은 사람들은 이를 싫어할 줄 알지만, 그렇다고 완전히 변혁해 옛 제도를 복원해서 한결같이 경술과 덕행으로 사람을 등용하여[9] 이끌고자 하면,[10] 옛 도가 아직 완성되지 못한 상태에서 구습의 간사함이 이미 분분하게 그 가운데에서 나와서[11] 제어할 수 없게 됩니다. 세상 사람들은 제멋대로 하길 좋아하여 단속과 억제[12]를 꺼려 합니다. 이 때문에 그 빈틈을 타서 강력히 공격하여[13] 옛 도[14]는 다시 행할 수 없다고 하면서, 이를 통

....

6　狃.『유몽』: 음이 뉴이고 익숙해짐이다.

7　浮華之習.『기의』: 글로 사람을 선발하는 일이다.
　『절보』: 문장의 화려함으로 사람을 선발하기 때문에 선비란 자들은 경박하고 겉치레만 꾸미는 습속에 젖게 되었다.

8　詐欺巧僞.『절보』: 과거시험장에서 부정행위를 일삼는 습속이다.

9　經行.『기의』: 경로로 사람을 선발하는 일이다. 행은 상성(上聲: 시행하다)이다.
　『절보』: 경술과 덕행이다.

10　迪之.『차보』: 적(迪)은 '이끌다'이다.

11　舊習~其間.『절보』: 동파(소식)의 「공거의」(『동파문집』 50권 「의학교공거장議學校貢擧狀」)에서 '효로써 사람을 선발한다면 용감한 자는 넓적다리를 자르고, 나약한 자는 시묘살이를 할 것이요, 청렴함으로 사람을 선발한다면 낡은 수레와 여윈 말을 타고 거친 옷과 거친 밥을 먹는 등 하지 않는 짓이 없을 것이다'고 말한 경우를 말한다. 그런 일들은 과거시험장에서 일삼는 부정행위와는 다르지만 간사함은 매일반이다.
　『유몽』: 구습은 왜곡하게 속이는 습속이다.

12　繩.『유몽』: 예법으로써 억제와 단속함이다.

13　力攻之.『기의』: 경술과 덕행으로 사람을 선발하는 조치를 강력히 공격함이다.

14　古道.『기의』: 경술과 덕행이다.
　『유몽』: 당시에 말하던 옛 도이지, 삼대의 옛 학교의 도는 아니다.

해 그들의 방자하고 구차한 계책[15]을 이루고자 합니다. 풍속이 이미 참으로 경박하고, 이를 본받아 선발된 자들[16]은 또다시 그들을 따라 경박해지고 있습니다. 이는 날로 더 심해지고 해가 지날수록 심각해져서 옛 도를 참으로 행할 수 없을 듯합니다. 병자에 비유하자면, 하체는 차디찬데 상체에서 허열이 치열할 경우 한기를 치료하면 열은 다시 크게 일어납니다. 세속의 의생들은 한기를 치료하는 방책을 찾지 않고 끝내 진짜 열병이라고 여겨서 망령되이 해열제로 열을 내리니, 이로써 병자를 죽이지 않는 경우가 거의 드뭅니다.[17] 소씨(소식)의 공거(과거시험)에 대한 의론이[18] 바로 이와

....

15 苟簡. 『기의』: 글로써 사람을 선발함이다.

16 爲法者. 『기의』: 시험관에 의해 선발된 사람이다.

17 病人~幾希. 『기의』: 하체가 차디참은 경박하고 겉치레를 꾸미는 습속을 비유하고, 허열은 경술과 덕행을 비유함으로써 구습의 간사함을 드러냈다.
    『차의』: 살피건대 '병자의 하체가 차디참'은 도학의 불명함을 비유하였다. '허열이 위에서 치열함'은 경박하고 겉치레만 꾸미는 습속과 사기치고 교묘히 속이는 간사함을 비유하였다. '그 한기를 치료함'은 옛 제도를 복원하여 경술과 덕행을 따름을 비유하였다. '열이 다시 크게 일어남'은 구습의 간사함이 분분하게 그 사이에서 일어남을 비유하였다. '한기를 다스리는 방책을 찾지 않음'은 그들이 도학을 밝히기를 구하지 않음을 비유하였다. '망령되이 해열제로 열을 내림'은 옛 도가 다시 행해지지 못한다고 하면서 그들의 방자하고 구차한 계책을 이루고, 풍속이 참으로 이미 경박하고 그들을 본받아 선발된 자들 또한 그들을 따라 경박해짐을 비유하였다. '병자를 죽이지 않는 경우가 매우 드물다 함'은 날로 더 심해지고 해가 갈수록 심각해져서 옛 도가 참으로 행할 수 없음을 비유하였다. 이로 보면, 『기의』의 설이 왜 그러한지 모르겠다.

18 蘇氏貢擧議. 『간보』: 동파(소식)의 「학교공거차」에서 시부(詩賦)를 주창하고 덕행과를 매우 비난했다.
    『유몽』: 소씨는 이름은 식이고 자는 자첨이고 호는 동파로, 송나라 신종 때 사람이다. 「공거의」를 지어 경술과 덕행으로 선비를 선발하는 조치를 논박한 적이 있다.

같고,[19] 그가 동주의 두 선생(손복과 석개)[20]이 허무맹랑하여 정사를 베풀 수 없다고 비난한 말은 그중에서도 이치를 어그러뜨리고 조화를 상하게 한 점이 더욱더 심합니다. 그런데 상서성 과거에서 소동파의 이 글[21]을 도용한 두 사람을 귀하가 발탁하여 여러 사람 위에 두셨으니, 이는 귀하의 생각에는 아마도 소씨의 말[22]이 그르다고 여기지 않으시기 때문인 듯합니다. 이 마음에서 생겨나서 모든 정사를 해치고, 그 정사에서 발하여 모든 일을 그르치는 듯합니다.[23] 귀하가 아직 천하의 정사를 맡지 않으셨는데도 천

....

19 正如此.『유몽』: 바로 세속의 의생이 병을 치료하는 경우를 말한다.
20 東州二先生.『기의』: 두 선생은 아마도 양 정 선생(정호와 정이)를 말하는 듯하고, 또한 「공거의」에 나오는 말이다.
『차의』: 살펴건대 두 선생은 태산 선생 손복(992-1057, 자는 명복明復, 호는 부춘富春)과 조래 선생 석개(1005-1045, 자는 수도守道)를 가리키니, 모두 태산 아래에 살았기 때문에 동주 이 선생이라고 하였다. 동파의 「의공거차」에 '설사 손복과 석개가 아직 살아 있었더라도 우활하고 허무맹랑한 선비이니, 어찌 또 정사를 베풀 수 있겠습니까?'라 하였으니, 이에 의서하던 양 성 선생을 가리키지 않음이 분명하다.
『간보』: 「공거차」에 '의론하는 자는 반드시 대책을 통해 현명한지 여부나 능력이 있는지 여부를 정하고자 하나, 근세의 문장 가운데 화려한 면점으로는 양억(974-1020, 자는 대년大年)만 한 이가 없는데, 만약 양억이 살아 있었더라도면 충성스럽고 청렴하고 기개가 있는 선비이니, 어찌 문장이 화려하다고 그를 폄하할 수 있겠으며, 경학에 통달한 면으로는 손복과 석개만 한 이가 없으나, 설사 손복과 석개가 살아 있었더라도 우활하고 허무맹랑한 선비이니, 어찌 또 정사를 베풀 수 있겠습니까?'라 하였다. 손씨는 이름이 복이고 자는 명복이니, 태산 아래서 거처하여 이에 따라 호를 삼았다. 석은 이름이 개이고 자는 수도니, 관직이 직강에 이르렀고 호는 조래이다. 손복과 석개는 모두 노 땅 사람이기 때문에 동주의 두 선생이라 하였다.
21 此文.『기의』: 소씨 「공거의」의 문장이다.
22 其辭.『기의』: 동파의 섭이다.
23 生於~其事.『유몽』: 오로지 맹자의 말만을 인용하였다(『맹자』「공손추상」편 2장).

하 선비들이 이미 당신의 마음을 알아서 그 책을[24] 다투어 암송하면서 속히 동화되고 귀와 눈에 익숙해지기를[25] 구하고 있습니다. 이로 인해 그들의 양심이 함몰되는데도 스스로 알아채지 못합니다. 그래서 마침내 경박하고 겉치레를 꾸미는 일이 참으로 숭상할 만하다고 여겨서 감히 제멋대로 옛날의 몸소 실천한 군자[26]를 비난하고 기망한 자를 그르다고 하지 않습니다. 하물며 하루아침에 조정에 자리하여 재상으로 행세한다면 그 해악이 과연 어떠하겠습니까? 귀하가 일찍이 장강의 시호를 논박해서 바로잡으면서 왕씨(왕안석)의 잘못을 신랄하게 비난하셨는데,[27] 식자들이 이

....

24 其書.『기의』: 동파의 글이다.

25 速化~目染.『간보』: 모두 한유의 글(『한유집』27권 「청하군공방공묘갈명淸河郡公房公墓碣銘」)에 보인다. 유(濡)는『의례』에 유(撋)로 되어 있다.
『차보』: 속화는 한유의 글이니 빨리 동화되기를 구하는 방법이다.
『유몽』: 유(濡) 또한 염(染: 물듦)이다.

26 躬行君子.『간보』: 두 선생(손복, 석개)을 가리킨다.

27 駁正~之失.『기의』: 아마도 장강이 시호를 받는 데 왕안석이 도움을 주었기 때문에 왕상서(왕응진)가 심하게 그 일을 비난한 듯하다.
『차의』: 살펴건대 장강(1083-1166, 자는 언정彦正, 호는 화양노인華陽老人)은 고종 때 사람으로 죽은 뒤 문정공이라는 시호를 받았는데, 왕응진이 이를 논박했다. 아마도 장강이 왕안석의 학문을 공부했다는 이유로 왕응진이 그의 시호를 논박하고 왕안석의 잘못을 비난한 듯하다.『기의』의 설은 전고를 잘못 살핀 듯하다.
『간보』: 장강은 진강부 금단현 사람이니, 휘종 때 태학생으로 있다가 급제하였는데, 채경과 왕보의 무리에게 미움을 받아 집안에 거처하며 사록관을 봉직하다가, 고종이 남송을 세우자 여러 관직을 거쳐서 참지정사에 이르렀고, 죽은 뒤 문간이란 시호를 받자, 왕응진이 시호를 논박하였는데, 그 상소문에서 말하길 "장강의 행장에 '공이 경전의 뜻을 강론하면서 은미한 내용을 찾아내어, 하나도 성인과 딱 부합하지 않음이 없었으니, 세상에서『장씨서해』라고 하였다'고 하였으나, 제 생각에 왕안석이 경전의 뜻을 해석하면서 천착하고 견강부회하였고, 장강이『서해』를 지으면서 왕안석의 찌꺼기를 갖다가 부연하고

를 옳다고 여겼습니다.[28] 그런데 지금 인재를 선발하심이 이와 같으니, 죽은 자에게도 인식이 있다면 장강의 비웃음을 받지 않으시겠습니까?[29] 귀하 또한 이 점을 후회하신 적이 있으신지 모르겠습니다. 신은 어리석고 무지합니다만 알아주심과 장려함을 매우 많이 받았고, 예전에 제가 이 점에 대해 통틀어 언급한 적이 있었는데,[30] 지금 대략 징험이 됩니다.[31] 그러므로 저만 홀로 감히 귀하가 재상에 제수됨이[32] 더딘 일을 한으로 여기지 않고, 오히려 이러한 한가한 때를 얻어서 아직 이루지 못한 점을 강론하실 수 있어 매우 기쁘게 여깁니다. 귀하가 만약 제가 충직하기를 바라는 마음을 살펴주시고 본분을 망각함에 대한 처벌을 용서하신다면, 원컨대

....
　　윤색하였는데, 지금 도리어 행장에서 그 말이 하나도 성인과 딱 부합되지 않음이 없다고 한다면, 어찌 성인을 심하게 모함한 일이 아니겠습니까? 학자들을 오도할 듯합니다"라 하였다. 『어류』(권78-46)에 보인다.
　　『표보』:『진씨서록』에 '『화양집』은 참지정사 장강이 편찬하였다. 대관 연간(1107-1110)에 태학 법(태학 삼중법으로 왕안석이 만든 신법 가운데 하나이다)에 세 번 연속 수석으로 뽑혀서 벼슬에 나아가서 벽옹정이 되었으니, 왕안석의 신학에 전념한 자이다.' 이에 의거하면 장강이 왕안석의 학문을 공부했음은 의심의 여지가 없다. 『송사』(390권)의 「장강전(張綱傳)」에 '애초에는 시호를 문정이라고 하였는데, 왕응진이 논박하여 바로잡았다. 손부가 다시 청하자, 특별히 장간이라고 하사하였다.

28　贔.『유몽』: 음이 위이니 옳음이다.
29　爲綱所笑.『차의』: 왕안석을 공격하면서 소식의 주장을 따르기 때문에 장강의 비웃음을 받는 대상이 된다는 말이다.
30　關說及此.『차의』: 관설(關說)은 통틀어 말함과 같고, '차(此)'자는 소식의 주장을 따르는 병통을 가리킨다.
　　『차보』: 아래 30권의 소식의 학문을 논하는 편지를 가리킨다.
31　驗矣.『기의』: 왕상서가 이미 인재를 선발함에 바름을 잃어버렸기 때문에 징험됐다고 한 것이다.
32　延拜.『유몽』: 등용됨을 말한다.

성현의 올바른 전함을 깊이 고찰하시어 공자와 자사와 맹자와 정자의 책만을 앞에 두시고 밤낮으로 열람해 살피시어 그 취지를 궁구하여 자신에게 비쳐 보셔서 천리가 있는 곳을 찾으십시오. 스스로 그 마음을 바루시고 이를 바탕으로 군주의 마음을 바로잡으시고, 말과 정사에 드러내어 천하의 마음을 바로잡으시면, 귀하의 공적과 명성과 덕과 사업이 장차 삼대 왕을 보좌한 사람과 비등해질 터입니다. 그러면 근세의 이름난 재상이라고 하는 자들도 그 규모가 아마도 당신과 비교해서 말할 수 없을 듯합니다. 하물며 소씨의 겉치레만 꾸미고 임기응변하는 술책은 다시 그 아래에 있으니 더 말할 게 있겠습니까?[33]

제가 홀연히 당첩을 받아 보니 관직 봉행을 기약하라는 훈계였으나, 본디 벼슬에 나가고 싶지 않았는데 지금 비로소 초심을 달성하게 되었습니다.[34] 승상[35]께 편지를 보내 사록관직을 얻어 모친

....

33　每下.『표보』: 매하는『장자』「지북유」편에 나오니 더 아래라는 말이다.

　　『유몽』: 매하는 최하이다.

34　得逢初心.『차의』: 체직됨을 말한다.

　　『절보』: 이는 바로 상편에서 관직의 교체 시기가 이미 다가왔고, 조정에서 또 특별히 문서를 내려 불러 주니, 제가 부득이 사록관의 직을 구하는 일은 아마도 입에 담지 못할 정도로 심한 말은 아닌 듯하다고 말했던 뜻이다. 초심은 사록관을 칭하는 마음이다.

　　『표보』: 선생이 정해년(1167)에 추밀원편수관으로 제수된 후부터, 빨리 조정으로 나오라는 상서성 차자를 연이어 받았고, 기축년(1169)에 이르러 모친상을 당했는데도 여전히 조정의 부르는 명령이 있어서, 그사이에 체직되는 일은 있지 않았으니,『차의』에서 초심의 달성을 체직이라 한 것은 아마 전고를 점검하면서 누락한 듯하다. 아마도 선생은 본디 세상에 나가 직무를 맡고 싶지 않았고, 진준경과 왕응진이 집정하여 올바르게 정사를 할 조짐이 없지는 않았으나 그들의 행동을 보건대 대부분 불만족스러웠고, 또 위원리의 일 처리에 문제가 있었기에, 세상의 형세가 큰일을 할 수 없음을 확실히 알게 되어, 끝

을 봉양하게 해 주기를 간청하였습니다. 혹여 제가 조정에 나오지 않는 것으로 노하셔서 쉽게 바로 얻을 수 없다면,[36] 곧장 조용히 한마디 말씀을 해 주시기를 간청하오니, 조기에 구하는 바를 이루면 매우 다행이겠습니다. 참정 양공은[37] 애초부터 교류가 없었기 때문에[38] 감히 편지로써 청할 수 없습니다. 또한 자기를 소홀히 여긴다[39]고 할까 염려되어 차자 한 통을 작성하였으니, 이를 전해 주면서 우선 제 뜻을 언급해 주시기를 간청하오니, 그래 주시면 또 매우 다행이겠습니다. 제가 감히 다시는 세상일을 논의하지 못하지만, 다시 논하지 않아도 명백한 점이 있으니, 귀하께서 더욱 힘써 주십시오.

....
　　내 안 나가기로 결심했기 때문에 스스로 초심을 얻었다고 여긴 것이다. 아래 두 편지와 7월 26일의 편지를 살펴보면 선생의 본뜻을 알 수 있다.

35　丞相.『차의』: 진준경을 말한다.

36　怒其~遽得.『차의』: 승상(진준경)이 선생이 조정에 나오지 않음에 노해, 사록관직을 허락하지 않는다는 말이다.

37　梁公.『차의』: 극가이다.

38　洒掃之舊.『차의』:『사기』(52권「제도혜왕세가齊悼惠王世家」)에 '위발이 조참을 만나 보고자 해서, 아침 일찍 제국 재상의 심부름꾼의 문 앞을 쓸음으로써 안면을 트고자 하였다'고 되어 있다.

39　簡己.『차의』: 간은 태만하고 소홀함이다.

왕상서께 답하는 편지(1169년 6월 11일)*

서 통판이 5월 27일자에 대감께서 내려 주신 편지 첩을 전해 주기에 받아 보고서, 근래에 무더위와 장맛비로 후텁지근한 가운데 대감께서 기거에 만복하심을 알고서 깊이 감격하고 위로가 되었습니다. 삼가 벼슬에 나가라는 권유를 받았으니, 이로써 더욱더 보살펴 주시는 은혜를 입었습니다. 저는 근래에 사록관직을 간절히 청하면서 직접 쓴 계문을 올리고 아울러 상서성에 장계를 상신하여 수안의 우편을 통해 부쳤는데, 이미 대감께서 보셨는지 모르겠습니다.

저는 고단하고 미천하고 쓸모없는데 학문은 더 진보하지 못하고 어리석음은 날로 심해져서 세상과 배치되니, 스스로 세상의 쓰임을 감당하지 못할 것이라고 여긴 지 오래되었습니다. 지난번에는 그래도 귀하가 조정으로 돌아오셔서[1] 반드시 장차 위로는 군주의 마음을 바루고 아래로는 퇴폐한 풍속을 일으킬 터이니, 혹여 조그마한 제 능력을 바쳐서 아래에서 보좌할 수 있을 듯도 하다고 여겼고, 이 때문에 감히 결연하게 스스로 은둔하고자 하는 계획을 이루지는 못했습니다. 그런데 지금은 귀하가 조정으로 복귀한

....

* 六月.『절보』: 기축년(1169) 6월이니, 하편의 7월도 같다.
1 來歸.『기의』: 조정으로 복귀함이다.

지 수개월이 지났는데도 제 평소의 기대에 크게 위로되는 점이 있지 않은 듯하니, 제가 아직도 다시 무엇을 다른 사람에게 기대하기에 평소의 지조를 갑자기 바꾸어 그를 생각 없이 따를 수 있겠습니까. 이 때문에 매우 부득이하게 앞 편지의 요청[2]이 있게 되었습니다. 이는 비단 저만 위함이 아니고, 귀하가 이 뜻을 인식하고 살피셔서 새롭게 도모하기를 바라는 일이기도 합니다.[3] 이제 부지런히 저를 깨우쳐 주시는 편지를 받고 보니 어찌 감히 지극한 뜻을 깊이 체득하지 않겠습니까. 그러나 제 어리석은 생각에 귀하가 반드시 이 몸을 조정에 끌어들이려 하기보다는 제 말을 들어서 써 주시는 것이 더 나을 듯합니다. 제 말이 행해진다면 제가 나가더라도 부끄러운 점이 없을 터이고, 나가지 않더라도 한스러운 점이 없을 수 있습니다. 만약 제 말을 쓰지 않으시고 도가 서로 맞지 않는데도 다만 아무 생각 없이 이익과 봉록만을 탐해서 일단 나가기만 한다면, 앞에서는 후안무치한 부끄러움이 있고, 뒤에서는 탄핵을 당하는 화가 있을 것입니다 제가 비록 지극히 어리석지만, 두무지 왜 이를 즐겨서 반드시 해야 하고, 귀하 또한 저에게서 무엇을 얻고자 해서 반드시 이 지경에 이르게 합니까.

또 귀하가 저에게 이르시기를 "이미 조정에 이른[4] 후에 타당치

········
2 前書之請.『차의』: 사록관직을 청함을 말한다.
3 識察~其新.『차의』: 이 뜻은 바로 선생이 왕응진 자신의 기대를 크게 위로해 주지 못해서 나가지 않겠다는 뜻이니, 아마도 왕응진이 이 뜻을 알아서 잘못을 고쳐 스스로 혁신하기를 바란 듯하다.
4 旣到.『기의』: 서울에 도달함이다.

않은 점이 있다면 자네 소관이다"라고 하셨는데,[5] 두 번 받은 위원 리의 편지에서도 공의 이와 같은 말을 알려 주었습니다. 이는 귀 하가 저를 아껴 주심은 깊지만 저를 위해 도모하시는 점은 도리어 미진한 까닭입니다. 무릇 일의 가부가 아직 밝혀지지 않은 가운데 뒤섞여서 결단할 바를 알지 못한다면, 우선 그 일을 하고서 그 후 의 결과를 관찰함이 옳습니다. 그러나 지금 이 몸의 벼슬살이가 옳지 않음과 벼슬아치들이 저를 용납하지 않음이 이미 분명한데, 도리어 어찌 이미 조정에 이른 후에야 타당치 않은 점이 있는지를 따지겠습니까?[6] 옛날에 군자는 헤아린 뒤에[7] 벼슬자리에 들어갔 지 들어간 뒤에 헤아리지는 않았습니다.[8] 지금 제가 산림에 있으 면서도 오히려 스스로를 주체하지 못하고 있습니다. 하물며 도성 과 조정의 시끄러운 곳[9]은 당세의 대인군자라도 여기에 이르면 그 본심을 잃는 자가 줄을 이었습니다. 저 같은 자가 그 본심을 잃지 않는다고 보장할 수 있겠습니까? 그러므로 저는 귀하의 계책[10]에

....

5   在我.『기의』: 행동거지는 자기 하기에게 달려 있다. 아(我)는 선생을 가리킨다.

6   尙何~未安.『차의』: 하대(何待)의 뜻이 미안까지이다.

7   量而後入.『기의』:『예기』에 나오는 말이다.

8   後量.『기의』: '불'자의 뜻이 여기까지이다.
    『간보』:『예기』「소의」의 말이다. 주에 '임금을 섬기는 자는 먼저 그가 섬길 수 있는가를
    헤아린 뒤에 섬기면 도가 행해지고 자신도 욕보지 않겠지만, 나간 뒤에 헤아리면 자신이
    가벼이 나갔다는 후회를 이루 다 감당할 수 없다'고 했다.

9   市朝.『간보』:『어류』(권53-6)에 '나라의 수도는 정전의 모양처럼 아홉 구획으로 나눠서,
    앞에는 조정을 두고 뒤에는 시장을 두고, 중간의 한 구역이 임금의 궁실이 되고, 앞의 한
    구역은 조정이 되고, 뒤의 한 구역은 시장이 된다'고 했다.

10 明公之計.『기의』: '이미 서울에 이른 후에 타당치 않은 점이 있다면 자네 소관이네!'이라

매우 의심하지 않을 수 없는 내용이 있기에 앞의 편지에서 간절히 요청했고,[11] 감히 다시 요청하게 되었습니다. 만약 긍휼히 허락해 주신다면 참으로 다행이겠습니다. 그러나 만약 요청을 이루지 못한다면 제가 어찌 감히 앉아서 조정의 명을 거역하면서 한 번 나가지 않겠습니까?

다만 노모가[12] 근래에 많이 편찮으셔서 억지로 몸을 움직여서 길을 나설 수 없고, 저 역시 어머니 곁을 멀리 떠날 수 없어서, 단지 이 한 가지 일로도 난처합니다. 명령을 빙자해서 홀로 길을 나서서 조정에 이르러[13] 관직에 나간다면 바로 조정에 구애되고, 나가지 않는다면 거듭 지적을 받을 듯합니다. 관직에 나간 뒤에 대번에 그만두면 또 변명할 말이 없을 듯하고, 그만두지 않는다면 평소의 지조를 스스로 어기게 됩니다. 무릇 이 곡절을 모두 생각하자니 의기소침해져서[14] 그 형세가 반드시 낭패에 이를 것은 의심의 여지가 없습니다. 부디 귀하가 저를 아껴 주시는 마음을 여기에 베푸셔서 도모하신다면 반드시 조처하실 수 있을 듯합니다.

....

　는 말을 가리킨다.

　『절보』: 계(計)자는 앞 문장에서 '저를 위해 도모하다'는 도모이다.

11　前書之懇.『차의』: 앞 편지에 사록관직을 구하는 말이 있었으니, 간(懇: 간청)이란 바로 이것이다(前書有求祠之語, 所謂懇卽此也).

12　老人.『기의』: 선생이 어머니 축씨부인을 일컫는 말이다.

13　至彼.『기의』: 서울에 도달함이다.

14　思之爛熟.『절보』: 북제 왕희가 고사하는 말이니, 「전」(『북제서』31권 「열전」 23) 가운데 다른 사람에게 말하기를, "힘 있는 관직을 갖기를 좋아하지 않는 것은 아니지만 생각하면 의기소침해질 뿐이다."라 하였다.

　『간보』: 이는 앞의 마땅히 「여진승상서」와 참고해 보아야 하니, 아래 편지도 마찬가지다.

그러나 저는 반드시 사록관직만을 바라는 것은 아닙니다. 가령 궁벽하여 선비들이 없는 곳의 교관이나 공무가 적은 곳의 현령 따위는 아마 제 졸렬함을 감추고 어머니를 봉양할 수 있을 듯하지만, 다만 빈자리가 없을까 염려됩니다. 곤궁함이 이미 심해져서 만약 수개월 더 빈자리를[15] 기다려야 한다면, 지금 당장 기다릴 수 없으니 우선 사록관 자리를 만들어 주시는 편이 낫겠습니다. 다시 서통판의 인편을 통해 귀하께 편지를 올려 저의 마음속에 있는 것을 감히 다 말씀드리니 부디 귀하가 잘 살펴 주십시오. 직접 뵙기를 기약할 수는 없지만 부디 덕을 증진시키고 공적을 이루셔서[※] 임금을 위하고 사람들을 권면해 주시고 천만자중하시길 바랍니다. 이만 줄이며 삼가 아룁니다.

....

15 數月之闕.『차의』: 빈자리를 기다리는 기간이 수개월임을 말한다. 아마도 아직 수개월을 기다리는 일이 더디게 여겨진 듯하다(謂待闕之間數月也, 蓋尙以數月之待爲遲也).

※ 진덕수업(進德脩業)은 『주역』 「건괘 · 문언전」에 나오는데, 여기서 수업(脩業)은 '업적을 이루다 또는 학업을 하다'는 뜻으로 해석된다. 여기서는 전자로 해석했다.

24-20

왕상서께 답하는 편지(1169년 7월 2일)

국사·시독·내한·상서 대감께 올립니다. 지난달 11일 대감께서 내려 준 편지를 서 통판이 전해 주었는데 바로 계문을 갖추어서 진심을 다 말씀드렸습니다. 지금 받아 보신 지 오래되셨을 줄 압니다. 오늘 숭안의 우편을 통해 18일 내려 주신 편지 첩을 받아서 삼가 두세 번 읽어 보고는 우러러 지극한 뜻을 알게 되어 감복하였습니다. 아울러 근래에 무더위 가운데 대감의 기거가 만복함을 알 수 있었으니 다시 위안이 됩니다.

제 배움에 더 진전이 없고 우활함과 어그러짐은 날로 심한데, 단지 우리 문하에서 떠난 지 오래되셔서 귀하가 저에 대해 깊이 모르시면서 오히려 다시 옛날 뜻으로 기대하셔서 편지를 보내 불러 주셨는데 말뜻이 돈후하였습니다. 여기서 귀하가 현자를 좋아하고 선을 즐기는 뜻이 전보다 더함을 알 수 있지만, 제가 이를 감당할 방법이 없어서 단지 스스로 두려울 뿐입니다. 저의 구구한 소회를 진달하고 싶은 내용은 서 통판에게 부친 편지에서 이미 다 말씀드렸습니다.[1] 다만 지난번 위원리에게 부탁한 승상에게 드리는 편지와 상서성에 상신하는 장계 등은 낱낱이 다 전달되었습니

,,,,,,,,
1 索言.『차의』: 색(索)은 다함이다.

까? 생각건대 가부의 답이 반드시 이미 정해진 바가 있을 듯합니다. 그런데도 여러 공들이 제가 반드시 오기를 바라는 까닭은 과연 무엇을 의미하는지 알지 못하겠습니다. 저의 도를 행하겠다고 하신다면 제 학문을 자신할 수 없으니 본래 행할 만한 도가 없습니다. 오늘의 처지로 제가 도를 행한다 하더라도 행할 수 있는 관직이 아닙니다. 또 여러 공들이 모두 높은 덕과 큰 신망을 가지고 대신으로 복무하고 계시는데도 기강이 날로 문란해지고 간신과 행신들이 제멋대로 행동하는데도 그들을 막을 수 있는 이가 없고, 시행될 수 있는 효험[2]도 없습니다. 제 몸을 영화롭게 하고자 어버이를 저버리고 출사해서 소신을 버리고 영화를 바라면서[3] 반열을 따르고 대열을 좇는다면 봉록만 지킨다는 혐의가 있을 듯합니다. 머리를 처들고 눈썹을 치켜뜨면서[4] 간쟁하면 직위를 넘어선다는 경고가 있을 것이니, 이 또한 무슨 영화가 있단 말입니까? 무릇 이 몇 가지는 오래전부터 제 마음속에 이미 확고한 점입니다. 지난번에는 그래도 귀하의 정사를 보고서 벼슬 여부를 결정하고자 했기에 감히 단호하게 영원히 은퇴하는 계책을 실행하지 못했습니다.

....

2 可行之效. 『절보』: 효(效)는 바로 '험(驗)'(징험하다)자의 뜻이다.

3 舍靈~朶頤. 『차의』: 『주역』 이괘 초구효에 '너의 신령스런 거북을 버리고 나를 보면서 턱을 늘어뜨리니, 흉하다' 하였는데, 『본의』에 '신령스런 거북은 먹을 수 없는 물건이고, 타(朶)는 늘어뜨림이니, 턱을 늘어뜨림은 먹고 싶어 하는 모습이다. 초구는 양인 군셈이 아래에 있으니 먹지 않아도 충분한데도 위로 육사의 음효에 응해서 욕심이 동하니 흉한 도이다'라 하였다.

4 卬首信眉. 『차의』: 태사공(사마천)이 「임안에게 답하는 편지」(『전한서』 62권)에 '이에 머리를 처들고 눈썹을 치켜뜨면서 시비를 논열하고자 한다'고 했다.

그런데 지금 귀하가 조정으로 복귀한 지 1년이 됐는데 모든 일이 또 이와 같으니, 저 또한 어찌 위원리처럼 되기를 기다려서 거취를 삼겠습니까?[5] 그러나 위원리가 여러 가지 의론하고 건의한 내용[6]을 들어 보니 마지막 것이 더욱 절실한 내용입니다.[7] 만약 하루아침에 참으로 이것 때문에 떠났다면, 뜻 있는 선비가 비록 이를 거취로 삼는 대상으로 여기지 않으려 하더라도 불가능할 일입니다. 대개 벼슬자리에 나아가거나 물러나는 일과 말하거나 침묵하는 일은 본래 같을 수 없습니다. 그러나 부득이 같아야 하는 점이 있으니, 모두 의리에 맞게 할 뿐입니다. 제가 누차 귀하의 돈독한 가르침을 받았기에 참으로 감히 곧바로 필부의 지조를 본받을 수는 없습니다. 지금은 단지 이전의 요청에 대한 답만을 기다리고 있는데, 만약 이미 요청이 받아들여졌다면[8] 참으로 매우 다행이니 더는 말할 나위가 없습니다. 만약 아직 그러지 못했더라도, 여러 공들이 과연 위원리의 의론을 협력해 이루어서, 임금의 덕이 날로 새로워지고, 참소하고 아첨하는 자들을 멀리 쫓아내고, 임금의 귀에는 거슬리지만 시행하면 이로운 말들이 날로 이르러도 임금의 뜻에 거슬리지 않는다면, 제가 이전에 실망했던 내용들을 오히려 뒤에 수습할 수도 있으니, 다시 무슨 말로 사양한단 말입니까? 정

....

5 視一~去就.『차보』: 왕공(왕응진)의 편지에 원리를 보고 거취를 결정하지 말라는 말이 있었기 때문에 이렇게 말하였다.

6 數有論建.『차보』: 아래의 91권 위원리 묘지명에 보인다.

7 最後~切至.『절보』: 증적을 논열한 일이다.
   『교보』: 선생이 찬술한 위원리(위연기) 묘표 발문에 보인다.

8 得請.『절보』: 요청[請]은 사록관직을 요청함이다.

이와 장재 두 선생은 참으로 벼슬할 수 있어야 벼슬했지만, 그만둘 수 없는데도 그만둔 적은 없었습니다. 제 경우에는 어찌 함부로 이러한 경지로 논할 수 있겠습니까? 다만 보내 주신 편지의 가르침으로 인해 이를 언급합니다.

일전에 사리에 맞지 않은 말을 함부로 올린 데 대하여, 귀하가 견책하지 않으시고 제 의론을 윗사람과 아랫사람에게 보내서 장차 이를 미루어 더욱 성찰하고자 하시니, 귀하가 덕을 증진시킴에 게으르지 않은 뜻이 성대하다고 할 만합니다. 그러나 일의 변화는 무궁하고 기회는 잃기 쉬우니 말을 수작하는 사이에 아마 성찰을 기울이지 못하면 천 리나 잘못되는 점이 있을 듯합니다. 이 때문에 군자는 이치를 밝힘을 귀중히 여깁니다. 이치가 밝으면 이단이 미혹시킬 수가 없고 말류의 풍속이 어지럽힐 수 없어서, 덕은 오래 유지할 수 있고 업적을 확대할 수 있습니다. 저의 지난번 요청 가운데 귀하가 공자와 맹자와 정자의 책에 한결같이 진력하기를 바랐던 점은 바로 이치를 궁구하는 요체인데, 귀하가 과연 어떻게 여기시는지 모르겠습니다. 근래 여신공(여공저)[9] 집안의 한두 가지 의론을 보았는데, 매우 괴벽하고 이치에 어그러집니다.[10] 원명(여희철)[11]이 도가 있는 사람(정이)에게 직접 배웠는데도[12] 소견이 이

....

9　呂申公.『차의』: 여공저(1018-1089, 자는 회숙晦叔)이다.

10　乖僻悖理.『절보』: 선학(불교)에 점염됨을 말한다.

11　原明.『차의』: 여희철(1036-1114)이다.

12　親炙有道.『절보』: 유도(有道)는 이천(정이)이니, 원명(여희철)은 정이보다 한두 살 어렸는데, 맨 처음으로 스승의 예로써 그를 섬겼다.

와 같을 줄 몰랐습니다. 지난날 귀하가 그를 독실하게 믿은 걸로[13] 아는데 지금은 그들의 잘못을 깨달으셨는지요? 세상에는 두 개의 도가 없는데, 지금 양시론을 가슴속에 품고 계셔서 일에 임하심에 의심이 많은데 마땅히 의심해야 할 것은 도리어 살피지 않으십니다. 드리고 싶은 말씀은 무궁하지만, 저녁 시간이 다 되어서 편지를 보내 우편으로 붙이고자 하여 가슴속에 있는 것을 다 말씀드리지 못합니다. 부디 더욱 이 도로써 천만 자중하십시오. 이만 줄입니다.

....

『차보』: 여히철은 이정(정호와 정이)을 스승으로 섬겼다.

13 篤信. 『절보』: 여씨 부자를 독실하게 믿었음을 말한다.

24-21

진승상께 보내는 편지 (1169년 7월 14일)

　　제가 지난번에 어리석은 간청으로 존엄한 귀하를 모독했는데
도 대감께서 가련히 여기셔서 대번에 한가로이 물러남을 아직 허
락해 주시지 않았다고 들은 듯하니, 제가 감격스러워 무슨 말씀
을 드려야 할지 모르겠습니다. 실로 제 비루한 성품과 타고난 우
둔함¹으로 인해 일을 만나면 망발합니다. 근래의 일로 비추어 보
건대, 하루아침에 스스로를 억제하지 못해² 죄와 잘못을 저지를까
매우 염려됩니다. 불초한 제 자신에게는 감히 스스로 애석해하지
않지만, 참으로 재상께서 손수 편지를 써서 불러 주심을 저버리고,
게다가 귀하가 다른 사람 말을 잘 들어주시고 선비를 대우하시는
아름다움에 오점을 남길 듯하여 참으로 두렵습니다. 그리되면 그
죄가 큽니다. 하물며 노모는 나이가 70인데 곁에 모실³ 사람이 없
어서 더욱 제가 그 지경에 이르고 싶지 않기에⁴ 밤낮으로 걱정하

....

1　蠢愚.『절보』: 준(惷)은 축(丑)과 강(江)의 반절이니,『설문』에 '어리석다'라 하였고,『주
　　례』「추관·사극」에 '세 번째로 사면하는 자를 준우라 한다'라 하였는데, 주에 '나면서부
　　터 어리석어 의리를 알지 못하는 자이다'라 하였다.
2　不能自抑.『차보』: 장차 상소해서 논열함을 말한다.
3　兼侍.『차의』: 겸(兼)은 아마도 겸(傔)의 오자인 듯하니, 겸은『운회』에 '심부름꾼의 부류
　　이다'고 했다.
　　『절보』:『설문』에 '따르다'라 했고,『유편』에는 '모시다'고 하였다.

144

면서 식음을 거의 전폐하고 자식 된 마음으로 매우 경황이 없습니다. 이에 감히 다시 진심을 피력하여 우러러 대감을 귀찮게 합니다. 앞의 장계를 점검하셔서 특별히 사록관에 한 번 임명해 주시는 은혜를 베푸시기를 간청합니다. 그리되면 동산에서 노닐고 모자가 서로 보존하여 자연적인 본성을 이룰 듯하니[5] 참으로 막대한 행복이 되겠습니다. 사정과 뜻이 절박하여 무슨 말씀을 드려야 할지 모르겠으나, 부디 대감께서 불쌍하게 살펴 주시기를 바랍니다.

....

4 至於如此,『차보』: 스스로 억제하지 못해서 죄와 잘못을 범함을 말한다.
5 麋鹿之性,『차보』: 왕휘의 시에 '나는 본래 사슴과 같은 성품이어서 처신에서 기언을 편안히 여긴다'고 했다.

왕상서께 답하는 편지(1169년 7월 26일)

저는 이번 달 2일에 귀하가 내려 주신 편지를 우편으로 받고 바로 짧은 편지로 답변을 우편으로 부쳤습니다. 이어서 다시 장좌장이 보내온 당신의 편지를 받고는 또 몇 자 적어 유심계[1]에게 부쳐서, 이전의 간청을 거듭하였습니다.[2] 지금 모두 받아 보셨는지요? 홀연히 서 통판이 9일 귀하가 손수 쓴 편지를 보내왔습니다. 이에 삼가 최근 가을 늦더위에 융성한 덕이 얼굴에 드러나시고 대감의 기거가 만복하시다니 감격하고 위로됨을 이루 다 말할 수 없습니다.

거듭 훈계하고 깨우쳐 주시는 편지를 받아 보니, 제가 벼슬하거나 은거하는 계책을 깊이 생각해 봐서 참으로 의리에 맞는다면 다른 것은 따질[3] 필요가 없다고 하셨습니다. 저는 비록 지극히 어

....

1   章左藏~劉審計.『차의』: 좌장과 심계는 모두 관명인 듯하다.

      『표보』: 좌장고는 4개의 창고 가운데 하나이고, 심계원은 6원 가운데 하나이다.

      ※ 4할은 좌장고(左藏庫), 문사원(文思院), 각화무(榷貨務), 잡매장(雜買場)이다. 조승(趙升)의 『조야류요(朝野類要)·사할(四轄)』에 나온다. 6원은 검(檢), 고(鼓), 양료(糧料), 심계(審計), 관고(官告), 주진(奏進)이다. 이심전(李心傳)의 『건염이래조야잡기(建炎以來朝野雜記)·관제일(官制一)·육관원(六官院)』에 나온다.

2   伸前.『차보』: 신(伸)은 아마도 신(申: 거듭하다)인 듯하다.

3   問也.『차의』: 계유의 뜻이 여기까지이다.

리석지만 귀하에게서 매우 긍휼히 여김과 절실히 깨우쳐 주심을 받음이 여기에까지 이르렀으니, 어찌 한두 가지라도 받들어 저를 알아 주심에 조금이라도 보답하고자 하지 않겠습니까? 그러나 제 뜻은 이미 지난번 편지에 다 말씀드렸으니 유의해서 다시 읽어 보시길 재삼 바랍니다. 그리하시면 제가 처신함과 의리를 헤아림이 이미 확고함을 아시게 될 듯합니다. 다만 제가 말하는 의리는 바로 귀하가 따질 필요가 없다고 말한 것이니 귀하가 소홀히 여길 뿐인 듯합니다. 그러나 저는 이미 상서성에 거듭 상신했으니 이제 반드시 상서성의 차자를 얻은 뒤에 감히 조정에 나가겠습니다. 다만 조정에 이르더라도 간절히 사양하고 돌아오는 데 불과할 뿐이니, 그 역시 제가 기여함이 없습니다. 도리어 염려되는 점은 하루아침에 여러 공들이 희희덕거리는 광경을 직접 목격하고 음성과 안색[4]이 평상을 유지하지 못하여 발언[5]이 혹여 너무 지나쳐서 스스로 잘못을 범하게 되는 것입니다. 귀하가 비록 곡진하게 비호하려 해도 해소되지 못할 듯하니, 차라리 속히 임금께 한 말씀 해 주셔서 제가 요청한 바를 이뤄 주심이 나을 듯합니다.

지난번 편지[6]에서 '위원리를 보고 거취를 결정하지 말라'[7]고 훈계하셨는데, 이에 대해서는 제가 이미 대략 말씀드렸습니다. 조정

....

4 親見~顔色.『차의』: '친견'의 뜻이 여기까지이다.
5 所發.『차의』: 발언을 말한다.
6 前書.『기의』: 왕상서께 보낸 지난번 편지이다.
7 勿視~去就.『차의』: (『주자문집』) 80권 29판에 자세히 보인다.
   『간보』: 선생이 미침내 이고 인하여 강력히 관직을 사양했기 때문에, 잉공(잉응긴)이 이 말을 했다.

에서 잘못된 정사가 시행되는데도 집정대신과 시종관과 대관들이
자세히 보고도 뒷짐지고 서서 한마디도 못하고서, 하급 관리인 위
원리[8]가 직분을 넘어서서 간쟁하다가 낭패함이 그 지경까지 이르
게 하였으니, 이미 훌륭한 조정의 아름다운 일이 아닙니다. 또 너
그럽게 용서하고 장려하지 못하고 스스로 물러나게 하더라도 거
듭 선비들의 마음을 잃을 터인데, 게다가 그가 스스로 요청하기
를 기다리지 않고 곧바로 견책하여 내쳤으니,[9] 듣는 사람을 놀라
게 함[10]이 심합니다. 진공(진준경)[11]이 천하 선비들을 대우함이 도
대체 이와 같은데도,[12] 귀하는 조금도 비호해 주지 않고 그가 하는
대로 따르니[13] 제가 무엇을 믿고 감히 조정에 나가겠습니까? 제가

....

8 小臣.『기의』: 위원리를 말한다.
9 顧使~出之.『절보』: (『주자문집』) 91권 위원리 묘지(「국록위공묘지명國錄魏公墓誌銘」)에
   '재상이 위원리를 평소에 알아 그를 불렀는데, 이때에 이르러 비로소 서로 화평하지 못
   했다. 그래서 위원리가 전에 이미 여러 번 떠나기를 구했는데 마침내 부모를 영접하는
   일로 휴가를 주어 돌아가게 하였다가 며칠 만에 파직하여 태주 주학의 교수로 삼았다'고
   하였으니, 여기서 말하는 '준순이거(逡巡而去)'는 휴가를 주어 돌아가게 한 것을 말하고,
   '견(譴)'은 쫓아내는 것이니 파직하여 태주의 교수로 삼은 일을 가리킨다.
   『간보』: 건도 4년(1168)에 포의(布衣: 과거시험에 합격하지 않은 선비) 신분인 위원리를 황
   제가 불러 태학녹사를 제수했는데, 안위에 관계된 일로 항의 상소해서 남김없이 다 말하
   고, 편지로 재상을 질책하기를 매우 박절하게 하니, 재상이 그와 화평할 수가 없어서, 마
   침내 부모를 봉양하는 일로 휴가를 주어 돌아가게 하였다가, 며칠 만에 파직하여 태주
   교수로 삼았다.
10 聽.『유몽』: 관직인사이다.
   ※ 유몽의 해석을 따르면 해청(駭聽)은 '관직인사를 해괴하게 하다'이나, 번역은 일반적
   인 해석을 좇아 해(駭)는 '놀라게 하다'로 청(聽)은 '듣는 사람'으로 보았다.
11 陳公.『간보』: 진준경이다.
12 乃如此.『기의』: 진준경이 당시에 재상 자리에 있었기 때문에 이렇게 말하였다.
13 聽其所爲.『절보』: 승상이 하는 대로 내버려 둔다는 말이다.

148

감히 위원리를 보고 거취를 결정하는 게 아니라 바로 여러 공들이 천하 선비를 대우하는 내용을 보고 진퇴를 결정할 뿐입니다. 바라건대 귀하께서 이 점을 고려하셔서 저를 대신하여 진공을 사직해 주십시오. 제가 조정의 명령을 방치하여 어긴 지가 벌써 3개월이니 죄를 주려 하면 구실이 없을까[14] 하는 염려가 없습니다. 요청한 일을 조속히 따르지 않으실 경우에는 차라리 명령을 어기고 오만한 죄를 다스려서 저를 문책하여 내친다면, 이로써 조금이나마 사회 기풍[15]을 진작시킬 수 있어, 천하 선비들에게 도를 지키고 이치를 따르는 일은 해서는 안 됨을 알아서 아첨하고 맹종하는 습속을 한결같게 해서 이전의 잘못을 달성하게[16] 할 듯하니, 이 또한 한가지 일[17]입니다. 귀하가 또한 어떻게 생각하시는지 모르겠습니다. 몇 년 전에 진공은 건안에 계셨고[18] 귀하는 촉 땅에 계셨는데, 제가 진공을 모시면서 제 생각에 세상일은 두 분이 아니면 이뤄질 수 없다고 했었는데, 진공이 사양하지 않는 듯했습니다. 그런데 지금에 와서야 비로소 다시 그 말이 징험되지 않았음을 스스로 우려하니

....

14 無辭. 『간보』: 『좌전』 희공 10년에 이극이 말하기를 "죄를 주려 하시면 무슨 구실인들 없겠습니까?"

15 風聲. 『간보』: 『서경』 「필명」에 '풍성(風聲)을 수립한다'라 하였는데, 소주(『오경대전』 세주의 왕씨왈王氏曰 이하)에 '사람에게 감동을 주는 것을 풍(風)이라 하고, 들을 만한 것을 성(聲)이라 한다'라고 한다.

16 遂前日之非. 『기의』: 글이 지나쳤다는 말이다.
『유몽』: 이전의 잘못은 위원리를 대우했던 행위를 가리킨다.

17 一事. 『유몽』: 도리어 반대로 말하여 깊이 질책하였다.

18 陳公仕建安. 『관보』: 진보 융유년(1163)에 진준경이 진퇴대기 집정대신을 밑이시는 안 된다고 논열했다가 건령부지사로 쫓겨났다.

다.[19] 지나간 일은 간할 수 없지만, 앞으로의 일은 그래도 추구하실 수 있으시겠습니까? 부디 귀하가 간곡하게 진공에게 진달하여 함께 급히 도모하시길 바라는 저의 마음이 아직도 간절합니다.

보내 주신 편지에서 조만간 은퇴하겠다는 요청을 임금께 올리겠다고 하셨는데, 저는 개인적으로 이 점에 의혹이 있습니다. 귀하가 떠날 수 없지는 않지만, 특별히 몇 만 리가 되는 촉 땅에서 조정으로 돌아와[20] 사람들의 여망이 그리 얕지 않음을 잘 아실 터인데, 하루아침에 내세울 만한 업적도 없이 까닭 없이 떠난다면 이는 옛사람들이 '구질구질하게 들락날락한다'고 나무라던 일입니다.[21] 제 생각으로는 도리어 귀하가 의리에 합당한 일을 깊이 생각하셔서 다른 사람이 실망하지 않게 하신다면 더 바랄 점이 없겠습니다. 진공에게 보낸 차자[22] 한 통을 전달해 주신다면 매우 다행이겠습니다. 거리가 멀어서 만나거나 모시기를 기약하지 못하지만, 부디 시대의 마땅함을 따라 나라를 위해 자중하십시오. 이만 줄입니다.

....

19 自憂~不效. 『차의』: 그 말은 두 공이 아니면 이뤄질 수 없다는 것을 가리킨다.
『유몽』: 효는 징험이다.
20 萬里還朝. 『절보』: 당시에 왕공이 촉군의 군수였다가 조정으로 복귀했다.
21 古人~之譏. 『표보』: 동한 때 왕량이 조정의 부르심을 받아 대사도의 사직이 되었다가 병으로 돌아갔는데, 1년 뒤에 다시 부름을 받아 형양에 이르러 병이 깊어 임지에 나가지 못하였다. 가는 길에 친구가 사는 곳을 지나가게 되었는데, 친구가 만나 보려고 하지 않으면서 말하기를 "충언과 기이한 계책 없이 큰 벼슬을 받아서, 어찌 그리 들락날락하기를 구질구질하게 하면서 번잡함을 꺼려 하지 않는단 말인가?"라고 하였다. (『후한서』「왕량전」)
『차보』: (『주자문집』) 22권 42판에 보인다.
22 陳公箚子. 『절보』: 진공의 처소로 보낸 차자다.

24-23

진승상께 보내는 편지(1169년 7월 26일)

누차 제가 대감을 모독함을 무릅쓰고 간청했는데, 아직 긍휼히 허락을 받지 못해서 걱정과 두려움이 실로 깊습니다. 오늘 다시 상서 왕공(왕응진)의 편지를 받았는데 속히 벼슬에 나오라고 훈계하셨습니다. 삼가 제 견해를 답하면서 출사하지 못하는 곡절을 자못 다 말씀드렸습니다. 제 생각에 귀하가 제 마음을 모르시는 듯하니, 시험 삼아 제 답장을 가져다 한 번 보시면, 저를 알아주실지 아니면 저에게 죄를 주실지※가 마땅히 결정될 듯합니다. 저를 알아주시는 은혜를 받음이 깊으니 어찌 이같이 물러나기만을 바라겠습니까? 또한 제 부득이한 까닭을 깊이 통찰해 주시거나 혹 마침내 생각을 바꾸신다면,[1] 제가 아직 기대한 점이 있을 뿐만 아니라 천하도 실로 그 은택을 받을 터입니다. 오직 대감께서 깊이 도모하십시오.

....

※ 『맹자』 「등문공하」 9장에 '나를 알아줌도 오직 『춘추』 때문이오! 나를 죄를 줌도 오직 『춘추』 때문이리라!(知我者其惟春秋乎! 罪我者其惟春秋乎!)'고 하였다.

1 或遂政圖. 『키이』; 앞 「안상서께 올리는 편기」의 '식치이도기신(識此而圖其新; 이를 알아 혁신을 도모한다)'과 같은 뜻이다.

24-24

유평보께 답하는 편지(1169년 7월)

　무창[1]에서 5월 하순에 보내신 편지를 받고서, 객지 생활이 편안하시며 명승지에 올라 관람하셨다고 하니, 제 마음속으로 깊이 위로가 됩니다. 안국 땅에서의 여러 사(詞: 송나라에서 유행한 시가의 한 형태)들을 다시 수고롭게 손수 써서 보내셨는데, 읽어 보니 저에게 가볍게 날아 곧바로 구름을 밟는 기상을 느끼게 하였습니다.[2] 요즘 초가을인데도 아직 덥습니다. 형 땅에 도착하신 지 벌써 오래되었는데 어버이를 모심에 만복하시길 빕니다.

　제가 사록관을 요청하고 오래도록 답을 받지 못하였는데, 어제 원리의 편지를 받아 보니 '승상[3]의 노여움이 커서 아마 받아들여지지 않을 듯하다'고 했습니다. 그러나 세 번 왕상서[4]의 편지를 받아 이미 두 개는 답을 하면서[5] 속에 있는 말을 다 했으니, 정황

....

1　武昌.『차보』: 형남의 속읍이니, 이때에 유공이 형남부지사가 되어서 계모 탁부인을 모셔다 봉양했는데, 유평이 가서 보살폈기 때문에 이렇게 말했다.

　　※ 성(省)은 혼정신성(昏定晨省: 아침저녁으로 부모님을 봉양함)의 준말이다.

2　飄然~之氣.『차보』:『한서』「사마상여전」에 나온다.

3　相君.『절보』: 진승상(진준경)이다.

4　汪書書.『차의』: 왕서(汪書)는 왕응진을 말하니, 송나라 때 상서는 '서(書)'자만 쓰는 경우가 매우 많았다. 제목 아래의 주는 아마도 잘못된 듯하다.

　　※ 조선본에는 왕서서(汪書書)로 되어 있고 그 주에 서(書)자 하나는 연문이라 한 듯하나, 현행 중국본에는 왕상서서(汪尙書書)로 되어 있다.

상 반드시 노여움을 받을 듯합니다.[6] 혹여 다시 예의상 보내는 문서가[7] 오면, 즉시 마땅히 다시 문서를 올리고 억지로 힘을 내서 일단 구 땅과 무 땅으로 나가서 조정의 명령을 받겠습니다. 그런데도 다시 요청이 받아들여지지 않으면 곧바로 한 번 조정으로 나가서 여러 공을 대면해서 간청해야 하겠지만, 아마도 조정에 나감이 올바른 발걸음은 아닌 듯합니다.

위원리가 끝내 조정에서 용납되지 못함은 비록 발언이 절도에 맞지는 못했지만,[8] 그러나 자리나 보전하며 봉록만 받는 자, 입을 다물고 기왓장처럼 있는 자와 비교한다면 같은 수준으로 말할 수 없습니다. 진(진준경)은 참으로 볼 만한 것이 없고, 왕(왕응진) 또한 남의 비위나 맞추는 사람이니, 사람을 알아보기 어려움이 바로 이와 같습니다. 이는 졸렬한 제가 당신의 첫째 형을 오도한 것[9]입니다. 듣자니 악 땅에 도착해서는 이미 조처한 바가 있었는데 위엄과 여망이 순조롭게 이루어졌다 하니 매우 다행입니

....

5 已兩報之.『차의』: 선생이 두 번 답장하였다는 말이다.
6 次第~見怒.『차의』: 왕상서(왕응진)도 진공처럼 노여워한다는 말이다.
   『차보』: 여기에서 말한 '견노(見怒)' 또한 진공을 가리키니, 아마도 왕에게 답장한 두 통의 편지에서 진(준경)을 지척함이 매우 준엄했기 때문에, 그 뒤에 진에게 보내는 편지에 '시험 삼아 가져다 보시면 저를 알아주실지 아니면 죄를 주실지'라는 말이 있고, 이는 바로 진이 선생이 왕상서에게 보낸 편지에서 자신을 지척함에 조금도 용서가 없음을 보고 노여워한다는 말이다.
7 備禮文字.『차의』: 요청을 허락하지 않고 관례대로 관직에 힘쓰라고 유시하는 예의를 말한다.
8 未爲中節.『차보』: 아마도 직위를 벗어나서 말함을 가리킨 듯하다.
9 誤一兄.『차의』: 첫째 형은 공보(유공)를 말하니, 아마도 지난번에 공보에게 진(준경)과 왕(응진)이 현명하다고 했기 때문에 이렇게 말한 듯하다.

다. 형 땅에 도착해서는 무엇을 별도로 시행하셨는지 모르겠습니다.[10] 계획이 평소에 정해져 있었다면 힘들이지 않아도 정사가 이루어진다고 생각됩니다. 변방의 상태는 큰 변고가 없어[11] 통수의 명[12] 또한 마땅히 중지될 듯하니, 아마 절절히 조정에 말할 필요는 없을 듯합니다.[13] 제가 일전에 두 통의 편지로 첫째 형에게 이에 대해 언급했는데, 다 송달됐는지 아시는지요?

....

10 到鄂到荊.『차의』: 공보를 말한다.

11 邊候旣未聳.『절보』: 변후(邊候)는 변방의 첩보이고, 용(聳)은 변고와 같다.
    『차보』: 후는 형세이니, 변방에 우환이 없음을 말한다.

12 統帥之命.『차의』: 공보는 건도 5년(1169)에 형남지사 겸 호북안무사에 제수되었는데, 이때에 이로 인하여 통수(군사책임자)로의 임명이 있었던 듯하다.
    『관보』: 통수는 바로 선무사이다. 당시에 효종이 중원회복을 도모하면서 공보를 형호안무사로 제수하였는데, 아마도 통수로 바꾸어 제수하여 그 권한을 중하게 하고자 하였으나, 아직 명령이 없었기 때문에 선생이 이렇게 말한 듯하다. 그 후 2년 뒤에 마침내 상중에 특명으로 조정에 나오게 하여 선무사로 제수하자, 공보가 예를 인용하여 강력히 사직했다.

13 切切以爲言.『차의』: 통수가 마땅히 해야 할 일을 가지고 절절히 조정에 청하는 일을 말한다.

장흠부께 답함 (1169년 가을)

　지난번에 보내 주신 오역[1]의 여러 책을 근래에 비로소 짬을 얻어 한 번 보았습니다. 처음에는 천박하고 비루하여 취할 게 없는데 불과하여 사람의 마음가짐을 해침이 반드시 장자소(장구성)[2]처

1　吳才老.『간보』: 건안 사람이니 관직이 태상승에 이르렀다. 고증과 훈고하는 학문을 좋아했고, 저서는『논어제서설』이 있다.

　　※ 오역(吳棫, 1100-1154)은 송나라 음운학자이자 훈고학자이다. 휘종 정화 8년(1118)에 진사에 급제하였으나 벼슬에 나가지 않다가 말년에 태상승을 지냈으나 진회의 미움을 사서 천주통판으로 쫓겨났다. 저서에는『자학보운(字學補韻)』,『서비전(書裨傳)』,『논어지장(論語指掌)』,『초사역음(楚辭釋音)』등이 있다. 주자가 시경과 초사의 주석을 달면서 오역의 설을 많이 채택했고, 사서집주에도 오역의 설을 많이 인용하였다.

2　張子韶.『절요주』: 이름이 구성이다.

　　※ 장구성(張九成, 1092-1159)은 송나라 변경(汴京: 현재 하남성 개봉시) 출신으로 자는 자소(子昭), 호는 무구(無垢) 또는 횡포거사(橫浦居士), 시호는 문충(文忠)이다. 소흥 2년(1132)에 장원급제하여 태상박사, 시강, 예부시랑 등을 역임했으나, 금나라와 항전을 주장하여 재상 진회(秦檜)와 불화하여 좌천되었다. 일찍부터 불자와 교유하여 의론에 그 영향을 많이 받아 주희는 그의 저서를 배척하였다.『송사』에 열전이 있다.『횡포집(橫浦集)』등 많은 저서를 남겼다.

　　『간보』: 전당 사람으로, 호는 무구이고 일설에는 횡포거사라고도 한다. 8세 때 육경을 암송하였고 처음에는 구산(양시)에게 배웠다. 소흥 초에 대책을 직언하였고, 관직이 예부시랑에 이르렀는데, 진회의 미움을 사서 남안으로 쫓겨났다. 이종 때 문충이란 시호를 내렸다. 경산의 주지승인 종고(대혜)와 막역하게 교유해서 선학에 물든 것이 가장 심했다. (『간보』제18편「손경보에게 보내는 편지」조에 자세히 보인다.

　　『차부』:『중용해』,『논어해』,『효경해』,『대학해』,『맹자해』가 있는데, 모두 불교의 응의를 가지고 유학의 책을 해석했다.『주자문집』70권 34판에 보인다.

럼 심하지는 않다고 여겼습니다. 지금에야 비로소 그렇지 않은 것을 알았습니다. 그 의도가[3] 오로지 세속의 시기하고 협잡하고 원망하고 싸우는 마음으로 성인을 엿보고자 하였는데도, 학생들은 구차하게 그 신기한 점 때문에 좋아하니 그 해악이 이루 다 말할 수 없습니다. 도학이 밝혀지지 않아서 한 가지도 합당한 일이 없는데도 다시는 깨우쳐 주는 곳이 없으니, 어쩌면 좋겠습니까!

위원리가 16일에 이미 집에 도착해서[4] 어제 편지를 보내왔는데, 아직 가 볼 겨를이 없었습니다. 그러나 그가 구속[5]을 벗어남을 생각해 보면 과연 얼마나 쾌적할지요! 여러 공[6]들이 이미 자기를 극복하고 선을 따라서 다른 사람에게 즐거이 알려 주는 마음을 내게 하지 못하고, 또 뜻을 굽혀 미봉책을 쓰니, 아마 선비를 잃는다는 비난이 있을 듯합니다. 마음 씀이 이와 같다면 그 또한 잘못입니다. 제가 보낸 차자[7]를 대강 베껴서 올리니 구구한 저를 살피시기에 충분하겠지만, 다른 사람에게 보여 주지 않으신다면 매우 다행이겠습니다.

....
3   設意. 『기의』: 오재로(오역) 『논어제서설』에서 의도한 내용이다.
4   到家. 『차보』: 원리(위염지)는 건양 사람으로 선생과 동향이다.
5   樊籠. 『기의』: 번(樊)은 울타리를 말한다.
    『간보』: 『장자』 (「양생주」)에 "늪에 사는 꿩이 다섯 걸음 가다가 한 번 쪼고 열 걸음 가다가 한 번 물을 마시면서, 새장 안에 갇혀 길러지기를 원하지 않는다"라 하였는데, 주(곽상의 주)에 "번(樊)은 꿩을 가두는 것이다"라고 했다.
    『차보』: (『주자문집』) 1권 20판에 보인다.
6   諸公. 『기의』: 왕응진과 진준경의 무리다.
7   所與箚子. 『차의』: 진준경과 왕응진에게 보낸 차자이다.

주자문집 25권 편지(시사와 출처)

장경부께 답하는 편지(1170년 윤5월에서 6월 사이)*

알려 주신¹ 곡절에 대해 필시 이미 낱낱이 상주하셨을 터이니²
폐하와 재상의 뜻이 과연 어떠한지에 대해 지금 마땅히 일정한 의
론이 있겠지요. 삼가 저를 비루하게 여기지 않으시고 제게 아는
바를 옳게 하여서 만에 하나라도 부족한 점을 보충하려 하시니,
여기서 당신이 일에 임하여 두려워하시는 뜻을 볼 수 있습니다.
이 마음을 미루어 나간다면 무슨 일인들 이루지 못하겠습니까? 그
러나 이는 대체로³ 비상한 거조로서 국가의 존폐와 흥망에 관련된

....

* 答張敬夫書一.『절요주』: 건도 6년(1170)에 우승상 우윤문(1110-1174, 자는 빈보彬父)이
금나라에 사신을 보내, 능침에 대한 요청을 하자고 건의했는데, 진준경이 그에 대해 다
투다가 받아들여지지 않자 조정을 떠났고, 끝내 범성대(1126-1193, 자는 지능至能)를 파
견했으나 금나라 사람들이 받아들이지 않았다. 이에 기거랑 장식이 입대하여 내수외양
의 도를 극렬히 진달하였는데, 이 편지의 의론은 바로 그 내용이다. 당시에 선생이 모친
상을 당해 거상하고 있었다.

※ 장식(張栻, 1133-1180): 자는 경부(敬夫)인데 뒤에 흠부(欽夫)로 바꿨고, 호는 남헌(南
軒)이고, 한주(漢州) 면죽(綿竹) 출신으로 승상 장준(張浚, 1097-1164)의 아들이다. 시호는
선(宣)이다. 송나라 도학의 대가로 스승인 호굉의 학문을 이어받아 악록서원에서 제자를
가르쳤는데 제자가 수천 명에 달하였고 호상학파(湖湘學派)를 이끄는 영수가 되었다. 주희
(朱熹)와 여조겸(呂祖謙)과 더불어 '동남삼현(東南三賢)'이라 불렸다. 이종 순우(淳祐) 원년
(1241)에 공자묘에 배향되었고, 석고서원(石鼓書院)의 석고칠현 중 한 사람이다.

1 垂喩.『차의』: 선생에게 일러 줌이다.

2 一陳之.『차의』: 임금과 재상에게 진달함이다.

3 此蓋.『기의』: 장식이 당시에 마땅히 해야 할 일을 가지고 선생에게 물었으니, '차'자는

점이 적지 않습니다. 밝게 아시는 당신의 입장에서도 오히려 감히 가볍게 말하지 않는데, 하물며 우매하고 거칠고 혼미한 주제에 제가 어찌 감히 경술하게 입 밖에 내겠습니까? 대저 보내 주신 편지는 강령이 매우 정당하고 조목 역시 상세하게 갖춰져 있으니[4] 비록 제 생각을 다 쏟아 내더라도 이보다 나을 수 없을 듯합니다. 다만 그 내용에 미진한 점이 있는데, 이는 당신의 생각이 미치지 못한 게 아니라 아마도 말할 만한 가치가 없다고 여겨서 말씀을 안 하신 것일 뿐으로 생각됩니다.[5] 시험 삼아 그 미진한 점을 진술해 보겠습니다.

대저 춘추필법에서 임금이 시해를 당했는데도 흉적을 토벌하지 않고 장사를 치르지[6] 않는 이유는 바로 복수의 대의를 중하게

바로 당시에 마땅히 해야 할 일이다.

『차의』: 살펴건대 '차'자는 바로 금나라에 사신을 파견하게 되자, 이로 인해 장식이 황제를 대면하여 상주한 일을 가리킨다. 『기의』에서 말한 내용은 너무 막연하다.

4 綱領 條曰. 『간보』: 장식이 긍치 황제를 대면하여 싱구하고자 해서 먼서 편시도 실문하니, 선생이 대개 복수와 척화를 강령으로 삼고, 덕의 닦음과 정사 확립과 어진 인재 등용과 군대 양성과 장수 선정과 병사 조련을 조목으로 삼았다.

5 計. 『기의』: 선생의 생각이다.

6 春秋~書葬. 『간보』: 『춘추』은공 11년 『공양전』의 글이다.

『차보』: 또한 환공 6년 『공양전』의 소(疏: 하휴의 주소)에 '임금이 외국에서 시해를 당하는 경우에는 신하에게 흉적을 토벌하지 않은 책임을 묻지 않으니, 의례상 마땅히 장사를 기록해야 한다'고 했고, 환공 18년 『공양전』에 '흉적을 아직 토벌하지 않았는데 왜 장사를 기록했는가? 원수가 국외에 있기 때문이다'고 하였고, 『곡량전』에 '임금이 시해를 당했는데, 그 흉적을 토벌하지 않으면 장사를 기록하지 않는데, 여기에서 장사를 말했으니 어째서인가? 국경을 넘어 토벌하라고 문책하지 않기 때문이다'고 하였다. 아마도 당시에 의론하는 자들이 망령되게 『공양전』과 『곡량전』의 이러한 설 등을 이용하여 기천의 단서로 삼았기 때문에 선생이 책망한 듯하다. 다시 살펴건대 의론하는 자들이 여기서 인

여김이고 장사를 지내는 일상적 예식은 가벼이 여김이니, 이로써 만세토록 신하와 자식에게 이러한 비상한 변고를 당하면 반드시 흉적을 토벌해서 복수를 한 연후에야 그 임금과 어버이를 장사 지낼 자격을 갖게 된다고 가르쳤습니다. 그렇지 못하면 비록 관곽(棺椁)과 부장품이 아무리 융성하더라도 실로 골짜기에 버려두어서[7] 여우와 이리에게 먹히도록 하고 파리와 나방에게 물어뜯기게 함과 다르지 않습니다. 이 의리가 매우 절실하고 밝게 드러났다고 할 수 있을 듯합니다. 그런데도 일전에 의론하는 자[8]가 오히려 이것을 인용하여[9] 기청※의 단서를 열었으니 어찌 이토록 춘추의 의

....

용한 설이 만약 과연 이러한 설을 가리켰다면, 편지 가운데 마땅히 반대하는 설로 배척하는 말이 있어야 되는데, 지금 있지 않으니 또 그렇지 않은 듯하다. 아마도 당시에 막 기청하는 일로 분쟁을 일으켜서 이것을 빌미로 금나라를 토벌하는 거사를 삼고자 했기 때문에 의론하는 자들이 『춘추』에서 장례를 기록하지 않는다는 말을 인용한 듯하나, 먼저 능침을 요청하고 그 뒤에 토벌을 도모하는 행위는 바로 장사예식을 중요시하고, 대의는 가벼이 여겨서 도리어 춘추의 법에 어긋남을 알지 못했다. 그러므로 선생이 비판하였다. 일설에는 이는 장사예식의 통상적인 예를 가리켰고, 인(引)자는 마땅히 인중(引重: 중요시하다)의 의미로 보아야 한다고 하였다.

※ 정강의 변 이후에 15년 만인 1142년에 송나라는 금나라와 강화를 맺고 휘종의 시신과 고종의 생모를 돌려받았으나, 흠종의 시신은 아직 돌려받지 못하였기 때문에 이러한 의론이 있었던 듯하다.

7 委之壑. 『유몽』: 『맹자』(「등문공상」)에 보인다.

8 議者. 『기의』: 능침에 대한 요청을 하자는 자이다.

9 引此. 『기의』: 『춘추』의 말을 인용하였으나, 인용한 뜻이 무엇인지 불분명하다.
   『잡지』: 의론하는 자들이 인용한 『춘추』의 내용은 그 뜻을 헤아려 보건대, 반드시 『춘추』의 장사기록을 인용하여 장사예식의 중요함이 이와 같기 때문에, 공자가 반드시 신중하게 장사를 기록하였고, 이는 기청하는 의리가 될 수 있다고 여긴 듯하다. 주자의 경우에는 임금을 시해한 자들을 토벌하지 않으면, 장례를 기록하지 않는 것이 바로 춘추의 대의이니, 이는 당시의 의리가 돼야 하는데, 어찌 평상시의 장례를 기록하는 일을 가지고

리와 배치됨이 심하단 말입니까! 또 하물며 선대임금의 능침과 흠종의 재궁은 기왕에 누차 변고를 겪었고, 전하는 말에 따르면 신하와 자식으로서 차마 말할 수 없는 내용이 있으니, 이 점에서 선대임금의 능침과 흠종의 재궁이 남아 있는지 여부[10]는 참으로 알길이 없습니다. 만일 교활한[11] 금나라 오랑캐들이 한나라가 장이를 거짓으로 참수한[12] 계략을 가지고 우리를 속인다면, 어떻게 이를 징험하며 어떻게 이에 대처하실지 모르겠습니다.

제가 어제 길에서 친구 이종사[13]를 만났는데 대화를 하다가 말

....

기청의 단서로 삼을 수 있겠는가라고 하였다.

『유몽』: 『맹자』의 여우와 이리가 시신을 먹는다는 말을 인용하였다.

※   기청(祈請)은 선대임금의 능침에 대한 제사와 흠종의 시신반환을 요청한다는 말이다. 재궁은 황제와 황제 가족의 시신을 장사 지내기 전까지 안치하는 관을 말하는데, 이때 흠종의 시신을 아직 돌려받지 못했기 때문에 시신이라 직접 말하지 못하고 재궁이라고 하였다.

10 存亡. 『기의』: 능침과 흠종의 재궁이 남아 있는지 여부이다.

『차의』: 살펴건대 존망은 단지 흠종의 재궁이 남아 있는지 여부를 가리키니 다음의 장이를 거짓으로 잠한다는 말로 살펴보면 알 수 있다.

『차보』: 지금 앞 문장을 가지고 살펴보면, 『기의』가 맞을 듯하다. 왜냐하면 능침 또한 파헤쳐졌을 우려가 있고, 교활한 금나라의 음모는 마땅히 재궁과 다르지 않기 때문이다. 그러나 당시에 기청은 단지 선대의 능침만을 요청하고 흠종의 재궁은 묻지 않아서, 금나라 사람들이 모욕하는 말을 하는 지경에 이르렀으니, 『문집』 91권 「황단명 묘지[端明殿學士黃公墓誌銘]」에 보인다. 지금 이 편지에서 바로 능침과 흠종의 재궁을 거론하였으니 무슨 이야긴지 알지 못하겠다.

11 狡. 『유몽』: '교활하다'와 '악랄하다'이다.

12 漢斬張耳. 『절요주』: 한나라 유방이 초나라 항우를 공격하면서 사신을 보내 조나라 왕에게 알려 함께하자고 하였는데, 조나라 재상 진여가 말하기를 "한나라가 장이를 죽여야만 따르겠다"고 하자, 한나라 왕이 장이와 비슷한 사람을 구해 참해서 그 머리를 보내니, 진여가 마침내 군대를 파견해 한나라를 도왔다(『한서』 32권 「장이진여전」).

13 李宗思. 『간보』: 백간이니 이름이 제9편에 보인다.

이 여기에 미쳤습니다. 이종사가 말하기를 "이는 결코 물을 것도 없다. 신하와 자식이라면, 다만 마땅히 되물을 수도 없는 비통함만을 생각하여 피로 얼굴을 씻고[14] 피눈물을 삼키며 복수에 더욱더 죽을힘을 다해야 하니,[15] 이래야만 비로소 충효가 될 뿐이다"라고 했습니다. 이 말[16]이 극히 정당합니다. 만약 조정에서 과연 이 의리를 마음에 두고 호령한다면, 비록 벙어리나 귀머거리나 절름발이라도 장차 백배의 사기를 북돋울 터이니, 원한을 갚지 못하고 치욕을 씻지 못하고 중원을 얻지 못하고 능묘와 재궁을 회복하지 못하는 것[17]에 대해 무슨 염려할 사유가 있기에, 이 잘못되고[18] 전도되어 손해만 있고 이익은 없는 거조를 한단 말입니까? 제가 모르는 사이에 이미 천자를 위해 이 의리를 논해서 기청사의 파견을 철회하라고 요청하셨습니까?[19] 이는 오늘날에 명을 바르게 하고※ 의

....

※ 이종사(李宗思): 자가 백간(伯諫)이고, 건주 건안 사람이다. 효종 융흥 원년(1163)에 진사에 급제하여, 기주(蘄州) 교수를 역임했고, 주자에게 배웠다. 『예범(禮範)』, 『존유의훈(尊幼儀訓)』 등을 저술하였다.

14 沬血. 『절요주』: 회(沬)는 회(頮)와 같으니 얼굴을 씻음이다.

15 益盡死. 『기의』: 죽을힘을 다함이다.

16 此語. 『기의』: 이백간의 말이다.

17 不復. 『기의』: '무슨 염려할[何患]'의 뜻이 여기까지이다.

18 紕繆. 『절요주』: 비(紕)는 편(篇)과 이(夷)의 반절이니, 베를 짜는 자가 두 실을 한 꿰미에 거는 것을 '비(紕)'라고 한다. 『사기주』에 "비무(紕繆)는 잘못이다"라고 하였다.

19 請罷~之行. 『절보』: 능침을 기청하는 일은 명분과 의리가 이미 바르지 않고, 화란은 도발하고 병란을 불러올 우려가 있었다. 그러므로 진준경과 여러 공들이 모두 파견하지 않기를 바랐고 선생의 말 또한 이와 같았다. 또 살펴건대 진공의 행장(『문집』 96권 「소사少師·관문전대학사觀文殿大學士·치사致仕·위국공魏國公·증태사贈太師·시정헌諡正獻·진공행장陳公行狀」)에서, 진공이 손수 상소를 써서 말하기를, "능침이 멀리 떨어져 있는 일

리를 드높이는 단서이니 자세히 살피지 않을 수 없습니다. 만일 (기청사를 파견했다가) 앞에서 진술한 장이의 설과 같아진다면 도무지 수습할 수가 없을 듯합니다. 만약 일전에 당신이 천자께 드린 말씀에 이 뜻이 미진하였다면 마땅히 다시 의론하셔야지 그냥 내버려두고 지나가서는 안 됩니다.

나머지는 당신이 의론한 내용이 극진합니다.[20] 다만 덕이란 것을 마땅히 어떻게 닦아야 하는지, 인재란 사람들을 마땅히 어떻게 변별해야 하는지, 정사란 것을 마땅히 어떻게 세워야 하는지[21] 등

....

은 참으로 신하된 자로 통분할 일입니다. 그러나 지금 저쪽은 바야흐로 우리나라가 용병에 뜻이 있다고 하여서 만방으로 대비하고 있으니, 만약 다시 이를 가지고 전쟁을 재촉하여 저들이 혹 먼저 병력을 동원한다면, 우리의 형편과 역량으로 감당할 수 없을 터이니 어떻게 대처해야 할지 모르겠습니다"라고 하였다. 다시 상주하여 말하기를, "신이 국가의 대사에 매번 만전을 기하고자 하여 감히 가볍게 한 번 시험 삼아 해 보는 거조를 하지 않았습니다. 바라건대 1~2년을 기다려서 저들의 의심이 점차 누그러지고, 우리의 형편과 역량이 점차 충족되고 나서야 비로소 사신을 파견하십시오. 그리하여 사신이 오가는 사이에 다시 1 2년이 지나면, 저들이 빈드시 노해서 병력을 동원해서 우리에게 임할 터이니, 그런 뒤에 서서히 군대를 일으켜서 대응하여, '편안한 군대로 피곤한 군대를 대적'(『손자병법』에 나옴)하게 되니, 이는 옛사람(손자)이 '군사로 대응하여 10번 중 6~7번을 이긴다'고 한 말입니다"(『정사程史 · 건도수서차乾道受書劄』)라고 하였다. 아마도 당시에 한 무리의 정론이 모두 이와 같았고, 선생은 또 곧바로 복수하고 설욕하는 대의를 가지고 말하고, 기청을 명분과 의리를 해치는 일이라고 여기면서도 내수를 먼저 하고 적과 우리를 깊이 헤아려서, 몇 년간의 계획을 세워서 그 성공을 기약하고자 하였으니 진공의 의론과는 약간 다르다.

『간보』: 기청하러 사신이 간 일이 제목(『연보』)의 주에 보인다(『주희연보장편』 432쪽).

※ 정명(正名)은 『논어』 「자로」편 3장에 보인다.

20 所論盡之. 『기의』: 장식의 의론에 다 구비돼 있다.

21 德者~而立. 『차보』: "장식이 또 황제를 대면하여, 덕의 닦음과 어진 인재 등용과 정사 확립과 군대 양성과 장수 선정과 병사 조련을 통해 내수외양과 나가 싸우고 안으로 지키는

등, 이들은 반드시 하나하나 착실히 공부해 나가야 할 것입니다.
[원주: 제 생각으론 당신께서 성실함과 공손함과 경외함으로 마음
을 보존하시되, 사특하거나 망령된 자들을 멀리하고 충성스럽거
나 정직한 자를 가까이하고 경의 가르침을 강론을 통해 의리를 밝
혀서 천자를 보좌해야 합니다. 그렇게 한다면 조정의 신하들 중에
교활하고 음험하고 천자의 욕심에 영합하거나 우유부단하게 부화
뇌동하는 자들은 점차 떠나가게 됩니다. 무릇 조정 관리와 지방관
중에 천자를 기망하고 백성들을 가렴주구하고 일을 꾸며서 총애
를 받는 자들은 모두 폐출되고 배척되게 됩니다. 또 정령이 나옴
이 반드시 중서성에 근원해서 환관과 소인들이 천자의 명령을 가
탁해서 정사의 체통을 문란하게 함이 없게 됩니다. 이는 일 가운
데 가장 큰 것입니다.] 또 반드시 금나라와 우리를 자세히[22] 비교
해 살피고 때와 역량을 헤아려서 연차별 계획을 세우십시오. 맹자
께서 대국은 5년, 소국은 7년이면 왕도정치가 이루어진다고 하셨
습니다. 그간에 순서를 세우고 마땅히 하나하나 자세하게 조목을
세우시되, 핵심은 천자의 마음을 분명하게 깨우치셔서, 천자가 이
와 같이 하면 반드시 성공할 수 있고, 이와 같이 못한다면 반드시
화를 얻게 됨을 확실[23]히 아셔서, 소인들의 삿된 설에 흔들리지 않

········
　계책으로 삼아야 한다고 극언하였다"(『장식집 보유』 「논필승지형재어조정소정소論必勝之
　形在於무正素定疏」)라고 했기 때문에, 선생이 근본을 미루어 말하였다.
22　彼己. 『기의』: 송나라와 금나라를 말한다.
23　決然. 『차보』: 여기서 구를 끊으니, 지(知)자의 뜻이 여기까지이다.
　※ 현행 중국본은 결연 이전에서 구를 끊어서, 결연을 결연히(단호하게)로 보았으나, 의
　미상 『차보』가 더 명확하므로 『차보』에 따라 번역하였다.

고 작은 이익과 비근한 공적으로 마음이 움직이지 않게 하셔야 합니다. 그런 뒤에 조정에 나아가 일을 담당해서 몸소 진력을 다한다면 위로는 성스런 군주가 큰일을 이루려는 뜻을 달성하고 아래로는 선대의 현명한 신하였던 당신 부친[24]의 충의를 이어받기를 추구할 수 있을 듯합니다. 만약 그렇지 못하시면 계획이 정해지지 않아서 중도에 변해 옮겨 가니 성공을 이루지 못할 뿐만 아니라, 민심은 안에서 동요되고 원수들이 밖에서 모욕을 주어서 그 성패와 환란이 앉아서 망하기를 기다리기보다 못할 듯합니다. 그렇게 망할 때가 되면 가족은 애석하게 여기지 못하더라도 종사는 어찌한단 말입니까? 이는 더욱 살펴야 되는 부분으로 쉽게 승낙해서[25] 나중에 후회하더라도 미치지 못하게 해서는 안 되는 점입니다. 이점을 십분 다시 생각하시길 바라오니, 조정에 들어가서 나중에

....

24 先正.『절요주』: 장위공(장준)이다.

※ 장준(張浚, 1097-1164): 자는 덕원(德遠)으로 호는 자오 선생(紫巖先生)이고, 한주 면죽(漢州綿竹: 현재 사천성 면죽시) 사람이다. 휘종 정화 8년(1118)에 진사에 급제하여 여러 관직을 거쳐 건무 4년(1130)에 사천과 섬서의 경영 계획을 제출하여 천섬선무처치사가 되어 병력을 단련하여 부평에서 송나라가 대패하였으나, 그의 병력으로 장강과 회하 지역을 보전할 수 있었다. 뒤에 진회의 당에 밀려 10년간 유배생활을 하다가 금나라 완안량(完顏亮)이 남침하자 다시 기용되어 효종의 명령에 따라 북벌을 감행하여 초반에는 승리를 거뒀으나 부하 장수들의 불화로 부리(符離) 전투에서 군대가 전멸하였다. 다시 수상이 되어 회하 지역을 통솔하고 북벌을 준비하다 주화파에 배척되었다. 위국공에 봉해졌고, 시호는 충헌(忠獻)이고 저서는 『자암역전(紫巖易傳)』 등과 후인들이 편집한 『장위공집(張魏公集)』이 있다.

『간보』: 이름이 준이고 자가 덕원이며 시호가 충헌으로 위국공에 봉해졌다. 선정(先正)은 『시경』 「열명(하)」의 주에 '선대 경권에 대한 칭호'라고 했다.

25 承當.『유몽』: 복수의 계책이다.

고려하실 수는[26] 없습니다.

또 드릴 말씀이 있습니다. 제가 다행히 함께 사귄 지가 오래되어 당신께서 보존하신 내용을 살펴볼 수 있었습니다.[27] 대체로 장중하고 치밀한 기상이 부족해서 행위를 함부로 드러냄이 많고 속으로 함축함[28]은 적으니, 이는 아마도 본원을 함양하는[29] 공부가 이르지 못해서 그런 듯합니다. 이런 상태에서 일을 살피면 제 생각에는 당신이 보고 들음에 자세히 살피지 못하고 사려가 정밀하지 못할까 염려됩니다. [원주: 근년에 쓰신 글을 보니 대부분 절도와 조리가 없고 배우는 자들에게 일러 주는 말씀이 아직 당신이 이르지 못한 이치이니, 이는 모두 이 병통입니다. 이치에는 대소가 없으니 작은 것이 이와 같다면 큰 것[30]은 알 만합니다. 또 정견(丁

....

26 後量.『유몽』:『예기』(「소의少儀」)에 보인다.

27 覷.『유몽』: 구 3판에 있다.

28 多暴~含蓄.『차의』: 살피건대 장식이 선생에게 보낸 편지(『남헌집』 20권 「답주원회비서」 11)에서 "혹자가 망령되게도 청묘법에 대해 기롱하였는데, 당신이 듣고서 일어나며 말하기를, 왕안석의 소행 가운데 유독 청묘법 한 가지 일이 옳을 뿐이라고 하고는 분연히 사창기(社倉記)를 짓고자 하였습니다. 이는 당신이 흉중에서 다른 사람으로 인하여 격발되어 핏대를 올림이니, 아마도 기분대로 하는 습관을 소멸시키지 못하는 듯합니다"라고 하였다. 또 "(당신이) 공보(유공)에게 보낸 편지에서 미리 상대방이 기만한다고 여겨 믿지 않고 포용하여 깨우쳐 주려는 뜻이 부족해서, 마치 노기로 인해 머리카락이 곤두서서 쓰고 있는 관을 뚫고 나오는 형상이 있다. 이치에 따라 기운을 조절해서 드러냄이 옳다"고 말하였으니(『남헌집』 21권 「답주원회비서」 3), 이에 의거해 보면 두 선생의 기상이 대체로 비슷했기 때문에 이것을 가지고 서로 충고하였다.

29 涵養.『간보』: 경(敬)으로 마음을 배양함은 사물이 물을 머금고 자라남과 같다. 정자가 말하기를 "함양은 반드시 경(敬)으로 해야 한다"(『하남정씨유서』 18권)고 했다.

30 小者大者.『차의』: 작은 것은 글을 짓는 일과 학생들에게 말함을 가리키고, 큰 것은 평천하를 말한다.

絹: 조선의 군포에 해당)을 면해 달라고 요청하며 소와 양을 돌려준다는 설(벼슬을 그만두고 떠남)[31]로 기약하심이 원근에 떠들썩하게 전파되었는데, 더욱더 작은 실수가 아니니 경계하지 않을 수 없습니다.] 원컨대 이 말을 깊이 살피시고 조석으로 점검하시어 그 싹[32]을 자르셔서 자라지 못하게 하신다면 뜻이 정해지고 생각이 정밀해져서 상하가 믿고 복종하게 되어, 이로써 큰일을 하시면 일은 반절이 되고 공은 배가 됩니다. [원주: 일에 실수가 있어서 다른 사람이 이를 가지고 말하면 본디 즉각 고쳐야 합니다. 그러나 다시 자세히 그 본말을 살핀 연후에 그 말을 따름이 옳습니다. 예전의 거조를 보면 대부분 한 사람이 말을 하면 따라 하시고 다시 또 한 사람이 말하면 그것을 파해 버리곤 하셨던 일은 매우 경솔하였습니다. 다른 사람의 말을 따름이 경솔하면 지킴이 반드시 굳건하지 않습니다.] 우러러봄이 매우 절실하여 저의 도에 지나친 우려를 차마 그만두지 못해 감히 말씀드리니, 저의 참람함과 경솔함을 죄로 여기지 않으시리라 생각합니다.

우공(우윤문)[33]은 깊이 서로 존경하고 믿을 만합니까? 아직 호방한 기상[34]이 있다는 소문이 파다하니, 이러한 점은 조정에서는

....

31 期反牛羊. 『차의』: 맹자가 공거심에게 말한 일(『맹자』「공손추하」)을 인용하였으니, 선생의 뜻은 아마도 장식이 막 정견(丁絹: 군포)을 면해 달라고 청하였는데, 대번에 우양을 돌려준다(벼슬을 물러남)는 설이 있었기 때문에 이렇게 말하였다.

32 萌芽. 『기의』: 드러난 싹이다.

33 虞公. 『차의』: 우윤문이다.

 ※ 우윤문(虞允文, 1110~1174). 사는 빈보(彬父 혹은 彬甫)이다. 1154년에 진사에 급제, 여러 직을 거쳐 1169년에 재상이 되었다. 시호는 충숙(忠肅)이다.

적합하지 않은 듯합니다. 원컨대 조용히 깊이 경계하고 질책하셔서 극기의 학문을 닦을 줄 알게 하여 그의 교만하고 인색한 삿됨을 제거하시고, 다시 성실하고 침착한 사람을 등용하셔서 그 부족한 점을 스스로 보완케 하셔야, 비로소 큰 소임을 감당해서 큰 공을 이룰 수 있을 듯합니다. 그렇지 않으면 일을 추진하는 데는 급급하면서 스스로를 아는 데에는 어두울 터이니, 저는 이런 점이 그의 실패를 재촉할까 염려됩니다. 저는 일전에 왕 어르신(왕응진)의 편지를 받았는데 우공이 저의 뜻을 물어봤다고 말씀하셨습니다.[35] 이때에 제가 이미 큰 환란을 만나[36] 감히 예를 벗어나 감사를 표할 수 없었습니다. 지금 당신이 그에게 이 구구한 마음을 알려 주셔서 우공의 물음이 헛되지 않게 해 주시길 바랍니다.

여조겸은 이에 대해 어째서 아직도 의심하는 점[37]이 있습니까? 제가 내수외양[38]은 비유하자면 경건으로 안을 바르게 하고 의로움으로 밖을 곧게 하는 것[39]과 같아서, 안을 바르게 하지 않고 밖을

....

34 湖海之氣. 『차의』: 2권 32판에 보인다.

35 道虞~之意. 『차의』: 「왕응진의 편지」에서 '우윤문이 선생의 뜻을 물었다'고 언급하였다는 말이다.

36 已遭大禍. 『차의』: (어머니인) 축부인의 상을 당했다는 말이다.

37 伯恭~所疑. 『차의』: 여기서 구두점을 찍어야 하니, 이는 내수외양(內修外攘)을 가리키는데, 아마도 여조겸의 뜻은 오로지 내수만을 위주로 하였기 때문에 뒤의 문장에서 그렇게 말한 듯하다.

38 內修外攘. 『차보』: 내수외양과 나가 싸우고 물러나 지킴이 통틀어 하나의 일이니, 장식이 상주한 말이다.

39 直內方外. 『유몽』: 『주역』(곤괘 문언전)에 '군자는 경으로 내면을 곧게 하고 의로써 외면을 바르게 한다'라 하였다.

곧게 하기를 구함은 본래 옳지 않지만, 그렇다고 오늘 안을 바르게 하고 내일 밖을 곧게 하는 이치 또한 없다고 여겼습니다. 반드시 스스로를 다스리는 마음을 하루라도 잊어서는 안 되고 복수의 뜻을 하루라도 느슨하게 해서는 안 됨을 알아야만 비로소 지금 세상의 일을 함께 말할 수 있을 듯합니다.

25-2

장경부께 답함(1170년 6월)

오늘날 이미 이 거조¹를 했다면 강·회·형·한 등지는 마땅히 계엄 상태로 대비하여야 하는데 장수 가운데 누구를 믿을 수 있을지 모르겠습니다. 근년에 이 장수 무리²들은 모두 뇌물로 유음(환관과 후궁)³에게 은밀하게 의탁해서 병권을 얻어 제멋대로 하면서 국가의 군율을 개의치 않습니다. 지금 마땅히 천자에게 이러한 병통을 설파하셔서 장수를 등용하고 물러나게 하려면 반드시 공론에 따라 절충하여 여러 사람과 함께해야 합니다. 그렇게 되면 군은 조정에서 조련하지 않아도 자연히 정예화되고 재용은 조정에서 절제하지 않아도 자연히 넉넉해집니다.⁴ 이는 국위를 크게 선

....
1 此擧.『차의』: 복수와 적을 토벌하는 거조를 말한다.
   『절보』: 이는 능침을 기청함을 가리킨다. 아마도 당시에 사대부 가운데 이는 대비가 없이 병란을 불러오리라고 우려하는 사람이 있었는데, 진준경의 뜻도 또한 이들과 같았다. 그러므로 아래 문장에서 마땅히 계엄 상태로 대비하여야 한다고 하였다.
   『차보』: 장식의 묘비(89권「우문전수찬장공신도비右文殿修撰張公神道碑」)에 '재상이 금나라 오랑캐의 형세가 쇠약하니 북벌을 도모할 만하다며 사신을 파견해서 능침의 일을 가지고 따질 것을 건의했다. 그러자 사대부들이 대비도 없이 병란을 불러오리라고 우려하였다'고 했다. 이에 의거하면 이 거조는 능침을 기청한 일을 가리킨다.
2 此輩.『차의』: 장수를 말한다.
3 幽陰.『차의』: 환관과 후궁을 말한다.
4 自練自節.『차의』: 조정에서 직접 조련하고 절제함을 말한 것이다.

양하는⁵ 근본이니 하루빨리 고려해야 합니다.

양회 지방의 둔전⁶은 지난 2년간의 조처가 두서를 갖추었는지 모르겠습니다. 의론이 분분하여 곧바로 불가하다고 여기지만 진정 올바른 의론이 될 수가 없습니다.⁷ 또한 담당자가 반드시 충신으로 의지할 만한 사람이란 보장도 없으며, 그가 조처하고 계획하는 일이 반드시 의리에 합당하고 인심을 따른다는 보장도 없습니다. 이 점이 하루빨리 둔전을 실시해야 할 까닭입니다. 지난번에 보니 범백달 어르신(범여규)⁸이 조목별로 구비한 부전(夫田: 식구수를 기준으로 농지를 나눠 주는 제도)에 대한 의론이 매우 상세하였는데, 아마 땅이 넓은 곳에 시행하여 점차로 정전제와 부병제⁹를 시행할 수 있을 듯하니, 시험 삼아 그에 대한 이점과 병통을 물어서 강구하심이 어떻겠습니까?

균수¹⁰법에 대한 정사는 천자를 뵙고 언급하신 적이 있습니까?

········

5 張보. 『자의』: 본래 『서경』 「강왕지고」에 나오니, 주석(「공안국전」)에 '황(皇)은 큼이다'고 했다.

6 兩淮屯田. 『관보』: 건도 기축년(1169)에 진준경이 양회 지방의 둔전에 대한 조치를 조정에 건의했다.

7 固不是議論. 『차의』: 터무니없는 의론이라고 말함과 같다.

8 范伯達. 『차보』: 이름이 여규이다.

9 井地寓兵. 『차의』: 정전제는 정(井)자 형태로 땅을 구획하는 것이니, 『맹자』(「등문공상」)에 '정전이 고르지 않다'고 하였다. 부병제는 농민이 병사를 겸하는 제도이다.

10 均輸. 『차의』: 『통감강목』 「주」에 '주나 군의 백성이 관청에 납부해야 할 것은 모두 그 토지에서 풍부하게 산출되는 물품으로 납부하게 하고, 그 소재지의 시가를 평준으로 하여 관청에서 사들여서 부족한 지역으로 옮겨서 판매하였다. 이로써 납부할 자가 이미 편리하고 관청도 이익이 되기 때문에 균수라고 하였다'고 하였다.

『절보』: 당시 조정에서 막 사정지(史正志)를 등용해 발운사로 삼아서 명목상으론 균수를 이는 틀림없이 정사에 무익하고 인심을 잃을 뿐입니다. 지금 주와 현의 실상을 노형이 친히 보셨을 터이니 어찌 거두어들일[11] 만할 잉여물이 있겠습니까?

민 땅의 병사에게 갑자기 봄 동안 안무사에 가서 단련을 받으라는 지휘[12]가 있었습니다. 민 땅의 7개 군에서 위로하며 보내려 했지만[13] 병사들은 소요 비용의 본인 부담을 면제하기 전까지는 가려고 하지 않습니다. 또 그곳에는 영채가 없어서 들리는 말로는 병사들이 극도로 탄식하고 원망하면서 불손한 말을 내뱉는다고 합니다. 이런 종류의 조치는 정말로 이해할 수가 없습니다.

어제 길에서 강도에 대한 새로운 법을 받들어 시행하는 자를 만났는데[14] 사람을 살상하거나 간음하거나 방화하는 자는 사형에 처한다고 합니다. 이들을 마땅히 죽여야 함은 의심할 점이 없습니

....
행한다고 했으나, 실제로는 주나 군의 재용과 세금을 탈취하는 제도이어서 나라 안팎이 시끄러웠다. 장식이 주상에게 이에 대해 얘기하자, 주상이 두려운 얼굴빛을 띠며 폐지하는 조칙을 내리라고 했다. 상세한 내용은 89권 남헌비에 보인다.

『관보』: 건도 6년(1170)에 사정지(史正志)를 발운사로 삼고, 200만 민전(緡錢)을 하사하여 균수와 매집에 사용하게 하였다. 이에 이부상서 왕응진이 세 번 상소하여 이에 대해 논박하였다. 여기서 말한 균수는 바로 이 일을 가리킨다.

11　剗刷. 『차의』: 잔(剗)은 『운회』에 '초(楚)와 한(限)의 반절이니 깎음이다'고 했다. 쇄(刷)는 『운회』에 '수(數)와 활(滑)의 반절이니 긁어냄이다'고 했다.

12　忽有~指揮. 『차의』: '홀유(忽有)'의 뜻은 '지휘단련(指揮團練)'까지이니, 군대의 대오를 단속하여 교련한다는 말이다.

13　勞遣. 『차의』: 그들을 위로해서 보냄을 말한다.

14　又見~法者. 『차의』: 선생께서 관리들이 조정에서 하달한 강도를 다스리는 새로운 법을 봉행함을 보았다는 말이다.

『관보』: 건도 4년 도적법을 엄하게 고쳤는데, 6년에 이르러 강도에 대한 구법을 회복했고, 건도 4년에는 시행하지 말라고 지휘했다.

다. 다만 장만(절도죄나 강도죄로 사형을 받게 되는 한도금액)의 한도
도 따라 줄였다는데 이는 너무 지나친 듯합니다.[15] 아마도 이 법
을 고친 까닭은 바로 사람의 신체와 목숨을 중하게 여겼기 때문입
니다.[16] 그러나 지금 도리어 일률적으로[17] 이와 같이 각박하고 잔
인하게 시행하면, 사람들은 다만 준엄한 법문의 행적만 보고 사람
을 아끼는 마음에서 나왔다는 사실은 살피지 못하니 해괴하게 여
길 수밖에 없습니다. 이 한 조목[18] 고쳐서 장만의 한도를 옛날 법
에 비해 더욱 느슨하게 하여 법을 고친 본뜻은 바로 사람의 목숨
을 중시하는 데 있지 재화를 중시하는 데 있지 않다는 점을 드러
냄만 못할 것이니, 그렇게 되면 제 목숨을 아끼고 죽음을 애석하
게 여기는 심정이라곤 없는 자가 악행을 저지르는 데 장차 한계를
둘 것이고,[19] 피해자[20] 또한 살상의 피해나 더러운 욕을 당하는 치
욕을 면할 수도 있습니다. 이미 용서를 받은[21] 재범자를 죽이는 경

....

15　臟滿~太過.『차의』: '장만(臟滿)'은 아마도, 정해진 제두인 듯한데, 예를 들어 겁탈한 액수
　　가 1만을 채우면 사형에 처하고, 1만에 못 미치면 곤장을 때려 귀양을 보낸다. '줄였다'는
　　예를 들어 구법에 1만 전을 훔치면 사형에 처했는데, 이제는 1,000전이라도 사형에 처한
　　다는 말이니, 이는 너무 지나친 점이다.
16　盖所~爲重.『차의』: 사람을 살상하거나 방화하면 모두 사형에 처하는 법으로, 개정한 이
　　유는 본래 사람의 신체와 목숨을 중요시해서 대개 이와 같은 연후에야 사람들이 살상이
　　나 방화의 환란은 당하지 않는다고 여겼기 때문이라는 말이다.
17　一例.『차의』: 사람을 살상한 자와 일률적으로 그 법을 준엄하게 하였다는 말이다.
18　此一條.『차의』: 장만(절도나 강도로 사형을 받게 되는 한도금액)에 관한 법을 말한다.
19　將有所極.『차의』: 극(極)은 한도와 같다.
20　被劫.『차의』: 상해를 입거나 겁간을 당함을 말한다.
　　『차보』: 단지 이는 겁탈을 당함을 말한다. 아래 문장의 '살상과 더러운 욕을 면한다'고 한
　　것으로 미루어 보면 상해를 입거나 겁간을 당함이 아님을 알 수 있다.
21　經貸命.『차의』: 죄를 범하였으나 용서를 받았던 적이 있는 자를 말한다.

우도 너무 지나친 듯하니, 왼쪽 발을 잘라 종신토록 다시는 행패를²² 부리지 못하게 하는 편이 낫겠습니다. 생명을 보전해 주는 인과 비행을 막는 의를 아울러 행하여 어긋나지 않게 함은 바로 선왕께서 형벌을 제정하여 간사함을 독책하는 본뜻입니다. 궁벽하고 적적한 곳에서 시묘살이 하느라 바깥일을 알지 못하여 보고 들은 내용은 겨우 이뿐입니다. 낱낱이 들은 내용을 올리니 부디 유의해 주십시오.

....

『잡지』: 죄로는 마땅히 사형에 처해야 하나, 정상을 참작하여 혹 사형에 처하지 않는 자는 육체형으로 목숨을 보전해 주어 비행을 금한다. 장재의 「(경학)이굴(理窟)」에서 '육체형은 사형처럼 쓸 수 있다. 지금 사형에 처해야 하는 죄로서 옛 주인을 상해하는 자는 죽이고, 군인이 도주죄를 범하면 죽이는데, 이것을 발꿈치를 자르는 형으로 바꾼다면 죄인들도 죽음을 면하여 스스로 다행으로 여길 것이고, 사람들이 이를 보고서 다시는 죄를 범하지 않는다. 오늘날 망령된 자들은 왕왕 자신의 죽음을 대수롭지 않게 여기지만 발꿈치를 베게 하면 반드시 두려워하니, 이 또한 인을 행하는 도이다'라고 하였다.

22 陸梁. 『차의』: 『사기』 「시황본기」에 '육량을 빼앗았다'고 했는데, 「주」(『정의』)에 '영남인은 대부분 산간에 거처하는데, 그 성질이 횡포하다. 그러므로 육량이라고 한다'고 했다. 두보의 시(「장유壯遊」)에 '오랑캐 병력이 다시 횡포를 부리네'라고 하였다.

25-3

장경부께 답함(1170년 7월)

상주문 초본¹을 이미 얻어서 의론하신 내용을 살펴보니 두루
관통하고 상세하고 명쾌하며 본말과 크고 작은 일에 걸쳐서² 거
론하지 않은 점이 하나도 없습니다. 업적을 남기지 않으려 한다면
그만이겠으나 만약 업적을 남기고자 한다면 이를 버려두고 일을
이룰 사람은 없습니다. 다만 기청사로 가는 정사와 부사³가 마침
내 떠났는데⁴ 이는 의리를 해치고 기회를 잃어버리는 큰일입니다.
만약 금나라 사람들이 계책을 숨기고서 우리의 청을 거절하지 않
고 수레가 지나갈 수 있는 길⁵을 빌려 주어서 주상이 왕래하며 능

....

1 奏草.『기의』: 남헌(경식)의 상주문 초안이다.
  『간보』: 남헌의 상주문이나 상소문의 초안이다.
2 該.『유몽』: '구비하다'와 '포괄하다'이다.
3 使介.『기의』: 능침을 요청하는 정사와 부사이다.
4 遂行.『간보』: 바로 앞 편지에서 말한 '기청하는 행차'이다.
5 容車之地.『차의』: 사신들이 왕래하는 길을 말한다.
  『차보』: 아래 문장의 '주상이 왕래하며 조회와 배알을 하는 길'이니 '조회와 배알'이란 바
  로 능침에 조회하고 배알하는 일이라는 말이다. 이는 아마도 "금나라 오랑캐 사람들이
  만약 '너희 나라가 이미 능침을 요청했기에 우리가 마땅히 길을 빌려줄 터이니, 너희 나
  라가 조회하고 배알하러 왕래할 수 있다'고 말한다면 장차 어떻게 대처하겠는가?"라고
  말한 듯하다. 금나라 사람들이 이미 허락했는데도 주상이 조회와 배알을 하지 않으면 이
  전의 요청이 허위로 귀결되고, 주상이 조회와 배알을 하러 왕래하고자 한다면 금나라의
  속셈을 예측할 수 없으니, 이 점이 난처한 대목이다. 만약 사신이 왕래하는 경우라면 금

묘를 조회하고 배알할 수 있게 해 준다면 장차 어떻게 이에 대처하려는지 모르겠습니다. 지금 다행스럽게도 저들 또한 숨기는 계책 없이 우리 사신들을 받아들이지 않는다면[6] 차라리 그 점을 가리켜 결례라고 지목해서 사신을 돌아오게 하고[7] 분명히 단교함이 바로 최상책이 되느니만 못합니다. 만약 저들에게 단교를 당하고 난 이후에 이에 대응하여 단교한다면 진퇴의 권한이 애초부터 우리에게 없으니 명분을 바로잡는 거조가 못될 듯합니다. 존형께서 의논한 일들은 비록 기각당하지 않았지만,[8] 단지 이 하나의 큰 절목이 바로 이미 잘못되었고,[9] 다른 일들은 하나도 시행되는 것이 없습니다. 제 생각에 우공[10] 또한 겉으로는 공경하는 척하나[11] 참

·······

　　나라 사람들이 허락하지 않은 적이 없었다.

　　※ 능묘에 대한 조회와 배알은 황제가 수행하여야 하므로 난처한 일이다.

6　今幸~吾使.『간보』: 범성대가 요청에 대한 동의를 얻지 못하고 귀국하였고, 또 조웅을 보내서 지난번의 요청을 거듭했는데 다시 허락하지 않았다.

7　追還.『기의』: 사신을 소환하는 것이다.

8　所論~見却.『기의』: 단지 군주와 재상에게 기각을 당하지 않았을 뿐이라는 말이다.
　　『간보』: 상주문의 초고가 군주와 재상에게 기각당하지 않았다는 말이다.

9　只此~乖戾.『절보』: 하나의 큰 절목이란 바로 사신을 파견하는 일이다.
　　『차보』: 남헌이 상주하여 "능침이 멀리 떨어져 있음은, 참으로 신하로서 참을 수 없고 그것을 말하자면 지극히 통탄할 일입니다. 그러나 금나라를 성토하는 말을 가지고 토벌하지 못하고, 명분을 바로잡아서 거절하지 못하면서, 도리어 비굴한 글과 많은 세폐를 보내 저들에게 청구함은 대의로 볼 때 미진합니다"라고 말했다. 그러나 끝내 기청사를 보냈기 때문에 이렇게 말하였다.

10　虞公.『간보』: (우윤문이) 당시에 진준경과 더불어 좌승상과 우승상을 맡고 있었는데, 윤문이 기청사를 보내자고 의론함에 이르러서, 준경이 강력히 논쟁하다가 의론이 합치되지 않자 조정을 떠나기를 구하여 복주의 판관이 되었다.

11　繆爲恭敬.『차보』:『사기』「사마상여전」에 나온다.

으로 믿을 만한 진정이 없는 듯합니다. 차라리 하루빨리 이전의 의론[12]을 가지고 그와 더불어 결판을 지어서 서로 합치되지 않는 경우엔 사직하고 물러남이 나을 듯하니, 그러면 명분 또한 없지는 않습니다. 아마도 이 큰 절목은[13] 작은 일이 아니고 나라의 안위와 성패가 달린 매우 급박한 일인데 어찌 앉아서 허례에 얽매어 머뭇거리고 침묵만 지켜서 나라의 계책을 오도하고 자신을 구렁텅이로 빠트린단 말입니까? 반드시 회경(효종의 생신)을 기한으로 삼을 경우[14] 아마도 거기에 이르기 전에 졸지에 사변이 벌어지면 명분과 의리가 바르지 않고 미봉책[15]도 서툴러서 다시는 손쓸 데가 없

....

12 前議.『기의』: 바로 앞 문장에서 말한 상책이다.
   『차보』: 바로 앞 문장에서 '큰 절목이 잘못되었다'고 말한 내용이다.
13 盖此.『기의』: 차(此)는 사신을 파견하는 일이다.
   『절보』: 차(此)는 이전의 의론을 가리킨다.
14 會慶爲期.『기의』: 회경(會慶)은 지금의 탄신일의 명칭(임금 탄신일의 명칭을 임금에 따라 각각 나르게 함)과 같으니, 남헌이 소성을 떠나는 날을 외성의 성과를 기한으로 삼았기 때문에 이렇게 말하였다. 회경은 효종의 탄신일이다.
   『간보』: 남헌의 「선생에게 답한 편지」(『남헌집』 23권 「답주원회」 5)에 '기청사가 끝내 국경을 벗어났으니, 일이 전도되고 잘못됨이 매우 우려스러워서 모월 초에 바로 조정을 떠나기를 청하였다'고 하였으니, 아마도 회경이 가까우니 차마 금나라 사신이 도착하는 꼴을 차마 볼 수 없었던 듯하다.
   『관보』: 당시 임금의 탄신일이 되면, 의례상 반드시 저들의 사신이 와서 하례했기 때문에, 남헌이 피해서 조정을 떠나고자 하였다.『기의』는 아마도 조금 착오가 있는 듯하다.
15 彌綸.『기의』: 미(彌)는 「계사전」(『주역본의』「계사전상」 4)의 주석에 '끝내 연합한다는 뜻이다'고 했다. 윤(綸)은 경륜이다.
   『차의』: 살피건대 윤(綸)은 선택과 조리가 있다는 뜻이다.
   『간부』:『역대전(주역 계사전)』에 '처지의 두를 미룬하다'고 했는데,『주역본익』에 '미(彌)는 미봉(彌縫)의 미와 같다'고 하였다.

을 듯합니다. 그가[16] 만약 다행히 당신의 말을 들어준다면[17] 반드시 다시 군주와 재상에게 학문의 도를 강력하고 극진하게 말씀드려서 그들을 이로써 개명하게 한다면 천하의 일은 염려하지 않아도 이루어질 듯합니다. 네 통의 편지[18]를 자세히 살펴보니 도리어 이에 대해[19] 미진한 점이 있는 듯합니다.

저는 항상 천하만사에는 큰 근본[20]이 있고 모든 일에는 각각 절요처가 있다고 생각합니다. 이른바 큰 근본이라는 것은 진실로 군주의 마음가짐을 벗어나지 않고, 이른바 절요처란 것은 반드시 큰 근본이 이미 확립된 연후에야 미루어서 알 수 있습니다. 예컨대 현명한 재상의 임용과 사사로운 문호의 두절에 대한 의론은 정사를 바로 세우는 절요처가 되고, 좋은 관리의 선발과 부역의 경감은 백성을 양육하는 절요처가 됩니다. 장수의 공정한 선발과 환관 및 후궁의 선발개입 배제가 군을 다스리는 절요처가 됩니다. 경계하는 말을 즐겨 들음과 아첨하는 말을 탐탁하게 여기지 않음은 여론을 경청하고 사람을 쓰는 절요처가 됩니다. 이 몇 가지 단서를

<hr>

....
16　彼若.『기의』: 그는 우윤문이다.
17　見聽.『절보』: 사신을 소환함을 가리킨다.
18　四牘.『기의』: 남헌이 보낸 것이 아마도 네 통인 듯하다.
　　『잡지』: 바로 남헌이 올린 상주문의 통수이다.
　　『절보』: 바로 앞에서 말한 '상주문 초고'로, 아마도 상주문이 네 장의 종이로 이뤄진 듯하다.
19　於此.『차의』: 학문을 해서 개명하면 천하의 일이 수립되지 못할까 봐 염려할 필요가 없다는 말이다.
20　根本.『차의』: 군주의 마음가짐을 말한다.

미루어 보면 나머지도 모두 알 수 있습니다. 그러나 큰 근본이 아직 확립되지도 못하고서 이런 일을 더불어 할 수 있는 군주는 없습니다. 이는 옛날에 평천하를 하고자 하는 자가 마음을 바르게 하고 뜻을 성실하게 하면서 그 근본을 세우는 데에 급급했던 까닭입니다. 만약 단지 마음을 바르게 함만을 말하면서 사물의 요체[21]에 대한 인식이 부족하거나, 혹은 일의 정황은 정밀하게 파악하면서도 오직 근본의 귀착에 대해 어두우면, 이는 썩어 빠진 학자의 우활한 의론[22]이나 속된 선비의 공리설이니, 모두 당세의 임무를 함께 의논하기에 부족합니다. 친애하는 당신은[23] 이전부터 이것을 모르진 않으셨지만, 도리어 자기를 이루는 공부를 함에서 근본을 세우는 곳에서 아직 그다지 확고하지 못합니다. [원주: 예를 들면, 먼저 함양하지 않고 지식과 견문을 구하기를 힘씀이 이런 경우입니다.] 그러므로 당신의 이러한 논의 태도와 논점으로 인해 군주에게도 힘써 공부할 대상을 찾지 못하게 합니다. 지금 당신이 아셔야 할 점은 큰 것을 도모하고자 하는 자는 마땅히 작은 데에 삼

....

21 識事物之要.『기의』: 격물을 말한다.
    『절보』: 바로 앞 문장에서 말한 정사를 확립하는 절요처와 백성을 양육하는 절요처 등의 부류이다.
    『간보』: 이 구절은 앞 문장을 연결해서 각각의 절요처가 있으므로, 뒤의 문장에서 '썩어 빠진 학자의 우활'이라고 말하였다. 『강록』의 '격물을 말하다'는 오기인 듯하다.
22 腐儒~之談.『차의』: '썩어 빠진 학자의 우활한 의론'은 단지 마음을 바르게 함만을 말하고, '세속 선비의 공리론'은 일의 정황에 빠삭함이다.
23 吾人.『기의』: 낙허을 말하다
    『간보』: 뒤의 무릇 오인(吾人)이란 말은 간혹 우리 당이란 의미로 쓰였다.

가고, 군주의 마음가짐을 바로잡고자 하는 자는 엄숙과 공손과 경외를 급선무로 하고 오락과 성욕과 재물과 이익을 지극히 경계한 연후에야 비로소 큰일을 할 수 있다는 사실입니다. 이는 근래 제가 법도로 삼는 어리석은 견해입니다. 만약 맹자와 같은 말솜씨 수단[24]이 없다면 차라리 우선 이를 따라 밟아 나가서[25] 후회나 궁색함을 남기지 않음이 나을 듯합니다. 고명한 당신은 어떻게 생각하실지 모르겠습니다.

....

24 孟子手段.『기의』: 제나라 선왕이 재화를 좋아하고 여색을 좋아한다고 말했는데 맹자가 재화와 여색의 잘못을 말하지 않고 재화와 여색으로 인해 위정의 단서로 삼아서 인욕을 막고 천리를 보존하는 실정을 진달했기 때문에 이와 같이 말하였다.

25 循此塗轍.『기의』: 앞 문장의 '음악과 여색과 재화와 이익을 지극한 경계로 삼다'는 말이다. 『차의』:『어류』를 살펴건대, '도철은 수레가 지나가는 곳'(95-20)이니 성인이 남긴 법을 준수함을 말하였고, 여기서의 도철은 아마도 『기의』의 내용에 엄숙과 공손과 경외를 아울러 가리켜서 말한 듯하다.
    『간보』: 맹자는 제나라 선왕이 음악과 여색을 좋아한다는 질문에 대해 그 잘못을 배척하지 않고 곧바로 미루어서 인욕을 막고 천리를 보존하는 데까지 이르렀으나, 지금 만약 이러한 말솜씨가 없다면, 차라리 우선 이에 따라서 음악과 여색과 재화와 이익을 추종하는 일을 경계함만 못하다고 말했을 뿐이다.

장경부께 답함(1171년 봄)

지난번에 진명중(진돈)¹이 전해 준 당신이 손수 쓴 편지를 두세 번 읽고 감격과 다행이 교차했습니다. 당초에 존형은 학문의 도가 펼쳐지지 않았는데도 지위가 더욱 높아짐을 보고 참으로 우려하고 의심하지 않을 수 없었습니다. 그런데 이 편지를 받고서는 비로소 우려와 의심이 시원하게 사라졌습니다. 지난번에 당신에게 군주와 대면해서 상주하라는 말은 바로 부득이한 계책²이었는데, 천자의 뜻이 은근해서 이미 당신을 시종관으로 세우고³ 진언할 수 있는 길을 열어서 성심으로 가납하시고 또 강연⁴에서 황제 가까이

....

1 陳明仲.『간보』: 이름이 돈(燉)인데 9편에 보인다.
   『차보』: 이름이 불화(火)변에 향(享)을 쓰는 돈(燇)인데 바로 30판에 나오는 진후관이다.
   『표보』: 36판(새로운 판본은 30판)에 보이는데 거기의 『차의』는 마땅히 여기로 옮겨야 한다.
   ※ 25-22 「정자명에게 답하는 편지」의 『차의』에 '후관의 대부인 진명중(진감)이니, 후관은 현의 이름이다. 진의 이름은 화(火)변에 향(享)을 쓰는 돈(燇)자이니 발권(『문집』85권 「진명중화상찬陳明仲畫象贊」)에 보인다(候官大夫陳明仲也, 候官, 縣名. 陳名火傍享字, 見跋卷)'라 하였다.
2 請對~之計.『차의』: '군주와 대면해서 상주하라는 말(請對之云)'은 선생이 남헌(장식)에게 군주와 대면해서, 시사를 극진히 의론해 그 거취를 결정하라고 권한 적이 있었는데, 이는 바로 부득이한 계책에서 나왔다.
3 侍立.『차의』: 살피건대 「남헌행장」에서 '좌우사시립관 권한대행을 겸했다'고 하였는데 미고 이를 기러긴다.
4 講席.『차의』: 살피건대 「행장」에서 '시강을 겸했다'고 하였는데, 이를 가리킨다.

로 나오게 하여 규간하게[5, 6] 하실 줄은 미처 몰랐으니, 이는 어찌 사람의 계책으로 이룰 수 있는 일이겠습니까? 이 거조를 보건대 하늘과 사람 사이나 임금과 신하 사이에 이미 메아리처럼 서로 부합하는 형세가 있는 듯하니 매우 좋습니다. 노력하고 또 노력하십시오. 태평성대에 군신의 교분이 성대함[7]을 이제 장차 몸소 볼 수 있을 듯합니다. 보내온 편지를 자세히 읽어 본 후에야 성군의 마

....

『절보』: 장식이 시립관으로, 사정지의 일을 논했는데, 주상이 옳다고 칭찬하여 좌사원외랑 권한대행으로 시강을 겸하게 하였음이 남헌의 비문에 보인다.

5   天意~之規.『간보』: 효종이 남헌을 불러다 이부원외랑 겸 좌우사시립관 권한대행으로 삼고 또 시강을 겸했다가 좌사원외랑으로 제수했다. 유(종원)의 글인 「유유심행장」(「의성현개국백유공행장宜城縣開國伯柳公行狀」)에 '(임금) 슬하로 나가서 규간을 다했다'는 말이 있으니, 이 편지는 아마도 이를 인용한 듯하고, 또『강록』에 '천자가 거처하는 곳을 혹은 청규라고도 하니, 한나라 성제 때 사단(史丹)이 청규에 엎드렸다'고 하였는데(『한서』 82권 「왕상王商ㆍ사단史丹ㆍ부희열전傅喜列傳」), 마땅히 '(임금) 슬하의 청규로 나갔다'고 해석해야 한다. 지금『한서』와『강목』을 살펴건대, 청규란 글자가 없고 응소(應劭)가 청포를 해석하여 '청규의 자리'라고 했는데『강록』이 아마도 이로 인해 말했을 뿐인 듯하다.

『유몽』: 부지(不知)는 생각지도 못했다[不料]는 말과 같다. 내가 당초에 주상을 대면해 상주하라고 한 말은 바로 부득이한 계책에서 나왔는데, 참으로 상황이 여기에까지 이를 줄 생각지도 못했다는 말이다.

6   延造膝之規.『기의』: 조슬은 임금의 무릎 아래로 나아감이다. 황제가 거처하는 곳을 청규 혹은 청포라고 하니, 청규 안은 다른 사람이 엿보지 못하고 황후나 황비라도 감히 들어갈 수 없다. 한나라 성제 때 사단이 외척의 일을 간하면서, 청규에 들어가 그 폐단을 자세히 진달했다.

『차의』: 살펴건대 유(종원)의 글에 '슬하에 나아가 규간을 다한다'고 했다. 또 매요신의 시에 '어사 당자방이 신상에 위태로운 극언을 하면서, 처음 슬하에 나아갔다'(「서찬書竄」)고 했으니, 『기의』의 설이 아마도 틀린 듯하다. 사단이 진달한 일은 바로 태자를 폐하는 일이니 외척 두 글자 또한 틀렸다.

『유몽』: 연은 가까이 오게 함이고, 규는 규간이다.

7   所講聞.『유몽』: (구 8판) 군신 간의 조우가 성대함이다.

음이 바로 이와 같으시고 당신의 학문과 함양의 공력이 성대하고 화평함이 또 이와 같기에, 말을 주고받는 사이[8]에 깨우쳐 주고 뜻이 통해서 곧바로 의기투합하게 되었습니다. 참으로 천년에 한 번 있을까 말까 한 군신 간의 조우입니다. 그러나 제 어리석은 생각[9]에 십한(十寒)과 중초(衆楚) 같은 여러 사람의 방해※를 이겨 내지 못할까 염려하니 고명한 당신이 어떻게 대처하실지 모르겠습니다. 생각건대 이는 다른 방편이 없고 다만 성의를 평소에 쌓아 나가서 잠시라도 끊임이 없게 해야만 겨우 가능할 뿐입니다.

숙직[10]하면서 임금의 부르심을 받은 적이 있습니까? 대개 제왕의 학문은 비록 재야의 선비들[11]의 학문과 같지 않고 나라를 경륜

----

8 立談之頃.『간보』: 양웅은「해조」에서 '말하는 사이에 제후에 봉해졌다'고 하였다.

9 私計愚.『절보』:『사기』「형가전」에 '단의 어리석은 생각에 이러이러하게 여깁니다'라고 하였다.
   『간보』: 지금 마땅히 우(愚)자 아래에서 구두점을 끊어야 하는데,『강록』에서 절(竊)자에서 구두점을 끊은 것은 마땅히 다시 살펴보아야 한다.
   ※ 현행 중국본은『간보』처럼 구두점을 끊었고, 상해본은 계(計)자에서 구두점을 끊고 우를 뒤 구절로 붙였는데, 글 뜻으로 볼 때『간보』와 중국본이 맞는 듯하다.

※ 십한(十寒)은『맹자』「고자상」에 '세상에서 아무리 잘 자라는 식물이 있다고 하더라도, 하루 동안만 햇볕을 쬐고 열흘 동안 찬바람을 쐬게 한다면 자랄 수 있는 식물은 없습니다(雖有天下易生之物也, 一日暴之, 十日寒之, 未有能生者也)'라 하였고, 중초(衆楚)는『맹자』「등문공하」에 '한 제나라 사람이 그를 가르치는 데 여러 초나라 사람들이 떠들어 대면, 비록 날마다 종아리를 쳐서 제나라 말을 하게 해도 이루지 못할 것이다(一齊人傅之, 衆楚人咻之, 雖日撻而求其齊也, 不可得矣)'라 하였다.

10 夜直.『간보』: 밤에 숙직함이다.
   『혹왈』: 송나라는 진종 때부터 강관 형병을 비각에 숙직하게 하고 황제가 찾아가 질문하였는데, 내전(임금의 처소)이라 부르기도 하였다. 이로부터 마침내 고사가 되어 야간 당직을 입륙적으로 상금일월으로 두었다.

11 韋布.『간보』:『사기』「가산전」에 '베옷에 가죽 띠를 두른 선비'라 했다.

하는 사업은 본디 문장을 탐구하는 일[12]과는 차이가 있습니다. 그러나 저는 그 본말의 순서가 서로 다른 길이 아니라고 생각합니다. 성현의 말씀은 평탄하고 여유가 있지만[13] 본래 무궁한 의미가 있습니다. 그러므로 여기에서 조용히 침잠완미하고 속으로 깨달아서 마음으로 통하면 학문의 근본이 이로써 확립되고 그 활용을 미루어 나갈 수 있습니다. 병통은 설을 내세움에서[14] 신기함만을 귀하게 여기고 유추함에서는 해박하기만을 바라는 데 있습니다. 이 때문에 도리어 성인 말씀의 평탄하고 담담한 참의미를 잃어버린 채 학자들이 한갓되이 말세의 풍습인 말장난만을 일삼고 있습니다. 군주가 이를 본받을 수 있게 된다면[15] 또 이로써 자신을 총명하다 하고 자기 스스로를 성현으로 여기는 도구가 되기에 적합할 터이니 무익할 뿐만이 아니라 해악이 매우 심할 듯합니다. 근래에 『논어구설(論語舊說)』[16]을 읽어 보니 그 가운데 이 부류에 해

....

* 『사기』「가산전」이 아니라 『한서』「가산전」이다.

12 章句.『간보』: 무릇 책의 문장에서, 의미가 끊어진 곳을 장(章)이라 하고, 말이 끊어진 것을 구(句)라고 한다.
   『유몽』: 장을 찾고 구를 집어낸다.

13 平鋪放著.『차의』: 방(放)은 여유롭다는 뜻이고 저(著)는 어조사이다.
   『간보』: 포(鋪)는 '펼치다'이고, 방착(放著)은 방치와 같다.
   『차보』:『이정유서』(02上-130)에 '이 도리는 평탄한 곳 속에 놓여 있다'고 하였다.

14 立說.『기의』: 학자들이 설을 내세움이다.

15 能之則.『기의』: 설을 내세움에 신기함의 중시와 유추함에 해박하기의 바람을 황제가 본받을 수 있게 됨이다.
   ※ 현행『주희집』은『기의』와 같고,『주자전서』에는 지(之)에서 구두점을 끊었으나,『기의』를 따라 칙(則)자에서 끊는 것이 문맥상 더 맞는 듯하다.

16 論語舊說.『차의』: 남헌의 저술이다.

184

당하는 내용이 많았습니다. 최근에 존형은 실로 이미 그 잘못을 자각하셨습니다. 그런데 근래에 들으니 '인을 행할 때에는 스승에게도 양보하지 않는다'는 뜻을 밝혀서 말하기를 "이러한 때를 당하여 양보하지 않는 일이 무엇인지 깨달으면 인의 뜻을 알 수 있다"라 했다는데, 이런 종류의 의론은 단지 당신이 옛날부터 지녀 온 기상이지 결코 성인의 본의가 아닌 듯하고, 그야말로 이와 같은 설은 바로 불자들의 '정신을 희롱하다(作弄精神)'[17]는 의미가 되어서 다시는 유학자들의 실질을 착실히 밟아 나가는 공부가 되지 못합니다. 임금께 말씀을 올릴 때 이점을 경계하지 않을 수 없을 듯합니다.

경연 중에 무슨 책을 강론하십니까? 저는 『맹자』 한 책이 오늘날에 가장 절실하게 활용되어야 한다고 생각합니다. 그러나 날마다[18] 강론하고 해석한다고 반드시 유익하지만은 않을 터입니다. 차라리 주상께서 정사를 돌보는 여가에 날마다 한두 장씩 암송하고 반복해 완미하여서 성현이 했던 행위의 본말을 궁구하시라 권하고, 그 뒤 숙직할 때 임금께 학문이 도달한 정도를 여쭈어 보아서 추가로 일러 주는 편이 나을 듯합니다.[19] 주상께서 총명하고 영특하시니 이 점을 투철하게 터득하여 의문이 없게 되면 공리설이

....

17 作弄精神.『차의』: 불가에서 오로지 자기의 이기심을 마음으로 삼고 단지 신명이 드러나는 것을 가지고 화두로 삼아 희롱하면서 깨달았다고 여긴다. 그러므로 이를 정신을 희롱한다고 하였다. 지금 남헌이 인을 당하여 양보하지 않는다고 의론한 설은 바로 화두로 삼아 희롱하는 뜻이 있다. 그러므로 선생이 이렇게 말하였다.

18 輪日.『유몽』: 날마다이다.

19 不若.『차보』: 이 뜻이 '추명지(推明之)'까지이다.

틈탈 수 없고 요행을 바라는 무리가 들어올 길이 자연히 없어지게 됩니다. 훗날 강론을 하시게 되면 이천 선생이 의논한 '앉아서 강론하는 예(伊川坐講之禮)'[20]의 경우를 아마도 마땅히 이해하셔야 할 듯합니다.

맹자는 왕도를 의론하면서 백성의 재산을 제도화하는 데에 우선순위를 두었습니다. 지금 정전제를 대번에 강론할 수는 없는데, 그 이유는 재물의 이해에 관련된 권력이 가렴주구하는 신하에게 매어 있는데도,[21] 조정에서는 여러 지방의 실정을 긍휼히 살피지 않고, 감사들은 주나 현의 실정을 긍휼히 살피지 않고, 주나 현을 다스리는 자들은 백성들의 정황을 알지 못하기 때문입니다. 도학이 밝지 않을 뿐만 아니라 벼슬하는 자들이 백성을 사랑하는 마음[22]이 없고 상하가 서로 핍박하면서 단지 일이 처리되기만을 구하니, 혹여 백성을 사랑하는 마음이 있다 하더라도 시행하지 못합

·······

20 伊川~之禮. 『차보』: 정이의 「논경연제삼차」(『문집』 6-7)에 '신이 개인적으로 듣건대, 경연에서 신료와 시종관들이 모두 앉고, 강론하는 자만 홀로 서서 강론함은 예법에 어긋난다고 합니다. 앞으로는 특별히 앉아서 강론하라고 명령하시기를 바라오니 그렇게 함이 의리에 순조로울 뿐만 아니라 주상이 유자를 존숭하고 도를 중히 여기는 마음을 배양하는 일입니다'고 했다. 『석림연어』에 '우리나라가 역대로 경연에서 강독관이 모두 앉았는데, 강독관이 서서 강독하는 일은 건흥(1022, 인종 즉위년) 후부터 시작되었다. 아마도 인종이 당시에 아직 어려서 앉아서 강독하면 서로 들을 수가 없기 때문에 서서 임금과 가까워지고자 했을 뿐이었는데, 나중에는 마침내 고사가 되었다. 희령(신종의 연호, 1068-1077) 초에 여신공(여공저)과 왕형공(왕안석)이 앉아서 강론하기를 의론하여 요청하였으나 끝내 시행되지 않았다'고 하였다.

21 制於~之臣. 『기의』: 가렴주구하는 신하가 임의로 재단해서 제정한다.
『유몽』: 배극은 『맹자주』(「고자하」 7)에 '가렴주구이다'라 하였다.

22 學道~之心. 『절보』: 『논어』(「양화」 4)에 '군자가 도를 배우면 사람을 사랑한다'고 했다.

니다. 이는 수입을 헤아려서 지출하지 않고 도리어 비용을 계산해서 백성에게 거두려 하는 데서 유래하니, 이 점이 말류의 폐단을 이루 다 구제할 수 없는 까닭입니다. 제 생각에 나라의 지출에 명목을 제정하고[23] 그 실질 내용에 대한 정돈을 마치고서, 이에 따라 명확히 조칙을 내려 백성의 재력이 초췌함을 가엾게 여기고 풍족하게 해 줄 방도를 고려하게 하며, 주나 현마다 민전 1무(畝: 사방 100보의 농지)당 한 해 수확량과 거두어들이는 세금이 얼마이고 비공식적인 과세가[24] 얼마인지[원주: 한 현 안에서 향리마다 다른 것 또한 실제 액수대로 보고서에 기재함],[25] 주나 현에서 한 해에 거둬들이는 돈과 곡식[26]의 총계와 각종 지출비용의 총계[원주: 항목마다 보고서에 기재]와 잉여분은 어디에 귀속되고 부족분은

....

23 因制~之名.『표보』: 건도 3년(1167)에 제국용사를 설치해서 재상이 국용사를 겸직하고 참정이 동지국용을 겸하다가, 건도 5년에 폐지했다.
   ※『송사』162권「지」115권에는 건도 3년이 아니라 건도 4년으로 되어 있다.
24 非泛科率.『차의』: 일상적이지 않은 세금 부과를 말한다.
   『절보』: 과율(科率)은 24권 2판에 보인다.
   ※ 24-1「경총제전의 부족분을 의논하여 종호부에게 보내는 편지」의 과율(科率)조에서의『절보』: 율(率)은 곧 위 문장의 '백성들에게 비율에 따라 거두어들이다'고 할 때의 율이니, '과율은 세목을 만들어서 백성에게 균등하게 일률적으로 부과하는 것이다. 율은 음이 율이다'고 하였다.
   『간보』: 비법(非泛)은 상례가 아니라는 말과 같으니, 주차와 상주문에 많이 나온다.『대전』에 비(非)자가 특(特)자로 되어 있는데 오자인 듯하다. 과율은 조례와 법규라는 말과 같다. 율은 음이 율이니『대전』에 율(律)자로 되어 있다. 일설에 '관가에서 공용으로 쓰는 물건을 정액에 따라 민가 수로 일률적으로 나누어 책정하고, 나누어진 대로 관에서 거두어들이는데, 이를 과율이라고 한다'라고도 한다.
25 依實開.『차의』: 실제 액수에 의거해서 보고서에 기록한다는 말이다.
26 金谷.『간보』: 곡(谷)자는 곡(穀)자와 통용된다.

어디에서 충당하는지를 각각 모두 갖추어 보고하게 하고, 그 보고가 다 모아지기[27]를 기다린 뒤에 충직하고 경험이 풍부한 선비 몇 사람을 선발해서 종류별로 모아서 조사 연구해서 크게 조절하는 편이 낫겠습니다. 잉여분이 있는 곳에서 거두어들이고 부족한 곳에는 나누어주되, 주나 현의 빈부 차이가 서로 현격하게 나지 않게 하는 데 힘쓴다면, 백성 재력의 참담함과 여유로움 또한 크게 차이가 나지는 않을 듯합니다. [원주: 육선공(육지)이 의논한 양세 (봄과 가을로 나눠서 내는 세금)제도의 이해관계에 대한 몇 가지 조문은 사리가 매우 상세하게 갖추어져 있으니 채용할 수 있을 듯합니다.] 이렇게 되면 비록 대번에 옛사람들의 정전법을 회복하지는 못하더라도 백성의 재산을 제도화하는 의의는 그것의 만분에 일이나마 비슷하게 됩니다. 그런 뒤에 옛 어진 임금의 차마 남에게 함부로 못하는 정사[※]가 거의 시행될 수 있을 듯합니다.

또 둔전에 대한 의론은 오랫동안 없었고 강구되지 않았는데, 근래 조정에서 조금 주의를 기울이는 듯합니다. 그러나 사방에서 아직 그 효과를 보지 못하였는데도 둔전을 맡은 자가 날로 승진하고 발탁되니 과연 속임수가 없는지 모르겠습니다. 오늘날 재정은 세출이 1,100만이나 된다고 집계되는데 그 가운데 군대를 유지하는 비

....
27 畢集. 『차의』: 문서가 다 수집되었다는 말이다.
※ 『맹자』 「공손추상」에 '선왕(先王: 옛 어진 임금)께서는 차마 남에게 함부로 못하는 마음을 가지시고 차마 남에게 함부로 못하는 정사를 하셨다. 차마 남에게 함부로 못하는 마음을 가지고 차마 남에게 함부로 못하는 정사를 하면, 천하를 다스리는 일은 손바닥 위에 놓고 움직이듯 쉽게 된다(先王有不忍人之心, 斯有不忍人之政矣. 以不忍人之心, 行不忍人之政, 治天下可運之掌上)'라 하였다.

188

용이 열에 팔구를 차지합니다. 그렇다면 둔전으로 변방을 튼실하게 함이 백성의 재력을 늘려 주는 조치 가운데 가장 큰 것이 됩니다. 다만 경계[28]를 확정하지 않고 비루한 조치를 이어받아 따르면서 간편함만을 추구한다면, 속이려는 자들은 쉽게 농간을 부리고, 실상을 파악하려는 자[29]들은 실상을 알기가 어려울 듯합니다. 이 둔전은 반드시 지금의 변방에 속한 군의 관전(官田: 국유지)을 가지고, 대략 옛 법대로 확정하여 구정(丘井: 정전법)[30]과 구혁(溝洫: 수로)[31]의 제도로 삼지만, 반드시 『주례』의 옛 제도와 같이할 필요는 없고, 다만 맹자가 말한 내용을 기준으로 삼아 하나의 법으로 획일화하여 통틀어서 시행해야 합니다. 변방에 속한 군의 경작지에 민전이 끼어 있는 경우에는 안쪽 지방에서 현재의 관전 경작지와 바꿔 주어서, 양쪽 사이에 경작지에 대한 다툼이 없게 하고 병사와 백성이 뒤섞여서 경작하는 소란[32]이 없게 한다면, 이는 한때의 이

....

28 疆理.『절보』: 경계를 말한다.『시경』에 '내가 강역의 경계를 정하고'(「소아小雅·곡풍지십谷風之什·신남산信南山」)라고 하였다.

29 隱覈.『차의』: 은(隱)은 '헤아리다'이니, 헤아려서 실상을 파악함이다.

30 丘井.『절보』: 4정(井)이 읍(邑)이 되고, 4읍이 구(丘)가 된다.『전한서』「형법지」에 나온다.
    ※『주례』「지관·소사도」에 처음 나온다.

31 溝洫.『간보』:『설문』에 '정(井)과 정 사이에 있어 너비가 4척이고 깊이가 4척인 물길을 구(溝)라고 하고, 10리가 성(成)이 되는데, 성과 성 사이에 있어 너비가 8척이고 깊이가 8척인 물길을 혁(洫)이라 한다'고 하였다.
    ※『주례』「고공기·장인」에 처음 나온다.

32 彼此~雜耕之擾.『간보』:『운회』에 '강(疆)은 경계이고, 역(場)은 밭두둑이다'고 했다.『대전』의 이 편지에서 '변방에 속한 군의 토지에 민전이 그 사이에 끼어 있는 경우는 안쪽 지방에서 현재의 관전 경작지로 바꿔 준다'고 말하였다.

익이 될 뿐만 아니라 점차 복고[33]하는 실마리가 될 수 있습니다.

고명한 당신이 시험 삼아 한 번 생각하신다면, 오늘날 백성을 양육하는 정사는 아마도 이 두 가지[34]를 벗어나지 않을 듯합니다. 그 밖의 충신이냐 간신이냐 하는 문제와 정사의 잘잘못에 관하여는 감히 일률적으로 단정해서 어떠하다고 거론할 수 없습니다. 다만 정령을 내리는 근본[35]이 맑지 못하고 요행을 행하는 길을 막지 않는다면, 결코 양이 회복되듯 정치가 맑아지는 효험을 볼 수 없게 됩니다. 원컨대 다시 유의하셔서 한가하신 날에 주상께 한두 가지씩 정밀하게 말씀하십시오. 상서성에서 맡으신 직무는 더욱 절실히 시행하시되,[36] 제가 보기에 당신은 도에만 맞추어 시행하시고 어긋나지 않을 터이니, 이는 제 말로 언급할 필요도 없습니다. 외람되게도 질문을 받았기에 감히 제 어리석은 생각을 올리니 부디 채택해 주십시오.

....

33 復古. 『기의』: 정전법을 시행함을 말한다.
34 兩者. 『차의』: 주나 현 간의 빈부를 균등히 함과 둔전이다.
35 政本. 『차의』: 정령의 근본을 말하니, 조정을 가리킨다.
36 省中~尤切. 『기의』: 간사한 사람을 배척하고 어진 이를 등용하는 일이다.
    『차의』: 살피건대 상서성의 직무 가운데 정령의 근본을 맑게 하고 요행을 행하는 길을 막는 두 가지 일이 더욱 절실하다는 말이다. 어떤 사람이 말하길 "상서성의 일을 시행하면서 실추되지 않게 함이 더욱 절실하다는 말이니, 아래의 '직도이행(直道而行)'으로 본다면 알 수 있으니, 다시 상고해 보아야 한다"고 하였다.
    『절보』: '성중직사(省中職事)'는 상서성에서 맡은 직무를 가리키니, 남헌이 마침 상서좌사원외랑이었다. 아마도 위 문장은 모두 시사를 일반적으로 논하였기 때문에 여기서는 상서성의 일이 바로 남헌 본인이 담당한 직무이니, 더욱 긴요하고 절실해서 소홀히 해서는 안 된다는 말이다. 아래 문장의 '직도(直道)' 이하는 그 직무를 시행함이 마땅히 이와 같아야 한다는 말이다.

심시랑께 답하는 편지(1172년 여름에서 가을 사이)*

　저는 삼가 보내 주신 고명[1]을 받았는데 보살피고 배려하여 주심에 지극히 감동하면서 생각건대 귀하가 추켜세우고 추천해 주신 힘이 컸을 듯합니다. 그러나 저는 어리석고 불초한 데다 지난번 모친상을 겪은 여파로 질병으로 쇠잔해서 벼슬살이를 감당할 수 없기 때문에 부르는 명령이 내려지자 사양하지 않을 수[2] 없었습니다. 여러 공들이 이유 없이 파직하는 것은 조정에서 선비를 대우하는 예의가 아니라고 했지만, 형편상 반드시 따르기 어려우니 차라리 사록관의 직을 요청해서 이를 빙자해서 파면되는 편[3]이 더 나을 듯합니다. 처음에는 오히려 하는 일 없이 봉록만 타 먹는다는 혐의가 있을 듯해 감히 입 밖으로 내지 못하다가, 오랜 기간이 지난 연후에 감히 말씀드렸습니다.[4] 제 생각에 지난번 어머

....

* 『표보』: 건도 계사년(1173)에 호부시랑 심복을 첨서추밀원사로 삼았는데 아마도 이 사람인 듯하다.

1　告命.『절보』: 선교랑으로 태주 숭도관을 주관하라는 고명이다.

2　召命~不辭.『절보』: 경인년(1170) 12월에 부름을 받았으나 상이 미처 끝나지 않아서 사양하였다. 신묘년(1171)에 탈상한 후 나오기를 여러 번 재촉했으나. (나가지 않은은) 모두 시기적으로 늦어서 봉록으로 부모를 봉양할 수 없었기 때문이다.

3　藉手而罷.『차의』: 명분도 없이 파면되지 않는다는 말이다.

4　久之~敢言.『절보』: 악묘의 사록관으로 차출해 달라고 간청함을 말하니 『문집』 22권 「사면소명」의 25번째 글에 보인다.

니 상을 당해 이미 관직을 떠났으니, 지금 만약 조정에서 옛날 품계[5]를 내리면서 제 요청대로 개인사정에 맞추어 편의를 도모하게 해 주셔서 시일의 지체와 오만방자라는 죄를 범하는 것을 면하게 된다면, 이로서도 비상한 은혜입니다. 그런데 뜻밖에도 지금 다시 특별한 천자의 개인적인 은총[6]을 분에 넘게 입었으니, 이는 바라던 정도를 벗어나는 일이라서 처음에는 듣고도 감히 대번에 믿지 못했습니다. 이윽고 어사대와 상서성의 여러 현자 중에 반드시 그 잘못을 논하는 자가 있을 테니 이 명령이 중도에 그만두게 되리라 여겼습니다. 그런데 홀연히 전날 건령부에서 상서성의 차자를 보내오자 비로소 이 명령이 끝내 행해졌음을 알게 되었습니다. 그러나 이제야 천자의 훈계하시는 간곡한 뜻[7]을 알아보게 되니, 저로서는 더욱 황공하고 두려워서 감당할 수 없기에 이미 이 차자를 건령부로 보내서 조정으로 반송해 달라고 기탁하였습니다.[8]

지금 상서성에 상신할 두 개의 장계[9]가 있어서 곧장 부쳐서 올렸으니 귀하의 뜻을 상서성에 알려 주시면 다행입니다. 다만 장계에 진술한 내용은 부끄럽고 두려우며 송구하고 촉박해서 제 속마

....

5　舊秩.『절보』: 바로 악묘의 감이다.

6　殊私.『차의』: 건도 9년 계사(1173)에 어지로 특별히 품계를 올려서 숭도관 사록관으로 제수하였다.
　『절보』:『문집』 22권 6판에 자세히 보인다.

7　訓誨丁寧.『차의』: 품계를 올려 줄 때 황제가 말하길, "주 아무개는 안빈낙도하고 겸양하니 가상하도다! 특별히 품계를 올려 주니, 관직으로 나옴이 합당하리라"고 하였다.

8　已送~寄納.『절보』: 상서성 차자와 고명을 건령부로 보내 군자고에 납부하라고 기탁하였다는 말이다.

9　二狀.『절보』: 바로『문집』 22권「사면개관궁관장」 1, 2이다.

음을 다 말하지 못했습니다. 감히 간청하건대 승상께 저의 사양 요청을 곧바로 들어주게 특별히 한 말씀 해 주신다면, 저같이 고적하고 소원한 행적을 가진 자가 임금을 현혹해서 총애를 얻었다는 기롱을 면할 수 있을 뿐만 아니라, 잘못 내린 은총과 지나친 포상으로 위로 공정한 조정의 천하를 아우르는 정사에 누를 끼침을 면할 것입니다. 그리되면 위로는 조정과 아래로는 저의 형세가 둘 다 편하고 모두 온전하게 됩니다. 그렇지 못할 경우에는 차라리 머리를 부수고 피를 쏟으며 명령을 거역한 벌을 요청할지언정 감히 수치를 무릅쓰고 치욕을 참으면서까지 요행히 구차하게 얻는 사람이 될 수는 없습니다. 간절히 바라건대 대감께서 이러한 정성과 간절함을 굽어보셔서 조속히 긍휼히 배려해 주신다면 감싸서 보호하고 보전해 주신 은혜를 평생토록 가슴속에 간직하리니, 어찌 감히 잊을 수 있겠습니까. 본디 스스로 차자를 지어[10] 승상에게 직접 애걸하고자 하였지만 다시 저의 고적하고 소원한 행적을 생각해 보니 감히 용이하게 한 일이 아니었습니다. 저를 알아주심의 두터움에 대해[11] 제가 지극히 감격하고 있다는 점은 말씀드리지 않아도 아실 것입니다. 그러나 승상이 이처럼 쓸모없는 사람을 도외시하여 내버려두지 못하시고 기어이 이처럼 재촉하

....

10 自作箚.『절보』: 스스로 승상에게 보낼 차자를 지었다는 말이다.
11 知遇之厚則.『차의』: 지자의 뜻이 즉(則)자까지이다.
   『절보』: 승상을 가리킨다.
   『지보』: 품계를 올려 주는 명령이 승상 양극기가 주청을 따른 것이었기 때문에 이렇게 말하였으니, 『문집』22권 6판에 보인다.

시니[12] 이 또한 자못 한스럽습니다. 이런 소회가 울적한데 스스로 통할 길이 없으니, 끝내 고명께서 은혜를 베풀어 주시기[13]를 바랄 뿐입니다.

....

12 不能~迫之也.『절보』: 또한 승상이 이와 같다는 말이다.
13 終惠之.『절보』: 승상에게 말씀드려 달라는 말이다.

25-6

건령부 여러 관사에 보내는 진휼을 논하는 차자
(1174년 여름에서 가을 사이)

하나. 안무사는 진휼미를 겨울 이전에 배를 차출해서 운반함이 합당하니, 그래야만 겨울에 이른 후에 민간에서 실어서 운반하는 조세미와 서로 방해가 되어서 혹여 지체되는 사태를 면할 수 있습니다.[1]

하나. 광남은 알곡이 가장 많이 나오는 곳이니, 평년에 상인들이 매매하면서 바다에 배가 정박해 교역이 이루어집니다. 지금 이들을 불러들이려 한다면, 마땅히 양사(兩司: 전운사와 제점형옥사)[2]가 고시문을 많이 찍어 내서 복주 연해의 여러 현에 내려 보내고, 가격을 너그럽게 책정해서 관리들에게 맡겨서 알곡을 매입하게 해야 합니다. 그런 후에야 강을 운행하는 선박을 이용해 절차대로 나루를 따라 운반하고 건령부에 이르게 되면 교역하여 하역하게 하십시오.[3]

....

1 免至~延滯.『절보』: 면(免)자의 뜻이 지체까지이다.

2 兩司.『절보』: 전운사와 제거사이다.

3 溪船~交卸.『차의』: 해운선이 연해의 여러 현에 몰려든 뒤에, 관을 통해 그 알곡을 사들여 강을 따라 배로 운반해서 건령부로 와서 교역하여 하역한다는 말이다. 서로 간에 주고받음을 '교(交)'라고 한다. 사(卸)는 『운회』에 사(四)와 야(夜)의 반절이니, 뱃사람이 하

하나. 광남에서 운반되는 알곡을 반드시 10여 만 석을 얻어야
만 비로소 수요에 맞출 수 있습니다. 마땅히 건령부⁴와 양사가 조
속히 정해진 본전(곡식을 사들이는 밑천)을 내어주어서 관원과 아
전※을 선별해서 파견하거나 혹은 토호를 모집해 여비⁵를 주어서
겨울이 오기 전에 조속히 광남 지역⁶에 이르러 곡식이 익게 되
면⁷ 사 모으게 하여야 합니다. [원주: 조주와 혜주는 건령부가 속
한 노(路)와 서로 가깝다.] 갔다가 돌아오면서 별도로 소홀하거나
어긋난 점이 없으면 즉시 상금을 지급하십시오.⁸ [원주: 대략 운반
해 온 알곡이 1,000석이면 30관을 상으로 지출하되 이보다 많이
주면 더 좋습니다.⁹] 알곡을 가장 많이 사들여 온 사람에게는 그에
따라 별도로 의논해서 조정에서 보증하고 상주하여 포상을 추천
하는 조치를 시행하십시오.

하나. 앞 건의 복건과 광남의 알곡¹⁰이 이미 건령부의 성에 도

....
역함이다.
4   使府.『절보』: 건령부이다.
※   원문의 사신(使臣)은 부의 지사 및 감사나 전운사나 제점형옥사나 안무사 모두 사군(使
     君)이라 통칭되므로 그 서리들을 사신이라 하였으나, 외교사절이나 임금이 지방에 파견
     한 사람을 말하는 사신과 혼동을 피하기 위해 아전이라고 번역하였다.
5   在路錢粮.『차의』: 여비를 말한다.
6   地頭.『차의』: 광남 지역을 말한다.
7   趁熟.『차의』: 곡식이 익었을 때를 말한다.
8   支賞.『차의』: 미곡을 운반하면서 소홀하거나 어긋남이 없는 자에게는 곧장 돈으로 보상
     하는 것이다.
9   更多尤好.『차의』: 30관보다 더 많은 것을 말한다.
10   福廣米.『절보』: 복미는 바로 복주의 여러 현에서 상인들을 불러모아 사들인 것이다. 광
     은 바로 관리를 파견해서 광남에서 알곡을 산 것이다.

달했다면, 건령부의 성안에 거주하는 사람들은 자연히 끼니를 거를 리가 없습니다. 따라서 강을 따라 운반하여 판매하는 알곡을 지나치게 불러 모아서, 도리어 향촌을 곤핍하게 하여 장래에 관청에서 알곡을 운반해 진휼하느라 번거롭고 비용이 다방면으로 들게 할 필요가 없습니다.[11] 지금은 먼저 고시문을 내어서 모든 현의 양곡 생산농가와 사원에게 효시하기를 "알곡을 날마다 내다팔되, 사 가는 것을 막지 말고,[12] 이외에도 소출 한 관마다 알곡 30석을 비축[13]하라"고 하십시오. [원주: 나락 또한 이 기준 수량에 의거하도록 하되, 두 관 이하는 비축하지 않는다. 사창의 우두머리에게 맡겨서 두루 권유하고 직접 비축을 봉인하게 하고, 자신이 관장하는 비축 알곡의 수량과 비축 장소의 명세에 대한 보고서를 갖추어, 11월을 기한으로 현에 상신하게 하고,[14] 허실을 조사하는 데

....

11 不須~匱乏.『차의』: 성안에 사는 사람들이 끼니를 거르지 않게 되면서 상류로 올라오는 쌀을 불러들여서 향촌을 곤핍하도록 할 필요가 없다는 말이다.

12 今슴~糴外.『차의』: 이는 건령부의 모든 현의 생산농가와 사원에 권유하여 그들로 하여금 곡식을 팔게 함이다. 일축은 날마다와 같다.

13 每産~石省.『차의』: 이는 그 소출을 계산하여 그 빈부에 등급을 매겨서 곡식을 팔게 하고 건령부에서는 곡식을 사들이게 함이다. '장(椿)'은 미리 그 수량을 기록하고 봉인하여 보관해서 대비함이다. 다만 소출 1관인 자가 30석을 비축함은 아마도 너무 많은 듯하고, 또 소주에서 '2관 이하는 비축하지 않는다'는 문장을 감안하면, 일(一)자는 아마도 오자 같다. 성(省)자는 알곡이나 돈에 통용되나 그 뜻은 잘 모르겠다.
『절보』: 이는 농가의 빈부로 등급을 매겨 자신의 곡식을 비축하게 하고, 장차 때를 기다려 민간에서 내다판다는 말일 뿐이지, 건령부에 사들이게 한다는 말이 아니다.
『표보』: 봉장(封椿)은 민가마다 보유한 곡식으로 이로써 정월 이후에 굶주린 백성이 사들이는 데 대비하는 대상이니,『차의』와『차의』의 주석(『절보』)은 아마도 착오가 있는 듯하다

14 申縣.『차의』: 사창의 우두머리가 자신이 비축한 수량을 가지고 현에 상신한다는 말이다.

경건히 대비하게 하십시오.[15] 안면에 따라서 허위로 수량과 항목을 상신하거나 제멋대로 협잡하여 원한을 삼으로써 사달이 나거나 소요가 일어나게 해서는 안 됩니다. 사창 우두머리의 집 안에 있는 곡식은 우관(隅官: 현의 지방관리)[16]에게 맡겨 비축하여 봉인하도록 하십시오.]

하나. 향리에 다른 향리의 생산농가 등이 기장(寄莊: 거주지가 아닌 타지에 둔 별도의 농장)을 설치하고[17] 있으면, 곧바로 사창의

....

15 祗備覆實. 『차의』: 사창의 우두머리가 현에서 그 허실을 조사하기를 경건하게 기다린다는 말이다.

16 隅官. 『차의』: 사방의 향관이다.

『표보』: 송나라 제도에 다섯 집이 1소갑이 되고, 5소갑이 1대갑이 되고, 4대갑이 1단장이 되니, 한 이안의 단장을 총괄해서 1이정이 되고, 한 현 안의 이정을 총괄해서 1향관이 된다. 한 현의 땅을 네 귀퉁이로 나누고, 귀퉁이마다 그 안의 향관을 총괄해서 1우관을 만들어서 그로 하여금 간특한 자를 시찰해서 마을을 보호하게 한다.

17 外里~寄莊. 『차의』: 외리(外里)는 이 향리와 관련 없는 향리를 말한다. 기장(寄莊)은 지금(조선)에서 거주지가 아닌 타지에 둔 별도농장과 같다.

※ 기장(寄莊): 국가가 실토지사용자에게 토지사용권만을 부여한 전제군주국가인 송나라와 조선에서 자신의 거주지밖에 농지나 토지를 가질 수가 없었으나, 다음의 경우에 기장을 유지했다. 첫째는 주로 지방관으로 나간 관리가 자기 부임지에서 편법으로 농지를 수탈하여 농민을 소작농으로 만들고, 자리를 옮기거나 그만두더라도 현 지방관의 묵인 아래 그 농지 등에 대한 소작제도를 유지하는 경우이다. 둘째는 관리가 자신의 출신지를 벗어나 정착하면서 새 정착 지역에 농지 등을 받고 기존 출신지의 농지를 그대로 유지하여 소작하게 하는 경우이다. 이 편법적인 기장은 토호들의 토지겸병과 함께 특히 송나라 말기와 명나라의 큰 폐단으로 조세 및 부역의 결함과 민심이반을 가져온 큰 원인이었다. 주자의 편지글을 참고해 보면 주자도 두 번째 경우의 농지 관리를 위해 무원(婺源)을 왕복한 듯하고, 퇴계가 그 아들에게 보낸 편지에도 예안의 소작농 관리에 대한 글이 보인다. 주자가 기장과 토지겸병을 타파하고자 농지경계측량을 추진하다 집권대신들의 미움을 사서 위학(僞學)으로 몰려 쓸쓸한 생애를 마친 점을 감안하면 주자가 여기서 기장 타파를 주장하지 않은 점은 아직 자신의 입장이 정리되지 못해서인 듯하다.

우두머리와 그곳에 거주하는 사람을 지정하여, 관청을 경유하여 그 내역을 진달하게 하고, 10분의 7[18]을 비축하라고 명령을 내리십시오.

하나. 향리에 곡식소출잔액이 적다고 곡식[19] 비축을 멈춘 민가가 있으면, 이웃 간의 보증을 중복으로 세워서 알리지 않은 자는 벌주고 알리는 자는 상을 주고,[20] 또한 그 수량을 헤아려 10분의 5를 비축하라고 명령을 내리되, 아울러 앞의 법에 의거하십시오.

하나. 상호(上戶: 가장 부유한 민가) 중에 마땅히 비축해야 하는 수량 외에 별도로 비축해서 팔고자 하는 사람이 있으면,[21] 실제 수량을 기재하여 현을 경유해 스스로 진달함을 허락하고, 관청에서 그 곡식을 받아들여 장부에 수록하였다가 내다팔고,[22] 그 공적을 헤아려 상을 시행하십시오.

하나. 비축한 곡식에 대해 값을 미리 정하지 않고 장래에 향리의 평탄과 비옥의 정도에 따라[23] 팔 양을 헤아려 가격을 정하되,[24]

....

18　指定~之七. 『차의』: 진설(陳說)은 지금의 진고(陳告: 보고)와 같다. 10분의 7을 봉인해 비축함은 오늘날 (조선의) 관청에서 부유한 백성의 사적인 비축 곡식을 봉인함과 같다.

19　産錢~禾米. 『차의』: 토호와 권세가들이 다른 사람의 농지를 겸병해서 농가가 그 소출을 빼앗기기 때문에 그 소출 잔액이 적어서 곡식을 비축하기를 멈춘다는 말이다.

20　罪賞. 『차의』: 그 알리지 않는 자는 죄를 주고, 알리는 자는 포상을 한다는 말이다.

21　別行椿糶. 『차의』: 관청에서 봉인하여 비축하는 수량 외에 다시 봉인 비축해서 내다팔기를 원한다는 말이다.

22　收附出糶. 『차의』: 관청에서 그 비축한 알곡을 사들여서, 장부에 수록하고 백성에게 내다 판다는 말이다.

23　鄕原高下. 『차의』: 원은 언덕과 들판이고, 고하(高下)는 비옥이나 척박과 같다.

24　量估. 『차의』: 수량을 헤아려서 가격을 의논함이다.

공평한 가격으로 내다팔아 너무 비싸서 가난한 백성들이 병통으로 여기지 않고 너무 싸서 상호가 손해를 보지 않게 하십시오.

하나. 비축한 곡식은 내년 정월을 기점과 10분(100%)으로 삼아서, 이때부터 매월 말이 되면 곧바로 1분(10%)을 원래 비축했던 생산농가에 환급해서 스스로 내다팔게[25] 하십시오. 백성이 굶주린다는 사실을 알게 되자마자 바로 현재 수량[26]을 가지고 5일에 한 번 우관을 파견해서 내다파는 일을 감독하게 하되, 성인은 한 말, 부인은 일곱 되, 어린이는 넉 되를 팔라고 하십시오. 만약 6월 중순에 이르러 민간에서 보고하는 굶주림의 정도가 그다지 심하지 않으면 바로 전체 수량을 생산농가에 환급하고 스스로 내다팔게 하십시오.

하나. 부의 성이나 현의 성곽 및 향촌에 거주하는 백성 중에서 곡식을 사 먹어야 하는 민가는 마땅히 미리 조사해서 장부에 수록하게 하고,[27] 현재 호구의 실수를 가지고 곧바로 필요한 곡식의 수량을 살펴보십시오. 그리하여 장래에 마을[28]별로 나누어 확정해서 공문서를 주어[29] 곡식을 사들이게 한다면, 기만당하는 폐단을 거의 면할 듯합니다. [원주: 호구마다 성인, 부인, 어린이의 세 항목으로 나누어 기록한다.]

....

25　每月~出糶.『차의』: 10분 가운데 1분을 그 비축한 주인인 민가에 환급해서 스스로 내다
　　팔게 한다는 말이다.
26　見數.『절보』: 곡식이 현존하는 수량을 말한다.
27　預行括責.『차의』: 미리 점검해서 그 장부에 수록하는 일을 책임 지운다는 말이다.
28　坊保.『차의』: 바로 읍과 향리를 말한다.
29　給關.『차의』: 관은 공문서이다.

하나. 상호는 본래 비축해 둔 곡식이 있고, 군인은 본래 지급되는 옷과 식량이 있고, 관리는 본래 녹봉이 있고, 시장의 가구는 본래 헤쳐 나갈 기반[30]이 있고, 장인(수공업자)들은 본래 재주로 먹고 살 수 있고, 스님과 도사들은 본래 항시 의식주[31]가 있으니, 모두 곡식을 사들이는 한도에 포함하지 마십시오.

하나. 홀아비나 과부나 고아나 부양할 가족이 없는 자나 늙고 병든 자나 빈털터리 등 곡식을 사 먹을 수 없는 자들은 3, 4월이 되기를 기다렸다가 별도로 의논하여 조치하십시오.[32] 만약 기근이 들면 반드시 이들에게 적절한 식량을 주십시오.

이상과 같이 삼가 기록하여 올립니다. 제1항에서 제3항까지는 건령부와 양사에서 조속히 상세하게 헤아려서 의론을 정해 주시길 간청합니다. 제4항 이하는 건령부에서 모든 통로에 방을 붙이되, 아마도 미진하고 불편한 점이 있을 듯하니, 각종 사람들에게 그 이익과 해악을 상세히 살피게 하여 조속히 장계를 갖추어 진달하게 하고, 널리 묻고 자세히 의논한 뒤에 시행하면 부호나 가난한 백성이나 모두 편안하게 될 듯합니다. 삼가 대감의 지휘를 기다립니다.

이 알곡[33]은 반드시 남겨 두어 내년의 쓰임에 대비하여야 합니

....

30 經紀.『차의』: 먹을 양식을 조달함이다.
    『차보』: 물건을 팔아서 생계를 영위함을 '경기(經紀)'라고 한다.
31 常住.『차보』: 승려와 도사들에게 제공하는 식량을 '상주량(常住粮)'이라고 한다.
32 別議措置.『절보』: 마땅히 진흘해야 한다는 말이다.
33 此米.『절보』: 안무사의 구휼미와 복건 광남에서 사들인 양곡을 모두 가리킨다.

다. 가을걷이가 목전에 다가오고 있으니, 이 알곡이 운반되어 이를 즈음에 사람들은 이미 햇곡식을 먹을 터이니,[34] 저장해 두고 허비되지 않기를 간절히 바랍니다. 비축 알곡이 많으면 상호들이 교역하는 데 불리하고, 적으면 또 저축이 부족하니,[35] 이 비축할 수량을 다시 재량하고 참작하시되 다시 호구수로 계산하시기를 간청합니다. 그래야만 바야흐로 실제로 쓰일 알곡의 수량을 알 수 있습니다.

....

34 人已食新.『차의』: 여기서 구두점을 끊어라.
  『절보』: 각처에서 미곡선이 운반한 양곡이 도달할 때에는 민간에서 이미 햇곡식을 먹고 있다는 말이다.
35 糴米~不足.『차의』: 비축 알곡의 수량이 과다하면 상호가 남은 수량을 내다팔 수 없고, 그 수량이 과소하면 구휼하기에 부족하다는 말이다.

건령의 부사또께 보내는 차자(1174년 9월 말)*

삼가 가을과 겨울이 교차하는 시기에 한기가 아직 계절에 걸 맞지 않지만[1] 대감의 기거에 만복이 깃들기를 바랍니다. 저는 건 양의 북쪽 나루를 건너면서 모두 두 차례에 걸쳐 문안 편지[2]를 보 냈는데, 이미 모두 도착해서 보셨을 듯합니다. 작별 인사를 할 때[3] 가르침을 주셨는데 홀연히 이미 여러 날이 지나서 객관에서 위로 하고 베풀어 주시는 은혜를 추억하니 매우 부끄럽습니다. 서로 마 주하고서 받은 가르침에서는 모두 윤택하고 충후하며 노성한 분 의 말씀이라 느끼고 깨우친 내용이 많았으니 매우 다행이었습니 다. 저는 어제 산간에 도착했으며 이틀간 쉬었다가[4] 다시 남하해 야 합니다. 그러나 가뭄이 오래되어 물이 말라 뱃길이 막혀서 다 시 며칠을 더 기다려야만 비로소 성에 도착할 듯합니다.

....

* 與建寧傳守箚子.『차의』: 부수는 이름이 자득이다.
1 寒氣未應.『차의』: 한기가 계절에 걸맞지 않음이다.
   『차보』: (『예기』) 「월령」의 글이다.
   ※『예기』「월령」에 '늦가을 달에…, 한기가 모두 이른다(季秋之月 … 寒氣總至)'라는 구절
   이 있다.
2 拜問.『차의』: 부수에게 문안 편지를 보냈다는 말이다.
3 拜違.『차의』: 위(違)은 이별과 같다.
4 弛擔.『차의』: 담(擔)은 봇짐을 말한다.

돌아오는 길에 농지를 둘러보았는데 농사가 잘된 곳과 못된 곳이 서로 보완이 되어,[5] 헤아려 보건대 평년의 수확에 비해 크게 부족하지는 않을 듯합니다. 다만 외적을 대비하여 방비하는 대책은 강론하지 않을 수 없었지만, 친구들이 왕왕 책망하기 때문에 곡식을 허비하는 폐해[6]는 심각히 진언하지는 못했습니다. 술을 빚는 데 소모되는 곡식의 수량을 차치하더라도, 단지 지금 누룩 제조만으로도 숭안 성안에서 소비되는 수량이 1만 곡에 달하고, 황정 같은 작은 도시도 숭안의 절반에 해당합니다. 향촌에서 소모되는 수량은 그 수에 포함시키지[7]도 않았습니다. 다른 주에서 미곡을 운반해 오면서[8] 풍파를 만날까 우려하고 운송비를 허비하기보다는 앉아서 이 곡식을 완전히 보존해서 무사히 온전함만 하겠습니까? 누룩을 빚는 데 1만 곡이 소모된다면, 장차 술 빚는 데 소비되는 찰기장[9]을 헤아려 보면 다시 수만 곡이 됩니다. 설사 일전의 찰기장을 관청에서 사들이는 설을 시행할 수 있는 경우라도, 온전한 수량이 어찌 여기에 미치겠습니까?[10] 소무 땅에서

....

5　豐儉相補.『차의』: 검(儉)은 흉년을 말한다. 풍년이 든 곳에서 흉년이 든 곳을 보전함이다.

6　糜穀之害.『차의』: 술을 빚어서 곡식을 허비한다는 말이니, '견우(見尤)'의 뜻이 여기까지다.
　　『잡지』: 정자도 말하기를 "촌의 술집은 요컨대 알곡과 보리를 허비케 하고 한량들을 모으고 농사와 산업에 방해가 되고 소송을 야기하고 도적을 숨겨 주니, 주나 현에 극히 해가 된다"고 했다(『하남정씨외서』 10-32).

7　未論~在數.『차의』: 누룩으로 술을 빚는 알곡의 숫자를 차치하고, 단지 숭안의 성안에서 누룩을 만드는 데 허비되는 수량이 1만 곡이고, 황정과 같은 작은 고을 또한 5,000곡이니, 향촌에서 만드는 수량은 이 1만 5,000에 포함되지 않았다는 말이다.

8　運於他州.『차의』: 흉년에 다른 주에 가서 알곡을 운반해 온다는 말이다.

9　所糜秫米.『절보』: 바로 위 문장에서 말한 '술을 빚는 데 소모되는 양'이다.

204

는 이미 이 정령[11]을 시행하고 있다고 합니다. 저 작은 고을에서도 오히려 행할 수 있는데, 어찌 대감이 관장하는 큰 부(府)의 당당한 역량으로 불가능하겠습니까? 집에 도착해서 포성 땅의 지인[12]에게서 편지를 받았는데 이 일을 언급했습니다. 지금 삼가 그 편지를 올리니 귀하께서 다시 양 어르신(양유의)과 더불어 숙고하시기 바랍니다. 다만 이미 시기가 늦어서 제때 일에 미치지 못할까 염려될 뿐입니다. 이 사람은 성이 장이고 이름은 체인으로 학문을 좋아하고 뜻있는 훌륭한 선비인데, 아마도 경인(부경인)[13] 형제와 같은 해에 과거에 급제한 듯합니다. 이전에 인물에 대해 문의하셔서 그를 언급한 적이 있습니다.

또 듣기로 양 어르신이 주부에게 알곡을 사들이라고 명령을 시달했으나 메기장[14]과 찰기장의 구별까지는 언급하지 않았다고 하

....

10 若能~及此.『차의』: '급(及)'은 아마도 지(止)자의 오자인 듯하니, 관청에서 고량을 사들이는 설을 시행하여, 술을 빚지 못하게 한다면, 허비되지 않고 온전한 수량 또한 어찌 수만 곡에 그치겠는가라는 말이다.

『차보』: '급(及)'자는 아마도 오자가 아닌 듯하니, 앞의 문장에서 '책망을 당해서 깊이 진술하지 못했다'는 말로 살펴보면, 술을 빚는 데 곡식이 허비되는 폐해를 선생이 이미 누차 진술한 듯하다. 아마도 '찰기장을 관청에서 사들임'은 바로 선생이 부사또에게 말한 내용이고, 지인들에게 책망을 당한 대상이니, 곧장 누룩 제조를 금지함만 못하다고 여긴 점이다. '만약 누룩 제조를 금지하면' 이미 누룩에 소모되는 1만 곡의 곡식이 온전하고, 이로써 허비될 찰기장 수만 곡의 수량 역시 전부 온전할 수 있으니, 과연 일전에 말한 대로 다만 찰기장을 관청에서 사들이기만 한다면 오히려 몰래 술을 빚는 폐단이 있을 터이니, 온전함이 여기에 미치지 못하다는 말이다.

11 此令.『차의』: 찰기장을 사들이라는 명령을 말한다.

12 此人.『절보』: 포성의 지인이다.

13 景仁.『치의』: 바로 부수의 이들이다.

『차보』:『문집』3권 3판에 자세히 보인다.

니 과연 그런지는 모르겠습니다. 메기장을 사들이는 해악에 대해서는 전에 이미 진달했습니다.[15] 그러나 천 리 안에 호구 수가 얼마인지 알지도 못하면서 만약 사람마다 쌀을 사들여서 먹으려 한다면,[16] 성사될 수 없을 듯합니다. 그 형편상 반드시 상호에게 명령하여 곡식을 비축하여 보유하게 하되, 제가 전에 말씀드린 주장[17]같이 하셔야 비축하는 수량이 비로소 많아집니다. 다만 제가 만난 현이나 주의 관리들 주장에 따르면 모두 이 계책을 꺼리는데, 대체로 상호들에게 원망을 받을까 두려워하고 속임을 당할까[18] 염려합니다. 그래서 재난을 구제하는 정사는 평상시와 같지 않아서 가만히 팔짱을 끼고서 짐승을 잡을 수 있는 이치는 결코 없음을 도무지 모릅니다. 곡식이 많은 부자들은 오로지 자신 혼자만 취사해 먹을 수는 없고, 그 형편상 반드시 쌀을 팔아 돈을 받아 집안 필요에 충당해야 합니다. 지금 다만 정해진 분량을 남기게 하고,[19] 내년에 관청의 명령이 내리기를 기다려서[20] 이웃의 부족함을 구휼하게 한다면 어찌 안 될 일이 있겠습니까? 가령 그중에 어리석고 완고하여 설득하기 어려운

·······

14　秔秫.『차의』: 갱(秔)은 찰기가 없는 쌀이고, 출(秫)은 찰기가 있는 고량이다.
　　『절보』: 갱(秔)은 갱(稉)과 같으니 음이 경이다.
15　糴秔~陳之.『절보』: 위 11판에서 말한 선박으로 강을 따라 운반하는 알곡을 지나치게 불러모아서 도리어 향촌을 부족하게 해서는 안 된다는 것이다.
16　人人~食之.『절보』: 하릴없이 쌀을 사들여서 먹임만을 고려함이니, 사는 마땅히 음이 사가 되어야 한다.
17　前日之說.『절보』: 바로 위에서 계획한 내용이다.
18　見欺.『차의』: 상호에게 속임을 당한다는 말이다.
19　存留分數.『차의』: 바로 앞 문장에서 말한 비축하여 보유함을 말한다.
20　聽官司之命.『차의』: 바로 관청의 명령으로 굶주린 백성에게 쌀을 내다판다는 말이다.

사람이 없지는 않겠지만, 인자한 은혜를 베풀라고 설득하고 대의로 독려하십시오. 그런데도 심히 따르지 않는 자는 형벌로 대처하시고 기꺼이 따르는 자는 상으로 보답하면, 어찌 그들의 원망과 노여움을 꺼려 하고 자기를 속인다고 염려해서 감히 하지 않는단 말입니까? 듣기에 건양의 서쪽 지역에 사는 사람 중에 이미 스스로 관청에 고하여 집안의 돈 200만으로 알곡을 사서 내년 구황할 때를 기다렸다가 사들인 본래 가격으로 팔기[21]를 원하는 사람이 있었다고 합니다. 과연 사실이라면 사람이 어찌 귀신이나 도깨비처럼 전혀 교화되지 못할 자가[22] 있겠습니까? 다만 윗사람들이 먼저 그들을 구제 불능으로 예단하는 병통 때문에, 강인한 사람은 그들을 심한 원수로 여겨서 능멸하기를 제멋대로 하고, 유약한 사람[23]은 그들을 큰 도적처럼 두려워하여 다시는 올바른 의리로 상호 간에 재단하지 못하니, 이 두 부류의 사람들은 똑같이 균형을 잃었습니다.

일찍이 소명윤(소순)[24]의 책을 읽어 보니 권형의 의론[25]이 인과

....

21 以本價出之. 『차의』: 당초에 알곡을 산 본래 가격으로 내다팔아서 이를 통해 굶주린 사람들이 알곡을 사는 데 이롭도록 한다는 말이다.

22 爲鬼~化者. 『표보』: 위징이 봉덕이와 교화를 의론하면서 말하기를 "만약 옛사람들은 순박했는데 점점 경박하고 나쁜 사람으로 되어 갔다고 한다면, 지금에 이르러서는 모든 사람이 다 이미 귀신과 도깨비가 돼 버렸을 듯합니다"라고 하였다(『자치통감』 193권).

23 彊者弱者. 『차의』: 모두 윗사람을 가리킨다.

24 蘇明允. 『절보』: 이름이 순이고 호는 노천이다.

※ 소순(蘇洵, 1009-1066): 자는 명윤(明允)이고 호는 노천(老泉)으로 미주 미산(眉州 眉山: 현재 사천성 미산시) 사람이다. 그의 아들 소식 및 소철과 더불어 당송 8대가 중 한 사람이다.

25 權衡之論. 『절보』: 『권서』와 『형론』은 소순이 지은 책이다.

의가 궁색해진 경우를 위해 나왔다고 하였는데, 제 생각에는 이는 바로 인의를 모르는 말인 듯합니다. 무릇 여유로움은 양이 되고 참담함은 음이 되니, 어느 것이든 천지가 만물을 낳는 마음이 아니겠습니까? 인과 의가 사람에게서도 이와 같을 뿐입니다. 만약 인과 의로서 궁색함이 있다면 곧 천도의 음과 양도 또한 궁색함이 있게 되니 그 말이 옳겠습니까? 그러므로 무릇 이 편지의 의론은 비록 주후혜문관을 쓰는 어사들[26]의 일체설과 같지만 그 실상은 때에 맞춘 폐단구제이니 그렇지 않을 수가 없습니다. 대개 제마음은 다른 사람의 구제를 위주로 해서 미치는 범위가 넓기 때문에, 비록 다른 사람이 원하지 않더라도 강요하는 면은 있지만, 애초에 인술(仁術: 어진 덕을 베푸는 방편)을 벗어난 점이 없습니다. 밤에 잠들지 못해서 일어나 앉아 이 편지를 쓰기 때문에 뜻 가는 대로 곧장 써서 도무지 두서가 없으니, 귀하가 옳다고 여기실지 모르겠습니다. 가령 반드시 행할 만하지 못하더라도 족히 하나의 극진한 의론에 해당할 만합니다.

일전에 아뢴 「제자직(弟子職)」[27]과 온공(사마광)의 『잡의』를 삼가 올리니, 글자가 그다지 작지 않아서 바로 간행할 수 있을 듯합니다.[28] 『여계(女誡)』[29]의 본전에 서문 하나가 있는데 아마도 함께

....
26 柱後惠文. 『차의』: 어사가 쓰는 관의 이름이니, (응소가 지은) 『한관의』에 나온다. ○『한서』(76권 「조윤한장양왕전趙尹韓張兩王傳」)에서 장무가 말하기를, "양나라의 대도는 마땅히 주후혜문관을 쓴 어사로 하여금 탄핵해서 다스려야 한다"고 했다.
27 弟子職. 『표보』: 관중이 지은 책이다.
28 字已~便刊. 『차의』: 여기 올린 판본의 글자체가 작지 않아서 바로 이를 가지고 간행할 수

간행함이 옳을 듯합니다. 이 인쇄용지[30] 내의 위쪽 몇 폭[31]은 글자 수가 균일하지 않아서 반드시 일률적으로 써야만[32] 비로소 좋습니다. 이어서 조속히 대감께서 지시를 내리셔서 마땅히 곧바로 간행이 착수되기를 간청합니다. 판각이 완성될 때 마땅히 「제자직」과 『여계』를 각각 한 질로 만들고 모두 『잡의』를 그 뒤에 붙이십시오. 대개 남녀를 가르침은 비록 다르지만 이 『잡의』는 마땅히 남녀 모두 알아야 하는 내용이니,[33] 이를 유행하게 함은 또한 세상의 교화를 도와서 이루는 한 가지 일입니다. 『잡의』는 예전에 양 어르신이 제게 가르치신 적이 있는 책인데, 지금 출간에 감동되어 옛 배울 때를 회고하자니,[34] 세월이 유수와 같아서 어버이를 여읜 눈물이 여기에 이르니, 이를 언급함에 목이 메여 어찌할지 모르겠습니

·······
있다는 말이다.

『차보』: 일설에는 '편간(便刊)은 아마도 판각하기에 편하다는 뜻인 듯하다'고 했다.

29 女誡.『차보』: 반고의 여동생 조대가(이름이 반소班昭로 남편이 조曹씨이기 때문에 조대가라고 한다)가 쓴 저술로 세속에서는 '여효경(女孝經)'이라고 부른다.

30 印行紙.『차의』: 서책에서 빈칸이 있는 종이이고, '항(行)'은 바로 항렬(行列)의 항이다.

『절보』: 빈칸을 두고 인쇄한 종이를 말한다.

31 內上數幅.『차의』: 내(內)는 납(納: 들일 납)과 같다. 수폭(數幅)은 바로 장차 서문을 쓸 종이다.

32 作一樣.『차의』: 「서문」과 『여계』의 글자 수를 균일하게 함을 말한다.

33 此則當通知.『차의』: 「제자직」은 바로 남자에 대한 가르침이고, 『여계』는 바로 여자에 대한 훈계이지만, 이 『잡의』는 남녀가 모두 마땅히 알아야 하는 내용이다.

34 感受~孤露.『차의』: 아마도 『잡의』에 부모를 섬기는 구절이 있어서, 선생이 이미 아버지를 여의었기 때문에 이와 같이 말했을 듯하다.

『절보』: 이 말의 뜻은 선생이 어렸을 때 양 어르신께 『잡의』를 배운 적이 있는데 공부하여 실천하려 해도 지금은 어머니가 이미 세상을 떠나서 실천할 길이 없었기 때문에 이와 같이 말하였다.

다. 말이 여기에 미치니 개탄할 만합니다. 제가 본래 다시 양 어르신께 편지를 보냈는데 인편이 어제 막 돌아왔고, 오늘 새벽에 당신에게 가는 사람이 있어서 닭이 울자 일어나서 겨우 여기까지 언급하고 끝내니 양 어르신께는 편지를 쓸 겨를이 없었습니다. 그러나 양 어르신께 하고 싶은 말도 이에 불과하니, 부디 조용히 순서대로[35] 반드시 양 어르신께 모두 언급해 주십시오. 앞에서 모시고 있지는 못하지만 때에 맞추어 자중하셔서 제수를 받는 대로 나가 부임하시길 다시 간청합니다.[36] 그러나 구구한 저는 개인적으로는 민 땅 사람들과 마찬가지로 계속 민 땅에 남게 해 달라고 조정에 간청하고자 하는[37] 바람이 없지는 않습니다.

....

35 從容次.『차의』: 조용히 말해 나가는 차례이다.

36 前卽詔除.『차의』: 제수하는 벼슬에 부임한다는 말이다.

37 借留.『차보』:『후한서』「구순전」(16권「등구열전鄧寇列傳」)에 '영천의 백성들이 구군(구순)을 1년 더 빌려 달라고 하자, 마침내 구순을 잔류시켰다'고 했다.

부사또께 답하는 차자(1174년)

　자세히 깨우쳐 주신 편지를 받고는 돌봐 주시고 유념해 주시는 수고에 지극히 감격합니다. 다만 이 일¹은 애초부터 본디 생각이 이와 같으니 아마도 이치와 법칙상 당연하여 의심할 게 없습니다.² 대감이 끝까지 염려를 거두지 않아서 전전하여 지금에 이르렀지만 일의 본질은 더욱 명백합니다.³ 건령부의 입장에서는 비록 조정에서 저를 긍휼히 여기는 아름다운 의리⁴를 받들고자 하지만, 제 입장에서는 어찌 법령의 의심나는 조문을 인지하고 있으면서도 받아서는 안 되는 부당한 녹봉을 함부로 받는단 말입니까? 저는 비록 가난이 병통이지만 그렇게 살아온 나날이 이미 오래되어 근근이 스스로 편안할 수 있습니다. 참으로 이로써 스스로 염치를 감히 훼손해서 우러러 당신에게 누를 끼칠 수는 없습니다. 삼가 장계를 갖추어 상신해서 아직 행하지 않은 것은 그만두고 이미 행

1　妓事.『차의』: 녹봉의 일인 듯하다.
　　『절보』: 선생이 부권(符券: 녹봉지급증서)이 없었던 까닭에 녹봉을 받지 못했다.
2　無可疑者.『절보』: 마땅히 받아서는 안 되는 데에 의심의 여지가 없다는 말이다.
3　台念~明白.『절보』: 대감이 염려를 거두지 않고 완곡하게 권유해서 지금에 이르렀기 때문에, 상세하고 강구하게 되어 받아서는 안 되는 일의 본질이 더욱 명백해졌다는 말이다.
4　在使·美意.『차의』: 부이 수령은 도리상 조정에서 선생을 긍휼히 여기는 아름다운 의리를 받들어, 선생에게 녹봉을 보내준다는 말이다.

한 것⁵은 회수하셔서, 우둔하고 천한 저의 행색을 편하게 해 달라고 간청하였습니다. 간절히 바라옵건대 그 성의와 간절함을 불쌍히 여기셔서 특별히 시행을 허락해 주시면 천만다행이겠습니다.

5　未行已行.『차의』: 모두 녹봉의 부권을 가리킨다.
　　『절보』: 이때 조정에서 아직 부권을 주지 않았기에 '미행(未行)'이라 하였고, '이행(已行)'
　　은 아마도 건령부의 문서를 가리키는 듯하다. 이는 모두 갑오년(1174) 6월에 선생에게
　　숭도관 사록관직을 제수한 명령이 있은 이후의 일이다.

25-9

공참정께 답하는 편지(1175년 봄)*

저번에 당신이 조정으로 돌아오셔서 한두 달 사이에 바로 제수하는 문서를 받고 재상에 임명되시어[1] 묘당에서 임금을 대면하게 되셨습니다.[2] 근래에 군주와 신하의 의기투합이 신속하여 이와 같이 성대한 적이 없었습니다. 제가 듣고는 그 기쁨을 이기지 못해서 곧장 짧은 편지를 써서 귀하께[※] 경하를 드리고자 했습니다. 그러나 단지 노쇠한 병과 나태로 인해 우물쭈물하면서 지금까지 이르렀기 때문에, 마침내 경하를 드리는 편지를 올릴 길을 찾지 못하였습니다.[3] 그런데 뜻밖에도 귀하가 저를 돌봐 주시고 유념해 주시는 마음을 잊지 않으시고 외람되이 손수 쓴 편지를 내려 주셨으니, 삼가 읽

....

* 答龔參政書.『절보』: 공참정은 이름이 무량이다.
  『차보』: 공무량은 당시에 참지정사였다.
  『표보』: 자는 실지이고 호는 정태이고 보전 사람이다.
1 書贊.『차의』: 임금에게서 문서로 칭찬을 받음이다.
  『표보』: 아마도 '서'는 벼슬을 제수한다는 문서이고, '찬'은 재상을 임명받았다는 뜻이다.
2 延登廟堂.『절보』: 순희 갑오년(1174) 11월에 공무량을 참지정사로 삼았다.
  『차보』:『송사』「공무량전」(「열전」 144권)에 '무량은 강서전운부사에서 예부에 제수되었는데, 황제가 손수 조칙을 내려, 나라 조정의 전고에 시종관으로서 곧바로 집정으로 제수된 예를 물으시고, 다음 날에 바로 참정으로 제수하였다'고 하였다.
※ 문하(門下): 지체 높은 분께 직접 올리지 못하므로 그 문하에 치한다고 함.
3 遂不~進也.『차의』: 어떤 말을 올려야 할지 모른다는 말이다.
  『차보』: '소이진(所以進)'은 경하하는 편지를 말한다.

어 보고는 감격하고 두려워서 무슨 말씀을 드려야 할지 모르겠습니다. 또 건령부에서 한상서(한원길)⁴에게 보고하는 내용을 얻어 보니, 조정에서 제가 감히 녹봉을 받지 못하는 연고로 인해 담당부서에 특별히 부권(符券: 녹봉지급증서)⁵을 발급하라 명령하였으니, 건령부에서 이미 이를 받아 시행하리라고 했습니다. 이는 귀하가 저를 깊이 긍휼이 여기지 않았다면 어찌 얻을 수 있었겠습니까? 지금부터는 구렁텅이에 빠지는 염려를 조금 벗어날 수 있을 뿐만 아니라, 곤궁하고 초췌하고 외로운 종적을 가진 제가 고의로 이설을 세우거나 괴이하고 격렬하여 공정한 조정에 죄를 얻지 않게 되었으니 매우 다행입니다. 생각건대 별 볼 일 없이 거칠고 졸렬한 제가 귀하처럼 주상의 대접받는 분의 뒤를 따라서, 스스로 우둔함⁶을 막아서 만분의 일이라도 보답할 길이 없습니다. 부디 귀하가 깊이 평소의 배운 바를 유념하시고, 성군이신 천자께서 귀하를 임명하셔서 귀하로 통해 이루시기를 바라는 마음을 체득하셔서, 근본을 단정하게 하고 근원을 청정케 하시며 법도를 세우고 기강을 진달하셔서 음사한 자는 물러나 다스림을 받게 하시고, 공론은 명백히 행해지게 하시면 백성들이 복을 받고 온 나라가 매우 다행이겠습니다. 저는 바람의 간절함이 지극하여 이루 다 말할 수 없습니다.

....

4   韓尙書.『차보』: 한원길은 당시에 이부상서였다.

5   未敢~符券.『절보』: 계사년(1173)에 궁관으로 품계를 고친 뒤, 갑오년(1174) 6월에 이르러 선생이 비로소 명을 받아들였으나 조정에서 아직 봉록부권을 지급하지 않아 봉록을 받지 못하였다. 조정에서 그 뜻을 알고 담당부서에 특별히 부권을 주라고 하였다.

6   愚頓.『차보』: 돈은 둔으로 읽어야 하는데『한서』「주」에 보인다.

25-10

공참정께 답하는 편지(1176년 여름에서 가을 사이)

삼가 지난봄에 제가 안부를 전한 뒤에 다시는 감히 안부를 여쭈는 편지를 올리지 못하였습니다. 이는 귀하를 귀찮게 하는 잘못을 염려하고 윗사람에게 청탁한다는 혐의를 피하고자 한 일이지만, 개인적으로 우러러보는 마음을 하루도 잊은 적이 없습니다. 이에 손수 쓰신 편지를 받아 보고서 돌봐 주시고 어루만져 주심이 깊으셔서 제 감격함을 이루 다 말할 수 없습니다. 다만 이 벼슬을 받은 은총[1]은 뜻밖이고 매우 타당하지 않습니다. 이는 비록 참정께서 옛날을 기억하시고 가련히 여기셔서 여기에 이르게 되었지만, 제가 평소에 뜻만 있고 재주는 없으며 다른 사람에게 인정받음은 적고[2] 거스르는 점은 많음을 참정께서는 본디 잘 아실 듯합니다. 그런데 도리어 이처럼 처신한다면 아마도 적절한 제 명분을 찾지 못할까 염려됩니다. 수년 이래 개인적으로 스스로를 헤아려 보건대 결코 세상에 쓰일 수 있는 재주가 없습니다. 그런데 지난해 제 분수에 맞지 않게 조정으로부터 총애로 포상[3]하고 은전으로

....
1 恩除. 『절보』: 병신년(1176) 6월에 참정 공무량이 선생이 행동에 지조가 있고 강단이 있어서 누차 불러도 오지 않는다고 말해서 비서성 비서랑을 제수했다.
2 少容. 『차의』: 다른 사람에게 용납됨이 적음이다.
3 寵褒. 『차의』: 22판에 보인다.

녹봉을 주시는 은혜를 거듭하여 받았기에, 그 의리상 다시는 은혜를 저버리고 한가로이 지낼 수가 없어서 좋은 벼슬자리로 나아갔습니다. 그러나 비단 스스로의 처신을 살펴볼 때 이미 걸맞지 않을 뿐만 아니라, 붕우들의 의론 또한 반드시 이와 같이 물러나야 혹여 전일에 분수에 맞지 않게 벼슬을 받은 잘못을 조금이나마 보충할 수 있다고 하였습니다. 이에 경건히 공문서로 조정에 상신하니 긍휼히 여기서서 조속히 상주하여 제가 청한 대로 해 주시거나 혹은 예전처럼 사록관으로 충원해 주시면, 제가 받은 은혜가 끝이 없을 듯합니다. 저는 형편상 끝내 출사할 수가 없습니다. 만일 주상의 허락을 받지 못한다면 반드시 다시 사양하게 됩니다. 제가 압박을 받음이 심해지면 말이 거칠고 경솔해져서 스스로 죄를 짓고 잘못을 저지를까 염려됩니다. 참정께서는 군이 제가 여기까지 이르기를 바라지 않을 터이니 부디 조속히 도모해 주십시오. 기억해 주시고 가련히 여기시며 옹호해 주시는 은혜가 이보다 큰 것이 없을 듯합니다. 유념해 주시면 천만다행이겠습니다.

25-11

진비감께 답하는 편지(1176년 여름에서 가을 사이)

저는 우환으로 여생을 초야에 숨어 살면서 우러러보면서 거듭 귀하의 치적을 기대한 지가 여러 해지만 벼슬로 현달함과 산림에 은거함은 길이 달라서 귀하에게 말씀을 드릴 길이 없었습니다. 그런데 도리어 저를 비루하게 여기지 않으시고 편지를 내려 주시는 은혜를 입었는데, 임금께서 은전으로 제수하는 뜻을 가지고 저를 깨우쳐 주시면서 저에게 빨리 조정으로 나오라 하시니, 저를 돌보아 주심과 인정해 주심이 참으로 두터우십니다. 단지 쇠잔하고 미천하고 재주가 없어서 오래도록 출세에 대한 바람을 끊었고, 이 은전에 명령을 받들 수 없는 내용이 있기에 이미 공문서를 갖추어 조정에 애절하게 간청했습니다. 말씀하신 고명과 섬차 또한 이미 관할 건령부에 보내 조정에 반납해 달라고 기탁하였습니다. 쇠약한 병으로 두문불출하면서도 귀하를 날마다 우러러보면서 바람 불면 쏠리고 옷깃을 당기면 따라가듯 그리워하는 마음은 이루 다 말할 수 없습니다.

25-12

부조운사께 보내는 편지(1176년 가을)*

전에 저에게 제수한 명령이 끝내 실현됨을 면치 못하였으니 저는 황공하여 몸 둘 바를 모르겠습니다. 공공(공무량)이 편지를 진사인에게 부쳐서 진사인이 사람을 파견해서 보내왔습니다. 그 뜻은 비록 두텁지만, 제가 벼슬에 나갈지 여부에 대한 생각을 지난해 관직을 제수받았을[1] 때에 이미 정리했으니, 여기에 이르러 다시는 주저할 수가 없기에 이미 공문서를 갖추어서 상서성에 상신하고 고명과 차자[2]를 건령부의 군기고에 반납해 달라고 기탁했으니,[3] 귀하가 결재해서 내려보내 주시면[4] 매우 다행이겠습니다. 숭도관 사록관직

....

* 與傅漕書三. 『절보』: 「부자득의 행장」(『문집』 98권 「조봉대부 · 직비각 · 주관건령부무이산충우관부공행장朝奉大夫直秘閣主管建寧府武夷山冲佑觀傳公行狀」)에 '공(부자득)이 건령부 수령에서 다시 복건로전운부사가 되었다'고 하였다.

　※ 부자득(傅自得, 1116-1183): 자는 안도(安道)이고 천주(泉州) 사람이다. 아버지의 공적으로 음직을 받아 관직에 나갔으나 진회의 미움을 받아 외직을 전전하였는데, 진회의 사후에 반대파의 모함으로 오히려 귀양을 갔다가 효종 즉위 후에 원직을 회복하였다. 말년에 무이산 충우관을 주관하였다.

1 前歲受官. 『절보』: 갑오(1174)에 품계를 올려 주고 사록관으로 제수하는 명령을 받았다.

2 告箚. 『절보』: 고명과 상서성의 차자이다.

3 寄納軍帑. 『차의』: '군탕(軍帑)'은 부자득이 다스리는 군대의 창고이다. 아마도 당시에 고명과 상서성의 차자를 받지 않고자 하면 군부의 창고에 반납해서 우편을 통해 원래의 상서성에 돌려보내게 한 듯하니, 「사면(辭免)」권(『주자문집』 22~23권)에 많이 보인다. 『차보』: 군자고이다.

은 즉시[5] 해임시킴이 마땅할 듯하고 봉급 또한 지급을 정지해 주시면 다행이겠습니다. 공공 또한 귀하에게[6] 보내는 편지가 있어 보내 드리니, 편지를 회신할 적에[7] 부디 다시는 조정에 나아갈 수 없다는 제 뜻을 대략 언급해 주십시오. 훗날 다시 옛날의 사록관직[8]을 얻어서, 혹여 만정의 사당[9]의 제사를 받들어 사당 묘정의 풀을 베는 늘그막[10]의 염원을 다 마칠 수 있다면 저는 만족하겠습니다. 만약 저를 압박하심을 그치지 않는다면 반드시 제 미치광이 질병을 발작시켜서 도리어 조정하고 보호하는 데에 귀하의 공력을 배나 허비할 염려가 있으니, 이쯤에서 약을 써서 온전하게 하느니만 못할 듯합니다. 제가 상서성에 상신하는 장계에 이미 매우 상세하게 기술하였으니 두 번 다시 장계를 쓸 생각은 없습니다. 이 올린 내용을 가지고 한 말씀 하셔서 도와주시면 그 형세로 볼 때 한 번 청함으로써 이루어질 수 있을 듯하기에, 힘써 말씀해 주시기를 간절히 바라면서 이 흉금을 다 토로하오니 들어주시면 천만다행이겠습니다.

....

4 台判送下. 『차의』: 고명과 상서성의 차자를 결재해서 군자고로 내려보낸다는 말이다.

5 日下. 『절보』: 즉시라는 말과 같다.

6 門下. 『차의』: 부조운사(자득)을 가리킨다.

7 還書. 『차의』: 부조운사(자득)가 공(무량)에게 답하는 편지를 말한다.

8 舊物. 『차의』: 사록관직을 말한다.

9 幔亭之祠. 『차의』: 무이산 충우관이다.

   ※ 충우관(沖祐觀): 도교사원의 이름으로 복건성 무이산에 있다. 당나라 천보 연간(현종의 연호로 742년 정월부터 756년 7월까지 사용)에 건립되어 여러 이름을 거쳐 송나라에서는 충우관이라고 불렸다. 송나라에서 퇴직한 관원이 상주하며 도관의 일을 주관하면서 천지 봉급이 반을 받았다. 만정은 충우관이 있는 무이산 정상이 봉우리 이름이다.

10 夕陰. 『차의』: 아마 '늘그막'과 같은 듯하다.

25-13

여백공께 보내는 편지(1176년 7월)

저는 6월¹ 초에야 비로소 무원(안휘성: 선생의 본적지)²을 떠나서 병과 더위를 무릅썼지만 다행히 다른 우환은 면했습니다. 집에 도착한 지 얼마 안 되어 홀연히 비서랑의 벼슬을 제수한다는 명령³을 들었는데 뜻밖의 일이라 어찌할 바를 모르겠습니다. 그러나 몇해 전 외람되이 과분한 은전⁴을 받은 까닭은 이미 바로 조정에서

....

1　六月.『절보』: 병신년(1176) 4월에 선생이 무원에 이르러 조상의 묘를 성묘하고, 몇 달을 머물렀다가, 6월 초순에야 비로소 돌아왔다. 『연보』에 '2월에 무원으로 돌아갔다'고 함은 아마도 집을 떠난 날을 말한 듯하다.
　　『차보』:『절보』의 4월은 2월이 되어야 한다.
2　婺源.『간보』: 무원현은 강동로 휘주에 속하고, 휘주는 진(晉)나라 때 신안군이니, 주씨들이 대대로 무원에 살았는데, 주송이 벼슬자리를 따라 민 땅으로 이주했다. 그러므로 선생이 이때에 관향(선향)으로 돌아가서 성묘하고 친척들을 만났다.
3　除命.『절보』: 바로 비서랑이다.
　　『관보』:『연보』에 병신년 2월 선생이 무원으로 돌아가서 선영을 성묘하였고, 6월에 이 제수가 있었다. ○ 25권 내의 공무량·진돈·부자득·한원길에게 답한 여러 편지는 벼슬자리를 받고 사양하는 뜻을 논하였으니, 모두 같은 시기에 지은 것이다.
4　異恩.『기의』: 선생이 건도 9년(1173) 계사년에 어지(임금의 명령)를 받았는데, '안빈낙도하고 염치를 지켜 은거하니 가상하므로, 특별히 품계를 높여서 관직에 받아들임이 합당하니, 태주 숭도관을 주관케 하라'고 하였다. 선생은 품계를 높여 사록관으로 임명함은 모두 현자를 나오게 하고 공 있는 자를 상 주며 노인을 우대하고 근면함에 보답하는 은전인데, 지금 까닭 없이 이 은전을 갑자기 받았고 물러나기를 구하다가 승진하였으니 의리상 타당하지 않다고 여겨 겸사로 사양하여 해를 넘겼는데, 임금의 뜻이 더욱 견고하여 부득이 명을 받아들였다.

노고를 불쌍히 여기시고 은혜로써 길러 주시는[5] 뜻이었는데, 하물 며 지금 또한 2~3년 사이에 정력이 더욱 쇠잔했으니 어찌 다시 도 리어 벼슬살이를 감당할 수 있겠습니까?[6] 이에 저는 다시 이 뜻으 로써 간절하게 사양하면서 마땅히 조정에 강력히 요청하여 반드 시 제 뜻이 이뤄지기를 기약함을 면하지 못할 뿐입니다.

지난번에 한(한원길) 어르신[7]의 편지를 받았는데 한 어르신이 이 편지를 보낼 때[8]는 별다른 말씀[9]이 없었습니다. 그런데 어떤 사 람이 한 어르신께서 천자 앞에서 다시 제 이름[10]을 언급하신 적 이 있다고 하는 말을 듣고 보니, 형세로 볼 때 벼슬 제수는 반드시

....

『간보』: 건도 경인년(1170)에 부름을 받았는데, 삼년상이 끝나지 않았다고 하여 사양하 였는데, 다음 해 겨울 상서성 차자에 '조사해 보니 이미 상복을 벗었다고 하니 빨리 출발 하라'고 하였는데, 관록이 부모를 봉양하는 데 미치지 못하였다고 하여 사직하였고, 두 번이나 어지로 나오기를 재촉했고, 네 번이나 조정의 문서를 받았으나 모두 사양하였다. 계사년(1173) 5월에 사록관직을 간청하였다고 말하였는데, 이른바 '도이은(叨異恩)'과 아래 문장의 '모수(冒受)'가 바로 이글 말한다.

5 憫勞惠養.『절보』:『강목』(5권)에서 "한나라 소제가 한복 등 (5인)에게 (50필의) 흰 비단 을 주어 고향으로 돌려보내면서 조서에서 '짐은 (그대가) 관직의 일로 수고로움을 민망 히 여긴다'고 하였다." 「소광전」(『한서』71권)에 '이 금은 군주께서 노신을 은혜로 봉양하 는 용도이다'고 하였다.

6 尙堪從官.『절요주』: 관은 마땅히 환(宦: 벼슬살이)이 되어야 하니, 뒤의 「여유승상차(與留 丞相箚)」에 벼슬살이를 감당하지 못한다는 말이 있다.

7 韓丈.『차의』: 바로 한무구(한원길)로 여조겸의 장인이다. 이 때문에 한무구에게 간청해 달라고 여조겸에게 부탁하였다.

8 遣時.『기의』: 편지를 보낼 때이다.

9 是說.『기의』: 제수하는 명령을 내려야 한다는 말이다.
『간보』: 바로 임금 앞에서 다시 선생의 이류을 언급한 말이다

10 姓名.『기의』: 선생의 성명이다.

이에 연유한 듯[11]합니다. 만약 그렇다면 이전의 애절한 간청이 모두 한 터럭만큼도 효과가 없었던 셈이니, 이에 평소의 제 말과 행동이 서로 일치하지 않아 다른 사람에게 믿음을 받지 못함이 이와 같음을 족히 알 수 있어서 저는 황공하여 몸 둘 곳을 모르겠습니다. 지난번 분수에 넘는 은전의 명령을 받아 이미 사퇴한 지 1년이 지났는데 그 뒤로도 명이 거두어들여지지 않자,[12] 이는 이미 조정의 아름다운 뜻임을 다시 고려해 보고,[13] 또 바로 제가 한직으로 물러남을 허락하였으니, 이치상 받아들일 만한 듯해서 끝까지 사양하지 못하였습니다.[14] 그런데 붕우들이 사방에서 책망해서[15] 이미 그 시끌시끌함[16]을 감당할 수 없었습니다. 하물며 전에는 이미 저 사록관직을 얻고 지금 다시 이 비서랑의 직을 얻는다면 이는 참으로 농단※이 되니 다시는 염치가 없어 비록 자공과 같은 말재

....

11 緣此.『기의』: 벼슬의 제수가 여기에서 연유하였다.
    ※ 원문에는 제명(除名)으로 되어 있으나 제명(除命)으로 고쳐서 번역하였음.
12 見無收殺.『기의』: 명령을 거두어들임이다.
    『차의』: 살펴건대 곧 처분하지 않는다는 뜻이다.
    『절보』: 누차 사양했는데도 끝내 허락받지 못했지만 출사할 기약이 없다는 말이다.
    『간보』: 쇄는 거성이니 수쇄(收殺)는 명령을 거두어들이는 일이 끝남이다.
13 又思此.『기의』: 차(此)는 계사년(1173)에 어지가 있었던 일을 말한다.
14 不能終辭.『절보』: 계사년(1173) 5월에 품계를 올려 주고 태주 숭도관을 주관하게 하였고, 갑오년(1174) 6월에 제수하는 명령에 따랐다.
15 四面之責.『기의』: 선생(주자)이 조정에서 주는 벼슬을 받아들임이 선생(주자)에게는 부득이한 일이었지만 붕우들은 선생(주자)이 벼슬을 받아들임이 옳지 않은 일이라고 여겨서 책망하였다.
16 喋.『절요주』: 달(達)과 협(協)의 반절이니, 시끌시끌한 모습이다.
※   농단은『맹자』「공손추하」10장에 보인다.

주가 있다 하더라도 다시는 스스로를 변명하지 못할 듯합니다. 제한 몸으로 본다면 본래 내세울 만한 점이 없습니다. 그렇지만 구구한 제가 스스로를 지킴이 대략 이미 반평생이 되었고 고되게 노력하고 갈고 닦았는데, 성취한 게 없다 하더라도 지금 한 어르신이 또 어찌 차마 기필코 파괴한단 말입니까? 하물며 세상은 쇠퇴하고 도는 미미해져서 사대부들은 참됨을 가장하여 거짓을 팔고 공익을 가탁하여 사익을 챙기려는 자가 바야흐로 세상에서 날뛰고 있습니다. 그런데 만약 다시 이 한 길을 열어 놓아 청관미직※을 조용히 겸손하게 사양하는 방법을 통해 얻고 해마다 더 나은 벼슬이 제수되거나 승진될 수 있게 한다면 무엇인들 이루지 못하겠습니까? 그렇다면 이러한 폐단은 저로 말미암아 야기되었으니, 평생 자임한 것이 비록 내세울 만한 점은 없으나 처신이 이같이 경박한 지경[17]까지는 이르지 않았으니, 차마 실로 제 자신이 이러한 폐단을 열어서 후세에 비웃음을 받을 수는 없습니다. 이미 한 어르신께 편지를 써서 간청했으니 부디 이 편지를 따라 다시 한 말씀 해

....

※　청관미직(淸官美職): 청환미직(淸宦美職)이라고도 한다. 청관은 청요직이라고도 하고, 미직은 화려하고 높은 벼슬이다. 고도로 발달된 관료 체계에서 승진은 매우 중요한 문제였다. 하지만 관직의 품계와 관계없이 선비라면 누구나 가고 싶어 하는 자리가 있었는데 그곳이 바로 이른바 청요직이다. 청요직은 시대에 따라서 약간의 차이가 있는데 대개 조선은 사헌부의 장령 1인, 홍문관 당하관 12인, 이조전랑 6인, 예문관 한림 8인을 지칭한다. 이들은 결코 품계가 높지는 않았으나 고위직 관리를 견제하는 역할을 했기에 남다른 자부심을 가지고 있었다. 이 자부심의 배경에는 탐관오리의 자손은 후에 사면을 받아도 절대 오를 수 없는 관직이라는 점도 기인했다. 청요직을 제대로 수행한 조상이 있다면 그 가문은 명문가로 인정을 받았고 백성과 선비들로부터 존경을 받았다.

17　如此之輕.『기의』: '경'은 처신이 가벼운 것이다.

주셔서, 그가 제 충정을 잘 살펴보시고 조정에서 힘써 도와주셔서, 사양하고 물러나는 제 뜻을 좇아서 조속히 벼슬을 제수하는 명을 그만두어, 제 거친 행적이 드러나서 도리어 견책을 받지 않게 해 주신다면 졸렬한 제게 다행이겠습니다. 또 하물며 노형 같은 분은 세상을 다스리려는 마음을 잊지 않았고 또 갖추신 재주가 풍부한데도 아직 거두어져 등용되지 않았는데, 이 거칠고 졸렬한 몸이 외람되이 당신보다 먼저 등용되었으니, 어찌 마땅한 일이겠습니까?

올해 들어 모든 의욕이 다 사라져서 오직 저보다 나은 자를 가까이하는 즐거움과 경계 및 도움을 받는 즐거움만이 무궁함을 깨닫게 되었습니다. 언제 다시 당신을 조용히 모시고 제 뜻을 넓힐 수 있겠습니까? 또 과거에는 남이 이단에 빠짐을 보면 매양 이를 공격함을 즐거움으로 삼고 그를 이김을 기쁨으로 여겼습니다. 그런데 근래에 오직 저들의 미혹함을 가련하다고 여기게 되었고 반면에 우리의 도가 진작되지 않음이 염려스러워, 진정으로 가슴 아파서 스스로 멈출 수가 없습니다. 이는 나이가 들어 기운이 쇠약해져서 그런지 아니면 점점 성정의 올바름을 얻어서 그런지를 알지 못하겠습니다. 지난번에 보니 당신이 유교와 불교의 분별에 대해 그다지 통렬하게 말씀하지 않으셨는데 이는 당신의 인격이 참으로 매우 중후하신 때문입니다. 그러나 당신을 잘 모르는 자들은 바로 당신이 의도를 가지고 은밀히 불교를 위주로 삼는다고 말하니 이는 이해관계가 적지 않습니다. 제가 근래에 깨달은 점은 학생들이 만약 이런 부분[18]에

....
18 此處. 『차의』: 유교와 불교의 구별을 말한다.

서 터득함이 불분명하면 설사 충정과 성실과 효도와 우애에서 다른 사람을 뛰어넘는 행실이 크더라도 반드시 병통이 있는 곳이 있어서 그들이 올바른 유학의 도에 해를 끼침이 더욱 심하다는 점입니다. 마땅히 함께 정성을 다해서 힘써 이 폐단을 구제함이 오로지 우리 당의 책무입니다.

25-14

여백공께 보내는 편지(1176년 가을)

제가 벼슬에 나갈지 은둔할지에 대한 계책을 깨우쳐 주심에 지극히 감격했습니다. 나중에 난처한 점에 대해서도 깊이 염려하고 있습니다. 다만 지금 당장 장애[1]가 허다해서 제가 벼슬에 나가기도 은둔하기도 곤란하게 합니다. 평소에 부끄럽거나 수치스러워해야 할 일이 많아서 벼슬에 나갈지 은둔할지에 대해 스스로 확신이 서지 않아 타개해 나가지 못할 뿐입니다.[2] 또다시 한두 가지의 일이 있는데, 평소 저 자신이 세상에 쓸모가 없음을 알기에 단지 작은 책을 편집해서 후세에 남겨 겨우 천지간에 조금이나마 도움이 되고자 하였습니다. 지금 만약 한번 벼슬자리에 나가면 이 책 편집은 다시는 완성할 수 없습니다.[3] 설사 나중에 수습해서 완성해 내더라도 장래에 믿어 줄 사람이 없을 듯합니다.[4] 또 오늘날 여

·······

1 間阻.『절보』: 장애라는 말과 같으니, 앞글의 농단과 같은 부류이다.
2 於此~不過.『차의』: 벼슬에 나갈지 은둔할지의 도리에 스스로 확신이 없어서 타개할 수 없다는 말이다. '불과(不過)'는 부득 또는 불능의 뜻이다.
   『절보』: '타불과(打不過)'는 장애가 있는 곳을 타개하지 못한다는 말로, 탈피할 수 없다는 말과 같다.
   『표보』: '타불과(打不過)'의 뜻은 31권 52판과 32권 20판의 『표보』에 있으니, 마땅히 참고해서 보아야 한다.
3 便做不成.『차의』: 할 수 없다는 말과 같다.
4 無人信矣.『차의』: 벼슬에 나갈지 은둔할지에 관하여 이미 구차하게 처신하여 자기의 소

226

러 공들이 저를 추천해 주는 뜻을 모르는 사람이 없으니, 만약 거기 조정에 이른 뒤에 소견이 하나라도 같지 않게 되면 바로 나를 알아주는 사람들을 배반하는 일이 될 듯합니다. 진료옹(진관)의 일⁵ 같은 경우는 역시 현자의 불행이요 제가 원하는 바가 아닙니다. 그렇다고 만약 매사에 예예하고 입을 다물고 무리를 좇기만 한다면 이는 배반함이 더욱 심하게 되고, 제 성질로 감당할 수 있는 일도 아닙니다. 그렇다면 하필 벼슬자리에 나가 이러한 여러 가지 병통⁶을 범한단 말입니까? 요즘 원리(위염지)를 표창하여 추중한다

....

신과 명분을 잃는다면 편찬한 글을 남들이 반드시 불신할 듯하다는 말이다.

『차보』: 바로 아래 편지에서 '남들이 반드시 이미 시험해서 검증되지 못한 책이라고 여겨서 읽지 않는다'는 뜻이다.

5 陳了翁事. 『차의』: 소성(철종의 연호, 1094-1098) 연간 초에, 료옹(진관)이 장돈의 천거를 받아 태학박사가 되어서 별시의 책임자가 된 적이 있었다. 그런데 임자라는 자가 있었는데 장돈과 채변의 일당이었다. 그가 채변에게 말하기를, "듣건대 진관이 사학하는 자들을 모두 합격시키고, 경전에 능통한 선비들은 낙제시켜서 왕안석의 학문을 동요시켰다고 한다"고 하니, 변모가 이로 인해 진관을 해치기를 도모하고 말하길 "그대는 앞 순위의 다섯 명은 모두 순전히 왕안석의 학문을 배운 자로 뽑아라"고 하였다. 진관이 말하기를 "당시에 만약 내가 소신을 굽히지 않았다면 형세로 볼 때 반드시 서로 충돌하였을 터이니, 때에 맞춰 세상을 구해야지 목전의 흔쾌함만을 취할 필요가 없다"고 한 적이 있다. 여기서 말한 일은 아마도 이를 가리키는 듯하다.

『차보』: 진공(진관)이 월주 판관이었을 때, 채변이 그의 현명함을 알아보고서 매사에 예우를 다하였다. 장돈이 재상이 되어 입경하는 도중에 진관이 무리를 따라 길에서 알현했는데, 장돈이 그의 현명하다는 소문을 듣고서는 홀로 불러들여서 그와 함께 수레에 타고서 당시의 정무에 대해 물어보고는, 그를 채용해서 태학박사로 삼았는데, 휘종 때 좌사간이 되어서 장돈과 채변의 죄를 극렬하게 논열하였으니, 또 28판에 보인다.

6 數患. 『차의』: 글을 믿는 사람이 없음과 진관이 불행을 당한 일이다.

『차보』: 앞의 문장에서 다시 한두 가지 일이 있다고 한 말과 대응해 보면, 아마도 작은 책의 편집이 미고 여너의 일이고, 급일제꿍 이히기 비로 친 기기 일이다. 그런데 한 가지 일에 두 가지 병통이 있는데 책을 완성하지 못함이 한 가지 병통이고, 믿어 주는 사람이 없

는 명령[7]이 내렸다고 하니 저로서는 감격스럽고 애통합니다. 그는 당시에 여러 공들이 자신을 알아주는 정도와 지향의 차이를 헤아리지 못했던 까닭에 나중에 분분한 논란을 면하지 못했을 뿐입니다. 강절(소옹)의 염려[8]는 지난번에 본디 말씀드린 적이 있습니다. 지난해에 은전의 명령을 받아들이거나 사양하였던 까닭[9]은 바로 이 때문이었습니다. 그러나 그 행위가 지금 받은 벼슬의 제수를 그치게 하지 못하고 도리어 이 제수의 단초가 된 듯하니, 이는 또 어찌 제 생각과 염려가 미쳤던 내용이겠습니까? 시기와 배척을 당하는 병통 또한 깊이 우려합니다. 다만 이미 출사한 후에 혹 제가 망발하여 스스로 멈추지 못하는 점이 있으면 시기와 배척이 비로소 더욱 심해질 뿐일 듯합니다.[10]

....

음이 또 한 가지 병통이고, 자신을 알아주는 사람을 배반함이 한 가지 병통이고, 배반하는 정도가 더욱 깊어짐이 또 한 가지 병통이기 때문에 '여러 가지 병통'이라고 하였다.

7 元履~之命.『절보』: 순희 3년(1176)에 임금이 정감의 직언에 따라서 근신들에게 이르기를 "옛날에 위염지 한 사람만이 직언하기를 좋아했는데, 지금 어디 있는가?" 하자, 좌우에서 죽었다고 대답하였다. 또 묻기를 "자제가 있는가?" 하였으나, 아무도 이에 대하여 진달하지 않았다. 마침내 위염지를 직비각·선교랑으로 추증하였다.

8 康節之慮.『차의』: 강절(소옹)이 천거를 받아서, 가우 (인종의 연호, 1056-1063) 연간에 장작감 주부의 제수를 받아들였는데, 그 까닭은 제수를 받지 않으면 성명이 더욱 높아져서 관작이 더욱 올라갈까 염려했기 때문이다. 선생이 여백공에게 보내는 편지에서, '강절(소옹)은 아마도 권도의 법문을 쓴 듯하다'고 한 적이 있는데, 아마도 이 일을 가리키는 듯하니,『문집』 33권에 보인다.

9 受卻~恩命.『절보』: 바로 갑오년(1174)에 제수하는 명령에 따른 일이다.

10 甫益深.『차의』: '보'는 '곧바로'라는 뜻이다.
『표보』: '보(甫)'는 처음과 같다. 여공(여조겸)은 선생이 새로운 제수를 끝까지 사양함으로써 시기와 배척을 받을까 염려하였다. 이 때문에 선생은 끝까지 사양함이 반드시 시기와 배척을 초래하지는 않고 이미 출사한 뒤에 혹 망발이 있으면 시기와 배척이 비로소 일전에 공참정(공무량)이 손수 편지를 보내왔는데, 당시에 번거로운 일을 처리하는 중에 답변하느라 이러한 뜻을 다 말하지 못했기에 조만간 혹여 별도로 편지를 써서 말씀드리고자 합니다. 지금 우선 노형이 이 편지[11] 두 통의 곡절을 한(한원길) 어르신에게 다 진달해 주시길 바랍니다. 지금 별도로 치료할 방법이 없고[12] 단지 조속히 제 사양하는 말씀을 들어주시게 되면 곧 스스로 편안해서 무사할 듯합니다. 만약 조정에서 다시 지휘가 내려와서 한 번 내려올 때마다 한 번 사양하는 글이 올라가게 되면,[13] 조정을 모독하고 빈번히 번거롭게 하여, 이런 소문이 널리 퍼져서 기롱하고 논박함이 많아져서 반드시 별도로 사달을 초래할 듯합니다. 저의 사록관직은 만기가 다가오는데 지금 막 감히 다시 청하지 못함을 병통으로 여기지만, 단지 다시 한 번 차출된다면 다행함이 매우 클 듯합니다. 이 밖에는 참으로 감히 터럭만큼도 다른 생각이 없습니다. 지난 편지에서 병을 무릅쓰고 부임하겠다고 말했는데, 지금 또 살피건대 제 예전의 병[14]이 여전해서 대략 열에 하나둘도 나아지지 않은 듯합니다. 말을 바꾼 데 대한 당신의 책망[15]에 스스로 깊이 두려워할 뿐입니다.

....

더욱 심해진다고 여겼다. 『후한서』 「부섭전」(58권)에 '참으로 설사 장각을 죽여 그 목을 효시하고, 황건적을 귀속시켜 평민으로 돌아가게 하더라도, 신의 우려는 비로소 더욱 심해질 뿐입니다'라고 하였다.

11 兩書. 『차의』: 앞 편지와 이 편지이다.

12 醫治. 『차의』: 이 난처한 병통을 구제한다는 말이다.

13 一下一上. 『차의』: '한 번 내림'은 다시 지휘를 내림이고, '한 번 올림'은 다시 사양하는 글을 올림이다.

14 舊病. 『차의』: 선생 자신을 가리키다.

15 易言之責. 『차의』: 여조겸이 말을 바꿨다고 선생을 책망함이다.

25-15

한상서께 답하는 편지 (1176년 7월)

저는 여정¹을 마치고 지난달 중순경에야 비로소 집에 돌아올 수 있었습니다. 그런데 홀연히 벼슬을 제수하는 명령²을 들었는데 전혀 뜻밖이었습니다. 스스로 재능을 견주어 보니 어찌 이 선임에 걸맞겠습니까? 부끄럽고 두렵고 궁색해서 어찌해야 할지 모르겠습니다. 그러나 제 망령된 생각으로는 이는 반드시 상서 어르신께서 지나친 은혜로 추천하신 덕분인 듯합니다. 이미 건령부³의 우편⁴을 통해 6월 15일에 부치신 편지가 도착했고, 부(부자득) 어르신⁵ 또한 당신에게서 받은 별지⁶를 보여 주셔서, 비로소 저를 돌보아 주시고 유념해 주셔서 잊지 않으시는 대감의 뜻이 과연 이와

....

1   行役.『기의』: 무원에 다녀온 여정이다.

2   除命.『절보』: 바로 비서랑으로 제수하는 명이다.

3   府中.『기의』: 건령부이다.
    『간보』: 이 편지의 대의는 지난번 편지와 같다.

4   遞到.『기의』: 우편으로 보내서 도달함이다.

5   傳丈.『절요주』: 부자득이 당시에 건령부를 다스렸다.
    『절보』: 부공(부자득)이 당시에 전운판사였으니 앞의 17판의 부조운사가 이 사람이다. 아마도 건령부 우편이 한무구가 선생에게 보낸 편지를 전달해 왔고, 부조운사 또한 한무구(한원길)가 자기에게 보낸 별지를 선생에게 보내서 보여 준 듯하다. 부공이 건령부를 다스림은 바로 갑오(1174) 연간이었다.

6   別紙.『기의』: 한상서(한원길)의 별지이다.

같음을 알게 되었습니다. 개인적인 감격이 비록 깊지만 귀하에게 평소에 본심으로 바라던 일은 아닙니다.

저의 모난 성격을 만방으로 뜯어고치려 해도 끝내 고칠 수가 없고, 우활하고 소략한 학문은 노력을 더 깊이 할수록 자만심만 더욱 두터워집니다. 이 때문에 결코 시류에 맞춰서 공적과 명성을 이룰 수가 없음을 스스로 알고 있습니다. 이런 이유로 20년간 물러나 자신을 드러내지 않음을 스스로 달갑게 여기면서 제 뜻을 이루고자 하였습니다. 제가 바라는 점은 몸을 수양하고 도를 지키며 여생을 마치면서, 한가한 날을 틈타서 전해 오는 경문을 암송하고 옛날에 배운 내용을 참고해서 성현이 글을 지으신 본뜻이 어디 있는지를 탐구하고자 함에 불과합니다. 이미 스스로 즐거움을 얻게 되면 간간이 책으로 써서 학생들과 공유하면서 장차 후세의 군자를 기다릴 뿐이고, 이외에는 참으로 터럭만큼도 다른 생각이 없습니다. 중도에 임금의 부르심을 간절히 사양했는데 도리어 총애하는 표창[7]을 잘못 받았으나 애초에 받들 수가 없었습니다. 그러고서 생각해 보니 이는 바로 군주와 재상이 제가 쓸모가 없다는 실정을 명확히 아시면서도 노고를 민망히 여기고 인자하게 보양해 주시는 은혜

....

7 寵褒.『기의』: 계사년(1173)에 어지(황제의 명령)가 있었다.
   『유몽』: 건도 3년 정해년에 추밀편수의 벼슬자리를 주었으나, 4년 동안 사양한 것이 여섯 번이었고, 9년 계사년에 어지로 '빈한을 편안히 여기면서 도를 지키고 염퇴하니 가상하다'고 하고, 품계를 올려 사록관직을 제수하였다.
   ※ 염퇴(廉退)는 염치와 겸양을 다 가진 것을 말하니 염치만을 강조하면 겸양이 부족하고 겸양만을 강조하면 염치가 부족하게 된다.

를 나눠 주고자 하셨기 때문에 그 관직을 조금 올려 주고[8] 그 녹봉을 더해서[9] 끝내 한가함[10]을 누리게 해 주셨으니, 받아들일 만한 점이 있는 듯도 하였습니다. 이 때문에 해를 넘겨서 간절히 피하다가 끝내는 받아들이게 되었습니다. 제 개인적인 생각으로는 이는 위로는 조정의 아름다운 뜻을 받들고, 아래로는 좋은 벼슬길과 스스로 단절해서, 이후로부터는 제가 장차 여유롭게 세월을 마치며 사업[11]을 추진하여 촉박함으로 위축될 염려가 없으리라고 여겼습니다. 그런데 일이 도리어 크게 잘못되어 옳지 않은 점이 있으니[12] 제가 어찌 입 다물고 말을 하지 않을 수 있겠습니까?

제가 모나고 우활한 까닭에 시류에 따라서 부침하지 못해 세상 사람들이 참으로 이미 제 소문을 듣고 미워합니다. 그래서 오직 한때의 현명한 공들과 명재상들이 혹 과분하게 저를 알아주심에만 의지하고 있습니다. 그러나 제가 아래에서 다스림을 받으면서 그들의 일처리와 의론의 본말을 살펴보니 제 생각에 의심할 내용이 오히려 많습니다. 지금 만약 사양하지 않고 무모하게 받아들인다면, 임금과 신하 사이에 의론이 다름이 있음을 반드시 면하지 못해서, 다스림에도 무익하고 때맞춰 여러 소인들의 비웃음을 받

....

8   進其官. 『절보』: 좌선교랑이다.

9   益其祿. 『절보』: 숭도관 사록관직이다.

10   投閑. 『유봉』: 한유의 글에 '한가로이 산직에 충당하였다'고 하였다.

11   所業. 『절보』: 책을 저술하는 사업이다.

12   大繆不然者. 『기의』: 비서랑에 임명한 명령이다.
     『차보』: 사마천의 「보임안서」에 나오는 말이다.

232

는 소재가 될 듯합니다. 또 제가 개인적으로 성취하기를 바라는 것을[13] 장차 내팽개쳐 두고 이룰 수가 없을 듯합니다. 제가 혹 말년에 수습해서 다행히 성취함이 있다 하더라도,[14] 다른 사람들 또한 이미 시험해 보았으나 효험이 없는 책이라고 여겨서 읽지 않을 듯합니다. 또 하물며 지금 한 번 벼슬자리에 나가면, 이전에 벼슬을 받을지 사양할지를 고려함에는 감히 구차해서는 안 된다는 뜻이 애매해져서 스스로 변명하지 못하게 됩니다. 여러 공들께서 참으로 저를 알아주심이 깊고 아껴 주심이 두텁다면, 어찌 제 뜻을 펴 주시고 저의 지킴을 온전히 해 주는 방법을 강구하지 않으시고, 반드시 벼슬에 나오라고 협박하고 권장하기[15]를 이와 같이 심하게 하신단 말입니까?

또 사대부가 벼슬을 받을지 사양할지와 벼슬자리에 나갈지 은둔할지를 택하는 것은 비단 본인의 일만이 아닙니다. 그가 처신함이 옳고 그름은 바로 풍속의 성쇠와 연관되기 때문에 더욱더 자세히 살피지 않을 수 없습니다. 저의 경우에는 지난번에 이미 부르신 명령을 사양함으로써 관직을 고쳐 받았고, 지금은 다시 그 고쳐 받은 관직으로 인해 이 제수[16]가 있게 되었습니다. 그러니 제가

....

13　所欲就者.『유몽』: 책을 저술하는 일이다.
　　『절보』: 성취는 바로 위 문장의 사업의 성취이다.
14　收之桑楡.『유몽』:『한서』에 보이고 늘그막을 말한다.
15　縱臾.『절요주』: 본래 종용(慫慂)이다.『방언』에 '초 땅 남쪽 지역에선 일반적으로 자신은 관심을 두지 않으려 하는데, 옆 사람들이 부추김을 종유라고 한다'고 하였다(『한서』권 44).「형산왕(劉賜)전」에 '밤낮으로 종유한다'고 하였는데, 안사고는 (주에서) "장려라고 하였다".

만약 이를 받고 사양하지 않는다면, 좋은 관직과 요직을 조용히 사양하면서 도리어 편안히 앉아 이를 얻는 셈입니다. 근래에 풍속이 무너지고 문란해져서 사대부가 사기와 거짓말에 의탁해서 작위를 얻는 일이 이루 다 헤아릴 수 없으나 유독 이러한 한 가지 부류는 있었던 적이 없습니다. 그런데 제가 때마침 불행하게 여러 공들이 반드시 강요해서 그 술수를 채우게[17] 하고자 한다면, 저는 비록 불초하지만 참으로 차마 몸소 이 욕됨을 무릅써서, 천하와 후세의 맑은 의론을 가진 자가 침 뱉고 매도하고 욕하고 비루하다고 하게 할 수는 없습니다.

또 제가 이를 귀하에게 말한 지 여러 해이고 입이 닳도록 처절하게 간청해서 하지 않은 말이 없었는데도, 귀하가 막연하게 듣고서 오히려 조용히 지나가는 얘기로 중책에 추천하셨습니다. 그런데 그 귀결은 추천이 효과가 있더라도 안으로는 평소의 마음가짐에 위배되고 밖으로는 심한 비난을 초래한 뒤에 그만두게 할 뿐입니다. 이 점은 제가 그러시는 이유를 알 수 없어서 또다시 스스로 헤아려 보니, 제 평소의 언행에 크게 서로 부합되지 못한 점이 있어서 귀하로 하여금 제 말을 믿지 못하게 하여 이 지경에 이른 듯합니다. 스스로 깊이 후회하고 책망하지만 잘못을 되돌릴 수가 없습니다. 그러나 끝내 귀하에게 감히 침묵하고 있을 수 없기에 이에 감히 다시 말씀드리니, 부디 가련히 여겨 살펴 주시기를 바랍니다.

....

16 此授. 『유몽』: 바로 비서랑을 제수함이다.
17 充其數. 『기의』: 바로 앞 문장의 '한 부류'의 술수이다.

제가 지난번에 대참[18]께 답한 편지에서는 겨를이 없어서 이 사정을 다 언급하지 못했습니다. 그러므로 지금 참람하지만 말씀 올리니, 이는 비단 제 뜻을 귀하에게 밝힐 뿐만 아니라 공공(공무량)에게 저절로 진달되게 하고자 함입니다. 만약 조정의 명령이 이미 시행되어 소급해서 취소하기를 원치 않을 경우에는 원컨대 저의 면직 요청에 기인하여 다시 사록관의 품계를 주신다면, 조정의 명령을 내는 체통에 어긋나지 않을 듯합니다. 그렇지 않고서 하필이면 제 성질을 있는 대로 부리기를 기다린 연후에야 약을 주시려 하십니까? 당신의 있는 곳을 바라만 보고 달려가서 모실 길은 없고 제 사정과 뜻이 박절하여 드리는 말씀에 두서가 없습니다. 부디 고명한 귀하께서 긍휼히 살펴 주시기를 바랍니다.

....
18 大參.『차의』: 공공(공무량)을 말한다.

25-16

공참정께 보내는 편지(1176년 8월)

저는 쇠잔하고 고루하며 쓸모가 없는 사람인데 과분하게도 귀하의 추천과 발탁을 받았습니다. 스스로 걸맞지 않음을 알아서 일찍이 힘써 간절히 사양했는데 임금의 허락을 받지 못해서 단지 두려움만 더해 갑니다. 지금 다시 상소문을 올리는 이유는 불쌍히 여겨 주시기를 바라서이니, 조속히 임금께 보고하셔서 시행해 주시면 저에게 다행한 일이 될 듯합니다.

또 귀하에게 말씀드릴 내용이 있습니다. 저는 어려서부터 우매해서 본래 벼슬하고 싶은 생각이 없었는데 성장하면서 점점 공부하는 방법을 알게 되어 선생과 군자들의 가르침을 곁눈질해서 알고서는 이에 문득 생각을 고쳐먹고,※ 그릇되게 세상을 구하고 사물을 감화시키려는 마음을 갖게 되었습니다. 그러나 끝내 기질이 편벽되고 막혔는데 뜻만 높아 망발을 하여 세상과 부합하고 용납을 받지 못합니다. 이런 까닭에 지향하는 점이 세상과 동떨어져서 함께할[1] 사람

....

※ 번연(幡然)은 이윤이 벼슬할 생각이 없었으나 탕임금이 세 번에 걸쳐 부르자 갑자기 마음을 바꿔 경세제민(세상을 경영하고 백성을 구함)의 마음을 갖게 되었다는 의미이고, 시복(始復)은 『주역』 복괘의 처음 효인 초구(初九)를 말하는데, 그 효사에 '초구는 멀리 가지 않고 돌아오는지라 후회하는 데 이르지 않으니 크게 길하다(初九不遠復, 无祇悔, 元吉)'라 하였다.

1 諧偶. 『절보』: 우(偶)자는 『이아』 「석어」편에 '함께함이다'라 하였다.

이 없습니다. 게다가 우환이 겹쳐 심지가 쇠잔해서 오래전부터 이미 다시는 세상일을 맡을 생각이 없었습니다. 그런데 당신이 끝내 끌어다가 벼슬하는 자들의 대열에 두고자 하시니 당신이 장차 저를 어떻게 쓰시려고 하는지 모르겠습니다. 저를 무리를 따라 조정에 들어갔다가 쫓아다니게 하시고자 합니까? 그렇지만 성대하고 밝은 조정[2]에 많은 선비가 꽉 차 있으니 부족한 사람이 저와 같은 무리가 아닐 듯합니다. 저를 낯 두껍고 구차하게 봉록이나 받아 처자를 배불리게 하시고자 합니까? 그렇지만 제가 굶주리고 추위에 떠는 데 익숙하고 편안해진 지 이미 오래되었으니 병통으로 여기는 것이 또 여기에 있지 않습니다.[3] 또 반드시 여기에 그치지 않으신다면 저의 옛것에 대해 배운 내용을 오늘에 징험하도록 함으로써 그 재주를 여러 집정자들을 도와 베풀게 하시려는 의도이니, 그렇다면 저의 포부를 장차 도를 펼치는 조정에 감출 수가 없을 듯합니다. 그러나 제 생각에 이는 비단 일시의 권신과 간신들이 기꺼이 듣고자 하지 않는 내용일 뿐만 아니라 아마도 귀하 또한 망령되다고 여겨 배척하지 않는다고 보장할 수 없습니다. 앞의 두 가지 경우[4]는 귀하의 생각이 결코 여기에서 나오진 않은 듯하고, 뒤의 설 경우[5]는 제가 죽임을 당하더라도 조정에 보탬이 안 되고 도리어 귀

....

2 盛明之旦.『차의』: 맨 끝의 단(旦)자는 조(朝)자의 오자인 듯하다.
3 又不在此.『차의』: '차(此)'는 처자식을 배불림을 말한다.
   『절보』: 처자식의 굶주림과 추위에 떪을 병통으로 여기지 않음을 말한다.
4 由前二者.『차이』: 바로 앞 문장이 두 가지인 '사지(使之)'이다.
5 由後之說.『차의』: '차필무이(此必無已)'에서 '척지야(斥之也)'까지이다.

하에게 죄만 지을까 두렵습니다. 생각이 박절하고 사정이 절실해서 말을 끝까지 다 살피지 못하였으니, 편지 앞에 엎드려 떨고 있습니다.

공참정께 보내는 편지(1177년 6월)

저는 시골에 은거하면서 임금의 은총을 받아서 지난번에 사록
관에 임명하는 조칙을 받들고 나서¹ 편지를 써서 감사를 드린 이
후로, 까닭 없이 감히 곧바로 귀하에게 예를 표하는 편지²를 올려
귀하의 권위※를 침범하지는 못했지만, 저는 그럼에도 간절히 우
러러 사모하고 있습니다. 이번에 재상자리를 내놓고³ 영예롭게 고

....

1 拜勅奉祠.『절보』: 병신년(1176) 8월에 다시 비서랑직을 사양하자, 마침내 무이산 충우
   관을 주관하게 했다.
2 賤敬.『차의』: 편지로 공경하는 예를 표하는 것을 말한다.
   『표보』: 전경(賤敬)은『삼국지』(37권)「법정전」에 나온다.
※ 능위(等威):『좌전』 문공 15년에 '6월 신축 조하룻날에 일식이 있었다. 이에 사(社)에서
   북을 두드리고 희생을 바쳤는데, 예에 맞지 않는 일이다. 일식이 있으면 천자는 일상적
   인 성찬을 들지 않으면서 사에서 북을 두드리고, 제후는 사에 폐백을 바치면서 조정에서
   북을 두드린다. 이로써 신을 섬김을 밝히고, 백성들에게 군주를 섬김을 훈계하여, 등위를
   보이니, 이는 옛날의 법도이다'고 하였는데, 두예의 주에 '등위는 권위와 의식에 있어서
   의 차등이다'고 하였다("六月辛丑朔, 日有食之. 鼓用牲于社, 非禮也. 日有食之, 天子不擧, 伐
   鼓于社, 諸侯用幣于社, 伐鼓于朝, 以昭事神, 訓民事君, 示有等威, 古之道也." 杜預注: "等威, 威
   儀之等差").
3 還政宰路.『차의』: 집정대신의 벼슬자리를 내어놓음이니, 치사를 말한다.
   『절보』: 정유년(1177) 6월에 공무량이 파직되었는데 이때인 듯하다.
   『차보』: 순희 4년에 사호를 불러들이자, 공무량이 강력하게 떠나기를 원하였기 때문에
   마침내 지채은 회수하고 군수직은 주었다가 사확연이 탄핵하자 마침내 파직되었다.
   『관보』:『송사』(「열전」144권)에 공무량이 권신에게 배척을 받아 참정에서 파직되었는데

향으로 돌아가신다고 들었는데, 도를 시행하기가 어려워졌으니 개인적으로 탄식함이 없을 수 없습니다. 그러나 제 생각으로는 반드시 귀하의 행차를 기다렸다가 얼굴을 뵙고 수년 동안 목이 빠지게 기다렸던 회포를 위로하고자 하였습니다. 그런데 시골에서 병 치레하느라 우연히 귀하의 행차를 탐지하는 데 실패하여 끝내 당초의 바람에 어긋났으니 더욱더 망연자실하였습니다. 홀로 예전에 황정의 객사에서 귀하와 헤어진 일이 생각나서 손으로 꼽아 보니 15년 전입니다. 그사이에 사변※이 반복되어 어떤 일인들 없었겠습니까. 그런데 그 가운데 제 뜻대로 된 것이 없어서 저는 울적하여 여한이 남는 점이 매우 많았습니다. 우환을 당한 이후로 쇠잔한 병으로 볼품없게 되어 비록 다시는 세상일을 맡을 포부는 없지만, 개인적인 간절한 소망은 하늘이 임금의 마음을 열어 군주의 덕이 날로 새롭게 됨을 아직도 기대하고 있습니다. 그렇게 되면 공도(公道: 공정한 도리)※※※가 거의 행해질 수 있지 않겠습니까? 귀하는 몸을 잘 보전하시고 자중자애하셔서 훗날 임금의 부르심에

....
여기에서 '환정(還政)'이라는 말은 치사가 아니다. 아마도 편지글은 인정에 이끌려 그가 배척되어 파직된 사실을 직접 말하지 않고자 한 듯하다.
※ 시확연(謝廓然, ?-1182): 자 개지(字開之)로 임해(臨海)사람이다. 그의 아버진 사승준(謝升俊) 덕에 음직으로 관직을 받았다가 효종 순희 4년(1177) 진사 출신으로 급제하였고 벼슬은 권참지정사에 이르렀다.
※ 사변(事變):『순자』「부국(富國)」에 "만물이 올바름을 얻으면, 사변이 응답을 받는다(萬物得宜, 事變得應)"고 하였는데, 사변은 돌발적인 중대한 정치나 군사적 사건을 가리킨다.
※※※ 공도(公道):『관자』「명법(明法)」에 '이 때문에 관이 그 다스림을 그르치니, 이는 군주가 자신을 칭찬하면 상을 주고 자신을 비방하면 벌을 주기 때문이다. 그렇게 하면 상을 좋아하고 벌을 싫어하는 사람들이 공도를 벗어나 개인의 이익을 챙기는 술책을 행할 것이

응하셔서 초심을 이루신다면 온 세상을 위해 매우 다행한 일입니다. 무더위에 행차하심이 매우 고되실 듯하여[4] 머리를 빼고서 제 마음을 보냅니다.

....
> 다(是故官之失其治也, 是主以譽爲賞, 以毁爲罰也. 然則喜賞惡罰之人, 離公道而行私術矣)'고 하였으니, 공정한 도리 또는 일처리가 공정하고, 사심이 없음을 가리킨다.
4 暑行良苦.『차의』: 공무랑을 말한다.

진승상께 답하는 편지(1177년 9월)

제가 지난번에 개인적인 우환을 당했을 때[1] 친히 조문하시고
긍휼히 여겨 주심을 입었는데, 귀하가 임금의 부르심을 받아 지사
로 나가게 되어 제 소회를 다 표하기에 부족했습니다. 그래서 막
별도로 문후를 여쭈는 예를 표하고자 하였는데, 홀연히 듣건대 귀
하가 공거(公車: 상소주관부서)[※]에 상소를 올려 한가로이 물러나
시기를 바랐으나[2] 신성한 군주께서 귀하의 뜻을 거듭 물리치시다
가 귀하의 품계를 높인 후에 윤허를 내리셨다고 합니다. 제가 생

----

1   昨罹私釁.『차의』: 축씨부인의 상이다.
    『차보』: 이는 바로 순희 4년(1177, 정유)에 진준경이 치사할 때의 편지이고, 축씨부인의
    상은 건도 기축년(1169)에 있었다. 선생이 병신년(1176)에 유씨부인의 상을 당하였는데,
    이것을 가리키는 듯하다.

※   공거(公車): 본래 '공거'란 상소장이나 상주문을 관장하는 관청이다. 글을 올리려는 자들
    이 나아가고, 때로는 조서(詔書)를 기다리는 자들이 거처하며 명령을 기다릴 때 숙식을
    제공하기도 하였다. 후대에 '공거문'은 주로 상주문과 상소장을 지칭하게 되었다.

2   拜章~閑退.『차의』: 건도 6년(1170)에 진준경이 세 번 상소하여 떠나기를 청하니, 마침내
    관문전 태학사로 복주지사 겸 복건로안무사로 삼았고, 건도 8년(1172)에는 한가로이 물러
    나기를 강력히 청하자 마침내 임안부 및 동소궁의 제거로 삼아 집으로 돌아가게 했다.
    『차보』: 「진공행장」에 건도 8년(1172)에 한가로이 물러나 집으로 돌아가기를 청했다. 순
    희 3년(1176)에 다시 복주지사로 임명하였다. 순희 4년(1177)에 다시 누차 장계를 올려
    귀향하기를 청하자, 임금이 오래도록 시간을 끌다가 마침내 특진으로 제거동소궁을 제
    수하였으니 바로 이때의 일을 가리킨다.

각해 보니 비록 한 도의 곤궁한 백성들이 한꺼번에 단비 같은 은택을 받지 못하게 되어[3] 슬프고 처량함이 없을 수 없습니다. 그러나 귀하가 고을의 문 앞에서 수레에서 내려 여유롭게 댁으로 가서서 초연하게 사물에 부대끼지 않을 것을 생각해 보면, 그 즐거움은 이루 다 헤아릴 수 없을 듯합니다. 신성한 군주께서 잊지 못하는 뜻에 있어서는 나라의 벼슬아치들이 함께 경하할 일이지만, 제 우매한 견해로는 홀로 심히 유감스런 점이 있습니다. 지금 시론이 이전과는 더욱더 다르게 귀결되고 있는데, 장래에 여러 공들 가운데 군주의 마음을 돌릴 가망이 있는 탁월한 자가 보이지 않으니, 식견 있는 선비들이 밤낮으로 한심하게 여기고 있습니다. 귀하가 국가의 큰 은혜를 입어 미천한 선비에서 기용되어 장상※의 지위(문관과 무관 최고지위)에까지 이르렀으니, 지위는 존귀하고 봉록은 후하고, 은덕은 자손에게까지 미치게 되었습니다. 그리고 지금 또 신성한 군주가 우대하고 존중하는 대상이고, 사대부가 귀의함이 이와 같으니, 어찌 일신의 즐거움으로 세상의 우려를 잊는 것이 옳겠습니까? 부디 귀하가 이런 뜻을 깊이 염두에 두셔서, 하루빨리 이런 시기에 몸을 돌아보고 근본을 추구해서 아첨하는 자를 멀리하고 어진 이를 가까이하여 훌륭한 덕을 새로이 하고 현자의

---

3 一道~之潤.『차의』: 이는 복건로안무사를 파면한 일을 가리킨다.

※ 장상(將相)은 출장입상(出將入相)의 준말로 문무의 재주를 다 갖추어 무관의 최고인 장수와 문관의 최고인 재상의 벼슬을 모두 맡을 수 있는 인물을 말하는데 여기서는 문무의 최고벼슬을 말하였다. 『정관정요(貞觀政要)·임현(任賢)』에 '문무의 재주를 겸하여 외직으로 나가면 장수가 되고 조정에 들어오면 재상이 되는 점에서 신이 이정보다 못합니다(才兼文武, 出將入相, 臣不如李靖)'라는 구절이 있다.

사업을 넓히신다면,[4] 훗날 다시 기용되어 군주를 바르게 하고 나라를 안정시키며 폐단을 없애고 간사한 이들을 내쳐서 이 백성들의 여망을 위로하실 수 있을 듯합니다. 그리된다면 천만다행이겠습니다.

....
4   新厥德廣賢業. 『절보』: 「계사전」에 "날로 새로이 함을 성덕이라 이르고, 크게 할 수 있음은 현자의 사업이다"라고 했다.

진공께 보내는 별지 (1177년 9월)

앞에서 아뢴 어진 이를 가까이하고 아첨하는 자를 멀리한다는 뜻은 이미 누차 말씀드려 대감을 불편하게 해 드렸습니다. 그러나 대감이 도무지 깊이 살피지 않으시는 듯하기에 제가 마음속에 두고서 말씀드리지 않을 수가 없어서 곧바로 다시 진달합니다. 오늘날 이 일은 그 이해관계를 더욱 알기 어렵지 않습니다. 오직 시험 삼아 평소에 나라에 충성하고자 하던 내용이 무엇인지를 생각하셔서 본인에게 돌이켜 찾아보시면 그 잘잘못의 형세가 암암리에 마음속에 드러납니다. 자기 몸에 올바름이 갖춰진 뒤에 다른 사람에게 올바르기를 구하고, 자기 몸에 허물이 없는 뒤에야 다른 사람의 허물을 비난해야 하거늘,※ 하물며 군주의 마음을 바로잡아 한때의 화란을 구하고자 하는 일이니, 이 일이 어찌 작은 일이겠습니까. 그런데 자신을 독려하고 평소에 수양하지 않고서 구차하게 하루아침의 지혜와 역량으로 도모함이 옳겠습니까?

....
※ 원문의 "有諸己而後求諸人, 無諸己而後非諸人"는 『대학』 9장에 나온다.

25-20

진승상께 보내는 편지(1178년 여름에서 가을 사이)

들기로 대감의 행차가 아직 상요에 머물러 있다고 하니 어느 날에 동쪽으로 가실지¹ 모르겠습니다. 반복해서 군주에게 충언하는 방책은 이미 의론을 정하셨을 듯합니다. 다만 제 개인적인 생각으로는 근래에 언관※들이 군주의 부족한 점과 잘못된 점을 적시하고, 간사하고 기만하는 실상을 낱낱이 군주에게 밝히지 않음이 없는데, 아직 군주를 깨우치는 데 진전이 없는 까닭은 바로 근본을 바로잡지 않고 말단만 바로잡으려 하며, 이치에서 구하지 않고 개별적인 일에서만 구하려 하며, 임금 덕의 앙양과 정치체통의 기강확립이 왜 필요한지에 대한 생각은 말하지 않고 오직 여러 소인의 과오와 악행만을 공격한 데에 있으니, 이 점이 공력은 많지만 효과가 적은 이유가 아니겠습니까. 부디 귀하께서 이 점에 대해 깊이 살피셔서 반대로 하신다면 거의 천하의 여망을 위로할 듯합니다. 대체로 원로대신이 군주에게 고함이 그 체통으로 보아

....

1   邃東.『차의』: 진공(진준경)이 순희 5년(1178)에 조칙을 받들어 대궐로 부임하던 때이다.

※   원문의 언자(言者)는 송나라 이후에 언관(言官), 즉 간관을 가리킨다. 소백온(邵伯溫)의 『문견전록(聞見前錄)』에 '인종이 보잘것없는 물건을 승려에게 하사하면서도 오히려 간관을 두려워했는데, 이 점이 태평성대를 이룬 까닭이다(仁宗以微物賜僧, 尚畏言者, 此所以致太平也)'고 하였다.

당연합니다. 그 이치와 형세를 살펴보면, 차라리 소인들을 공격하기[2]보다는 군주 마음을 인도함[3]이 수월할 듯하며, 차라리 여러 사람이 이미 말한 내용을 암송하기보다는 그 말에서 언급하지 않은 것을 구제함이 절실할 듯합니다.[4] 비루한 제 생각이 이와 같으나 말로는 다 진달할 수는 없으니 승상께서 과연 어떻게 생각하실는지 모르겠습니다. 수일간 길에서 귀하가 일상생활을 하는 가운데서의 오묘함을 엿보았는데, 귀하의 충정과 성의와 넓고 두터우신 뜻이 용모와 말투 사이에서 환히 배어 나오니, 몇 년 동안 진덕(덕을 증진함)※을 하신 내용이 이와 같이 깊고 원대함을 알게 되었습니다. 이를 가지고 다른 인물을 감동시킨다면 무엇인들 통하지 않겠습니까? 하물며 우리 군주가 총명하고 나라의 충신과 의로운 인사에게 마음으로 도움을 받으니 더 말할 나위가 있겠습니까? 부디 승상께서 더욱 노력하십시오. 불행히도 귀하의 말씀이 쓰이지 않는다면 잠시라도 그 지위에 있어서는 안 됩니다.

제가 앞쪽의 말미에서 아뢴 것에 더욱 유념하시기를 바랍니다. 왜냐하면 군주와 견해가 맞지 않아서 떠난다면, 우리의 도가 비록 지금은 시행되지 못하더라도 오히려 여기에[5] 우리의 도가 보존되

----

2   攻之於彼.『차의』: 피(彼)는 소인을 말한다.
3   導之於此.『차의』: 차(此)는 임금의 마음을 말한다.
4   濟其~不及.『차의』: 바로 앞의 항목에서 말한 근본을 바르게 함과 이치에서 구함과 성덕의 앙양 및 정치 체통의 기강 확립 같은 일이다.
※   진덕(進德):『주역』건괘 문언전 구삼효에서 "군자가 진덕수업하니, 충과 신은 진덕하는 방법이요, 문사를 닦아 자신의 성실을 세움은 수업하는 방법이다(君子進德修業,, 忠信所以進德也, 修辭立其誠所以居業也)"라고 하였다.

어, 훗날 오히려 큰일을 이룰 수 있습니다. 그러나 군주와 견해가 맞지 않는데도 구차하게 벼슬자리에 나아간다면, 우리의 도가 오늘날 시행되지 못할 뿐만 아니라 훗날에도 바랄 만한 여지가 없게 됩니다. 이는 우리의 도를 발휘하거나 보전할 기회이니 연계된 일이 가볍지 않습니다. 제가 어리석고 불초하며 병들고 쇠잔해서 이미 결단코 다시는 당세[※]에 대한 기대가 없지만 단지 제가 마음 아파하고 골치를 썩이면서 세상일을 잊지 못하는 까닭은 오직 이 때문입니다.[6] 지난번에 비록 말씀드린 적이 있지만 미진함이 있음을 자각했기 때문에 다시 여기서 수다스럽게 늘어놓습니다. 충정으로 인해 격분하여 눈물을 떨어뜨리는 지경[7]입니다. 부디 승상께서 유념해 주십시오.

....

5　猶在是.『차의』: 우리의 도가 여기에 있음을 말하니 시(是)는 군주의 견해와 맞지 않으면 떠나는 것을 가리킨다.
　　『절보』: 군주의 견해와 맞지 않은데 떠나거나 잔류함이 곧 도가 있는 곳이다.

※　당세(當世): 당세는 집정이나 집정자를 가리키거나 세상에 크게 쓰임이다.

6　獨在於此.『절보』: '차(此)'자는 바로 앞 문장의 '여기 있다[在是]'의 '여기[是]'이니 바로 도이다.

7　忠憤所激.『절보』: 선생의 뜻은 오로지 임금의 측근을 배척하는 데 있으니 앞 문장에서 말한 '도'와 앞 편지에서 말한 '근본을 바로잡음'이 모두 이것을 가리키는 듯하다. 그러므로 '마음 아파하고 골치를 썩이다'라 하고, '충분'하다 하였다. 「무신봉사」 또한 좌우의 신하들을 바로잡음을 대본의 조목에 포함시켰고, 또 살펴건대 이 편지는 마땅히 문집 26권 17판의 「여진수서(與陳帥書)」를 참고해서 보아야 한다.

여백공께 답하는 편지(1178년 8월 17일)

우편을 통해 두 통의 친필 편지를 받고 최근 가을 날씨가 맑은 가운데 당신이 만복하심을 알고서 감격하고 위로됨이 지극합니다. 다만 제가 제수받은 벼슬[1]은 저의 품계 및 경력[2]과 분수 및 의리, 정신과 근력으로 보아 모두 받아들일 이치가 없습니다. 비록 군주와 재상이 저를 긍휼히 여겨 주시는 뜻에 감격하고, 게다가 인자하고 현명한 당신[3]이 출사하라고 거듭 권유하시지만, 끝내 감히 벼슬자리를 공손히 받아들일 수 없습니다. 상서성에 올리는 장계를 우편이 돌아가는 편에 상주문을 관장하는 관서[4]에 이미 부

......

1 恩命.『절요주』: 순희 5년(1178)에 남강군지사에 차출되어 사양했는데, 여조겸이 누차 편지를 보내 출사하라고 했는데, 이는 그에 대한 답신이다.
   『간보』: 제목의 주에 보인다.

2 資歷.『기의』: 자(資)는 품계이고, 역(歷)은 역임과 같다.
   『차보』: 품계와 벼슬자리역임을 말한다.「사면지남강군장계」(22권)에서 "관직을 고쳐 받은 이래로 네 번의 고과를 채우지 못했고, 비록 명목상으로는 지현의 품계이지만 사록관의 인원수나 채우고 있었기 때문에, 애초부터 지현의 일을 스스로 해 본 적이 없다"라고 말한 내용이 이를 가리킨다.

3 仁賢.『기의』: 동래(여조겸)를 말한다.

4 回付奏邸.『차의』: 주저(奏邸)는 상주문을 다루는 관사를 말한다.
   『표보』: '체회(遞回)'에서 마땅히 구두점을 찍어야 하니, 우편이 돌아감을 말한다. 주(奏)는 바로 진주위(進奉院)이다. 저(邸)는 지금 조선의 경저리(京邸吏; 경주인京邸吏人이라고도 함)이다. 당시에 삼성(三省)에서 주현에 부절과 차자를 내려보내는 경우와 주나 현에서

치고 나서 부본을 베껴서 올립니다. 서술한 내용이 비록 상세하지만 지나친 말은 없는 듯하니, 반드시 이와 같이 말해야 비로소 마음속에 품은 바를 다할 수 있습니다. 만약 타당치 않다고 여기시면 부디 되돌려 보내시고,[5] 아울러 별도로 몇 마디 글을 쓰셔서 타당치 않은 점을 일러 주신다면 아마도 윗분들을 거스르지 않을 수 있을 듯합니다. 만약 단지 제 스스로 짓는다면 끝내 이와 같은 어투가 나올 수밖에 없습니다. 이러한 기상을 살펴보면[6] 어찌 지금 벼슬자리에 나아갈 행색[7]이 되겠습니까? 집정관들이 굳이 강요하고자 한다면, 이는 크게 재능에 어긋나고 직무를 소홀히 하는 일입니다.[8] 구구한 제 뜻은 장계[9]에서 모두 갖추어서 드러냈습니다.

다시 한 가지 일이 있는데, 수년 동안 좋은 벼슬자리에 대한 뜻을 끊고 세상의 모든 일과 다른 사람과의 교분 및 예절을 모두 내팽개쳐 두었습니다. 그러다 보니 지금 비록 몇 줄의 편지를 써서 다른 사람에게 보내더라도 시대의 양식에 걸맞지 않음을 느끼니,

....
  장계나 첩보를 삼성에 올리는 경우에 모두 진주원을 경유하고 경저리가 그 사이에서 중개했다. 그러므로 주저(奏邸)라고 하였다.
5 却回.『절보』: 선생이 상서성에 올린 장계를 돌려보내라는 말이다. 여조겸이 이때 저작랑이었다.
6 觀此氣象.『차의』: 선생 자신을 말한다.
7 物色.『차보』: 모양을 말하는 것과 같다.
8 違才易務.『절보』:『강목』에 "진나라가 사만을 예주 자사로 삼았는데, 왕희지가 말하기를 '사만은 재능이 무리 가운데 뛰어나고 경전에 능통해서 조정의 일을 주관하면 참으로 훗날의 수재가 될 터인데, 지금 (사만을) 황폐한 지방을 위무하게 함은 재주에 어긋나고 직무를 소홀히 하는 일이다'고 하였다." 진나라 목제 승평 2년(358)에 보인다.
9 狀中.『기의』: 장은 바로 상서성에 올리는 장계이다.

오로지 산림에만 있으면 이와 같이 제멋대로 해 나가더라도 사람들이 괴이하게 여기거나[10] 책망을 하지 않을 수 있습니다. 그러나 하루아침에 벼슬에 나가서 군을 맡게 되면 윗사람을 받들고 아랫

....
10 打乖.『기의』: 명도(정호)가 소옹의 타괴음(打乖吟)에 화답하여 읊기를(『이정문집』 3-32 「화소요부타괴음이수和邵堯夫打乖吟二首」), "타괴는 몸이 편하고자 함이 아니요. 도는 커야 비로소 세상 티끌을 다 아우를 수 있네. 누항에서 일생토록 안회는 즐거워했고, 청풍을 천고에 남긴 백이는 빈곤하였네. 묵객들이 필묵의 묘함을 구해서 대부분 몇 권씩 휴대하고, 하늘이 시인에게 봄을 넉넉하게 빌려주었네. 단지 우스갯소리로 속인들과 친하게 지냈지만, 덕 있는 말은 오히려 시골사람들을 경외하게 만들기에 충분했네"라 하였다. 강절(소옹)의 본의는 괴팍함이었는데, 정호는 그 뜻을 뒤집어서 말했다. 소옹이 다시 명도의 뜻을 뒤집어서 말하기를(『이천격양집』 11권 「사백순찰원용선생불시타괴인謝伯淳察院用先生不是打乖人」) "사업의 경론은 반드시 재주 있는 자여야 하고, 섭리의 공부는 큰 신하가 있어야 하네. 집 안에 틀어박혀서 한가로이 뒹군다면, 이는 괴이한 사람이 아니겠는가?"라고 하였다. 이로 살펴보면 타(打)자는 바로 '위(爲: 되다)자의 뜻이다."
『간보』: 타는 '하다'이다. 타괴는 괴벽해서 속세와 같지 않음이다. 강절(소옹)이 타괴시를 남겼다.
『차보』: 강절이 '안락와중호타괴(安樂窩中好打乖)'라는 시를 지었는데(『이천격양집』 9권), 명도(정호) 선생이 화답하기를 (『이정문집』 3-32 「화소요부타괴음이수和邵堯夫打乖吟二首」), "성현의 사업은 경륜에 근본을 두니, 소부나 허유가 그 뒤의 먼지를 기꺼이 뒤집어 쓰려고 하겠는가? 세 번 예물로 불러도 이윤의 뜻을 돌리지 못했고, 만종으로도 맹자의 빈천과 바꾸지 못하였네. 또 경세의 재주를 가지고서도 천년 동안 감추고서, 이미 서쪽 누각을 차지하고서 10년을 지냈네. 때맞춰 은거하고 때맞춰 벼슬함은 명에 달려 있으니, 선생은 타괴인이 아니라네"라고 하였으니, 바로 소옹시의 뜻과 반대된다.
※ 소옹의 시 「안락와중호타괴」 원문에서 '안락하게 방안에서 타괴하기 좋아라. 스스로 원래 세상에 나갈 인재가 못됨을 아네. 노년에 병이 많으나 약을 먹지 않지만, 젊은 시절의 웅장한 마음은 모두 이미 사라졌네. 뜰의 풀을 자르고자 작정하였으나 끝내 하지 못했고, 함화를 가꿨으나 아직도 꽃을 피우지 못했네. 경쾌한 바람이 불어 반쯤 취한 술을 깨게 하니, 이 즐거움은 곧바로 하늘 밖에서 온다네(安樂窩中好打乖, 自知元沒出人才. 老年多病不眼藥, 少日壯心都已灰. 庭草劃除終未忍, 檻花抬擧尙難開. 輕風吹動半醺酒 此樂直從天外來)'라 하였다.

사람을 접촉하게 될 터이니 어찌 이와 같음이 용납되겠습니까? 또 이는 심성에 이미 익숙해져서[11] 비록 억지로 노력하거나 곧바로[12] 배운다고 하더라도 아마도 이루어질 수 없고 단지 이에 저의 미치 광이 같은 성질을 발작시킬 듯하니, 이 점이 한 가지 일입니다. 또 수년 동안 몇 가지 책을 차례대로 엮어서[13] 근래에 비로소 대략 두 서를 갖추었으니, 만약 계속 다른 일이 없고 몇 년 안에 죽지 않는 다면, 제가 품었던 포부에 유감이 없을 만하고 후학들에게도 도움 이 될 듯합니다. 그런데 지금 만약 벼슬에 나가서 군의 관리로 보 임된다면 날마다 장부와 결산서류에 파묻히고 문서를 주고받고 영 접하고 환송하는 번거로움에 휩쓸릴 터이니 장차 어느 겨를에 그 일을 하겠습니까? 세월만 때우다가 종신토록 한이 될 수도 있지만, 저의 정사 처리가 반드시 다른 사람들에게 혜택을 준다고는 할 수 없으니, 바로 이 한 번 벼슬에 나감이 곧 처자식의 굶주림과 추위 를 면하는 계책에 불과하여 그 잘못이 단지 작은 일만이 아닙니다.

　이러한 일들은 모두 다른 사람들과 더불어 말하기 쉽지 않기 때문에 상서성에 올리는 장계에서는 감히 언급하지 못했습니다. 단지 노형께서 이 점을 아셔서 다시 완곡하고 서서히[14] 진달해 주

....
11　慣却心性.『기의』: 제멋대로 괴팍하게 함이 심성에 습관이 됨이다.
　　『간보』: 괴이한 일을 하는 습관이 심성에 익숙해짐을 말한다.
12　旋學.『차의』: 선(旋)은 즉(곧바로)이다.
13　次輯數書.『차의』:『논맹집주』와『혹문』과『주역본의』와『시집전』을 가리킨다.
14　宛轉緩頰.『기의』: 완협(緩頰)은 급하지 않다는 뜻이다.
　　『절보』:『사기』(70권「위표팽월열전魏豹彭越列傳」)에 '위왕 표가 반란을 일으키자, 역생이 천천히 가서 설득했다'고 했다.

시길 바랍니다. 그렇게 해서 위로는 군주와 재상에게 죄를 짓지 않고 아래로는 사대부에게 의심을 받지 않게 해 주시면 충분합니다. 그동안 부지해 주시고 바른 길로 이끌어 주시는 공력[15]으로 볼 때, 응당 곧바로 이 점에 힘써 주시기를 번거롭게 여기지는 않으실 듯합니다. 승상께는[16] 아직 감히 편지를 보내서 번거롭게 이 뜻을 깊이 진달하지 못했습니다. 단지 이 일이 정돈되어서[17] 다시 예전처럼 사록관직을 얻게 되기를 기다렸다가 곧바로 제가 직접 편지를 써서 승상께 감사드리겠습니다. 무이 사록관은 이번 겨울에 임기가 만료되지만[18] 지금 이미 조정의 명을 받아들이지 않았으니[19] 곧바로

....

『간보』: 완전(宛轉)은 『어록해』에 '곧바로 하지 않고 완곡하게 돌려서 말한다는 뜻'이라 하였다. 완협(緩頰)은 『통감』의 주에 '말을 천천히 하면서 비유를 함이다'고 하였다.

『차보』: 『사기』에 "한나라 왕(유방)이 역생(역이기)에게 말하기를 '천천히 위표에게 가서 설득하라'"고 하였는데, (안사고)「주」에 '천천히 말하면서 비유를 함이다'고 하였다.

15 扶接導養. 『차의』: 여조겸이 선생에게 이렇게 한 것을 말한다.

   ※ 도양(導養)은 의미가 명확치 않으나 도정양성(導正養性: 바른 길로 이끌어 본성을 배양함)으로 보아 번역함.

16 揆路. 『차의』: 규(揆)는 '백규(百揆)를 총괄한다' 할 때의 규로, 승상을 가리킨다.

   ※ 백규(百揆)는 『서경』 「순전」, '총재[百揆]에 임명하자 모든 관직에 때에 맞게 행해진다(納于百揆, 百揆時敍)'고 하고, 또 '총재[百揆]에 자리하게 하여(使宅百揆)'라 하였다.

   『관보』: 『연보』에 '사호가 반드시 선생을 기용하고자 하여 마침내 선생을 남강군지사로 차출하였다'고 하였으니, 여기서 재상은 바로 사호를 가리킨다.

   ※ 사호(史浩, 1106-1194): 자는 직옹(直翁)이고 호는 진은(眞隱)으로 명주 근현(明州 鄞縣: 현재 절강성 영파현) 사람이다. 남송 고종 소흥 14년(1144) 진사에 급제하여 효종을 태자로 삼을 것을 주청하여 효종 즉위 후 참지정사와 상서우복야 등을 지냈고 위국공(魏國公)에 봉해지고 광종 때 태사로 승진되었고 사후에 회계군왕으로 추증되었다. 효종의 사당에 배향되었다.

17 定疊. 『차의』: 결말이 지어져 다시는 번거롭거나 소요가 없다는 말과 같다.

18 今冬常滿 『차의』: 선생의 사록관의 기한이 만료된다는 말이다.

19 未受命. 『차의』: 아직 남강군지사로 제수하는 명령을 받아들이지 않았다는 말이다.

옛 직함을 제거할 수는 없겠지만[20] 감히 녹봉을 청하지는 못하겠
습니다. 혹 사록관직을 얻게 되더라도 별도로 품계를 올려 준다면
이 또한 결코 받아들이기 어렵습니다. 이 역시 은근한 말로 윗분
들에게 넌지시 알게 해서 그때에 닥쳐서 다시 분분해짐을 면함이
옳습니다. 천만 유념하시길 지극히 간청합니다. 외로운 자취를 보
전해 주셔서 제가 예의에 어긋나는 행동에 이르지 않게 해 주시기
를 깊이 고명한 당신에게 바랍니다.

저는 내일 자계로 출발해서 유추밀(유공)[21]의 영구를 맞아 조
문할 것입니다. 지난번에 영결하는 그의 편지[22]를 받았는데 아직
도 나라의 치욕을 설욕하지 못함을 여한으로 여겼으니 참으로 애
처롭습니다. 행차에 닥쳐 매우 바쁘고 돌아가는 우편을 통해 급히
부쳐야 하기에[23] 대략 이렇게 쓰고 전혀 제 뜻을 다하지 못했습니
다. 8월 17일에 편지를 올리면서 이만 줄입니다. 제가 머리를 조아
리고 다시 절합니다.

자중(석돈)[24]에게는 지금 편지를 못 보내지만, 지난번에 편지[25]

<hr />

20 便落舊御.『차의』: 낙(落)은 제거함이고, 옛 직함은 사록관의 직함이다.

21 劉樞.『차의』: 공보(유공)이다.
　　『차보』: 공보(유공)가 이해 7월에 건강부지사로 재직 중에 죽었다.

22 訣書.『차의』: 공보(유공)가 죽음을 앞두고 선생에게 영결하는 편지를 썼다.

23 又急~遞中.『차의』: 한 구절이다.

24 子重.『차보』: 석돈(석자중)인 듯하다.
　　※ 석돈(石敦, 1128-1182): 자는 자중(子重)이고 호는 극재(克齋)로 남송 대주(臺州) 임해
　　(臨海) 사람이다. 고종(高宗) 소흥(紹興) 15년(1145)에 진사(進士)에 급제하여 천주동안현
　　승(泉州同安縣丞)과 남강군지사(知南康軍) 등을 역임했다. 주희(朱熹)와 교유했고, 이학이
　　론(理學理論)을 연구하여 태주(台州)의 대유(大儒)가 되었다. 저서로『주역해(周易解)』,『대

를 써서 정화 땅으로 가는 사람 편에 부친 적이 있는데 아마도 곧
바로 도달하지는 못한 듯합니다. 또한 이 일을 도와 달라고 그에
게 알려서[26] 예의에 어긋남을 면하게 해 주신다면 붕우로서 당신이
베풀어 준 은혜가 도타울 듯합니다. 흠부(장식)[27]에게서 오랫동안
편지를 받지 못했는데 그곳에서는[28] 아마도 수시로 문답하실 듯합
니다. 왕의 명을 받아 행차함에 쫓겨서 조금도 쉴 수 없다고 하니[29]
이 말을 들음에 더욱더 저로 하여금[30] 두려워 움츠러들게 합니다.

....
　　학집해(大學集解)』,『중용해(中庸解)』,『극재문집(克齋文集)』 10권이 있다.

25　以書.『절보』: 편지는 자중(석돈)에게 보내는 편지이다.

26　此事~調護.『절보』: 이 남강군지사를 사양하는 일 또한 자중(석돈)에게 도와 달라고 요
　　청하라는 말이다.

27　欽夫.『차보』: 장식이 이때에 새로 강릉부지사로 제수받았다.

28　彼.『차의』: 여조겸이 거처하는 곳이다.

29　王程~少休.『차의』: 장식을 말한다.
　　『차보』: 이때는 장식이 정강에서 돌아왔다가 강릉부로 부임하는 때인 듯하다.

30　聞此尤使人『차의』: 문(聞)은 선생이 들음이다. 차는 앞 문장을 가리키고, 인은 선생 자
　　신을 말한다.

정자명께 답하는 편지(1178년 10월)*

　장계의 부봉¹을 전에 한스럽게도 보지 못했는데, 지금 다행히
도 얻어서 읽어 보면서 감탄한 나머지 옷깃을 여미며 존경하고 탄
복합니다. 제가 이에 대해 논해 보자면, 비단 충정과 미더움과 간
절함이 일반 사람보다 뛰어날 뿐만 아니라 변론 재주와 지략 또한
다른 사람이 미칠 수 있는 경지가 아니라고 여깁니다. 유원성(유안

....

* 　答鄭自明書.『기의』: 이름이 감이니 진준경의 사위이다.
　『유몽』: 정자명은 포전 사람이다.
　※ 정감(鄭鑒, 1145-1182): 자는 자명(自明)이고 호는 식재(植齋)로, 복건성 연강현 사람
　이다. 남송 소흥 15년(1145)에 태학생으로 뽑혔다가 우등생으로 급제하였다.

1　副封.『기의』: 바로 정자명이 올린 상소장이다. 상소를 하는 자는 한 통은 바로 임금에게
　올리고, 한 통은 상서성에 올린다. 상서성에 올린 것을 부봉(副封)이라고 부르기 때문에
　이렇게 말한 것이다. 상서성은 조선의 승정원과 같다.
　『절보』: 정자명이 상소한 일이 병신년(1176)에 있었는데, 이 편지는 무술년(1178)에 쓰
　였는데도, 여전히 '지금 이에 제가 읽어 보게 되었다'고 함은 마치 지금에야 비로소 읽어
　볼 수 있었다는 말과 같으니 의심할 만하다. 아마도 지난번에 우연히 온전한 사본을 보
　지 못했는데, 지금에야 비로소 정자명이 보내서 보여 주었을 것이다.
　『간보』: 정자명이 올린 상소문이다. 상소하는 자는 먼저 한 통을 상서성에 올리니, 마치
　한(漢)나라의 서(署)와 같으니, 다른 말로는 부(副)라고 하였다.
　『차보』: 정자명이 이때 증적을 논열했다. 부봉은『한서』(74권 위상전魏相傳)에 나온다. 곽
　광 때에는 부봉이 있었는데 위상 병길 때부터 부봉을 없앴다. 이는 아마 앞의「위원리에
　게 보내는 편지」에서 말한 부본이나 부고와 같은 듯하니, 아마도 당시에 의례적으로 상
　소나 차자의 초본을 부라고 하였고, 정자명의 상소가 바로 봉사였기 때문에 부봉이라 한
　듯하다.

세)[2]이나 진료옹(진관)[3]을 당신과 비교해 보면 어떨지 모르겠습니다.[4] 주상께서 성덕을 갖추시고 총명하시어 이와 같이 받아 주셔서 하루아침에 감동하고 깨우쳐서 쥐새끼[5] 같은 무리를 제거하심을 손바닥 뒤집듯 쉽게 하였습니다. 태평만세[6]를 비록 제가 늙고 병들었지만 아직 볼 수 있을 듯도 하니 매우 다행입니다.

당신이 군에 보임[7]되는 인장을 품게 된 일은[8] 비록 공적 의론으

....

2 劉元城.『간보』: 이름이 안세(安世, 1048-1125)로 자가 기지(器之)이고 시호는 충정(忠定)이며 대명부 원성 사람으로 관직이 간의대부에 이르렀다. 정색하고 조정에 서서 아는 것을 말하지 않음이 없었는데, 사람들이 그를 지목하기를 '조정의 호랑이'라고 했다. 소식이 원우 연간의 인재를 논하여서 말하기를 "유안세의 곧음은 철한이라도 미칠 수 없다"고 하였다.

3 陳了翁.『간보』: 이름이 관(瓘, 1057-1124)이고 자가 형중(瑩中)이며 남검주 사람으로 관직이 감찰어사에 이르렀고, 시호는 충숙(忠肅)이다. 처음 장돈을 만나서 논의가 강경하고 발랐는데, 어사대에서 간관으로 있을 때, 맨 먼저 왕안석이 『일록』에서 신종을 폄훼하였음을 논박하고, 『신종실록』의 개정을 간청했다. 그러다가 곡합포로 유배되어 『존요집』을 지어서 군신의 의리를 밝혔다. 당시에 사대부들 가운데 존경하고 중시하지 않는 자가 없었다.

4 如何爾.『기의』: 자명(정감)과 변론 재주와 지략을 비교할 수 있는 사람은 원성(유안세)과 료옹(진관)뿐이다.

5 鼠輩.『차의』: 용대연의 무리를 말한다.
   『절보』: 용대연이 당시에 이미 죽었으니, 마땅히 증적과 왕변의 무리를 가리킨다.

6 大平萬歲.『간보』: 양성(陽城)이 상소해서 배연령(裵延齡)이 재상이 됨을 저지하면서 육지(陸贄)가 죄가 없음을 논하자, 금오장군 장만복(張萬福)이 임금께 치하하기를 "조정에 직간하는 신하가 있으니 천하가 태평합니다"고 하면서 '태평만세'를 연호했다(『순종실록』4권).
   『차보』: 26권 9판『차의』에 보인다.
   『표보』: 당나라 장만복의 일을 인용한 것이다. 그 설이 뒤의 26권 9판과 신판 7판의 『차의』에 보이는데, 아마도 여기에 옮겨서 실어야 할 듯하다.

7 補郡.『기의』: 정자명이 상소한 뒤에 곧바로 외직인 군의 지사에 보임되었기 때문에 이같이 말하였다.

로는 울적하게 여기지만, 이러한 한가함을 계기로 진덕수업[9]하여
오래갈 수 있고 원대할 수 있는 역량의 배양[10]에 더욱 힘쓰신다면,
하늘의 뜻도 우연한 것은 아닐 듯합니다. 다시 바라건대 스스로를
깊이 배양하셔서 그 기틀을 두터이 하시고, 뜻을 돈독히 하여 학문
을 닦아서 그 근원을 파고들어서,[11] 성의가 충만하게 쌓이되 탁월한
재능을 드러내지 않게 하고 의리는 밝게 드러내되 의론은 조리가
유창하게 하십시오. 그리하여 하루아침에 다시 발탁되어 조정에 서
신다면, 당신이 군주를 감동시켜 깨우치고 계발하는 점이[12] 결코 오

....

　　『절보』: 외직으로 나가 태주의 지사가 되었다.

　　『간보』: 자명(정감)이 좌천되어 외직으로 군의 지사에 보임되었다.

8　懷章.『기의』: 장은 인장이다.

　　『차의』: 살피건대 주매신(朱買臣)이 빈천하여 처가 이별하고 떠나자, 이에 서쪽으로 유
람하였는데, 무제에게 인정을 받아 곧바로 회계 태수에 제수되었다. 그러자 그 인장을
품고서 밤에 회계의 경저에 들어갔는데, 경저리들이 그때 막 술을 마시고 있었고, 주매
신이 태수가 된 것을 모르고 대부분 능멸하였다. 한 사람이 인장의 끈을 보고서 크게 놀
랐다. '인장을 품다(懷章)'라는 말은 여기에서 나왔다 (『한서』64권 「엄주오구주보서엄종
왕가전嚴朱吾丘主父徐嚴終王賈傳」).

　　※ 경저(京邸): 지방의 각 고을에서는 서울에서 그 지방과의 편의와 업무 연락을 돕는 경저
를 두었고, 각 고을의 공물상납이나 지방에 필요한 물품조달 등도 수행하였다. 여기에 파견
하는 향리를 경주인(京主人)·경저리(京邸吏)·저인(邸人)·경저인(京邸人)이라고 하였다.

9　進德修業.『절보』:『주역』「문언전」에 나온다.

　　『간보』:「건괘·문언전」에서 '충정과 미더움은 덕에 나아가는 방법이요, 문사를 닦아 자
신의 성실함을 확립함은 사업을 처리하는 수단이다'라 하였다.

10　久大.『절보』: 오래갈 수 있고 원대할 수 있음으로『주역』「계사전」에 나온다.

　　『간보』:「주역대전(계사전)」에 '쉬우면 알기 쉽고 간략하면 따르기 쉽다. 알기 쉬우면 친
할 수 있고 따르기 쉬우면 공로가 있다. 친할 수 있으면 오래갈 수 있고, 공로가 있으면
원대할 수 있다. 오래감은 현인의 덕이고 원대함은 현인의 사업이다'라고 하였다.

11　濬.『유몽』: 깊게 함이다.

12　動寤啓發.『차의』: 임금의 마음을 가리킨다.

늘날의 성취에 그치지 않을 듯합니다. 지난날 당신의 글들은 참으로 통절하였습니다.[13] 다만 일을 논함은 많았지만 이치를 논함은 적었고, 여러 소인의 간사하고 기만하는 점을 나열하여 말함은 비록 상세하였지만 본원(군주의 마음)을 단정하고 맑게 함과 덕을 닦고 정사를 확립하게 함에 대한 뜻에는 미비한 점이 있는 듯했습니다. 당신의 글이 그리된 까닭은 듣는 자들이[14] 우활[15]하게 여길까를 지레짐작하여 감히 말하지 못한 잘못이 있고, 또한 스스로 이 이치를 강구함이 정밀하지 못하여서 스스로 우활하여 말하기에 부족하다고 여김을[16] 면하지 못했습니다. 아울러 지금은 단지 이 한 가지 병통이[17] 가장 크니, 만약 이 병통에 대한 약이 아직 효험이 없다면 기타 소소한 징후에 대한 일반적인 탕약을 투여해서 이 병통에 대한 약의 기운을 낮출 필요가 없습니다. 만약 이 병통을 치료하고자 한다면 반드시 일군과 이신, 삼좌, 오사[18]의 약재를 가지고 완급을 조

....

13 剴切.『차의』: 개는『운회』에 '절실함이다'고 하였다.
　　『간보』: 개(剴)는 음이 개로 '자르다'이니, 그 말이 통절함이 자름과 같다는 말이다.
14 聽者.『유몽』: 군주와 윗사람을 가리킨다.
15 逆料.『차의』: 이 뜻이 '우활(迂闊)'까지이다.
　　『유몽』: 역료(逆料)는 예단이다.
16 不足言.『기의』: '실(失)'자의 뜻이 여기까지이다.
17 只此一病.『차의』: 본원(군주의 마음)을 단정하고 맑게 하는 일과 덕을 닦고 정사를 확립하게 하는 일을 우활하다고 여긴다는 말이다.
　　『잡지』: 바로 앞 문장의 군주가 아직 본원(군주의 마음)을 단정하고 맑게 하는 일과 덕을 닦고 정사를 확립하게 하는 일을 하지 못함을 가리킨다.
　　『전비』: 바로 군주 마음이 잘못이다
18 一君~五使.『차의』: 모두 약 처방의 용어로 약재에는 군, 신, 좌, 사의 명칭이 있다.

절하면서 쓰고 순서를 분명히 해야만 비로소 쉬이 효험을 보게 됩니다. 지금 이미 다른 증상을 잡다하게 치료했으나, 병의 근원을 치료하는 데 쓰인 약재는 또 그 사용에 잘된 점과 잘못된 점이 뒤섞여 있음을 면하지 못했습니다. 이 점에 대해 이미 당신의 동생에게 자세히 말해 주었으니, 그가 돌아가면 당연히 일일이 아뢸 터인데 당신이 어떻게 여길지 모르겠습니다. 쇠잔하고 고루하여 이런 것을 언급하기에 부족하지만, 외람되게도 비루하게 여기지 않으시고 사자를 보내서 그에 대해 상의해 주셨고, 또한 시론이 이 지경에 이름에 개인적으로 유감이 있어 저도 모르게 저의 어리석음을 망각하고 속에 있는 말을 다 하였습니다.

이 밖에도 여조겸이 말씀드린 독서로 사람을 기용하는 것은 마땅히 깊이 유의해야 할 점입니다. 친애하는 당신[19]께서 수립하신 학문과 덕이 이미 이와 같으니 만약 하늘이 송나라를 보우할 뜻이 없다면 그만이겠지만 그럴 뜻이 있다면 뒷날의 정사에 있어서 어찌 당신이 그 책임을 사양할 수 있겠습니까? 그렇다면 지금 당신의 진덕수업은 바로 곧 뒷날의 국가가 난세를 바로잡아서 바름을 회복하는 일[20]과 연계되어 있으니, 비단 당신 한 몸의 성패와 영욕에 국한된 일이 아닙니다. 부디 고명하신 당신께서 이 점을 깊이 유념하십시오. 그러나 학문을 닦는 방법에 대하여 대면하여 논하지 못하여 아직 자못 여한이 남습니다.

....

19 吾人.『기의』: 정자명을 말한다.
20 撥亂反正.『절보』:『춘추공양전』(애공 14년)에 '난세를 바로잡아서 올바름을 회복한다'고 하였다.

진 어르신(진준경)의 이번 행차는[21] 관계된 일이 가볍지 않으니, 제가 하류에서 기다리면서[22] 밤낮으로 마음 졸임은 이루 다 말할 수 없습니다. 제가 벼슬에 나가거나 은둔하는 일은 이 시기에 중점으로 삼기에 부족하니 여러 공들이 혹시라도 제 사양함을 들어주신다면 참으로 다행이겠습니다. 그렇지 못한다면 명령을 받아들이고 다시 사록관직을 요청하겠습니다. 요청을 못 얻으면 마땅히 그 일을 다시 살펴 달라고[23] 상주하여 가부를 점치겠습니다. 그래도 얻지 못하면 병을 핑계로 한직을 요청하겠습니다. 이런 점에서 제가 벼슬에 나가거나 은둔하는 일은 참으로 본래 여유가 있는 듯합니다. 그러나 노형께서는 어떻게 여기는지 모르겠습니다. 종신토록 벼슬에 나가지 않는 계책의 경우에는 녹봉이 어머니를 봉양함에 미치지 못했을 때부터[24] 이미 마음속에 결정되었습니다.

....

21 陳丈此行.『차의』: 진 어르신은 진준경이다. 정자명이 그의 사위였기 때문에 이렇게 말했다. 『절보』: 무술년(1178) 여름 진준경이 판융흥부로 기용되었는데 부임하기도 전에 판건강남동로안무사로 직책이 바뀌어서 장차 조정에 나아가 상주해야 했는데, 이 행차는 아마도 조정으로 나가는 행차인 듯하다. 이 편지는 무술년 8월 이후에 쓰였으므로, 진(준경)이 임금의 부름을 받음은 비록 여름이었지만, 그가 부름에 따라 부임한 일은 아마도 가을 이후에 있었던 듯하다.

22 待於下流.『차의』: 대(待)는 오기를 기다림이다. 하류(下流)는 선생 자신을 말한다. 『표보』: 진공(진준경)이 보전(莆田)의 자신의 집으로부터, 임금의 부름을 받들어 대궐에 나아가면서, 건계 하류를 경유하기 때문에, 선생이 가서 그 행차를 기다렸다.『차의』의 주석은 분명하지 않다.

23 申審奏事.『차의』: 직무를 다시 살펴 달라고 주청한다는 말이다. 『절보』: 일은 바로 남강의 일이다.

24 祿不逮養.『차보』: 선생이 건도 기축년(1169)에 어머니상을 당했기 때문에 이로 인해 녹봉이 어머니를 봉양하는 데 쓰일 수 없어서 사양하였다.

그러나 지금 또한 감히 고집하거나 기필하지 못하고 장차 일에 따라 대응할 뿐입니다. 다만 다시 살펴 주시기를 상신하는 장계 가운데 오래도록 주상을 못 뵈었기 때문에 한 번 용안을 뵙기를 바란다는 뜻을 조금 드러내서, 본래 제게 벼슬에 제수되는 것을 수치스럽고 박하게 여기는 마음이[25] 없음을 아시게 하려고 하는데, 이는 옳은지 모르겠습니다. 부디 헤아려 주시고, 조진숙이 있는 곳에 몇 글자를 쓰셔서 인편을 구해서 제게 편지를 보내서 이 문제에 대한 답을 주라고 해 주시기를 바랍니다. 혹 그럴 필요가 없다면 단지 평상시의 격식대로 쓰십시오.[26]

사지[27]※의 글은 과연 훌륭하니 제게 매우 위안이 됩니다. 또한 노형께서는 마땅히 그가 덕을 진보시키고 학업을 닦아서 때를 기다리기를 권면하셔야 합니다. 지난번 한 부류의 선배들이 젊은 시절에[28] 대체로 촉망을 받았으나 만년의 성과는 왕왕 사람들의 뜻을 만족시키지 못하였습니다. 이는 바로 학문을 닦음에 정밀하지 못하여 성인 문하의 광대한 규모를 보지 못하고서 조금 성취가 있으면 곧바로 스스로 성인의 사업이 여기에 그친다고 여기고 다시는

....

25 羞薄詔除.『표보』: 이 네 글자는『후한서』「마융전(馬融傳)」에 나온다.
26 只依~寫去.『차의』: 다시 살펴 달라고 상신한 장계 가운데 한 번 용안을 뵙기를 바란다는 뜻을 드러내지 않고 단지 의례대로 써 내려간다는 말이다.
27 似之.『차의』: 어떤 사람의 아들인지 모르겠다.
※   사지(似之):『시경 소아』「소완(小宛)」의 '뽕벌레가 새끼를 낳거늘 나나니가 업도다. 네 자식을 가르쳐서 착함을 같게 하라(螟蛉有子, 蜾蠃負之, 敎誨爾子, 式穀似之)'에 나온 말로 훌륭한 자식을 가리킨다.
28 少日.『기의』: 젊을 때와 같다.

크게 진보하기를 구하지 않음에서 연유합니다. 형공(왕안석)의 "말세의 풍속에서는 고상해지기가 쉽고[29] 험난한 길이 다 끝날 수가 없다"[30]라는 말은 염두에 둘 만합니다. 인재가 쇠잔하고 적으며 풍속이 퇴폐할 때에는 선비가 한 가지의 선이라도 있으면 곧바로 마땅히 부축하고 이끌어서 그 기량과 사업에 나아가게 하는 일은 우리 무리에게는 장래 자신의 이해에 절실합니다. 만약 선비가 평소에 수양하지 않고 일을 당해서 창졸지간에야 비로소 대책을 구함은 나라를 위한 원대한 계책을 세워서 일을 맡음에 결코 미치지 못하

----

29 末俗易高. 『기의』: 풍속이 이미 말세이기 때문에 고상해지기가 쉽게 된다. 고상해짐은 말세의 풍속에서 높임을 받음을 이른다.

『간보』: 쉽게 높임을 받음이다.

『유몽』: '말속이고(末俗易高)'는 소자(소옹)의 시에서 '지금은 안자가 없어서, 현자로 대접받기가 쉽다'(『이천격양집』 「화위교수견증和魏敎授見贈」)고 한 뜻과 같다.

30 險塗難盡. 『기의』: 험한 길을 다할 수 있으면 바로 평평한 길과 험한 길이 같은 정도이기 때문에 '험한 길을 다할 수 없다'고 하였다.

『차의』: 살펴건대 '말속이고(末俗易高)'는 아마도 '젊은 시절에 대체로 당시의 촉망을 받음'을 가리키는 듯하고, '험도난진(險塗難盡)'은 아마도 '만년의 성과는 사람들의 뜻을 만족시키지 못함'을 가리키는 듯하다. 또 살펴건대 소자(소옹)의 시에서 '지금은 안자가 없어서, 현자로 대접받기가 쉽다'고 했는데, '말세의 풍속에서는 고상해지기 쉽다'는 뜻이다.

『간보』: 험한 길은 절도를 끝까지 지키기가 어렵다.

『문목』: 이 두 구절은 글의 뜻이 본래 분명하지 않으나, 『기의』의 해석 또한 명쾌하지 않고 난진(難盡)의 뜻이 더욱 타당하지 않은 듯하다. 진(盡)은 아마도 단지 '다 끝내다'는 뜻인 듯하니, '사람이 세상을 살면서 험난한 길을 쉬 다 끝낼 수 없다'고 말해서 마땅히 가면 갈수록 더욱 삼가야 함을 경계하였다.

『연천수첩』: '말속이고(末俗易高)'는 바로 앞 문장에서 말한 '조금 성취가 있으면, 곧바로 스스로 성인의 사업이 여기에 그친다고 여긴다'는 뜻이니 아마도 말세의 풍속이 도도하고 현자가 매우 적어서 능히 그 가운데서 조금 성취가 있으면 곧바로 스스로 높다고 자부할 수 있다. 이는 다시 크게 발전하기를 구하지 않는 까닭이다. 『기의』의 해석 또한 이와 같은 듯하다.

는 일입니다. 진후관(진돈)³¹의 처소에서 시랑 호명중(호인)의 사론³²이 있었는데, 의론이 대부분 사리에 절실하니 당신이 이것을 본 적이 있는지 모르겠습니다. 만약 본 적이 없다면³³ 가서 빌려 보시면 당신의 생각을 계발할 수 있을 듯합니다.

지난번 수도에 있는 지인에게서 편지를 받았는데, "여조겸이 임금에게 '주희를 반드시 대면할 필요가 없다'고 말했다"고 하였는데, 이렇게 말한 그의 본의는 아마도 제가 다시 임금의 뜻에 저촉되어 죄를 받아서 사기가 저상될까 염려한 듯합니다. 제가 군주를 뵙고자 하는 뜻을 아는 사람이 드문데, 단지 군주를 뵙지 않고 부임하면 제가 벼슬자리를 훔쳐서 얻은 모양새가 된다는 것이 제 생각입니다.³⁴ 그래서 그의 뜻이 참으로 좋지만 받들 수가 없을 듯합니다.³⁵ 어떻게 생각하십니까?

....

31 陳候官. 『차의』: 후관의 대부인 진명중(진돈)이니, 후관은 현의 이름이다. 진의 이름은 화(火)변에 향(享)을 쓰는 돈(焞)자이니 발권(『문집』 85권 「진명중화상찬陳明仲畫象贊」)에 보인다.

32 胡明仲~史論. 『차보』: 호인은 『독사관견(讀史管見)』 30권을 지었고, 또 『삼국육조정수요론(三國六朝政守要論)』 10권을 지었다.

33 若未. 『차의』: 여기서 구를 나눠라.

34 只似~一般. 『절보』: 만약 임금을 대면하기를 청하지 않고 임소에 부임하면 바로 마치 지방관의 벼슬을 훔쳐서 몰래 가서 벼슬살이를 하는 모양새와 같다는 말이다.

35 偸得~承用. 『차의』: '투득(偸得)'은 선생 자신의 겸사이다. '차견(差遣)'은 지방관에 보임됨을 말한다. 지방관을 제수받은 자가 반드시 대면을 요청해서 정사를 논할 필요는 없지만, 지금 부르는 명령을 받았다면 단순히 지방관에 보임되었을 때와 똑같이 입을 닫고 부임할 수가 없어서, 여조겸의 뜻이 비록 좋으나 아마도 따를 수 없었던 듯하다.
『절보』: 여조겸의 본의는 선생이 군주의 뜻에 저촉되어 죄를 받아서 사기가 저상될까 염려함이니, 이 뜻이 비록 좋지만 사람들이 반드시 알지 못하고 단지 앞에서 말한 내용만 인식한다. 그렇기 때문에 여조겸의 말을 따를 수 없다는 말이다.

『차보』: '투득(偸得)'은 선생 자신의 겸사가 아니고, 만약 군주의 뜻에 저촉되어 죄를 받을까 염려하여 대면을 요청하지 않고 부임한다면, 이는 마치 몰래 훔쳐서 벼슬살이함과 같다는 말이다. 당시에 선생이 대면을 요청하여 일을 논하고자 하였을 뿐 애초부터 부름은 받은 일은 없었다.

부록 1
송나라의 지방장관제도와 주요 지방장관

1. 송나라의 지방장관제도

송나라는 초기에 당나라 말기 번진(藩鎭)이 할거하던 폐단을 혁파하고자 번진의 실권을 배제하여 모든 군(郡)과 주(州)를 중앙정부에 직속하고 절도사(節度使)라는 형식적 명칭만을 유지하였다. 아울러 전국을 노(路)라는 구역으로 분할하여 각 노에 전운사(轉運使)를 두어 각지의 재정 및 조세의 징수·운반을 담당케 하였다. 이후로 전운사의 직무와 권한이 점차 확대되어 '변경 방비'·'방범'·'형벌'·'소송'·'재정'·'민정'을 맡아서 지방행정 일체를 관장하게 되면서 노 단위로 분할통치를 하는 형국이 되었다. 진종(眞宗, 998 - 1022) 시기에 전운사의 권력이 지나치게 커짐을 우려하여, 제점형옥사(提點刑獄使)를 설치하여 각 노의 사법 및 감찰을 총괄하도록 하고, 안무사(安撫使)를 두어 각 노의 군사를 주관하게 하고, 전운사는 각 노의 재정·조세 및 민정을 전담하게 하였다. 이로써 송나라 때는 노마다 전운사(약칭 '조사漕司')·제점형옥사(약칭 '헌사憲司')·안무사(약칭 '수사帥司') 등 세 명의 지방장관이 있게 되었는데, 이들을 통칭해서 감사(監司)라 하였다.

북송 시기 노의 분장은 전운사를 위주로 하여 지도(至道) 3년(997)에 처음 15로를 설치하고, 천희(天禧) 4년(1020)에 다시 18로로 나누었다가 원풍(元豐) 8년(1085)에 23로로 확정하였다. 이 23로는 경동동(京東東)·경동서(京東西)·경서남(京西南)·경서북(京西北)·하북동(河北東)·하북서(河北西)·영흥군(永興軍)·진봉(秦鳳)·하동(河東)·회남동(淮南東)·회남서(淮南西)·양절(兩浙)·강남동(江南東)·강남서(江南西)·형호남(荊湖南)·형호북(荊湖北)·성도부(成都府)·제주(梓州)·이주(利州)·기주(夔州)·복건(福建)·광남동(廣南東)·광남서(廣南西)로 이뤄졌다. 숭령(崇寧) 4년(1105)에 수도 개봉부(開封府)에 경기로(京畿路)를 설치하였다. 선화(宣和) 4년(1122)에 송나라는 금나라와 요나라를 연합으로 멸망시킨 후에 금나라가 송나라에 연운(燕雲) 16주를 돌려주기로 맹약하였다. 이에 북송은 미리 연산부로(燕山府路)와 운중부로(雲中府路)를 설치하였으나, 금나라는 요나라를 멸망시킨 후 약속을 지키지 않고 단지 6개 주만을 돌려주었다. 이 때문에 북송 말기에 26로라고 하였지만 실제로는 24로에 불과했다. 이 24로의 구분은 전운사를 기준으로 말한 것이고 헌사(憲司)나 수사(帥司)를 기준으로 한 노의 구분은 달랐다. 예를 들면 하북은 전운사는 동과 서 2로로 구분되지만 수사는 거란 방어를 위해 대명부(大名府)·고양관(高陽關)·진정부(眞定府)·정주(定州) 등 4로로 구분되었고, 헌사는 합하여 하나의 노가 되었다.

남송 시기에는 군사 방어 목적으로 인해서 안무사를 위주로 노를 구분하였다.

2. 안무사

안무사(安撫使)는 중국 고대에 중앙에서 지방 사무를 처리하기 위해 파견했던 관리였는데, 수나라에서 안무대사(安撫大使)를 설치하여 군대의 원수를 겸직하게 하였고, 당나라 전기에는 대신을 파견하여 안무사라 하여 전쟁이나 재난을 당한 지역을 순시하게 하였다. 송나라 초기에 이를 답습하여 각 노의 재난이나 군대 동원이 있을 때 안무사를 특사로 파견하였는데, 그 뒤로 점차 각 노의 치안과 군사에 대한 업무를 관장한 장관으로 주(州)지사나 부(府)지사가 겸직하게 하였다. 만일 2품 이상이 맡으면 '안무대사'라 하였고, 직급이 낮은 자가 맡으면 '관구안무사공사(管勾安撫司公事)'나 '주관안무사공사(主管安撫司公事)'라 하였다. 섬서(陝西)·하동(河東)·광남(廣南) 등의 노는 요충지이기 때문에 '경략안무사(經略安撫使)'라 하고 직비각(直秘閣) 이상의 관원으로 충원하였다. 그 관청을 안무사사(安撫使司)라 하고, '수사(帥司)'라고 약칭하였다. 남송 영종(寧宗) 이후에 각 노에 '도통제사(都統制司)'를 설치하여 군정을 나누어 관장하게 하자 안무사는 한직이 되었다.

3. 전운사

송나라 초기에 약간 명의 전운사(轉運使)를 각지에 파견해 군수물자를 조달하도록 하고 일이 끝나면 철수시켰는데, 태종 때 절도사의 권한을 삭탈하기 위해 각 노에 전운사를 설치해 '수륙전운사(水陸轉運使)'라 칭하고 그 관청을 '전운사사(轉運使司, 약칭으로 '조사漕司')라 하였다. 전운사는 하나 혹은 여러 노의 재정 및 조세를 담당할 뿐 아니라 여러 지방관리의 평가와 치안 유지와 형벌 점검과 관리 천거 등의 직책도 수행하였다. 진종 경덕(景德) 4년(1007) 이전에 전운사의 관장 업무가 방대하여 한 노의 최고지방장관이 되었다. 그 이후에 제점형옥사(提點刑獄司)와 안무사(安撫司) 등의 기구를 속속 설치하여 전운사의 권한을 분할하였다. 전운사는 5품관 이상으로 보임하였다. 여러 노의 업무를 처리할 경우에는 '도전운사(都轉運使)'를 임명하였고, 군대 동원 시에는 '수군전운사(隨軍轉運使)'를 두었다.

4. 제점형옥사

태종 단공(端拱) 원년(988)에 전운사의 예속 관청으로 제점형옥사(提點刑獄司)를 설치하였는데, 뒤에 독립 관청이 되었다. 각 노의 옥사를 관장하며, 그 실정을 조사하여 법에 따라 처리하고 도적을 다스렸다. 누차 설치와 폐지를 거듭하다 인종 명도(明道) 2년(1033)에 비로소 상설기구가 되었다. 철종 소성(紹聖, 1094-1097) 초에 광물과 야금을 추가로 관장하였고, 남송 효종 건도(乾道) 7년(1171)에 다시 경총제전(經總制錢)을 추가로 관장하였다. 아울러 관리를 감찰하고, 권농 등도 담당하였다. 중도서경로(中都西京路)와 남경로(南京路) 등 9개 노에 설치하여 9로제형사(九路提刑司)라 통칭하였다. 장관은 제형사(提刑使)이고, 차관인 부사(副使)가 관청 업무를 총괄하였는데, 각각 정3품과 정4품을 보임하였다. 그 아래에 판관(判官)과 지사(知事) 등의 직책이 있었다. 직책과 권한이 매우 막중하여 '외대(外台)'라 불리기도 했는데, 경원(慶元) 4년(1198)에 안찰사(按察司)로 명칭이 바뀌었다.

주희 철학의 보편적 인간성과 차별적 민족성[1]

조남호(국제뇌교육종합대학원대학교)

1. 서론

이 글은 주희 철학의 보편성과 민족적 한계를 다루고자 한다. 주희 철학은 불교의 형이상학에 맞서 유가 입장에서 형이상학과 공부론을 확립하였고, 동시에 남송 시기 공리주의 사공학(事功學)에 맞서 도덕 이론의 정당성을 확보하려고 노력하였다. 그러나 주희 철학은 사대부 계층과 한족 중심이라는 한계를 갖고 있다. 특히 한족 중심의 중화 문화사상을 지나치게 강조함으로써 주희 철학은 계층과 민족을 뛰어넘는 보편성을 갖지 못하였다.

주희는 사대부 계층의 철학을 확립하여 황제를 보좌하면서 절대권력을 개명시키고 백성의 민생 안정을 추구하였다. 그런데 사대부는 과거시험을 통하여 자신들의 유학 지식을 국가로부터 인정받아 관원이 되고 평민을 지배하였다. 사실상 국가권력에 기대어 평민을 지배하는 사회 계층이었다. 경제적으로는 지주이자 교육과 문화를 주도하는 지식인이며 사회적 위세를 가진 사회 계층이다. 따라서 주희 철학은 사

----

1   이 논문은 조남호, 「성리학의 재구성」, 『서강인문논총』 45, 2016에서 주희 철학 부분을 수정·보완한 것이다.

대부의 계층적 한계를 벗어나지 못하였다. 주희는 철학의 보편성을 주장하였으나 남송의 수세적 국제관계로 인해 한족과 이민족을 나누고 한족의 중국을 중심으로 놓는 화이론(華夷論)을 강조하였다. 동아시아 철학사상의 보편성에서 보면 주희 철학사상은 민족적 한계를 가지고 있다.

오늘날 한국의 많은 철학 연구자들은 주희를 계층과 민족을 뛰어넘는 보편적 철학 체계를 세운 학자로 간주하지만, 중국사상사 연구자들은 한족 중심의 화이론과 사대부 계층 중심의 정치 이데올로기를 주창한 인물로 보고 있다. 이는 주희에 대한 서로 다른 시각을 보여 준다. 따라서 주희 철학사상의 전면적인 이해를 위하여 이러한 두 시각을 모두 살펴보아야 한다. 다시 말해 주희는 한편으로는 진리 체계를 세운 인물이지만 다른 한편에서는 민족과 계층의 한계를 지니고 있다. 어느 한쪽 관점에서 주희의 학술사상을 규정하는 것은 옳지 않다. 이 논문은 이 문제를 깊이 논의하고자 공부론에 초점을 맞추어 논의를 전개하려고 한다.

2. 주자학의 거경궁리

주자학은 '이(理)'의 보편성을 추구하고 있으며 유가의 도덕규범을 뜻한다. 공자 이래로 유가는 자신들의 규범이 보편성을 띠고 있다고 주장한다. "번지(樊遲)가 인(仁)을 묻자, 공자가 대답했다. '거처할 적엔 공손하며, 일을 집행할 때엔 경건하며, 사람을 대할 적엔 충심을 다해야 한다. [이는] 비록 주변 이민족 나라에 가더라도 버려서는 안 될 것이다.'"(『논어論語』 「자로子路」) 이 글에서 언급된 공손, 경건, 충심은 어디에나 통하는 도덕규범이라는 것이다. 주자학에서 유가적 도덕규범은 공간과 시간에서 항구 불변한다는 관념에 기초하였다.

주희는 '이'와 '기(氣)' 개념을 통하여 모든 존재를 설명하려고 한다. 여기서 '이'는 성리학자들의 전매특허품이다. 원래 선진 시대부터 '이' 개념은 존재하였으나 글자 뜻은 대체로 옥이나 나무의 결, 법칙 등을 의미하는 정도였다. 불교가 들어온 뒤에는 현상세계[事法界]와 구분되는 원리[理法界]를 의미하는 것으로 썼다. 송대에 이르러 최고 개념으로서 법칙 또는 원리를 의미하게 되었다.

선진 시기 이래로 '기'는 모든 존재를 설명하는 개념이었다. 숨·호흡·신체·사회·우주까지 '기'로 설명하지 않은 것이 없었다. 그런데 '기'의 움직임에는 법칙이 있지만, 필연성은 보이지 않는다. '기'의 이합집산에는 그것이 그렇게 되는 이유를 '기' 하나만으로 설명하기는 부족하다. 성리학자들이 '이' 개념을 만들어 낸 까닭이 바로 여기에 있다. 도덕의 보편적 타당성을 설명하기 위해서는 '기'로는 부족하다고 느낀 것이다. 정호가 "나의 주장이 다른 사람들에게서 영향받았으나, '천리(天理)' 두 글자는 내가 몸소 터득해 낸 것이다"(『하남정씨외서河南程氏外書』 12-25)라고 말한 것은, '이' 개념이 송대의 독창성임을 강조한 것이다. '이'야말로 자연스런 개념[天理]이라는 것이다. 주희는 '이' 개념을 모든 존재의 보편적 본질로 보았다. 따라서 '이' 개념은 중국 유가 학술에서 혁명이었다. 송대 이후로 '이'는 '기'보다 우위에 존재하는 개념이 되었다.

주희는 모든 존재에 '이'가 있다고 말한다. 자연과 사회 모두에 '이'를 적용한다. 예컨대 주희는 수레, 배, 섬돌 등에도 '이'가 있다고 말한다. 수레는 물로 다닐 수 없고, 배는 육지로 다닐 수 없다는 것이 '이'이다. 그러나 수레나 배는 인간이 만든 것이며, 그것의 '이'라고 규정한 것도 또한 인간이 그 사물을 가공하여 부여한 효용성에 불과하다. 따라서 '이'는 자연 사물의 객관적·필연적 법칙이 될 수 없고 오직 인간 사회의 규범과 관련 있다. 이러한 사고는 사회를 바라보는 관점을 자연에도 그대로 투사한 것이다.

그럼에도 불교에서는 '이'가 공(空)을 의미하는 데 비하여, 주희 철학에서는 '이'가 현실세계의 법칙을 의미한다. 주희는 불교가 현실을 부정하고 공의 세계로 들어가는 것을 비판하고, 현실세계를 긍정하기 위하여 '이'를 새롭게 재해석한 것이다. '이'에는 단순한 법칙도 있으나 궁극적으로는 태극(太極), 즉 궁극적인 원리라는 것이다. 그런데 주희는 격물(格物)에서 안[內]과 밖[外], 정밀한 것[微]과 거친 것[粗] 모두를 탐구해야 한다고 한다. 그러면서 주희는 밖과는 다른 안의 문제를 제기하였다.

제자 안과 밖에 관하여 물었다.

주희 밖이라는 것은 내 마음이 감지할 수 있는 사람의 행동이나 사물이고, 안이라는 것은 내 마음이 홀로 사유할 수 있는 것이다. 밖이라는 것은 예를 들어 아버지의 자애와 자식의 효도 같은 것이며, 비록 동쪽의 아홉 오랑캐[九夷], 남쪽의 여덟 오랑캐[八蠻]일지라도 모두 이러한 도리에서 벗어날 수 없을 것이다. 안이라는 것은 지극히 은미(隱微)하고 지극히 절실한 핵심이다. 따라서 자사(子思)는 『중용(中庸)』에서 "(군자가) 큰 것을 말하자면 아주 커서 천하에 어떤 것도 이를 실을 수 없고, 작은 것을 말하자면 아주 작아서 천하에서 어떤 것도 이를 더 깨뜨릴 것이 없다"고 말한 것을 인용하였다. 또한 안[裏] 글자를 설명하여 자사는 『중용』에서 "은미한 것보다 더 잘 드러남이 없으며, 미세함보다 더 잘 나타남이 없다"(1장)고 하였다. 이러한 도리는 다만 하루라도 떨어질 수 없을 뿐만 아니라 비록 한 시간이라도 떨어질 수 없으며, 심지어 식사를 마칠 정도의 짧은 시간이라도 떨어질 수 없다.(『어류』 16-56)

주희는 유가의 자애와 효도 같은 보편적인 윤리규범조차도 '밖'으로 설정한다. 이것보다는 궁극적인 원리가 마음에 있다고 말한 것이다. 이것은 자신의 내면을 뜻하는 것이다. 내면에서 윤리의 규범을 확보하여야 한다는 것이다. 이는 그가 단순한 이론적 보편론자가 아님을 뜻한다. 주희는 마음에 대한 이론을 확립하고 마음의 수양공부를 중시한다. 주희는 이론적인 완결성보다는 공부론이 우선되어야 한다고 생각하였다. 마음의 수양공부가 확립되어야 실천으로 나아갈 수 있다고 생각한 것이다.

주희는 마음을 본성과 감정으로 나누고 마음이 본성에 따라 감정을 제어하여야 한다[心統性情]고 생각하였다. 이는 호상학파(湖湘學派)의 성체심용론(性體心用論)과 대비된다. 호상학파의 성체심용론은 마음을 밝히어 본성을 깨닫는다[明心見性]는 불교의 사고를 채택한 것이다. 주희가 보기에 이들은 마음을 작용으로 여기고 마음의 작용에만 초점을 맞추었다. 그는 이들의 이론으로는 마음을 안정시키기에는 부족하다고 비판하고, 마음에는 작용뿐만이 아니라 본체도 있다고 생각하였다. 본체에 본성이 있으며, 본성은 곧 '이'이다. '이'가 인간의 선천적 마음속에서 기준 역할을 하는 것이다. 감정은 인간 행동의 다양성을 설명해 준다. 타인과의 관계 속에서 다양한 감정이 일어나는 것이다. 본성을 체득하고 감정을 제어하기 위해서는 마음을 수양하는 공부가 필요하다.

주희는 수양공부론에서 처음부터 두 가지 학문 경향을 비판하였다. 하나는 불교와 도교이고, 다른 하나는 사공학파(事功學派)의 공리주의 경향이다. 먼저 공리주의에 대한 비판을 살펴보자. 공리주의 비판은 공자 이래로 유가가 추구해 오던 경세학의 사고이다. 공자는 도덕적 정당성과 물질적 이익에 대한 구분을 엄격히 하였다. 그는 군자와 소인의 구별도 여기에서 찾으려고 하였다. 맹자도 첫 구절부터 "어찌 반드시 이익을 논해야 합니까? 인의(仁義)가 있을 뿐입니다"(『맹자』「양혜왕상」)라고 하면서 양혜왕(梁惠王)에게 이 문제의 중요성을 역설하였다. 주희는 이익을 중시하는 사고를 비판하면서도, 무조건 이익을 배격하는 것은 안 된다고 주장하였다. 이익과 도덕적 정당성은 함께 가는 것이지 서로 떨어져 있는 것이 아니라며 이 둘을 일치시키라고 강조하였다. 다시 말해 이익[利]의 개념을 물질적·개인적 범위 안에 가두지 않았다.

다만 의리의 조화로운 곳이 이익임을 아는 것이지 이익을 떠나서 이익을 구하는 것은 아니다. 맹자는 다만 인(仁)과 의(義)만 말하였는데, "어질면서도 어버이를 버리는 사람은 없었으며, 의로우면서도 임금을 도외시하는 사람은 없었다"고 하였다. 다만 '의로움[義]'이란 글자를 말할 때는 일찍이 '이익[利]'이란 글자를 버리고 말하지 않았다. 그것은 안과 밖이 서로 연결된 것이기 때문에 다만 한쪽으로 치우쳐 끌어당기면 곧 다른 쪽으로 옮기게 되니 이 글자는 설명하기 어렵다.(『어류』36-2)

그래서 주희는 마음에서 "천리를 존양하고 인욕을 제거하라(存天理, 去人欲)"는 수양공부를 주장한다. 마음에서 생각이 발동하는 순간부터 생각이 천리인지 인욕인지, 곧 도심(道心)인지 인심(人心)인지를 가리는 것이 중요하다는 것이다. 주희가 볼 때 공리주의적 사고는 인간의 이익과 욕망에 대한 집요한 습관에 기인한 것이다. 이러한 경향을 근절하지 않고는 인간의 존재 이유를 설명할 수 없게 된다는 것이다. 그것은 곧 짐승 같은 존재가 되는 것이다. 주희는 당대의 사공학파인 진량(陳良)과 엽적(葉適)을 비판하였을 뿐만 아니라 여조겸(呂祖謙)까지도 비판하였다. 여조겸은 역사를 중시하였고, 역사는 현실을 변화시키는 힘의 추세를 중시하는 공리주의로 흐르기 쉽다는 것이다. 주희는 도심과 천리를 닦는 사람이 진리를 실천하는 사람이라고 보았다.

『중용』은 무엇 때문에 지었는가? 자사가 도학(道學)이 전해짐을 잃을까 걱정하여 지은 것이다. 상고시대에 성인(聖神)들이 하늘의 뜻을 이어받아 표준[極]을 세우셨기 때문에 진리의 전승[道統]이 전해 오는데는 유래가 있는 것이다. 경전(『서경書經』)에 표현된 것으로서 "진실로 알맞음[中]을 잡으라"는 것은 요임금이 순임금에게 전수해 주신 것이요, "인심은 위태롭고 도심은 은미하니, 정밀히 하고 순수하게 하여야 진실로 알맞음을 잡을 수 있다"는 것은 순임금이 우임금에게 전수해 주신 것이다. 요임금의 한 말씀이 지극하고 다하였지만 순임금이 다시 세 말씀을 더한 것은, 요임금의 한 말씀을 반드시 순임금의 세 말씀처럼 하여야만 실현할 수 있기 때문이다.(『중용장구서中庸章句序』)

주희는 『중용』이 자사에 의해서 만들어졌고, 이것은 요순시대 이래로 내려온 도통(道統)을 계승한 것이라고 한다. 이것을 공자가 계승하여 자사, 증자(曾子), 맹자로 이어졌다고 한다. 그러나 맹자 이후로 계승되지 않다가 송대의 정호(程顥), 정이(程頤)에 이르러 다시 도통이 이어졌다고 한다. 그는 이것을 도학이라고 말하고, 도학의 계승을 도통이라고 한다. 불교의 깨달음을 추구하는 방법 대신에 도심을 기르고 인심을 제거하는 공부가 유가의 수양 방법이고, 도통에 의해서 확인되는 것이다.

　도통을 주장하는 것은 현실적인 황제의 권력을 인정해야 하지만, 도통이 권력보다 우위에 있음을 주지시키기 위한 것이다. 현실적인 권력에 굴복하지 않는 수단으로 도통을 내세우는 것이다. 도통 즉 진리의 계보에 대한 의식이 도학자들을 이상주의 혹은 신념주의로 이끌었던 것이다. 그들은 왕의 길과 성인의 길을 갈라놓았다. 성인의 길을 가고자 하는 것이 그들의 공통된 목표였다. 더 나아가서 그들은 왕을 성인의 길로 가도록 만들고자 노력하였다. 정이가 왕의 스승인 시강(侍講)을 지냈고, 그의 제자인 윤돈(尹焞) 그리고 주희도 그 직책을 역임하였다. 그들은 경연에서 성의정심(誠意正心)이라는 유학적인 이상을 황제에게 주입하고자 노력하였다.

　다음으로 불교 사상에 대한 비판이다. 불교의 사고는 사대부의 철학에 중심을 차지하고 있었다. 공자 이래로 한당(漢唐) 시기까지의 유학은 실용주의적 경향이었고, 형이상학적인 사고가 결여되었다. 반면 내면적 마음의 깊은 층차로 들어가 인간의 본성을 설명하려는 불교의 형이상학은 높은 수준이었다. 이러한 불교의 형이상학이 인도에서 전래되어 중국적 사고에 충격을 가져왔고, 그것을 극복하려는 노력이 당대(唐代)의 한유(韓愈)와 이고(李翱) 등 일부 학자들에 의해 전개되었다. 북송 시기에 들어와서 주돈이(周敦頤), 장재(張載), 정호, 정이 등이 유학을 형이상학으로 정립하고자 노력하였고, 주희가 그러한 노력을 집대성하였다.

　제자　정좌하여 마음이 고요할 때는 마음이 움직이는 것을 볼 수 있는

데, 사물을 접할 때는 더 이상 마음의 움직임을 볼 수 없습니다.

주희 마음을 어떻게 볼 수 있겠는가? 사물과 접할 때는 다만 옳은 것만을 찾아야 하고 찾은 보답으로 옳은 것을 얻었으면 마음이 올바름을 얻은 것이고, 옳지 못한 것을 얻었으면 마음이 올바름을 잃은 것이기 때문에 마음은 다만 옳은 이치를 궁구하는 데 집중하여야 한다. 더 좋은 예를 들면 어떤 사람이 큰소리로 존경을 표할 때는 반드시 성의껏 대답하는 데 집중하여야 한다. 사람이 어디서 왔느냐고 물으면 반드시 사실대로 어디서 왔다고 대답하는 데 집중하여야 한다. 곧 이것이 사물에 응대하는 마음인데 어떻게 별도로 이 마음이 움직이는 것을 보려고 하는가? 절강(浙江) 지방에는 양간(楊簡)이 주장하는 학문이 있는데 강서(江西) 지방의 육구연(陸九淵)의 끄트머리를 얻은 것이며, 다만 사람들에게 눈을 감고 단정하게 정좌하여 해처럼 밝은 어떤 것을 보아야만 깨달을 것이라고 가르친다. 이것은 아주 큰 웃음거리다! 공자께서 대단하게 마음을 말씀하시지 않은 까닭은 구체적인 사실만을 말하여야만 병통이 없기 때문이었다. 맹자에 이르러 비로소 '놓쳐 버린 마음을 되찾으라'는 것을 말하였지만 대체로 사람이 마음을 바깥으로 치달리지 않게 하려는 것뿐이었다.(『어류』 121-67)

육구연은 본심이 곧 '이'라고 주장한다. 그는 불교의 수양 방식을 통하여 깨달음을 추구하고자 한다. 이러한 방식은 절강 지역의 양간 같은 학자들이 찬성하였다. 이에 대해 주희는 좌선을 통해 깨달음을 얻고자 하는 것은 마음을 천착하는 것인데, 이것은 공자나 맹자의 수양 방식이 아니라고 비난하였다. 공자는 마음속 깊이 들어가려고 하지 않았고, 맹자도 놓아 버린 마음을 되찾으라고 말하는 정도였다. 공자와 맹자는 있는 그대로의 옳은 마음을 추구하였는데, 그것은 불교 방식의 공허한 깨달음이 아니라, 실제적인 일과 관련하여 옳고 그름을 찾는 마음의 문제이다. 주희는 불교에서 참선하거나 화두를 잡아서 수양하는 공부는 어둡고 아무런 조짐도 없는 공부인데, 여기서 즐거움을 찾고자 한다면 오히려 공맹의 가르침과는 다른 병폐라고 비판한다. 무의식의 깊은 차원으로 내려가서 어떤 깨달음을 얻으려고 한다면 오히려 구체적인 실제를 잃어버리는 병폐가 생기기 때문에, 이성적인 사고를 넘어서 그 이상으로 들어가는 사고를 비판한 것이다. 앞에서 말한 도심을 기준으로 삼아야지, 그 이상 마음으로 마음을 보겠다는 방법을 추구하지 말라는 것이다.

주희는 불교의 참선이나 화두 공부 대신에 경(敬) 공부를 주장한다. 경이란 마음을 경건하게 유지하는 방법이다. 송대 학자들은 경공부 방법으로 안과 밖, 그리고 '이'를 나눈다. 안을 향하는 공부로는 '고요한 상태에서 마음을 하나 곧 천리에 집중하여 다른 인욕으로 옮겨 가지 않는다(主一無適)', '자세를 곧게 세워 몸가짐을 가지런히 하고, 마음을 엄숙하게 대하면서 관찰한다(整齊嚴肅)'는 정호·정이의 방법이 있고, 윤돈의 '마음을 수렴하여 고요하게 하며 어떤 인욕의 염두도 떠올리지 않는다(其心收斂, 不容一物)'는 방법이 있다. 밖을 향하더라도 마음의 집중 상태를 유지하는 공부로는 사량좌(謝良佐)의 '항상 깨어 있는 방법[常惺惺法]'이 있다. 고요한 상태는 물론 외물을 접하여 움직이는 상태에서조차 항상 깨어 있지 않으면 천리를 관찰할 수 없기 때문이다. 곧 외물을 접하는 상태에서도 천리에 집중하여 관찰하라는 뜻이다. 다시 말해 윤돈은 마음을 수렴하는 고요함을 강조하였고, 사량좌는 천리를 엄숙하게 관찰하는 것을 강조하였다.

'이'에 대한 공부로는 마음이 발동하기 이전의 고요한 상태에서는 관찰할 수 없는 '이'에 대하여 늘 삼가고 두려워하는[戒愼恐懼] 공부가 필요하다. 이는 마음이 발동하기 전[未發]에 마음의 본래 상태에서 '이'에 대해서 경건함을 유지하여 함양하는 수양 방법이다. 이러한 함양공부는 주체성 함양과 관련이 있다. 마음이 발동하기 이전에는 마음을 살필 수 없기에, 주재자의 주인공 역할을 어려서부터 길러 주어야 한다. 주체를 기르는 공부란 바로 옳고 그름을 판단하는 관찰 능력, 다시 말하자면 천리와 인욕을 분별할 수 있는 관찰력을 쌓는 것이고, 관찰하여 천리를 기준으로 삼는 주체적 자아를 양성하는 것이다. 주희는 마음이 발동하기 이전 또는 이후에도 항상 경공부를 해야 한다고 주장한다. 마음이 발동한 이후[已發]에는 마음이 천리를 관찰하도록 살펴야 하고(성찰), 이전에도 물론 관찰할 수 없는 '이'에 대하여 늘 삼가고 두려워하는 마음자세를 유지하라는 것이다. 그러나 마음이 발동하기 이전에 마음을 깨어 있게 하는 방법은 쉽지 않은데, 주희는 이 공부를 낙관하고 있다. 그런데 주희가 생각을 비운 마음의 깨어 있는 상태[虛靈不昧]로 규정하는 것도 사실상 불교나 도교에서 어려운 공부 끝에 얻어지는 경지를 수양공부의 출발점으로 보았던 것과 같다. 그리고 주희가 마음이 발동하기 이전과 이후로 공부를 나누는 것도 당연한 것 같지만, 그렇지 않은 측면이 있다. 불교에서 보면 심층적인 내면의 마음이 항상 작동하기 있기 때문에 발동으로 나눌 수 없는 것이다.

주희는 경공부와 아울러 격물공부를 주장한다. 주희는 격물공부에서 독서를 통해 깨달음을 추구하는 것이 아니라 경전 자체의 의미를 읽으라고 한다.

근세에 어떤 사람은 학문하면서 오로지 공허함을 찾으라거나 오묘함을 찾으라고 말하며 실제를 찾으려고 하지 않는 것을 오히려 깨달음이라고 말한다. 이는 학문을 전혀 모르는 것이며 학문에는 이런 방법이 없다. 다만 '깨달음 오(悟)' 글자만 말하며, 궁구하여 캐물을 수 없고 연구할 수 없으며 남과 더불어 시비를 논할 수 없고 오로지 공허함에 들어가는 것을 말하는 것은 가장 사람을 현혹하는 것이다. 그런데 또한 다만 학문이 없는 사람을 속일 수 있으나 실로 학문이 있는 사람이라면 어찌 그에게 속겠는가? '오(悟)'를 말하는 것 자체가 학문이 아니다. 삼가 그대들에게 권하건대 또한 자세히 독서하라. 책을 일찍이 읽지 않으면 의리를 알지 못하여 공허함으로 가거나 애매한 것을 마주쳐서 한두 구절을 들어 사람에게 묻고 또한 그 설명을 부풀려 물을 것이며, 또한 갑을 끌어다가 을을 증명하여 물을 것이니 모두가 일찍이 질박 성실하게 독서하려는 뜻에는 어긋나기 때문이다. 만약 질박 성실하게 독서한다면 실로 이해한 것을 따라 해 나갔을 것이며, 의심스런 것은 곧 의심스런 것이니 또한 대답할 수 있을 것이다. 그렇지 않으면 저런 것은 이미 무익한데 다만 한바탕 한가한 여담이나 할 따름이니 무슨 일을 해결할 수 있겠는가?(『어류』121-80)

사물의 '이'를 궁구하는 것은 세상일을 처리하려는 지식인 사대부 관료의 입장에서 나오는 것이다. 불교 방식으로 마음에만 집중하면 세상일을 처리하기 어렵다. 세상과 관련 맺기 위해서는 좌선이나 참선을 통해 깨달음만을 추구해서는 안 된다. 불교식의 주관주의를 넘어서기 위해서는 객관적인 방법을 추구할 필요가 있다는 것이다. 주희는 자신의 경험을 이렇게 말한다.

내가 일찍이 벼슬하고 있었을 때 두 집이 재산을 가지고 다투어, 각자 글을 내어 대조하였다. 그사이에 한두 장 빠진 글이 있어, 그것을 가지고 글을 탐구하여 서로 호환하여 글을 볼 수 있었다. 만약 글이 없다면, 다만 억측하여 '두 집이 다투니 모름지기 하나는 옳지 못하고 하나는 옳다'고 말하면 안 된다. 원래부터 '이'를 궁구하지 않고 상상하여 내 마음은 저절로 알지 않은 바가 없다고 말함이 이와 같다.(『어류』45-14)

관료는 현실의 복잡성을 처리해야 한다. 그렇지 못한다면 관념적 사고에 그치는 것이다. 궁리(窮理)는 사물의 '이'를 탐구하는 것이다. 주희는 사람은 어느 정도 이미 알고 있는 '이'[已知之理]를 가지고 있고, 그것을 밑천으로 사물의 '이'를 경험적으로 검증하여야 한다고 주장한다. 그러한 과정 때문에 주희는 궁리보다는 격물이라는 표현을 쓴다. "궁리를 말하지 않고 격물을 말하는 까닭은 '이'는 붙잡을 수 없고 물은 붕 떠 있는 경우가 있기 때문이다."(『어류』5-34)

주희의 격물론은 각각의 사물들을 100% 궁구하는 것이다. "격물에서 격(格)은 완전하게 끝까지 다하는[盡] 것이니, 반드시 사물의 원리를 철저하게 궁구해야 한다. 만약 20~30% 정도 궁구한다면 그것은 아직 격물이 아니다. 반드시 100%까지 다 궁구해야 격물이다."(『어류』15-7) 어떤 사태에 대해서 대충 이해하는 것은 완전히 이해하는 것이 아니다. 겉으로 드러나는 측면부터 드러나지 않는 측면까지[表裏精粗] 모든 측면을 빠짐없이 철저하게 궁구해야 한다. 사물의 '이'를 객관적으로 궁구하는 것이 아니라 지극한 '이' 곧 절실한 '이'를 탐구하여야 한다. 잡다하고 다양한 '이'가 아니라 핵심적인 궁극적 '이'를 탐구하는 것이다.

그러한 검증 과정을 지속하다 보면 어느덧 태극이나 본성 즉 세계에 대한 본질을 직관한다. 이는 단순한 객관적 경험의 축적을 넘어서 나 자신에 내재된 선천적 '이'와 하나로 일치되는 초월적인 추상으로 비약하는 것이다. 그것이 곧 활연관통(豁然貫通)이다. 그러한 과정은

282

보편적 원리를 선취하고자 하는 의도적인 것이 아니라 자연스런 앎의 확장이며 도약이다. 사물의 여러 가지 측면을 분석적으로 궁구하여 구체적인 인식의 내용을 확보하고, 그것이 다시 내재적 '이'와 일치하는 깨달음을 통하여 꿰뚫음으로 융회되는 것이다.

　주희는 불교의 깨달음이 아니라 '이'에 대한 점차적인 경험적 탐구나 경건한 마음가짐을 통해 유가적인 공부 방법론을 확립할 수 있고, 이것이 '이'의 보편성을 담보할 수 있다고 생각하였다.

3. 주희의 민족적 한계

　주희는 이념적으로는 보편주의를 택하지만, 문화적으로는 의복과 제례 등에서 오랑캐 문화를 없애고자 하였다.

　후세의 예복은 진실로 선왕의 옛것으로 갑자기 복원할 수 없지만 중국적인 것과 외국적인 것을 변별하더라도 좋다. 오늘날의 의복은 대체로 모두 오랑캐의 복장인데, 예를 들어 옷깃을 위로 하는 적삼이나 가죽신발 같은 것은 선왕의 관복을 여지없이 땅에 떨어뜨린 것이다! 중국의관(衣冠)의 혼란스러움은 진(晉)과 오호(五胡)로부터 말미암았는데, 후세에는 마침내 답습하게 되었다. 당나라가 수나라를 이어받고 수나라는 북주(北周)를 이어받았으며, 북주는 오호십육국의 서위(西魏)를 이어받아서 대체로 모두 이민족 복장이 되었다.(『어류』 91-11)

　주희는 당시 중국 문화에서 옷깃을 위로 하는 것과 가죽 신발이 이민족 문화이기 때문에 이것을 변별하여야 한다고 주장한다. 문화는 환경에 적절하게 반응하는 것이다. 이민족 복장이라고 하더라도 누가 낫다고 말할 수 없다. 그 복장이 계속 전했다고 하는 것은 나름대로 적합성을 가진 것이라고 볼 수 있다. 한편, 주희는 불교의 장례 방식인 화장에 대해서도 비판하였다.

초상을 만난 집안을 권유하니 때에 맞춰 안장해야 하며 상여를 집안에 머물러 있게 하거나 빈소를 사원에 두어서는 안 된다. 이전에 빈소에 관과 회를 넣는 함이 있으면 함께 한 달 내에 안장하여야 한다. 절대로 불교의 중에게 제사를 맡기고 부처에게 공양하고 위세 있는 절차를 널리 베풀어서는 안 되고, 다만 집안의 경제 형편에 따라 일찍 망인으로 하여금 땅에 들어가게 하여야 한다. 만약 어기면 법조문에 의지하여 곧장 백 대를 치고, 관원은 보직을 받지 못하게 하고, 사인은 과거에 응시하지 못하게 하여야 한다. 향리의 친지들이 와서 서로 조문하고 다만 협력하고 도와야지 마땅히 음식을 갖추기를 요구해서는 안 된다.(『문집』100-6 「권유방勸諭榜」)

당시 불교식 장례는 몇 달씩 화려하고 위엄 있는 절차를 실행하고 있었다. 그래서 주희는 그것을 간소화하고 적어도 한 달 안에 치르라고 백성들을 타이르고 있다. 그런데 화장은 불교의 윤회사상에 근거하고 있어서 유가의 윤리와 크게 충돌하였다. 그것은 단순히 장례 방식의 문제가 아니라 형이상학의 영역에 속하는 문제였다. 이에 대한 주희의 생각은 그렇게 간단하지 않다. 주희는 부모와 자식 간의 불교적인 문화를 인정하는 문제에서 중요한 것은 부모의 뜻을 따르는 것이 중요하다고 한다.(『문집』63-1 「답호백량答胡伯量」) 그러나 주희는 기본적으로 화장에 대해서는 인정하지 않았다.

호영 만약 어머니가 돌아가시고 아버지는 살아계신데, 아버지가 상복은 속세의 제도를 따르고 불교식으로 화장하라고 하면 어찌하여야 합니까?

주희 그대는 어찌하겠는가?

호영 따르지 않겠습니다.

주희 기타 일체 육체 바깥의 일은 만약 이와 같이 결정되었다면 따라도 무방하지만, 화장은 해서는 안 된다.

호영 화장하는 것은 부모의 유해를 해치는 것입니다.

주희 이 말은 마치 상복을 입는 것과 불교의 화장을 뒤섞어서 말하는 것과 같아서, 일의 경중이 어디에 있는지 모르는 것이다.(『어류』 89-48)

주희는 상복을 입는 것과 화장을 뒤섞어 한 가지로 여기지 않고 '섬세하게' 구분해 사고하면서 '아버지의 뜻 가운데 따를 수 있는 결정(상복을 입는 일)과 따르지 못할 결정(화장을 하는 일)'을 나누어 '화장'은 해서는 안 된다고 한다. 이러한 섬세한 사고가 주자학을 완성한 것이다.

주희에게 유가 문화는 예이다. 이 예가 불교와 다른 것이다. "다만 '이'만 말하면 공허해진다. 이 예는 천하의 딱 맞는 무늬이고 사람들로 하여금 준칙이 있게 하니 대처할 수 있다. 불교는 원래 이러한 예가 없고 사욕을 이기기만 하다가 공허해진다."(『어류』 41-22) 불교에서 사욕만을 이기려고 하지 예로 돌아가는 것이 없다. 유가의 예는 문명국임을 보여 주는 것이다.

불교가 문화적인 이적(夷狄)이라면, 금나라는 정치적인 이적이다. 주희가 살았던 남송은 금나라와 대치하는 형국이었다. 그래서 금이라는 이민족 국가에 대항하여 송을 지켜 내야 했다. 이때의 송은 민족과 문화를 지칭한다. 그래서 주희는 초기에는 금과 화해하는 정책에 대해서 반대하였다. 특히 진회(秦檜)를 주축으로 한 남송 정권에 대해서 비판적이었다.

소신은 천하 국가를 다스리려는 사람은 반드시 일정한 불변의 계획이 있어야 한다고 배웠습니다. 그런데 오늘날의 계획이란 정사를 닦고 이적을 물리치는 것에 불과해서, 은밀하다거나 알기 어려운 것이 아닙니다. 그러나 계획이 현재 확정되지 못한 것은 강화를 주장하는 주장들이 의심을 일으키기 때문입니다. 금나라 이민족이 저희들과 같은 하늘을 이고 살 수 없는 원수들이라면 강화가 불가능하다는 의리는 분명합니다. (…) 저는 생각건대 의리상 해서는 안 되는 줄을 알면서도 어떤 일을 하는 것은 반드시 이익은 있지만 폐해가 없다고 여기기 때문입니다. 그러나 제가 생각하기로는 '강화'란 백해무익한 것인데 어찌 힘들여 강화를 꼭 하려는 것입니까? 복수하고 적을 토벌하며, 스스로를 강하게 만들어 선을 행한다는 말들은 경전에 쓰여 있는 것이 단순히 상세할 정도만이 아닙니다. 총명하신 폐하께서 옛 역사를 돌이켜 본다면 본시 신의 한두 마디 말을 들을 필요도 없을 것입니다. 잠시 그 이해에 관해서 진달하니 청컨대 폐하께서 선택하시기 바랍니다.(『문집』 11-1 「임오응조봉사壬午應詔封事」)

이처럼 주희는 1160년에서 1170년 사이의 상소문에서는 철저하게 금에게 복수하자는 주장을 하지만, 1180년 이후에는 그러한 주장에 변화를 보인다. 금나라가 안정되자 주희는 남송 관료들의 부패를 지적하며 내수(內修)에 치중할 것을 주장하였고, 1188년 이후에는 주전파의 동기와 재능을 문제 삼았다. 주희가 이렇게 방향을 전환하게 된 것은 현실적으로 금과의 전쟁에서 이길 수 없다는 것을 인정했기 때문이다.

> 중국이 믿는 것은 덕이고 이적이 믿는 것은 힘입니다. 지금 국사를 염려하는 사람은 저들과 우리 자신의 강함과 약함을 비교하여 주장하는데 이것은 이적을 서로 공격하는 책략을 아는 것이지만 중국이 이적을 다스리는 도에는 아직 미치지 못합니다. 대체로 힘으로 말하면 그들은 항상 강하고 우리는 항상 약하니 이것은 언제나 승리할 수 있는 것이 아니니 강화하는 수밖에 없습니다. 덕으로 말하면 삼강(三綱)을 떨치고 오상(五常)을 밝히며 조정을 바르게 하고 풍속을 바로잡는 일은 모두 우리가 힘쓸 수 있고 그들이 우리에게 할 수 없으니 이것은 중국이 이적을 다스리는 도이며 지금 마땅히 논의할 일입니다. 실로 이것으로 스스로 떨쳐 일어난다면 어찌 강화할 필요가 있겠습니까? 제가 우려하는 것은 오직 힘도 진흥하지 못하고 덕도 닦지 못하면서 싸우자 혹은 강화하자고 주장하는 것은 모두 상책이 아니라는 것뿐입니다.(『문집』30-3「답왕상서答汪尙書」3)

이 글은 주희가 1165년에 쓴 글로, 이미 금의 힘을 인정하였다. 여기서 중요한 것은 유가적인 규범을 가지고 그들을 교화하자는 사고가 있다는 점이다. 우월한 문화적인 힘은 곧 유학의 사고이다. 주희는 주전파의 사고를 버렸지만, 문화적인 교화는 버리지 않았다.

그런데 문제는 금에서도 유가 문화가 일어나고 있었다는 것이다. 이는 주희를 딜레마 상황으로 몰아갔다.

> 주희가 탄식하며 말하였다. "내가 중원을 회복하는 것을 보려 했는데 지금 늦었으니 보지 못하겠구나." 어떤 사람이 말하였다. "갈왕이 왕위

에 있으면서 오로지 어진 정치를 시행하니 중원 사람(금나라)들이 그를 '작은 요순[小堯舜]'이라 부릅니다." 주희가 말하였다. "그가 요순의 도를 높여 실천할 수 있지만 큰 요순이 되려고 하는 것도 그에게 달렸다." 또 말하길 "그가 어찌 오랑캐의 풍습을 바꿀 수 있겠느냐? 아마도 다만 타고난 자질이 높아 우연히 어진 정치와 맞았을 뿐이다."(『어류』 133-37)

여기서 갈왕은 아골타의 손자로, 이름은 완안옹(完顔雍, 1123-1189), 금 세종이다. 1161년 채석기(采石磯) 전투에서 금 해릉양왕(海陵煬王, 완안량)이 패배하자, 완안옹은 요양에서 쿠데타를 일으켜 황제에 즉위한 뒤 남송과 화의하였다. 그는 유학을 숭상하고, 근검절약의 모범을 보였다. 또한 전국적으로 백성의 재산을 조사하여 공평한 과세와 부역을 부과하였고, 노비 매매를 금지하는 등 노비에 대한 제한을 완화하고, 금은광을 채굴하는 등 생산 발전에 힘썼다. 대외적으로는 한족을 압박하고 여진족을 보호하였다. 이처럼 정치가 안정되고 경제와 문화가 발전하자 사람들은 당시를 소요순시대라고 높이 평가하였다.

주희는 한편으로 금나라 세종이 요순의 도를 실천할 수 있다고 보면서도, 다른 한편으로는 이민족의 풍속까지 바꿀 수 없다고 비하하였다. 이러한 모순적인 사고는 그의 보편적인 사고의 한계를 보여 주는 것이다.

어떤 사람이 고려의 풍속에 관하여 물었다.
주희 또한 결국 이민족의 풍속을 띠고 있다. 후에 자제(子弟)를 벽옹(辟雍: 국립학교)에 보내 급제한 뒤에 돌아오는 사람이 많다. 아버지의 과거 합격자 동기생 명부인 『동년소록(同年小錄)』 가운데 빈공(賓貢)

이라는 것을 본 적이 있는데 바로 추천한 선비이다. 당시 비단을 하사한 것 이외에 또 왕안석(王安石)의 새로운 경전 주석서 30책을 하사했는데, 검은 상자에 담고 노란 보자기로 싸니 얻은 자들이 모두 보물처럼 간직하였다.(『어류』133-17)

고려에서 중국의 빈공과(賓貢科: 외국인 특별전형시험)에 합격하는 사람이 있고, 중국처럼 책을 중시하는 점이 있더라도 왕안석의 경전 해석이나 중시하는 점에서 여전히 이민족의 풍속을 띠고 있다는 것이다.

제자 '공자가 구이(九夷)에 살고자 하였다'고 말하는데 만약 성인이 그곳에 살면 진정으로 변할 수 있는 이치가 있는 것입니까?

주희 그렇다.

제자 구이에 대해 이전 선배들은 혹 기자(箕子)를 증거로 삼아 조선(朝鮮) 같은 곳을 말한다고 생각하였는데, 옳습니까?

주희 이 또한 알 수 없다. 옛날에는 중국 안에도 이적이 있었으니 노(魯)에 회이(淮夷)가 있었고, 주(周)에 이락(伊雒)의 오랑캐가 있었던 것이 그것이다.

제자 이 장은 '뗏목을 타고 바다로 나간다'는 것과 마찬가지로 농담으로 한 말이 아닙니까?

주희 다만 도가 행해지지 않음을 보고 우연히 이런 탄식을 하였을 뿐이니 농담으로 한 말은 아니다. 후세에는 다만 당시 임금이 성인을 등용할 수 없음을 말한 것과 관련 있다고 생각하였으나 알지 못하겠으니 또한 쓸 수 없다. 나라마다 세신(世臣)이 있어 머무르는데 어떻게 외부에서 온 사람을 수용할 수 있겠느냐? 노나라에는 삼환(三桓)이 있고, 제(齊)나라에는 전씨(田氏)가 있고, 진(晉)나라에는 육경(六卿)이

있는 것처럼 모두 그러하니 어떻게 성인이 개입하는 것을 허용하겠느냐?(『어류』36-106)

공자가 뗏목을 타고 밖으로 나가거나, 오랑캐 땅에 살고자 한 것은 모두 (고)조선을 지칭하지는 않는다고 주희는 주장한다. 단지 공자는 당시 정치에 개입할 수 없는 것을 한탄한 것이지, 진정으로 조선에 살고자 했던 것은 아니라는 것이다. 조선은 오랑캐의 땅인 것이다.

주희에게 오랑캐는 사람과 동물 사이의 존재이다. "이적을 말하자면 사람과 금수 사이에 있기에 끝내 고치기가 어렵다."(『어류』4-11) 주희는 '이'와 '기'라는 범주로 도식화하고 그것을 그림으로 그린 주돈이의 『태극도설(太極圖說)』을 내세운다. 주돈이의 『태극도설』은 태극-음양-오행-만물이라는 순서로 정리되어 있다. 태극('이')과 음양오행('기')이라는 우주론적 질서를 도입하는 것이다. 그것의 정점에는 '이'의 총체로서 태극을 놓는다. 그러나 그것을 현실적으로 적용할 때는 '기'의 영향을 받는다. '기'의 치우침과 막힘에 따라 '이'의 실현 여부가 달려 있다. 이는 사대부와 백성, 사람과 짐승을 구분하는 차별의 원리로 설명된다(『어류』4-11). 이러한 차별의 원리가 자연이라고 말하면서 유가의 보편성을 확보하려는 것이다. 그것은 사대부의 통치적 정당성을 확보할 뿐만 아니라, 화이론 구분을 설명할 수 있는 계기가 된다.

4. 맺음말

공자 이래로 유가는 물질적인 이익을 추구하는 세속주의와 죽음 이후를 논의하는 종교적인 경향을 배격하고 중용적인 사고를 취하였다. 주희는 이러한 사고를 계승하여 유가에 합리적인 사고를 도입하고자 하였다. 이러한 노력이 보편주의 경향 속에서 이루어지고 있지만 다른 한편으로는 중국을 중심으로 고찰하고 이민족을 무시하려는 화이론에 입각하고 있다.

송대의 주자학은 불교와 공리주의를 비판하고, 중국 유가의 보편적 유학을 설립하고자 하였다. 그 가운데 주희는 보편적인 이론을 내세웠고, 그것은 곧 이민족의 문화에 대한 패배적 위기감에서 나와 우월적인 시각을 강조한 것이었다. 이후 원과 청 이민족 정권은 성리학의 보편주의 성격만을 채택하였고, 민족주의적 성격은 무시하였다. 그러나 조선에서는 성리학의 보편주의 성격을 받아들이면서, 여진이나 몽골 같은 이민족에 대해서는 차별하였다.

참고문헌

번역서

- 고봉선생선양위원회 · 지역문화교류호남재단, 『주자문록』 천 · 지 · 인, 도서출판 사람들, 2015.(비매품)
  : 기대승의 『주자문록』을 번역한 책이다. 『주자문록』은 『주자문집』의 일부이다.
- 주자사상연구회 번역, 『주자봉사』, 혜안, 2011.
  : 주희의 봉사문 일부를 번역하였다.
- 이항로 · 이준 엮음, 주자대전번역연구단 옮김, 『차의집보』 1-4, 전남대학교 철학연구교육센터 · 대구한의대학교 국제문화연구소, 2011.(비매품)
  : 『차의집보』만을 따로 번역하여 『주자대전』과 함께 읽기 힘든 점이 있다.
- 주자대전번역연구단 옮김, 『주자대전』 1-13, 전남대학교 철학연구교육센터 · 대구한의대학교 국제문화연구소, 2010.(비매품)
  : 『주자대전』(1권에서 64권까지)만을 번역하였다.
- 이불 지음, 조남호 · 강신주 옮김, 『주희의 후기 철학』, 소명출판, 2009.
  : 이불의 『주자만년전론』을 번역한 책이다. 주희의 편지 중 일부만 번역하였다.
- 한원진 지음, 곽신환 옮김, 『주자언론동이고』, 소명출판, 2002.
  : 한원진의 『주자언론동이고』를 번역하였다.
- 주자사상연구회 번역, 『주서백선』, 혜안, 2000.
  : 정조의 『주서백선』을 번역하였다.
- 퇴계총서간행위원회편, 『퇴계전서』 23-26 중 『주자서절요』, 퇴계학역주총서,

퇴계학연구원, 1989.(비매품)

: 이황의 『주자서절요』를 번역하였다.

연구서[1]

- 미우라 구니오 지음, 김영식·이승연 옮김, 『인간 주자』, 창비, 1996.
- 진영첩 지음, 표정훈 옮김, 『진영첩의 주자강의』, 푸른역사, 2001.
- 기누가와 쓰요시 지음, 박배영 옮김, 『하늘 천 위에는 무엇이 있는가』, 시공사, 2003.

이 책들은 한글로 번역 출간된 주희 평전이다. 『인간 주자』는 주희의 일생을 시시콜콜한 것까지 『문집』에서 찾아내어 흥미롭게 구성한 책으로, 주희의 인간적인 모습이 잘 드러나 있다. 미우라 구니오는 주희의 도교 관련 저서를 소개한 『주자와 기 그리고 몸』(예문서원, 2003)을 출간하기도 했다.

『진영첩의 주자강의』는 현대의 '구마라습'이라고 불리는 미국의 주자학 연구가 진영첩(陳榮捷, Wing-tsit Chan)의 글이다. 미국 학계의 중국철학은 그의 번역으로부터 시작되었다고 해도 과언이 아닐 정도로 그동안 주자학 관련 많은 글들을 영어로 번역해 소개했다. 『진영첩의 주자강의』는 1984년에 홍콩 중문대학에서 열린 전목기념강좌에서 발표한 것을 번역한 것이다. 주희의 생애와 학문을 에세이식으로 쓴 글이다. 이 밖에 그가 쓴 『주자신탐색(朱子新探索)』은 주희에 대한 상세한 정보를 담고 있다.

『하늘 천 위에는 무엇이 있는가』는 기누가와 쓰요시(依川强)의 글로, 남송대 역사적인 배경을 바탕으로 주희의 생애를 서술하였다.

....

1   조남호, 『주희: 중국철학의 중심』(태학사, 2004)에서 일부분을 발췌해 수정·보완하였다.

■ 손영식,『이성과 현실』, 울산대학교출판부, 1999.

■ 조남호,『주희: 중국철학의 중심』, 태학사, 2004.

■ 진래 지음, 이종란 외 옮김,『주희의 철학』, 예문서원, 2002.

■ 진래,『주자서신편년고증』, 상해인민출판사, 1989.

■ 수징난 지음, 김태완 옮김,『주자평전』(전2권), 역사비평사, 2015.

■ 수징난,『주희연보장편』, 화동사범대학출판사, 2001.

■ 위잉스 지음, 이원석 옮김,『주희의 역사세계』, 글항아리, 2015.

■ 아라키 겐고 지음, 심경호 옮김,『불교와 유교』, 예문서원, 2000.

■ Munro, Donald J., *Images of Human Nature*, Princeton, Princeton University Press, 1988.

■ Tillman, Hoyt Cleveland, & *Confucian Discourse and Chu Hsi's Ascendancy*, University of Hawaii Press, 1992.

손영식의『이성과 현실』은 주희뿐만 아니라 송대 성리학 전반에 대해 다루었다. 이 책은 우리 학계의 주자학 연구 수준을 한 단계 올려놓은 것으로, 세계 학계에 내놓아도 부끄럽지 않을 책이다.

조남호의『주희: 중국철학의 중심』은 주희와 관련된 10개의 원문을 들어서 주희의 철학사상을 살펴보고 현대적 의미를 탐색하였다.

진래의『주희의 철학』은 주희의 중요 개념들을 시대순으로 살피고 있다. 중국에서는 '북쪽에 진래, 남쪽에 양영국이 있다(北陳南楊)'고 할 정도다. 진래의 연구는 시대순에 따라 고찰하고 있기 때문에 주희의 어느 것이 만년 사상이냐 하는 문제에 대해 쓸데없는 오해를 줄였다. 진래의『주자서신편년고증』은 주희의 서신을 고찰하여 연도를 표시하였다. 이 책은 조선의 주자학 연구가 반영되었다고 한다.

수징난의『주자평전』은 주희의 글뿐만 아니라 주희와 관련된 당시의 모든 글을 지방지까지 샅샅이 조사하고 쓴 책이다. 이 책 이후에『주희연보장편』을 펴냈는데, 이 책에서는 주희의 글을 시대순으로 정리하였다. 앞으로 주자학 연구에서 이 정도 결과가 나오기 힘들다고 할 정도로 대단한 성과를 이루었다.

위잉스의『주희의 역사세계』는 미국의 중국학 성과를 보여 주는 책이다. 주희를 내성이 아니라 외왕의 측면에서 남송대의 시대적 상황을 연구한 책이다.

아라키 겐고의 『불교와 유교』는 하이데거에서 본래성과 현실성이란 개념 틀을 빌려 와 주희의 철학과 불교를 분석하였다. 불교와 유교에 대한 종래의 이단 비판과 옹호라는 연구 경향에서 벗어나, 하나의 개념 틀로 불교와 주희의 철학을 비교한 것이다. 형이상학적 사유에서 일관된 흐름을 보여 주는 책이다.

먼로(Donald J. Munro)의 책(*Images of Human Nature*)은 그의 중국 관련 삼부작 중 하나이다. 그는 현대 중국, 고대 중국에 이어서 이 책을 썼다. 이 책은 주희의 사상에서 비유와 관련되는 구절들을 뽑아 철학적으로 해석하였다. 미국에서는 주자학 연구가 드물다. 주자학 관련 책들이 번역되지 않은 경우가 많아서 주자학 연구자들이 애를 많이 먹고 있을 뿐 아니라, 많은 연구자가 선진 연구로 분야를 바꾸기도 한다. 그런 분위기에 나온 먼로의 이 책은 미국의 주자학 연구가 그리 만만한 수준이 아님을 보여 주고 있다.

틸만(Hoyt Cleveland Tillman)의 책(*Confucian Discourse and Chu Hsi's Ascendancy*)은 남송대 성리학을 역사적으로 서술한 책이다. 이 책은 역사적 전개와 사상적 흐름에 초점을 맞추어 남송대 학자들의 긴밀한 관계를 알 수 있는 것이 장점이다. 틸만의 진량에 대한 연구(*Utilitarian Confucianism: Ch'en Liang's Challage to Chu Hsi*, Harvard U. P., 1982)는 진량을 공리주의로 규정하면서 주희의 철학을 비교하고 있다.

찾아보기

원문

晦庵先生朱文公文集 卷二十四書

晦庵先生朱文公文集 卷二十五書

晦庵先生朱文公文集 卷二十四書*(時事出處)

* 『箚疑』: 自此以下至六十四, 及續別集之載於『節要』者, 則專以『記疑』所釋爲主. 而『記
    疑』之有可疑者, 亦以爲質問之目.

24-1

與鍾戶部論虧欠經總制錢書(1155)[*]

二月一日，具位¹朱熹謹東向再拜，致書侍郎右司執事：熹昨得見執事於省戶下，² 忽忽五年矣．中間執事來使閩部，熹是時方退伏田里，有俯仰出入³之故，雖不得瞻望履舄之餘光，亦嘗以章少卿⁴丈所致書，⁵ 輒為數字之記⁶以通於左右．是後乃不復敢有所關白，⁷ 不自知其果能達視聽否也．比來同安，跧伏簿書塵土中，乃聞執事復為天子出使巴・蜀萬里之外，弛去逋負緡錢之在官者以數百巨萬計．弭節⁸來還，天子嘉之，下所議奏於四方，擢執事置尚書省為郎，以計六曹二十四司⁹之治，可謂

....

* 鍾戶部．『箚疑』：鍾戶部當攷．

   『管補』：『宋史』紹興二十三年，遣戶部朗官鍾世明，修築宣州・太平州圩田，二十四年，詔嘗命四川州縣減免財物，以寬民力，尚慮未周，令制置司總領所司同共措置，尋遣鍾世明如四川同議．二十五年，減四川絹估稅斛鹽酒等錢歲百六十餘萬緡，蠲州縣積欠二百九十餘萬緡．此鍾戶部，即此人無疑．

1 具位．『箚補』：紹興辛未，授泉州同安主簿．

2 省戶下．『箚疑』：謂禁中．

3 俯仰出入．『箚疑』：俯仰，仰事俯育．出入，卽入而事父兄，出而事長上．或是因事出入之意．

4 章少卿．『箚疑』：當攷．

5 所致書．『箚疑』：謂章致鍾書．

6 數字之記．『箚補』：記，謂奏記．見二十六卷．

7 關白．『箚補』：猶言通告，出「霍光傳」．

8 弭節．『節補』：「離騷」，'吾令羲和弭節兮，'「注」，'弭按也.' 司馬相如「子虛賦」，'弭節裵回，'「注」，'弭低也.'

9 六曹～四司．『節補』：隋初尚書有六曹二十四司．

寵且榮矣. 又以執事通於君民兩足[10]之義, 俾執事攝貳[11]於版曹, 務以均節財用·便安元元爲職. 除目流聞, 四方幽隱無不悅喜, 以爲執事必能以所嘗施於蜀者惠綏此民, 寬其財力之所不足, 以助天子仁厚淸靜之政也. 今執事之涖事數月矣. 四方之聽未有所聞也, 熹不佞, 竊有所懷, 敢以請於下執事.

蓋熹聞之, 天子憫憐斯民之貧困, 未得其職, 故數下寬大詔書, 弛民市征[12]口算[13]與逃賦役者之布, 又詔稅民毋會其踦贏[14]以就成數, 又詔遣執事使蜀, 弛其逋負, 如前所陳者. 熹愚竊以爲此皆民所當輸, 官所當得, 制之有藝而取之有名者, 而猶一切蠲除, 不復顧計, 又出御府金錢以償有司, 是天子愛民之深而不以利爲利也明矣. 而況於民所不當輸, 官所不當得, 制之無藝[15]而取之無名, 若所謂麤少經總制錢者乎? 熹以謂有能開口一言於上, 以天子之愛民如此, 所宜朝奏而暮行也, 而公卿以下共事媕阿,[16] 莫肯自竭盡以助聰明, 廣恩惠. 前日之爲戶部者,

……

> 『標補』: 歷代官制, 六部各統四曹. 吏部統吏部·主爵·司勳·考功四曹, 戶部統戶部·度支·金部·倉部四曹, 禮部統禮部·祠部·主客·膳部四曹, 兵部統兵部·職方·駕部·庫部四曹, 刑部統刑部·都官·比部·司門四曹, 工部統工部·屯田·虞部·水部四曹. 雖沿革不同, 大約倣此, 所謂六曹二十四司也.

10 君民兩足. 『箚疑』: 『論語』"百姓足, 君誰與不足."

11 攝貳. 『節補』: 攝, 權攝也, 貳, 侍郎也.
   貳, 副也. 侍郎, 卽尙書之副也.

12 市征. 『箚疑』: 商賈之稅.

13 口筭. 『箚疑』: 計口而筭賦.

14 踦贏. 『箚疑』: 踦, 與奇同, 謂錢之文省絹之尺寸也.

15 無藝. 『節補』: 『節補』: 藝, 極也.

16 媕阿. 『節補』: 阿, 當作妿. 媕妿, 不決也. 媕, 音諳, 妿, 音阿.
   『箚補』: 阿, 亦作妿. 韓詩, '詎能[肯]感激徒媕妿?'

又爲之變符檄, 急郵傳, 切責提刑司, 提刑司下之州, 州取辦於縣, 轉以相承, 急於星火. 奉行之官, 如通判事[17]者, 利於賞典,[18] 意外督趣, 無所不至. 此錢旣非[19]經賦常入, 爲民所逋負, 官吏所侵盜, 而以一歲偶多之數[20]制爲定額, 責使償之, (又如合零就整,[21] 全是經總制錢, 今年二稅放免, 今年虧欠必多,[22] 亦不可不知也.) 自戶部四折[23]而至於縣, 如轉圜於千仞之坂, 至其址[24]而其勢窮矣, 縣將何取之? 不過巧爲科目以取之於民耳. 而議者必且以爲朝廷督責官吏補發,[25] 非有與於民也, 此又與盜鍾掩耳[26]之見無異. 蓋其心非有所蔽而不知, 特藉此[27]爲說, 以

....

17 通判事.『管補』: 經總制錢趁辦之法, 一州則通判掌之, 一路則提點刑獄督之.
   『箚補』: 疑提刑司屬官.

18 賞典.『箚補』: 州縣催納稅錢無欠, 則有推賞之法.

19 旣非.『箚補』: 此意, 止侵盜.

20 偶多之數.『箚疑』: 非常歲所定, 而或以軍興之乏, 而多取於民之數也.
   『箚補』: 此事詳見戊申延和奏箚三, 及十九卷三十五六板.
   『標補』: ‘偶多之數,’ 似謂紹興經界之歲額數也. 卽十四卷五板延和第三箚, 所謂 ‘一二年間,’ 此錢之額倍於常歲者也, 其說詳具本板補文.
   『箚補』: 經總制錢, 初以紹興年中經界民田, 多取民錢充數, 其後遂爲定額, 見上奏狀.

21 合零就整.『箚疑』: 謂合錢之文省而爲貫, 絹之尺寸而爲匹也.
   『箚補』: 謂合其奇零之數而爲成數也.

22 全是~必多.『箚疑』: 蓋經總制錢, 隨二稅之數而增減, 故今年因二稅放免之多, 而經總之虧欠亦多也.

23 四折.『箚疑』: 謂戶部·提刑·州及縣也.

24 其址.『箚疑』: 謂千仞下盡處.
   『箚補』: 址, 疑趾.

25 補發.『箚疑』: 謂以州縣私用之財, 補其欠數而發送也.

26 盜鍾掩耳.『標補』:『淮南子』, ‘范氏之敗, 有竊其鍾, 負而走者, 憎其聲, 自揜其耳.’
   『箚補』:『淮南子』, ‘范氏之敗, 有竊其鍾, 負而逃者, 鎗然有聲, 懼人聞之, 遽掩其耳. 憎人聞之可也, 自掩其耳悖矣.’

27 籍此.『箚疑』: 此謂補發.

詿誤朝聽耳. 計今天下州縣以此爲號而率取其民者, 無慮什之七八, 幸其猶有未至於此[28]者, 則州日月使人持符來逮吏, 繫治撻擊, 以必得爲效. 縣吏不勝其苦, 日夜相與撼其長官以科率事,[29] 不幸行之, 則官得其一, 吏已得其二三, 並緣[30]爲姦, 何所不有? 是則議者所謂督責官吏者, 乃所以深爲之地[31]而重困天子所甚愛之民也. 夫吏依公以侵民, 又陽自解曰: 此朝廷所欲得, 非我曹過也. 夫愚民安知其所以然者何哉? 亦相聚而怨曰: 朝廷不卹我等耳. 嗚呼! 此豈民之所當輸, 官之所當得者耶? 其制之無藝, 取之無名甚矣.

　　夫以天子之愛民如此, 彼所當輸當得, 有藝而有名者猶一切出捐而無所吝, 況如此者? 惟其未之知耳, 一[32]有言焉, 其無不聽且從矣. 而獨愛其言者, 何哉? 是執政任事之臣負天子也. 執事誠能深察而亟言之, 使所謂虧欠經總制錢者一日而罷去, 則州縣之吏無以藉其口, 而科率之議寢矣. 然後堅明約束, 痛加繩治, 敢以科率病民者, 使民得自言尚書省, 御史臺, 則昔之嘗爲是者, 其罪亦無所容矣. 於以上廣仁厚清靜之風, 下副四方幽隱之望, 無使西南徼外巴賨[33] 邛筰[34]之民夷獨受賜也, 豈不休哉! 豈不休哉!

．．．．．．．

28　未至於此.『箚疑』: 此'此'字, 指率取其民.

29　相與~率事.『箚疑』: 科, 催科之科; 率, 法也. 相與之意, 止率事.
　　　『節補』: 率, 卽上文率取其民之率, 科率, 謂作爲科條均敷於民而一例取之也. 率, 音律.
　　　『箚補』:『綱目』「唐懿宗紀」, '禁州縣稅外科率', 「注」, '率猶斂也'.

30　並緣.『箚疑』: 並, 與傍同, 去聲.

31　深爲之地.『箚疑』: 謂深爲官吏而爲之地, 使之爲姦也.

32　當得~耳一.『箚疑』: 當連書不分注. '未之知', 謂天子未之知也.

33　巴賨.『箚疑』: 賨,『韻會』, '徂宗切, 南蠻賦也', 謂巴蜀賨賦之民也.

34　邛筰.『箚疑』: 西南夷國名.

熹疎遠之跡, 於執事有先君子之好, 而亦嘗得一再見, 辱敎誨焉.
今也執事適在此位, 爲可言者, 誠不自知其愚且賤, 思有以補盛德之
萬分, 故敢獻書以聞, 惟執事之留意焉. 方春向溫, 伏惟益厚愛以俟眞
拜.[35] 不宣.

....

35 以俟眞拜. 『箚疑』: 蓋鍾方攝貳版眚故云.
　　『箚補』: 官制假攝者, 滿歲爲眞, 名曰'卽眞.'

24-2

與李教授書(1155)[*]

竊惟朝廷興建學官, 以養天下之士, 使州之士以學於州, 縣之士以學於縣, 以便其仰事俯育[1]之私, 而非以別異之也. 然其制財用之法, 所謂贍學錢者, 蓋州·縣通得用之. 今執事之議於提學司[2]曰: 業於州者得食於縣官,[3] 而業於縣者無與焉. 以熹觀之, 朝廷立學養士之意與夫制財用之法, 似皆不如此. 今且置此, 而以私言之: 蓋朝廷以執事宜爲人師, 故以執事教泉之人爲士者, 執事固不得而盡教之.[4] 雖使教, 不能盡, 亦不愈於坐而棄之乎? 今執事之議曰: 使縣之任其費,[5] 執事以爲縣將焉取之? 縣之取之於民者悉矣. 今滋民力困竭, 官吏愁勞, 日不暇給, 而責之以此, 是其不能有以教而將直棄之[6]明甚. 於執事不

_{......}

* 李教授. 『箚疑』: 李教授, 當攷.
  『標補』: 宋制, 諸州郡置教授, 掌訓導諸生事.
1 仰事俯育. 『箚疑』: 謂無去離鄉井之弊也.
2 提學司. 『節補』: 紹興九年, 令從官以上爲郡守者, 并帶提擧學事.
  『標補』: 宋制, 知州軍並帶提擧學事.
3 縣官. 『箚疑』: 猶言公家.
  『箚補』: 見上十卷三板.
4 不得盡教. 『箚補』: 謂不能盡教縣學之士也.
5 縣之任其費. 『箚疑』: 句. '之'字疑誤.
6 直棄之. 『箚疑』: 將以賦重而民散故云.
  『節補』: 謂縣之取於民已悉, 而又以養士之費責於縣, 則其勢將不能復取於民, 而直棄其士, 不能教也.

爲有補，執事何苦而必行之，以棄此縣之人也？如曰縣學所以教者不能如州，則諸縣者熹所不能知，如熹所領學，其誦說課試大小條科，熹自以爲亦無甚愧於執事之門。而其師生相接之動，則竊自隱度，以爲雖執事，力或有所未能也。謂宜得在假借之域，而反以例削之，[7] 使不得自盡，[8] 此何說哉？熹已具公狀申稟，而以此私於左右。伏惟思究朝廷立學養士之意，而考其制財用之法，痛念吏民之艱弊，而深察熹之所領，其於州縣有異[9]焉，於不可與[10]之中捐而與之，亦所以視高明之意有在，而不專於己勝[11]，足以勸其能者，而不能者知所厲焉，又況理法有可與者乎？干冒威嚴，不勝皇恐。

....

7 反以例削之。『箚疑』：謂使不得食於縣官也。
   『節補』：謂依他例，不與其錢也。
   『箚補』：謂與諸縣一例削之也。

8 不得自盡。『箚疑』：謂己無食之故，不得自盡於學也。
   『節補』：謂使先生不得自盡其所以教也。
   『箚補』：指所以教而言。

9 於州縣有異。『箚疑』：謂先生所領之學，其誦說試課大小條科，有異於他州縣也。

10 不可與。『箚疑』：謂李以爲業於縣者不當食於縣官，故云不可與。

11 己勝。『箚疑』：韓文公所謂己之道勝者也。

24-3

答陳宰書(1155)*

昨夕坐間, 蒙出示廣文公[1]書, 似未見察[2]者, 聊陳其一二. 李君兄弟之賢, 聞於閩中. 熹少時見諸老先生道語其故,[3] 心甚慕之. 及來此, 道過三山, 乃識其兄迁仲,[4] 即之粹然而溫, 無諸矜爭之色. 時未識李君, 以謂其猶兄也. 至官未久, 聞其分教是邦, 心甚喜, 以爲所領縣學事有相關者, 當大得其力助, 故事有可不可, 未嘗不因書文以喻意指, 而不意其怒至此也. 熹所辦七事[5]如左:

李君書以爲熹有少年銳氣, 嘗謂論事者當以事理之長短曲直, 而不當以其年之先後. 若直以年長者爲勝, 則是生後於人者, 理雖長而終不可以自伸也. 又謂奚不於監司・郡守前論列, 此李君之所能而熹

....

* 陳宰. 『箚疑』: 陳宰當攷.

　　『節補』: 似是同安縣宰.

1　廣文. 『箚疑』: 即前書李教授.

　　『節補』: 即李君所與陳宰書也.

　　『管補』: 唐玄宗置廣文舘, 以鄭虔爲博士. 宰相謂虔曰, "上增國學, 以屈賢者." 教授之稱廣文, 似本於此.

2　未見察. 『節補』: 謂陳宰未見察也.

3　其故. 『箚疑』: '見'字之意止此.

4　迁仲. 『管補』: 名樗, 三山人, 見『詩傳集註』.

5　七事. 『節補』: '少年銳氣'一也, '監司郡守前論列'二也, '推車欲前'三也, '四分錢'四也, '假糧於道'五也, '各盡力於其中'六也, '不能有所養'七也.

誠不敢也. 所以然者, 直不欲以監司·郡守之勢脅持上下耳. 此李君之所能, 而熹誠不敢也. 李君又自謂本無欲勝人之心, 止是推車欲前[6]耳. 異哉! 李君之欲前其車也, 獨不思夫郡縣之學本一車耶? 譬則郡其軫蓋而縣其衡軛[7]也, 後其衡軛, 而獨以蓋軫者驅馳之, 曰吾欲前此耳, 此熹所不曉也. 又謂四分錢乃郡縣學通得用, 熹既留其二, 而歸其二於郡學矣, 尚何言?[8] 使縣不得用其二分, 是猶州不得用其二分也.[9] 假糧於道,[10] 是乃前所謂自備錢糧者, 奚獨縣學則可, 而郡學則不可乎? 推此言之, 前李君所自謂無勝人之心者, 熹不信也. 又謂郡學, 泉州學也; 同安學, 同安縣學也, 各盡力於其中耳. 此又不然. 熹前疏所陳[11]云云者, 非以自高, 乃所以極論究心一二而求見哀於李君耳. 豈有一州之教官, 上爲丞相所自擇用,[12] 下與大府部刺史分庭抗禮,[13] 而熹銓曹所擬一縣小吏, 而敢有勝之之心乎? 今李君所云, 無乃與熹之私指謬也. 又謂熹不能有所養, 而於此未能自克, 此則中其病.

6 推車欲前. 『箚疑』: 疑取論事如推車子之義.
   『節補』: 疑李君言要自家車向前, 不暇念縣學, 故先生謂'郡縣之學, 本一車'云云.

7 軫蓋衡軛. 『箚疑』: 軫, 車中載物者也, 蓋, 車上蓋覆者也. 衡, 轅前橫木, 所以縛軛者也, 軛, 所以駕馬領者也.

8 尚何言. 『節補』: 當勾.

9 二分也. 『箚疑』: '尚何言之意'止此.

10 假糧於道. 『箚疑』: 李之言也, 謂使縣之學者, 假糧於道以爲食也.
   『節補』: 疑李君書以爲如此, 則是'使郡學假糧於道'云云, 故先生答之如此, '自備錢糧', 似是李君前書中語, 蓋欲使縣學自備錢糧也.

11 前疏所陳. 『節補』: 即前書所云, '如熹所領學'云云者也, 蓋李君以先生此語爲自高, 乃曰. '所主之學, 既不同, 則無論高下能否, 只當各盡力於其中'. 耳蓋慍之也, 故先生答之如此.

12 丞相~擇用. 『箚補』: 熙寧六年, 詔諸路學官, 並委中書門下選差.

13 分庭抗禮. 『箚補』: 『史記』「貨殖傳」, '分庭而與之抗禮.'

但熹所爭, 乃公家事, 無毫髮私意於其間. 此固官長[14]之所深知, 而其戒[15]熹敢不思也.

熹已謝學事,[16] 但此色官錢終不可失. 蓋此乃同安一縣久遠利害, 非吾人[17]所得用以徇一旦之私.[18] 伏惟持之不變, 以幸此縣之人, 而以熹所陳者曉李君無深怒也. 李君書與熹前所爲箚并封納呈, 他尙容面究.

....

14 官長. 『箚疑』: 指陳宰.

15 其戒. 『箚疑』: 李之言也.

16 已謝學事. 『節補』: 先生癸酉赴同安, 丙子考滿, 丁丑罷歸, 然則此書及上篇當是丙子·丁丑間所作.

17 吾人. 『節補』: 猶言吾輩.

18 以徇~之私. 『節補』: 先生之意, 盖恐陳宰或徇李之顏情, 而專歸其錢於郡學也.

24-4

與黃樞密書(1161, 辛巳冬)*

　　竊聞虜酋[1]命, 種人[2]遁走, 淮北遺民悉降我師, 此蓋天命眷顧宗廟社稷之靈, 廓清中原, 以全畀付, 莫大之慶, 海內同之. 然熹之愚慮, 獨不勝私憂過計, 敢以布于下執事.

　　蓋自戊午講和[3]以至于今, 二十餘年, 朝政不綱, 兵備弛廢, 國勢衰弱, 內外空虛. 近歲以來, 天啓聖心, 稍加振理, 始復漸有條緒. 然宿弊已深, 非得同心同德之臣, 素爲海內所屬望者爲之輔佐, 進賢退姦, 修滯補弊, 要之以盡[4]而持之以久, 使其勢翕然而大變, 則未可以有爲也.

　　前日不量事勢, 亟下親征之詔,[5] 則旣失之易矣. 然理直言順, 庶幾有成, 事同發機, 有進無退. 而曠日引月, 不聞進發之期, 任國政者, 不聞有寇忠愍之謀, 典宿衛者, 不聞有高烈武之請.[6] 使諸將惰心, 六

……

* 黃樞密. 『箚疑』: 黃樞密疑黃中.
　『節補』: 先生丁亥具書往見黃端明, 似是初見. 且黃未曾爲樞密使, 似是恐非黃中.
　『標疑補』: 黃中未嘗爲樞密. 『續綱目』, '紹興三十一年辛巳八月黃祖舜爲同知樞密院事,' 當是此人.
　『箚補』: 紹興辛巳九月, 完顏亮入寇, 是月以黃祖舜同知樞密, 恐是此人也.

1　虜酋. 『箚疑』: 謂完顏亮.

2　種人. 『箚疑』: 謂胡種.

3　戊午講和. 『箚疑』: 紹興三年秦檜歸自虜庭, 始主和議. 八年戊午和議成.

4　要之以盡. 『節補』: 謂修滯補弊期於盡也.

5　親征之詔. 『箚補』: 時, 高宗十月下詔親征, 至十二月始如建康.

6　寇忠愍, 高烈武. 『箚疑』: 冠準·高瓊奉眞宗, 却虜澶淵.

軍解體，虜騎橫突，深入兩淮，兵少而敵益彊，事急而糧已匱．於是戒嚴未及兩月，而募兵科借[7]之禍已及民矣．向非天佑皇家，降罰于彼，則勝負之決，蓋未可知．今日之事，其不可謂諸公謀於廟堂之效．群帥攻城野戰之功[8]亦已明矣．愚謂正宜君臣相戒，兢愼祗肅，改圖柄任，益脩政理，以答揚上天眷顧之命，不宜坐虞[9]鄰國之難，以幸爲利，[10] 而遽自以爲安也．

抑今中原之地幅員萬里，虜人奔走震駭之餘，力未能爭，朝廷坐視而不取則非計，[11] 取之則功緒廣而勞費多．此正安危得失之機，差之毫釐，繆以千里，不可以不審也．熹竊以爲必能因其人以守，因其糧[12]以食，使東南之力不困，然後根本固而不搖，必有以大慰其來蘇之望而深結其同濟之心，使西北之情益堅，然後藩籬密而可恃，必使虜人他日痛定力全之後，不能復窺吾盧龍[13]之塞，然後朝謁陵廟·還反舊京之事乃可言也．

不知今日朝廷之上，侍從之列誰爲能辦此者？獨舊人[14]之賢，起而未用者一二公，使之出則重於今日視師之人，[15] 授之政，則賢於今日秉

......

7　科借．『箚疑』：以民産科等，借助粮食於民也．

8　野戰之功．『箚疑』：'不可謂'之意止此．

9　坐虞．『箚疑』：虞，計度也．

10　以幸爲利．『箚補』：出「樂毅報燕惠王書」．

11　持計．『箚疑』：持他本作非．

12　其人其糧．『箚疑』：皆指中原．

13　盧龍．『箚補』：唐置盧龍節度於幽燕之地．

14　舊人．『箚疑』：謂張魏公諸人．

15　視師 之上．『箚補』：『史』，'葉義問督視江淮軍馬，虞允文參謀軍事，'是年陳康伯，牛倅爲左右僕射．

鈞之士, 獨恐朝廷終不聽用, 則無如之何耳. 失今不早爲計, 虜人士馬
精彊, 固未有損, 今兹所失, 獨完顏[16]一夫耳. 萬一旬月之間, 復悉
其衆, 挾其喪君之恥以來, 脩怨于我,[17] 不知朝廷之議復以何計禦之?
斂民則民樵悴而不堪, 募兵則兵脆弱而無用. 將據中原而與之爭, 則
形勢未習; 將棄中原而守淮泗, 則恢復無期. 不知議者何以處此? 苟
處之未審, 而曰姑又以待天幸之來, 則非愚之所敢知者. 是以私憂過
計, 夙夜拳拳而不能已也.

顧衰病之餘, 氣短辭拙, 不能言利害之實. 然其大要不遠是矣. 閣
下[18]以道學履踐[19]致身廟堂, 在諸公間最有人望, 故熹敢以此言進. 觸
冒威尊, 皇恐無地. 狂妄之罪, 惟左右者裁之.

....

16 元顏.『箚疑』: 元, '完'字之誤.

17 脩怨于我.『箚補』:『左傳』, '脩先君之怨于鄭.'

18 閣下.『箚補』: 古者三公開小閣, 故稱閣下, 郡守比古諸侯, 故亦稱閣下.

19 道學踐履.『箚補』: 祖舜嘗進『論語講義』, 金安節言其詞義明粹, 盖是有道學者.

24-5

答陳漕論鹽法書(1163, 癸未)[*]

熹昨承垂示鹽法利害, 累日究觀, 竊以爲適今之宜, 莫便於此.[1] 及詢諸鄉人, 則其說不無同異, 不敢不以聞. 蓋問之崇安之人, 則比其舊費略有所省, 無不以爲便者. 問之建陽之人, 則云千金之產, 今日買鹽, 所折不過千錢, 而新法輸錢半倍其舊,[2] 又須出錢買引鹽食之, 計引鹽至建溪上流, 比之今價, 亦不能甚賤, 則其爲利爲害未可知也.[3]

⋯⋯

* 答陳漕論鹽法書.『箚補』: 鹽法,『宋史』「食貨志」, '閩之上四州建 · 劍 · 汀 · 邵行官賣法, 下四州福 · 泉 · 漳 · 興化行產鹽法.'「二十七卷答詹帥書」, 亦言 '上四州以客鈔官般並行, 下四州納產鹽錢而受鹽於官', 陳漕新法有不可考, 而以下文推之, 大抵欲參用產鹽法於上四州, 而先生所答, 則似欲罷去官般, 而專行客鈔也.

1 莫便於此.『箚疑』: 此指陳漕所示鹽法.

2 千金~其舊.『箚疑』: '千金之產', 謂有千金產之戶也, 蓋陳漕鹽法, 以官鹽計民戶上中下之產, 差等均數, 而納其價錢於官, 今千金之戶卽上戶也, 其所得官鹽, 以錢折之則不過千錢, 而今新法所定錢數, 則半倍於本鹽之舊價也, 謂如舊價千錢, 而今增至千五百錢也.

3 又須~知也.『箚疑』: 蓋人戶所得官鹽不多, 故又買引鹽而食之. 所謂引鹽,『續綱目』'商人先輸錢於榷貨, 請鈔, 赴產鹽州郡, 受鹽興販也,' 鈔卽引也, 自官使海船運鹽至上流, 而令商人持引貿此鹽, 而興販之也. 與均數鹽爲別項道也. '比之今價', 謂以引鹽之價比之於均數鹽也. '亦不能甚賤', 蓋自海倉遠輸至於上流, 故其價亦不賤也. '爲利爲害', 謂舊法與新法利害也.
『節補』: 引鹽, 商賈納錢於官受引至上流受鹽興販者也. 引, 公文也. 蓋自官受商人引價, 而使海船運鹽至上流, 以給商人也. '不能甚賤', 謂新法亦將運鹽至上流而賣之, 則民戶買食之價, 必不甚賤於今日也. 蓋民戶輸錢, 雖半倍於舊, 其買食引鹽之價, 比今日民戶所買於商人之鹽價若能甚賤, 則新法比今所行之法, 謂之利可也. 若其買食之價, 雖或少減而不能甚賤, 則輸錢旣半倍買食引鹽之價亦不甚賤. 今法之必勝於舊, 未可知也. 蓋無論舊法新法, 其輸兩邑[4]之數, 具之別紙, 可見其實. 又不知他邑如何爾. 然熹竊謂法之大體,[5] 實已利便. 蓋彊弱均敷, 已寬下貧, 應役之民便省陪費.[6] 又凡種種弊倖, 皆無所自而作, 固不可以輕變. 但更須博盡衆謀, 多方措置, 使輸錢之數[7]比舊稍輕, 買鹽之價[8]比舊頓減, 卽公私兩便, 法可久行. 若其不然, 則官戶豪宗昔幸免而今例輸[9]者, 横議紛紛, 必有所緣而起, 雖有良法美意, 不可行矣.

竊嘗思之,[10] 引價[11]之所以貴, 以引額之數拘之[12]也; 本錢之所以多, 以所支之數取之[13]也. 此鹽之所以貴也.[14] 賣引之額所以狹, 以所

....

錢所得之塩不多, 故又須買商人所賣引塩而食之也.

『箚補』: 今價, 指當時時價而言.

4 兩邑. 『箚疑』: 謂崇安·建陽.

5 法之大體. 『箚疑』: 謂陳漕塩法.

6 已寬~部費. 『節補』: 舊法則彊弱不爲均敷, 故下戶應役者, 有偏苦倍費之弊也. 其法·其弊未詳.

『箚補』: '已寬下貧'句.

7 輸錢之數. 『箚疑』: 卽上項所謂 '半倍其舊' 者也.

8 買鹽之價. 『箚疑』: 卽上項所謂 '引塩亦不甚賤' 者也.

9 官戶~例輸. 『箚疑』: 蓋舊法官塩, 只敷於貧下之戶, 而今陳法則强弱均敷, 而例輸價錢也.

10 竊嘗思之. 『箚疑』: 此下專論引塩.

11 引價. 『箚疑』: 謂引塩之價.

『箚補』: 謂客人賣引之價, 卽下文引價至於二十三文, 而患其貴者.

12 引額~拘之. 『箚疑』: 引額止一千萬斤而不得過, 故曰拘之.

『節補』: 引價, 客, 人納錢請引之數也. '貴'謂每斤二十三文.

13 本錢~取之. 『箚疑』: 本錢, 引塩之價錢. 蓋自海倉運致之時, 其所支費之數甚多, 今以其所費之數而折錢, 故錢數多也.

『節補』: 本錢卽下文所謂塩本錢, '每斤十二文'以給塩戶者也. 本錢如此之多者, 引額狹, 故, 塩戶循環之資, 須取此數然後可也.

『箚補』: '本錢'卽下文納塩本錢, '每斤十二文'者, 所支之數, 卽官收官納時, 所支費之數也.

14 此鹽~貴也. 『節補』: 客人既納引價二十三文, 又納本錢十二文, 所貴如此之多, 故不得不貴

運之數拘之[15]也．海船之錢所以取，以般運之費計之[16]也．此計産輸錢之所以重也．[17] 欲致二利，去二害，[18] 在乎罷海倉之買納[19]而已矣．誠能[20]罷海倉及下四州諸縣之買納，[21] 而使客人請引，[22] 南自漳・泉，北至長溪，各從便路，徑就埕戶買鹽興販，則引價可減，本錢可輕而鹽賤矣．[23] 引額可增・海船可罷，而計産所輸亦薄矣．[24]

．．．．．．．

賣之也．此'貴'字，亦以人戶買食於客人之價言之，下塩賤之'賤'字亦同．

15 賣引~拘之．『箚疑』：謂所賣引塩之額所以不多者，蓋以舟楫運致所費甚多，故其所運有定數也．

16 海船~計之．『箚疑』：海船錢，下文所謂撨留五萬貫者也．所以備船運之費，以其所費之數計而取之也．

17 計産~重也．『箚疑』：此論均敷輸錢之所以重，盖引額既狹，則所受之錢不多，而又於其中，除出海船錢五萬貫，所餘又不多，故不得已而於計産均敷之錢，多數取之也．

18 二利，二害．『箚疑』：二利，謂使塩不貴也，産田不重也，二害，謂塩之貴也，産田之重也．

19 罷海~買納．『箚疑』：謂自官買納埕戶之塩於海倉，而將以運致於懷安，以待客販，有許多之弊，故欲罷之也．

20 誠能~薄矣．『箚疑』：盖謂若能自官罷海倉之買納，又使下四州亦罷諸縣之買納，而使客人直爲買賣於埕戶，則自官引塩之價可減，而引塩所費之本錢，亦可輕其數矣．夫既許客人之引，則客人自辦舟楫而無運致之艱，故引額可增，客人既多，則不必用海船而可致，故海船可罷也．大槩引額既增，又不除出海船價錢，則塩錢贍足，故計産所輸之錢，亦可以減其數矣．請引，謂請買引塩也．埕戶，煮塩之戶也．'埕'義未詳．

『箚補』：下文已詳言之．自'夫賣引之額，'止'反增於舊，'論引價可減，引額可增．自'夫所以使客人，'止'大相遠矣，'論本錢可輕．自'所以使州縣，'止'在所蠲矣，'論海船可罷．自'行此數者，'止'什四五矣，'論計産所輸亦薄矣．請引，即『續綱目』所謂'請鈔'也．

『管補』：『字書』無'埕'字．宋時塩戶稱亭戶，疑埕是'亭'之俗字，而當時文簿通用．

21 海倉~買納．『節補』：自官受客人本錢，買納埕戶之塩於海倉及諸縣，將以運致於懷安，以待客販者也．

22 請引．『節補』：謂納錢請引，將以受塩興販也．

23 引價~賤矣．『節補』：罷海倉，而使客人各自就買於埕戶，則引額增，而引價不至於二十三文之多，本錢亦可減至四五文之少．如是，則人戶買食之價，不期賤而自賤矣．埕戶，煮塩之戶也．

24 引額~薄矣．『節補』：罷其海倉與諸縣之買納，而使客人自買自運，則無拘於所運一千萬之數，而引額可增矣．海船亦無事於罷，而自罷矣．引額增，則所收引價之大數，大增於舊矣．海船罷，則又無五萬貫之撨留矣．如此，則計産所收之錢，比舊亦當減少也．

夫海倉爲鹽法蠹害之根本，使臺[25]知之詳矣．下四州諸縣買納之弊不異乎海倉，而漳州以盜賣合支產鹽，重爲民害，[26] 使臺知之亦詳矣．使其無害於今日所議之法，猶將廢置以鐲積弊，況所以增官鹽之價而厚私鹽之利者，皆在乎此，[27] 豈可以不罷而改圖其新乎？夫賣引之額，以上四州逐年運到一千萬斤者爲率，而海倉每歲所取亦止此數，[28] 尙有乏絕不繼，停留綱運之時，[29] 故引價至於二十三文而患其貴，引錢止得二十三萬而患其少，皆此之由也．[30] 熹竊謂夫一千萬斤者，官運之

....

25 使臺．『箚補』：漕司也．

26 漳州~民害．『箚疑』：漳州，下四州之一也．合支產塩，謂當用於計產均數之塩也．埕戶盜賣此塩，減削民戶所得之塩，故重爲民害也．蓋下四州買納之弊，與海倉無異．而漳州則又別有此弊也．

　『節補』：此段未詳．

　『箚補』：下四州民間納產塩錢，州縣自合給塩償之，而例不給塩，暗行貨賣，見二十七卷與趙帥書．此恐是盜賣合支產塩者，而但止言漳州爲可疑．

27 增官~乎此．『箚疑』：蓋海倉與四州皆買納，故餘塩盆少，而價貴矣．海倉買納之際，有官吏操縱之弊，故埕戶不利於海倉之買，而輕其價而私賣之．此所以厚私塩之利也．'皆在乎此'之此，指海倉買納也．

　『箚補』：下文亦詳言之．所謂'引價至於二十三文，而患其貴'者，卽增官塩之價也．所謂'寧私爲賤鬻，以救目前之急'者，卽厚私塩之利也．

28 以上~此數．『節補』：當時運到到上流之數，以一千萬斤爲限，故海倉每歲所納，亦止此數也．蓋船運爲難，故限以此數也．

29 乏絕~之數．『箚疑』：埕戶不願輸官而私鬻，故官船之運塩時，或留滯而不得收載也．

30 引價~由也．『箚疑』：'引價至於二十三文'者，謂引塩一斤價錢至於二十三之多也．故謂之'患其貴．''引錢止得二十三萬，'謂引塩一千萬斤而一斤價，錢二十三文，則總之只爲二十三萬，故謂之'患其少．''皆此'之'此，'指上文'增官塩之價而厚私塩之利也．'

　『節補』：所運止於一千萬斤，故客人請引之價，至於每斤二十三文之多也．

　『標補』：'引塩一斤價'當作塩一斤引價．一斤引價爲二十三文，故一千萬斤引價，總之爲二十三萬貫也．原書'萬'字下，疑脫'貫'字．

334　晦庵先生朱文公文集

正數也. 若夫出於埕戶, 搭於綱船, 漏於步擔而散於四郡之間, 食之無

餘[31]者, 一歲又何啻數百萬斤? 此乃埕戶所煎, 民間所食之實數. 而

前日棄之, 以爲私販之資者, 正以海倉侵盜本錢, 稽留割剝, 使埕戶不

願輸官, 而寧私爲賤鬻,[32] 以救目前之急故也. 今若罷去海倉而收此

數百萬斤者併入引額, 則引價每斤可減數錢, 而所以收引錢大數反增

於舊矣.[33](謂如增作一千五百萬斤[34]引, 而一斤止賣二十文, 亦得三十萬

貫. 恐不止此數, 更乞籌之.) 又使埕戶更無私鹽可賣而官鹽益快,[35] 何

憚而久不爲此?

　　夫所以使客人納鹽本錢[36]每斤十二文者, 將以給埕戶爲循環本[37]

也. 今官收而官給之, 在客人則爲枉費, 在埕戶則無實利,[38] 曷若使埕

……

31　出於~無餘.『箚疑』:此官運一千萬斤外餘數也. 搭, 掛也, 步, 泊船處也. 擔, 自船擔塩而下也.
　　『節補』:此則私商之賤買埕戶潛賣於上四州者也. 或曰:步擔恐是步商, 更詳之.

32　正以~賤鬻.『箚疑』:海倉買納之際, 官吏侵盜本錢, 而不以時出給埕戶, 而又割剝埕
　　戶, 故埕戶不願賣於海倉, 而賤其價以賣於私買者也.

33　收此~舊矣.『箚疑』:'數百萬斤,' 卽上文'數百萬斤棄之, 以爲私販之資'者也. '引價可減,' 謂
　　於一斤二十三文之內減去三文也, '引錢大數反增,' 謂二十三萬錢增爲三十萬貫也.

34　一千~萬斤.『箚疑』:'五百萬斤,' 卽上文所謂'數百萬斤'者也. 以此合之於官運一千萬斤, 爲
　　一千五百萬斤也.

35　更無~益快.『箚疑』:旣無盜賣私塩之弊, 故官塩無所虧欠也.
　　『節補』:'官塩益快,' 埕戶不爲私鬻, 故客人之賣去者, 無乏絶停留之患也.
　　『箚補』:'快'謂買賣之易. 謂無上文所言'停留綱運之弊'也.

36　鹽本錢.『節補』:'引價二十三文'者, 客人請引之價也. '本錢十二文'者, 客人旣納引價於官而
　　受引, 又納本錢十二文於官, 則自官出給埕戶, 而買塩以納於海倉, 載船運致於上流以給客
　　人, 則客人受以興販, 是則塩價也, 與引價條件各異.

37　爲循環本.『箚疑』:謂客人買塩之時, 官收十二文以給埕戶, 使以此錢更爲煮塩之資也.

38　在客~實利.『箚疑』:謂客人出十二文, 而不爲埕戶之用, 故曰:'枉費.' 埕戶被海倉之侵盜稽
　　留, 故曰'無實利.'

戶客人自爲貿易而官封之,³⁹(沿海逐縣專委令丞或簿尉). 則客人不費
四五文可得鹽一斤, 每斤所省數錢, 足以具舟楫·資往來.⁴⁰ 埕戶售
鹽一斤, 實得四五文, 比之請於官司, 名爲十二文, 而經過官吏攬子⁴¹
之手, 什不得其一二者, 大相遠矣. 所以使州縣椿海船錢五萬餘貫者,
本爲漕司自海倉運至懷安, 以待客販也. 若罷海倉, 而使客人徑從便
路興販, 則此錢固已在所蠲矣. 行此數者,⁴² 使引價可減, 本錢可省,
則官鹽自賤而私販自戢. 引額可增, 海船錢可罷, 則此兩項所增所罷
之數, 以減計産所輸之數, 亦不啻什四五矣.⁴³ 下四州人戶則使徑就

....

『節補』: 官收官給之際, 消融於中間, 及於埕戶者, 什不一二, 故在客人爲枉費, 在埕戶無實
利也.

39　官封之.『篔疑』: 謂自官封識客人埕戶所貿易之塩錢也.

　　『標補』: 官封之義, 未甚曉然. 若自官封識其錢, 則與官收官給爲弊, 何以異哉.

　　『篔補』: 塩雖許其相貿, 然不使埕戶直給客人, 而自官封識之. 待其請鈔, 乃出給也. 若曰'封
錢,'則與上文官收官給無異矣.

40　不費~往來.『篔疑』: 盖循環錢自官收之而給埕戶, 故至於十二文之多矣, 今則直與埕戶買
賣, 故只給六七錢, 是不費者, 四五文也. 又塩一斤本價二十三文, 而今爲二十文, 是省數錢
也. 以此四五文及數錢, 可以具舟楫·資往來也. 或云以下文埕戶售塩一斤, 每得四五文推
之, 則'此不費'之'不'字, 恐是'只'字之誤. 更詳之.

　　『節補』: '不費'云云, 謂不盡費四五文而可得一斤也. 盖雖三四文, 亦或可得云爾. 此是要其
極而言之, 其實四五文爲應然之數, 故下云實得四五文也. 所省數錢本錢十二文, 減作四五
文, 則所減爲六七文. 大槩言之, 故曰數錢.

　　『篔補』: '不費四五文', 言其甚賤也. 未必字誤. 以上下文推之, 未見其通二十三文爲言.

　　『標補』: 或說似長.

41　攬子.『篔疑』: 如今使令之類.

42　行此數者.『節補』: 數者, 謂'罷海倉諸縣之買納也,' 使客人勿納本錢於官, 而徑就埕戶買塩
興販也.'

43　兩項~五矣.『篔疑』: '兩項'謂引額及海船錢也. 謂以引額所增五百萬斤之錢, 及海船所罷之
五萬餘貫, 合之則通爲十有五萬餘貫也. 以此數計減於計産均敷之錢, 則所減者不翅十分之

埕戶買鹽, 不限引法, 但立法以防其興販透入上四州界可也.[44]

此外非熹聞見思慮所及. 但議者[45]見使司自王侍郎以來, 三四年間代納上供,[46] 其數不少. 或謂增鹽尚有可減之數.[47] 更望計度, 如其可減, 則願更減分數, 於三項立法之中, 均退幾錢,[48] 允爲久遠之利. 使閩中之人相與稱曰: 鹽法之利於吾民, 自陳公始. 子孫不忘, 豈不休哉! 鄙見如此, 未知當否? 以下問之勤, 不敢虛辱. 既採民言, 又竭愚慮, 以稱塞萬分. 狂妄之罪, 尚冀高明矜而恕之. 幸甚幸甚.

四五也.

『節補』: 引額增作一千五百萬, 而一斤納二十文, 則可得三十萬貫. 比今只得二十三萬者, 所增七萬貫. 并所罷海船五萬餘貫, 則合爲十二萬餘貫也.

44 下四~可也. 『箚疑』: 此盖慮下四州人透入上四州賣鹽, 則上項客人失利也. '不限引法,' 謂不請官引也.

45 議者~之數. 『箚疑』: 代納未詳. 上供卽指折塩之錢也. 盖自三四年間, 折塩之價, 其數不少, 故議之, 以爲一千萬斤之外, 又能增塩幾許斤, 則其折塩之錢, 尚可減除. 卽上文所'謂數百萬斤并入引額, 而每斤可減數錢'者也.

『箚補』: '代納上供', 恐是別項官稅. 今若增塩, 則可以兌那而有可減之數也.

『標補』: 此段文義未瑩. 恐難強解.

46 代納上供. 『節補』: 謂州縣所納上供之錢, 或逋欠, 則自漕司代納也.

47 增鹽~之數. 『節補』: 增塩, 漕司分置州縣, 使之出賣納錢, 以充歲計之塩也. 增塩, 其窠名也. 或者見漕司代納上供其數不少, 意其財力有餘, 謂增塩之數, 尚有可減之道也. 但增塩之法, 其詳不可考矣.

48 三項~幾錢. 『箚疑』: 謂引價可減, 本錢可省, 計産所輸可減, 凡三項也. 均退, 謂與代納上供更減分數而均減之也.

『節補』: 三項, 恐或陳漕塩法, 別有三項文法者耶. 更詳之.

『箚補』: '三項立法' 以立法二字觀之, 恐指陳漕塩法.

『標補』: 三項似指陳漕新法中條件, 未必是引價等事也.

24-6

答劉平甫書(1163)*

　　聞已遣兩使議和,虜人待遇甚厚,[1] 或疑虜勢實衰,故欲且緩我師耳.所遣乃歸正人[2]也,楊已罷[3]御營,用周元特[持][4]之言也.周已還南榻[5]矣.山中[6]已聞否?[7] 伯崇[8]兄不及別上狀,想且留屏山.

....

* 『箚疑』:劉平甫屏山先生嗣子.

1　已遣~甚厚.『節補』:隆興元年癸未八月,金紇石志寧以書來求四州及歲幣,湯思退建遣盧中賢・李梲報之,虜迎勞如禮,朝廷上下皆喜.見『宋鑑』及九十七卷「陳良翰行狀」.
　　『疑補』:盧中賢・李梲,見上十三卷四板.

2　所遣~正人.『節補』:指李梲.

3　楊已罷.『箚疑』:按『宋史』,楊存中爲御營使,疑此人.
　　『節補』:陳狀又云,"時楊存中爲御營使,悉總殿前諸軍,公累疏爭之,竟罷."

4　周元特.『箚疑』:當攷.
　　『節補』:陳狀又云,"公與侍御史周公操力言王之望・龍大淵使虜之非",元特疑卽操之字也.於楊事,盖亦二公相繼爭之,而其末後得請,因周言,故云'用周元特之言也'.

5　南榻.『箚疑』:當考.
　　『節補』:唐憲臺之禮,雜端在南榻,主簿在北榻,出『翰苑新書』.南榻亦稱南床,見下二十八卷七板.雜端卽侍御史之知雜事者也.
　　『箚補』:『因話錄』公堂會食,雜端在南榻,主簿在北榻,乃舊儀也.『石林燕語』御史臺北向,公堂會食,侍御史設榻于南.
　　『標補』:唐宋時,御史知雜事,號臺端,最爲雄據,食坐之南設橫榻,謂之南榻,或曰南牀.

6　山中.『箚疑』:平甫常往來屏山・武夷兩山之中.

7　已聞否.『節補』:謂平父在山中,或已聞此報否也.此書似是癸未冬,先生赴召在京時所作.
　　『疑補』:此書似是癸未冬赴召在道時,非必以往來兩山而言.

8　伯崇.『箚疑』:范念德,太史如圭之子.

比日讀何書？講論切磋之益，想不但文字間也．上蔡[9]帖中儒異於禪一節，道間省記，頗覺有警．試相與究之，[10] 見日面論也．[11]

　　與陳書[12]謾寫去，只可呈大兄[13]一讀，而焚之勿留也．此言之發，其不能受[14]也固宜，然萬一成行，[15] 則所言必有甚於此者．[16] 又將何以堪之[17]耶？觀此氣象，不若杜門之爲愈，下計終當出此[18]耳．元履云，若爲貧，卽不妨．己以行道自任，而以爲貧處人，[19] 此正吳材老[20]之論古音[21]也，可以一笑．

········

9　上蔡．『箚疑』：謝良佐，顯道．
　　『節補』：帖，「答胡康侯小簡」，見『上蔡語錄』下篇．
10　相與究之．『箚疑』：謂與伯崇講究也．
11　見日面論．『箚疑』：謂於先生相見之日面論也．
12　與陳書．『箚疑』：謂與陳俊卿書．
13　大兄．『箚疑』：謂平甫之兄劉共父．
14　不能受．『箚疑』：謂陳不能虛受也．
15　成行．『箚疑』：時先生被召，謂成赴召之行也．
16　甚於此者．『箚疑』：謂面語之言，有甚於此書所云者．
17　何以堪之．『箚疑』：謂陳必不堪先生之言之激切也．
18　下計~出此．『箚疑』：下計謂卑下之計，謙辭也．'此' 指杜門也．
　　『節補』：下計猶言下策．
　　『箚補』：下恐當直解以上中下之下，猶言下策．
19　元履~處人．『節補』：詳此語及上文與陳書云云，似是己丑元履赴召爲國子學錄時，然則與癸未書，當作各篇，此低一字書者，誤也．
　　『箚補』：此似是己丑元履赴召時，且詳上文語意，當與原書各爲一篇，疑是三十四板答平甫書別紙．
20　吳材老．『箚疑』：名棫，宋時人．
21　論古音．『箚疑』：疑材老自謂能知古音，而他人不能知也．
　　『雜識』：似是材老彈琴，自欲爲古調，而謂他人當以今調彈琴．
　　『間目』：以語脈觀之，豈材老自謂能用古音而他人不能用耶？請更詳之．
　　『標補』：材老有『韻補』一書，論古音．

24-7

與延平李先生書(1163)*

　　熹拜違侍右,¹ 倏²忽月餘. 頃嘗附兩書於建寧,³ 竊計已獲關聽矣.
熹十八日離膝下,⁴ 道路留滯, 二十四日到鉛山,⁵ 館於六十⁶兄⁷官舍.
路中幸無大病. 今日戴君來診脈, 其言極有理, 許示藥方矣. 云無他
病, 只是稟受氣弱, 失汗多, 心血少, 氣不升降, 上下各爲一人. 其他
曲折, 皆非俗醫所及. 頃在建陽, 惟見大湖一親戚語近此耳. 至於心意

....

* 『刊補』: 時先生自同安罷, 歸以養親丐祠, 差監潭州南嶽廟, 已六年矣. 三月被召, 十月對垂
　拱殿.
　『牖蒙』: 李先生名侗, 字愿中, 南劒州劒浦人, 先生師也. 孝宗隆興元年癸未, 先生以監潭州
　南岳廟被召, 時延平適自建安如鉛山, 過先生于武夷 · 潭溪之上. 問所宜言, 延平曰, "今日
　三綱不正, 義利不分"云云. 此書卽在道第三書也. ○是歲十月, 延平卒于閩帥汪公府舍, 壽
　七十一, 後謚文定.
1　侍右. 『牖蒙』: 尊者居右, 侍者在左, 右指延平.
2　倏. 『牖蒙』: 儵同音叔, 倏忽犬疾走也.
3　建寧. 『牖蒙』: 府名, 延平次子信甫, 時爲建寧府建安主簿.
4　拜違~膝下. 『記疑』: 以監潭州南嶽廟被召也. 拜違猶拜別, 倏音叔, 倏忽犬疾走也. 延平劒州
　人, 建寧府近於劒州, 故附書建寧, 傳達于延平也. 關猶經由也. 母夫人在故, 云 '離膝下.'
　『刊補』: 違猶別也. 建寧府名, 唐之建州, 屬福建路. '離膝下,' 先生之母碩人祝氏, 方在堂.
　『牖蒙』: 違, 離也.
5　到鉛山. 『節要註』: 延平子友直, 時任鉛山尉.
　『刊補』: 鉛山縣名, 屬浙東路之信州.
6　六十. 『牖蒙』: 古人以數表兄弟之序, 友直於其兄弟之序爲第六十, 兄朋友相尊之稱.
7　六十兄. 『節要註』: 疑指友直.

隱微, 亦頗得之,[8] 信乎其不可揜也.

　熹向蒙指喻[9]二說, 其一已敍次成文, 惟義利之說見得未分明, 說得不快. 今且以泛論時事者代之,[10] 大略如中[11]前書中之意. 到闕萬一得對畢, 卽錄呈也. 但義利之說乃儒者第一義, 平時豈不講論及此? 今欲措辭斷事, 而茫然不知所以爲說, 無乃此身自坐在裏許[12]而不之察乎? 此深可懼者. 此間[13]亦未有便, 姑留此幅書, 以俟附行. 若蒙賜敎, 只以附建寧陳丈處可也. 天氣未寒, 更乞爲道保重, 以慰瞻仰. 九月二十六日拜狀, 不備.

‧‧‧‧‧‧‧

8　至於~得之.『節補』: 謂戴君不但知病崇, 先生心意隱微處, 亦頗知之也.

9　向蒙指喻.『節要註』: 先生趁召, 問延平以所宜言, 告謂'今日三綱不正, 義利不分'云云.
　『箚疑』: 按癸未七月二十八日, 延平與先生書, "今日三綱不振, 義利不分. 緣三綱不振, 故人心邪僻不堪用, 是致上下之氣間隔, 而中國之道衰夷狄盛, 義利不分, 自王安石用事, 陷溺人心, 至今不自知覺, 人只趍利不顧義, 而主勢孤. 此皆今日之急者, 欲人主於此留意. 不爾則雖有粟, 吾得而食諸也." 據此則此非面對問答.

10　泛論~代之.『刊補』: 癸未箚子三論, '制禦夷狄之道, 開納諫爭, 絀遠邪佞, 杜塞倖門, 安固邦本四者, 爲急先之務'云云.
　『箚補』: 泛論時事, 卽下書所言第三奏論'言路壅塞, 佞幸鴟張'者.
　『牗蒙』: 泛論時事, 卽復讐制敵等事, 詳見奏狀.

11　中前.『箚疑』: 嘗附兩書, 與今書爲三書, 則第二書爲中前書也.

12　裏許.『箚疑』: '裏'義利不分之裏也, '許'語辭.
　『刊補』: 孫策曰, "吾先君兵數千人, 盡在公路許", 註, 許猶處也.

13　此間.『節補』: 鉛山.

與魏元履書(1163)

熹六日[1]登對,[2] 初讀第一奏, 論致知格物之道, 天顏溫粹, 酬酢如響. 次讀第二奏, 論復讐之義, 第三奏, 論言路壅塞, 倖幸鴟張,[3] 則不復聞聖語[4]矣. 副本[5]已送平甫, 託寫呈,[6] 當已有之矣. 十二日有旨除此官,[7] 非始望所及, 幸幸甚甚. 然闕尙遠,[8] 恐不能待, 已具請祠之箚, 辭日投之. 更屬凌丈[9]催促, 必可得也.

和議已決,[10] 邪說橫流, 非一葦可杭. 前日見周葵,[11] 面質責之, 乃

....

1　六日.『刊補』: 癸未十月六日也.

2　登對.『記疑』: 癸未入對垂拱殿.

3　鴟張.『箚疑』: 唐乾符四年詔, "狐假鴟張, 自謂驍雄莫敵."
　　『箚補』: 孫堅謂張溫曰, "董卓不怖罪, 而鴟張大語."

4　不復聞聖語.『箚疑』: 先生書"壽皇批答魏丞相箚子"曰, "臣熹隆興初元召對垂拱, 妄論講和非策, 適契上指", 與此不同. 見八十三卷.
　　『箚補』: '不復聞聖語'似指第三奏.

5　副本.『箚疑』: 奏箚草本.

6　寫呈.『箚疑』: 寫呈於元履.

7　此官.『箚疑』: 武學博士.

8　闕尙遠.『箚疑』: 當時雖除官, 而前官尙在, 則待其遞去, 然後代之, 謂前官之闕尙遠也.

9　凌丈.『箚疑』: 當攷.

10　和議已決云云.『刊補』: 時相湯思退方倡和議, 不悅除先生武學博士, 後與洪适論不合而歸.
　　『譜』曰拜命遂歸.
　　『箚補』: 和議詳見十三卷四板『箚疑』.

11　周葵.『記疑』: 見『言行錄』, 本善類.

云此皆處士大言, 今姑爲目前計耳. 熹語之曰:"國家億萬斯年之業, 參政乃爲目前之計耶?"大率議論[12]皆此類. 韓無咎[13]·李德遠[14]皆不復尋『遂初賦』[15]矣. 庶寮唯王嘉叟[16]諸人尙待正論, 然皆在閒處, 空復爾爲. 兩日從官過堂詣府[17]第, 不知所論云何. 欲少贊之,[18] 輒不値, 未知渠[19]所處也. 言路惟小坡[20]論甚正, 但恐其發不勇, 不能勝衆

....

『刊補』: 葵字立義, 亦善類. 和議已定被召, 不以亟戰爲然, 終始主自治. 是時爲參知政事.

『箚補』: 字立義, 爲參知政事, 始終守自治之說, 力沮張浚用兵.

12 議論. 『記疑』: 朝廷議論.

13 韓無咎. 『節要註』: 名元吉.

14 李德遠. 『節要註』: 名浩.

『箚補』: 『宋史』「本傳」, "孝宗卽位, 以太常丞召. 時張浚督帥江淮, 浩引仁宗用韓琦, 范仲淹, 詔章得象故事, 乞戒令同心協濟. 浩雅爲湯思退所厚, 尹穡欲引之以共摘浚, 及對乃明示不同之意, 二人皆不樂. 踰年始除員外郎." 以此「傳」觀之, 則無附和議事, 而先生云然, 可疑.

『管補』: 德遠官吏部侍郎. 南軒撰墓誌, 隆興初以太平丞召至闕. 先生嘗造其屋, 遇著作劉賓之夙, 論和議之非, 著作不是也. 他日先生曰, "乃爲賓之·德遠夾攻", 此見『葉水心集』, 亦可見當時議論事實.

15 遂初賦. 『記疑』: 晉孫綽字興公, 博學善屬文, 少有高尙之志, 遊放山水, 作『遂初賦』以致其意. 後遷散騎常侍, 桓溫將移都洛陽, 朝廷畏溫, 不敢爲異, 綽上疏云云. 溫不悅曰, "致意興公, 何不尋君『遂初賦』, 知人家國事耶?" 綽疏略見『通鑑』.

『箚疑』: 按『退溪文集』云, '韓·李本善類, 今亦附和議, 不復顧初心, 爲可惜耳.' 又曰, '當先生力主恢復, 韓·李諸人並從和議之時, 與桓溫·孫綽時, 其事情向背邪正得失, 大不相侔.'

『刊補』: 綽字興公, 少慕高尙, 嘗築室畎川, 自得見知足之分, 作『遂初賦』以見志, 後桓溫擅權, 上疏遷都洛陽, 人情怨洶. 綽上書極言不可, 溫怒其不附己, 以綽名士, 不敢罪斥, 但曰, "致意興公, 何不尋遂初賦, 而知人家國事邪?," 此蓋嘲韓, 李本善類, 今亦附和議, 不復顧初心也.

16 王嘉叟. 『箚補』: 見一卷十九板.

17 過堂詣府. 『箚疑』: 過堂, 過堂參也, 詣府, 詣政府論事也.

『管補』: 堂中書堂, 丞相所屈, 府, 東西二府, 參政, 樞密也.

18 欲少贊之. 『箚疑』: 先生欲少助從官也.

19 渠. 『剳疑』: 謂從曰.

20 小坡. 『箚疑』: 坡謂諫官. 山谷詩, '君不屈郎省, 還須上諫坡', 李宗諤『談錄』'唐諫議大夫班

楚爾. 王之望[21] · 龍大淵已差使 · 副,[22] 不知尚能挽回[23]否? 諸非筆札可盡.

共父之出,[24] 中批所命, 朝野不知所坐. 本欲作先生[25]一書, 醉矣不能, 因書及之.[26] 亦令平甫寫其箚副藁寄呈矣.

....

在給舍上, 一遷爲給事, 再遷爲中書舍人, 語曰要他上坡, 却須下坡, 言給舍班復在下也.' 小坡謂諫官之副也, 但未知其人爲誰.

『箚補』: 時詔羣臣, 集議和金得失, 惟張浚及宣諭使虞允文 · 起屈郎胡銓 · 監察御史閣安中, 上疏以爲不可, 小坡恐指安中.

『標補』: 恐是陳良翰. 隆興元年十一月用湯思退言, 以王之望爲金國通信使, 龍大淵副之, 許割四州求減歲幣之半, 右正言陳良翰力言不可, 帝乃手詔追還之望等, 遣審議官 · 昉, 諭金以四州不可割之意.

21 王之望.『管補』:『宋史』, "之望初爲都督府參贊軍事, 不欲戰, 請入朝, 因奏言 '人主論兵, 與臣下不同. 竊觀天意南北之形已成, 未易相兼,' 湯思退悅其言."

22 使副.『節補』: 使與副使也.

23 挽回.『箚疑』: 謂小坡能挽回王 · 龍之差遣否也.

24 共父之出.『箚疑』: 孝宗卽位, 共父數直諫, 而宰相亦有陰忌者, 隆興元年冬, 除集英殿修撰知泉州.

25 先生.『箚疑』: 籍溪.

『箚補』: 籍溪已卒於紹興三十二年.

26 因書及之.『箚疑』: 請元履因上籍溪書, 而並及先生不能作書之意也, 先生與元履皆籍溪門人故云.

24-9

與魏元履書(1164)

近時一種[1]議論出於正人之口, 而含糊鶻突,[2] 聽之使人憒憒.[3] 似此氣象規模, 如何抵當[4]得? 王之望[5]·尹穡[6]輩更何足掛齒牙間[7]也.

....

1 一種~抵當.『記疑』: '一種議論', 不正之論, '含糊鶻突', 不分明之意, '憒憒', 心亂貌, '抵當'猶擔當, 言擔國事也.

『箚疑』: 按抵當時亂之意. 又按『語類』, "高宗朝有趙霈者, 上言聖節殺鷄鵝太多, 只令殺猪羊大牲, 適傳有一龍虎大王南侵, 邊方以爲懼, 胡侍郎云, '不足慮此. 有鷄鵝御史, 足以當之,'" 與此互相發.

『箚補』: '得'字當屬上爲句, 語助辭.

『標補』: 抵當, 相敵抗制之意, 恐謂不能抵當方張之邪論也.『箚疑』所引『語類』, 似未襯當.

2 含糊鶻突.『節補』: 安祿山斷顔杲卿舌, 含胡而死. 呂端作事糊塗, 讀作鶻突.

『刊補』: 不分明貌, 含糊, 亦作含胡.

3 憒憒.『刊補』: 心亂貌. [李恒老]並註刪.

4 抵當.『刊補』: 抵敵堪當也.

5 王之望.『刊補』: 之望時爲參知政事, 與湯思退表裏, 全以割他啗敵爲得計, 令諸將不得妄進.

『箚補』: 初爲都督府參贊軍事, 不欲戰. 入朝奏人主論兵, "惟奉承天意, 竊觀天意, 南北之形已成, 未易相兼, 移攻戰之力以自守." 湯思退悅其言, 奏以充金國通信使後爲參政, 以下與『刊補』同.

6 尹穡.『刊補』: 穡字少稷, 博學工文, 言語有法, 又通世務時論歸重. 後附麗思退力排張魏公, 時論薄之. 後貶嶺南, 累年赦還深悔. 其讀書三十年, 思之不審破壞掃地. 周益公每擧, 以爲士大夫之戒.

『標補』: 湯思退之黨, 劾張浚跋扈者也.

7 何足~牙間.『箚補』: 正人猶如此, 則王·尹輩不足言也. 何足置齒牙間,『漢書』叔孫通語.

24-10

與陳侍郎書(1165)*

　　昨者伏蒙還賜手書，慰藉甚厚，拜領感激，不知所言．而奉祠冒昧之請，又蒙台慈引重[1]再三，卒以得其所欲．所示堂帖，謹以[2]祇受，仰荷恩眷，尤不敢忘，而不知所以報也．蓋熹賦性朴愚，惟知自守，間一發口，[3]枘鑿[4]頓乖．度終未能有以自振於當世，退守丘園，坐待搆壑而已．今以閣下之力得竊廩假，[5]以供水菽之養，其爲私幸，亦已大矣．顧於義分猶有僥冒之嫌，而閣下[6]推挽[7]之初心猶以爲不止於此，[8]此則豈熹所敢聞哉！

　　又蒙垂喩今日之事，慨然有夏夏[9]乎其難哉之嘆．且承任職以來屢有建白，去處之義[10]自處甚明．熹也雖未獲與聞其詳，然有以見賢

....

* 　『箋補』：陳侍郎，陳俊卿．時爲吏部侍郎．
1 　引重．『牖蒙』：猶言推重．
2 　謹以．『箋補』：以，已通．
3 　間一發口．『箋補』：疑指「垂拱奏箚」．
4 　枘鑿．『箋補』：宋玉「九辨」"圓鑿而方枘兮！吾固知鉏鋙而難入."
5 　廩假．『箋疑』：以廩祿假借也．
　　『箋補』：乙酉四月差監南嶽廟．
6 　閣下．『箋疑』：閣，當作閤．
7 　推挽．『箋補』：推，吐回切，言推之使上．輓，挽同，言挽之使前也．『左傳』"或推之，或挽之."
8 　不止於此．『箋疑』：謂將大用也．(此)謂得竊廩假以供水菽也．按文意，當添'此'字．
9 　夏夏．『箋疑』：「韻會」，'鉏鋙貌.' '夏夏呼，其難哉！'韓文語．
10　去處之義．『箋疑』：'去'字，疑'出'字之誤．

人君子立乎人之本朝，未嘗一日而忘天下之憂，亦不肯以一日居其位而曠其職蓋如此．然猶不鄙迂愚疎賤之人而語之及此，其意豈徒然哉！熹誠不足以奉承教令，然竊不自勝其慕用之私，是以忘其不佞而試效一言焉，執事者其亦聽之．

熹嘗謂天下之事有本有末，[11] 正其本者，雖若迂緩而實易爲力；救其末者，雖若切至而實難爲功．是以昔之善論事者，必深明夫本末之所在而先正其本，本正則末之不治非所憂矣．且以今日天下之事論之，上則天心未豫而饑饉薦臻，[12] 下則民力已殫而賦斂方急，盜賊四起，人心動搖．將一二[13]以究其弊，而求所以爲圖回之術，則豈可以勝言哉？然語其大患之本，則固有在矣．蓋講和[14]之計決而三綱[15]頹·萬事隳，[16] 獨斷[17]之言進而主意驕於上，國是[18]之說行而公論鬱於下，此

....

　　『節補』：據下文 ‘吾之去就’，‘處’恐當作就．

　　『箚補』：‘不以其道得之不去不處，’見『論語』．

11　有本有末．『節補』：即下文所謂君心．

12　饑饉薦臻．『刊補』：荐，再也，累也．『左』僖十三年，‘晉荐饑，’註，‘麥禾皆不熟．荐在薦反．’

13　一二．『牖蒙』：計數也．

14　講和．『牖蒙』：與金虜和親．

15　三綱．『牖蒙』：君爲臣綱，父爲子綱，夫爲妻綱．

16　隳．『牖蒙』：音虧，毀也．

　　『牖蒙』：國是，蓋以和爲是，而禁人非議也．

17　獨斷．『節補』：李斯說二世曰：“古之賢主，行督責之術，以獨斷於上，群臣救過不給，何變之敢圖．”

18　國是．『節補』：叔孫放曰，“夏桀商受不定國，而以合其取舍者爲是，不合其取舍者爲非．國之有是，衆之所惡也．”國是之說始此．

　　『刊補』：徽宗初，陳了翁上書論國是，見『新編通鑑』．「陳公行狀」云，“乾道元年，公爲吏部侍郎，時錢端禮起，戚里駸駸入相．工部侍郎王弗陰附端禮，建爲國是之說，以助其勢云云．”

　　『管補』：『史』，“隆興二年三月，張浚視師江·淮．湯思退陰謀去浚．遂令王之望驛奏兵少·粮

三者, 其大患之本也. 然爲是說[19]者, 苟不乘乎人主心術之蔽, 則亦無自而人. 此熹所以於前日之書不暇及他, 而深以夫格[20]君心之非者有望於明公. 蓋是三說者不破, 則天下之事無可爲之理, 而君心不正, 則是三說者又豈有可破之理哉? 不審閤下前日之論, 其亦嘗及是乎? 抑又有大於此者, 而山野之所弗聞·弗知者乎? 閤下誠得本而論之, 則天下之事一舉而歸之於正, 殆無難者, 而吾之去就亦易以決矣. 熹竊不自勝其憤懣[21]之積, 請復得而詳言之.

夫沮國家恢復之大計者, 講和之說也. 壞邊陲[22]備禦之常規者, 講和之說也. 內咈[23]吾民忠義之心, 而外絶故國[24]來蘇之望者, 講和之說也. 苟逭[25]目前宵旰[26]之憂, 而養成異日宴安之毒[27]者, 亦講和之說也. 此其爲禍, 固已不可勝言, 而議者[28]言之固已詳矣. 若熹之所言, 則又有大於此者. 蓋以祖宗之讎,[29] 萬世臣子之所必報而不忘者.

....

乏·樓櫓器械未備, 帝惑之, 會戶部侍郎錢端禮言, '兵者凶器, 願以符離之潰爲戒, 早決國是爲社稷計.'"

19 爲是說. 『記疑』: 爲講和·獨斷·國是之說者.

20 格. 『牖蒙』: 正也.

21 懣. 『牖蒙』: 憤之積於中也.

22 陲. 『牖蒙』: 邊也.

23 咈. 『牖蒙』: 違也.

24 故國. 『牖蒙』: 中原.

25 逭. 『牖蒙』: 逃也, 免也.

26 宵旰. 『刊補』: 宵衣旰食.
  『牖蒙』: 宵旰, 言不遑衣食.

27 宴安之毒. 『節補』: 『左』, 閔元年, "管敬仲曰, '宴安鴆毒, 不可懷也.'"

28 議者. 『記疑』: 以講和爲非而議者.

29 祖宗之讎. 『牖蒙』: 金虜夷祖宗陵廟以二帝北去.

苟曰力未足以報，則姑爲自守之計，而蓄憾積怨以有待焉，猶之可也．今也進不能攻，退不能守，顧爲卑辭厚體以乞憐於仇讎之戎狄，幸而得之，則又君臣相慶，而肆然[30]以令於天下曰：凡前日之薄物細故，[31]吾旣捐之矣，欣欣焉無復豪分[32]忍痛含冤·迫不得已之言，以存天下之防[33]者．[34]嗚呼！孰有大於祖宗陵廟之讎者，而忍以薄物細故捐之哉！夫君臣之義，父子之恩，天理民彝之大，有國有家者所以維繫民心·紀綱[35]政事本根之要也．今所以造端[36]建極[37]者如此，所以發號施令者如此，而欲人心固結於我而不離，庶事始終有條而不紊，此亦不待知者而凜然以寒心矣．而爲此說者之徒懼夫公論之沸騰而上心之或悟也，則又相與作爲獨斷之說，傅[38]會經訓，文致[39]姦言，以深

....

30　肆然．『箚補』：出『史記』「魯建傳」．

31　薄物細故．『記疑』：以前日與金人爭增幣·割地·去帝號爲薄物細故而云云．

　　『箚疑』：按薄物細故正指祖宗陵廟之羞而言，『記疑』說有不敢知者耳．

　　『箚補』：此語本出漢文遺匈奴詔．盖當時行詞者，借此語以彌縫講和之失，只依本語泛指而言，而凡自攜釁以後講和，以前事無論爭幣·割地·陵廟之讎，必不分別言之，故先生因其語而責之，曰，"我之以金[於]有祖宗陵廟之讎，非如漢之於匈奴，不過爲小小怨恨，則豈忍以是爲薄物細過而捐之哉."若如『記疑』說，則恐大恕，而下文先生所責之語，似涉勒驅君相之歸．又若如『箚疑』說，則當日君臣雖甚無罪，豈至於直以陵廟之讎，而謂之薄物細故哉．恐合商量．

32　豪分．『刊補』：豪，毫通．後多倣此．

33　天下之防．『節補』：『禮記』「坊記」曰，'君子之道，譬則坊與．大爲之坊，民猶踰之．'注，'坊與防同.'

34　防者．『箚疑』：坊乃君臣之義，父子之恩．'無復'之意止此．

35　紀綱．『刊補』：『書』「五子之歌」註，'大者爲綱，小者爲紀.'

36　造端．『牖蒙』：時孝宗新卽位，故曰'造端.'端，始也．

37　極．『牖蒙』：標準．

38　傅．『牖蒙』：附同，曲意取之曰傅．

39　文致．『記疑』：文，上聲．

　　『牖蒙』：文致，猶造餙．

中人主之所欲,[40] 而陰以自託其私焉. 本其爲說,[41] 雖原於講和之一言, 然其爲禍則又不止於講和之一事而已, 是蓋將重惧[42]吾君, 使之傲然自聖, 上不畏皇天之譴告, 下不畏公論之是非, 挾其雷霆之威‧萬鈞[43]之重以肆於民上, 而莫之敢攖[44]者, 必此之由也. 嗚呼, 其亦不仁[45]也哉! 甚於作俑[46]者矣. 仁人君子其可以坐視其然, 而恬[47]然不爲之一言以正之乎? 此則既然矣, 而旬日[48]之間, 又有造爲國是之說以應之者, 其欺天罔人[49]‧包藏險慝,[50] 抑又甚焉. 主上既可其奏, 而羣公亦不聞有以爲不然者, 熹請有以詰之: 夫所謂國是者, 豈不謂夫順天理‧合人心而天下之所同是者耶? 誠天下之所同是也, 則雖無尺土一民之柄, 而天下莫得以爲非, 況有天下之利勢[51]者哉?

....

40 所欲.『牖蒙』: 獨斷也.

41 本其爲說.『記疑』: 爲獨斷之說.

42 重惧.『節要註』:「韻會」惧通作誤.
　　『刊補』: 惧誤同, 後倣此.

43 雷霆, 萬鈞.『節補』: 賈山『至言』中語.

44 攖.『箚疑』:『孟子』註, '攖, 觸也.'
　　『牖蒙』: 攖, 觸也.

45 其亦不仁.『記疑』: 謂爲獨斷者.
　　『箚疑』: 按獨斷下脫'之說'二字.

46 作俑.『牖蒙』: 見『孟子』.

47 恬.『牖蒙』: 安也.

48 旬日.『記疑』: 應之者, 應其獨斷之說者.
　　『節補』: 九十六卷「陳正獻公行狀」, '乾道元年, 錢端禮起, 戚里秉政, 駸駸入相. 工部侍郎王弗陰附端禮, 建爲國是之說, 以助其勢'云云. 蓋以和議爲國是也.

49 欺天罔人.『牖蒙』: 以和爲是, 卽'欺天罔人.'

50 慝.『牖蒙』: 惡之藏於心.

51 天下之利勢.『節補』:『荀子』曰, "人主者, 天下之利勢也."

惟其不合乎天下之所同是而彊欲天下之是之也, 故必懸賞以誘之, 嚴刑以督之, 然後僅足以劫制士夫不齊之口, 而天下之眞是非則有終不可誣者矣. 不識今日之所爲, 若和議之比, 果順乎天理否耶? 合乎人心否耶? 誠順天理·合人心, 則固天下之所同是也, 異論何自而生乎? 若猶未也, 而欲主其偏見, 濟其私心, 彊爲之名, 號曰'國是,' 假人主之威以戰天下萬口一辭之公論, 吾恐古人所謂德惟一[52]者似不如是, 而子思所稱'具曰予聖, 誰知烏之雌雄'者, 不幸而近之矣.

昔在熙寧[53]之初, 王安石[54]之徒嘗爲此論[55]矣, 其後章惇, 蔡京[56]之徒又從而紹述[57]之, 前後五十餘年之間, 士大夫出而議於朝, 退而語乎家, 一言之不合乎此,[58] 則指以爲邦朋邦誣,[59] 而以四凶之罪[60]隨之. 蓋近世主張國是之嚴, 凜乎其不可犯, 未有過於斯時[61]者. 而卒以公論不行, 馴[62]致大禍,[63] 其遺毒餘烈至今末已. 夫豈國是之不定而然哉? 惟

......

52　德惟一. 『節補』: 『書』「咸有一德」文.
　　『箚補』: 秦檜建一德格天閣, 以自附於君臣合德之義, 而當時和議者皆檜黨, 故先生因其語而責之.

53　熙寧. 『牖蒙』: 宋神宗年號.

54　王安石. 『牖蒙』: 字, 介甫, 相神宗, 變法誤國者.

55　此論. 『記疑』: 國是之論.

56　章惇·蔡京. 『牖蒙』: 皆小人祖述安石者.

57　紹述. 『刊補』: 哲宗紹聖元年, 章惇爲尙書左僕射, 專以紹述爲國是. 欽宗靖康元年, 國子祭酒楊時上言曰, "蔡京以繼述神宗爲名, 實挾安石以圖身利, 今日之禍, 實安石有以啓之."

58　不合乎此. 『記疑』: 不合乎國是之說.

59　邦朋邦誣. 『記疑』: 『周禮』「秋官」, '士師掌士之八成, 七曰: 爲邦朋, 八曰: 爲邦誣'. 註: '朋黨阿, 使政不平, 誣罔君臣, 使事失實,' 朋謂朋黨, 小人指君子以爲邦朋邦誣.

60　四凶之罪. 『節補』: 流放竄殛.

61　斯時. 『記疑』: 王安石, 章·蔡之時.

62　馴. 『牖蒙』: 以漸而至曰馴.

其所是者非天下之眞是, 而守之太過, 是以上下相徇, 直言不聞, 卒以至於危亡而不悟也. 傳[64]曰:'差之[65]毫釐, 繆以千里,'況所差非特毫釐哉! 嗚呼, 其可畏也已! 奈何其又欲以是重誤吾君, 使之尋亂亡之轍跡而躬駕以隨之也?

嗚呼! 此三說者, 其爲今日大患之本明矣! 然求所以破其說者, 則又不在乎他, 特在乎格君心之非而已. 明公不在朝廷則已, 一日立乎其位, 則天下之責四面而至. 與其顚沛於末流[66]而未知所濟, 孰若汲汲[67]焉以勉於大人之事,[68] 而成己成物[69]之功一擧而兩得之也?

熹杜門求志, 不敢復論天下之事久矣, 於閣下之言[70]竊有感焉, 不能自已, 而復發其狂言如此, 不審高明以爲如何也. 尙書王公[71]計就職已久, 方群邪競逐,[72] 正論消亡之際, 而二公在朝, 天下望之, 屹然

....

63 大禍.『箚補』: 指靖康之變.
   『牖蒙』: 大禍, 徽欽亡國之禍.

64 傳.『牖蒙』: 司馬談所作『易傳』.

65 差之.『刊補』: 易緯書之言, 見『紀(記)』「經解」,「韻會」,'十絲曰毫, 十毫曰釐.'

66 末流.『牖蒙』: 亂亡之日.

67 汲汲.『刊補』:「韻會」,'不休息貌.'

68 大人之事.『箚補』:『孟子』,'惟大人爲能格君心之非.'

69 成己成物.『牖蒙』: 成己盡責, 成物爲天下.

70 閣下之言.『記疑』: 疑陳侍郎求言于先生.
   『刊補』: 古者三公開小閣, 故稱閣下. 郡守比古諸侯, 故亦稱閣下.
   『箚補』: 指上文'又蒙垂喩'以下也.

71 尙書王公.『箚補』: 汪應辰.
   『牖蒙』: 汪公, 名應辰, 字聖錫, 玉山人.

72 競逐.『箚疑』: 謂相與馳逐.
   『箚補』:『漢書』「游俠序」中語.
   『牖蒙』: 競逐猶言爭進.

若中流之底柱,[73] 有所恃而不恐.[74] 雖然, 時難得而易失, 事易毀而難成.[75] 更願合謀同力, 早悟上心, 以圖天下之事. 此非獨熹之願, 實海內生靈之願也.

....

73 底柱.『節補』:「禹貢」註, '底柱石在大河中流, 其形如柱, 陝州三門山是也.'

74 有所恃而不恐.『箚補』:『左傳』, 齊侯謂魯展喜曰, "何恃而不恐?"曰, "先王之命. 周公·太公世世子孫無相害也. 恃此而不恐."

75 時難得~難成.『刊補』:『史』「淮陰侯傳」, 蒯徹曰, "功者難成而易敗, 時者難得而易失."

24-11

與汪帥論屯田事(1165)[*]

崇安有范芑通判者，頃從鄭資政¹鎮蜀，能言當時漢中屯田之利，所以實邊郡‧紓民力‧省歲費者，甚有條理．不知其幕府文書猶有存於今日者否？就使不完，² 當日官吏必尚有可訪者．今之所謂和好，豈可長保？萬一可保，而在我者亦豈當但爲安坐以守所保之計³乎？聚人之本，財用爲急．與其賣度牒，⁴ 責財於民而髡其首，以絕生聚之源，賣官告，⁵ 使入仕之流猥濫訛雜，以爲吾民之病，孰若因天時‧分地利‧借力於飽食安坐之兵，而坐收富彊之實效乎？況前人⁶已試之驗未遠，在博訪而亟行之爾．稼穡之功，經歲乃成．然當可爲之時，緩之一日，則失一歲之事．今以閣下之明，乘此邊事少休，歲收大稔之際，兵民皆有餘力，可以就事．況諸司又皆通情，則事之在漢中者，亦可委曲蓄議而共爲之．失今不爲，恐後難復值此可爲之會矣．

……

* 汪帥．『節補』：汪帥，名應辰，方爲蜀帥．
  『箚補』：時汪應辰爲四川制置使‧知成都府．

1 鄭資政．『管補』：紹興十二年，以鄭剛中爲川陝宣撫副使，至十六年罷，似是此人．

2 不完．『箚疑』：謂文書不完具也．

3 所保之計．『箚疑』：謂保和好之計，如卑辭厚幣等事．
  『節補』：恐'爲'字當釋於'計'字，'所保'謂和好也，謂豈可但作安坐以守和好之計乎．

4 賣度牒．『箚疑』：賣度牒於民，而髡其首以爲僧也．

5 官告．『箚疑』：告身也．

6 前人．『節補』：鄭資政．

熹在遠僻, 不能深得利病之詳. 然得於傳聞, 參以簡冊所記載, 竊以爲此最當今邊防之急務. 而申軍律‧練士卒‧備器械抑又次之, 皆不可不先事預謀以爲之備. 不審台意以爲如何?

24-12

與曹晉叔書(1167)*

　　熹此月八日[1]抵長沙,[2] 今半月矣. 荷敬夫愛予[3]甚篤, 相與講明其所未聞, 日有問學之益, 至幸至幸. 敬夫學問愈高, 所見卓然, 議論出人意表. 近讀其『語』說,[4] 不覺胸中洒然, 誠可嘆服. 嶽麓[5]學者漸多, 其間亦有氣質醇粹·志趣確實者, 只是未知向方, 往往騖空言而遠實理. 告語之責, 敬夫不可辭[6]也. 長沙使君[7]豪爽俊邁, 今之奇士, 但喜於立異, 不肯入於道德, 可惜. 屢詢近況, 似深念尊兄者, 曾得近書否? 共父到闕[8]之後, 言事者數矣, 其言又皆慷慨勁正, 近世之所未有, 聖王聰明, 無不容納. 然所憂者一薛居州, 若得三五人贊助之, 國事或可扶持也. 此豈人力所能參哉, 看上蒼如何耳.

....

* 曹晉叔. 『標補』: 曹晉叔, 建安人, 先生門人.

1 此月八日. 『節補』: 丁亥九月八日也.

2 長沙. 『刊補』: 縣名, 潭州治所, 屬湖南路.

3 愛予. 『箚疑』: 予, 與通.

4 語說. 『記疑』: 敬夫所著『論語說』.

5 嶽麓. 『節要註』: 嶽麓書院, 在湘西. 宋開寶中郡守朱洞始創, 中廢, 至乾道初守劉珙改修.

6 敬夫不可辭. 『記疑』: 嶽麓, 與敬夫屯處不遠, 故如是云云. 晉叔時爲湘西間縣尉之屬, 故先生言彼處之事如此.
　　『箚補』: 先生方在湘中, 故言湘中事以報晉叔, 未見晉叔必爲湘西間縣尉.

7 長沙使君. 『節要註』: 王師愈嘗爲長沙宰, 與南軒遊, 先生亦云與王游從於長沙. 但師愈不肯入道德者, 此可疑耳.

8 共父到闕. 『節補』: 丁亥, 劉珙自知潭州召還.
　　『箚補』: 劉珙是年自潭州召, 爲翰林學士.

與魏元履書(1168)*

被敎,備悉至意,大概只放稅·廩窮兩事爾.放稅是秋冬間事,且與諸公[1]商量未晚.廩窮亦是州縣間合行事,似不必聞之朝廷.朝廷每事如此降指揮,恐不是體面.昨日已作芮書,[2] 今錄呈,不知且如此可否?

第五等是五百文[3]以下,其間極有得過[4]之人.若物業全被水傷,固不可不全放,若但傷些小,如何一例放得?但百十錢以下産戶,卽不能如此分別,與全放不妨爾.[5]

西府[6]書且夕遣去,熹亦當作書,且以老兄所說與熹鄙意告之,惟其所擇.但一兩縣災傷,似只是監司·州郡事.若執政者切切然只專

....

* 『箚補』:戊子崇安大饑,先生貸粟于府以賑之,元履同視此事.是年七月大水,先生奉府檄行視水灾,此是其時書.

1 諸公.『節補』:監司州郡諸公.

2 芮書.『節補』:芮卽下文芮漕.
   『箚補』:疑芮燁,見下.

3 第五~百文.『箚疑』:五百文,是下戶貧人.其産只直五百文錢,卽第五等戶也.

4 得過.『箚疑』:謂得以支過也.

5 不能~不妨.『箚疑』:謂百十錢以下産戶,則其貧約極矣,不可分別其全被水傷與但傷些少,而全許放兌,無妨也.'與'猶'爲'也.

6 西府.『箚疑』:謂官在西府者,未詳何人.
   『箚補』:宋制丞相樞密爲兩府,相府在東,樞密院在西,是東西府.時劉珙在樞府,必指此人.
   『標補』:西府,樞密院也.以下文'執政專爲鄕里'之語觀之,此西府是鄕里人,乾道三年,劉共父同知樞密院事,共父崇安人也.

爲鄉里理會事，⁷ 似屬偏頗，道理亦不如此．芮漕之書相咨問如此，若以誠告，豈有不行？徐任⁸亦方留意此事，⁹ 儘得商量．若商量到十數日間，亦須有定議矣．朝廷在千里外，其爲報應，豈不緩耶？但商量事須酌中合宜，教人行得，即無不可告之理．其或不入，咎乃在彼．¹⁰ 若自家所說過當，教人信不及·行不得，則是自家未是，安得專咎他人耶？況禹·稷·顏子事體不同，¹¹ 吾人已是出位犯分了．¹² 若合告州府·監司者告州府·監司，合告朝廷者告朝廷，盡誠以告之，而行與不行付之於彼，猶未爲大失．¹³ 今一向如此，¹⁴ 却似未是道理．蓋此事一

⋯⋯

7 只專~會事．『箚疑』：爲一句．
　『節補』：疑執政是鄉里人故云．
　『箚補』：崇安是劉珙鄉里故云．

8 徐任．『節補』：徐姓任姓爲監司郡守者．
　『箚補』：時徐嘉知府事，疑指此人．見七十七卷「五夫杜倉記」．

9 此事．『箚疑』：謂放稅，廩窮兩事也．

10 其或~在彼．『箚疑』：謂告於州府·監司而不聽，則咎在州府·監司也．

11 禹·稷~不同．『箚疑』：禹·稷以天下飢溺爲己憂，顏子隱於陋巷「簞瓢自樂，」故曰事體不同．

12 吾人~分了．『箚疑』：吾人謂先生與元履也，謂先生與元履處鄉不仕，而以設社倉救民爲事，故曰出位犯分事．見七十九卷「長灘社倉記」．
　『節補』：社倉雖始於是年冬，而此時則只是因水災商量放稅·廩窮兩事耳．初非有設社倉之意也，此書戊子七月所作也．
　『箚補』：社倉乃紹興年間事，非是年也．
　『標補』：「長灘社倉記」，元履設倉是紹興年間事．而此書之作，在乾道四年，且書中所論，是放稅·廩窮兩事，廩窮則與社倉事相近，而放稅則非社倉所干，又社倉之米，只是請得於常平使者，何至上告朝廷如此書中所云耶？意元履別以救民之方有所措畫，而其事非州郡所得擅便，故因共父居西府要得周旋於朝廷，而先生答之如此，未必指社倉事也．下文「此事一發」及第二書「事體與昔不同，」『箚疑』并以社倉釋之，而恐皆未然．

13 猶未爲大失．『節補』：謂雖涉犯分，而未至於大失也．

14 一向如此．『箚疑』：謂以必得所請爲期也．
　『節補』：謂必欲其成，而合告州府監司者，必欲聞之朝廷也，蓋元履欲上書於執政也．

發,[15] 使朝廷失慮四方之體,[16] 州郡·監司失其職, 吾輩失其守, 雖活
千人, 不可爲也. 如何如何? 不若更度事理之所宜, 力告諸公, 有合朝
廷應副者, 令自申明,[17] 而約以助其請, 則庶幾或可爾.

　　謝諸公[18]書必已有定論, 頃見伊川集中『謝韓康公[19]啓』, 乃是除講官
後方謝[20]之. 吳憲既得書, 却難不答,[21] 且答其書, 因謝其意, 似無不可. 但
諸公無書來者, 則未須爾.[22] 將來謝帥[23]之辭, 不過自敍己意, 謝其薦揚而

....

15　此事一發. 『箚疑』: 謂社倉之事發也.
　　『節補』: 謂上書執政也.
　　『箚補』: 與上文'此事'同, 下書二'此事'並同.

16　朝廷~之體. 『箚疑』: 謂朝廷不慮四方之民, 使先生與元履爲救民之事, 是失憂慮人民之體也.
　　『節補』: 「表記」, '大臣慮四方', 指上文'只專爲鄉里理會事'而言.
　　『標補』: 恐亦謂爲一兩縣災傷, 切切然理會, 有違一視四方之體也.

17　自申明. 『節補』: 謂使州府·監司諸公, 自爲申明於朝廷也.

18　謝諸公. 『箚疑』: 時元履被汪應辰·陳正同論薦, 而疑於當謝故云.
　　『節補』: 王·陳二公論薦元履, 而時相尼之, 不得召, 後數歲部刺史芮燁帥其僚, 與帥守六人
　　者, 共以元履行誼爲言, 此實戊子事也, 此所云云, 正指此事. 蓋前薦時, 則只汪·陳二人薦
　　之, 無許多諸公可謝也.
　　『標補』: 先生所撰元履墓誌曰, '閫率汪公應辰·建守陳公正同, 知其賢, 相與論薦于朝, 時相
　　尼之, 不得召. 後數歲詔擧遺逸, 部刺史芮公燁帥其寮與帥守六人者, 共以元履行誼爲言, 於
　　是詔特徵之.' 據此則元履前後再被薦. 『箚疑』以謝諸公爲前薦時事, 而以此書中汪丈以下
　　語觀之, 似非汪公帥閫時, 恐是後薦, 而諸公謂芮刺史及諸帥守也.

19　韓康公. 『箚疑』: 絳.

20　方謝. 『箚疑』: 謂除官後始謝, 今但被薦則不必謝也.

21　吳憲~不答. 『箚疑』: 吳憲, 吳姓人在憲職者, 既得書, 謂元履得吳書也.
　　『節補』: 憲, 卽憲司也.

22　諸公~須爾. 『箚疑』: 蓋先生之意, 以爲伊川則除講官而後方謝韓公, 今元履止被薦, 而未除
　　官, 則不必謝. 而今吳憲既先有書, 則當於答書, 因謝論薦之意, 似可, 而諸公不以書來者, 則
　　不須先作書以謝也.

23　謝帥. 『箚疑』: 致謝於帥府也.

已,(橫渠有數篇謝人薦舉書,甚佳.) 何必作佞語,亦何必作憝辭?[24] 但薦書中有此人[25]姓名,亦是人生不幸事,此古人所以難受爵位也.

養源小批如此,而遂竟去,何耶?[26] 熹看得今日之事,只是士大夫不肯索性[27]盡底裏說話,不可專咎人主. 柳子厚曰:"食君之祿畏不厚兮,憚得位之不昌. 退自服以黙黙兮,曰吾言之不行."[28] 今人多是此般見識也.

得汪丈六月十九日九江書[29]云,六月末可到玉山,於彼俟請祠之報,[30] 已作書速其行[31]矣. 一請[32]猶是禮數,若又再請,則無謂矣. 熹與書云:"有如再請,忽遂雅懷[33],而治亂消長由此遂分,豈惟公終身恨之,天下後世亦且有所歸責矣."不知渠又以爲如何? 所欲言甚衆,亟遣人,草草.

....

24　憝辭.『箚疑』:憝,「韻會」'尺尹切,亂也.' 憝辭,謂雜亂之文辭也.
　　『問目』:憝,似是'憨'字之訛,从臼與戀同音同義,憨辭言愚直之辭,與上佞語正相對,今讀作尺尹切,釋以雜亂之辭,恐失細勘.

25　此人.『箚疑』:指當時小人,不欲斥言姓名,故曰此人,蓋元履與此人同於一紙薦,故云不幸. 一云,'薦元履者,有小人也.'

26　養源~何耶.『箚疑』:養源,未詳何人. 小批,謂養源言事,而自上有小批也. 其小批之辭,無可去之義,而遂去故云.
　　『箚補』:『別集』「答元履書」'汪養源丈',疑汪尙書之族.

27　索性.『箚疑』:猶言極盡.

28　柳子~不行.『箚補』:見『楚辭』'吊屈原文.'

29　九江書.『箚疑』:在九江書.

30　之報.『箚疑』:'汪書'之意,止此.
　　『箚補』:一說,'汪書'之意,當止於'無謂'矣.

31　作書速其行.『箚疑』:謂先生作書于王,促其入京師也.

32　一請.『箚疑』:謂請祠也.

33　忽遂雅懷.『箚疑』:謂得其請祠之願也.

24-14

與魏元履書(1168)

　　里中大稔,[1] 數年所無, 幸事. 然小民債負亦倍常年, 比收斂已, 想亦無餘矣.[2] 昨得趙推書云, 漕司已備錄熹箚子[3]行下府中, 未知後來如何. 王守[4]·趙漕都未通書, 蓋亦懶與此事[5]矣.

　　共父前月二十[6]間因論[7]王琪專被密旨築眞州城, 不經由三省密院, 大忤上旨, 批與端殿·宮觀,[8] 次日又批與知隆興, 乞放謝,[9] 却令朝

‥‥‥‥

1　大稔.『節補』: 戊子秋有年.

2　比收~餘矣.『箚疑』: 比至收斂, 則已盡於償債而無餘矣.
　『問目』: 竊詳本文, 此句似當於已字句絕, 此釋意義雖明, 句絕欠分曉.
　『雜識』: 已字當句, 收斂已云者, 猶言收斂畢也. 以已字解作已盡於償債者, 恐未然.

3　箚子.『箚疑』: 謂'請行社倉箚子'也.
　『箚補』: 社倉箚子乃元履卒後辛丑'延和奏箚'也, 此箚子未詳.
　『標補』: 請行社倉箚子, 豈謂辛丑延和第四箚耶? 辛丑卽淳熙八年, 在此書後十三年, 而元履之卒亦已九年, 則此箚子之非辛丑箚審矣. 癸未以後辛丑以前, 先生未有登對之事, 則此箚子之非奏箚亦審矣. 當時, 小官與大官往復以公牘, 具禮謂之箚, 觀於『大全』中目錄, 可知也. 意是時先生以建陽崇安等縣民事, 具箚子於福建漕司, 而漕司備錄, 行下於建寧府也, 下文'此事,' 亦當以此意看.

4　王守.『節補』: 建寧守王淮.

5　此事.『箚疑』: 謂社倉事也.

6　前月二十.『節補』: 前月八月也.

7　因論.『箚疑』: 此意止'密院'. 王琪事, 見九十七卷「劉共父行狀」.

8　端殿宮觀.『節補』: 以端明殿學士奉祠.

9　乞放謝.『箚疑』: 謂乞免謝恩而去也.

辭[10]；乞以念八日，又令初四日.[11] 却似悔前舉之失.[12] 然共父書云，陳丈力爭[13]此事，恐亦不能久.[14] 兩公在朝雖做大事不得，然善類不無所恃. 今各辭去，亦可慮也. 書中[15]令致意尊兄，云事體與昔不同,[16] 陳丈若去，則此事[17]當自審處.

平父亟遣人至雲際，人立俟書，草此爲報. 集議文字上內,[18] 欽夫他文未暇檢. 然多取而不究其旨，此乃尊兄舊病，何爲未能去[19]耶？芮老書中相告戒，切中拙病，荷其相愛之意，不敢忘也.

....

10 却令朝辭.『箚疑』：謂上欲親見面諭，故令朝辭也.

11 初四日.『箚疑』：疑念八日之次月初四日也.

12 悔前舉之失.『箚疑』：謂上悔黜共父也.

13 陳丈力爭.『箚補』：「俊卿本傳」，"劉珙忤旨詔除珙端明殿學士，奉外祠，俊卿奏，'前日奏箚，臣實草定以爲有罪，臣當先罷'，上色悔久之，命珙帥江西."

14 恐亦不能久.『箚疑』：謂陳俊卿力爭共父以爲不可黜，恐陳丈亦當被黜也.

15 書中.『箚疑』：書，共父書.

16 事體~不同.『箚疑』：謂社倉事體與昔不同也.

　　『雜識』：蓋泛論朝廷事勢與前不同也. 至'此事'二字，方說社倉，而箚疑以爲社倉事體，恐未然.

　　『箚補』：社倉事不關涉於朝廷. 意元履方被召，將赴闕言事，故共父戒其審處，勿輕出也. 又按此時戊子九月書，社倉刱設，始於是年冬，此時則猶未有社倉之名也. 且社倉乃先生事，非元履所主張，共父不應致意於元履也.

17 此事.『箚疑』：指社倉.

18 上內.『箚疑』：內，與納同.

19 未能去.『箚疑』：去，謂去舊病也.

24-15

賀陳丞相書(1168, 戊子冬)*

　　恭聞制書延拜, 進秉國[1]均, 凡在陶鎔, 孰不欣賴? 伏惟明公以大忠
壯節早負天下之望, 自知政事[2]贊襄密勿, 凡所論執, 皆繫安危. 至其
甚者, 輒以身之去就爭之,[3] 雖未卽從, 而天子之信公也益篤, 天下之
望公也益深, 懍懍然惟懼其一旦必去而不可留也. 夫明公所以得此於
上下者, 豈徒然哉! 今也進而位乎天子之宰, 中外之望莫不欣然, 咸
曰陳公前日之言, 天下之言也. 爭之不得, 危於去[4]矣, 而今乃爲相, 則
是夫子有味乎陳公之言而將卒從之也. 陳公其必以是要說[5]上前, 而
決辭受之幾矣. 且天下之事, 其大且急者又不特此, 陳公果不得謝而
立乎其位, 必且次第爲上言之 · 爲上行之, 其不默然而受 · 兀然而居
也明矣. 熹雖至愚, 亦有是說. 然今也聽於下風亦旣餘月, 政令之出,
黜陟之施, 未有卓然大異於前日, 則是明公蓋未嘗以中外之望於公者

‥‥‥

* 　『箚補』: 是年十月, 陳俊卿爲尙書右僕射, 兼樞密使.

1 　秉國.『箚補』:『詩』「節南山」'秉國之均'註, '均, 平也.' 戊子十月, 陳俊卿爲尙書右僕射同中
　　書門下平章事, 兼樞密使.

2 　知政事.『箚補』: 參知政事.

3 　至其~爭之.『節補』: 此疑卽上篇爭共父事.

4 　危於去.『箚疑』: '危'字未詳, 疑'殆'字'幾'字之意.
　　『箚補』: 俊卿以劉珙事自劾, 上手札留之故云.
　　『標補』: 陳公以參知政事與劉共父爭工部事自劾乞退, 上切許其去, 旋又召八勉留, 未幾升相.

5 　要說.『箚補』: 說, 音稅, 唐姚崇以十事要說天子而後輔政.

自任, 而苟焉以就其位矣. 熹受知之深, 竊所愧歎, 未知明公且將何以善其後也. 請得少效其愚, 而明公擇焉:[6]

蓋聞古之君子居大臣之位者, 其於天下之事知之不惑, 任之有餘, 則汲汲乎及其時而勇爲之. 知有所未明, 力有所不足, 則咨訪講求以進其知, 扳援汲引以求其助如救火追亡, 尤不敢以少緩. 上不敢愚其君, 以爲不足與言仁義; 下不敢鄙其民, 以爲不足以興教化; 中不敢薄其士大夫, 以爲不足共成事功. 一日立乎其位, 則一日業乎其官; 一日不得乎其官, 則不敢一日立乎其位. 有所愛而不肯爲者, 私也; 有所畏而不敢爲者, 亦私也. 屹然中立, 無一毫私情之累, 而惟知爲其職之所當爲者. 夫如是, 是以志足以行道, 道足以濟時, 而於大臣之責可以無愧. 不蕃明公圖所以善其後者, 其有合於此乎? 其有近於此乎? 無乃復有進於此者, 而熹之愚不足以知之乎? 願亟圖之, 庶乎猶足以終慰天下之望, 毋使前日之欣然者, 更爲今日之悒然也.

抑熹又有請焉: 蓋熹嘗辱明公賜之書矣, 其言有曰:‘前輩爲大臣, 不過持循法度, 主張公道, 知無不言, 復君[7]以德, 公行賞罰, 進賢退不肖而已. 今日事有至難, 風俗敗壞, 官吏苟且, 彊敵在前, 邊備未立, 如之何其可爲也?’熹愚不肖, 深有所疑. 蓋凡明公之所易者, 皆古人之所難; 而明公所難者, 乃古人之所易也. 反復思慮, 不得其說, 將以質之左右而未暇也. 今者敢因修慶[8]而冒以爲請, 伏惟明公試反諸心, 而以事理之輕重本末權之. 誠知夫眞難易之所在而有以用其心

⋯⋯

6　請得~擇焉.『箚疑』: 據唐本此一行衍.

7　復君.『箚疑』: 復, 猶白也.

8　修慶.『箚補』: 卽下‘修致慶問’者.

焉，則亦無難之不易矣．『詩』曰：‘伐柯伐柯，其則不遠．’願明公留意，則天下幸甚！

24-16

答魏元履書(1169)

所喻杜征南[1]語, 此固切論. 然今日之事, 恐異於此. 蓋彼以彊大兼人之國, 故其計謀規畫不得不然. 今以弱小自守, 而義當有爲, 乃其義理事勢不得不爾. 今日雖無征南之明略, 而天下之事當得但已耶? 愚謂孟子所謂成功則天, 董子所謂明道正義, 武侯所謂鞠躬盡力, 死而後已, 成敗利鈍非所逆料者, 正是今日用處. 若以征南之言爲正, 竊恐落第二義也. 前日答書, 思慮偶不及此, 見來書又言之, 聊發其愚, 不知老兄以爲如何也.

頃見林黃中[2]說在宮邸[3]讀『史記』秦伐楚, 王翦·李信爭兵多少[4]處, 偶及近事, 因云: "今乃欲以數萬之卒橫行中原, 何其慮事之不詳也."[5] 熹因爲言此事正不爾, 秦滅六國, 楚最無罪, 故楚既亡, 而其國人悲思, 有三戶之謠[6] 則當時秦人之攻, 楚人之守, 勢可知矣. 今日之

....

1　杜征南.『劄疑』: 預也. 按杜預請伐吳表云, '向使舉而有敗, 勿舉可也. 今有萬安之舉, 無傾敗之慮, 臣心實了.' 又曰, '凡事當以利害相較, 今此舉之利十有八九, 而其害止於無功也.'

2　林黃中.『劄疑』: 栗.

3　宮邸.『劄補』: 孝宗在潛邸, 栗爲講官.

4　多少.『劄疑』: 秦始皇問於李信曰, "吾欲取荊, 用幾何人而足?" 信曰, "不過二十萬." 王翦曰 "非六十萬不可." 遂使信·蒙恬將二十萬伐楚, 大敗而還. 於是使翦將六十萬伐楚, 滅之.

5　因云~不詳.『劄疑』: 黃中說, 蓋黃中在宮邸, 因讀王·李事, 偶及近事, 因有所云云於太子, 其後舉似於先生也.

事與此正相反,[7] 奈何以爲比乎? 此與所論[8]亦稍相似,[9] 因謾及之. 大抵議論先要根本正當, 然後紀綱條目有所依而立. 近看『論語說』[10]及爲兒輩說『唐鑑』, 因得究觀范太史[11]之學, 不知此人胸中如何, 其議論乃爾. 暇日試熟觀數過, 當見古人論事輕重緩急之方矣. 每讀至會心處, 未嘗不廢卷而歎也.

....

6　三戶之謠.『箚疑』: 范增說項梁曰, "秦滅六國, 楚最無罪, … 故南公有言, 曰'楚雖三戶, 亡秦必楚.'"

7　相反.『箚疑』: 謂宋則於虜人有不共戴天之讐, 其伐之名正而理直, 其與秦人之伐楚無罪者相反也.
　　『節補』: 相反非但在名正, 徽 · 欽北狩, 遺民之思宋, 有甚於楚, 故北伐之勢, 與秦之伐楚相反云爾.

8　此與所論.『箚疑』: 此謂黃中說, 所論謂元履說.

9　亦稍相似.『節補』: 上段則以義理論之, 此段則先生亦以勝負之勢言之, '觀此事正不爾'及'國人悲思勢可知矣'等語可知矣. 然則'此'字正指先生所答黃中之言, '相似'謂與元履引杜征南語而謂有勝之勢者相似者也.

10　論語說.『箚補』: 范太史所著, 今見『精義』.

11　范太史.『節補』: 名祖禹, 著『唐鑑』.

與陳丞相書(1169, 己丑)

　　熹啓: 中夏毒熱, 恭惟僕射平章樞使相公鈞候[1]起居萬福. 熹昨奉咫尺之書,[2] 修致慶問,[3] 因以愚慮上瀆高明, 自揣妄庸, 宜得譴斥之罪, 乃蒙鈞慈還賜手教, 憮存開納, 禮意勤厚. 伏讀三歎, 有以見明公位愈高而心愈下, 德彌盛而禮彌恭, 果非小人[4]之腹所能料也. 台司禮絶,[5] 不敢復致啓謝, 惟是區區歸心黃閣之下,[6] 未始一日而忘.

　　忽又奉承堂帖,[7] 戒以祗事[8]之期, 囊封疾置,[9] 似亦非常制所當得

....

1　相公鈞候.『刊補』:『詩』, '秉國之均.' 注: '鈞, 平也.' 小註: 本當從金, 爲瓦器者.

2　咫尺之書.『刊補』: 出「淮陰侯傳」, 八寸曰咫, 言簡牘或長咫或長尺也.
　　『牖蒙』: 咫尺, 八寸曰咫, 周尺, 咫尺指簡牘之長短也.

3　修致慶問.『記疑』: 陳公新拜丞相, 故修致慶問, 慶問猶書問也.
　　『箚疑』: 按慶問賀書也.
　　『節補』: 卽上戊子冬書.
　　『刊補』: 猶賀問也, 按陳以乾道戊子拜左僕射同平章事.

4　小人.『記疑』: 先生自謂.
　　『節補』:『左』昭二十八年, 魏戊謂魏獻子曰, "願以小人之腹爲君子之心, 屬厭而已."
　　『刊補』: 魏戊作閣沒 · 女寬.

5　禮絶.『箚補』:『國史補』, '凡拜相, 禮絶班行.'

6　黃閣.『節補』: 漢三公府, 三門, 當中開黃閣, 又門下省以黃塗之, 曰: 黃閣.

7　堂帖.『記疑』: 堂中書堂也.
　　『刊補』: 唐宋誥勅須中書堂宣署申覆, 然後施行, 故謂之堂. 帖一作牒.

8　祗事.『節補』: 猶言行公.
　　『刊補』: 謂祗奉職事也.

者,自顧何人,可以當此?熹竊恐懼,不能自安.然熹之狂猥樸愚,不堪世用,明公知之蓋有素矣.頃自祠官[10]叨被除目,[11]聞命之初,即惕然有不敢當之意.顧以近制不應辭避之科,[12]因欲復求祠官,幾得斗升[13]之祿,以共水菽之養,則又以待次尚遠,[14]懼有貪躁之嫌,[15]是以因仍寢嘿,以至于今.幸官期已及,而廟堂又特爲下書以招徠之,則熹之不獲已而有求,[16]似亦不爲甚無謂者.已別具箚子[17]一通,[18]道其所欲.伏惟明公哀憐而幸聽之,不使輕犯世故,[19]以貽親憂,則明公之賜於熹厚矣.或恐未即遽蒙矜許,則熹請得復罄其說.

蓋熹雖愚不肖,無所短長,[20]然區區用力於古人之學,閱天下之義理,亦庶幾不爲懵然者.豈不知外有君臣之義,內有母子之情?[21]而

....

『箚補』:時先生方帶樞院編修,促就職故云.

9　囊封疾置.『箚疑』:謂以囊封堂帖而付疾置以傳先生.疾猶快也,置,驛也.

10　祠官.『箚補』:監南嶽廟.

11　叨被除目.『箚疑』:乾道二年丙戌,除樞密院修撰.

　　『標補』:二當作三,丙戌當作丁亥,修撰當作編修.

12　不應~科.『箚疑』:時官卑者,不得辭避故云.

　　『箚補』:即乾道二年指揮,見「辭免改官宮觀狀三」.

13　幾得斗升.『箚補』:幾,期也,『論語』言不可若是其幾也.

14　待次尚遠.『箚疑』:謂樞密編修前官遞期尚遠也.

15　貪躁之嫌.『箚疑』:謂以編修待次之久,而輒求祠,則是有貪躁之嫌也.

16　有求.『箚疑』:謂求祠祿也.

17　箚子.『刊補』:唐人奏事,非表非狀者,謂之箚子.『溪訓』從漢音,讀曰又.

18　一通.『刊補』:『韻會』,書首末全曰通.

19　世故.『箚補』:出列子.＊『列子·楊朱』:衛端木叔者,子貢之世也.藉其先貲,家累萬金,不治世故,放意所好.

20　無所短長.『記疑』:無才之謂無長處,故亦無短處.

　　『箚補』:司馬溫「報任安書」曰:'無所短長之效.'

21　之情.『記疑』:豈不知之意止此.

平生知己如明公者，待之又不爲不厚，豈不願及明時，效尺寸以報君親‧酬知遇，而直逡巡退縮，以求守此東岡之陂乎？[22] 此其中必有甚不得已者，[23] 惟明公幸察焉，而聽其所欲，使得竊祠官之祿[24]以養其親，而自放於荒閒寂寞之境，以益求其所志，庶乎動心忍性，涵泳中和，賴天之靈，得遂愛化其狂獧[25]樸愚之質，則異時明公未忍終棄，猶欲熏沐[26]而器使[27]之，其或可以奉令承敎而不敢辭也。

明公亦宜自謀所以淸化原[28]‧革流弊者，使乾剛不亢而君道下濟，忠讜競勸而臣道上行，則天地交泰，上下志同，[29] 而天下之士雖有囂囂然處畎畝而樂堯舜[30]者，猶將爲明公出，況如熹者，又豈足道也哉！伏

‧‧‧‧‧‧‧‧

22 守此~之陂。『節要註』：後漢周燮不應徵，宗族曰，'何爲守此東岡之陂乎？'

23 甚不得已。『刊補』：先生兩進絶和議‧抑僥倖之戒，言旣不行，而魏元履論曾覿罷去，先生遂力辭召命，所謂云云，疑指此。
　　『箚補』：卽上輕犯世故以貽親憂者。

24 祠官之祿。『刊補』：宋『四朝志』，'設祠祿之官，以佚老優賢，祖宗時，員數絶少，熙寧以後，乃增焉。每限員以三十月爲任。'『語類』云，'本朝先未有祠祿，但有某宮‧某觀使者，皆大官帶之主管本宮本觀御容之屬。其他雖嘗爲諫官，亦只是監當差遣，如監[船]場，酒務之屬。王介甫更新法，慮議論不合，欲一切彈罷，又恐駭物論，創宮‧觀祠祿以待之。然惟監司‧郡守以上得之，後來漸輕，今則又輕，皆可以得之矣。'又曰，'渡江以後宮‧觀不復置，只有使與提擧主管之名宮觀，如鴻慶宮‧崇道觀之類。'
　　『牗蒙』：宋設祠官以處卿士之閒散者，如今軍職。

25 獧。『牗蒙』：音旋，輕也疾也。

26 熏沐。『刊補』：「齊語」，'魯莊公束縛管仲，以與齊使，齊使受之，比至三釁三浴之。' 注：'以香塗身曰釁，亦或爲熏。'

27 器使。『節補』：『論語』子路篇，'及其使人也，器之。'

28 淸化原。『牗蒙』：君心。

29 天地~志同。『節補』：『易』「泰‧象傳」，'天地交而萬物通也，上下交而其志同也。'

30 囂囂~堯舜。『牗蒙』：用『孟子』伊尹語。

惟明公勉焉, 則天下幸甚. 自餘加護鼎食,[31] 以慰具瞻.[32] 熹不勝懇禱

拳拳之至. 謹奉手啟以聞, 伏惟照察.

....

31 鼎食.『記疑』:『鼎·象』曰, '聖人亨以享上帝, 而大亨以養聖賢,' 此鼎食指陳丞相.

　　『箚疑』: 按似取列鼎而食之義.

　　『刊補』: 大夫五鼎之食.

32 具瞻.『刊補』:『詩』曰, '民具爾瞻.'

24-18

與汪尙書書(己丑, 1169)

自頃拆號,[1] 日望登庸, 尙此滯留, 不省所謂.[2] 海內有識之士, 蓋莫不爲明公遲之,[3] 而熹之愚, 獨有爲明公喜者. 蓋以省闈[4]之取舍[5]觀之, 則疑明公於天下之義理尙有當講求者, 而喜其猶及此閒暇之時也.

自道學不明之久, 爲士者狃[6]於愉薄浮華之習,[7] 而詐欺巧僞[8]之姦作焉. 上之人知厭之矣, 然欲遂變而復於古, 一以經行[9]迪之,[10] 則古

....

1　拆號.『節要註』: 試畢, 拆名.
　　『箚補』:『六一集』, '國朝之制, 禮部考定卷子奏上字號, 差臺官一人拆封出榜,' 號卽'天'字'地'字也.
　　『管補』: 宋制試院主文, 謂之析[拆]號官.
2　不省所謂.『牖蒙』: 言究其滯留之端, 而不得其說.
3　遲之.『牖蒙』: 惜其滯留□□.
4　省闈.『刊補』: 尙書省試闈也.
5　取舍.『刊補』: 汪公爲考官, 取士之用蘇文者.
6　狃.『牖蒙』: 音紐, 習也.
7　浮華之習.『記疑』: 以文取人之事.
　　『節補』: 以文華取人, 故爲士者, 狃於偸薄浮華之習也.
8　詐欺巧僞.『節補』: 以科場姦僞之習.
9　經行.『記疑』: 以經術取人之事. 行, 上聲.
　　『節補』: 經術德行.
10　迪之.『箚補』: 迪, 導也.

道未勝, 而舊習之姦已紛然出於其間[11]而不可制. 世之人本樂縱恣而憚繩[12]檢, 於是乘其隙而力攻之,[13] 以爲古道[14]不可復行, 因以遂其自恣苟簡[15]之計. 俗固已薄, 爲法者[16]又從而薄之, 日甚一日, 歲深一歲, 而古道眞若不可行矣. 譬之病人, 下寒而客熱熾於上, 治其寒則熱復大作. 俗工不求所以治寒之術, 遂以爲眞熱而妄以寒藥下之, 其不殺人也者幾希[17]矣. 蘇氏貢擧之議[18]正如此,[19] 至其詆東州二先生[20]爲矯誕無實, 不可施諸政事之間, 則其悖理傷化, 抑又甚焉. 而省

......

11 舊習~其間.『節補』: 謂如東坡貢擧議所云, '以孝取人, 則勇者割股, 怯者廬墓, 以廉取人, 則弊車羸馬惡衣菲食, 無所不至之類.' 其事, 則與科場姦僞不同, 而姦則一也.
『牖蒙』: 舊習, 矯誕之習.

12 繩.『牖蒙』: 以禮法檢束.

13 力攻之.『記疑』: 力攻其以經行取人也.

14 古道.『記疑』: 經行也.
『牖蒙』: 當時所謂古道, 非三[代]古學校之道.

15 苟簡.『記疑』: 以文取人.

16 爲法者.『記疑』: 爲試官取舍者.

17 病人~幾希.『記疑』: 下寒譬偸薄浮華之習, 客熱譬經行, 亦爲舊習之姦.
『箚疑』: 按'病人下寒', 以譬道學不明. '客熱熾於上', 以譬偸薄浮華之習, 欺詐巧僞之姦也. '治其寒', 以譬復於古以經行迪之也. '熱復大作', 以譬舊習之姦紛然出於其間也. '不求治寒之術', 以譬不求明其道學也, '妄以寒藥下之', 以譬以古道不可復行而遂其自恣苟簡之計, 俗固已薄而爲法者又從而薄之也. '其不殺人也者幾希', 以譬日甚一日歲深一歲而古道眞若不可行矣, 記疑說未知如何.

18 蘇氏貢擧議.『刊補』: 東坡「學校貢擧箚」, 主詩賦, 深詆德行科.
『牖蒙』: 蘇氏, 名軾, 字子瞻, 號東坡, 宋神宗時人. 嘗作貢學[擧]議, 駁經行取士.

19 正如此.『牖蒙』: 謂正如俗工之治疾也.

20 東州二先生.『記疑』: 二先生疑謂兩程, 亦『貢擧議』之言.
『箚疑』: 按二先生指泰山先生孫復 · 徂徠先生石介, 皆屛泰山下, 故謂之東州二先生. 東坡「議貢擧箚」曰, '使孫復石介尙在, 則迂闊矯誕之士也, 又可施之於政事之間乎?' 據此, 則二先生, 非指兩程明矣.

闌盜用此文[21]者兩人, 明公皆擢而寘之衆人之上, 是明公之意蓋不以其說[22]爲非也. 生於其心, 害於其政, 發於其政, 害於其事.[23] 明公未爲政於天下, 而天下之士已知明公之心, 爭誦其書,[24] 以求速化, 耳濡目染,[25] 以陷溺其良心而不自知, 遂以偷薄浮華爲眞足尙, 而敢肆詆欺於昔之躬行君子[26]者不爲非也. 況於一旦坐廟堂之上, 而以宰相行之, 其害又當如何哉? 明公前者駁正張綱之謚, 深詆王氏之失,[27] 識

....

『刊補』: 貢舉箚曰, ‘議者, 必欲以論策, 定賢愚能否, 近世文章, 華靡莫如楊億, 使億尙在, 則忠淸鯁亮之士也, 豈得以華靡少之, 通經學莫如孫復石介, 使復介尙在, 則迂闊矯誕之士也, 又可施於政事間乎?’ 孫名復, 字明復, 屆泰山因爲號. 石, 名介, 字守道, 官直講, 號徂徠, 孫·石, 皆魯人, 故曰東州二先生.

21 此文.『記疑』: 蘇氏貢舉議之文.

22 其說.『記疑』: 東坡之說.

23 生於~其事.『牖蒙』: 專用『孟子』語.

24 其書.『記疑』: 東坡之書.

25 速化~目染.『刊補』: 皆見韓文, ‘濡’『儀禮』作‘擩’.
　　『箚補』: 速化, 韓文求速化之術.
　　『牖蒙』: 濡亦染也.

26 躬行君子.『刊補』: 指二先生.

27 駁正~之失.『記疑』: 疑王安石於張謚有所助, 故汪尙書深詆之也.
　　『箚疑』: 按張綱, 高宗時人, 卒謚文定, 汪應辰論駁之. 豈綱嘗爲王氏之學, 故汪駁其謚, 而因詆王氏之失耶?『記疑』說, 恐失照勘.
　　『刊補』: 張綱鎭江府金壇縣人, 徽宗時, 上舍及第, 忤京黼家屈奉祠, 高宗南渡累官至參政, 卒謚文簡, 汪公駁謚, 狀曰, “其行狀云, ‘公講論經旨探微索隱, 無一不與聖人契, 世號張氏書解,’ 臣竊以王安石訓釋經義穿鑿傅會, 綱作書解掇拾安石緖餘敷衍潤飾, 今乃謂其言無一不與聖人契, 豈不厚誣聖人, 疑誤學者” 云云. 見『語類』.
　　『標補』:『陳氏書錄』曰, ‘『華陽集』參政張綱彥正撰. 大觀中舍法三中首選, 釋褐爲辟雍正, 蓋專於新學者.’ 據此, 則張之爲王氏學無疑.『宋史』「綱本傳」‘初謚文定, 汪應辰駁正之. 孫釜再請特賜, 曰: 章簡.’

者趯[28]之. 而今日之取舍乃如此, 死者有知, 得無爲綱所笑?[29] 不蕃
明公亦嘗悔之否乎? 熹愚無知, 辱知獎甚厚, 往者亦嘗關說及此,[30]
而今略驗矣.[31] 故獨不敢以延拜[32]之遲爲恨, 而以猶得及此暇時, 講
所未至爲深喜. 明公若察其願忠之意, 而寬其忘分之誅, 則願深考聖
賢所傳之正, 非孔子·子思·孟·程之書不列於前, 晨夜覽觀, 窮其指
趣而反諸身, 以求天理之所在. 既以自正其心, 而推之以正君心, 又推
而見於言語政事之間, 以正天下之心, 則明公之功名德業, 且將與三
代王佐比隆, 而近世所謂名相者, 其規模蓋不足道, 況蘇氏浮靡機變
之術, 又其每下[33]者哉!

熹忽被堂帖, 戒以官期, 本不欲行, 今乃得遂初心.[34] 有書懇丞相,[35]

....

28 趯. 『牖蒙』: 音韋, 是也.

29 爲綱所笑. 『箚疑』: 謂攻王主蘇, 故爲綱所笑.

30 關說及此. 『箚疑』: '關說'猶言通說, '此'指主蘇之病.
   『箚補』: 指下三十卷論蘇學書.

31 驗矣. 『記疑』: 汪尙書已取舍失正故云驗矣.

32 延拜. 『牖蒙』: 謂登庸也.

33 每下. 『標補』: 每下出『莊子』「知北遊」篇, 言愈下也.
   『牖蒙』: 每下, 最下也.

34 得遂初心. 『箚疑』: 謂遞職.
   『箚補』: 此卽上篇所謂'官期已及, 而廟堂又特爲下書以招徠之, 則熹之不獲已而有求, 似亦
   不爲甚無謂者'云云之意也. 初心, 謂請祠之心也.
   『標補』: 先生自丁亥除樞密編修之後, 連被省箚趣行, 至己丑丁憂, 猶有召命, 其間未有遞職
   之事, 『箚疑』以得遂初心謂遞職者, 恐或失檢. 蓋先生本不欲出世供職, 而陳·汪當國不無
   行可之兆, 及見其所爲, 多不滿意, 又有魏元履事, 益知世道之不可有爲, 遂決意不出, 故自
   以爲得遂初心也. 觀於下二書及七月二十六日書, 可知先生本意.

35 丞相. 『箚疑』: 謂陳俊卿.

求祠祿以供水寂之奉. 恐或怒其不來, 未易遽得,[36] 即乞從容一言之賜, 早遂所求, 幸甚幸甚! 參政梁公[37]之門, 初無灑掃之舊,[38] 不敢以書請. 又恐疑於簡己[39]也, 有箚子一通, 乞轉致之, 且及此意, 則又幸甚. 熹不敢復論時事, 蓋亦有不待論而白者, 明公尚勉之哉.

········

36 怒其~遽得.『箚疑』: 謂丞相怒先生不來, 而不許祠祿也.

37 梁公.『箚疑』: 克家.

38 洒掃之舊.『箚疑』:『史記』, '魏勃欲見曹參, 早掃齊相舍人之門, 以自達.'

39 簡己.『箚疑』: 簡, 慢忽也.

24-19

答汪尙書書(1169, 六月十一日)*

　　徐倅轉致五月二十七日所賜敎帖, 恭審比日暑雨潤溽, 台候起居萬福, 感慰之深. 伏蒙勸行, 尤荷眷念. 熹近拜手啓, 幷申省狀, 自崇安附遞, 懇請祠祿, 不審已得徹台聽否?

　　熹孤賤無庸, 學不加進, 而戇愚日甚, 與世背馳, 自度不堪當世之用久矣. 往者猶意明公來歸,[1] 必將有以上正君心・下起頹俗, 庶幾或可效其尺寸, 以佐下風, 是以未敢決然遂爲自屛之計. 而今也明公之歸亦旣累月矣, 似又未有以大慰區區平昔之望, 則熹也尙復何望於他人, 而可輒渝素守, 以從彼之昏昏哉? 所以深不獲已, 而有前書之請.[2] 非獨自爲, 亦欲明公識察此意而圖其新[3]耳. 今承誨飭之勤, 敢不深體至意. 然熹愚竊謂明公必欲引內其身, 不若聽用其言, 言行矣, 則其身之出也可以無所愧, 其不出也可以無所恨. 若言不用, 道不合, 顧踽踽然冒利祿而一來, 前有厚顏之愧, 後有駭機之禍, 熹雖至愚, 獨何樂乎此而必爲之, 而明公亦何取乎熹而必致之也?

……

* 六月. 『節補』: 己丑六月下篇七月同.

1 『記疑』: 歸朝也.

2 前書之請. 『箚疑』: 謂請祠也.

3 識察~其新. 『箚疑』: 此意卽先生以公之不能大慰所望而不就之意, 蓋欲公識此意, 而改過自新也.

抑明公之教熹曰:'既到[4]之後,若有未安,則在我[5]矣.'兩得元履書,亦以公言見告如此.此則明公愛熹之深,而所以爲熹謀者反未盡也.夫事之可否,方雜乎冥冥之中而未知所決,則姑爲之以觀其後可也.今此身之不可仕,仕路之不見容,已昭然矣,尙何待於既至然後有所未安[6]耶?古之君子量而後入,[7]不入而後量.[8]今身在山林,尙恐不能自主,況市朝[9]膠擾之域,當世之大人君子,至是而失其本心者踵相尋也.若熹者,又可保其不失耶?故熹深有所不能無疑於明公之計,[10]惟前書之懇,[11]敢因是而復有請焉.如蒙矜許,固爲大幸;若其不遂,則熹豈敢坐違朝命而不一行?

但老人[12]年來多病,既不敢勞動登途,又不敢遠去膝下,只此一事,便自難處.籍令單行,至彼[13]就職,則便被拘縻;不就,則重遭指目.就職之後遽去,則又似無說;不去則自違素心.凡此曲折,皆已思之爛

·······

4　既到.『記疑』:到京也.

5　在我.『記疑』:行止在我也,我,指先生.

6　尙何～未安.『箚疑』:'何待'之意,止未安.

7　量而後入.『記疑』:『禮記』言.

8　後量.『記疑』:'不'字之意,止此.
　　『刊補』:『記』「少儀」文,註云,'事君者,先度其可事而后事之,則道行而身不辱,入而后量,則有不勝其輕進之悔者.'

9　市朝.『刊補』:『語類』曰,'國都,如井田様,畫爲九區,面朝背市,中一區君之宮室,前一區爲朝,後一區爲市.'

10　明公之計.『記疑』:謂'既到之後,若有所未安,則在我矣'之言.
　　『箚補』:'計'字,卽上文'爲熹謀'之謀字.

11　前書之懇.『箚疑』:前書有求祠之語,所謂懇卽此也.

12　老人.『記疑』:先生謂母夫人.

13　至彼.『記疑』:至京也.

熟,[14] 其勢必至顛沛, 無可疑者. 伏惟明公以其所以見愛之心施之於此而爲之謀, 則必有有所處矣. 然熹亦非必欲祠祿, 若荒僻無士人處教官, 少公事處縣令之屬, 似亦可以藏拙養親, 但恐無見闕耳. 窮空已甚, 若有數月之闕,[15] 卽不可待, 又不若且作祠官之爲便也. 復因徐倅便人拜啓, 區區底蘊, 敢盡布之, 伏惟明公察焉. 進見未期, 伏乞進德修業, 爲主眷人, 望千萬自重, 不宣. 謹啓.

....

14 思之爛熟.『節補』: 北濟王晞固辭,「傳」中謂人曰: "非不愛作熱官, 但思之爛熟耳."
　　『刊補』: 此當與上「與陳丞相書」參看, 下書同.
15 數月之闕.『箚疑』: 謂待闕之間數月也, 盖尙以數月之待爲遲也.

24-20

答汪尚書書(1169, 七月二日)

國史侍讀內翰尚書丈台席: 去月十一日, 徐倅轉致台翰之賜, 卽已具啓, 盡布腹心, 今當徹聽聞久矣. 今日得崇安遞中十八日折賜教帖, 伏讀再三, 仰認至意, 感服之餘, 得以竊聞比日暑中台候起居萬福, 又以爲慰.

熹學不加進, 而迂戾日甚, 特以去違門牆之久, 明公不深知, 猶復以故意期之, 移書招徠, 詞旨篤厚. 此見高明好賢樂善之意有加於前, 而熹無以堪之, 徒自懼耳. 區區之懷所欲陳者, 所附徐倅書已索言[1]之. 但不知向託元履致丞相書及申省狀等, 曾一一投之否? 度可否之報, 必已有所定. 然未知諸公所以必欲其來, 何謂也哉? 以爲欲行其道, 則熹學未自信, 固無可行之道. 今日所處, 人得爲之, 又非可行之官. 且諸公皆以耆德雋望服在大僚, 而紀綱日紊, 姦倖肆行, 未有能遏之者, 又非有可行之效[2]也. 以爲欲榮其身, 則使熹捐親而仕, 舍靈龜而觀朶頤,[3] 隨行逐隊, 則有持祿之譏, 卬首信眉,[4] 則有出位之戒. 是亦

....

1 索言.『箚疑』: 索, 盡也.

2 可行之效.『節補』: 效, 是'驗'字意.

3 舍靈~朶頤.『箚疑』:『易』頤卦初九, '舍爾靈龜, 觀我朶頤凶,' '本義', '靈龜不食之物, 朶, 垂也, 朶頤, 欲食之貌. 初九, 陽剛在下, 足以不食, 乃上應六四之陰, 而動於欲, 凶之道也.'

4 卬首信眉.『箚疑』: 太史公「答任安書」, '乃欲卬首信眉論列是非.'

何榮之有哉？凡此數者，久已判然於胸中．往時猶欲以明公卜之，是以未敢決然爲長往之計．今明公還朝期年，諸事又且如此，則熹亦豈待視一魏元履而爲去就[5]哉？然聞元履數有論建，[6] 最後者尤切至．[7] 若一旦眞以此去，則有志之士雖欲不視之以爲去就亦不可得矣．蓋出處語默固不必同，然亦有不得不同者，皆適於義而已．熹累蒙敦諭，固已不敢輒徇匹夫之守．今只俟前日之報，若已得請，[8] 固爲幸甚，無所復言；若猶未也，而諸公果能協成元履之論，使聖德日新，讒佞屛遠，逆耳利行之言日至於前而無所忤焉，則熹失所望於前者，猶或可以收之於後，又何說之辭哉？程·張二先生固可仕而仕，然亦未嘗不可止而止也．熹則何敢議此？特因來敎而及之．

　　至於前日冒進瞽言，明公不以爲譴，而欲與之上下其論，且將推是而益省察焉，明公進德不倦之意可謂盛矣．然事變無窮，幾會易失，酬酢之間，蓋有未及省察而謬以千里者．是以君子貴明理也．理明則異端不能惑，流俗不能亂，而德可久，業可大矣．若熹前日所請，欲明公致一於孔·孟·程子之書者，乃窮理之要，不蓄高明果以爲何如也．近見呂申公[9]家一二議論，殊乖僻悖理，[10] 不謂原明[11]親炙有道，[12] 而所見

....

5　視一~去就．『節補』：汪公書有'勿視元履爲去就'之語故云云．

6　數有論建．『節補』：見下九十一卷元履墓誌．

7　最後~切至．『節補』：論曾覿事．
　　『標補』：見先生所撰元履墓表跋．

8　得請．『節補』：請，請祠也．

9　呂申公．『節疑』：公著．

10　乖僻悖理．『節補』：謂染於禪也．

11　原明．『節疑』：希哲．

乃爾. 向見明公篤信[13]之, 今亦覺其非否? 蓋天下無二道, 今兩是相
持於胸中, 所以臨事多疑, 而當疑者反不察也. 所欲言者無窮, 薄暮,
欲遣書入遞, 不能盡懷. 伏惟益爲此道, 千萬自重. 不宣.

....

12　親炙有道.『節補』: '有道', 伊川也, 原明少伊川一二歲, 首以師禮事之.
　　『節補』: 呂公師事二程.

13　篤信.『節補』: 謂篤信呂公父子也.

24-21

與陳丞相書(1169, 己丑七月十四日)

熹昨以愚懇, 冒瀆威尊, 似聞鈞慈憐念, 未許遽就閑退, 區區感激, 何可具言! 實以鄙性蠢愚,[1] 觸事妄發, 竊觀近事, 深恐一旦不能自抑,[2] 以取罪戾. 不肖之身非敢自愛, 誠懼仰負相公手書招徠之意, 重玷聽言待士之美, 則其爲罪大矣. 伏況老親行年七十, 旁無兼侍,[3] 尤不欲其至於如此,[4] 日夕憂煩, 幾廢寢食, 人子之心, 深所不遑. 是敢再瀝悃誠, 仰干大造. 欲乞檢會前狀, 特與陶鑄嶽廟一次, 俾得婆娑丘林, 母子相保, 遂其麋鹿之性,[5] 實爲莫大之幸. 情迫意切, 不知所言, 伏望鈞慈, 俯賜憐察.

....

1　蠢愚.『節補』蠢, 丑江切,『說文』, '愚也.'『周禮』「秋官·司刺」, '三赦曰蠢愚. 注, '生而癡騃, 不識理義者也.'

2　不能自抑.『箚補』謂將上書論列.

3　兼侍.『箚疑』: 兼, 疑'傔'字之誤, 傔,『韻會』, '從使屬.'『節補』:『說文』, '從也.'『類篇』, '侍從也.'

4　至於如此.『箚補』謂不能自抑, 以取罪戾也.

5　麋鹿之性.『箚補』: 王惲詩, '我本麋鹿性, 出處安自然.'

24-22

答汪尙書書(1169, 七月二十六日)

熹此月二日遞中領賜敎：卽以尺書附遞拜答. 續又領章左藏寄來
台翰, 又以數字附劉審計,[1] 伸[2]前日之懇. 不審今皆呈徹未也. 忽徐倅
送示九日所賜手帖, 恭審卽日秋暑, 盛德有相, 台候起居萬福, 感慰不
可言.

重蒙戒愉, 令熹審思出處之計, 苟合於義, 他不必問也.[3] 熹雖至愚,
荷明公矜念之深, 敎誨之切至於如此, 豈不願奉承一二, 少答知己之
遇？然區區之意已具前書, 更望留意反復, 則有以知熹之所處, 其度
於義蓋已審矣. 但恐熹所謂義, 乃明公所謂不必問者而忽之耳. 然熹
旣已申省, 則今日亦須再得省箚而後敢行. 但至彼不過懇辭而歸, 他
亦無以自效. 却慮一旦親見諸公之訑訑, 音聲顏色[4]有不能平, 所發[5]或
至於過甚, 以自取戾, 則明公雖欲曲加庇護而不可得, 殆不若早爲一
言, 遂其所請之爲愈也.

....

1 章左藏~劉審計.『箚疑』: 左藏審計, 疑皆官名.
　『標補』: 左藏庫, 四轄之一, 審計院, 六院之一.

2 伸前.『箚補』: 伸, 恐申.

3 問也.『箚疑』: '戒愉'之意止此.

4 顏色.『箚疑』: '親見'之意止此.

5 所發.『箚疑』: 謂發於言也.

前書[6]戒以勿視元履爲去就,[7]熹固已略言之矣.夫朝有闕政,宰執‧侍從‧臺諫熟視却立,不能一言,使小臣[8]出位犯分,顛沛至此,已非聖朝之美事.又不能優容獎勵,顧使之逡巡而去,以重失士心,又不俟其自請而直譴出之,[9]則駭聽[10]甚矣.陳公[11]之待天下之士乃如此,[12]明公又不少加調護而聽其所爲,[13]則熹亦何恃而敢來哉?蓋熹非敢視元履爲去就,乃視諸公所以待天下之士者而爲進退耳.願明公思之,爲熹謝陳公:熹之坐違朝命,已三月矣,欲加之罪,不患無辭.[14]既不早從所請,則不若正其違傲之罪而謫斥之,亦足以少振風聲,[15]使天下之士知守道循理之不可爲,而一於阿諛委靡之習,以遂前日之非,[16]亦一事[17]也.不職明公其亦以爲然乎?頃年陳公在建安,[18]明公在蜀郡,

....

6　前書.『記疑』:汪尙書前書.

7　勿視~去就.『箋疑』:詳見八十卷廿九板.『刊補』:先生遂因此力辭前職,故汪公有是言.

8　小臣.『記疑』:謂元履.

9　顧使~出之.『節補』:九十一卷元履墓誌曰,'宰相雅知元履招徠之,至是始不能平.而元履前已數求去矣,遂以迎親爲告使歸行,數日罷爲台州州學教授.'此所謂'逡巡而去,'指予告使歸也,'譴黜,指罷爲台州教授也.

　　『刊補』:乾道四年,魏元履布衣召見,授太學錄事,係安危抗疏盡言,以書質責宰相尤切,宰相不能平,遂以寧親予告使歸行,數日罷爲台州教授.

10　聽.『牖蒙』:任置也.

11　陳公.『刊補』:俊卿.

12　乃如此.『記疑』:陳俊卿時在相位故云.

13　聽其所爲.『節補』:謂一任丞相之所爲也.

14　無辭.『刊補』:『左』僖十年里克曰"欲加之罪,其無辭乎?"

15　風聲.『刊補』:『書』「畢命」曰,'樹之風聲,'小註,'使人有所感動曰風,有所聽聞曰聲.'

16　遂前日之非.『記疑』:謂文過也.

　　『牖蒙』:前日之非,指所以待元履者.

17　一事.『牖蒙』:乃反說而深責之.

熹嘗獲侍言於陳公, 竊以爲天下之事非兩公不能濟, 陳公蓋不辭也.
至於今日, 乃復自憂其言之不效.[19] 往者則不可諫矣, 來者其亦尚可
追乎? 伏惟明公深達陳公, 相與亟圖之, 熹之心蓋猶不能無拳拳也.

承諭旦夕卽上告歸之請, 熹竊惑之. 蓋明公非不可去, 特萬里還
朝,[20] 主知人望如此其不薄也, 一旦未有以藉手而無故以去, 此古人所
以有屑屑往來之譏也.[21] 愚意却願明公審思以合於義, 毋使人失望焉,
則熹之願也. 陳公箚子[22]一通, 乞賜傳達, 幸甚幸甚. 邈然未有拜侍之
期, 伏惟順時之宜, 爲國自重. 不宣.

18 陳公在建安.『管補』: 乾道乙酉, 陳論錢端禮不可任執政, 出知建寧.

19 自憂~不效.『箚疑』: 其言, 謂'非兩公不能濟'之言.
   『牖蒙』: 效, 驗也.

20 萬里還朝.『節補』: 時汪公以蜀守還朝.

21 古人~之譏.『標補』: 東漢王良被徵爲大司徒司直, 以病歸, 一歲復徵, 至滎陽疾篤, 不任進,
   道過其友人, 友人不肯見, 曰, "不有忠言奇謀而取大位, 何其往來屑屑不憚煩也?"
   『箚補』: 見二十二卷四十二板.

22 陳公箚子.『節補』: 陳公處所去箚子.

24-23

與陳丞相書(1169, 七月二十六日)

屢以愚懇冒瀆鈞聽, 未蒙矜許, 憂懼實深. 今日復得尙書汪公書, 戒以速行, 謹以愚見復之, 頗盡曲折. 竊恐相公未知區區之心, 試取而一觀之, 則知我罪我, 當有所決矣. 熹受知之深, 豈願如此? 亦惟有以深矚其不得已之故, 或遂改圖,[1] 則不惟熹猶有望焉, 而天下實受其賜. 惟相公深圖之.

．．．．．．．

1　或遂改圖. 『劄疑』: 與上汪尙書書, 識此而圖其新同義.

答劉平甫書(1169)

　　領武昌[1]五月下旬書, 知行李平安, 登覽雄勝, 甚慰所懷. 而安國諸詞更動手筆, 讀之使人飄然直有凌雲之氣[2]也. 比日新秋尙熱, 伏惟到荊已久, 侍奉萬福.

　　熹請祠久不報, 昨得元履書, 云相君[3]怒甚, 恐不可得. 然三得汪尙書書,[4] 已兩報之,[5] 竭盡底蘊, 次第亦須見怒[6]矣. 或恐更有備禮文字[7]來, 卽當再入文字, 彊勉一到衢·婺間聽朝命. 又不得請, 卽須一到, 面懇諸公, 恐到彼終無好出場耳.

　　元履竟不容於朝, 雖所發未爲中節,[8] 然比之尸位素餐·口含瓦石者, 不可同年語矣. 陳固無可觀, 汪亦碌碌, 知人之難乃如此, 此則拙者之誤一兄[9]也. 聞到鄂已有所處置, 威望隱然, 甚善甚善. 到

　　　　　……

1　武昌. 『箚補』: 荊南屬邑, 時劉珙知荊南府, 迎養繼母卓夫人, 玶往省, 故云.
2　飄然~之氣. 『箚補』: 出『漢書』「司馬相如傳」.
3　相君. 『箚補』: 陳丞相.
4　汪書書. 『箚疑』: 汪書, 謂汪尙書, 宋時單用書者甚多. 題下註恐未然.
5　已兩報之. 『箚疑』: 謂先生兩報之也.
6　次第~見怒. 『箚疑』: 謂汪尙書亦怒之如陳公也.
　　『箚補』: 此所謂見怒亦指陳公也, 蓋報汪兩書斥陳甚嚴, 故其後與陳書有試取而觀知我罪我之語, 此正謂陳見與汪書斥己不少饒而怒之也.
7　備禮文字. 『箚疑』: 謂不許所請而循例勉諭之禮也.
8　未爲中節. 『箚補』: 蓋指出位而言.
9　誤一兄. 『箚疑』: 一兄謂共父, 蓋前日言陳汪之賢於共父故云.

荊[10]不知又別有何施行？想規模素定，不勞而政舉也. 邊候既未聳，[11]統帥之命[12]當且中止，似亦不必切切以爲言.[13] 熹向兩書爲一兄言此，知皆達否？

·······
10 到鄂到荊.『箚疑』：謂共父.

11 邊候既未聳.『節補』：邊候，邊報也，聳，猶急也.
　　『箚補』：候望也，言無邊患.

12 統帥之命.『箚疑』：共父乾道五年除知荊南湖北安撫使，是時又必因有統帥之命也.
　　『管補』：統帥卽宣撫使也，時孝宗圖議恢復除共父荊湖安撫使，盖欲轉除統帥以重其權，而姑未有命，故先生云，然後二年，竟起復除宣撫使，共父援禮力辭.

13 切切以爲言.『箚疑』：謂以統帥所當爲事，切切請於朝廷.

24-25

答張欽夫 (1169)

昨所惠吳才老[1]諸書, 近方得暇一觀, 始謂不過淺陋無取, 未必能壞人心術如張子韶[2]之甚. 今乃不然, 蓋其設意[3]專以世俗猜狹怨懟之心窺聖人, 學者苟以其新奇而悅之, 其害亦有不勝言者. 道學不明, 無一事是當, 更無開眼處, 奈何奈何!

元履十六日已到家,[4] 昨日遣書來, 未暇往見之. 然想其脫去樊籠,[5] 快適當如何也! 諸公[6]既不能克己從善, 使人有樂告之心, 又曲意彌縫, 恐有失士之誚, 用心如此, 亦已繆矣. 熹所與箚子[7]謾錄呈, 足以見區區, 然勿示人, 幸甚.

……

1　吳才老. 『刊補』: 建安人, 官至太常丞. 喜爲考訂訓釋之學, 有『論語諸書說』.

2　張子韶. 『節要註』: 名九成.
　　『刊補』: 錢塘人, 號無垢, 一曰橫浦居士. 八歲誦六經, 初從龜山學. 紹興初以直言對策官至禮部侍郎, 忤秦檜謫南安. 理宗時諡文忠. 與徑山主僧宗杲爲莫逆交, 染禪最深. 詳見第十八篇「答孫敬甫書」.
　　『箚補』: 有『中庸』『論語』『孝經』『大學』『孟子』解, 皆以佛語釋儒書, 見七十卷三十四板.

3　設意. 『記疑』: 吳才老『諸書』設意也.

4　到家. 『箚補』: 元履建陽人, 先生同鄉.

5　樊籠. 『記疑』: 樊, 謂藩也.
　　『刊補』: 『莊子』, "澤雉, 五步一啄, 十步一飲, 不蘄畜乎樊中", 注 "樊所以籠雉."
　　『箚補』: 見一卷二十板.

6　諸公. 『記疑』: 汪陳輩.

7　所與箚子. 『箚疑』: 與陳汪箚子也.

晦庵先生朱文公文集 卷二十五書(時事出處)

答張敬夫書(1170)[*]

垂喻¹曲折,必已一一陳之,² 君相之意果如何? 今當有一定之論矣.
伏蒙不鄙, 令誦所聞, 以裨萬一. 此見臨事而懼之意. 推是心也, 何往
不濟? 然此蓋³非常之舉, 廢興存亡, 所繫不細. 在明者尚不敢輕, 況
愚昧荒迷之餘, 其何敢輕易發口耶? 大抵來教綱領極正當, 條目⁴亦詳
備, 雖竭愚慮, 亦不能出是矣. 顧其間有所未盡, 計⁵非有所不及, 恐以
爲無事於言而不言耳. 請試陳之:

夫『春秋』之法, 君弒, 賊不討, 則不書葬⁶者, 正以復讎之大義爲重,

....

* 答張敬夫書一.『節要註』: 乾道六年, 右相虞允文建遣使如金, 以陵寢爲請, 陳俊卿爭不得而
去, 卒遣范成大, 金人不聽. 居郎張栻入對, 極陳修攘之道, 此書所論卽此也. 時先生持母服.
1 垂喻.『箚疑』: 垂喻於先生也.
2 一陳之.『箚疑』: 陳之於君相也.
3 此蓋.『記疑』: 南軒以當時當爲之事問于先生, '此'字乃當時所當爲之事.
『箚疑』: 按'此'字卽指遣使如金, 因此南軒入對之事,『記疑』所云似太泛然.
4 綱領~條目.『刊補』: 南軒將入對, 先以書質之, 先生蓋以復讎絶和爲綱領, 修德立政用賢養
武選將練兵爲條目.
5 計.『記疑』: 先生計之也.
6 春秋~書葬.『刊補』:『春秋』隱十一年,『公羊傳』文.
『箚補』: 又桓六年『公羊傳』疏曰, '君被外國殺者, 不責臣子不討賊, 例合書葬,' 桓十八年『公
羊傳』曰, '賊未討, 何以書葬, 讎在外也.'『穀梁傳』曰, '君弒賊不討則不書葬, 此其言葬何
也. 不責踰國而討也,' 意當時議者妄引『公』·『穀』此等說, 而爲祈請之端, 故先生責之也歟.
更按, 議者引此, 若果指此等說, 則書中當有反辭以斥之語, 而今旣無之, 則又恐不然. 蓋當
時方欲以祈請生釁, 爲討賊之舉, 故議者引春秋不書葬爲言, 而不知其先請陵寢, 後圖討復,

而掩葬之常禮爲輕，以示萬世臣子，遭此非常之變，則必能討賊復讎，然後爲有以葬其君親者．不則雖棺椁衣衾極於隆厚，實與委之於壑，[7] 爲狐狸所食・蠅蚋所嘬無異．其義可謂深切著明矣．而前日議者[8]乃引此[9]以開祈請之端，何其與『春秋』之義背馳之甚耶！況祖宗陵寢，欽廟梓宮往者屢經變故，傳聞之說，有臣子所不忍言者，此其存亡，[10] 固不可料矣．萬一狡[11]虜出於漢斬張耳[12]之謀以誤我，不知何以驗之，何以處之？

　　熹昨日道間見友人李宗思，[13] 相語及此．李云，此決無可問．爲臣子者但當思其所以不可問之痛，沬血[14]飲泣，益盡死[15]於復讎，是乃所以

....

正以掩葬爲重，大義爲輕，反爲背馳於春秋之法也，故先生譏之．一說此指掩葬之常禮，而引字當作引重意看．

7　委之壑．『牖蒙』：見『孟子』．

8　議者．『記疑』：請陵寢者．

9　引此．『記疑』：引『春秋』之言，但所引之意未詳．
　　『雜識』：議者之引『春秋』，竊揣其意，必引『春秋』書葬，以爲葬禮之重若此．故聖人必謹書之，此可謂祈請之義也．朱子則以爲不討賊則不書葬，是春秋大義，此爲今日義理，何可以平時書葬爲祈請之端耶？
　　『牖蒙』：引『孟子』狐狸所食之說．

10　存亡．『記疑』：陵寢・欽廟存亡也．
　　『劄疑』：按存亡，但指梓宮存亡也，以下斬張耳之言觀之，則可知．
　　『劄補』：今以上文考之，『記疑』恐是．蓋陵寢亦有發掘之患，狡虜之謀，宜無異同．然當時祈請，只以陵寢爲請，不問欽宗梓宮，至有金人之慢言，見九十一卷黃端明墓誌．今此書乃對擧陵寢梓宮言之，有不敢知．

11　狡．『牖蒙』：黠也狂也．

12　漢斬張耳．『節要註』：漢擊楚，使告趙，欲與俱，陳餘曰，"漢殺張耳，乃從，"漢王求人類耳，斬遣其頭，陳餘乃遣兵助漢．

13　李宗思．『刊補』：伯諫，名見第九篇．

14　沬血．『節要註』：沬，與靧同，洒面也．

15　益盡死．『記疑』：盡死力也．

爲忠孝耳. 此語[16]極當. 若朝廷果以此義存心, 發爲號令, 則雖癃聾跛躄之人, 亦且增百倍之氣矣, 何患怨之不報, 恥之不雪, 中原之不得, 陵廟梓自之不復,[17] 而爲是紕繆[18]倒置·有損無益之擧哉? 不知曾爲上論此意, 諸罷祈請之行[19]否? 此今日正名擧義之端, 不可不審. 萬一果有如前所陳張耳之說, 却無收殺. 若前日之言未盡此意, 當更論之, 此不可放過也.

其他則所論盡之,[20] 但所謂德者當如何而脩, 所謂人才者當如何而辨, 所謂政事者當如何而立,[21] 此須一一有實下功夫處. (愚謂以誠實恭畏存心, 而遠邪佞·親忠直·講經訓以明義理爲之輔. 凡廷臣之狡險逢迎·軟熟趨和者, 以漸去之. 凡中外以欺罔刻剝生事受寵者, 一切廢斥. 而政令之出, 必本於中書, 使近習小人無得假託以紊政體. 此最事之大者.) 又須審

....

16 此語. 『記疑』: 宗思之語.

17 不復. 『記疑』: '何患'之意止此.

18 紕繆. 『節要註』: 紕, 篇夷切. 織者兩絲同齒曰紕. 史記註, '紕繆, 錯也.'

19 請罷~之行. 『節補』: 祈請陵寢, 名義旣不正, 而又有挑禍召兵之慮, 故陳俊卿諸公皆欲勿遣. 而先生之言, 亦如此. 又按陳公行狀, 公手疏曰, "陵寢幽隔, 誠臣子之痛憤. 然在今日, 彼方以本朝意在用兵, 多方爲備, 若更爲此以速之, 彼或先動, 則吾之事力未辦, 不知何以待之." 又奏曰, "臣於國家大事, 每欲計其萬全, 不敢輕爲嘗試之擧. 欲俟一二年間, 彼之疑心稍息, 吾之事力稍充, 乃可遣使. 往返之間, 又一二年, 彼必怒而以兵臨我, 然後除起而應之, 以逸待勞, 此古人所謂應兵其勝十可六七." 盖其時一隊正論皆如此, 而先生則又直以復雪之大義言之, 而以祈請爲有傷於名義, 欲以內修爲先, 而審度彼己, 定爲幾年之規, 以期其成功, 與陳公所論微不同.
『刊補』: 祈請之行, 見題註.

20 所論盡之. 『記疑』: 南軒所論盡之也.

21 德者~而立. 『節補』: 南軒又對, 極言修德用賢立政養民選將練兵, 以爲修攘戰守之計, 故先生推本而言之.

度彼己,[22] 較時量力, 定爲幾年之規. 若『孟子』大國五年·小國七年之
說, 其間施設次第, 亦當一一子細畫爲科條, 要使上心曉然開悟, 知如
此必可以成功, 而不如此必至於取禍決然,[23] 不爲小人邪說所亂, 不爲
小利近功所移. 然後可以向前擔當, 鞠躬盡力, 上成聖主有爲之志, 下
究先正[24]忠義之傳. 如其不然, 則計慮不定, 中道變移, 不惟不能成功,
正恐民心內搖, 仇敵外侮, 其成敗禍福, 又非坐而待亡之比. 家族不足
惜, 奈宗社何? 此尤當審處, 不可容易承當,[25] 後將有悔而不及者. 願
更加十思, 不可以入而後量[26]也.

抑又有所獻: 熹幸從遊之久, 竊覘[27]所存, 大抵莊重沉密氣象有所未
足, 以故所發多暴露而少含蓄,[28] 此殆涵養[29]本原之功未至而然. 以此
慮事, 吾恐視聽之不能審而思慮之不能詳也. (近年見所爲文, 多無節
奏條理, 又多語學者以所未到之理, 此皆是病, 理無大小, 小者如此, 則
大者可知矣.[30] 又丐免丁絹, 期反牛羊[31]之說, 喧播遠近, 尤非小失, 不

....

22 彼己.『記疑』: 謂宋與金.

23 決然.『箚補』: 句, '知'字意止此.

24 先正.『節要註』: 魏公.
   『刊補』: 名浚, 字德遠, 謚忠獻, 封魏國公. 先正,『書』「說命」註, 先世長官之稱.

25 承當.『牖蒙』: 復讐之計也.

26 後量.『牖蒙』: 見『禮記』.

27 覘.『牖蒙』: 舊三板

28 多暴~含蓄.『箚疑』: 按, 南軒與先生書曰, "或者妄有散靑苗之譏, 兄聞之, 作而曰, '王介甫
   所行, 獨有散靑苗一事是耳', 奮然欲作社倉記. 明者胸中因人激作增加斤兩, 恐氣血之習未
   能消磨." 又曰, "所與共父書, 逆詐億不信而少含弘感悟之意, 殆有怒髮衝冠之象. 理之所
   在, 平氣而出之可也"云云, 據此, 則兩先生氣象大抵相近, 故以此相規耳.

29 涵養.『刊補』: 養心以敬, 如畜魚涵水而養也. 程子曰, "涵養須用敬."

30 小者大者.『箚疑』: 小者謂所爲文及語學者也, 大者謂天下事也.

可不戒.) 願深察此言, 朝夕點檢, 絶其萌芽,[32] 勿使能立, 則志定慮精,

上下信服, 其於有爲, 事半而功倍矣. (事之有失, 人以爲言, 固當卽改,

然亦更須子細審其本末, 然後從之爲善. 向見擧措之間多有一人言而

爲之, 復以一人言而罷之者, 亦太輕易矣. 從之輕, 則守之不固必矣.)

慕仰深切, 不勝區區過計之憂, 敢以爲獻, 想不罪其僭易也.

　　虞公[33]能深相敬信否? 頗聞尙有湖海之氣,[34] 此非廊廟所宜. 願從容

深警切之, 使知爲克己之學, 以去其驕吝之私, 更進用誠實沈靜之人,

以自輔其所不足, 乃可以當大任而成大功. 不然, 銳於趨事而昧於自知,

吾恐其顚躓之速也. 熹向得汪丈書, 道虞公見問之意.[35] 時已遭大禍,[36]

不敢越禮言謝. 今願因左右, 效此區區, 庶幾不爲虛辱公之問者.

　　伯恭於此何爲尙有所疑?[37] 熹嘗以爲內修外攘,[38] 譬如直內方外,[39]

不直內而求外之方固不可, 然亦未有今日直內而明日方外之理. 須知

自治之心不可一日忘, 而復讎之義不可一日緩, 乃可與語今世之務矣.

_____

31　期反牛羊. 『箚疑』: 用孟子語孔距心事, 先生之意, 盖以南軒方丐免絹, 而遽有反牛羊之說,

　　故云.

32　萌芽. 『記疑』: 暴露之萌芽.

33　虞公. 『箚疑』: 允文.

34　湖海之氣. 『箚疑』: 見二卷卅二板.

35　道虞~之意. 『箚疑』: 謂汪書說虞公問先生之意也.

36　已遭大禍. 『箚疑』: 謂遭祝夫人喪也.

37　伯恭~所疑. 『箚疑』: 句, 此指內修外攘, 盖伯恭之意, 專主內修, 故下文云云.

38　內修外攘. 『箚補』: 內修外攘, 進戰退守, 通爲一事, 南軒所奏語.

39　直內方外. 『牖蒙』: 易曰, '敬以直外, 義以方外也.'

25-2

答張敬夫(1170)

今日旣爲此擧,[1] 則江・淮・荆・漢便富戒嚴以待, 不知將帥孰爲可恃者? 近年此輩[2]皆以貨賂倚託幽陰[3]而得兵柄, 漫不以國家軍律爲意. 今日須爲上說破此病, 進退將帥, 須以公議折中, 與衆共之, 則軍不待自練而精, 財不待自節[4]而裕矣. 此張皇[5]國威之本, 不可不早慮也.

兩淮屯田[6]兩年來措置不知成倫緖否? 議者紛紛, 直以爲不可, 固不是議論,[7] 然亦恐任事者未必忠信可仗, 其所措畫未必合義理, 順人心, 此亦不可不早爲之所. 向見范伯達[8]丈條具夫田之說甚詳, 似可行於曠土, 便爲井地寓兵[9]之漸, 試詢究其利病如何?

....

1 此擧.『箚疑』: 謂復讐討賊之擧也
  『箚補』:'此'指祈請陵寢事也. 盖其時士大夫有憂其無備而召兵者, 陳俊卿之意亦然, 故下文云, '當戒嚴以待.'
  『箚補』: 南軒碑曰, '宰相謂虜勢衰弱, 可圖. 建遣泛使, 往責陵寢之故, 士大夫憂其無備而召兵.' 據此則'此擧'指祈請陵寢事.

2 此輩.『箚疑』: 謂將帥也.

3 幽陰.『箚疑』: 謂宦官宮妾也.

4 自練自節.『箚疑』: 謂朝廷自練自節也.

5 張皇.『箚疑』: 本出『書』「康王之誥」, 註皇大也.

6 兩淮屯田.『管補』: 乾道己丑, 陳俊卿建議措置兩淮屯田.

7 固不是議論.『箚疑』: 猶言不得爲議論也.

8 范伯達『箚補』: 如圭.

9 井地寓兵.『箚疑』: 井地謂以井字畫地,『孟子』'井地不均.' 寓兵謂寓兵於農也.

均輸[10]之政, 見上曾及之否? 此決無益於事, 徒失人心. 今時州縣, 老兄所親見, 豈有餘剩可剗刷[11]耶?

閩中之兵, 春間忽有赴帥司團教指揮,[12] 七郡勞遣,[13] 所費不貲, 然後肯行. 至彼又無營寨止泊, 聞極咨怨, 出不遜語. 此等舉動誠不可曉.

昨日道間又見奉行強盜新法者,[14] 殺傷人·犯姦·縱火皆死, 此固無疑於當戮. 但贓滿之限亦從而損之, 此似太過.[15] 蓋所以改此法, 正以人之軀命為重[16]耳. 今乃一例[17]為此刻急, 則人但見峻文之迹, 而未察乎所以愛人之心者, 亦不得不駭矣. 不若改此一條,[18] 使贓滿之數比舊法又加寬焉, 以見改法之本意, 所重乃在人之軀命, 而不在乎貨財, 則彼微有貪生惜死之情者, 為惡將有所極,[19] 而人之被劫[20]者, 亦或可

....

10　均輸.『箋疑』:『綱目注』, '州郡所當輸於官者, 皆令輸其土地所饒, 平其所在時價. 官自轉遷
　　於所無之地而賣之. 輸者既便, 而官有利. 故曰均輸.'
　　『節補』: 時, 廟堂方用史正志為發運使, 名為均輸, 而實盡奪州郡財賦, 遠近擾然. 南軒為上
　　言之, 上爨然曰詔罷之. 詳見八十九卷南軒碑.
　　『管補』: 乾道六年, 以史正志為發運使, 賜緡錢二百萬, 為均輸和糴之用. 吏部尚書汪應辰三
　　上疏論之. 此所謂'均輸'卽指此事.
11　剗刷.『箋疑』: 剗, 韻會, '楚限切, 削也.' 刷, 韻會, '數滑切, 刮也.'
12　忽有~指揮.『箋疑』: '忽有'之意止指揮團教, 謂團束軍伍而教練之也.
13　勞遣.『箋疑』: 謂勞而遣之也.
14　又見~法者.『箋疑』: 謂先生見官人奉行朝廷所下治強盜新法者.
　　『管補』: 乾道四年, 嚴盜賊法, 至六年, 復強盜舊法, 其四年, 指揮勿行.
15　贓滿~太過.『箋疑』: 贓滿, 疑當時定制, 如劫掠之數滿萬則死, 未滿萬則杖配之也. 損之, 謂
　　如舊法盜萬錢而死, 今則損其數雖千錢亦死, 此為太過也.
16　盖所~為重.『箋疑』: 謂改為殺傷人縱火皆死之法者, 本以人之軀命為重, 盖如此然後人不被
　　殺傷縱火之患也.
17　一例.『箋疑』: 謂與殺傷人者一例峻其法也.
18　此一條.『箋疑』: 謂贓滿之法.
19　將有所極.『箋疑』: 極猶止也.

以免於殺傷之禍·汙辱之恥矣. 又經貸命[21]而再犯者殺之, 似亦太過,

不若斬其左足, 使終身不復能陸梁.[22] 全生之仁, 禁非之義, 並行不悖,

乃先王制刑督姦之本意也. 憂居窮寂, 不聞外事, 接於耳目者, 僅有此

耳. 一一薦聞, 幸少留意.

....

20 被劫.『箚疑』: 謂被劫傷與劫奸也.

『箚補』: 只是被劫奪之謂. 以下文免於殺傷汙辱之云觀之, 可見非劫傷劫奸也.

21 經貸命.『箚疑』: 謂犯罪而曾經寬貸之恩者.

『雜識』: 於罪在當死, 而情或不至於死者, 用肉刑以全生而禁非. 橫渠「理窟」曰, '刑猶可用於

死刑. 今大辟之罪, 如傷舊主者死, 軍人犯逃走亦死, 以此比刖足, 彼亦自幸免死, 人觀之更

不敢犯. 今之妄人往往輕視其死, 使之刖之亦必懼矣, 此亦仁術.'

22 陸梁.『箚疑』:『史記』「始皇本紀」, '略取陸梁,' 「註」, '嶺南之人多處山陸, 其性強梁故曰陸

梁.' 杜詩, '胡兵更陸梁.'

25-3

答張敬夫(1170)

奏草[1]已得，竊觀所論該[2]貫詳明，本末巨細無一不舉．不欲有爲則已，如欲有爲，未有舍此而能濟者．但使介[3]遂行，[4]此害義理，失幾會之大者．若虜人有謀，不拒吾請，假以容車之地[5]，使得往來朝謁，不知又將何以處之？今幸彼亦無謀，未納吾使，[6]不若指此爲釁，追還[7]而顯絶之，乃爲上策．若必待彼見絶而後應之，則進退之權初不在我，而非所以爲正名之舉矣．尊兄所論雖不見却，[8]然只此一大節自，便已乖戾，[9]而

....

1 奏草．『記疑』：南軒奏草．
　『刊補』：南軒奏疏草本也．

2 該．『牗蒙』：備也皆也．

3 使介．『記疑』：請陵寢之使介．

4 遂行．『刊補』：卽上所云祈請之行．

5 容車之地．『箚疑』：謂使价[介]往來之路也．
　『箚補』：謂下文往來朝謁之路，而朝謁卽朝謁於陵寢也．盖言，"虜人若曰，'汝國旣以陵寢爲請，吾當假以道路，汝國可往來朝謁'云爾，則又將何以處之也．"虜人旣許，而不爲朝謁，則前請歸虛，欲往朝謁，則虜情難測，此其難處也．若使价[介]之往來，則虜人未嘗不許也．

6 今幸~吾使．『刊補』：范成大未得請而歸，又遣趙雄申前請，又不許．

7 追還．『記疑』：追還使价[介]．

8 所論~見却．『記疑』：雖不見却于君相也．
　『刊補』：奏草不見却於君相也．

9 只此~乖戾．『節補』：一大節目卽遣使事．
　『箚補』：南軒奏，"陵寢隔絶，誠臣子不忍，言之至痛．然未能奉辭而討之，又不能正名以絶之，乃欲卑辭厚禮，以求於彼，則於大義爲未盡"云云．而竟送祈請使故云．

他事又未有一施行者，竊意虞公[10]亦且繆爲恭敬，[11] 未必眞有信用之實.
不若早以前議[12]與之判決，如其不合，則奉身而退，亦不爲無名矣. 蓋
此[13]非細事，其安危成敗間不容息，豈可以坐糜虛禮，逡巡閔默，以誤國
計而措其身於顚沛之地哉？必以會慶爲期，[14] 竊恐未然之間，卒有事變，
而名義不正，彌綸[15]又疏，無復有著手處也. 彼若[16]幸而見聽，[17] 則更須
力爲君相極言學問之道，使其於此開明，則天下之事不患難立. 詳觀四
牘，[18] 却似於此[19]有未盡也.

熹常謂天下萬事有大根本，[20] 而每事之中又各有要切處. 所謂大根

....

10 虞公.『刊補』:時與陳俊卿爲左右相，及允文議遣祈請使，俊卿力爭，以議不合求去，判福州.

11 繆爲恭敬.『箚補』:出「司馬相如傳」.

12 前議.『記疑』:乃上文所云上策也.
   『箚補』:卽上文所云‘大節目乖戾’者.

13 盖此.『記疑』:此遣使之事.
   『節補』:此指前議.

14 會慶爲期.『記疑』:會慶，如今誕日之名. 南軒去國，以過會慶爲期，故云云. 會慶，孝宗誕日.
   『刊補』:南軒「答先生書」曰，‘祈請竟出疆，顚倒絆悖極可憂，某月初卽求去.’盖會慶在近，
   不忍見犬事之至也.
   『管補』:當時聖節，例必有彼使來賀，故南軒欲避而去國也.『記疑』恐少差.

15 彌綸.『記疑』:彌，「繫辭注」，‘終竟聯合之意.’綸，經綸也.
   『箚疑』:按綸有選擇條理之意.
   『刊補』:『易大傳』曰，‘彌綸天地之道.’『本義』，‘彌，如彌縫之彌.’

16 彼若.『記疑』:彼虞允文.

17 見聽.『節補』:指追還也.

18 四牘.『記疑』:南軒所送猶四簡也.
   『雜識』:卽南軒所上奏牘也.
   『節補』:卽上所云奏草盖奏箚有四紙也.

19 於此.『箚疑』:謂學問開明，則天下之事不患難立也.

20 根本.『箚疑』:謂人主心術也.

本者, 固無出於人主之心術, 而所謂要切處者, 則必大本既立然後可推而見也. 如論任賢相·杜私門, 則立政之要也. 擇良吏·輕賦役, 則養民之要也. 公選將帥, 不由近習, 則治軍之要也. 樂聞警戒, 不喜導諛, 則聽言用人之要也. 推此數端, 餘皆可見. 然未有大本不立而可以與此者, 此古之欲平天下者所以汲汲於正心誠意以立其本也. 若徒言正心而不足以識事物之要,[21] 或精覈事情而特昧夫根本之歸, 則是腐儒迂闊之論·俗士功利之談,[22] 皆不足與論當世之務矣. 吾人[23]向來非不知此, 却是成己功夫於立本處未甚端的, [如不先涵養而務求知見是也.] 故其論此, 使人主亦無下功夫處. 今乃知欲圖大者當謹於微, 欲正人主之心術, 未有不以嚴恭寅畏爲先務, 聲色貨利爲至戒, 然後乃可爲者. 此區區近日愚見之拙法, 若未有孟子手段,[24] 不若且循此塗轍[25]之無悔吝也. 不審高明以爲如何?

....

21 識事物之要.『記疑』: 謂格物也.

『節補』: 卽上文所云'立政之要, 養民之要'之類.

『刊補』: 此句結上文, 各有要切處, 故下文有'腐儒迂闊之'云. 講錄, '謂格物也,'恐記誤.

22 腐儒~之談.『節疑』: '腐儒迂闊之論,'謂徒言正心, '俗士功利之談,'有精覈事情.

23 吾人.『記疑』謂南軒.

『刊補』: 後凡言吾人, 或有作吾黨之義.

24 孟子手段.『記疑』: 宣王好貨好色之言, 孟子不言貨色之非, 因貨色而及爲政之端, 以納於遏人欲存天理之實, 故如是云云.

25 循此塗轍.『記疑』: 謂上文'以聲色貨爲至戒'也.

『節疑』: 按『語類』, '塗轍車行之處. 謂遵聖人之遺法也.' 此'塗轍,'恐幷指'嚴恭寅畏'而言.

『刊補』: 孟子於齊王好樂好色之聞, 不斥其非, 直推之, 以至於遏欲·存理. 今若無此手段, 不若且循此戒聲色貨利之塗轍云爾.

25-4

答張敬夫(1171)

昨陳明仲[1]轉致手書, 伏讀再三, 感幸交集. 蓋始見尊兄道未伸而位愈進, 實不能無所憂疑. 及得此報, 乃豁然耳. 向者請對之云, 乃爲不得已之計,[2] 不知天意懇懃, 既以侍立[3]開盡言之路, 而聖心鑒納, 又以講席[4]延造膝之規,[5,6] 此豈人謀所及哉? 竊觀此舉, 意者天人之際,

....

1　陳明仲.『刊補』: 名熿, 見第九篇.

　　『箚補』: 名火傍享, 卽三十板陳侯官.

　　『標補』: 見卅六(新卅板),『箚疑』當移於此.

2　請對~之計.『箚疑』: 請對之云, 先生嘗勸南軒, 請對而極論時事, 而決其去就, 此乃出於不得已之計也.

3　侍立.『箚疑』: 按「南軒行狀」, '兼權左右司侍立官,' 卽此也.

4　講席.『箚疑』: 按「行狀」, '兼侍講,' 是也.

　　『節補』: 南軒以侍立官, 論史正志事, 上稱善, 權左司員外郎兼侍講, 亦見南軒碑.

5　天意~之規.『刊補』: 孝宗召南軒, 爲史部員外郎兼權左右司侍立官, 又兼侍講, 除左司員外郎, 柳文「柳惟深行狀」, 有造膝盡規諫之語, 此書疑或引此, 而『講錄』云, '天子所屛, 一云靑規, 漢成帝時, 史丹伏靑規,' 當釋云, '延于造膝之規.' 今考『漢書』及『綱目』, 無'靑規'字, 應劭釋靑蒲云, '以靑規地也,'『講錄』豈因此而云爾邪.

　　『牖蒙』: 不知, 猶言不料也. 言吾之初請對者, 乃出於不得已之計, 而實不料其乃能至於如此也.

6　延造膝之規.『記疑』: 造膝, 造於君膝下也. 皇帝所屛處, 一云靑規, 一云靑蒲, 靑規之中, 外人莫敢窺, 后妃不敢入. 漢成帝時, 史丹以諫外戚事, 入靑規, 細陳其弊.

　　『箚疑』: 按, 柳文, 造膝盡諫也. 又梅聖兪詩, '御史唐子方, 危言初造膝'『記疑』說恐未然. 史丹所諫, 是廢太子事, '外戚'二字亦誤.

　　『牖蒙』: 延延納也, 規規諫也.

君臣之間已有響合之勢, 甚盛甚盛! 勉旃勉旃! 凡平日之所講聞,[7] 今且親見之矣. 蓋細讀來書, 然後知聖主之心乃如此, 而尊兄學問涵養之力, 其充盛和平又如此, 宜乎立談之頃[8]發悟感通, 曾不旋踵, 遂定腹心之契, 眞所謂千載之遇也. 然熹之私計愚,[9] 竊不勝十寒衆楚之憂, 不審高明何以處之? 計此亦無他術, 但積吾誠意於平日, 使無食息之間斷, 則庶乎其可耳

夜直[10]亦嘗宣召否? 夫帝王之學雖與韋布[11]不同, 經綸之業固與章句[12]有異, 然其本末之序, 愚竊以爲無二道也. 聖賢之言平鋪放著,[13] 自有無窮之味. 於此從容潛玩, 默識而心通焉, 則學之根本於是乎立, 而其用可得而推矣. 患在立說[14]貴於新奇, 推類欲其廣博, 是以反失聖言平淡之眞味, 而徒爲學者口耳之末習. 至於人主能之則,[15] 又適所以爲作聰明自賢聖之具, 不惟無益, 而害有甚焉. 近看論語舊

....

7　所講聞. 『牖蒙』: 君臣際遇之盛.

8　立談之頃. 『刊補』: 楊雄『解嘲』, '立談間而封侯.'

9　私計愚. 『節補』: 『史記』「荊軻傳」, '丹之私計愚, 以爲'云云.
　　『刊補』: 今當於'愚'字下爲句, 『講錄』以'竊'字爲句, 當詳之.

10　夜直. 『刊補』: 當夜直宿.
　　『或曰』: 宋自眞宗令講官邢昺直秘閣, 訪問, 或至中名. 自此遂爲故事, 夜直率置常員.

11　韋布. 『刊補』: 『史』「賈山傳」云, '布衣韋帶之士.' ＊『史』「賈山傳」, 乃是『漢書』「賈山傳」之誤記.

12　章句. 『刊補』: 凡書成文, 意斷處曰章, 語斷處曰句.
　　『牖蒙』: 尋章摘句.

13　平鋪放著. 『箚疑』: 放, 放舒之意. 著, 語助也.
　　『刊補』: 鋪, 布也. 放著猶放置也.
　　『箚補』: 『二程遺書』, '此道理平鋪地放著裡.'

14　立說. 『記疑』: 學者之立說.

15　能之則. 『記疑』: 立說新奇, 推類廣博, 人主能之則.

說,[16] 其間多此類者, 比來尊兄固已自覺其非矣. 然近聞發明'當仁不讓於師'之說云:"當於此時識其所以不讓者爲何物, 則可以知仁之義."此等議論又只似舊來氣象, 殊非聖人本意, 才如此說, 便只成釋子作弄精神[17]意思, 無復儒者脚踏實地功夫矣. 進說之際, 恐不可以不戒.

筵中見講何書? 愚意『孟子』一書最切於今日之用, 然輪日[18]講解, 未必有益, 不若[19]勸上萬幾之暇, 日誦一二章, 反『史』「賈山傳」復玩味, 究觀聖賢作用本末, 然後夜直之際, 請問業之所至而推明之. 以上之聰明英睿, 若於此見得洞然無疑, 則功利之說無所投而僥倖之門無自啓矣. 異時開講, 如伊川先生所論坐講之禮,[20] 恐亦當理會也.

孟子論王道, 以制民產爲先. 今井地之制未能遽講, 而財利之柄制於聚斂掊克之臣,[21] 朝廷不恤諸道之虛實, 監司不恤州縣之有無, 而爲州縣者又不復知民間之苦樂. 蓋不惟學道不明, 仕者無愛民之心,[22] 亦緣上下相逼, 只求事辦, 雖或有此心而亦不能施也. 此由不量入以爲出, 而反計費以取民, 是以末流之弊不可勝救. 愚意莫若因制國用之

……

16 論語舊說.『箚疑』: 南軒所著.

17 作弄精神.『箚疑』: 謂釋氏專以自私爲心, 只就靈明發用處, 把玩作弄, 以爲有得, 故謂之作弄精神. 今南軒所論當仁不讓之說, 正有把玩作弄之意, 故先生云然.

18 輪日.『牖蒙』: 逐日.

19 不若.『箚補』: 此意止'推明之.'

20 伊川~之禮.『箚補』: 伊川「論經筵第三箚」,'臣竊聞, 經筵臣僚侍者皆坐, 而講者獨立, 於禮爲悖. 欲乞今後特令坐講, 不惟義理爲順, 所以養主上尊儒重道之心.'『石林燕語』,'國朝經筵, 講讀官皆坐乾興後始之. 蓋仁宗時尚幼, 坐讀不相聞, 故立, 欲其近爾, 後遂爲故事. 熙寧初, 呂申公‧王荊公議請坐講, 竟不行.'

21 制於~之臣.『記疑』: 聚斂掊克之臣任意裁制也.
   『牖蒙』: 掊克,『孟子注』,'聚斂也.'

22 學道~之心.『箚補』:『論語』,'君子學道則愛人.'

名[23]而逐脩其實, 明降詔旨, 哀憫民力之凋悴, 而思所以膏澤之者, 令逐州逐縣各具民田一畝歲入幾何, 輸稅幾何, 非泛科率[24]又幾何, (一縣內逐鄉里不同者 亦依實開.[25] 州縣一歲所收金穀[26]總計幾何, 諸色支費總計幾何, (逐項開.) 有餘者歸之何許, 不足者何所取之, 俟其畢集,[27] 然後選忠厚通練之士數人, 類會考究而大均節之. 有餘者取, 不足者與, 務使州縣貧富不至甚相懸, 則民力之慘舒亦不至大相絕矣. (陸宣公論兩稅利害數條, 事理極於詳備, 似可采用也.) 是則雖未能遽復古人井地之法, 而於制民之產之意亦仿佛其萬一. 如此然後先王不忍人之政庶乎其可施也.

又屯田之議, 久廢不講, 比來朝廷似稍經意, 然四方未睹其效, 而任事者日被進擢, 不知果能無欺誕否? 今日財賦歲出以千百巨萬計, 而養兵之費十居八九, 然則屯田實邊, 最為寬民力之大者. 但恐疆理[28]不定, 因陋就簡, 則欺誕者易以為姦, 而隱蔽[29]者難於得實. 此却須就今日邊郡官田, 略以古法畫為丘井[30]溝洫[31]之制, 亦不必盡如『周禮』古制, 但以

....

23 因制~之名.『標補』: 乾道三年, 置制國用司, 以宰相兼國用使, 參政兼同知國用, 五年罷之.

24 非泛科率.『箚疑』: 謂非泛常之科率也.

　　『節補』: 科率見二十四卷二板.

　　『刊補』: 非泛, 猶言非常例也, 奏箚奏狀多有之.『大全』‘非’作‘特’恐誤. 科率猶言條法. 率, 音律,『大全』作‘律.’一說, ‘官家公用之物, 從額例分定, 於分而官收用之, 謂之科率.’

25 依實開.『箚疑』: 謂依實數而開錄也.

26 金谷.『刊補』: 谷, 與穀通用.

27 畢集.『箚疑』: 謂文書畢集也.

28 疆理.『節補』: 謂經界.『詩』云, ‘我疆我理.’

29 隱蔽.『箚疑』: 隱度也, 計度而覈實也.

30 丘井.『節補』: 四井為邑, 四邑為丘, 出『前漢』「刑法志」.

31 溝洫.『刊補』:『說文』曰, ‘井間廣四尺, 深四尺謂之溝, 十里為成, 成間廣八尺, 深八尺謂之洫.’

孟子所言爲準, 畫爲一法, 使通行之. 邊郡之地已有民田在其間者, 以內地見耕官田易之, 使彼此無疆場之爭, 軍民無雜耕之擾,[32] 此則非惟利於一時, 又可漸爲復古[33]之緒.

高明試一思之, 今日養民之政, 恐無出於兩者.[34] 其他忠邪得失, 不敢概擧. 但政本[35]未淸, 倖門未窒, 殊未有以見陽復之效. 願更留意, 暇日爲上一二精言之. 至於省中職事, 施行尤切,[36] 伏想直道而行, 無所回互, 不待愚言之及矣. 猥承下問, 敢效其愚, 伏惟采擇.

....

32 彼此~雜耕之擾. 『刊補』: 『韻會』, '疆界也, 場畔也.' 『大全』, 本書有 '邊郡之地, 已有民田在其間者, 以內地見耕官田易之' 云云.

33 復古. 『記疑』: 行井法之謂.

34 兩者. 『箚疑』: 均州縣之貧富及屯田也.

35 政本. 『箚疑』: 謂政令之本, 指朝廷也.

36 省中~尤切. 『記疑』: 排奸進賢之事.

　『箚疑』: 按, 謂於省中職事, 淸政本, 窒倖門兩事爲尤切也. 或云, '施行省中之職事, 無使廢墜, 爲尤切, 以下直道而行觀之可見, 更詳之.'

　『節補』: 省中職事謂尙書省職事, 南軒方爲尙書左司員外郞. 盖上文皆泛論時事, 故此又言省中事乃自己職掌, 尤爲緊切, 不可放過也. 下文'直道'云云, 謂施行其職事, 當如此也.

25-5

答沈侍郎書(1172)*

　　熹伏蒙送示告命，[1] 極感眷存，竊計揄揚推挽之力多矣．然熹愚不
肖，昨以憂苦之餘，疾病殘廢，不堪仕宦，故召命之下，不得不辭．[2] 最
後諸公以謂無故罷遣，非朝廷待士之禮，勢必難從，不若以嶽祠爲請，
庶幾有以藉手而罷．[3] 始者猶以無事而食祿爲嫌，不敢出口，久之然後
敢言．[4] 意謂向來遭喪，既已去官，今若朝廷畀之舊秩，[5] 從其所請，使
之得便私計而免於稽違偃蹇之罪，則已爲非常之恩矣．不謂今復橫被
殊私，[6] 事出於望表，始者聞之未敢遽信，既而猶謂臺省諸賢必有能論
其失者，勢必中寢．忽前日府中送省箚來，乃知此命之遂行．而今得竊
窺訓誨叮嚀[7]之意，尤使人皇恐震慄而不敢當，已送建寧府寄內．[8]

　　今有二狀[9]申省，輒以附內，得賜台旨投達爲幸．但其間所陳，緣愧

……

* 『標補』：乾度癸巳，以戶部侍郎沈復簽書樞密院事，疑是此人．

1　告命．『節補』：宣教郎・主管台州崇道觀告命．

2　召命～不辭．『節補』：庚寅十二月，被召，以喪制未終，辭．辛卯，服闋後，連促行，皆以祿不及．

3　藉手而罷．『箚疑』：謂不爲無名而罷也．

4　久之～敢言．『節補』：謂乞差嶽廟也，見二十二卷「辭免召命廿五」．

5　舊秩．『節補』：卽監嶽廟．

6　殊私．『箚疑』：乾道九年癸巳，有旨特與改秩宮觀．
　　『節補』：詳見二十二卷六板．

7　訓誨丁寧．『箚疑』：改秩時，上曰，"朱某安貧樂道，廉退，可嘉，特改，合入官."

8　已送～寄納．『節補』：謂以省箚及告命送建寧府，寄納於軍資庫也．

9　二狀．『節補』：卽二十二卷「辭免改官宮觀狀」一，二也．

恐悚迫, 不能盡鄙懷, 敢乞因見丞相, 特借一言, 因憙之辭, 便從所請, 不惟孤疏之迹得免邀君釣寵之譏, 亦免以謬恩濫賞上累公朝綜核之政, 則上下之勢兩便而俱全矣. 如其不然, 寧碎首瀝血, 以請違命之誅, 不敢蒙羞忍恥, 爲徼幸苟得之人也. 切望台慈鑒此誠懇, 早賜矜念, 則覆護保全之賜, 終身銜佩, 何敢弭忘! 本欲自作箚[10]祈哀, 又念孤遠, 不敢容易. 至感激知遇之厚,[11] 則有不待言而喩者. 然亦頗恨其不能置此無用之人於度外, 而必爲此以促迫之[12]也. 此懷抑鬱, 無路自通, 正賴高明終惠之[13]耳.

········

10 自作箚.『節補』: 謂自作箚子於丞相也.

11 知遇之厚則.『箚疑』: '至'字意止'則'字.

『節補』: 指丞相.

『箚補』: 改官之命, 因丞相梁克家奏請, 故云, 見二十二卷六板.

12 不能~迫之也.『節補』: 亦謂丞相如此也.

13 終惠之.『節補』: 謂導達於丞相也.

25-6

與建寧諸司論賑濟箚子(1174)

一, 安撫司賑濟米合於冬前差船般運, 免至冬後與民間般載租米
互有相妨, 或致延滯.[1]

一, 廣南最係米多去處, 常歲商賈轉販, 舶交海中. 今欲招邀, 合從
兩司[2]多印文榜, 發下福州沿海諸縣, 優立價直, 委官收糴, 自然輻湊.
然後卻用溪船節次津般, 前來建寧府交卸.[3]

一, 般運廣米, 須得十餘萬石, 方可濟用. 合從使府[4]兩司及早撥
定本錢, 選差官員使臣或募土豪, 給與在路錢糧,[5] 令及冬前速到地
頭,[6] 趁熟[7]收糴. (潮, 惠州與本路相近.) 往回別無疏虞, 卽與支賞.[8]
(約運到米一千石, 支錢三十貫充賞, 更多尤好.)[9] 其糴到米數最多之人,
仍與別議保奏, 推賞施行.

....

1　免至~延滯.『節補』: '免'字意止延滯.

2　兩司.『節補』: 轉運司, 提擧司.

3　溪船~交卸.『箚疑』: 謂海船輻湊沿海諸縣, 然後自官收糴其米, 載以溪船, 而進來建寧府交
　　卸. 彼授此受曰交. 卸,『韻會』, '四夜切, 舟人出載也.'

4　使府.『節補』: 建寧府.

5　在路錢糧.『箚疑』: 謂路費也.

6　地頭.『箚疑』: 謂廣南地頭.

7　趁熟.『箚疑』: 謂趁其穀熟也.

8　支賞.『箚疑』: 謂般運米穀而無所疏虞者, 卽以錢賞之也.

9　更多尤好.『箚疑』: 謂更多於三十貫也.

一,上件福·廣米[10]既到府城,卽城下居人自無闕食之理,不須過有招邀上溪般米,反致鄉村匱乏,[11] 將來却煩官司般米賑濟,勞費百端. 今合先次出榜曉諭諸縣産戶寺院,除日逐出糶·不得閉糶外,[12] 每産錢一貫,椿米三十石省.[13] (禾亦依此紐數,兩貫以下不椿. 委社首遍行勸諭,親自封椿,開具本都椿管米數及所椿去處,限十一月内申縣,[14] 祗備覆實.[15] 不得輒徇顏情,虛申數目,及妄挾怨仇,生事搔擾. 其社首家禾米卽委隅官[16]封椿.)

一,鄉下有外里産戶等寄莊,[17] 卽仰社首及本處居人指定,經官陳說,封椿十分之七.[18]

一,鄉下有産錢低小而停積禾米[19]之家,仰隣保重立罪賞[20]陳告,

....

10 福廣米.『節補』:福米,卽福州諸縣招邀商買收糴者也. 廣卽差官往糴於廣南者也.

11 不須~匱乏.『箚疑』:謂城下居人則自不闕食,不須招邀上溪之米而般入,以致鄉村之匱乏也.

12 今合~糶外.『箚疑』:此勸諭建寧諸縣産戶及寺院,使之出糶禾米也. 日逐與逐日同.

13 每産~石省.『箚疑』:此計其産田,等其富富,使糶米禾,而使建寧收糴也. 椿謂預藉[籍]其數而封管以待也. 但産錢一貫者椿米三十石,似爲太多,且以小註‘兩貫以下不椿’之文觀之,則‘一’字疑誤. ‘省’字通用於米錢,其義未詳.
『節補』:此謂等其貧富,而椿其禾米,將以待時出糶於民間耳,非謂使建寧府收糴也.
『標補』:封椿各家所有禾米,以備正月以後飢民收糴也.『箚』注恐少差.

14 申縣.『箚疑』:謂社首以其所椿之數申於縣也.

15 祗備覆實.『箚疑』:謂社首謹竢自縣覈其虛實也.

16 隅官.『箚疑』:四隅鄉官.
『標補』:宋制五家爲一小甲,五小甲爲大甲,四大甲爲一團長,一里之内總數團長爲一里正,一縣之内總數里正爲一鄉官,一縣之地分爲四隅,每隅之内總數鄉官爲一隅官,以察奸慝以護鄉井.

17 外里~寄莊.『箚疑』:外里謂不係此鄉之里也. 寄莊猶今之別置農莊也.

18 指定~之七.『箚疑』:陳說如今之陳告也. 封椿十分之七,如今自官封富民私債[積]也.

19 産錢~禾米.『箚疑』:謂擊强兼幷他人田業,而其産則寄存他人,故其産錢低小而禾米停積也.

20 罪賞.『箚疑』:謂罪其不告者,而賞其告者也.

亦與量數封樁十分之五, 並依前法.

一, 上戶有願於合樁數外別行樁糴[21]之人, 許具實數經縣自陳, 收附出糶,[22] 量行旌賞.

一, 所樁禾米更不予定價直, 將來隨鄉原高下[23]量估,[24] 平價出糶. 不使太貴以病細民, 亦不使太賤以虧上戶.

一, 所樁禾米自來年正月爲始, 以十分爲率, 至每月終, 卽給一分還元樁産戶自行出糶.[25] 直至稍覺民饑, 卽據見數,[26] 五日一次差隅官監糶, 大人一斗, 婦人七升, 小兒四升. 如至六月中旬, 民間不甚告饑, 卽盡數給環産戶自行出糶.

一, 府城縣郭及鄉村居民合糴禾米之家, 合預行括責,[27] 取見戶口實數, 卽見合用米數; 及將來分定坊保,[28] 給關[29]收糴, 庶免欺弊. (大人, 婦人, 小兒逐戶分作三項.)

一, 上戶自有蓄積, 軍人自有衣糧, 公吏自有廩祿, 市戶自有經紀,[30] 工匠自有手作, 僧道自有常住,[31] 並不在收糴之限.

......

21　別行樁糴.『箋疑』: 謂於自官封樁之數外, 又願更爲封樁糴賣也.

22　收附出糶.『箋疑』: 謂自官收其所樁之米, 而附之於籍, 出糶於民也.

23　鄉原高下.『箋疑』: 原原野, 高下猶肥瘠也.

24　量估.『箋疑』: 商量而論價也.

25　每月~出糶.『箋疑』: 謂於十分中取一分, 還給其所樁之主戶, 自行出賣也.

26　見數.『箋補』: 謂禾米見存之數.

27　預行括責.『箋疑』: 謂預行檢括, 而責其附籍也.

28　坊保.『箋疑』: 卽邑里之稱.

29　給關.『箋疑』: 關, 關文.

30　經紀.『箋疑』: 經營其所食也.
　　『箋補』: 料販營生謂之經紀.

31　常住.『箋補』: 僧道齋粮謂之常住粮.

一, 鰥寡孤獨老病無錢糴米之人, 候三四月間別議措置,[32] 如是饑荒, 須令得所.

右謹具呈. 第一項至第三項, 乞使府兩司早賜詳度定議. 第四項以後, 乞使府出榜通衢, 恐有未盡未便之處, 令諸色人詳其利害, 疾速具狀陳述, 廣詢審議, 然後施行, 庶使大戶細民兩得安便. 伏候台旨.

此米[33]須留以待來歲之用, 目今秋成在邇, 般運到人已食新,[34] 切乞存留, 無爲虛費. 椿米多卽上戶不易, 少又儲蓄不足[35], 此數更乞裁酌, 更以戶口之數計之, 方見實用米數.

⋯⋯

32 別議措置. 『節補』: 謂當賑濟也.

33 此米. 『節補』: 並指安撫使賑濟米及福廣收糴米也.

34 人已食新. 『箋疑』: 句.
   『節補』: 謂各處米船運米到時, 民間已食新穀也.

35 椿米~不足. 『箋疑』: 謂椿米之數, 多則上戶不易辦出其數, 小則又不足於賑濟.

25-7

與建寧傅守箚子(1174)[*]

　　熹竊以秋冬之交, 寒氣未應,[1] 恭惟某官台候起居萬福. 熹北津建陽, 凡兩拜問,[2] 必皆已呈徹矣. 拜遠[3]誨益, 忽已累日, 追思館遇勞貺之寵, 已劇愧荷. 至於連榻奉教, 又皆潤澤忠厚老成人之言, 感發多矣, 幸甚. 熹昨日已至山間, 弛擔[4]兩日, 又當南下. 然旱久水澀, 更須數日乃可抵城下也.

　　歸塗訪問田畝, 豐儉相補,[5] 計已不至甚虧常數. 但備禦之策不可不講, 而知旧往往見尤, 不能深陳糜穀之害.[6] 且云未論醖釀所耗, 只今造麴, 崇安郭內度費萬斛, 黃亭小市亦當半之, 而鄉村所損, 又未在數.[7] 與其運於他州,[8] 有風波之虞, 舟楫之費, 曷若坐完此穀, 了無事

....

* 　與建寧傅守箚子. 『箚疑』:傅守名自得.
1 　寒氣未應. 『箚疑』:謂寒氣未應節候也.
　　『箚補』:「月令」文.
2 　拜問. 『箚疑』:謂拜送問書於傅守也.
3 　拜遠. 『箚疑』:遠, 猶離也.
4 　弛擔. 『箚疑』:擔謂行李.
5 　豐儉相補. 『箚疑』:儉謂凶也. 以豐處補其凶處也.
6 　糜穀之害. 『箚疑』:謂釀酒而糜穀也, '見尤'之意止此.
　　『雜識』:程子亦云, "村酒肆要之蠹米麥, 聚閑人, 妨農工, 致詞訟, 藏賊盗, 州縣極有害."
7 　未論~在數. 『箚疑』:謂未論以麴釀酒之米數, 只造麴之費於崇安郭內萬斛, 黃亭小市亦五千斛, 而鄉村所造則不在萬五千之數也.
8 　運於他州. 『箚疑』:謂凶年就他州運取米穀也.

而百全也? 萬斛之麴, 將來所糜秫米[9]又當以數萬計. 若能果如前日收糴秫米之說, 所完亦豈及此?[10] 聞邵武已行此令,[11] 彼以蕞爾小邦, 尚能行之, 豈堂堂使臺大府之力而反不能乎? 到家得浦城知友書, 亦頗及此. 今謹納呈, 願高明更與楊丈熟計之也. 但恐已緩不及事耳. 此人[12]姓張名体仁, 好學有志佳士也, 似亦與景仁[13]昆弟同年. 前此因垂問人物, 亦嘗及之矣.

又聞楊丈已行下主簿糴米, 而未及秫秔[14]之別, 不知果如何? 糴秫之害, 前已陳之.[15] 然千里之內, 戶口不知其幾, 若必人人糴米而食之,[16] 恐無以濟. 其勢須令上戶椿留禾米, 如前日之說,[17] 儲備乃廣. 但所遇縣道官吏之說, 皆憚於此計, 蓋恐上戶見怨, 又慮見欺,[18] 殊不知

……

9　所糜秫米.『節補』: 即上文所謂醞釀所耗.

10　若能~及此.『箚疑』: '及'疑'止'字之誤, 謂自官若能行收糴秫米之說, 使不得釀酒, 則其不糜而所完者亦豈止於數萬斛者耶.
　　『箚補』: '及'字恐不誤, 以上文 '見尤不能深陳' 之語觀之, 則釀酒糜穀之害, 先生已屢陳之. 蓋'收糴秫米', 即先生之所言於傅守者, 而知舊之見尤者, 則以爲不如直禁其造麴也. 言 '若禁其造麴' 則旣完麴費萬斛之穀, 而其所糜秫米之數萬計者, 亦可以全完之, 若果如前日所說, 但能收糴秫米, 則猶有潛釀之弊, 而所完不能及此也.

11　此令.『箚疑』: 謂收糴秫米之令.

12　此人.『節補』: 浦城知友.

13　景仁.『箚疑』: 即傅守之子.
　　『箚補』: 詳見三卷三板.

14　秫秔.『箚疑』: 秫稻不粘者, 秫稷之粘者.
　　『節補』: 秔與粳同, 音庚.

15　糴秫~陳之.『節補』: 上十一板所謂不須過有招邀上溪船米, 反致鄉於匱乏者也.

16　人人~食之.『節補』: 白觀糴米而食之也, 食當音嗣.

17　前日之說.『節補』: 即上措書者

18　見欺.『箚疑』: 謂爲上戶所欺也.

救災之政與常日不同, 決無靜拱而可以獲禽之理. 夫富人之多粟者, 非能獨炊而自食之, 其勢必糶而取錢, 以給家之用. 今但使之存留分數,[19] 以俟來歲聽官司之命,[20] 以恤鄰里之闕, 何所不可? 正使其間不無冥頑難喻之人, 然喻之以仁恩, 責之以大義, 甚不從者俟之以刑, 其樂從者報之以賞, 何至憚其怨怒且慮其欺己而不敢爲哉? 似聞建陽之西已有自言於官, 願以家貲二百萬糶米, 以俟來歲之荒而以本價出之.[21] 若果如此, 則人亦豈爲鬼爲魅, 全不可化者?[22] 但患上之人先以無狀期之, 故彊者視以爲深仇而肆其凌暴, 弱者[23]畏之如大敵而不復能以正義相裁, 二者其失均也.

嘗讀蘇明允[24]書, 以爲權衡之論[25]爲仁義之窮而作, 竊以爲此乃不知仁義之言. 夫舒而爲陽, 慘而爲陰, 孰非天地生物之心哉? 仁義之於人, 亦有是已. 若仁義而有窮, 則是天道之陰陽亦有窮也, 而可乎? 故凡此所論, 雖若柱後惠文[26]一切之說, 其實趨時救弊, 不得不然. 蓋其心主於救人而所及者博, 故雖有人所不欲而彊之者, 初亦不出乎仁術之外也. 夜不能寐, 起坐作此, 信意直書, 無復倫次, 不審高明以爲

....

19 存留分數.『箚疑』: 卽上文所謂椿留也.

20 聽官司之命.『箚疑』: 謂以官司之命出糶於飢民也.

21 以本價出之.『箚疑』: 謂以當初買米之本價出賣, 以利飢民之買者也.

22 爲鬼~化者.『標補』: 魏徵與封德彝論教化, 曰, "若謂古人淳樸漸致澆訛, 則至于今悉已化爲鬼魅矣."

23 彊者弱者.『箚疑』: 皆指上之人也.

24 蘇明允.『節補』: 名洵, 號老泉.

25 權衡之論.『節補』:『權書』『衡論』, 老泉所著.

26 柱後惠文.『箚疑』: 御史所著冠, 名出『漢官儀』○『漢書』張武曰: "梁國大都, 當以柱後惠文, 彈治之."

然否？正使未必可行，亦足以當一劇論也．

　　前日所稟「弟子職」[27]・温公『雜儀』謹納上，字已不小，似可便刊．[28]『女誡』[29]本傳中有一序，恐可并刊．此印行紙[30]內上數幅，[31]字數疏密，須令作一樣[32]寫乃佳．仍乞早賜台旨，當不日而就也．刻成之日，當以「弟子職」，『女誡』各爲一秩，而皆以『雜儀』附其後．蓋男女之教雖殊，此則當通知[33]者，使其流行，亦輔成世教之一事也．『雜儀』之書蓋頃年楊丈嘗以教授者，感今懷昔，歲月如流，而孤露[34]至此，言之摧咽不能自已．語次及之，亦足爲慨然也．熹本更拜書楊丈，昨日方歸，今早有人行，鷄鳴起，僅能及此，遂不暇作．然所欲言不過此，想從容次[35]必盡及之．未拜侍前，更乞以時自重，前卽詔除．[36]然區區竊與閩人俱不能無借留[37]之願耳．

．．．．．．．

27　弟子職．『標補』：管仲所作．

28　字已~便刊．『箚疑』：謂此納上之本字體不爲纖小，便可以此而開刊也．
　　『箚補』：一說便刊似是便於刊刻之意

29　女誡．『箚補』：班固妹曹大家所述，俗號女孝經．

30　印行紙．『箚疑』：謂書冊空行之紙，'行' 卽行列之行．
　　『箚補』：謂印空行之紙．

31　內上數幅．『箚疑』：內與納同，數幅卽將寫序文之紙也．

32　作一樣．『箚疑』：謂「序文」與『女誡』字數踈密作一樣也．

33　此則當通知．『箚疑』：謂「弟子職」是男教，『女誡』是女誡，此『雜儀』則男女皆當通知者也．

34　感今~孤露．『箚疑』：疑『雜儀』之書有事親之節，而先生已孤，故云然耶．
　　『箚補』：此語意先生少時嘗學『雜儀』於楊丈而講行之，今母夫人亦已下世，無處可行，故如是云云．

35　從容次．『箚疑』：從容說話之次．

36　前卽詔除．『箚疑』：謂進赴詔除也．

37　借留．『箚補』：『後漢書』「寇恂傳」，'潁川百姓願借冠君一年，乃留恂．'

答傅守劄子(1174)

垂喻曲折, 極感眷念之勤. 但玆事¹鄙意初固料其如此, 蓋理法當然, 無可疑者.² 台念不置, 宛轉至今, 事體益以明白.³ 在使府雖欲奉承朝廷矜恤之美義,⁴ 而在熹豈得執法令之疑文, 以冒受所不當得之祿哉? 熹雖貧病, 然為日已久, 粗能自安, 實不敢以此自毀廉隅, 仰累執事. 謹具狀申, 乞寢罷其未行者, 收毀其已行者,⁵ 以安愚賤之迹. 切望憐其誠懇, 特與施行, 千萬幸甚.

....

1　玆事.『劄疑』: 疑祿俸之事.
　　『節補』: 先生以无符劵之故, 不敢受祿也.
2　無可疑者.『節補』: 謂不當受無疑也.
3　台念~明白.『節補』: 謂台念不置, 宛轉勸諭, 以至于今, 故得以詳細講究, 而不當受之事體, 益以明白也.
4　在使~美意.『劄疑』: 謂在使府之道, 奉承朝廷矜恤先生之美意, 輸致祿俸於先生也.
5　未行已行.『劄疑』: 皆指祿俸符劵也.
　　『節補』: 此時朝廷未給符劵, 所謂未行. 已行似指本府文書也. 此皆甲午六月, 拜崇道祠官之命以後事也.

25-9

答龔參政書(1175)*

　　乃者明公還朝, 一再旬朔, 卽被書贊,[1] 延登廟堂.[2] 近世以來, 君臣之契, 感會神速, 未有若斯之盛者. 熹竊聞之, 不勝其喜, 卽欲修咫尺之書, 以稱慶於門下. 顧以衰病懶廢, 因循前却, 以至于今, 而遂不知所以進也.[3] 不謂明公眷念不忘, 枉賜手敎, 伏讀感懼, 不知所言. 又得本府韓尚書[4]報, 朝廷以熹未敢受祿之故, 申飭所司特給符劵,[5] 府司旣受而行之矣. 此非明公矜憐之厚, 則亦何以得之? 自是以往, 不惟得以少逭溝壑之虞, 抑使窮悴孤蹤, 不以矯異詭激得罪於公正之朝, 爲幸大矣. 惟是支離伉拙, 無由進趨賓客之後, 自竭愚頓,[6] 以報萬分.

....

*　答龔參政書.『節補』: 龔參政名茂良.
　　『箚補』: 龔茂良, 時參知政事.
　　『標補』: 字實之, 號靜泰, 莆田人.

1　書贊.『箚疑』: 謂自上以書褒贊也.
　　『標補』: 竊謂 '書'除書之書, '贊'贊拜之贊.

2　延登廟堂.『節補』: 淳熙甲午十一月, 以龔茂良參知政事.
　　『箚補』:『宋史』「龔茂良傳」, "茂良自江西運副除禮部, 上手詔, '問國朝典故, 自從官徑除執政已例', 明日卽拜參政."

3　遂不~進也.『箚疑』: 謂不知所以進之說也.
　　『箚補』: '所以進'指稱慶之書而言.

4　韓尚書.『箚補』: 元吉時爲吏部尚書.

5　未敢~符劵.『節補』: 癸巳改秩宮觀之後, 至甲午六月始拜命, 而朝廷未給祿俸符劵, 故未敢受祿. 朝廷知其意, 使所司特給符劵也.

伏惟明公深以平生所學爲念, 仰體聖天子所以圖任仰成之心, 端本清源, 立經陳紀, 使陰邪退聽, 公論顯行, 則群生蒙福, 海內幸甚. 熹不勝瞻望惓惓之至.

....

6　愚頓. 『箚補』: 頓讀作鈍, 見『漢書』「注」.

25-10

答龔參政書(1176)

伏自去春拜啓之後, 不復敢貢起居之問, 蓋懼瀆尊之咎, 亦避援上之嫌. 其於瞻仰之私, 則不以一日而忘也. 茲蒙賜之手書, 眷撫甚厚, 區區感激, 蓋不勝言. 惟是恩除[1]過望, 深所未安. 此雖參政記憐疇昔, 有以及此, 然熹之平生, 有志無才, 少容[2]多忤, 參政固所深知. 顧乃以是處之, 似恐未得其適也. 數年以來, 私自揣度, 決無可用於世. 重以前歲冒受朝廷寵襃[3]惠養之恩, 其義不容復捨退閒, 起趨名宦. 非惟自處已審, 至於友朋之論, 亦皆以謂必其若此, 庶或可以少補前日冒受之非也. 敬以公狀申堂, 伏惟矜憐, 早爲敷奏, 如其所請, 或令仍舊充備祠官, 則熹之受賜亡涯矣. 熹其勢終不可出, 萬一未蒙兪允, 必至再辭. 竊恐迫阨之甚, 言語粗率, 有以自取罪戾者. 參政必不欲其至此, 幸早圖之. 所以記憐擁護之恩, 宜無大此者焉. 伏惟留意, 千萬幸甚.

⋯⋯⋯

1 恩除. 『節補』: 丙申六月, 參政龔茂良以先生操行耿介, 屢召不起爲言, 除秘書省秘書郎.

2 少容. 『箚疑』: 少見容於人也.

3 寵襃. 『箚疑』: 見廿二板.

答陳秘監書(1176)

熹憂患餘生, 屏處田野, 瞻仰重望, 蓋亦有年, 顯晦殊途, 無有徹聲于下執事. 茲乃伏辱不鄙而惠以書, 喻以恩除之意, 且速其來, 眷予良厚. 顧惟衰賤無庸, 久絕榮望, 於此有不獲承命者, 已具公狀哀懇廟堂. 所示告劄, 亦已送本府寄納矣. 衰疾杜門, 瞻望無日, 鄉風引領, 不勝依依.

25-12

與傳澤書(1176)[*]

熹竟不免眞有前日之命, 皇恐失措. 龔公以書付陳舍人, 遣人以來, 此意雖厚, 然熹出處之計已定於前歲受官[1]之日矣, 至此不容復有前却, 已具狀申省, 及以告劄[2]寄納軍帑,[3] 乞賜台判送下,[4] 幸甚. 宮觀恐合日下[5]解罷, 俸給亦乞住勘爲幸. 龔公亦有書至門下,[6] 還書[7]之際, 幸略及鄙意, 蓋終不可復出者. 異時復得舊物,[8] 或奉香火於幔亭之祠,[9] 以畢誅茅夕陰[10]之願, 於熹足矣. 若迫之不已, 必發其狂疾, 却恐倍費調護, 不若及此而藥之之爲全也. 熹申省狀已極詳備, 不復爲第二狀之計矣. 用此進呈, 少假一言之助, 其勢可以一請以遂, 切乞力爲言之, 盡此底蘊. 千萬幸甚.

‥‥‥‥

* 與傳澤書三. 『節補』「傳自得行狀」, 公自建寧守, 復爲福建路轉運副使.

1 前歲受官. 『節補』: 甲午拜改秩宮觀之命事也.

2 告劄. 『節補』: 告命及省劄.

3 寄納軍帑. 『劄疑』: 軍帑謂傳澤本軍之庫也. 蓋當時告劄不欲承受, 則還納於軍府之庫, 使得遞還於原省, 多見「辭免」卷.
　『劄補』: 卽軍資庫.

4 台判送下. 『劄疑』: 謂判於告劄而送下軍帑也.

5 日下. 『節補』: 猶言卽日.

6 門下. 『劄疑』: 指傳澤也.

7 還書. 『劄疑』: 謂傳澤答龔書也.

8 舊物. 『劄疑』: 謂祠官.

9 幔亭之祠. 『劄疑』: 武夷山沖祐觀.

10 夕陰. 『劄疑』: 疑與暮景同.

25-13

與呂伯恭書(1176)

熹六月[1]初始得離婺源，[2] 扶病觸熱，幸免他虞．到家未幾，忽聞除命[3]出於望外，不知所為．然向年所叨異恩，[4] 已是朝廷愍勞惠養[5]之意，況今又兩三年，精力益衰，豈復尚堪從宦？[6] 不免復以此意懇辭，當以力請必得為期耳．

昨日得韓丈[7]書，遣時[8]未有是說．[9] 然見人說韓丈嘗於榻前復及姓

·······

1　六月．『節補』：丙申四月，先生至婺源省先墓，留止數月，六月初旬乃還．『年譜』云“二月歸婺源，”似以離家之日言之也．
　　『箭補』：四月作二月．

2　婺源．『刊補』：婺源縣屬江東路徽州，徽州晉時新安郡，朱氏世屋婺源，韋齋因仕入閩，故先生至是還鄉，省墓展親．

3　除命．『節補』：卽秘書郎．
　　『管補』：『年譜』丙申二月，先生歸婺源省先墓，六月有是除．○此卷內答龔·陳·傅·韓諸書，論辭受之義，皆一時所作．

4　異恩．『記疑』：先生乾道九年癸巳，有旨，'安貧守道，廉退可嘉，特改合入官，主管台州崇道觀.' 先生以改秩賢功優養老報勤之典，今無故驟得之，求退得進，於義未安，遜辭踰年，上意愈堅，不得已拜命．
　　『刊補』：乾道庚寅被召，以喪制未終辭，明年冬，省箚 '檢會已從吉，疾速起發,' 以祿不及養辭，有旨再趣，行四被，堂帖俱辭．癸巳五月，丐祠云云，所謂 '叨異恩' 及下文 '冒受'，卽此也．

5　愍勞惠養．『節補』：『綱目』，“漢昭帝賜韓福等帛遣歸，詔曰 '朕閔勞以官職之事.'” 「疏廣傳」，“此金，聖主所以惠養老臣.”

6　尚堪從官．『節要註』：官當作宦，下「與留丞相箚」亦有不堪從宦之語．

7　韓丈．『箭疑』：卽無咎，東萊婦翁．所以托伯恭使懇於韓．

8　遣時．『記疑』：遣書之時．

名,[10] 勢必緣此.[11] 若然, 則是向來哀懇都無絲毫之効. 足見平生言行不相副, 無以取信於人如此. 使人皇恐, 無地自容. 向來冒受恩命, 已是辭却一年, 後來見無收殺,[12] 又思此[13]旣是朝廷美意, 又直許其退閑, 於理疑若可受, 故不能終辭.[14] 然朋友四面之責,[15] 已不勝其喋喋.[16] 況昔已取彼, 今復受此, 則是眞爲壟斷, 無復廉耻, 雖有子貢之辨, 亦不復能自明矣. 在熹一身, 固無足道. 然區區自守, 略已半生, 辛勤勞苦, 無所成就, 今日韓丈又豈忍必破壞之邪? 況世衰道微, 士大夫假眞售僞, 託公濟私者, 方鶩於世, 若又開此一塗, 使淸官美職可以從容辭遜而得, 年除歲遷, 何所不至? 則是此弊由熹致之. 平生所以自任者雖不足言, 然又不至如此之輕,[17] 實不忍以身啓此弊, 爲後世嗤笑. 已作韓丈書懇之, 幸因書吏爲一言, 使其察此衷誠, 力贊廟堂, 因其辭避, 早爲寢罷, 不使蹤跡布露, 反取譴訶, 則拙者之幸也. 又況如老兄者, 未忘經世之心, 而又富有其具, 乃未收用, 而使此荒拙猥在

……

9　是說.『記疑』: 除命之說.
　　『刊補』: 卽榻前復及姓名之說.
10　姓名.『記疑』: 先生姓名.
11　緣此.『記疑』: 除名[命]緣此.
12　見無收殺.『記疑』: 收命也.
　　『箚疑』: 按卽不爲處分之意.
　　『節補』: 謂累辭而終不許, 無出場之期也.
　　『刊補』: 殺, 去聲. 收殺, 收畢也.
13　又思此.『記疑』: 此謂癸巳有旨之事.
14　不能終辭.『節補』: 癸巳五月改秩主管台州崇道觀, 甲午六月拜命.
15　四面之責.『記疑』: 先生雖不得已拜命, 然朋友以拜命不可事責之也.
16　喋.『節要註』: 達協切, 多言貌.
17　如此之輕.『記疑』: '輕', 處身輕也.

其先, 此又豈所宜邪?

　年來百念俱息, 唯覺親勝己, 資警益之樂爲無窮. 何時復奉從容, 豁此意耶? 又向來見人陷於異端者, 每以攻之爲樂, 勝之爲喜. 近來唯覺彼之迷昧爲可憐, 而吾道不振之可憂, 誠實痛傷, 不能自已耳. 此不知年老氣衰而然耶? 抑亦漸得情性之正也? 向見吾兄於儒釋之辨不甚痛說, 此固爲深厚. 然不知者便謂高明有意陰主之, 此利害不小. 熹近日見得學者若於此處[18]見得不分明, 便使忠誠孝友有大過人之行, 亦須有病痛處, 其爲正道之害益深. 正當共推血誠, 力救此弊, 乃是吾黨之責耳.

....

18　此處. 『箚疑』: 謂儒釋之辨.

與呂伯恭書(1176)

　　區區出處之計, 極感誨喻. 異時難處, 亦深慮之. 但目下便有許多間阻,[1] 使人難於進退. 平生多所愧恥, 於此自信未及, 打不過[2]耳. 又更有一二事, 平生自知無用, 只欲修葺小文字, 以待後世, 庶小有補於天地之間. 今若一出, 此事便做不成.[3] 設使異時收拾得就, 將來亦無人信矣.[4] 又今日諸公推挽之意, 人人知之, 若到彼之後, 所見一有不同, 便爲背負知己. 如陳了翁事,[5] 亦是賢者之不幸, 非其所欲也. 若每事唯唯, 緘黙隨衆, 則其爲負益深, 又非鄙性所堪. 然則亦何爲必出, 以犯此數患[6]乎?

．．．．．．

1　間阻.『節補』: 猶言窒礙, 如上板壅斷之類.

2　於此~不過.『箚疑』: 謂於進退之道自信未及, 而打破不過. '不過'猶不得與不能之意.
　　『節補』: '打不過'謂於間阻處打疊不過也, 猶言不能罷脫也.
　　『標補』: '打不過'之義, 三十一卷五十二板三十二卷廿板有補問, 當參看.

3　便做不成.『箚疑』: 猶言做不得也.

4　無人信矣.『箚疑』: 謂旣於進退苟且, 失其身名, 則所修文字人必不信矣.
　　『箚補』: 卽下書'人必以爲已試不檢之書而不讀'之意.

5　陳了翁事.『箚疑』: 紹聖初, 了翁爲章惇所薦爲大學博士, 嘗爲別試主文. 有林自者, 惇‧卞黨也, 謂卞曰, "聞陳瓘盡取史學, 而黜通經之士, 以動搖荊公之學也." 卞謀因此害公, 云, "乃於前五名, 悉取純用王氏之學者." 公嘗曰, "當時若無矯揉, 則勢必相激, 隨所以救時, 不必取快目前也." 此所謂'事疑'指此也.
　　『箚補』: 陳公爲越州判官, 蔡卞察其賢, 每事加禮, 章惇入相, 公從衆道謁, 惇聞其賢, 獨邀與共載, 詢以當時之務, 用爲大學博士. 徽宗時爲左司諫, 極論惇‧卞之罪, 又見二十八板.

6　數患.『箚疑』: 無人信其文字及了翁之不幸
　　『箚補』: 應上文更有一二事, 盖修葺小文字是一事, 今日諸公以下是一事, 而一事各有二患,今日聞元履褒贈之命，[7] 使人感傷. 渠亦正坐當時不量諸公相知之淺深，趣向之同異，故後來不免紛紛之論耳. 康節之慮，[8] 前此固嘗講之. 所以受却前年恩命，[9] 亦政爲此. 然曾不足以止今日之所蒙者，而或反以爲梯，此又豈計慮之所及乎？猜阻之患，亦深憂之. 但既出之後，或有妄發，不能自已處，則其爲猜阻甫益深[10]耳.

前日龔參自以書來，當時煩撓中，答之不盡此意，旦夕或別以書言之. 今日望老兄以此兩書[11]曲折盡達韓丈，今日別無醫治[12]方法，只有早聽其辭，便自帖帖無事. 若便降指揮，一下一上，[13] 則干冒頻煩，傳聞廣而譏議多，必別致生事矣. 熹祠官向滿，方患未敢再請，只得再差一次，爲幸甚厚. 此外實不敢有一毫意想也. 前書勇往之說，以今觀之，又似舊病[14]依然，略未痊減一二分. 易言之責，[15] 深以自懼耳.

....
做不成爲一患，無人信又一患，背負知己爲一患，而負益深又一患故言數患.

7　元履~之命. 『節補』: 淳熙三年，上因鄭鑑直言謂近臣曰，"昔日有一魏掞之好直言，今何在？" 左右以死對. 問，"有子弟否？" 無人爲敷陳，遂贈直秘閣宣教郎.

8　康節之慮. 『箚疑』: 康節被薦，嘉祐中受將作監主簿，蓋慮不受則聲名益高，官爵益至故也. 先生嘗答呂伯恭書，曰'康節恐是打乖法門，'蓋指此事，見三十三卷.

9　受却止恩命. 『節補』: 卽甲午拜命事.

10　甫益深. 『箚疑』: '甫'旋卽之意.
『標補』: 甫猶始也. 呂公以先生力辭新命，慮致猜阻. 故先生以爲力辭不必致猜阻，既出之後，或有妄發，則猜阻方始益深耳. 『後漢書』「傅燮傳」云，'誠使張角梟夷黃巾變服，臣之所憂甫益深耳.'

11　兩書. 『箚疑』: 前書及此書也.

12　醫治. 『箚疑』: 謂救此難處之患也.

13　一下一上. 『箚疑』: '一下'謂更降指揮，'一上'謂更上辭免文字也.

14　舊病. 『箚疑』: 先生自謂.

15　易言之責. 『箚疑』: 東萊以易言責先生也.

25-15

答韓尙書書(1176)

　　區區行役,[1] 前月半間, 始得還家. 忽聞除命,[2] 出於意望之外. 自視才能, 豈稱茲選? 愧懼窘迫, 不知所爲. 然竊妄意此必尙書丈過恩推挽之力. 旣而府中[3]遞到[4]六月十五日所賜書, 傅丈[5]亦以所得別紙[6]垂示, 乃知台意所以眷念不忘者果如此, 私感雖深, 然非本心平日所望於門下也.

　　熹狷介之性, 矯揉萬方而終不能回; 迂疏之學, 用力旣深而自信愈篤. 以此自知決不能與時俯仰, 以就功名. 以故二十年來自甘退藏, 以求己志. 所願欲者, 不過修身守道, 以終餘年, 因其暇日, 諷誦遺經, 參考舊聞, 以求聖賢立言本意之所在. 旣以自樂, 間亦筆之於書, 以與學者共之, 且以待後世之君子而己, 此外實無毫髮餘念也. 中間懇辭召命, 反誤寵褒,[7] 初亦不敢奉承. 旣而思之, 是乃君相灼知無用之實,

....

1　行役.『記疑』: 婺源之行.
2　除命.『節補』: 卽秘書郞之命.
3　府中.『記疑』: 建寧府也.
　　『刊補』: 此書大意與前書同.
4　遞到.『記疑』: 傳遞送到.
5　傅丈.『節要註』: 傅自得時爲建寧府.
　　『節補』: 傅公時爲轉運判使, 上十七判傅漕是也. 盖自府中遞到韓公所與先生書, 傅漕亦以韓公所與自己之別紙送示先生. 傅公之爲建寧府, 則乃在甲午間也.
6　別紙.『記疑』: 韓尙書別紙.
7　寵褒.『記疑』: 癸巳有旨也.

而欲假以閔勞惠養之恩, 故少進其官,[8] 益其祿[9]而卒許以投閑,[10] 似若有可受者, 以故懇避踰年, 而終於拜受. 私竊以爲是足以上承朝廷之美意, 而下得以自絶於名宦之途, 自是以往, 其將得以優游卒歲, 就其所業,[11] 而無蹙迫之慮矣. 而事乃有大繆不然[12]者, 熹亦安得默然而亡言哉?

夫以熹之狷介迂疏, 不能俯仰, 世俗固己聞風而疾之矣. 獨賴一時賢公名卿或有誤而知之, 然聽於下風, 考其行事議論之本末, 則於鄙意所不能無疑者尙多. 今若不辭而冒受, 則賓主之間, 異同之論, 必有所不能免者, 無益於治而適所以爲群小嘲笑之資. 且熹之私願所欲就者,[13] 亦將汨沒而不得成. 其或收之桑榆[14]而幸有所就, 人亦必以爲已試不驗之書而不之讀矣. 又況今日一出, 而前日所以斟酌辭受而不敢苟然之意, 亦且黯闇而不能以自明. 諸公誠知之深‧愛之厚, 則曷爲不求所以伸其志‧全其守, 而必脅敺縱臾,[15] 使至此極也耶!

....

　『牖蒙』: 乾道三年丁亥, 充樞密編修, 四年之間辭者六, 九年癸巳有旨, 安貧守道, 廉退可嘉,
　改秩畀祠.

8　進其官. 『節補』: 左宣教郎.

9　益其祿. 『節補』: 崇道祠祿.

10　投閑. 『牖蒙』: 韓文, '投閑置散.'

11　所業. 『節補』: 著書之業.

12　大繆不然者. 『記疑』: 秘書之命也.
　『箭補』: 馬遷「報任安書」語.

13　所欲就者. 『記疑』: 著書之事.
　『節補』: 就, 卽'上就其所業'之就.

14　收之桑榆. 『牖蒙』: 見『漢書』, 言暮境.

15　縱臾. 『節要註』: 本作慫慂. 『方言』, '南楚, 凡己不欲喜怒, 而旁人說者, 謂之縱臾.' 「荊山王
　傳」, '日夜從臾', 師古曰, '獎勸也.'

且士大夫之辭受出處，又非獨其身之事而已，其所處之得失，乃關風俗之盛衰，故尤不可以不審也．若熹者，向既以辭召命而得改官矣，今又因其所改之官而有此授，[16] 熹若受而不辭，則是美官要職可以從容辭遜，安坐而必致之也．近世以來，風頹俗靡，士大夫倚託欺謾，以取爵位者不可勝數，獨未有此一流耳．而熹適不幸，諸公必欲彊之，使充其數，[17] 熹雖不肖，實不忍以身蒙此辱，使天下後世持清議者得以唾罵而嗤鄙之也．

且熹之言此於門下有年，苦言悲懇，無所不至，而執事者聽之藐然，方且從容遊談，大為引重，而其要歸成効則不過使之內違素心，外貽深誚而後已．此熹所不能識，且復竊自計，其平生言行必有大不相副者，而使執事者不信其言以至此也．深自悔責，無所歸咎，然亦不敢終默默於門下，是以敢復言之，伏惟憐而察焉．

熹前日所報大參[18]書，忽忽不及盡此曲折，故今僭易有言，非獨以伸鄙意於明公，亦使因是以自達於龔公也．必若成命已行，不欲追寢，則願因其請免，復畀祠官之秩，其於出令之體，似未為失．何必待其狂疾之既作，然後藥之乎？瞻望門牆，無由趨侍，情意迫切，言語無倫．伏惟高明垂賜矜察．

....

16　此授．『牖蒙』：即秘書之授．

17　充其數．『記疑』：乃上文'一流'之數．

18　大參．『筍疑』：謂龔公．

25-16

與龔參政書(1176)

　　熹衰陋亡庸，誤蒙引拔，自知不稱，嘗力懇辭，未奉俞音，祗增震懼．今再有狀，欲望哀憐，早賜敷奏施行，則熹之幸也．

　　抑又有以聞于下執事者．熹自幼愚昧，本無宦情．既長而稍知爲學，因得側聞先生君子之教，於是幡然始復，誤有濟時及物之心，然亦竟以氣質偏滯，狂簡妄發，不能俯仰取容於世，以故所向落落，無所諧偶．[1] 加以憂患，心志凋零，久已無復當世之念矣．而明公乃欲引而致之搢紳之例，不識明公將何所使之也？使之隨群而入，逐隊而趨耶？則盛明之旦，[2] 多士盈庭，所少者非熹等輩也．使之彊顏苟祿，以肥妻子耶？則熹於饑寒習安已久，所病者又不在此[3]也．且必無已，而使之得以其所聞於古而驗於今者，效其愚於百執事之後，則熹之所懷，將不敢隱於有道之朝．竊料非獨一時權倖所不樂聞，意者明公亦未必不以爲狂而斥之也．由前二者，[4] 明公之計決不出此．由後之說，[5] 則懼熹之殺身無補而反得罪於明公也．意迫情切，言不及究，伏紙隕越．

....

1　諧偶．『節補』：偶，『爾雅』「釋語」，‘合也．’
2　盛明之旦．『箚疑』：末字，疑朝字之誤．
3　又不在此．『箚疑』：‘此’謂肥妻子．
　　『節補』：謂不以妻子之飢寒爲病也．
4　由前二者．『箚疑』：卽上文兩‘使之’也．
5　由後之說．『箚疑』：自‘此必無已’止‘斥之也．’

25-17

與龔參政書(1177)

　　熹竊伏田里,仰依大造,自頃拜勅奉祠,[1] 以書陳謝之後,無故不敢輒通牋敬,[2] 以犯等威,區區第切瞻仰.茲者竊聞還政宰路,[3] 歸榮故鄉,行道之難,不無私歎.然意者必得參候車塵,瞻望顏色,以慰積年引領之懷,而臥病田間,偶失偵伺,遂乖始願,尤劇惘然.獨念頃歲黃亭客舍拜違左右,屈指於今十有五年.其間事變反覆,何所不有?而其不如人意,使人悒悒不能無遺恨者,則已多矣.憂患之餘,衰病零落,雖已無復當世之念,然私所幸願,猶冀天啓聖心,日新厥德,公道庶幾其復可行乎?明公彊食自愛,應之於後,以遂初心,則海內幸甚.暑行良苦,[4] 引首馳情.

....

1　拜勅奉祠.『節補』:丙申八月,再辭祕書郎,遂差主管武夷山沖佑觀.

2　牋敬.『箋疑』:謂以牋札致其敬謹之禮也.
　　『標補』:牋敬,出『三國志』「法正傳」.

3　還政宰路.『箋疑』:還政於宰執之路,謂致仕也.
　　『節補』:丁酉六月,龔茂良罷,盖此時也.
　　『箋補』:淳熙四年,召史浩,茂良力求去,遂除職與郡,謝廓然劾之,乃落職.
　　『管補』:『史』,'龔公以忤近倖,罷參政',世所謂還政,非致仕.盖害飾謂厚,不臥直言其不果罷也.

4　暑行良苦.『箋疑』:謂龔公.

25-18

答陳丞相書(1177)

熹昨罹私釁,[1] 仰勤弔恤,拜啓還使,未足究盡鄙懷. 方欲別伸問訊之禮,忽聞拜章公車,祈就閒退,[2] 聖主重違明公之意,峻其班秩而後賜可. 竊自惟念雖與一道窮民同失膏雨之潤,[3] 不無怊悵,然想稅駕里門,雍容就第,超然事物之外,其樂有不可涯者. 至於聖主不忘之意,則又海內搢紳之所共慶,而熹之愚昧,竊獨深有感焉. 蓋今時論歸趣益異於前,後來諸公未見卓然有可望以回天意者,有識之士日夕寒心. 明公受國家大恩,起布衣至將相,位尊祿厚,德流子孫. 今又爲聖主所優尊,士大夫所歸鄉如此,誼豈以一身之樂而忘天下之憂哉? 伏惟高明深念此意,亟於此時反躬探本,遠佞親賢,以新盛德‧廣賢業,[4] 庶幾異時復起,有以格君定國‧剗弊阻姦,慰斯人之望者. 千萬幸甚!

....

1　昨罹私釁. 『箚疑』:丁祝夫人.
　　『箚補』:此卽淳熙四年,陳公致仕時書. 祝夫人憂在乾道己丑. 先生丙申喪令人劉氏,恐指此.

2　拜章~閒退. 『箚疑』:乾道六年,陳公三疏請去,遂以觀文殿太學士‧知福州,兼福建路安撫使. 八年,力請閒退,遂以提舉臨安府‧洞霄宮歸第.
　　『箚補』:陳公行狀,乾道八年,請閒歸第. 淳熙二年,再命知福州. 四年,復累章告歸,上爲遲回累日,乃除特進‧提舉洞霄宮,卽指此時事.

3　一道~之潤. 『箚疑』:此指罷福建路事.

4　新厥德廣賢業. 『箚補』:「繫辭」,'日新之謂盛德,可大則賢人之業.'

25-19

與陳公別紙(1177)

前幅所稟親賢遠佞之意, 蓋已屢瀆鈞聽. 然似頗未蒙深察, 懷不能
已, 輒復陳之. 蓋在今日, 此事利害尤不難見. 惟試思平日所以願忠於
國者云何, 而反求諸其身, 則其得失之數, 隱然心目之間矣. 有諸己而
後求諸人, 無諸己而後非諸人, 況欲格君心以救一時之禍, 此豈細事,
而可不責之於吾身‧積之於平日, 而苟焉以一朝之智力圖之哉?

與陳丞相書(1178)

　　竊聞鈞斾尙留上饒, 不審幾日遂東?[1] 所以反覆啓告之方, 必已有定論矣. 但熹竊料比來言者指陳闕失, 白發姦欺, 不爲不盡, 而未有開悟之益, 正坐不正之於本而正之於末, 不求之於理而求之於事, 不言所以增崇聖德‧紀綱政體之意, 而惟群小之過惡是攻, 此其所以用力多而見功小者與? 伏惟高明深察乎此而有以反之, 庶乎其有以慰天下之望也. 蓋不惟元老大臣所以告君之體當然, 顧其理勢, 攻之於彼,[2] 不若導之於此[3]之爲易; 誦衆人之所已言, 不若濟其言之所不及[4]者之爲切也. 鄙意如此, 而不能達之於言, 不審相公以爲如何? 數日道間竊窺日用之妙, 其忠誠博厚之意, 蓋盎然溢於容貌詞氣之間, 知數年以來, 所以進德者如此其深且遠也. 以此感物, 何往不通? 況吾君之聰明, 而又助之以海內忠臣義士之心乎? 願相公益勉斾. 不幸而不得其言, 則不可暫而立其位也.

　　熹前幅之尾所稟, 尤願垂意. 蓋不合而去, 則吾道不得施於時, 而猶在是,[5] 異時猶可以有爲也. 不合而苟焉以就之, 則吾道不惟不得行

....

1　遂東.『劄疑』: 陳公淳熙五年承詔赴闕時也.

2　攻之於彼.『劄疑』: 彼謂小人.

3　導之於此.『劄疑』: 此謂君心.

4　濟其~不及.『劄疑』: 卽上項所謂正之於本, 求之於理, 增崇聖德紀綱政體等事也.

於今, 而亦無可望於後矣. 此其機會, 所繫不淺. 熹愚不肖, 又病且衰,
蓋已決然無復當世之願, 顧其痛心疾首所不能忘者, 獨在於此.[6] 前日
雖嘗言之, 然自覺有所未盡, 故復喋喋於此. 忠憤所激,[7] 至于隕涕, 伏
惟相公念之.

....

5   猶在是. 『箚疑』: 謂'吾道在是,' 是指不合而去也.
     『節補』: 所以不合而去處, 卽道之所在也.

6   獨在於此. 『節補』: '此'字, 卽上'在是'之是字, 乃道也.

7   忠憤所激. 『節補』: 先生之意, 專在於斥去近習, 上文所謂道, 上篇所謂正之於本, 蓋皆指此,
     故曰痛心疾首, 曰忠憤. 戊申封事 亦以正左右, 及於六本條, 又攷此書當與川六卷十七板「與
     陳帥書」參看.

25-21

答呂伯恭書(1178)

遞中兩辱手敎, 獲聞邇日秋淸, 尊候萬福, 感慰之至. 但所被恩命,[1]
以熹之資歷[2]分義, 精神筋力, 皆無可受之理. 雖感君相矜憐之意, 重
以仁賢[3]說誘之勤, 終未敢起拜而恭受也. 申省狀已附遞回付奏邸,[4] 副
本錄呈. 敍說雖詳, 然似無過當之語, 只是須如此說, 方盡底蘊耳. 如
以未安, 幸爲却回,[5] 仍別爲作數語見敎, 庶幾可以無怍. 若只熹自作,
終只有此等詞氣出來也. 觀此氣象,[6] 豈是今日仕途物色?[7] 當路者必
欲彊之, 大是違才易務矣.[8] 區區之志, 狀中[9]備見.

....

1　恩命.『節要註』: 淳熙五年, 差知南康軍, 辭免, 東萊累書勉行, 此其答也.
　　『刊補』: 見題註.
2　資歷.『記疑』: 資, 加資, 歷, 猶歷任也.
　　『箚補』: 謂資級履歷,「辭免知南康軍狀」所云 '改官以來, 未滿四考, 雖名知縣資叙, 而備數
　　祠官, 初無職事自試者' 是也.
3　仁賢.『記疑』: 謂東萊.
4　回付奏邸.『箚疑』: 奏邸謂聞奏官之邸舍.
　　『標補』: 遞回當句, 言郵遞之回也. 奏, 卽進奏院也, 邸, 今之京主人也. 當時, 三省符箚之下
　　於州縣, 及州縣狀牒之上於三省者, 皆關由進奏院, 而邸人居間承接, 故謂之奏邸.
5　却回.『節補』: 謂還送其申省狀也. 盖東萊方以著作.
6　觀此氣象.『箚疑』: 先生自謂.
7　物色.『箚補』: 猶言模樣.
8　違才易務.『節補』:『綱目』, "晉以謝萬爲豫州刺史, 王羲之曰 '謝萬才流經通, 使主廊廟, 固
　　是後來之秀, 今以之拊循荒餘, 則違才易務矣.'" 見晉穆帝升平二年.
9　狀中.『記疑』: '狀' 乃申省狀也.

更有一事, 自數年來絶意名宦, 凡百世務, 人情禮節, 一切放倒. 今雖作數行書與人, 亦覺不入時樣. 唯在山林, 則可以如此恣意打乖,[10] 人不怪責. 一日出來作郡, 承上接下, 豈容如此? 又已慣却心性,[11] 雖欲勉彊, 亦恐旋學[12]不成, 徒爾發其狂疾, 此是一事. 又數年來次輯數書,[13] 近方略成頭緒, 若得一向無事, 數年不死, 則區區所懷, 可以無憾, 而於後學亦不爲無補. 今若出補郡吏, 日有簿書期會之勞·送往迎來之擾, 將何暇以及此? 因循歲月, 或爲終身之恨, 而其爲政又未必有以及人, 是其一出, 乃不過爲兒女饑寒之計, 而所失殊非細事.

此皆未易與外人道, 故狀中不敢及之. 只欲老兄知之, 更爲宛轉緩頰,[14] 使上不得罪於君相, 下不見疑於士大夫足矣. 扶接導養[15]之功, 正應於此用力, 想不以爲煩也. 揆路[16]未敢作書, 煩爲深達此意. 只俟

....

10 打乖. 『記疑』: 明道和堯夫「打乖吟」云 "打乖非是要安身, 道大方能混世塵. 陋巷一生顔氏樂, 清風千古伯夷貧. 客求墨妙多携卷, 天爲詩豪剩借春. 儘把笑談親俗子, 德言猶足畏郷人." 康本意爲乖異也. 明道反其意云云. 康節復反明道意云 "經綸事業須才者, 燮理工夫有巨臣. 安樂窩中閑偃仰, 焉知不是打乖人." 以此觀之, '打'字是 '爲'字之意也.
   『刊補』: 打, 爲也. 打乖, 爲乖僻不同俗也. 康節有打乖詩.
   『箚補』: 康節作「安樂窩中好打乖詩」, 明道先生和之曰 "聖賢事業本經綸, 肯爲巢由繼後塵? 三幣不回伊尹志, 萬鍾難換子輿貧. 且因經世藏千古, 已占西軒度十春. 時止時行皆有命, 先生不是打乖人." 乃反此詩之意也.

11 慣却心性. 『記疑』: 恣意打乖之事, 慣却心性也
   『刊補』: 言打乖之習慣熟於心性也.

12 旋學. 『箚疑』: 旋, 卽也.

13 次輯數書. 『箚疑』: 指『論孟集註』, 『或問』, 『周易本義』, 『詩集傳』.

14 宛轉緩頰. 『記疑』: 緩頰不猝遽之意.
   『節補』: 『史記』, '魏王豹叛, 酈生緩頰往說.'
   『刊補』: 宛轉, 『語錄解』'不直截而委曲輾轉之意.' 緩頰, 『通鑑』「註」'徐言引譬喩也.'
   『箚補』: 『史記』漢王謂酈生曰, '緩頰往說魏豹.' '註' '谷言譬喩也.'

15 扶接導養. 『箚疑』: 謂東萊於先生如此也.

此事定疊,[17] 再得宮觀如舊, 便自作書謝之也. 武夷今冬當滿,[18] 今既未受命,[19] 亦未敢便落舊銜,[20] 但未敢請俸耳. 或恐得祠, 別有所加, 此亦決然難受. 亦可微詞風曉之, 免臨時復紛紛也. 千萬留念, 至懇至懇! 保全孤跡, 使不至疏脫, 深有望於高明也.

　　熹來日出紫溪, 迎哭劉樞[21]之柩. 昨得其訣書,[22] 猶以國恥未雪爲恨, 亦可哀也. 臨行甚冗, 又急遣回遞中,[23] 草草作此, 殊不盡意. 八月十七日上狀, 不宣. 熹頓首再拜.

　　子重[24]不及拜狀, 昨日亦嘗以書[25]附政和行者, 想未能即達也. 此事亦告調護,[26] 得免疏脫, 朋友之賜厚矣. 欽夫[27]久不得書, 彼[28]想時聞問也. 王程驅迫, 不得少休,[29] 聞此尤使人[30]怕出頭耳.

....

16　揆路.『箚疑』: 揆, '總百揆'之揆, 指丞相.
　　『管補』:『年譜』, '史浩必欲起先生, 遂差知南康軍.' 此揆路, 即指浩也.

17　定疊.『箚疑』: 猶言結末無復煩擾也.

18　今冬當滿.『箚疑』: 謂先生祠限當滿也.

19　未受命.『箚疑』: 謂未受南康之命也.

20　便落舊銜.『箚疑』: 落, 去也. 舊銜, 祠官之銜.

21　劉樞.『箚疑』: 共父.
　　『箚補』: 共父是年七月卒於建康治所.

22　訣書.『箚疑』: 共父臨終, 作訣書於先生.

23　又急~遞中.『箚疑』: 句.

24　子重.『箚補』: 疑石子重.

25　以書.『節補』: 書與子重書也.

26　此事~調護.『節補』: 謂此辭免南康之事, 亦請子重調護也.

27　欽夫.『箚補』: 南軒時新除江陵.

28　彼.『箚疑』: 東萊所居.

29　王程~少休.『箚疑』: 謂欽夫也.
　　『箚補』: 似是南軒自靜江歸, 赴江陵時.

30　聞此尤使人.『箚疑』: 聞, 先生聞也. 此, 指上句. 人, 先生自謂.

25-22

答鄭自明書(1178)*

副封[1]曩恨未見, 今兹幸得竊讀, 感歎之餘, 斂衽敬服. 嘗竊論之, 以爲非獨忠諒懇切有以過人, 於才辨智略亦非人所能及. 不知劉元城,[2] 陳了翁[3]輩如何爾?[4] 上聖聰明, 開納如此, 一旦感寤, 去鼠輩[5]如反覆手耳. 太平萬歲,[6] 雖老且病, 尙庶幾及見之, 幸甚幸甚.

....

* 答鄭自明書.『記疑』: 名鑑, 陳俊卿壻.

『牖蒙』: 鄭自明莆田人.

1 副封.『記疑』: 乃鄭自明所上疏章也. 上疏者一件直上御前, 一件上尙書省. 上尙書省者謂之副封, 故云云. 尙書省如今承政院.

『節補』: 自明上疏在丙申, 此書戊戌所作, 乃云今兹竊讀, 有若今始得見者, 可疑. 豈前日偶未見全本, 自明今乃示送耶.

『刊補』: 自明所上疏章也. 上書者先以一件進尙書省, 如漢之署, 一曰副也.

『箚補』: 自明是時論曾覿. 副封出『漢書』'霍光時有之, 而魏相自去副封'. 此恐與上卷與魏元履書所云副本 · 副稟同, 疑當時例以疏箚草本謂之副, 而自明所上, 卽封事, 故謂之副封.

2 劉元城.『刊補』: 名安世, 字器之, 諡忠定, 大名府元城人, 官至諫議大夫, 正色立朝, 知無不言, 人目之爲殿上虎, 蘇東坡論元祐人才曰"器之直, 鐵漢不可及之也."

3 陳了翁.『刊補』: 名瓘, 字瑩中, 南劍州人, 官至監察御史, 諡忠肅, 始見章惇論議勁正, 及居諫省, 首論安石『日錄』誣毀神宗, 乞改『裕陵實錄』, 及竄谷合浦, 又著『尊堯集』, 明君臣之義. 一時士大夫莫不欽重.

4 如何爾.『記疑』: 元城, 了翁比自明, 才辨智略爲如何爾.

5 鼠輩.『箚疑』: 謂龍大淵輩.

『節補』: 龍大淵已死, 當指曾覿 · 王抃輩.

6 太平萬歲.『刊補』: 陽城上疏沮裴延齡爲相, 又論陸贄無罪, 金吾將軍張萬福賀曰"朝廷有直臣, 天下太平矣." 連呼太平萬歲.

補郡[7]懷章,[8] 雖爵公議, 然得以此閒暇進德修業,[9] 益懋久大[10]之規,
天意亦有非偶然者矣. 更願深自培養, 以厚其基, 篤志講學, 以濬[11]其
源, 使誠意充積而鋒穎潛藏, 義理著名而議論條暢, 則一日復進而立於
朝, 其所以動寤啓發[12]者, 決不但如今日之所就而止也. 蓋前日文字固
爲劌切,[13] 但論事多而論理少, 數群小之姦欺雖詳, 而於人主之所以端
本清源, 修德立政之意有未備也. 此其所以然者, 失於逆料聽者[14]謂之
迂闊[15]而不敢言, 亦自於此理講之未精, 不免於自以爲迂闊而不足言[16]

....

『箚補』: 見下卷九板箚疑.

『標補』: 蓋用唐張萬福事也. 其說見下二十六卷九板, 新七板箚, 疑恐當移錄於此.

7　補郡.『記疑』: 自明上疏之後, 卽見出補郡, 故如是云云.

　　『節補』: 出知台州也.

　　『刊補』: 自明斥補外郡也.

8　懷章.『記疑』: 章, 印章也.

　　『箚疑』: 按朱買臣貧賤, 妻辭去, 乃西遊, 爲武帝所知, 卽除爲會稽太守. 懷其印章, 夜歸會稽
　　邸, 邸人方飲酒, 不知買臣爲太守, 多所陵轢. 一人見印綬, 大驚. 懷章之言, 出於此.

9　進德修業.『節補』: 出『易』「文言」.

　　『刊補』: 「乾‧文言」曰, '忠信所以進德也, 修辭立其誠所以居業也.'

10　久大.『節補』: 可久可大, 出「繫辭」.

　　『刊補』:『易大傳』曰, '易則易知, 簡則易從. 易知則有親, 易從則有功. 有親則可久, 有功則
　　可大. 可久則賢人之德, 可大則賢人之業.'

11　濬.『牖蒙』: 深之也.

12　動寤啓發.『箚疑』: 指君心.

13　劌切.『箚疑』: 劌, 韻會切近也.

　　『講錄刊補』: 劌, 音概, 割也, 謂其言痛切如割也.

14　聽者.『牖蒙』: 指君上.

15　逆料.『箚疑』: 此意止迂闊

　　『牖蒙』: 逆料預度.

16　不足言.『記疑』: '失'字之意止此.

也. 兼今日之病, 只此一病[17]最大, 若藥之未效, 則其他小小證候不必泛投湯劑, 以緩藥勢. 以欲攻此病, 所用之藥亦須一君二臣三佐五使,[18] 多少緩急, 次第分明, 乃易見效. 今既雜治他證, 而所用以攻病根者, 又未免互有得失. 亦已詳爲令弟言之, 歸當一一稟白, 不審尊意以爲如何. 衰陋不足而及此, 猥蒙不鄙, 見使與議其間, 亦私感時論之至此, 不覺傾倒而忘其愚耳.

此外則伯恭所告讀書取人之意, 亦所宜深留意者. 蓋吾人[19]所立已如此, 使天無意於右宋則已, 若有此意, 異日之事豈得而辭其責哉? 然則今日吾人之進德修業, 乃是異時國家撥乱反正[20]之所繫, 非但一身之得失榮辱也. 惟高明深念之. 然講學之方未得面論, 猶頗以爲恨也.

陳丈此行,[21] 所繫不輕, 待於下流,[22] 不勝日夕之拳拳也. 熹之出處不足爲時重輕, 諸公或聽其辭固幸, 不爾, 則受命而復請祠. 又不得, 則當申審奏事,[23] 以卜可否. 又不得, 則引疾丙閑. 此於進退固自

......

17 只此一病. 『箚疑』: 謂以端本清源, 修德立政爲迂闊也.

　　『貞庵雜識』: 卽指上文'人主之未能端本清源, 修德立政'者.

　　『節補』: 卽君心之非也.

18 一君~五使. 『箚疑』: 皆藥方語, 藥材有君·臣·佐·使之名.

19 吾人. 『記疑』: 謂鄭自明.

20 撥亂反正. 『節補』: 『公羊傳』, '撥亂世反諸正.'

21 陳丈此行. 『箚疑』: 陳丈, 俊卿也, 自明其壻, 故云.

　　『節補』: 戊戌夏, 陳俊卿起判隆興府, 未視事, 改判建康江南東路安撫使, 且赴闕奏事. 此行, 蓋赴闕之行也. 此書是戊戌八月以後所作, 陳之被召雖在夏間, 其赴召似在秋後也.

22 待於下流. 『箚疑』: 待, 竚待也. '下流'先生自謂.

　　『標補』: 陳公自莆田私第, 承召赴闕, 路由建溪下流, 故先生往待其行也. 『箚』註欠瑩.

23 申審奏事. 『箚疑』: 謂申審職事而奏請也.

　　『節補』: '事'卽南康事也.

以爲有餘裕者，未審老兄以爲如何？若終身不出之計，則自祿不逮
養[24]之時已決於心懷矣．今亦不敢固必，且得隨事應之耳．但申審狀
中，欲少露久違軒陛，願得一望清光之意，使知本無羞薄詔除[25]之心，
不知可否？幸爲籌度，留數字於曹晉叔處，令尋的便附來見敎爲望．
或不必然，卽只依常格寫去[26]也．

　　似之[27]文字果佳，甚慰人意．老兄亦當勉其進修，以俟時也．向來
一番前輩，少日[28]粗有時望，晚年出來，往往不滿人意，正坐講學不
精，不見聖門廣大規模，少有所立，卽自以爲事業止此，更不求長進
了．荊公所謂末俗易高[29]‧險塗難盡[30]者，亦可念也．人才衰少，風俗
頹壞之時，士有一善，卽當扶接導誘，以就其器業，此亦吾輩將來切身
利害．蓋士不素養，臨事倉卒乃救，非所以爲國遠慮而能無失於委任

．‥‥‥

24　祿不逮養．『箚補』：先生乾道己丑丁憂，連以祿不逮養辭．

25　羞薄詔除．『標補』：此四字，出『後漢書』「馬融傳」．

26　只依～寫去．『箚疑』：謂於申審狀中不露一望清光之意，而只循例寫去也．

27　似之．『箚疑』：未知何人之子．

28　少日．『記疑』：猶少年也．

29　末俗易高．『記疑』：俗已末矣，故所以易其爲高也．高，謂高於末俗之中也．
　　『刊補』：易爲高也．
　　『牖蒙』：末俗易高，如邵子‘時無顏子易爲賢’之意．

30　險塗難盡．『記疑』：險塗能盡，則是夷險一節，故云險塗難盡．
　　『箚疑』：按‘末俗易高’，似指少日粗有時望，‘險塗難盡’，似指晚年出來不滿人意．又按邵子詩
　　‘時無顏子易爲賢，’末俗易高亦此意也．
　　『刊補』：險塗盡節爲難也．
　　『問目』：此兩條文義素未曉，然而記疑所釋，亦似未快．難盡之義尤恐未然．‘盡，’似只是窮盡
　　之意，言人之行世險塗未易窮盡，戒當愈往而愈愼也．
　　『手籤』：‘末俗易高，’卽上文所謂少有所立自以爲事業止此之意也．蓋末俗滔滔，賢者絕少，
　　能於其中少有所立，便已可以自高．此所以不復求長進也．『記疑』所釋似亦如此．

之間也. 陳侯官[31]處更有胡明仲侍郎史論,[32] 議論亦多切於事理, 不知嘗見之否? 若未,[33] 可就借看, 發人意思也.

　　昨得都下知識書云, 伯恭說熹不必請對, 此其意蓋恐熹復以抵觸得罪, 沮壞士氣. 此意人少識之者, 只似熹偷得差遣做一般.[34] 彼意固善, 然恐不可承用[35]也. 如何?

31 陳侯官.『箚疑』: 侯官大夫陳明仲也, 侯官, 縣名. 陳名火傍享字, 見跋卷.

32 胡明仲~史論.『箚補』: 寅有『讀史管見』三十卷, 又有『三國六朝政守要論』十卷.

33 若未.『箚疑』: 句.

34 只似~一般.『箚補』: 謂若不請對而徑赴任所, 則是似偷取外任, 暗地去做底模樣也.

35 偷得~承用.『箚疑』:'偷得', 先生自謙也.'差遣', 謂受任在外也. 受在外者不必請對論事, 而今被召命, 則不可含默, 與差遣時一般, 伯恭之意雖善, 恐不可用也.

　　『箚補』: 謂東萊之意, 恐我抵觸得罪, 沮壞士氣, 其意雖善, 人必不識而只認得如上所云云, 所以不可承用東萊之言也.

　　『箚補』:'偷得'非自謙, 言若恐抵觸得罪, 不爲請對而去, 則是似偷懶而做一般也. 時先生欲請對論事, 初無被召之事.

주자 서한집
첫째 권

2021년 10월 18일 초판 1쇄 찍음
2021년 11월 1일 초판 1쇄 펴냄

지은이 주희
옮긴이 김용수·조남호
정리 백준영
펴낸이 윤철호·고하영
책임편집 최세정
편집 이소영·엄귀영·김혜림
표지·본문 디자인 김진운
본문 조판 민들레
마케팅 최민규

펴낸곳 (주)사회평론아카데미
등록번호 2013-000247(2013년 8월 23일)
전화 02-326-1545
팩스 02-326-1626
주소 03993 서울특별시 마포구 월드컵북로6길 56
이메일 academy@sapyoung.com
홈페이지 www.sapyoung.com

ⓒ 김용수·조남호, 2021

ISBN 979-11-6707-021-0 93820